Von Catherine Asaro sind bei Bastei Lübbe Taschenbücher
erschienen:
Das Sternenreich von Skolia
24 309 Bd. 1: Der Psi-Faktor
24 317 Bd. 2: Jäger des Lichts

Catherine Asaro

Der letzte Falke

Roman

Ins Deutsche übertragen
von Ulf Ritgen

BASTEI LÜBBE TASCHENBUCH
Band 24 319

1. Auflage: Januar 2004

Vollständige Taschenbuchausgabe

Bastei Lübbe Taschenbücher ist ein Imprint der
Verlagsgruppe Lübbe

Deutsche Erstveröffentlichung
Titel der amerikanischen Originalausgabe:
The Last Hawk
© 1997 by Catherine Asaro
© der deutschsprachigen Ausgabe 2004 by
Verlagsgruppe Lübbe GmbH & Co. KG,
Bergisch Gladbach
This book was negotiated through
Literary Agency Thomas Schlück GmbH, 30827 Garbsen
Lektorat: Beate Brandenburg / Stefan Bauer
Titelillustration: Jim Burns, Agentur Schlück
Umschlaggestaltung: QuadroGrafik, Bensberg
Satz: Wildpanner, München
Druck und Verarbeitung:
Maury Imprimeur, Frankreich
Printed in France
ISBN 3–404–24319–6

Sie finden uns im Internet unter
www.luebbe.de
und
www. bastei.de

Meiner geliebten Tochter
Cathy

Danksagungen

Ich möchte all den Lesern danken, die mir Denkanstöße für dieses Buch geliefert haben: Dr. Lynne Deutsch, Dr. Steve Goldhaber, Dr. Margaret Graffe, Dr. Kate Kirby und Dr. Malcolm LeCompte. Diesen erstgenannten danke ich besonders, weil sie die Ersten waren, die jemals meine erzählende Literatur gelesen haben, und mir ihre Ansichten dabei geholfen haben, schreiben zu lernen. Mein Dank geht auch an Dr. Joan Slonczewski, an Eleanor Wood der *Spectrum Literary Agency*, an Scovil, Chichak und Galen, und an alle Mitarbeiter von *Tor*, insbesondere Tad Dembinski und David G. Hartwell. Ein ganz besonderer Dank geht an meinen Mann, John Kendall Cannizzo, für seine Liebe und seine Unterstützung.

Inhalt

Prolog

Die Instrumententafeln vibrierten so heftig, dass sie von Zeit zu Zeit nur unscharf zu erkennen waren. Kelric versuchte, sich die Augen zu reiben, doch sein Arm gehorchte ihm nicht. Das Exoskelett seines Pilotensitzes lag immer noch eng um seinen Körper herum, blockierte. Als er nach den Öffnungsmechanismen tastete, rutschte er mit den Fingern einfach am schützenden Körpernetz ab.

Bei seinem vierten Versuch öffnete sich endlich das Exoskelett, und Kelric fiel nach vorne auf die Waffensystem-Kontrollen im Cockpit. Die einzige Beleuchtung stammte von den roten Warnanzeigen, die überall auf den Instrumenten blinkten und das Cockpit in ein mattes, tiefrotes Leuchten hüllten, kaum hell genug, um die Schotts erkennen zu lassen.

Zwischen all den roten Lichtern leuchtete ein einzelnes grünes. Ein Triebwerk. Eines seiner Inversions-Triebwerke. Das war das einzige System des gesamten Schiffes, das noch voll funktionsfähig war.

Es war auch der Grund, weswegen er überhaupt noch lebte.

»Ich bin invertiert«, murmelte Kelric. Der Treffer, der seinen Jag lahm gelegt hatte, hatte ihn aus dem Subluminaluniversum in die Inversion gerissen und ihn so von seinen Angreifern fortgeschleudert, bevor diese ihn in tausend Stücke hatten schießen können.

Das MediKit oberhalb seines Kopfes hatte nicht reagiert. Er versuchte, danach zu greifen, doch mitten in der Bewegung stockte er, dann fiel sein Arm wieder zurück auf das Körpernetz. Nicht, dass das noch irgendetwas ausmachte. Er brauchte viel mehr Hilfe, als ihm dieses Kit hätte geben können, sogar mehr Hilfe, als ihm seine NanoMeds gaben – die winzigen Maschinen zur Reparatur von Zellen im Inneren seines Körpers.

Schmerzend pulsierte sein Arm – eine klaffenden Wunde, die bis zum Knochen reichte. Solange er in dem Exoskelett gesteckt hatte, war der Arm betäubt gewesen, weil ständig ein Anästhetikum injiziert worden war. Oder vielleicht hatte das biomechanische Netzwerk in seinem Körper einen Wirkstoff freigesetzt, der die Schmerzrezeptoren in seinem Gehirn blockierte. Allerdings gab das Netzwerk immer nur eine begrenzte Menge dieses Wirkstoffes ab, danach verhinderten Sicherheits-Routinen die weitere Ausschüttung, um Überdosierungen oder gar Hirnschäden zu vermeiden.

Jetzt war der Schmerz in seinem Arm so groß, dass er ihn nicht mehr zu bewegen wagte. Doch selbst wenn er durchhielt, würde sein Schiff ihn nirgends mehr hinbringen können. Immerhin hatte es ihn von den Händlern fortgebracht. Er war allein unterwegs gewesen, auf einer Erkundungsmission, als die Händler-Staffel ihn abgefangen hatte. Kelric hoffte, dass sie alle mitten in den Gravitationstrichter irgendeines Sterns invertiert hatten und ihre Karriere beendeten – als Brennstoff für diesen stellaren Hochofen.

Stotternd erscholl ein Alarm. Kelric hob den Kopf und sah, dass das grüne Licht auf gelb umgesprungen war. Auch der letzte Inversions-Antrieb versagte.

Kelric schluckte. Er musste irgendeinen Ort finden, an dem er landen konnte. Er schloss die Augen und versuchte, einen klaren Gedanken zu fassen.

Bolt, antworten!, dachte er.

Der Computer-Knoten in Kelrics Rückgrat meldete

sich sofort. **Aufnahmebereit.** Bolts Antwort wurde über bio-optische Kabel in Kelrics Hirn übertragen; dort wandelten winzige Bioelektroden, die in seine Gehirnzellen eingebaut worden waren, die Signale dann in neurale Entladungsmuster um. Umgekehrt funktionierte die Kommunikation nach dem gleichen Prinzip, sodass er mit seinem Knoten auch ›reden‹ konnte.

Status der NanoMeds?, dachte er.

NanoMed-Reihen G und H sind funktionsfähig, jedoch erschöpft, antwortete der Knoten. **Reihe O funktionsunfähig. Alle anderen Reihen eingeschränkt funktionsfähig.**

Kelric verzog das Gesicht. Diese NanoMeds reparierten seinen Körper. Jeder dieser Meds bestand aus zwei Teilen, einem Molekül, das extra für die jeweilige Aufgabe entwickelt worden war, und einem Pico-Chip, einem atomaren Computer, dessen Funktionsweise auf Quantentransition basierte. Die Gesamtheit all dieser Pico-Chips bildete ein Pico-Netzwerk, das den Meds Anweisungen erteilte, was sie zu tun hatten und wie sie sich selbst replizieren konnten. Doch es war Bolt, sein Spinal-Knoten, der letzten Endes die Verantwortung trug. Wie der Dirigent eines großen Orchesters, das eine Symphonie darbieten sollte, dirigierte er das gesamte biomechanische Netzwerk, das aus den Pico-Netzwerk bestand, den bio-optischen Fasern, die seinen ganzen Körper durchzogen, und den Bio-Elektroden in seinem Gehirn. Das System war vor vierzehn Jahren in Kelrics Körper integriert worden, als er zwanzig Jahre alt gewesen war und gerade sein Offizierspatent erhalten hatte.

Bolt, dachte er. *Was ist mit meinem biomechanischen Netzwerk passiert?*

Du warst mit der Entwicklungsfähigen Intelligenz des

Schiffes verlinkt, als wir getroffen wurden, dadurch hat dein Netzwerk großen Schaden davongetragen. Ich führe gerade Reparaturen durch, aber die Fehlfunktionen sind zu umfangreich, als dass ich alles vollständig zu korrigieren in der Lage wäre. Sofort eine medizinische Einrichtung des IRK aufsuchen.

Hätte es nicht so geschmerzt, hätte Kelric gelacht. *Würd' ich ja gerne. Er schluckte. Kannst du mir einen Lagebericht geben?*

Greife auf Sehnerv zu, antwortete Bolt.

Ein Display erschien vor Kelrics geistigen Auge und zeigte ihm seine inneren Systeme aus verschiedenen Blickwinkeln. Dann ›sprang‹ das Display ein Stück zurück, ein wenig *vor* ihn, sodass es aus Kelrics Blickwinkel wie ein Geisterbild im Cockpit hing.

Hintere rückläufige Schienbeinarterie beschädigt. Bolt markierte farblich ein Diagramm von Kelrics Blutkreislauf, und deutlich war eine gerissene Arterie zu erkennen, aus der Blut strömte.

Kelric atmete tief aus. Seine beste Chance, sich selbst reparieren zu können, verdankte er dem wichtigsten Bestandteil seines inneren Systems: seinen Kyle-Zentren. Anders als das biomechanische Netzwerk, das man extra für ihn angefertigt hatte, war er mit diesen Kyle-Mutationen geboren – dank seines ungewöhnlichen Genotyps. Mikroskopische Organe seines Gehirns ermöglichten ihm, seine elektrischen Gehirnwellen mit denen anderer Menschen interagieren zu lassen, wenn sie sich in der Nähe befanden; er konnte ihre Stimmungen wahrnehmen, gelegentlich sogar Details ihrer Gedanken. Er konnte auch den Output seines eigenen Gehirns intensivieren und so ausgeprägtere Biofeedback-Kontrolle über den eigenen Körper ausüben.

Kelric konzentrierte sich, versuchte genau dieses Biofeedback jetzt zu steigern. Er beschleunigte den Zustrom wichtiger morphologischer Komponenten zu der verletzten Arterie, kontrollierte das Maß der Durchblutung, und rief Nährstoffe herbei. Als er schließlich wieder aus seiner Trance erwachte, fühlte er sich, als sei sein Zustand etwas stabiler, stabil genug, dass er sich aufrecht hinsetzen konnte, den Arm dabei gegen die Brust gelehnt.

Ein Warnton erinnerte ihn wieder daran, dass der Antrieb bald ausfallen würde.

»Navak«, sagte er. »Hol uns aus der Inversion zurück in den Subluminalraum.«

Keine Reaktion kam von Kelrics Schiff, von dessen Gehirn mit entwicklungsfähiger Intelligenz und dem Knoten in diesem Gehirn, der Navigation und Angriff koordinierte.

»Navak«, wiederholte Kelric. »Navigations-Modus initiieren.«

Stille.

Bolt, gib mir das Not-Menü des Schiffes, dachte er.

Bolt erzeugte ein Display der Not-Psicons – ähnlich wie Computer-Icons, nur vor dem geistigen Auge, statt auf einem Bildschirm. Kelric konzentrierte sich auf das ›Not-Aus‹-Psicon für die Inversionsantriebe: das Symbol eines laufenden Geparden, der unaufhörlich zu einer kriechenden Schnecke gemorpht wurde. Es erschien nur ein einzelnes Tier: Das sollte Kelric zeigen, dass er nur noch über einen einzigen funktionsfähigen Antrieb verfügte. Der Gepard blinkte auf, eine Warnung, dass auch er bald verschwinden würde.

Notfall-Abschaltung aktivieren, dachte er.

Nichts passierte.

Bolt, aktivieren!

Auf einmal fühlte Kelric sich, als würde er durch eine

Klein-Flasche gezogen – das dreidimensionale Gegenstück zu einem Möbius-Band. Das Gefühl verstärkte sich, zugleich ging durch sein Denken und Fühlen ein Ruck, der in Kelric Übelkeit hochsteigen ließ; dann hörte dieses Gefühl abrupt auf.

Bolt?, dachte er.

Wir sind in den Normalraum zurückgekehrt, antwortete Bolt.

Kelric sackte in seinem Sitz zusammen, am liebsten hätte er laut gelacht und in die Hände geklatscht. Unterlichtgeschwindigkeit. Sicherheit. Er war in Sicherheit.

Wo genau er allerdings war, wusste er nicht. Keine seiner Holokarten funktionierte, und zu viele Dateien der Schiffs-EI hatten an Integrität verloren. Genaue Daten erhielt er nicht. Er wusste nur, dass er Lichtjahre von seiner letzten genau bestimmten Position entfernt war und jetzt durch das All driftete wie interstellares Treibgut. Was er jetzt brauchte, war ein Strand, an den er sich spülen lassen konnte.

»Navak«, versuchte er es wieder. »Antworte!

Nichts.

Kelric legte die Hand auf die Hüfte und tastete dann sein verlängertes Rückgrat ab. Die Buchsen dort, sowie die an seinen Hand- und Fußgelenken, gestatteten es ihm, sein biomechanisches Netzwerk an externe Systeme anzuschließen, etwa das EI-Gehirn seines Schiffes. Wenn ein Anschluss-Stecker in eine Buchse einrastete, wurden seine bio-optischen Kabel mit den Glasfaserkabeln des Schiffes verlinkt. Die Buchsen konnten auch als Infrarot-Empfänger und -Transmitter fungieren – eine weniger verlässliche Form der Kommunikation als ein physisches Link, aber besser als gar nichts.

Als er aus dem Exoskelett herausgestürzt war, hatte ihm diese Bewegung sämtliche Stecker aus den Buchsen seines Körpers herausgerissen. Kelric versuchte, einen davon in den unteren Teil seines Rückgrates wieder einzuführen, doch der Stecker rutschte immer wieder heraus.

Infrarot-Rezeptoren aktivieren, dachte er.

IR funktionsunfähig, gab Bolt zurück.

Kelric fluchte vernehmlich. Langsam gingen ihm die Ideen aus. Er atmete tief ein und ordnete erneut seine Gedanken. Dank seiner Kyle-Fähigkeiten war es ihm vielleicht möglich, die elektrischen Felder seines Gehirns direkt mit denen des Gehirns der Schiffs-EI zu koppeln. Es war durchaus hilfreich, dass er sich im Inneren des Schiffes befand, sozusagen genau auf der EI ›saß‹; die elektrischen Kräfte, die zu seiner Gehirnaktivität gehörten, nahmen mit zunehmender Distanz rapide ab.

Er konzentrierte sich darauf, die EI mit seinen Gedanken wachzurütteln.

Eine geisterhaft grüne Murmel erschien in der Luft vor ihm und tauchte das Cockpit in ein unheimliches, bizarres Licht. Es dauerte einen Augenblick, bis er begriff, dass es sich um die gröbste Standard-Darstellung einer Holokarte handelte.

Kelric atmete aus. »Planet«, krächzte er.

Aus Navaks Audioverstärker drang ein scharrendes Geräusch.

Kelric versuchte er erneut. »Planet.«

Nichts.

Navak, dachte er. *Du musst antworten.*

Ein Satz erschien mitten in der Luft, grüne Buchstaben in Navaks Standard-Zeichensatz. MU#%TWORTEN IST ALS BEFEHL UNVERSTÄNDLICH.

Kelric war erleichtert. *Planet,* dachte er, diesmal nachdrücklicher. Das Wort erschien unter Navaks Antwort.

PLANET WAS?, konnte Kelric Navaks Reaktion lesen.

Such mir einen. Oder einen Stützpunkt. Irgendetwas Bewohnbares, das wir erreichen können, bevor Antrieb Vier den Geist aufgibt.

SUCHVORGANG GESTARTET, schrieb Navak.

Kelric wartete.

Und wartete.

Vielleicht gibt es nichts, was nahe genug ist. Oder Navak ist zu schwer beschädigt, um antworten zu können. Oder der Antrieb kann nicht …

OBJEKT 85B5D-E6-JHEO ENTSPRICHT DEN ANFORDERUNGEN.

Was ist es?

BEZIEHT SICH ›ES‹ AUF OBJEKT 85B5D-E6-JHEO?

Verpuggt noch mal, dachte Kelric. *Was soll ich denn wohl sonst meinen?*

ES EXISTIEREN KEINE DATEN ÜBER ›VERPUGGT N%L‹ ALS OBJEKT, druckte Navak. ALLERDINGS IST ›VERPUGGT‹ IN SPRACHDATEI 4 ALS SCHIMPF-WORT VERZEICHNET. WERDEN WEITERE INFOR-MATIONEN GEWÜNSCHT?

Ich wünsche, dachte Kelric, *dass du mir alles gibst, was du über Objekt 85B5D –* er starrte mit zusammengekniffenen Augen auf den ›Schirm‹ – *E6-JHEO hast.*

ES HANDELT SICH UM EINEN PLANETEN. NAME: COBA. EINWOHNER: MENSCHLICH. STATUS: GESPERRT.

Kelric schluckte. Einwohner. Hilfe. Vielleicht würde er dieses Chaos ja doch überleben.

Kurs auf Coba nehmen, dachte er.

Buch Eins

Die Jahre 960–966
des modernen Zeitalters

I
Dahl

1

Erster Zug: Goldene Kugel

Deha Dahl, Verwalterin des Dahl-Anwesens, war in das Würfelspiel vertieft. Sie legte einen Kubus in die Struktur aus Kugeln, Pyramiden und verschiedenen Polyedern auf dem Tisch. Ihre Gegnerin, eine der eher Unerschrockenen aus ihrer Gefolgschaft, wischte sich den Schweiß von der Stirn und betrachtete aufmerksam die Steine.

Während Deha darauf wartete, dass die Gefolgsfrau ihren nächsten Zug machte, blickte sie sich um. Sie saßen im Korallen-Zimmer, einem runden Raum, der zwanzig Schritte im Durchmesser haben mochte. Nahe dem Fußboden waren die Wände in einem tiefen Scharlachrot gestrichen, doch wenn man weiter nach oben schaute, ging die Farbe sanft in immer hellere Korallentöne über, bis sie ganz oben zur Kuppeldecke hin in Weiß ausliefen. In die Kuppeldecke hoch über ihren Köpfen waren Mosaike eingelegt. Die drei Türöffnungen des Raumes waren geschwungene Bögen, die auf ihrem Rücken jeweils in ein kreisförmiges Fenster aus verziertem Buntglas übergingen. Die Türblätter bestanden aus massivem Bernsteinholz. Deha bestand darauf, dass nur die edelsten Materialien in diesen Zimmern verwendet wurden; in diesen Zimmern, in denen sie Quis spielte: mit ihren Gefolgsleuten, mit ihresgleichen – und mit ihren Gegnern.

Ihr Publikum, Gefolgsfrauen des Anwesens, saßen in geschnitzten Stühlen um den Tisch. Sie verfolgten schweigend das Spiel; manche wünschten sich zweifels-

ohne, sie könnten den Platz der schwitzenden Gefolgsfrau einnehmen, anderen wiederum waren dankbar,
dass nicht sie Teil dieses Denk-Duells waren. Alle wussten, dass Verwalterin Dahl diese Partie anberaumt
hatte, um zu sehen, wie ihre Gegenspielerin, eine Gefolgsfrau, die bald befördert werden sollte, dem Druck
standhielt, einer Spiel-Königin gegenüberzusitzen.

Eine Hand berührte Dehas Schulter. Verwalterin Dahl
blickte sich um und war erstaunt, eine Gefolgsfrau zu
sehen, die nicht zu denen gehörte, die sie ausgewählt
hatte, dieser Partie beizuwohnen.

Die Gefolgsfrau verneigte sich. »Es tut mir Leid, Euch
stören zu müssen, Ma'am. Aber Kommandantin Hacha
dachte, Ihr würdet es sicherlich sofort wissen wollen.
Ein Luftfahrzeug ist in den Bergen nahe dem Dahl-Pass
abgestürzt.« Sie machte eine Pause. »Es scheint nicht
von Coba zu stammen.«

Es hatte eine Zeit gegeben, da hätte Deha die Über-
bringerin einer solchen Nachricht sofort zum Heim der
Untergehenden Sonne für die Geistig Schwachen bringen lassen. Inzwischen nicht mehr. Sie stand auf. »Sagt
Hacha, ich will sie sofort in meinem Arbeitszimmer
sprechen.« Dann blickte sie zu ihrer Gegenspielerin.
»Wir setzen unsere Partie später fort.«

Die Gefolgsfrau nickte und wollte gerade etwas sagen,
hielt jedoch inne. Ihr Blick war starr auf einen Punkt hinter Deha gerichtet. Sie stand auf und verneigte sich,
nicht vor Deha, sondern vor jemand anderem. Dehas
restliche Gefolgschaft folgte ihrem Blick; hastig schoben
die Frauen ihre Stühle zurück, erhoben sich und verneigten sich dann ebenfalls.

Deha wandte den Kopf, um zu sehen, wer eine solche
Reaktion ihrer Gefolgschaft hervorrief. Eine Eskorte
war in einer der Türen erschienen, Soldatinnen in der

24

Uniform ihrer Stadtwache. In ihrer Mitte stand ein Mädchen mit grauen Augen – ein Kind, das kurz davor stand, zur Frau zu werden, mit feurigem Haar, dass in dichten Locken ihr Gesicht umrahmte und in einem dicken Zopf weit über ihren Rücken fiel. Sie war groß für ihr Alter und wirkte wie die Reinkarnation einer jungen Kriegerkönigin, die all die Jahrhunderte überwunden hatte und aus dem Alten Zeitalter in die moderne Welt getreten war.

Deha ging zu dem Mädchen hinüber und verneigte sich. »Ixpar! Was führt Euch hierher?«

Ixpars Gesicht glühte vor kaum verhohlener Aufregung. »Ich habe von dem Flieger gehört, der in der Nähe vom Dahl-Pass abgestürzt ist. Ich möchte mich dem Rettungstrupp anschließen.«

Innerlich stieß Deha einen Fluch aus. Es wäre Irrsinn zuzulassen, dass Ixpar mit ihnen kam. Sie war kein normales Kind. Ixpar Karn: Das bedeutete ›Ixpar vom Anwesen Karn‹. Von den Zwölf Anwesen war Karn das größte, größer sogar als Dahl. Es war auch das älteste. Die Verwalterin von Karn regierte nicht nur über ihr eigenes Anwesen: Als Ministerin stand sie in der Hierarchie aller Anwesen am höchsten. Und sie hatte dieses Mädchen zu ihrer Nachfolgerin ernannt. Eines Tages würde Ixpar über Coba herrschen.

Doch wenn Dahl Ixpar nun nicht mitkommen ließ, riskierte sie damit, Karn zu verärgern. Das Mädchen stellte jetzt schon einen eigenen Faktor im Machtgefüge der Anwesen dar. Gerüchten zufolge legte die Ministerin auf die Meinung ihrer jungen Nachfolgerin mehr wert als auf die ihrer Ersten Gefolgsfrauen.

Schließlich gewann die politische Umsicht die Oberhand. »Also gut«, stimmte Deha zu. Als Ixpar über das ganze Gesicht strahlte, hob sie die Hand. »Aber ich

möchte, dass Ihr die ganze Zeit über bei meiner persönlichen Eskorte bleibt.« Sie blickte zu den Bergen hinüber.
»Wir wissen nicht, was da oben abgestürzt ist.«

In ihrer Gästesuite war Ixpar gerade dabei, Wanderklei-
dung anzulegen: einen Pullover, Lederhosen, dazu eine
Lederjacke. Als sie die Suite verließ, traf sie im Eingangs-
Foyer auf ihre Eskorte: vier hoch gewachsene Wachen,
mit Betäubern bewaffnet, die sie durch Dahl begleiten
würden. Immer gab es Wachen! Manchmal hatte sie Lust
dazu, sich zu verstecken oder fortzulaufen. Doch sie
widerstand dem Drang, da sie wusste, sie wäre die Einzige, die das unterhaltsam finden würde.

Wachen oder nicht, sie genoss auf jeden Fall die Wanderung. Es war schwer zu glauben, dass das Anwesen
einst eine schwer bewaffnete Festung gewesen sein
sollte. Schon vor langer Zeit war, was einst nur funk-
tionsgerecht hatte sein müssen, mit dem Blick für das
Schöne, das man bis heute genießen konnte, umgestaltet
worden; auf den steinernen Böden lagen Teppiche, in
den einst verbarrikadierten Fenstern glitzerten jetzt
gelbe Scheiben mit Facettenschliff. Einstmals enge
Gänge waren jetzt weitläufige Arkaden, die um Säle von
ungeheurer Ausdehnung herum führten, von diesen nur
hin und wieder durch schlanke Säulen getrennt. Und so,
wie einst die Kriegerkönigin von Dahl von diesem Anwesen aus regiert hatte, nutzten Deha und ihre Gefolgschaft es jetzt als ihre Residenz.

Sie verließen das Anwesen und durchquerten die
Stadt. Die Straßen waren mit blauen Kopfsteinen ge-
pflastert, die Wege und Pfade wanden sich zwischen
den Gebäuden aus blassblauem oder lavendelfarbenen
Steinen hindurch; fast jedes Haus trug wenigstens ein

Türmchen auf dem Dach. Von den Spitzen dieser Türmchen hingen Ketten herab, an denen metallene Quis-Steine baumelten. Wenn der Wind wehte, was fast immer der Fall war, schwangen und klangen diese Ketten und glitzerten in der Sonne. Die Gruppe ging an hellen Tempeln vorbei, die der Sonnengöttin Savina geweiht waren, oder Sevtar, dem Gott der Morgendämmerung; sie sahen Ballspielfelder, auf denen ausgelassene Spieler tobten, Männer und Frauen, deren Lachen vom Wind zu ihnen hinübergetragen wurde. Der Tag war sonnenklar, recht stürmisch und frisch. Ixpar hätte es Freude gemacht, herumzutollen, herumzubrüllen, sich irgendwo Ärger einzuhandeln. Das ging natürlich nicht. Trotzdem würde dies ein prächtiger Tag werden.

Ixpar kannte den Weg zum Flugplatz gut: Die Ministerin brachte sie oft hierher nach Dahl, um dem Anwesen, das über viele Jahre ein Verbündeter des Karn-Anwesens gewesen war, einen Besuch abzustatten. Diesmal hatte Ministerin Karn sie allein hierher geschickt. Es wurde auch Zeit. Ixpar hatte schon lange das Gefühl, sich unter einem Joch aufbäumen zu müssen, sich freikämpfen zu müssen, um endlich ihre Schwingen ausbreiten und sich in den Himmel aufschwingen zu können, frei, nur von den Machtströmungen, die zwischen den Anwesen existierten, getragen wie ein Vogel vom Wind.

Auch andere Dinge fühlte Ixpar, Dinge, Gefühle, die ihr weniger leicht verständlich zu sein schienen als Politik. Sie kam sich unendlich unbeholfen vor, so groß und schlaksig, wie sie war, mit ihren riesigen Füßen. In letzter Zeit war sie schnell wie eine Spindelhalmpflanze gewachsen. Sie musste an Tev denken, einen jungen Mann, schlank und muskulös, mit lockigem Haar. Nachts warf sie sich im Bett hin und her und erinnerte sich daran, dass die Absichten einer Frau einem Mann gegenüber stets ehrenvoll zu sein hatten. Das half nur überhaupt nichts. Sie konnte nicht damit aufhören, sich Möglichkeiten auszudenken, wie sie ihn überreden könnte, seiner Ehre doch ein wenig Schaden zufügen zu lassen.

Das Grollen eines Flugzeugtriebwerks unterbrach ihre Gedanken. Dort, wo die Straße zu Ende war, lag der Flugplatz. Zusammen mit ihrer Eskorte überquerte Ixpar das letzte Stück gepflasterten Weges und trat dann auf das Rollfeld hinaus. Das Flughafenpersonal rollte gerade zwei Windreiter hinaus, Fluggeräte, angemalt wie riesige Höhenfalken: die Schwingen aus rotem Gefieder schwarz eingefasst, die Köpfe gold glänzend, und das Fahrwerk so schwarz wie Vogelklauen. Sie sahen aus, als seien sie jederzeit bereit, sich in den Himmel hinaufzuschwingen.

Der Rettungstrupp versammelte sich in der Nähe eines der Hangars. Abgesehen von Deha gehörten zu der Gruppe noch Rohka, die Erste Ärztin des Anwesens, und der junge Doktor Dabbiv, der mit ernster Miene auf eine Pilotin einredete. Dehas persönliche Eskorte stand an den Toren zum Hangar: Hacha, die Kommandantin der Eskorte, Rev, ein breitschultriger Mann, der fast alle anderen Anwesenden reichlich überragte, die schlanke Llaach mit ihrem pechschwarzen Haar, und Balv, der jüngste der vier.

Bald darauf saß Ixpar im gleichen Flieger wie die Eskorte, am Steuer saß Balv. Er ging die Startvorbereitungen durch, als wäre völlig normal, was er da tat. Na ja, das hier war ja auch Dahl. Hier war alles anders. Moderner.

Hacha saß neben Ixpar. Ebenso hoch gewachsen wie Rev, dabei aber schlanker, sah die Kommandantin genau so aus, wie es ihr Name schon andeutete: zäh und schroff. Sie folgte Ixpars Blick, die immer noch Balv ansah, und sagte glucksend: »Ist schon ein hübscher Anblick, was?«

Ixpar schoss das Blut ins Gesicht. »Ich habe nur bei seinen Flugvorbereitungen zugeschaut.«

Deha setzte sich in den Sitz der Copilotin und lehnte sich dann zurück, um mit Hacha zu sprechen, womit Ixpar weitere Peinlichkeiten erspart blieben. Vorsichtig, um nicht wieder dabei erwischt zu werden, dass sie andere anstarrte, betrachtete sie die Verwalterin. Ein schwarzer Zopf reichte Deha bis zur Hüfte, einzelne Haare, die sich aus dem Zopf gelöst hatten, umrankten ihr klassisch geschnittenes Gesicht. An den Schläfen war ein feiner Hauch von Silberglanz zu erahnen. Das Faszinierendeste an ihr jedoch waren ihre Augen: Groß und schwarz zogen sie alle Aufmerksamkeit auf sich.

Der Reiter hob bald ab, die Lamellen der Schwingen breiteten sich aus wie riesige Federn, um den Wind einzufangen. Die Kuppel des Observatoriums glitt unter ihnen vorbei, sie glitzerte im Sonnenlicht. Als sich das Luftfahrzeug immer weiter vom Boden entfernte, kamen andere Türme ins Blickfeld, Spitztürme, die sich hoch in den Himmel reckten. Aus der Luft betrachtet sah das Anwesen aus wie eine Skulptur: Brücken aus gefrorener Spitze führten in eleganten Bögen über Höfe; im Licht der Sonne glitzerten die Zinnen wie altes Gold, und die geschwungenen Wände schienen das Ganze wie mit einem rundgebogenen Rahmen zu umfassen.

Dann ließen sie die Gartenanlagen hinter sich, und die Calanya von Dahl kam in Sicht.

Ixpar presste die Nase gegen die Scheibe und versuchte, einen Blick auf die Calanya zu erhaschen, die zu betreten ihr verboten war. Die Gartenanlagen, von einer massiven Mauer zum Schutz gegen die Winde Cobas umgeben, bildeten einen riesigen Teppich aus Rasenflächen und Seen, mit Myriaden bunter Blüten gesprenkelt. Ixpar konnte gerade einen Springbrunnen erkennen, gekrönt von einer Skulptur, einem Hazellen-Bock, der sich auf die Hinterbeine aufbäumte. Wasser strömte in hohem Bogen aus seinen Hörnern und ergoss sich glitzernd in ein Becken.

Je höher sie stiegen, umso leichter konnte Ixpar sich ein Bild davon machen, wie sich die Stadt Dahl in ihr Tal schmiegte; auf den Straßen waren als kleine, bunte Flecken Fußgänger zu erkennen. Der Reiter stieg weiter und weiter in den Himmel, und Dahl wurde kleiner und kleiner, bis es nur noch ein farbiges Muster im Panorama der Teotec-Berge war. Vor ihnen ragten Berge so hoch in den Himmel auf, dass Ixpar schwindlig wurde bei dem Versuch, zu den Kuppen aufzusehen; unter ihnen, tief unter ihnen, lagen bewaldete Hügel, die sich bis jenseits des Horizonts erstreckten. Weit, weit hinter dem Horizont, so wusste Ixpar, verwandelten sich die Hügel in steile Klippen, die über einer windgepeitschten Wüste aufragten.

Dort, einen Tagesritt in die Wüste hinein, hatten die Fremden ihren Raumhafen errichtet.

Raumhafen. Das Wort klang unheimlich. Menschen, die von einem Ort kamen, der jenseits des Himmels lag. Ixpar hatte sie vor Jahren gesehen, als ihre Militär-Kommandantinnen nach Karn gekommen waren; beeindruckende Kriegerköniginnen, die hart und unbeugsam gewirkt hatten. *Skolianer* hatten sie sich selbst genannt, obwohl sie genau so ausgesehen hatten wie Cobaner. Ihr Wunsch nach einem Hafen in der Wüste hatte Ministerin Karn beunruhigt. Nun spürte Ixpar die gleiche Unruhe auch in Deha: Besorgnis darüber, dass, was auch immer in den Bergen abgestürzt war, nicht von Coba stammte.

»Da! Da unten!« Deha musste schreien, damit man sie bei über den Lärm der Motoren hinweg überhaupt verstehen konnte. »Unterhalb dieser Klippe, da habe ich etwas gesehen! Ein Schimmern, wie Metall.« Sie blickte zu Balv. »Kannst du uns runterbringen?«

Balv kniff die Augen zusammen, um sich vor dem Glitzern des Schnees zu schützen. »Hinter diesen Felsen da ist genug Platz.«

Der Reiter sank hinab, die Lamellen der Schwingen falteten sich zusammen wie riesige Federn. Mit einem knirschenden Geräusch wurden die Schneeskier ausgefahren, dann segelte das Fluggerät über den Schnee hinweg, die Kabine wurde jedes Mal aufs Neue durchgeschüttelt, wenn eine der Kufen über einen Felsbrocken schrammte. Als sie an einer riesigen Schneewehe vorbeiglitten, ließ Balv ruckartig die Schwingen zusammenklappen, sie wurden glatt an die Außenhülle des Reiters angelegt. Nachdem sie wieder freie Fläche um sich herum hatten, klappte er die metallenen Handschwingen aus und bremste so gegen den Wind, bis der Reiter schlitternd zum Stehen kam.

Kommandantin Hacha stieg als Erste aus, gefolgt von Balv, Deha und Ixpar. Llaach und Rev kamen als Letzte. Nicht nur, dass die Wachen Betäuber am Gürtel hängen hatten: Rev trug einen Diskus mit geschliffenem Rand in einer Schlinge über der Schulter, Llaach hatte einen Dolch in ihrem Stiefel.

Der zweiter Reiter landete, weitere Wachen und der Doktor stiegen aus. Hacha übernahm die Führung, und gemeinsam marschierten sie zu einem kleinen Hügel aus großen Felsbrocken hinüber, der das abgestürzte Luftfahrzeug verdeckte. Ixpar kletterte den Hügel hinauf; in ihrer Eile brachte sie zahlreiche kleinere Felsbrocken ins Rutschen. Sie erreichte die Spitze – und schaute auf die Trümmer eines Raumschiffs, das dampfend im Schnee lag.

Unglaublicherweise war es kaum größer als ein Windreiter. Selbst das Wrack ließ noch erkennen, wie elegant es ausgesehen haben musste: eine Alabaster-Skulptur, die an den Bergen zerborsten war.

Hacha erreichte das Wrack als Erste. Sie verschwand in einem Loch in der Außenhülle, kam jedoch fast sofort wieder zum Vorschein. »Da drin liegt ein Pilot!«, rief sie. »Ich glaube, er lebt noch.«

Rutschend liefen sie den Hügel hinunter, ihre Stiefel wirbelten Schnee auf. Als Rev das Schiff erreicht hatte, griff er nach einem Stück der metallenen Außenhülle, bog es nach oben und vergrößerte so den Spalt, den der Absturz in die Hülle gerissen hatte, damit die anderen das Schiff ebenfalls betreten konnten. Im Inneren des Schiffes herrschte Chaos: zusammengebrochene Schotts, aus den Schalttafeln sprühten immer wieder Funken, überall Splitter und Scherben. Der Pilot war über der vorderen Steuertafel zusammengebrochen.

Rohka, die Erste Ärztin des Anwesens, kniete sich neben ihn. »Er atmet noch.«

»Wir sollten ihn hier 'rausschaffen«, schlug Llaach vor. »Wenn dieses Fluggerät wie ein Windreiter funktioniert, könnten diese Funken da ein Feuer entfachen. Dann kann das ganze Schiff explodieren.«

»Ich bezweifle, dass Raumschiffe mit Benzin betrieben werden«, warf Doktor Dabbiv ein.

Rohka sah Rev und Hacha an, die beiden größten der Gruppe. »Könnt ihr ihn tragen?«

Gemeinsam hoben Hacha und Rev den Mann vorsichtig aus seinem Sitz. Sie trugen ihn aus dem Schiff hinaus und zu einer Felswand hinüber, von der Ixpar dachte, sie sei bestimmt dick genug, um sie sogar dann noch schützen zu können, falls das Raumschiff doch explodieren sollte. Nachdem sie ihn vorsichtig auf dem Boden abgelegt hatten, beschäftigten sich die beiden Ärzte mit den Verletzung des Piloten.

Ixpar kniete sich zu ihnen, um den Fremden genauer ansehen zu können. Er bestand aus Metall. Seine Haut und sein Haar schimmerten wie pures Gold. Sein Gesicht hätte eine Maske des Windgottes Khozaar sein können, so makellos schön war es. Doch während es in den Legenden hieß, Khozaar sei zart und geschmeidig wie der Wind, wirkte dieser Mann hier geradezu riesenhaft groß, sogar größer noch als Rev, und sein Körperbau war entsprechend kräftig.

Sie legte dem Piloten ihre Hand auf die Wange, um zu fühlen, ob er vielleicht Fieber hätte. Obwohl seine Haut metallisch aussah, fühlte sie sich warm an. Menschlich. Sie wollte ihn weiter berühren, sein Haar und sein Gesicht streicheln, doch sie hielt sich zurück. Stattdessen half sie den Ärzten, ihm seine zerrissene Jacke auszuziehen. Sie zerrte am Ärmel der Jacke, um ihn dem Verletzten über das Handgelenk zu ziehen … und stockte mit offenem Mund mitten in der Bewegung.

Llaach stieß einen ungläubigen Laut aus. »Das ist doch nicht möglich!«

»Das glaub' ich nicht!«, entfuhr es auch Balv. »Ein *Calani!* Er ist ein Calani!«

Ixpar konnte es ebenfalls nicht glauben. Doch die Hinweise waren eindeutig: Jetzt, wo sie den Ärmel im Versuch, ihm dem Verletzten auszuziehen, glatt gezogen hatte, könnte man sie sehen: drei metallisch glänzende

Armreifen um – auch das konnten sie jetzt erkennen – jeden seiner Oberarme.

»Drei Reifen«, meinte Rev mit grollender Stimme. »Das ist ein Calani dritten Ranges.«

»Im Namen des Windes!«, warf Dabbiv ein. »Er kann gar kein Calani sein! Er ist doch noch nicht einmal von diesem Planeten!« Der Doktor schob einen Uniformfetzen von der Hüfte des Mannes. »Die haben keine ... hey!« Er ließ den Stoff fallen. »Seht euch das an!«

Eine Waffe, riesig, schwarz, hing glitzernd an der Hüfte des Mannes.

»Das ist eine Art Betäuber«, erklärte Llaach. »Was macht denn ein Calani mit einer Waffe?«

Kommandantin Hacha runzelte die Stirn. Dann ging sie zurück zu Deha und den anderen Wachen, die das Schiff untersuchten. Offensichtlich glaubte die Verwalterin nicht, dass es explodieren könnte; alle kletterten an und in dem Wrack herum.

Ixpar wandte ihre Aufmerksamkeit wieder dem Piloten zu. Sie wusste nicht, was sie beunruhigender fand: einen Calani von einem anderen Planeten, oder einen Calani, der eine Waffe trug. Sie fuhr mit ihren Fingerspitzen über die Gravierungen auf den Armreifen. »Hier sind skolianische Hieroglyphen!«

Dabbiv blickte kurz auf, er schiente gerade das Bein des Mannes. »Ihr könnt Skolianisch lesen?«

»Ministerin Karn wollte, dass ich es lerne.«

»Könnt Ihr den Namen seines Anwesens herausfinden?«, fragte Balv.

»Irgendetwas mit einem Offiz«, konzentrierte sich Ixpar. »Das ist ein Titel ... Drittes Offiz, glaube ich. Das muss sein Calanya-Grad sein.« Sie setzte die Gravur zusammen. »Jaggiger Imperial Drittes Offiz. Nein, das heißt *Offizier*, nicht *Offiz*. Tertiär-Offizier?« Erneut studierte sie die Hieroglyphen. »Jagernaut. *Das* steht da! Jagernaut Tertiär, Kelricson Garlin Valdoria. Imperiales Raumfahrt-Kommando.«

»Und was bedeutet das?«, wollte Llaach wissen.

»Wenn wir ihn nicht schnellstens in ein Med-Haus schaffen«, warf Dabbiv ein, »ist das bald völlig bedeutungslos! Dann ist er nämlich zu tot, um noch von Interesse sein zu können.«

Hinter ihnen hörten sie die Stimme von Verwalterin Dahl. »Dieser Mann ist ein Bürger des Imperialats. Ihr alle kennt die Sperrgesetze. Wir dürfen mit ihm keinerlei Kontakt haben. Wir müssen ihn unmittelbar zu ihrem Raumhafen bringen.«

Ixpar stand auf. »Er ist verletzt. Er braucht unsere Hilfe.«

»In ihrem Raumhafen gibt es medizinische Einrichtungen«, entgegnete Deha.

»Er wird sterben, bevor wir dort ankommen«, gab Rohka zu bedenken.

Deha sah den Doktor nachdenklich an. Dann wandte sie sich an Ixpar. »Würdet Ihr bitte mit mir kommen?«

Die Verwalterin führte sie hinter einen der anderen großen Felsbrocken. Dort standen bereits Hacha und Rev; sie studierten eingehend eine Abdeckplatte des Wracks. Darauf leuchtete ein Symbol, ein schwarzes Dreieck, in das ein bernsteinfarbener Kreis eingezeichnet war. In das Innere dieses Kreises war in Gold die Silhouette einer explodierenden Sonne eingeprägt.

»Erkennt Ihr dieses Symbol?«, fragte Deha Ixpar.

»Es wird die Rubin-Kokarde genannt«, antwortete Ixpar.

»Was bedeutet das?«

Konzentriert versuchte Ixpar, sich ins Gedächtnis zurückzurufen, was der Offizier der Abteilung für

Öffentlichkeitsarbeit der imperialen Delegation damals Ministerin Karn erzählt hatte. »Rubin bezieht sich auf die Herrscher eines alten Reiches, das vor dem Imperialat existiert hatte. Die Rubin-Dynastie.«

»Ich dachte, ein Rat würde das skolianische Imperialat regieren«, meinte Deha.

»Jetzt schon. Die Versammlung.« Ixpar fuhr mit den Fingerspitzen über die Kokarde. »Das Rubin-Reich ist vor fünftausend Jahren zusammengebrochen. Anscheinend sind nur Ruinen davon übrig geblieben.«

»Diese Insignien sind Bestandteil der Identifikation dieses Piloten.«

»Als das Imperialat gegründet wurde, vor etwa vier Jahrhunderten, wurde beschlossen, das Rubin-Symbol in ihre Insignien mit aufzunehmen.« Ixpar zuckte mit den Schultern. »Die setzen das überall drauf.«

Deha sah sie besorgt an. »Aber das gehört zu seiner persönlichen ID.«

Seiner persönlichen ID? Das machte Ixpar neugierig. »Vielleicht stammt er aus der Blutlinie der Rubin-Dynastie.«

»Wäre das irgendwie von Bedeutung?«

»Ich weiß es nicht.« Sie dachte darüber nach. »Wir sollten ihn auf jeden Fall nach Dahl bringen.«

»Wenn er sich wieder erholt, wird es nicht lange dauern, bis ihm klar wird, dass es keinen Grund für die Sperr-Klausel gibt, die uns zu gewähren wir sein Militär überzeugen konnten.« Deha verzog das Gesicht. »Und wenn er sich entschließt, das Imperiale Raumfahrt-Kommando zu informieren? Derzeit glauben die noch, dass mit uns irgendetwas nicht stimmt. Das ist der einzige Grund, weswegen sie uns in Ruhe lassen. Wollt Ihr wirklich, dass das IRK ein förmliches Assimilations-Verfahren für Coba einleitet? Ihr habt deren Kriegerköniginnen selbst kennen gelernt, Ixpar! Die erobern einfach. Punkt! Diese Sperrung dient nur unserem eigenen Schutz!«

»Das sind doch nicht alles Kriegerköniginnen! Ihre Streitkräfte bestehen zur Hälfte aus Männern.« Ixpar warf einen Blick auf den Piloten. »So schlimm kann so eine Armee doch gar nicht sein.«

»Diese Vermutung resultiert aus dem, was Ihr von unserer eigenen Kultur wisst. Nicht auf ihrer!«

Ixpar wandte ihr den Rücken zu. »Wenn wir ihn zum Raumhafen bringen, werden wir den Leuten dort einen Leichnam übergeben. Und diese imperialen Kriegerköniginnen, die Ihr so fürchtet, werden wohl kaum einfach nur kommen, seinen Leichnam mitnehmen und vergessen, dass wir einen ihrer Söhne haben sterben lassen.« Sie dachte daran, wie sich seine Wange in ihrer Hand angefühlt hatte, wie sehr sie mehr von ihm hatte berühren wollen. »Und seht ihn Euch doch an: Er ist so schön!«

»Dass er ein gut aussehender junger Mann ist und nicht eine alte, runzlige Verwalterin, mindert in keiner Weise die Gefahr.« Deha sah sie nachdenklich an. »Überwacht irgendjemand vom Raumhafen aus dieses Gebirge?«

»Das glaube ich nicht. Dieser Raumhafen ist vollautomatisiert. Da sind gar keine Leute. Gelegentlich haben wir gehört, dass ein Schiff zum Auftanken gekommen ist, aber die Mannschaften verlassen den Raumhafen nie.«

»Dem Logbuch des Schiffes zufolge ist der Kontakt mit dem Piloten beim Absturz abgerissen.«

Ixpar begriff, was Deha unausgesprochen ließ: Wenn sie den Piloten begruben und sein Schiff zerstörten, wäre ihre Anonymität gesichert. Doch als sie noch einmal zu dem Piloten blickte, war es Begierde und der Gedanke an Vaterschaft, was ihr durch den Kopf schoss. Ihr Instinkt verlangte, ihn zu beschützen. »Nein, Deha! Was ist, wenn wir ihn nach Dahl bringen und ihn nie wieder gehen lassen? Seine Leute haben ihn ohne jeden Schutz ausgesandt. Es ist doch ihre eigene Schuld, dass das passiert ist. Er gehört jetzt zu uns.«

»Er könnte entkommen. Das dürfen wir nicht riskieren.«

Doktor Dabbiv kam zu Deha herüber. »Wenn wir sein Leben retten wollen, müssen wir so schnell wie möglich nach Dahl aufbrechen!«

Deha schaute den Skolianer an. Im Sonnenlicht glänzten seine Haut, sein Haar und seine Armreifen wie pures Gold. Leise sagte sie: »Er ist wirklich wunderschön.«

Dann wurde ihre Stimme wieder sachlich. »Also gut. Bringt ihn in meinen Reiter. Wir nehmen ihn mit nach Dahl!«

2

Erste Struktur: SphärenRing

Es war ein blauer Eiswald, die Zweige ein filigranes Muster aus dünnen Fäden.

Nach und nach begriff Kelric, dass der Wald in Wirklichkeit eine Decke war, die über seinen Augen lag. Er zog in Erwägung, sie herunterzuziehen. Während er immer wieder einschlief und kurz erwachte, setzte sich dieser Gedanken langsam in seinem Hirn fest, bis schließlich eine Tat daraus wurde. Er bewegte den Kopf, nur ein wenig, aber genug, dass die Decke verrutschte und er an dem Blau vorbeischauen konnte.

Es sah mehr Blau: eine Wand, nahe dem Boden saphirfarben gestrichen, nach oben wurden die Blautöne der Wand immer heller, nahe der Decke gingen diese in einen Elfenbeinton über. Sonnenlicht fiel durch ein Bleiglasfenster, dessen rautenförmige Scheiben aus mattiertem Glas mit Facettenschliff bestanden. Der Wind bewegte die Vorhänge, sodass er immer wieder einen kurzen Blick auf Himmel und Berge erhaschen konnte. Ein Tisch stand in der Nähe des Fensters, umgeben von vier Stühlen, die mit einem geschnitzten Blättermuster verziert waren.

Ein Mädchen trat in Kelrics Blickfeld. Als Erstes sah er nur die prächtige Mähne roten Haars, das in Wellen bis zu ihren Hüften herabfiel.

»Wer …?«, fragte er.

Sie trat näher und antwortete auf Skolianisch, allerdings mit einem deutlich erkennbaren Akzent. »Du bist wach?«

»Weiß nicht genau … Gibt es dich wirklich?«

»Ganz und gar wirklich, Kelricson.« Sie legte ihm ihre Hand auf die Stirn. »Ich bin Ixpar.«

»Woher kennst du meinen Namen?«

»Von deinen Armreifen. Sie gehören zu deiner Uniform, ja?«

»Ja …«

Ihre Fingerspitzen fuhren zu seinem Kinn und verweilten dort ein wenig. Dann zog sie ihre Hand zurück. »Wir haben dich gefunden, nachdem du über Dahl abgestürzt bist.«

Er wollte fragen, wer oder was Dahl war, doch das war viel zu anstrengend. Also genoss er einfach nur die warmen Decken. Ixpar tupfte ihm mit einem Tuch den Schweiß von der Stirn.

Nach einer Weile sagte er: »Nicht Kelricson.«

»Dein Name ist nicht Kelricson?«, fragte sie nach.

Bruchstücke einer Erinnerung ging ihm durch den Kopf: wie er bei einer Sitzung der Versammlung angekündigt worden war. Sein Erbe verlieh ihm einen Ehrensitz, und sein Pflichtgefühl hatte ihn dazu getrieben, tatsächlich zu erscheinen, doch er war sich äußerst fehl am Platze vorgekommen – ein übergroßer Soldat, der nichts bei den Ratsmitgliedern verloren hatte. Weder das politische Leben noch das Sprechen vor einem Publikum waren ihm je besonders leicht gefallen. Also hatte er die gesamte Sitzung über geschwiegen.

»Nicht-Kelricson?«, fragte Ixpar. »Bist du noch da?«

Er schaute zu ihr auf. »Was?!«

»Du wolltest mir gerade sagen, wie du heißt.«

In seinen Erinnerungen kündigte der Mann ihn immer noch an, mit seinem vollständigen Titel. Also wiederholte er einfach nur, was er hörte. »Kelricson Garlin Valdoria kya Skolia, Im'Rhon der … der Rhon der Skolias.

»So viele Namen. Möchtest du mit deinem vollen Namen angesprochen werden?«

»Nur Kelric.« Seine Augenlider fühlten sich schwer an. »In Träumen ... braucht man kein Gepäck.«

Das Mädchen lächelte. »Ich werde Deha ausrichten, dass du findest, ihr Anwesen sei ein Traum.«

»Deha?«

»Sie ist die Verwalterin von Dahl. Sie hat den Trupp angeführt, der dich gerettet hat.«

»Kannst du ihr noch etwas ausrichten?«

»Was immer du möchtest.«

Leise sagte Kelric: »Sag ihr, dass ich für immer in ihrer Schuld stehe.« Dann glitt er zurück in die Bewusstlosigkeit.

Dunkelheit und Licht wechselten sich ab. Kelric war sich seiner Umgebung nur vage bewusst; welche Medizin die Ärzte ihm auch immer verabreichen mochten, sie vernebelten seinen Verstand und ließen die Tage zu einem einzigen Schleier zusammenschmelzen. Seine NanoMeds versuchten nicht, diese Medikamente zu neutralisieren; doch er wusste nicht, ob das daran lag, dass Bolt zu dem Schluss gekommen war, diese Medikamente seien hilfreich, oder daran, dass sein System nicht richtig funktionierte. Auf seine Nachfragen reagierte Bolt nicht.

Eines Nachts, ein warmer Windhauch strich zwischen den Vorhängen hindurch, erwachte er halb und sah eine hoch gewachsene Gestalt neben seinem Bett stehen.

»Ixpar ...?«, fragte er.

»Sie schläft«, antwortete die Frau. Ihr Skolianisch war von einem so schweren Akzent geprägt, dass er sie kaum verstand, doch ihre volltönende Stimme gefiel ihm, und sie war von einer Aura der Macht umgeben, die er sogar in seinem halb betäubten Zustand wahrnahm. Sternenlicht fiel durch das Fenster und schien ihren schlanken Körper in flüssiges Silber zu tauchen. Die Frau trug ein schlichtes langes Kleid, das ihren Körper bedeckte, ohne ihre natürliche Anmut zu verhüllen. Ihre Züge waren sehr regelmäßig: hohe Wangenknochen, eine gerade Nase, glatte Haut. Dann lenkten ihre Augen seine Aufmerksamkeit auf sich: groß und dunkel, von feinen Fältchen umgeben, sahen sie wie dunkle Teiche aus, die ihn in die Tiefe zu ziehen drohten.

Kelric konzentrierte sich auf die Fremde, doch seine Kyle-Rezeptoren fingen nur einen Namen auf. Day? Deha? Dann flammte Schmerz in seinen Schläfen auf und zwang ihn dazu, seine Konzentration zu lockern.

Deha setzte sich auf das Bett und legte ihm die Hand auf die Stirn.

»Heiß«, murmelte er.

»Sehr sogar«, stimmte sie zu. »Dein Fieber will nicht gehen.«

»Wie lange schon hier?«

»Einen Zehntag und noch etwas.«

»Zehn Tage?« Er versuchte sich aufzusetzen. »Muss meine Staffel kontaktieren.«

Deha schob ihn sanft wieder auf sein Kissen zurück. »Du musst erst einmal ruhen.« Sie strich ihm eine Locke aus dem Gesicht, dann streichelte sie sanft sein Haar. »Goldener Calani«, murmelte sie.

»Calani?«, fragte er. Doch er war eingeschlafen, bevor sie antwortete.

Kelric bäumte sich gegen den Streckverband auf, der ihn vom Brustkorb bis zu den Zehen bedeckte, und erbrach sich in die Schale, die ihm der Pfleger entgegenhielt. Nachdem die Spasmen aufgehört hatten, ließ er sich wieder auf das Bett sinken. Der Raum war voller Leuten: Sein Pfleger reinigte ihm das Gesicht, ein anderer Pfleger brachte die Schale fort, kräftig gebaute Wachen standen an der Tür, Ärzte unterhielten sich im Flüsterton. Kelric wünschte sich, sie würden alle fortgehen, damit ihm wenigstens beim Erbrechen ein wenig Privatsphäre blieb.

Ein Mann sprach Kelrics Namen aus. Er blickte auf und sah, dass Doktor Dabbiv und Llaach, die Wache, ihn ansahen. Wieder sagte der Doktor etwas. Obwohl Kelric bereits ein paar Worte der hier üblichen Sprache gelernt hatte, würde es noch lange dauern, bis er auch nur einfache Sätze verstand. Als er den Kopf schüttelte, wiederholte der Doktor langsam, was er gesagt hatte.

Übersetzen, dachte Kelric und hoffte, Bolts Genesung schreite ähnlich voran wie seine eigene.

Ich kann nicht, antwortete Bolt. Mein Übers^%´´ó@-+

Was?

In meiner Datenbank sind noch nicht genügend cobanische Worte und nicht genügend Grammatik gespeichert.

Den Blick auf Dabbiv gerichtet, schüttelte Kelric wieder den Kopf und hoffte, dass die Geste eindeutig sei. Der Doktor sah ihn nachdenklich an, dann drehte er sich zu Llaach um. Nachdem er sich mit der Wache kurz beraten hatte, nickte er Kelric zu und verließ den Raum.

Llaach nahm ein Glas Wasser vom Nachtisch und bot es Kelric an. Er schüttelte den Kopf, doch sie versuchte weiterhin, ihn zum Trinken zu überreden. Das ging einige Zeit hin und her, bis Dabbiv zurückkehrte, in Begleitung von Ixpar.

Das Mädchen lächelte. »Ich grüße dich, Kelric.«

Kelric atmete erleichtert aus. »Kannst du mir sagen, was sie wollen?«

»Dabbiv sagt, du bist deihy ... wie heißt das? Dehydratiert?« Sie nahm Llaach das Glas aus der Hand und führte es ihm an die Lippen. »Ausgetrocknet.«

Kelric schob es von sich. »Nein.«

»Du solltest auf das hören, was Dabbiv sagt. Er ist ein guter Arzt.«

»Tut er mir irgendetwas in mein Essen? Medikamente?«

»Natürlich nicht. Deine Medikamente gibt er dir einzeln – die sind immer zum Trinken.«

»Bist du sicher?«

»Ja. Warum fragst du?«

»Ich glaube, das Essen und das Trinken hier ist es, wovon es mir so schlecht geht.«

Sie runzelte die Stirn. »Das würdest du nicht sagen, wenn du wüsstest, wie viel Mühe sich die Köche mit deinem Essen machen.«

»Ich weiß die Bemühungen ja zu schätzen. Aber ich bin kein Cobaner. Etwas, das für euch völlig harmlos ist, könnte für mich Gift sein.« Vor allem jetzt, wo seine NanoMeds deaktiviert waren oder ruhten.

Ixpar wandte sich an den Doktor, dann drehte sie sich wieder zu Kelric um. »Dabbiv sagt, er wird versuchen, eine bessere Ernährung für dich zu finden. Und wir können dir dein Wasser abkochen. Meinst du, das könnte helfen?«

Er lächelte. »Ja. Ich danke dir.«

»Wir werden jetzt sofort mit den Köchen reden. Aber du solltest dich jetzt ausruhen. Ich werde all diesen besorgt dreinschauenden Leuten sagen, dass sie gehen sollen.«

Viel Glück, dachte Kelric. Er hatte schon den ganzen Morgen über versucht, sie zum Gehen zu bewegen.

Ixpar sagte zu den anderen ein paar Worte – und sie gingen. Dann verbeugte sie sich und verschwand ebenfalls, ohne ein weiteres Wort.

Kelric blinzelte. Einfach so, war der Raum auf einmal leer. Wie konnte seine junge Krankenschwester solch eine Wirkung haben? Es konnte eigentlich nicht an ihrem Äußeren liegen; sie kam gerade erst in die Pubertät, schlaksig war sie, bestand fast nur aus Armen und Beinen. Aber irgendetwas schien sie zu umgeben, irgendetwas nicht näher Beschreibbares, das sie größer als jede und jeden anderen wirken ließ.

Auf jeden Fall war die neu gewonnene Privatsphäre eine Erleichterung. Kelric lehnte sich zurück und starrte die Decke an; blau gestrichen, mit Wolken und einem Vogelschwarm. Himmelsraum. Das war viel besser als ein Grab, und genau da wäre er jetzt, wenn diese Leute ihm nicht geholfen hätten. Dass Deha und Ixpar Skolianisch sprachen, ließ darauf schließen, dass es imperiale Präsenz auf diesem Planeten gab. Er musste sich wieder beim Hauptquartier melden. Inzwischen musste das Imperiale Raumfahrt-Kommando ihn bereits als ›vermisst, mutmaßlich tot‹ führen.

Ein blasses Bild entstand vor seinem geistigen Auge: eine schwebende grüne Kugel. Als er sich darauf konzentrierte, verblasste es vollends.

Bild wiederherstellen, dachte Kelric.

Erinnerungsdatei hat Integrität verloren, dachte Bolt. **Ich werde versuchen, die Auflösung zu erhöhen.**

Während die Kugel wieder erschien, verwandelte sich ein darunter liegender Schatten in eine Reihe Hieroglyphen. Es handelte sich um eine Nachricht, die ihm sein Schiff geschrieben hatte, kurz vor dem Absturz. Irgendetwas über Coba. Sperrung. Ja. Das war es. Coba war vom Imperialat zum Sperrgebiet erklärt worden.

Das ergab keinen Sinn. Der Planet war ganz offensichtlich bewohnbar, und Kelric konnte sich an keine Lagebesprechung erinnern, in der ein Planet namens Coba aufgetaucht wäre. Das, was er bisher gesehen hatte, ließ darauf schließen, dass Coba ein angenehmer Ort war, gewiss nichts, was man unter Quarantäne hätte stellen müssen.

Auf der anderen Seite hatte er bisher nur ein einziges Zimmer und ein paar Leute gesehen. Coba bedurfte auf jeden Fall der Untersuchung. Man hatte diesem Planeten bisher zu wenig Aufmerksamkeit geschenkt.

Mit Hilfe des Jungen, der ihm sein Mittagessen gebracht hatte, schaffte Kelric es, sich aufrecht hinzusetzen, verzog jedoch vor Schmerzen das Gesicht, als er spürte, wie sein Streckverband gegen sein Brustbein presste. Verpuggt primitiv, seinen Körper einfach in Gips einzuwickeln. Normalerweise würden seine NanoMeds den Heilungsprozess der gebrochenen Knochen beschleunigen. Kelric war sich jedoch nicht sicher, wie aktiv sie noch waren, nach dem Schaden, den er während des Angriffs und dann dem Absturz auf Coba genommen hatte.

Als sein Pfleger ihm ein Kissen in den Rücken gelegt hatte, rückte Kelric das Tablett auf seinem Schoß zurecht und deutete dann auf die Tür, um das ›Gespräch‹ mit dem Jungen fortzusetzen. »Du musst doch verstehen, was ich meine. Die Wachen da draußen vor meinem Zimmer, die immer da an diesem Tisch sitzen und Spielen oder so. Ich sehe sie jedes Mal, wenn die Tür geöffnet wird. Was machen die da?« Er wusste, dass der Junge kein Skolianisch verstand, doch er sprach trotzdem mit ihm. Er hatte ja sonst wenig zu tun. Obwohl er immer noch die meiste Zeit über schlief, fühlte er sich inzwischen gut genug, um wenigstens ein paar Stunden am Tag wach zu bleiben.

Der Jugendliche schaute ihn neugierig an. In seiner blauen Hose und dem weißen Hemd sah er eher wie ein Schuljunge aus denn wie ein Krankenpfleger. Nur das Sanitäts-Abzeichen und das Sonnenbaum-Emblem von Dahl verrieten es. Er goss Kelric ein weiteres Glas Taw-Milch ein und reichte es ihm, doch Kelric schüttelte wieder den Kopf.

Als der Junge es ihm nachdrücklich entgegenhielt, war aus der anderen Ecke des Raumes ein Lachen zu hören. »Vielleicht Milch nicht so gut, was?«

Kelric drehte sich um und sah im Türrahmen Deha Dahl. Sie sagte zu dem Pfleger etwas in ihrer Muttersprache, und er verneigte sich. Dann zog er sich zurück und ließ Kelric mit der Verwalterin allein.

»Ich grüße Sie, Prinz Kelricson.« Sie trat näher an sein Bett heran. »Oder vielleicht bevorzugen Sie einen militärischen Titel? Tertiär Valdoria?«

»Eigentlich bevorzuge ich ›Kelric‹.«

»Kelric.« Sie lächelte. »Dabbiv hat mir erklärt, es gehe Ihnen besser, seit wir diese besondere Diät für Sie entwickelt haben.«

»Viel besser.« Er zögerte, kämpfte mit der Unbeholfenheit, die ihn immer plagte, wenn er etwas sehr Wichtiges ausdrücken wollte – etwa Dankbarkeit der Person gegenüber, die ihm das Leben gerettet hatte. »Verwalterin Dahl, was Sie für mich getan haben … das werde ich nicht vergessen!«

Sie sah ihn mit unergründlicher Miene an. »Bedanken Sie sich nicht so schnell bei mir! Beinahe hätten wir Sie nicht hierher gebracht.«

»Wegen der Sperrklausel?«

»Ja.« Sie setzte sich zu ihm auf das Bett. »Als wir darum gebeten haben, Coba zum Sperrgebiet zu machen – wir haben nicht damit gerechnet, dass so etwas wie Sie passiert.«

»Coba hat darum *gebeten,* zum Sperrgebiet erklärt zu werden?! Warum?«

»Wir wollen nicht, dass IRK unsere Welt in Besitz nimmt.«

Er starrte sie an. »Als Teil des Imperialats stünden Coba unsere Technologie, unsere Wissenschaft und unsere Kunst zur freien Verfügung, und alle Cobaner könnten fast eintausend Planeten aufsuchen – all das! Ihr Cobaner habt darauf verzichtet, weil ihr das IRK nicht hierhaben wollt?«

»Sie benutzen harte Worte.« Sie wählte ihre Worte mit Bedacht. »Andere benutzen Worte wie ›Militärdiktatur‹, um Imperialat zu beschreiben.«

Kelric spannte sich an. »Der Imperator ist kein Diktator.«

Deha sah ihn aufmerksam an. »Erzählen Sie mir eines: Was für ein Prinz sind Sie? Der Prinz einer uralten Dynastie, richtig?«

»Der Rubin-Dynastie, ja. Aber die Rhon habe keine Macht mehr.«

»Die Rhon?«

»Meine Familie. So nennt uns das skolianische Volk.«

»Und wie nennt das skolianische Volk den Imperator?«

Er sah sie misstrauisch an. »Imperator.«

»Sie spielen Spielchen mit mir. Er ist Ihr Bruder, richtig?«

Innerlich stieß Kelric einen Fluch aus. Es wäre besser für ihn gewesen, wenn diese Leute hier weniger geschickt darin wären, Informationen aus den Wrackteilen seines Schiffes zu holen. »Halbbruder. Kurj und ich haben die gleiche Mutter. Aber er hat sich seinen Posten erarbeitet, nicht geerbt.«

»Kurj?«

»Der Imperator.«

»Aha«, sagte sie. »Sie sprechen Diktator von Imperialat also mit seinem Vornamen an.«

»Er ist kein Diktator, verdammt noch mal!«

»Nein?«

»Nein.« Die Art und Weise, wie sein Bruder, durchaus auch gewalttätig, an die Macht gekommen war, war ein Thema, das er ganz gewiss nicht mit dieser Fremden erörtern wollte. Sie verwirrte ihn ohnehin schon genug.

Herzschlag und Blutdruck anomal, dachte Bolt. Er griff auf Kelrics Sehnerv zu, und vor dessen geistigem Auge erschien ein durchscheinende graphische Darstellung seiner Vitalfunktionen, die jetzt Deha überlagerte.

Darstellung beenden, dachte Kelric. *Eine Zusammenfassung reicht.* Hätte Bolt einwandfrei funktioniert, wäre es nicht notwendig gewesen, nach dem Info-Modus zu fragen; er hatte diesen Modus schon vor langer Zeit als Standardeinstellung des Knotens ausgewählt.

Die Darstellung verschwand. **Dein Hypothalamus produziert gewisse Hormone, die in Verbindung mit ...**

Lass den technischen Kram weg, dachte Kelric. *Sag mir einfach nur, was schief läuft.*

Nichts ›läuft schief‹. Es sei denn, du würdest sexuelle Erregung als Problem betrachten.

Kelric schoss das Blut ins Gesicht. Das hatte ihm gerade noch gefehlt, ein voyeuristischer Computer im Rückgrat.

»Kelric?«, fragte Deha. »Ist alles in Ordnung?«

Er machte ein finsteres Gesicht. »Ja, alles in Ordnung.«

»Sie sehen müde aus.« Sie streckte die Hand aus, um eine Locke aus seinem Gesicht zu streichen.

Aus reinem Reflex griff Kelric nach ihrem Handgelenk. Während sie stocksteif stehen blieb, kam sein Denken seinen Reflexen hinterher, und er nahm sich zusammen. Bolts Kampfmanöver-Datenbank konnte sehr viel komplexere Reflexe steuern als nur den Griff nach einem Handgelenk, und die Hydraulik, die sein Skelett bewegte, konnte seine Reaktionszeit auf ein Drittel reduzieren. Eine noch kürzere Reaktionszeit hätte mehr an Leistung erfordert als die wenigen Kilowatt, die sein interner Mikro-Fusionsreaktor produzierte, und dabei würde mehr Wärme generiert werden, als sein Körper abstrahlen konnte – selbst mit der Reflexions-Adaptation seiner Haut.

Deha saß reglos dort und beobachtete ihn. Verwirrt lockerte er den Griff.

»Ich will Sie nicht erschrecken«, meinte sie.

Kelric fuhr mit seinem Daumen über ihre Handfläche. »Manchmal übertreiben meine Reflexe es ein wenig.«

Der Gesichtsausdruck seiner Besucherin wurde sanfter. Dann zog Deha ihre Hand zurück und räumte sein Tablett ab; die Reste des Essens stellte sie ihm auf den Nachttisch. Dann zog sie einen kleinen Beutel aus ihrem Kleid und stellte ihn auf das Tablett. »Ich habe Geschenk mitgebracht.«

Ein Geschenk? Er nahm den Beutel in die Hand und hörte, wie sein Inhalt klapperte und klickte.

Die gleiche Art Beutel hing an Dehas Gürtel. Sie nahm ihn ab und leerte ihn aus; eine beachtliche Menge kleiner geometrischer Körper fielen auf das Tablett: Kugeln, Kuben, Pyramiden und andere Polyeder, Scheiben, Quadrate, Stäbe und noch mehr, in allen Farben des Regenbogens.

Gespannt öffnete er seinen eigenen Beutel und fand darin einen ähnlichen Satz kleiner Steine. »Was ist das?«

»Würfel.«

»Und was macht man damit?«

»Quis spielen.«

»Ist das ein Glücksspiel?«

»Manchmal.« Sie schob die Steine an die Ränder des Tabletts, dann legte sie einen blauen Kubus in die Mitte der jetzt freien Fläche. »Ihr Zug.

»Wenn das Würfel sind, sollten wir dann nicht auch richtig damit würfeln? Ich meine, dass sie so über den Tisch rollen?«

Deha schüttelte den Kopf. »Wir sagen ›Würfel‹, weil vor vielen Jahrhunderten, sie haben Zahlen darauf, und diese Zahlen, die sagen, welche Züge man kann machen. Du nimmst Stein, würfelst damit, und Zahl, die oben liegt, sagt …« Sie machte eine Pause. »Wie heißt das Wort, das ich suche? Wahlen? Nein … Wahlmöglichkeiten! Ja, das ist das Wort.«

»Die Zahl sagt einem, welche Wahlmöglichkeiten man hat?«

»Das ist richtig. Wahlmöglichkeiten, Stein in Quis-Struktur einzubauen.« Deha senkte ihre Stimme, als verrate sie ihm ein Geheimnis. »Damals brauchte man für Quis weniger Geschick. Aber jetzt bauen wir Strukturen mit Strategien, die *nur* von Regeln stammen. Braucht viel mehr Arbeit vom Gehirn.« Sie grinste. »Aber dennoch wetten wir darauf, wer gewinnen wird. Also: machen Sie Zug!«

Kelric lachte. »Ich weiß doch gar nicht, wie man spielt!«

»Versuchen Sie irgendwas! Wir schauen, was dann passiert.«

Jetzt hatte er Spaß an der Sache gefunden und legte einen Barren auf ihren Kubus. Sie schob einen purpurnen Kubus neben ihren blauen. Er legte einen purpurnen Barren dazu, und sie reagierte mit einem magenta-roten Kubus.

»Wissen Sie«, sagte er, als er ein Quadrat in die Struktur legte, »ich habe keine Ahnung, was wir hier tun.«

»Ich erkläre, wenn wir fertig.« Deha schnippte mit den Fingern. »Aber ich habe vergessen! Wir müssen wetten.« Sie dachte nach. »Zwei Tekals. Ist angemessen für Anfänger.«

»Was ist ein Tekal?«

»Eine Münze. Für einen Tekal kann man eine Wurst auf Markt kaufen.«

»Ich habe keine Tekals.«

Deha lächelte. »Dann schulden Sie mir.«

»Vielleicht gewinne ich ja auch.«

Sie legte einen roten Kubus gegen ihren magenta-farbenen Spielstein. »Wir sehen.«

Er legte eine Scheibe neben ihren magentafarbenen Kubus. »Ihr Zug.«

»Nicht mein Zug.« Sie legte einen orangefarbenen Kubus neben ihren roten. »Mein Sieg.«

»Tatsächlich?«

»Ganz gewiss.«

Er zählte die Steine. »Sie haben mehr Züge gemacht als ich. Kann ich die Runde nicht noch beenden?«

Sie sah ihn anerkennend an. »Das ist wahr, Sie können noch beenden. Aber Sie können mich unmöglich jetzt noch schlagen.«

»Wie haben Sie gewonnen?«

»Ich habe kleines Spektrum gemacht.« Sie tippte der Reihe nach auf die Kuben. »Blau, Purpur, Magenta, Rot, Orange.«

Das war eine viel bessere Ablenkung als sich mit ihr über seinen berüchtigten Bruder zu streiten. »Und was bedeutet das?«

»Ein Spektrum ist wie Regenbogen: Rot, Orange, Gelb, Grün, Blau, Violett. Dann geht es wieder mit Rot weiter. Man kann auch die … wie heißt das? Überwegsfarben?« Sie machte eine Pause. »Übergangsfarben! Man kann auch Farben benutzen, die zwischen den anderen Farben liegen, wenn man will, zum Beispiel Magenta zwischen Purpur und Rot. Für Kleines Spektrum muss man mindestens vier Steine auslegen. Großes Spektrum besteht aus zehn oder mehr Steinen.«

»Und wenn ich jetzt Ihre Reihe aus Kuben unterbrochen hätte?«

»Aha!« Sie nickte. »Sie lernen schnell. Blockade hätte mich aufgehalten. Dann ich muss in eine andere Richtung gehen.«

»Kann man verschiedene Formen nehmen?«

»Nicht bei Spektrum. Das geht bei Linie. In Linie bleibt Farbe gleich – Form ändert sich.« Sie berührte einen Kubus. »Anzahl von Seiten entspricht dem Grad. Kubus hat sechs Seiten, also hat er sechsten Grad.« Sie reihte einige Spielsteine auf dem Tablett auf: Pyramide, Pentaeder, Kubus, Heptaeder, Oktaeder. »Das hier ist Reihenfolge der Grade. Wenn Reihenfolge von Farben *und* von Grade stimmt, nennt man ›Königinnen-Spektrum‹.«

Kelric grinste. »Wenn ich ein Königinnen-Spektrum lege, gewinne ich dann meine Tekals zurück?«

Deha lachte leise. »Vielleicht.« Sie vollführte eine ausladende Handbewegung. »Es gibt noch viel mehr Strukturen und Muster. Spektren und Linien sind nur Anfang.«

»Ich lerne gern.« Er nahm einige Steine in die Hand. »Wenn Sie Zeit haben, es mich zu lehren.«

»Wir alle werden Sie lehren. Das Quis eines jeden hat eine andere Persönlichkeit.« Wieder senkte sie ihre Stimme. »Wirklich, es ist mehr als nur ein Glücksspiel. Je

besser jemand Quis spielt, je größer ist Einfluss. Wir …
Mir fehlen immer mehr Worte. Sprechen? Wir sprechen
mit Quis. Das ist Netz, das sich zu allen hier erstreckt.
Je besser jemand mit Netz spielt, desto besser ist Position
im Leben.«

»Verwalten Sie deswegen Dahl? Weil Sie so gut Quis
spielen?«

Deha zuckte mit den Schultern. »Ich habe etwas
Begabung. Das ist einer der Gründe, warum die letzte
Verwalterin mich zur Nachfolgerin bestimmt hat. Aber
es läuft auch genau anders herum. Dahl zu verwalten,
gibt mir Wissen, das mir bei Würfeln hilft.«

Kelric sah sie fasziniert an. »Das klingt tatsächlich
nach mehr als nur einem Spiel.«

»Das ist wahr. Wenn man gut genug Quis spielt, kann
es einem Geschichten erzählen.« Deha dachte nach. »Ich
gebe ein Beispiel mit dem Varz-Anwesen.« Sie legte
einen schwarzen Dodekaeder auf das Tablett. »Varz ist
ein sehr mächtiges Anwesen, nur Karn ist noch ein-
flussreicher. Varz hat immer gesagt, dass Karn Ministerium nicht haben soll. Also müssen wir Karn helfen,
einen Vorteil über Varz zu erringen.«

»Und warum nicht Varz helfen?«

Sie schnaubte verächtlich. »Ich würde eher einer
Schlammratte helfen als Varz.«

»Aha.« Er lächelte. »Ich verstehe.«

»Also. Ich lege Strukturen, die, sagen wir, etwas über
die Unregelmäßigkeiten bei den Importverfahren von
Varz sagen. Ich spiele Quis mit meiner Gefolgschaft, die
spielen mit ihrer Gefolgschaft, diese Gefolgschaften
spielen wieder mit anderen. Bald wird mein Beitrag zum
Spiel sich wie Wellen auf einem Teich ausbreiten. Er
erreicht eine Holzarbeiterin in Viasa, und die sagt zur
Händlerin: ›Weißt du, ich habe letztens viel im Quis

gelesen. Viel über Varz, und alles schlecht. Es ist gut, dass das Ministerium in Karn sitzt.‹«

»Was Varz wahrscheinlich nicht passen wird.«

»Ah, aber die Verwalterin von Varz macht eigene Wellen.« Deha nahm eine Hand voll Steine auf. »Also sagt die Händlerin zur Holzarbeiterin: ›Du spielst Quis mit Einfallspinseln. Wenn Karn weiter regiert, werden wir alle bald so viel für die Waren bezahlen, dass wir kein Geld mehr haben für Quis. Dann, meine Freundin, wirst du nie bekommen, was ich dir schulde.‹«

»Und wer gewinnt?«

»Genau darum geht es, verstehen Sie? Jeder gehört zum Quis-Netz. Bei so vielen Leuten wogen die Wellen hin und her, verstärken sich, löschen sich gegenseitig aus, erzeugen neue Wellen.« Sie hielt inne. »Vielleicht ist das letztendlich der Einsatz, um den es geht. Macht. Wer das Quis beherrscht, beherrscht auch die Zwölf Anwesen.«

Kelric wollte noch mehr fragen, doch er wurde schon wieder müde. Er lehnte sich in die Kissen zurück, um Kraft für neue Fragen zu sammeln.

»Ach«, murmelte Deha. »Ich sollte Sie ruhen lassen.«

»Das ist in Ordnung.« Er sah sie an. »Was ich Sie fragen wollte … gibt es Neuigkeiten über den Raumhafen?«

Ihr Gesichtsausdruck wurde wieder unergründlich. »Ich habe dem Ministerium geschrieben, wie Sie es gewünscht haben. Dort wird bestätigt, was ich Ihnen erzählt habe. Nachdem Skolia Coba zum Sperrgebiet erklärt hat, haben sie ihre Schiffe abgezogen. Es tut mir Leid. Wir haben keinen Raumhafen.«

»Es muss doch einen Außenposten geben!«

»Keinen.«

»Die müssen einen Stützpunkt hinterlassen haben«, beharrte Kelric. »Mit der Ausrüstung aus meinem Schiff kann ich ihn finden.«

»Ihr Schiff wurde bei dem Absturz zerstört.«

Das war nicht das, was er hatte hören wollen. Das IRK hatte erste Versuche durchgeführt, das EI-Gehirn eines Jag-Jägers und das biomechanische Netzwerk seines Jagernaut-Piloten zu vereinigen. So konnten die Routinen des Jags über Bolt laufen, und Bolt auf dem Jag. Wenn Kelric sich von dem Schiff abkoppelte, fühlte es sich etwa so an wie das mentale Gegenstück dazu, sich aus einem Computer auszuloggen. Was er jetzt fühlte, war etwas anderes, eine Leere, als sei ein Teil seiner selbst verschwunden.

Bolt, dachte er. *Hast du inzwischen den Jag schon erreichen können?*

Nein. Bei der aktuellen Entfernung von der Absturzstelle ist es jedoch unwahrscheinlich, dass ich ein Signal werde auffangen können.

Aber du kannst doch bestimmt Remanenz-Interaktion aufspüren.

Das ist eine logische Annahme. Ich entdecke jedoch nichts.

Kelric sah Deha nachdenklich an. »Wenn der Aufprall mein Schiff gänzlich zerstört hat, wieso bin ich dann noch am Leben?«

»Erinnern Sie Euch nicht mehr? Ihr habt euch hinausschleudern lassen.«

Bolt, hat der Jag mich herausgeschleudert?

Ich habe über diese Möglichkeit nachgedacht. Meinen Aufzeichnungen über den Absturz fehlt jedoch zu sehr an Integrität, um festzustellen, was tatsächlich passiert ist.

Völlig überraschend für ihn selbst trauerte Kelric um den Jag. Das war eine Auswirkung, die er würde melden müssen. Die Entwickler des Schiffes sollten wissen, dass ihre neuesten Abänderungen eine komplexe geistige

Symbiose zwischen dem Gehirn des Schiffes und dem Piloten bewirkten. Doch Deha behauptete, es gebe auf diesem Planeten kein IRK-Personal, mit dem er Kontakt würde aufnehmen können. Kein Raumhafen, kein Stützpunkt, kein Außenposten, kein gar nichts.

Das glaubte er nicht.

Kyle-Sondierung vorbereiten, dachte er.

Deine Kyle-Zentren sind verletzt, gab Bolt zurück.

Kelric verspannte sich innerlich. *Warum hast du mir das nicht früher gesagt?*

Ich war selbst zu beschädigt. Wenn ich meine eigenen Reparaturen vorantreibe, kann ich dich besser überwachen.

Wenn seine Kyle-Zentren verletzt waren, hieß das, das er eine Hirnschaden davongetragen hatte. Kelric hatte immer gewusst, dass es riskant war, ein biomechanisches Netzwerk mit seinem Gehirn zu verlinken, doch sich dessen von der Theorie her bewusst zu sein oder es in der Praxis am eigenen Leib miterleben zu müssen, waren immer noch zwei unterschiedliche Dinge.

Bei den Kyle-Zentren handelte es sich um mikroskopisch kleine Organe, den Kyle-Afferenz-Stamm und den Kyle-Efferenz-Stamm, KAS und KES. Der KAS fungierte als Empfänger, seine Rezeptoren wurden von den Energiefeldern aktiviert, die von den Gehirnen anderer Menschen erzeugt wurden. Der KES hatte die Funktion eines ›Transmitters‹, der das von seinem eigenen Gehirn erzeugte Energiefeld verstärkte und modulierte. Nicht jeder besaß einen KAS und einen KES, und bei den meisten Menschen waren diese Organe dann auch noch atrophiert. In seltenen Fällen, etwa bei ihm, waren die Gene, die das Wachstum des KAS und des KES begrenzten, mutiert, sodass sie ihren Aufgaben nicht erwartungsgemäß nachkamen. Folglich wuchsen die Kyle-Organe weiter.

Einen vergrößerte KAS und einen vergrößerten KES zu haben, machte einen jedoch noch nicht zu einem Kyle. Das Gehirn musste auch in der Lage sein, die Signale zu interpretieren, die diese Organe empfingen und aussandten. Diese Funktion wurde von speziellen Neural-Strukturen übernommen, die ›Paras‹ genannt wurden; zudem wurde noch der Neurotransmitter Psiamin benötigt. Die meisten Kyle-Operatoren konnte nur die Stimmungen anderer entschlüsseln; ein leistungsstarker Operator hingegen konnte auch vollständige Gedanken auffangen, wenn sie nur stark genug waren und sich die aussendende Person in der Nähe befand, vor allem dann, wenn es sich bei dem Sender ebenfalls um einen Kyle-Operator handelte.

Kelric konzentrierte sich auf sein Inneres und sensibilisierte seinen KAS für Deha. Es war, als würde er die Außenwand einer verborgenen Grotte berühren: Gedanken stiegen wie Luftblasen in ihr auf – sexuelle Erregung, Gedanken an ihr Anwesen …

Sengender Schmerz durchfuhr seinen Schädel und schien das Link zu verdampfen. Farbflecken tanzen vor seinen Augen.

»So still«, sagte Deha. »Stimmt etwas nicht?«

»Ich bin nur müde.« Angesichts seiner unsicheren Situation hier beabsichtigte er nicht, seine eingeschränkten Fähigkeiten offen zu legen.

Sie stellte das Tablett fort und half ihm dabei, sich unter der Steppdecke entspannt hinzulegen. Dann deckte sie ihn zu, kam dabei aber deutlich näher, als notwendig gewesen wäre. Sie so nahe bei sich zu spüren, verunsicherte ihn noch mehr. Sein letzter Einsatz, eine Erkundungsmission, war ein Albtraum einzelner Gefechte gewesen, unterbrochen von ausgedehnten Phasen der vollständigen Isolation. Er hatte seit langer

Zeit keine Frau mehr berührt, und Deha war keine gewöhnliche Frau.

Als Deha sich über ihn beugte, legte Kelric ihr die Hand auf den Rücken. Sie erstarrte, als sei ihr ein elektrischer Schlag durch das Rückgrat gefahren. Und doch wich sie nicht zurück. Stattdessen schaute sie ihm ins Gesicht, und ihre Miene wurde immer sanfter.

Dann küsste sie ihn.

Zuerst war er zu verblüfft, um zu reagieren. Als er sich wieder gefasst hatte, legte er ihr sanft den Arm um die Taille und erwiderte den Kuss.

Warnung, dachte Bolt. Amouröse Interaktion mit einem potenziellen Gegner ist unklug.

Bolt, hau ab!

Ich bin in deinem Körper. Ich kann nicht fortgehen.

Kelric war mit dem Kuss zu beschäftigt, um Bolt zu antworten.

Nach einer Weile hob Deha den Kopf, stützte sich mit den Händen ab. An irgendwen erinnerte sie Kelric, doch er konnte nicht sagen, an wen. Er fing einen Hauch ihrer Emotionen auf, ein wenig Zuneigung. Da war auch noch etwas anderes. Bedauern? Als er versuchte, sich darauf zu konzentrieren, durchbohrten wieder Kopfschmerzen seine Schläfen. Er ließ die Arme sinken, die Stirn vor Schmerz gerunzelt.

»Ach«, murmelte Deha. »Es tut mir Leid. Ich muss Sie ruhen lassen.« Sie stellte sich wieder neben das Bett, sah ihn mit diesem sanften Gesichtsausdruck an – so hatte sie nie jemanden aus ihrer Gefolgschaft angesehen. Sie strich über sein Haar, ihre Finger spielten mit seinen Locken. Dann zog sie sich zurück. Als er die Augen schloss, hörte er, wie ganz vorsichtig und leise die Tür geschlossen wurde.

Bolt, dachte er. *Ich brauche eine Analyse der Situation.*

Die Analyse ist einfach. Du solltest niemanden küssen, dem du nicht traust.

Oh, das war aber auch ein Kuss! Kelric lächelte. *Was ich brauche, ist eine Analyse dessen, was sie mir erzählt hat: dass es hier keinen IRK-Stützpunkt gibt.*

Du brauchst Schlaf. Ich werde die Berechnungen durchführen, während du heruntergefahren bist.

Er hatte es aufgegeben, Bolt zu erklären, dass Menschen zum Schlafen nicht wie Computer ›heruntergefahren‹ wurden. Bolt war zu dem Schluss gekommen, dieser Ausdruck sei angemessen, und weigerte sich nun, ihn zu ändern. Also schloss Kelric einfach nur die Augen und ließ den Schlaf kommen.

Das dürfte interessant werden, dachte Kommandantin Hacha. Sie konnten Kelric nicht zu einem der Spieltische bringen, also brachten sie einen Spieltisch zu ihm: ein blaulackiertes Gestell mit Beinen von kaum mehr als einer Handbreit Länge. Jetzt war es schon einfacher für Kelric, nachdem die Ärzte seinen Streckverband abgenommen und leichtere Schienen angebracht hatten, die ihm nur noch bis zur Mitte des Oberschenkels reichten. Er saß aufrecht im Bett, und sie stellten den Tisch quer über seinen Schoß.

Es gab sechs Spieler. Hacha und Rev zogen sich Stühle in die Nähe des Bettes, Balv und Llaach setzten sich einfach zu Kelric auf das Bett, und Ixpar saß im Schneidersitz zwischen Balv und Llaach. Kelric blinzelte unsicher; er wirkte, als wisse er nicht recht, was er mit so vielen Leuten anfangen solle.

Wenigstens hatte er ein wenig Sittsamkeit gezeigt und sich ein Hemd angezogen. Während der Hitze, die in den letzten Tagen auf Dahl herabgesunken war, hatte er mit bloßem Oberkörper geschlafen und nur eine Schlafanzughose getragen, die an den Seiten aufgeschnitten worden war, damit sie hatten über die Schienen gezogen werden können. Obwohl ihn so anzusehen durchaus reizvoll war, verstand Hacha ansonsten nicht, was Deha an ihm so attraktiv fand. Zum einen war er viel zu groß. Männer sollten nicht größer sein als Frauen. Und die Idee eines männlichen Kriegers empfand sie als abstoßend.

Llaach rückte das Kissen in seinem Rücken zurecht und sprach sehr langsam, damit Kelric sie verstehen konnte: »Sitzt Ihr bequem?«

Er antwortete mit deutlichem Akzent: »Ja. Mein Dank!«

Jeder zog einen Spielstein aus Hachas Beutel. Am Ende hatte Rev den Stein mit dem höchsten Rang in der Hand, ein orangefarbenes Heptagon. Er eröffnete das Spiel: Es ging los.

Hacha baute ihre Verteidigung aus Polyedern, eine Wand, die alle anderen Spieler blockierte. Ihr Angriff erfolgt in einer Phalanx aus Keilen. Rev griff durch Barren-Linien an, er trieb Hacha kreuz und quer über das Brett. Balv versuchte, ein Spektrum auszulegen, doch er scheiterte immer wieder an Ixpars Verteidigung. Nach nur ein paar Zügen wusste Llaach nicht mehr weiter, und Kelric legte seine Steine völlig wahllos aus.

Dann begriff Hacha: Ixpar nutzte ihren Kampf mit Rev dazu, heimlich einen zweiten Angriff durchzuführen. Hacha lenkte ihre Phalanx auf eine Schwachstelle der Verteidigung des Mädchens. Ixpar schlug diesen Angriff zwar zurück, doch Hachas Zug hatte sie verlangsamt. Als Ixpar dann ihre Aufmerksamkeit wieder Rev zuwandte, lockte sie ihn mit einem ihrer Lieblingszüge in die Falle: mit der Falkenklaue – eine Reihe Spielsteine schloss sich wie eine Klaue um Revs höchstrangige Struktur.

»Ha!« Rev atmete hörbar aus. »Der Sieg geht an Euch, Hacha.«

Balv lächelte. »Eine Zeit lang dachte ich, Ixpar würde Euch beide kriegen.«

Hacha nickte Ixpar zu. »Ihr habt gut gespielt.« Es fühlte sich komisch an, nicht den Titel ›Nachfolgerin Karn‹ anzufügen, wenn sie mit dem Mädchen sprach. Doch sie war mit Dehas Entscheidung einverstanden: Es war besser, Ixpars Stellung Kelric nicht zu enthüllen. Je weniger er wusste, desto besser.

Balv blickte konzentriert auf das Brett. »Es sieht so aus, als wäre Rev zweiter und Ixpar dritte.« Dann grinste er. »Aber Euch habe ich geschlagen, Llaach.«

Llaach sah sich die Spielsteine genau an. »Pah«, stieß sie dann grollend aus. »Tatsächlich.«

Kelric bemühte sich offensichtlich, dem Gespräch zu folgen. Als er selbst etwas sagte, stockten seine Worte immer wieder: »Ich bin Letzter?«

»Jai«, antwortete Balv. »Es tut mir Leid.«

»Ich verstehe ›Jai‹ nicht«, meinte Kelric. Als Ixpar es ihm auf Skolianisch erklären wollte, schüttelte er den Kopf. »Cobanisch. Dann lerne ich.«

Hacha runzelte die Stirn. »»Coba‹ heißt der Planet. Unsere Sprache nennen wir ›Teotecanisch‹. ›Jai‹ ist die formale Art, ›Ja‹ zu sagen.«

»Formlos heißt es ›Jip‹«, ergänzte Balv. »Aber das ist sehr umgangssprachlich.«

Kelric versuchte sich an dem Wort. »Jahi.«

»Jai«, sagte Rev.

»Jhai«, versuchte Kelric es erneut.

Llaach lachte. »Ist schon gut. Sprecht es aus, wie Ihr wollt. Euer Akzent klingt sehr hübsch.«

»Und seid nicht entmutigt, dass Ihr das Spiel verloren habt.« Balv deutete auf Hacha und Rev. »Ihr seid gegen die besten Spieler Dahls angetreten.«

»Kelric hat nicht verloren«, erklärte Ixpar. »Er hat einen Flachstapel gelegt. Das hat einen höheren Rang als Llaachs Gestürzte Linie.«

Konnte das möglich sein? Hacha schaute auf die Stelle des Brettes, auf die Ixpar deutete, und sah einen säuberlichen Stapel blauer Scheiben, der hinter einem von Revs Türmen stand. Ein perfekter Flachstapel, und Hacha hatte ihn übersehen. Das verärgerte sie. Sie hatte nicht damit gerechnet, dass Kelric mit einer einzigen Struktur auch nur anfangen würde.

»Ich verstehe nicht, warum ich das nicht gesehen habe«, zeigte Balv sein Erstaunen.

Kelric tippte auf den Tisch. »Ist …« Dann zögerte er und fragte Ixpar etwas auf Skolianisch.

»Blau«, sagte Ixpar.

»Tisch ist blau.« Dann tippte er auf den Stapel. »Auch blau. Also versteckt sich.«

Rev lachte lauthals. »Eine Tarnung! Ihr werdet es noch weit bringen, Kelric!«

»Ich glaub's einfach nicht!«, meinte Llaach. »Ich bin auf eine Tarnung reingefallen!«

Ixpar lächelte. »Vielleicht hattest du ja andere Dinge im Kopf!«

Alle anderen lachten, und Llaach errötete. »Lasst ruhig Dampf ab, ihr Blödiane! «

Kelric warf Ixpar einen fragenden Blick zuwarf, und sie erklärte: »Llaach hat sich vor kurzem einen Kasi gewählt.«

»›Kasi‹?«, fragte Kelric nach.

»Einen Ehemann«, erklärte Hacha. »Llaach hat den Jüngling Jevi geheiratet.« Es überraschte sie nicht im

Geringsten, dass Llaach abgelenkt sein könnte, wo sie jetzt mit einem so gut aussehenden und bezaubernden Mann wie Jevi verheiratet war. Er erinnerte Hacha an ihren eigenen Ehemann. Die Ähnlichkeit der beiden Männer beschränkte sich auch nicht nur auf ihr Aussehen: Beide waren Würfelspieler in der Dahl-Calanya. Sie und Llaach hatte eine Zeit lang in der Ehrengarde gedient, sodass sie die seltene Gelegenheit erhielten, einem Calani den Hof zu machen. Als Deha ihnen gestattet hatte, einen Calani zu heiraten, hatte sie ihnen eine große Ehre zuteil werden lassen. Doch was nutzte diese Ehre schon, wenn Hacha ihren Ehemann nur besuchen durfte, statt mit ihm zusammen zu leben? Das machte sie fast verrückt. Und zu allem Überfluss hatte sie jetzt auch noch diesen lästig Auftrag erhalten, Kelric zu bewachen.

»Fragt Balv oder Rev«, riet Ixpar Kelric gerade. »Die können es Euch zeigen.«

Balv schob seinen Ärmel höher, sodass Kelric ein goldenes Armband am Handgelenk sehen konnte. »Das symbolisiert das Gelübde, das die Frau und den Mann verbindet. Ein Mann, der ›die Bänder‹ trägt, ist ein ›Kasi‹.«

Kelric schaute auf die Armbänder an Revs Handgelenken. »Habt ihr alle jemanden?«

Wieder lachte Llaach. »Uns hat man alle eingefangen.« Er blinzelte Ixpar zu. »Die meisten von uns, jedenfalls.«

Das Mädchen lächelte. »Ich halte mir meine Optionen offen.«

»Ihr klingt ja wie Deha«, grinste Balv.

Kelrics Reaktion war so subtil, dass Hacha schon annahm, nur sie habe sie wahrgenommen. Doch sie bezweifelte es keinen Augenblick: Als Kelric den Namen der Verwalterin gehört hatte, hatte er sich kurz innerlich angespannt.

»Verwalterin Dahl ist allein?«, fragte er.

Schroff antwortete Hacha: »Auf eigenen Wunsch. Deha hat nur Jaym geliebt.«

»Was ist mit ihm passiert?«

»Er ist vor mehreren Jahren an der Fieberkrankheit gestorben«, übernahm Balv. »Seitdem war Deha … na ja, anders. Distanzierter.«

»Sie will keinen weiteren Akasi«, meinte Hacha.

»Akasi?«, fragte Kelric.

»Das ist der Titel, den der Ehemann einer Verwalterin trägt.«

Als Hacha kurz zu Ixpar hinüberblickte, sah sie einen Lidschlag lang Eifersucht über das Gesicht des Mädchens huschen. Sie hatte schon genug Erfahrung, um diesen Blick deuten zu können. Es sah so aus, als sei die Ministeriums-Nachfolgerin von dem Außenweltler ebenso eingenommen wie Deha.

Und soweit Hacha das beurteilen konnte, bedeutete das nichts als Ärger.

3

DoppelRing

Deha starrte aus dem Fenster ihres Arbeitszimmers auf die Gärten des Anwesens hinunter. Vielleicht hatte sie ja Fieber. Oder es lag am Wetter. Oder sie war einfach verrückt. Kelric war zu anders. Zu jung. Und zu geradeheraus. Nachdem sie ihn das erste Mal geküsst hatte, hatte er mehrmals eigenständig versucht, ihr seine Zuneigung zu zeigen. Zu ihrer Zeit damals waren die Regeln ganz eindeutig gewesen: Den ersten Schritt mussten immer die Frauen machen. Heutzutage war alles anders. Die jungen Leute hatten ihre eigenen Regeln, und nur die wenigstens davon ergaben für Deha überhaupt einen Sinn. Außerdem war Kelric ein Außenweltler, ein Halbbruder des Imperators, im Namen des Windes! Wer wusste schon, nach welchen Regeln er lebte? Die alten Sitten und Bräuche halfen ihr hier nicht mehr weiter – sie könnte sie genauso gut einfach aus dem Fenster werfen.

»Verwalterin Dahl?«

Deha drehte sich um und sah Hacha im Türbogen stehen. »Kommandantin! Ich grüße Euch!«

Hacha verneigte sich. »Habt Ihr einen Augenblick Zeit?«

»Ich wollte gerade Kelric besuchen gehen. Begleitet mich doch!«

Sie gingen durch weitläufige Flure mit hohen Decken aus Stein; das Licht fiel nur durch Fenster hoch oben herein, und so blieb dieser Flügel des Anwesens trotz der Hitze draußen angenehm kühl.

»Ich bin besorgt wegen Nachfolgerin Karn«, begann Hacha. »Ich halte es nicht für weise, dass sie so viel Zeit mit Kelric verbringt.«

»Ich wusste nicht, dass sie so oft dort ist«, entgegnete Deha.

»Sie übersetzt für ihn. Aber er spricht inzwischen genug Teotecanisch, dass er auch allein zurecht käme.«

»Hat er irgendetwas getan? Hat er sie bedroht?«

»Nein. Nichts dergleichen. Aber wir sollten kein Risiko eingehen, was ihre Sicherheit angeht.«

Deha dachte einen Augenblick nach. »Erzählt Kelric, dass sie ihre Schularbeiten vernachlässigt habe und ihn in Zukunft nicht mehr so oft wird besuchen kommen können.«

»So oft?«

Obwohl Deha wusste, dass es ihr möglich wäre, Ixpar ganz davon abzuhalten, Kelric zu besuchen, war sie nicht gerade erpicht darauf, sich den Zorn des Mädchens zuzuziehen. »Kurze Besuche sind akzeptabel, vorausgesetzt, dass ihre Wachen sie bis in den Raum hinein begleiten.«

»Ich werde mich darum kümmern.«

Eine Zeit lang gingen sie schweigend nebeneinander her. Schließlich fragte Hacha: »Wie fühlt Ihr Euch?«

Deha blickte kurz zu ihr hinüber. »Gut. Warum?«

»Erste Ärztin Rohka hat mich gebeten, mit Euch zu sprechen.«

Deha verzog missmutig das Gesicht. Seit ihrem kleinen Herzanfall im vergangenen Jahr behandelten ihre Gefolgsleute sie, als sei sie ein mundgeblasener Quis-Stein. Arbeitet nicht so viel, bleibt nicht so lange auf, überanstrengt Euch nicht! Wen man sie so reden hörte, sollte man denken, sie sei eine tatterige alte Frau, und nicht eine Verwalterin in den besten Jahren.

»Mir geht es gut«, betonte Deha.

»Dann spielt Quis nicht mit Geistern!«

Deha lächelte. »Das werde ich nicht tun.« Dann sah sie die Kommandantin ernst an. »Wie laufen Eure Sitzungen mit Kelric?«

Grollend antwortete Hacha: »Er hat zweifelsohne Talent.«

»Den Eindruck hatte ich auch.« Nicht nur, dass er ganz offensichtlich eine natürliche Begabung für das Spiel hatte: Deha hatte noch nie jemanden erlebt, der so schnell die Regeln und Strategien des Spiels erlernt hatte. Manchmal kam es ihr komisch vor: als würde er in seinem Hirn alles aufschreiben, was er lernte, und manchmal schien er diese Aufzeichnungen wieder durchzugehen, wenn er eine Frage hatte.

Als sie am Himmelsraum angekommen waren, ließ sie Hacha zusammen mit den anderen Wachen vor der Tür stehen. Im Inneren des Raumes fand sie Kelric; er lag auf dem Rücken und schlief, in der drückenden Hitze hatte er die Decke abgeworfen, nun war sein nackter Oberkörper unbedeckt. Schnell schloss sie die Tür hinter sich und schenkte ihm so ein wenig Privatsphäre.

Eine Zeit lang saß sie nur neben ihm auf dem Bett und beobachtete ihn im Schlaf. Schließlich wurde die Versuchung zu groß, und sie strich ihm mit der Hand über die Brust. Seine Brustwarzen glänzten und fühlten sich metallischer an als der Rest seiner Haut. Das gekräuselte Haar auf seiner Brust war nicht so hart wie echtes Metall, sondern fühlte sich weich, dabei aber unerwartet kühl an.

Kelric öffnete die Augen. Schläfrig lächelte er sie an, legte ihr die Arme um die Taille und sagte auf Teotecanisch: »Ich grüße Euch, Verwalterin Dahl.«

Deha beugte sich zu ihm hinunter und küsste ihn. Als

er sie zu sich auf das Bett herunter zog, versteifte sie sich; sie wusste, dass es falsch war, auszunutzen, dass er schon so schutzlos vor ihr lag. Aber er war so *willig!* Als sie einander küssten, fuhr sie mit ihrer Hand an seiner Seite entlang, bis zu seinem Bein hinunter. Er trug eine Schlafanzughose aus frisch gewaschenem Leinen; das Leinen war weich wie Flaum, als sie mit der Hand darüberfuhr. Durch den dünnen Stoff streichelte sie Kelrics feste Muskeln. Es war so herrlich, ihn auf diese Weise zu berühren.

Während der Kuss immer leidenschaftlicher wurde, rollte Kelric sie sanft auf den Rücken und streckte sich, lag jetzt ganz auf ihr. Dieses aggressive Vorgehen stieß Deha ab, und sie zog ihren Kopf zurück. Dann befreite sie sich aus seiner Umarmung und setzte sich aufrecht hin.

Kelric blinzelte erstaunt. Dann setzt auch er sich auf, seine immer noch eingegipsten Beine bedeckte er mit der Steppdecke. In stockendem Teotecanisch fragte er: »Etwas stimmt nicht?«

Sie zögerte. »Nein, es ist nichts.«

Er sah sie verwirrt an, doch seine Miene wurde sanfter, als sie ihre Hand um die seine schloss. Dann fragte er: »Jag, Ihr Neues?«

»Was meint Ihr?«

Er versuchte es erneut. »Mein Jag. Mein Schiff. Ihr Neues habt?«

Aha. Jetzt wagte er sich in ein noch schwierigeres Terrain. »Wir haben alle Wrackteile untersucht, die wir finden konnten«, antwortete sie. »Es tut mir Leid, Kelric. Aber das sind nur noch Trümmer! Auch alle Kommunikationsgeräte sind zerstört.«

»Ich muss selbst sehen.«

Vergiss es!, dachte sie bei sich. Obwohl sie sein Schiff

gesprengt hatten, hatte sie nicht die Absicht, ihn auch nur in die Nähe der Überreste zu lassen. Wer wusste schon, was er da noch finden mochte.

Er sah sie mit sonderbarer Miene an, als konzentriere er sich auf einen Monolog, den er kaum zu hören vermochte. Dann keuchte er auf und sank in sich zusammen, die Handflächen gegen die Schläfen gepresst.

»Kelric!« Deha beugte sich über ihn. »Was ist los?«

Sein Gesicht war schmerzverzerrt. »Kopf ... schmerzt.«

»Ich hole die Ärztin!«

»Nein!« Er ließ die Arme sinken. »Nichts sie kann tun.«

Die Tür schwang auf, und Kommandantin Hacha trat mit großen Schritten in den Raum. Als sie die beiden auf dem Bett sah, blieb sie sofort stehen. »Ich bitte um Verzeihung!« Schnell verließ sie den Raum wieder und schloss die Tür hinter sich.

»Kelric, es tut mir Leid.« Deha glitt von der Bettkante. »Ich hätte Euch nicht in eine derart kompromittierende Situation bringen dürfen.« Sie streichelte seine Schulter. »Ich lasse Euch von Erster Ärztin Rohka einen Trank gegen Eure Kopfschmerzen bringen.«

»Was ist mit Schiff?«

»Wir können nichts tun.«

Er betrachtete sie aufmerksam. »Eure Worte, sie machen ... optische Täuschung.«

»Was meint Ihr damit?«

»Sind dabei Lügen? Ich weiß nicht.«

Du weißt mehr, als dir bewusst ist, dachte sie. »Ihr solltet Euch ausruhen.« Sie küsste ihn erneut und verließ den Raum, bevor er noch weitere Fragen stellen konnte.

Vor dem Himmelsraum traf Deha auf Hacha, die dort auf sie wartete. Sie bedeutete der Kommandantin mit einer Handbewegung, sie zu begleiten. Als sie die Abgeschiedenheit der überwölbten Arkaden erreicht hatten, fragte Deha: »Ihr wolltet mich sprechen?«

»Kelrics Wachen haben mir etwas Sonderbares über Ixpar Karn berichtet«, erzählte Hacha. »Heute Morgen haben sie gesehen, wie sie sein Zimmer verlassen hat. Aber sie haben sie nicht hineingehen sehen.«

»Wahrscheinlich war sie schon vor Dienstbeginn dieser Wachen dort.«

»Die Wachen haben das Zimmer überprüft, als sie ihren Dienst aufgenommen haben. Da war er allein. Sie haben die Tür geschlossen, und kurz darauf ist dann Ixpar aus dem Zimmer gekommen.«

»Überprüft das!« Deha musste an Ixpars politischen Einfluss denken. »Aber seid diskret!«

Sie gingen weiter die Flure hinab. Schließlich fragte Deha: »Und worum geht es wirklich?«

Hacha blickte sie an. »Ma'am?«

»Ich kenne dich. Du machst dir über irgendetwas Sorgen.«

»Als Kommandantin Eurer Eskorte hat mich Euer Privatleben nichts anzugehen.«

»Dann sag es mir als meine Freundin.«

Hacha seufzte tief. »Einen Mann nur zum Vergnügen zu gebrauchen, vor allem einen Mann, der sich in einer Situation befindet, die ihn äußerst verwundbar macht, wie Kelric – das passt überhaupt nicht zu Euch.«

»Warum glaubst du, meine Absichten ihm gegenüber seien unehrenhaft?«

»Ihr könnt ihn unmöglich zu Eurem Akasi machen!«

»Warum nicht?«

Hacha legte Deha sanft die Hand auf den Arm und brachte die Verwalterin auf diese Weise dazu, stehen zu bleiben. »Er ist Eurer nicht würdig.«

Trocken erwiderte Deha: »Ich nehme an, die Rhon würden anders darüber denken, wer hier wessen nicht würdig ist.«

»Verzeiht mir, wenn ich so unverblümt spreche, aber in den Betten wie vieler anderer Frauen, glaubt Ihr, wird er wohl schon gewesen sein?«

Deha zuckte mit den Schultern. »Ich werde mit seiner Vergangenheit schon umzugehen lernen.«

»Und was ist mit dem ganzen Rest? Er ist ein Jagernaut! Bisher war er kaum in der Verfassung, mehr zu tun als bloß zu schlafen. Aber er wird stärker. Wenn er begreift, dass wir nicht vorhaben, ihn jemals wieder fortgehen zu lassen, wird er wohl kaum mit Sanftmut reagieren!«

»Alles, was du sagst, ist wahr.« Deha machte eine Pause. »Aber er *wird* mein Akasi werden, Hacha! Ob er dem nun zustimmt oder nicht.«

Mit einer Schriftrolle in der Hand kniete Ixpar vor der Steinwand. Die Verliese des Anwesens lagen nur wenige Schritte zu ihrer Rechten, feucht und seit Jahrhunderten ungenutzt. Sie entrollte das Schriftstück, eine Abschrift der uralten Pläne des Anwesens, die sie aus dem Dahl-Museum stibitzt hatte. Ja, es stimmte: Der Abstand zwischen dieser Wand und der nächstgelegenen Zelle war auf der Karte geringer als die Distanz, die sie gerade an der Wand abgemessen hatte.

Ixpar lächelte triumphierend. Sie hatte mit diesem Spiel schon vor Jahren angefangen, als sie entdeckt hatte, dass im Museum von Karn Abschriften der Pläne aufbewahrt wurden, nach denen eben jenes Anwesen erbaut worden war. Als sie die Pläne mit dem echten Karn verglichen hatte, waren ihr hunderte von Widersprüchen aufgefallen. Bei den meisten handelte es sich um bauliche Veränderungen, die im Laufe der Jahrhunderte vorgenommen worden waren, doch einige von ihnen waren unerklärlich geblieben. Schließlich hatte sie das Geheimnis entdeckt: Geheimgänge durchzogen das gesamte Anwesen, ein gewaltiges Netzwerk von Gängen und Räumen.

Und nun verrieten ihr die Pläne von Dahl alle Geheimnisse. Ixpar fuhr mit beiden Händen über den Stein und fand genau dort eine bröckelige Nische, wo die Wand den Boden berührte. Mit einem Finger stocherte sie darin herum, fand kratzend die gebrochenen Überreste eines Hebels und legte ihn um. Dann wartete sie gespannt. Manchmal waren diese alten Mechanismen defekt oder hatten sich verklemmt …

Aus dem Inneren der Wand erklang das Geräusch von Stein, der auf Stein traf. Ixpar stemmte die Füße fest in den Boden und lehnte sich mit ihrem ganzen Gewicht gegen die Wand. Mit kratzendem Protest, als erwache er aus einem langen Schlaf, glitt ein großer Felsblock in die Wand hinein und schwang dann schwerfällig zur Seite. Dahinter führte ein Verbindungsgang in die Finsternis. Ixpar hob die Schriftrolle wieder auf und zwängte sich in den Tunnel hinein, dann schob sie die schwere Tür wieder an ihren alten Platz zurück. Die Öllampe über ihren Kopf gehoben, untersuchte sie dann diesen Neuzugang in ihrer privaten Sammlung von Geheimgängen.

Ein schlichter Tunnel aus rohem Stein erstreckte sich einige Schritte vor ihr, dann bog er nach links ab. Sie folgte seinen weiterer Windungen, bis der Gang in einer Sackgasse endete. Eine genauere Untersuchung der Wand förderte drei Nischen knapp unter der Decke zutage. Sie brauchte eine Weile, um herauszufinden, in welcher Reihenfolge die Hebel umgelegt werden mussten, doch schließlich wurden ihre Bemühungen durch das Klirren gelöster Haltebolzen belohnt. Wieder drückte sie gegen die Wand, und ein kreisförmiges Loch entstand, groß genug um hindurchzukriechen.

Den dahinter liegenden Gang erkannte Ixpar wieder: Sie hatte ihn erst vor einigen Tagen erkundet. Der Lichtschein ihrer Lampe ließ riesige Ixpar-Schatten über die Wände tanzen und verliehen dem Gang ein fast barbarisches, wildes Aussehen, als könne jederzeit eine Kriegerkönigin aus längst vergangenen Zeiten aus den Schatten treten und alle, die als Eindringlinge ihr Reich betraten, zum Zweikampf herausfordern. Ixpar konnte sich diese Königin sehr plastisch vorstellen: wild, grimmig, sprühend vor Leben, in einer Lederrüstung, an der Kupferbeschläge schimmerten. Schwungvoll zog Ixpar ein imaginäres Schwert und lieferte sich mit kräftigen Hieben über die ganze Länge des Ganges ein Duell mit ihrer Gegnerin, stieß die Klinge immer wieder in die Luft, bis sie ihre unsichtbare Kontrahentin bezwungen hatte. Dann ließ sie sich erschöpft auf den Boden sinken, lachte und schnappte nach Luft.

Ich sollte ein richtiges Schwert mitnehmen, dachte sie. Das würde das Spiel noch lustiger machen. Auf der anderen Seite: Wie sollte sie erklären, warum sie mit einem Schwert in Dahl herumspazierte? Es war wohl besser, wenn sie etwas mitnahm, was sie unter ihrer Bluse verbergen konnte, vielleicht einen Diskus mit stumpfem Rand und eine Schleuder. Damit konnte man zwar keine Duelle ausfechten, aber Disken waren immer gut geeignet, um Feinde niederzuschlagen, wenn man in den Schatten herumschlich.

Sie fragte sich, warum diese Königinnen aus alter Zeit diese Geheimgänge wohl hatten anlegen lassen. Als Fluchtmöglichkeiten, für den Fall, das eine Feindin das

Anwesen einnahm? Vielleicht strichen auch Soldatinnen durch diese Gänge, stets mit den Intrigen des Anwesens beschäftigt. Oder eine Königin hatte diesen Durchgang gebaut, um unbemerkt in das Schlafzimmer ihres Liebhabers zu gelangen. Ixpar musste erneut lächeln. Kein Wunder, dass ihre unsichtbare Gegnerin so hart gekämpft hatte. Sie wollte ihren Geliebten beschützen.

Aber ich habe gewonnen, dachte Ixpar. Und damit steht die Beute mir zu!

Der Gang endete wieder als Sackgasse, doch Ixpar wusste schon, dass auch hier eine Geheimtür war. Vorsichtig öffnete sie sie und spähte in den dahinter liegenden Raum. Dort lag ihre Beute, schlief tief und fest; er ahnte nichts von der Kriegerkönigin, die sich in sein Gemach schlich, und seine goldene Brust hob und senkte sich in tiefen, gleichmäßigen Atemzügen.

Ixpar grinste fast selbstgefällig, als sie daran dachte, wie Kelrics Wachen sie angestarrt hatten, als sie gestern aus seinem Raum herausspaziert war. Das hatte sie immens genossen. Trotzdem sollte sie das nicht noch einmal wagen. Hacha mühte sich wahrscheinlich jetzt schon herauszufinden, wie sie es angestellt hatte. Sie bezweifelte, dass die Kommandantin das Rätsel würde lösen können. Und doch hatte sie nicht vor, irgendwelche Risiken einzugehen.

Sie ließ die Geheimtür angelehnt und schlich in den Himmelsraum hinein. Dann setzte sie sich auf die Bettkante und betrachtete nachdenklich den Körper des Schlafenden. Jetzt, wo sie ihm tatsächlich so nah war, hatte sie keine noch so kleine Idee, wie sie mit ihrem Werben fortfahren sollte. Wahrscheinlich war sie in ihrem Werben so diskret, so dachte sie, dass nur sie wusste, dass sie es überhaupt tat. Aber wie sollte sie ihre Absichten auch kundtun, wenn die ganze Zeit über irgendwelche Wachen um sie herumstanden? Sie konnte ihm ja kaum vor Publikum den Hof machen.

Stimmen hinter der Tür ließen sie aufschrecken. Sie rannte in den Geheimgang und schaffte es gerade noch, den Eingang zu schließen, als sich auch schon kratzend die Tür zum Himmelsraum öffnete. Als Ixpar das Ohr gegen die Wand presste, konnte sie gerade noch Dehas Stimme hören; die Verwalterin sagte irgendetwas zu Kelrics Wachen.

Pah!, dachte Ixpar. Wenn sie Kelric nicht bald ihre Absichten wissen ließ, dann würde es zu spät sein. Auch Deha umwarb ihn … und sie machte es sehr viel besser als Ixpar.

4

Sphäre und Geborstener Stern

Die Morgensonne durchflutete den Himmelsraum, als Kelrics Pfleger die Vorhänge zur Seite schob. Eine herbstliche Brise ließ das Hemd des Jungen flattern und spielte mit dem Stoff der Hose, deren Beine er in seine himmelblauen Stiefel gesteckt hatte. Er wirkte so friedfertig, dass dies seine Worten nur noch schockierender wirken ließ.

»Explodiert?« Kelric stützte sich auf die Ellbogen. »Was soll das heißen, ›explodiert‹?!«

»Feuer nach dem Absturz«, erklärte der Junge. »Wie wenn Treibstofftanks an einem Windreiter Feuer fangen.«

»Raumschiffe werden nicht mit Benzin oder etwas ähnlichem angetrieben. Und wenn die Antimaterie auf meinem Schiff nicht vollständig neutralisiert gewesen wäre, hätte diese Explosion den halben Gebirgszug zerstört.«

»Der Berg ist noch da«, erklärte der Junge. »Aber Euer Schiff ist explodiert. Das hat Kommandantin Hacha selbst gesagt.«

Das war ganz bestimmt nicht passiert! Was dieser Pfleger da beschrieb, war unmöglich, es sei denn, jemand hätte diese Explosion *nach* dem Absturz herbeigeführt. Was hatte Deha vor? Er warf die Decke zurück und schwang die noch immer eingegipsten Beine aus dem Bett.

Der Pfleger sah ihn beunruhigt an. »Was tut Ihr denn da?«

»Aufstehen.«

»Ihr könnt nicht aufstehen!«

Kelric stützte sich erst auf einen Stuhl, dann stellte er sich ganz auf die eingegipsten Füße und grinste er den Jungen an. »Wollen wir wetten?«

»Ihr müsst im Bett bleiben!«

»Warum? Immer wenn ich aufstehe, wird mir gesagt, ich soll mich wieder hinlegen. Immer wenn ich über mein Schiff sprechen will, wird das Thema gewechselt. Niemand erzählt mir hier irgendetwas. Also muss ich es wohl selbst herausfinden.«

»Aber das könnt Ihr nicht!«, beharrte der Junge. »Nicht mit dem Gipsverband an Euren Beinen.«

»Da hast du Recht.« Kelric setzte sich wieder und schwang seine Beine dann kräftig gegen die Metallkante an der Unterseite des Bettes. Gipsbröckchen flogen in alle Richtungen.

»Hört auf!« Der Pfleger ergriff mitten in der Bewegung eines der Beine. »Ihr werdet Euch die Knochen kaputt machen!«

»Nicht die Knochen.« Er schüttelte den Griff des Jungen ab und schälte dann in breiten Streifen den Gipsverband ab; pulverig fielen einzelne Brocken zu Boden. »Nur den Verband.«

Ein kratzenden Geräusch drang aus der Wand.

Kelric hielt mitten in der Bewegung inne. »Was war das?«

Der Pfleger drehte sich zu der Wand um. »Ich weiß nicht.«

Wieder erklang das Geräusch. Dann verschwand ein Paneel der Wand, und Ixpar trat ins Zimmer.

»Hey!«, entfuhr es dem Jungen.

Ixpar schloss das Paneel wieder, zurück blieb glatte Wand. Sie wandte sich an den Pfleger. »Hol die Wachen! *Sofort!*«

Als der junge Mann mit großen Schritten auf die Tür zuging, schälte Kelric auch noch den letzten Rest des Gipsverbandes von den Beinen.

»Kelric, hört auf!«, sagte Ixpar.

»Kommt nicht in Frage!« Er stand auf und machte versuchsweise einen Schritt. Sein Bein schien ihn tragen zu können, also humpelte er quer durch den Raum auf einen langen Spiegel zu, dessen Rand mit Quis-Motiven verziert war. Aus dem Spiegel blickte ihn ein Mann in einem blauen Schlafanzug an, ein Mann, der dünner war, als er ihn in Erinnerung hatte.

Als der verstärkte Blutstrom ihn in den Beinen kitzelte, war er zunächst verwirrt. Dann hätte er vor Erleichterung beinahe laut aufgelacht. Seine NanoMeds waren nicht tot, sie reagierten auf seinen geschwächten Zustand und versuchten, ihm zu helfen.

»Was macht Ihr da?«, fragte eine Stimme.

Kelric drehte sich um und sah Kommandantin Hacha im Türrahmen stehen. »Stehen«, antwortete er.

Sie sprach mit einer Stimme, die anscheinend beruhigend wirken sollte. »Wir wollen nicht, dass Ihr Euch verletzt. Warum geht Ihr nicht wieder zurück ins Bett? Ich werde nach der Ärztin schicken lassen.«

Kelric humpelte auf die Tür zu. »Ich brauche keine Ärztin.«

»Es tut mir Leid.« Sie versperrte ihm den Weg. »Ihr könnt nicht gehen.«

»Warum nicht?« Er blickte sich um, als Rev, Llaach und Balv in das Zimmer traten. »Warum haltet ihr mich gefangen?«

»Ihr müsst Euch erholen«, erklärte Hacha.

»Nein, das muss ich nicht!«

Das letzte bisschen einlullende Ruhe schwand aus Hachas Stimme. »Geht wieder ins Bett!«

Auf Kampf-Modus umgeschaltet, dachte Bolt.

Aus dem Augenwinkel sah Kelric, wie Ixpar sich zentimeterweise auf die Tür zubewegte. Biomechanisch beschleunigt ergriff er ihren Arm. Als alle vier Wachen gleichzeitig ihre Waffen hervorrissen, blieb ihm keine Zeit mehr, über die Vehemenz ihrer Reaktion erstaunt zu sein. Bolts Reflex-Datenbanken übernahmen, übergingen sein Gehirn und sendete ihre Befehle unmittelbar in die Hydraulik, die seinen Körper steuerte.

Als die Wachen feuerten, hechtete er zur Seite und schleuderte Ixpar gegen den Pfleger; beide taumelten rückwärts durch den Raum. Obwohl es Kelric gelang, den meisten Schüssen auszuweichen, traf einer davon ihn in die Schulter. Die winzige Nadel durchstach seine Haut, und Bolt dachte: **Warnung: Injektion nicht zugelassener Chemikalien in den Blutsrom. Synthese potenziell wirksamer Gegengifte eingeleitet.**

Kelric taumelte, und Rev drehte ihm die Arme auf den Rücken, während Llaach einen Betäuber genau auf Kelrics Brustkorb richtete. Schon in der Grundausbildung hatte Kelric gelernt, wie man sich einem solchen Griff entwindet. Kaum war er frei, wollte er sich auf Llaach stürzen

… und seine Beine schienen einfach unter ihm wegzuknicken.

Kelric stürzte, riss Llaach allerdings mit sich. Sie presste ihm ihre Waffe gegen die Brust und drückte ab. Dann erschlaffte sie in seinen Armen; er hatte sie bis zur Ohnmacht gewürgt. Ein entsetzlich taubes Gefühl breitete sich in Kelrics Oberkörper aus.

Umschalten auf vollständige Hydraulik, meldete Bolt.

Kelrics Beine zuckten, als die Hydraulik sämtliche seiner Körperbewegungen übernahmen. Sie hielt ihn in Bewegung, wie eine Maschine, trotz der Beruhigungsmittel in seinen Adern. Noch während er wieder auf die Füße kam, stürzte Balv auf ihn zu. Kelric rang mit dem jüngeren Mann, warf ihn dann über seine Schulter und ließ ihn hart auf den Boden aufprallen. Wäre die Bewegung mit Kelrics ganzer Kraft ausgeführt worden, hätte das Balv getötet. Doch Bolt hatte ausgerechnet, wie viel Kraft notwendig war, um ihn zu betäuben, und diese Daten dann an Kelrics Hydraulik weitergegeben – alles innerhalb eines Sekundenbruchteils.

Dann rang Kelric mit Rev und Hacha, ihr wilder Kampf schleuderte sie mal gegen die eine, dann gegen die andere Wand. Schließlich wand er Rev den Betäuber aus der Hand und schoss die letzte Ladung auf die hünenhafte Wache ab. Als Hacha ihm dann die Waffe aus der Hand schlug, riss er das Bein hoch und traf seine Gegnerin in den Magen. Sie wurde mit aller Gewalt gegen die Wand geschleudert; doch auch diesmal hatte Bolt die Kraftanstrengung so berechnet, dass sie nur betäubt wurde.

Kelric keuchte auf, als seine Hydraulik auszusetzen schien, und sank zwischen den bewusstlosen Wachen auf die Knie. Auch der Pfleger lag dort, er war ins Kreuzfeuer der Betäuber geraten.

Aus dem Augenwinkel nahm Kelric flackernd eine Bewegung wahr. Er sprang auf und ergriff Ixpar, gerade bevor sie aus dem Raum herauslaufen konnte. Er schob sie wieder zurück ins Zimmer und schloss die Tür.

»Ihr werdet es niemals aus Dahl heraus schaffen!«, keuchte sie. »Überall im Anwesen gibt es Wachen!«

»Die werden nicht schießen.« Kelric sackte gegen die Tür und rang nach Atem. »Nicht, wenn sie dich treffen könnten.« Die Aufmerksamkeit immer noch Ixpar zugewandt, hob er Balvs Betäuber auf und zog Llaach das Messer aus dem Stiefel. »Die Ladung, die erforderlich ist, um jemanden von meiner Körpergröße auszuschalten, könnte bei dir eine ganze Menge Schaden anrichten. Und ich habe da so eine Idee ...« Er richtete sich auf. »Ich glaube, dass deine Sicherheit hier viel wichtiger ist, als die Leute hier sich anmerken lassen.«

»Das ist doch lächerlich!«

»Ich habe mein ganzes Leben unter einflussreichen Menschen verbracht, Ixpar. Die erkenne ich, wenn ich sie sehe.« Er deutet mit dem Kinn auf die Wand. »Wo führt deine Geheimtür hin?«

»Ich weiß nicht, wie man sie von dieser Seite öffnet.«

Kelric zerrte sie bis zu dem Paneel. »Mach auf!«

»Nein!«

Er machte sich nicht die Mühe, mit ihr zu streiten, sondern warf sein ganzes Gewicht gegen die Wand. Nach ein paar Schlägen brach die Abdeckung; dahinter sah Kelric einen steinernen Durchgang. Er zog Ixpar hinein und humpelte den Gang entlang.

Während sie weitergingen, brütete er vor sich hin. Er hatte endlich herausgefunden, an wen Deha ihn erinnerte: an seine erste Frau. Corey, eine Admiralin des Imperialats, mehr als zwanzig Jahre älter als er, war vor zehn Jahren gestorben – Händler-Terroristen hatten sie ermordet. An einem Tag noch war sie eine leidenschaftliche, machtvolle Frau gewesen, am nächsten Tag war sie nicht mehr da. Und jetzt war er so sentimental und dumm gewesen, etwas von ihr in Deha wiederzuentdecken.

Der Gang endete in einem Turm. Rechts führte eine Wendeltreppe nach oben, links befand sich eine Tür. Er deutete auf die Treppe. »Was ist da oben?«

»Einer der Lagerflügel«, antwortete Ixpar.

Mit vorgehaltener Waffe stellte er sich neben die Tür und öffnete sie; dahinter lag einen Garten, in dem kein

Mensch zu sehen war. Kelric ließ die Tür offen stehen, als hätten sie diesen Weg genommen, dann stieß er Ixpar auf die Treppe zu. »Hoch! Du gehst vor!«

Auf jedem Treppenabsatz befanden sich Türen. Die ersten drei waren abgeschlossen, die vierte jedoch ließ sich öffnen, dahinter lag ein Raum voller Urnen, jede etwa so hoch, dass sie ihm bis zur Hüfte reichte. Staubkörnchen tanzten im Lichtstrahl, der durch das Fenster in der Mitte der gegenüberliegenden Wand fiel.

»Das ist doch Wahnsinn!«, versuchte Ixpar ihn von seinem Vorhaben abzubringen. »Hier werdet Ihr doch keinen Ausgang finden! Warum seid Ihr nicht durch den Garten gegangen?«

»Weil sie da als Erstes suchen werden.« Er schloss die Tür. »Ich will ein paar Antworten! Du kannst damit anfangen, mir zu erzählen, warum Coba zum Sperrgebiet erklärt worden ist. Was versucht ihr alle hier zu verbergen?«

»Nichts. Was Verwalterin Dahl Euch gesagt hat, ist wahr!«

»Dass ihr das IRK nicht mögt? Da muss dir schon 'was Besseres einfallen!«

Ixpar ballte die Fäuste. »Seid Ihr jemals auf die Idee gekommen, unsere Freiheit könnte uns mehr bedeuten als Euer Imperialat? Aber vielleicht neigen Eroberer ja dazu, genau das wegen all derjenigen zu vergessen, die sie bereits erobert haben!«

»Dein Volk hatte nicht die Absicht, mich jemals wieder gehen zu lassen, nicht wahr?«

»Ihr lagt im Sterben. Wir mussten eine Entscheidung treffen. Wir haben Euer Leben gerettet.« Sie hielt seinem Blick stand. »Aber wir werden nicht unsere Freiheit gegen die Eure eintauschen!«

Kelric wusste, dass das IRK Coba niemals zuerst zum

Sperrgebiet erklären und den Planeten dann unbeaufsichtigt lassen würde. Da das EI-Gehirn seines Jags Kurs auf diese Region des Planeten gesetzt hatte, konnte nur bedeuten, dass das IRK Kontakt mit den Zwölf Anwesens aufgenommen hatte. Der Stützpunkt oder der Raumhafen mussten sich also irgendwo ganz in der Nähe befinden. Angesichts der bergigen Landschaft hier vermutlich in der Wüste. Was er brauchte, war ein Transportmittel.

»Wo ist der Flugplatz?«, fragte er dann.

»Auf der anderen Seite von Dahl. Hinter der Calanya.«

»Was ist eine Calanya?«

»Ein paar Gärten und Gebäude. Da leben Würfelspieler.«

Wieder diese Würfel! Er schüttelte den Kopf, dann versteifte er sich, als Schmerz seine Muskeln durchzuckte. Die Beruhigungsmittel hörten auf zu wirken.

Ixpar beobachtete ihn. »Ihr müsstet längst so flach liegen wie eine Quis-Scheibe! Ihr habt vier Treffer abbekommen, und bei einem davon hat Llaach Euch die Waffe direkt auf die Brust gesetzt!«

Kelric antwortete nicht. Stattdessen zog er das Mädchen zu einer Bank unter dem Fenster und ließ sie darauf steigen. Als er hinausschaute, sah er Berge, die sich hoch über die Stadt auftürmten. Er rutschte ein Stück zur Seite, damit man ihn nicht sehen konnte, und deutete auf den Fensterriegel. »Aufmachen!«

Kaum hatte sie den Riegel zurückgezogen, da öffnete sich das Fenster auch schon mit einem heftigen Schlag, und Wind toste in den Raum. Als Kelric sein Hemd abstreifte, errötete das Mädchen. »Was habt Ihr vor? Warum zieht Ihr Euch aus?«

»Ich mache mir ein Halfter.« Er band den Betäuber

und Llaachs Messer in das Hemd, dann knotete er es sich um die Hüfte. »Wir werden jetzt diesen Turm runterklettern!«

Sie starrte ihn an. »Was an kleinen Vorsprüngen in der Wand Halt zum Klettern geben könnte, dürfte nicht einmal mich tragen, von Euch ganz zu schweigen!«

»In der Grundausbildung musste ich schwierigere Kletterpartien meistern«, gab er zurück. Dann umfasste er ihre Taille und hob sie auf das Fensterbrett. »Dreh dich um! Schwing die Beine aus dem Fenster!«

Schweißperlen sammelten sich auf Ixpars Stirn. Doch sie tat, wie ihr geheißen, und wirkte dabei gelassener als viele Erwachsene, die Kelric in ähnlichen Situationen erlebt hatte. Er lehnte sich hinaus und sah vier Stockwerke unter sich einen Hof liegen. Dahinter erstreckte sich in alle Richtungen die Stadt.

»Wo ist diese Calanya?«, fragte er dann.

Ixpar deutete auf eine Mauer in der Ferne, an der Stadtgrenze. »Auf der anderen Seite dieses Windbrechers.«

Kelric kletterte über das Sims und ließ sich dann hinab, in den Wind hinein, den Blick auf die Außenwand des Turmes gerichtet. Mit den Zehen tastete er die Wand ab, bis er einen Halt fand, der sein Gewicht tragen konnte. Dann hob er Ixpar vom Fensterbrett, stützte sie, während sie sich umdrehte, bis auch ihr Blick auf die Wand gerichtet war. Langsam stiegen sie hinab, Ixpar etwa einen halben Meter über ihm.

Plötzlich prasselte eine Lawine kleiner Kieselsteine auf ihn herab, begleitet von heftigen Scharrgeräuschen. Er blickte auf und sah, dass unter Ixpars Fuß ein Trittstein zerbröselte. Kelric manövrierte seinen eigenen Fuß tiefer in einen Riss der Mauer hinein und umklammerte mit den Fingern die Steine so fest, dass es eines motorgetriebenen Schraubstocks bedurft hätte, um diesen Griff zu lösen. Und dennoch musste er, als Ixpar zu ihm hinunterrutschte, sich anstrengen, um zu verhindern, dass er von der Wand gerissen wurde.

Sofort verlagerte sie ihr Gewicht, möglichst weit von ihm entfernt. »Mir geht's gut!«

Kelric, der bis dahin vor Anspannung die Luft angehalten hatte, atmete tief durch und begann, weiter die Wand hinunterzuklettern. Als er festen Boden unter den Füßen spürte, ließ er die Wand los, dann schwankte er; vor seinen Augen tanzten kleine Lichtblitze. Als Ixpar neben ihm auf den Boden kam, ließ er sich gegen den Turm sacken. Bevor das Mädchen auch nur den ersten Schritt gemacht, um wegzulaufen, hatte er schon wieder ihre Taille umklammert.

»Kelric, bitte gebt doch einfach auf!«, bat sie dringlich. »Ihr werdet es niemals bis zum Flugplatz schaffen! Gebt auf, bevor Ihr Euch wieder die Beine brecht!« Sanfter fügte sie hinzu: »Wir werden Euch nichts tun.«

Du hast ja gar keine Ahnung, dachte er. Dieser Kampf mit den Wachen hatte einige seiner biomechanischen Systemerweiterungen verraten, die er bisher verborgen gehalten hatte; doch Deha und ihre Leute wussten nicht, über welche besonderen Fähigkeiten er sonst noch verfügte. Damit blieb ihm auch Spielraum, notfalls zu bluffen. Aber er brachte dringend Hilfe. Je länger er sein System belastete, ohne es reparieren zu lassen, desto schlimmer würde der Schaden an seinem inneren System ausfallen.

Er hielt Ixpars Arm fest und zog sie zum Tor. Davor lag ein Platz, umgeben von blassblauen Häusern. In der Mitte des Platzes lag wie eine erblühende Blume unter freiem Himmel ein weißer Springbrunnen, verziert mit Farbakzenten, die an Seen, Wälder und die Sonne denken ließen. Wasser sprudelte im hohen Bogen daraus hervor, der Wind zerstäubte den Strahl in einem Nebel voller Regenbögen.

So schnell es eben ging, humpelte er über den Platz und zog Ixpar mit sich. Auf der anderen Seite betraten sie ein Labyrinth aus schmalen, kopfsteingepflasterten Gassen, die sich zwischen drei- oder vierstöckigen Häusern hindurchwanden, alle Fenster waren mit Pflanzen geschmückt. Während sie weiterliefen, schien die frische Bergluft seinen Kopf endlich klarer zu machen. Einmal drang Kinderlachen an sein Ohr, und nur einen Augenblick später kam eine Kinderschar die Gasse entlang gerannt, viel zu sehr mit ihrem Spiel beschäftigt, um zwei Erwachsene zu beachten, die sich im Schatten eines etwas zurückgesetzten Hauseinganges verbargen.

Eine weite, gepflegte Rasenfläche trennte den Stadtrand von der Mauer, die Ixpar den ›Calanya-Windbrecher‹ genannt hatte. Die Mauer war etwa sechs Meter hoch, etwa so breit, dass zwei Personen nebeneinander darauf entlanggehen konnten, und schlängelte sich Kilometerweit in beide Richtungen. Kunstvoll in die Wand eingearbeitete kleine Öffnungen ermöglichten Blicke auf die dahinter liegenden von Menschenhand durchgestalteten Landschaften.

»Da hinaufzuklettern sollte einfach sein«, kommentierte Kelric. »Dann können wir durch diese Gärten abkürzen.«

»Nein!«, weigerte sich Ixpar.

Kelric blickte sie erstaunt an. Das war die stärkste Emotion, die sie bisher gezeigt hatte. »Warum nicht?«

»Das ist eine Verletzung der Calanya!«, erklärte sie. »Ihr verunreinigt das Quis!«

Ein Würfelspiel verunreinigen? Er zog sie näher an den Windbrecher heran. »Klettern!«

Ixpars Gesicht verzerrte sich. »Soll doch ein Riesen-falke dich von den Bergen reißen und an seine Jungen verfüttern!«

Er konnte sich ein Lächeln nicht verkneifen. »Das wollen wir doch nicht hoffen.«

Der Wind wurde noch stärker, als sie die Wand hinauf-kletterten; als sie oben angekommen waren, zerrte er an ihrer Kleidung und an ihren Haaren. Auf der anderen Seite der Mauer war es fast windstill. Der Boden dort bestand aus einem saftigen Grasteppich, der in einem sanften Hügel vom Windbrecher fortführte. Haine aus Bäumen mit schweren goldenen Früchten lagen vor ihnen, und weit hinten in den Gärten glitzerten die Fenster eng beieinander stehender Gebäude wie flüssige Diamanten.

Über den Rasen machten sie sich auf den Weg. Kelric humpelte jetzt deutlich stärker, seine immer noch nicht völlig verheilten Beine ermüdeten zusehends. Er warf einen Blick zu Ixpar. »Du sagst, hier leben Würfel-spieler?«

»Die Männer in einer Calanya sind alle erfahrene Quis-Spieler«, erklärte sie. »Du könntest sie ›Ratgeber‹ nennen. Dehas Ratgeber. Quis-Ratgeber.«

»Und Quis bedeutet Macht.« Als Ixpar nickte, lächelte Kelric. »Gar nicht schlecht für jemanden, der eigentlich nichts weiter ist als ein guter Spieler.«

Sie überquerten gerade eine Holzbrücke, die in einem sanften Bogen über einen kleinen Bach führte, als sie den Mann bemerkten. Er saß auf einer Steinbank auf der anderen Seite des Wasserlaufes und entspannte sich in der Sonne.

Mitten auf der Brücke blieb Kelric stehen, brachte auch Ixpar zum Halten und zog seine Waffe. »Wer ist das?«

»Ein Calani«, erklärte sie. »Ein Würfelspieler, der in einer Calanya lebt.«

Der Mann stand auf und betrachtete sie. Er war schlank und hatte graues Haar, er hatte etwas von einem Gelehrten an sich. Seine Kleidung war schlicht, wirkte aber, als habe er es zu bescheidenem Wohlstand gebracht: eine Wildlederhose und kniehohe Stiefel, ein dunklerer Gürtel, mit Quis-Motiven verziert, ebenfalls aus Wildleder, und ein weißes Hemd mit bestickten Aufschlägen. Armbänder aus einem Material, das wie pures Gold aussah, umschlossen seine Handgelenke, und zwei goldene Armreifen waren auf jedem seiner Oberarme zu erkennen.

»Mit diesen Armreifen sieht er aus wie ein Jagernaut«, kommentierte Kelric.

»Ihr beleidigt ihn«, gab Ixpar zurück.

»Seit wann ist denn das eine Beleidigung?« Ixpar immer noch an seiner Seite, ging Kelric auf den Calani zu und sprach ihn auf Teotecanisch an: »Du bist der Einzige hier draußen?«

Der Calani betrachtete ihn schweigend.

Kelric blickte zu Ixpar. »Warum antwortet er nicht?«

»Calani sprechen niemals mit Außenseitern.« Sie verschränkte die Arme vor der Brust. »In der Alten Zeit stand auf das Eindringen in eine Calanya die Todesstrafe.«

»Verpuggt noch mal!« Kelric konnte es nicht fassen. Er brauchte und er wollte keine weitere Geisel, aber er konnte auch nicht zulassen, dass dieser Mann frei herumlief und Alarm schlug. Also feuerte er den Betäuber ab. Überraschung zeichnete sich auf dem Gesicht des Calani ab, dann brach er zusammen.

»Nein!« Ixpar sank auf die Knie und überprüfte den Puls des Mannes.

»Es tut mir Leid.« Kelric rieb sich die Schläfen. »Aber ich kann kein Risiko eingehen.«

Sie warf ihm einen Blick zu, der Eis hätte abkühlen können.

»Der wird schon wieder!« Kelric zog das Mädchen wieder auf die Füße. »Er wird nur ein paar Stunden schlafen.« Er ging auf ein eingeschossiges Gebäude aus Bernsteinholz und blauem Stein zu. Topfpflanzen ließen ihre Zweige von den Dachvorsprüngen herabhängen, die Fensterläden standen offen; Kelric konnte Fenster aus goldenem Glas erkennen, von Kupfer eingerahmt.

Als sie das Haut betreten hatten, fanden sie sich in einem Flur wieder, dessen Wände grün und schattiggrau gestrichen waren, wie Sonnenlicht, das durch ein Blätterdach fiel: das Lichtspiel in einer Waldlichtung. Der Flur endete in einem Sonnenraum; die Farbe der Wände ging von Bernsteinfarben nahe dem Fußboden allmählich in Weiß-Gold nahe der Decke über. Die Decke selbst war blau gestrichen, gemalte Wolken verdeckten halb eine gemalte Sonne. In einer Ecke des Raumes saß ein junger Mann und spielte Solitär-Quis.

»Aufstehen!«, wies Kelric ihn an.

Der junge Mann machte eine Miene, als tauche er gerade aus den Tiefen eines Sees auf. Als er Kelric sah, blinzelte er erstaunt und erhob sich.

Kelric warf einen Blick auf die Anzeige des Betäubers. Er konnte nicht weiterhin wahllos Leute betäuben; die Waffe war schon nahezu entladen. Also deutete er auf einen papierartigen Schirm, mit Bäumen und Vögeln bemalt, der einen Durchgang auf der anderen Seite des Raumes versperrte. »Aufmachen!«

Kelric und Ixpar folgten dem Jungen, als er rückwärts auf diesen Schirm zuging. Dann schob er den massiven Vorhang zur Seite, dahinter lag ein weiterer Sonnenraum, in dessen gegenüberliegenden Wand zwei große Türen zu erkennen waren. In einer Ecke des Raumes saß ein Junge, der einem Mann zuhörte, dessen weißes Haar seinen Schädel wie einen Heiligenschein umgab. In der Mitte des Raumes saßen sieben Männer an einem Tisch und spielten Quis.

Innerlich fluchte Kelric heftig. Jetzt stand es elf gegen einen, und einige dieser Würfelspieler sahen aus, als könnte sie ernst zu nehmende Gegner sein. Als sie ihn sahen, standen sie auf. Niemand sagte ein Wort … und Ixpar stieß einen Schrei aus, der laut genug war, auch noch die Bevölkerung auf dem Nachbarplaneten zu wecken.

Die Türen auf der anderen Seite des Raumes wurden aufgerissen, vier Wachen kamen mit großen Schritten in den Raum. Während Kelric feuerte, begann der Betäuber schon zu stottern. Es gelang Kelric, die Wachen auszuschalten, doch als die Würfelspieler begriffen hatten, dass seine Waffe nun leer war, kamen sie auf ihn zu.

Kelric ergriff den Jugendliche aus dem ersten Sonnenraum und riss ihm heftig den Kopf zurück. »Wenn jemand auch nur mit der Wimper zuckt, brech' ich ihm das Genick!«

Die Quis-Spieler erstarrten mitten in der Bewegung. Mit der einen Hand hielt Kelric immer noch den Jungen fest, mit der anderen ergriff er Ixpars Arm und zerrte seine beiden Geiseln quer durch den Raum auf die Doppeltür zu. Sobald sie den Raum verlassen hatten, stieß er den Jugendlichen wieder zurück in die Calanya und verriegelte der Tür, wodurch er alle im Inneren des Gebäudes einsperrte.

Ixpar wand sich in seinem Griff. »Das könnt Ihr nicht tun!«

»Na, dann pass mal auf!« Er ging mit schnellen Schritten den Flur entlang und zog das Mädchen mit sich. Dann öffnete er die Tür am Ende des Flures und sah

Gärten und Rasenflächen vor sich. In einigen hundert Metern Entfernung sah er eine Baumreihe, und dahinter reckte sich der Kontrollturm eines Flugplatzes in den Himmel.

Sie waren auf halber Strecke zu den Bäumen, als sie hinter sich aufgeregte Rufe hörten. Kelric wirbelte herum und sah Wachen, die aus der Calanya herausgestürmt kamen. Er verfiel in einen Laufschritt, zog Ixpar hinter sich her, das Mädchen schnappte keuchend nach Luft, während sie versuchte, mit ihm Schritt zu halten. Seine Mutmaßungen, was ihre Person betrafen, erwiesen sich als zutreffend. Niemand eröffnete das Feuer auf sie.

Sie durchquerten die Baumreihe und liefen auf den Flugplatz zu. Dann rannten sie über das Rollfeld zum nächstgelegenen Hangar. Als Kelric sah, dass dieser leer war, steuerte er den nächsten an.

Ein Trupp von acht Wachen stürmte aus dem Kontrollturm auf sie zu. Kelric blieb so abrupt stehen, dass Ixpar gestürzt wäre, hätte er sie nicht festgehalten. Ein Blick über die Schulter verriet ihm, dass die Wachen aus der Calanya sich ihm von hinten näherten. Also zog er sich rückwärts zu dem Hangar zurück, an dem sie gerade vorbeigelaufen waren, bis er eine raue Wand im Rücken spürte. Die Wachen umringten sie, bildeten einen Halbkreis, bei dem sie in einer Dreierreihe standen; die nächststehenden Wachen waren etwa zehn Meter entfernt.

Kelric hielt Ixpar vor sich, ihren Rücken an seine Brust gepresst, und legte ihr sein Messer an die Kehle. »Noch einen Schritt näher«, drohte er, »und ich schlitz' ihr die Kehle auf!«

Ixpar versteifte sich, und ihr Entsetzen drang sogar bis zu seinen verletzten Kyle-Zentren durch. Er hatte nicht die Absicht, seine Drohung wahr zu machen; für den Fall, das er wirklich würde kämpfen müssen, würde er auf den Kampf-Modus umschalten und sich darauf verlassen, dass seine biomechanischen Erweiterungen dafür sorgten, einer Gefangennahme zu entgehen. Doch er hatte das Gefühl, ein guter Bluff könnte jetzt die stärkste Waffe sein, die ihm zur Verfügung stand.

Die Reihen der Wachen teilten sich: Deha trat auf ihn zu. »Lass sie gehen! Die Verwalterin eines Anwesens stellt eine bessere Geisel dar.«

»Nein!«, entschied er. »Ruf deine Wachen zurück!«

»Ich kann nicht glauben, dass du ihr würdest Schaden zufügen können.«

»Würdest du das Leben dieses Mädchens darauf verwetten?«

Deha drehte sich zu der Kommandantin der Wache um. »Macht ihm den Weg frei!«

»Du bleibt hier«, verlangte Kelric.

Das Flugfeld wurde bemerkenswert schnell geräumt. Als er mit Ixpar und Deha allein war, deutete er mit dem Kinn auf den nächstgelegenen Hangar. »Da rüber!«

Sie erreichten den Hangar, und Kelric sah, dass darin ein Windreiter stand. Er zerrte Ixpar zu dem Luftfahrzeug hinüber und stieß sie durch die Luke. »Rein da!«

»Kelric, nein!« Deha musste schlucken. »Sie ist doch noch ein Kind! Lass sie hier und nimm mich!«

Kommt nicht in Frage, dachte er. Er bezweifelte nicht, dass eine unbewaffnete Deha etwa so gefährlich war wie ihre Wachen, wenn diese Waffen trugen; ihr Intellekt war leistungsfähiger als ein Betäuber. Ixpar war die sicherere Geisel.

Er wartete, während Ixpar sich in den Reiter zwängte. Dann stieg er selbst durch die Luke, den Blick dabei fest auf Deha gerichtet.

Anspannung zeichnete sich auf dem Gesicht der Verwalterin ab. »Kelric, tu das nicht!«

Warnung, dachte Bolt. Körperhaltung und Tonfall der Person vor dir lässt auf eine Bedrohung hinter dir schließen.

Kelric wirbelte herum – gerade rechtzeitig, um zu sehen, wie Ixpar einen Diskus mit stumpfem Rand nach ihm schleuderte. Er duckte sich, doch auf diese kurze Distanz konnte er selbst mit biomechanischer Beschleunigung nicht ausweichen. Der Diskus traf ihn an der Schläfe, und Kelric stürzte in tiefe Dunkelheit.

5

Königinnen-Spektral-Turm

Jahlt Karn stand vor einer gläsernen Wand, die nur von einer Seite aus durchsichtig war. Um zu verhindern, dass man geblendet wurde, war das Licht auf beiden Seiten dieser Wand in seiner Helligkeit heruntergeregelt worden. In dem Halbdunkel wurden ihre grauen Augen pechschwarz, graue Strähnen durchzogen das ebenholzfarbene Haar, das ihr bis tief auf den Rücken reichte. So schwarz und grau, wie sie gekleidet war, schwarze Hose, schwarze Jacke, graue Stiefel, verschmolz sie mit dem Schatten. Dort stand sie, hoch gewachsen und hager, sie sprach mit leiser Stimme; sie war Ministerin und herrschte über die Zwölf Anwesen.

Deha stand neben ihr. Im Raum jenseits der Glasscheibe, etwas tiefer gelegen als der Raum, in dem sie sich befanden, lag Kelric bewusstlos in einem Bett.

»Die Gesetzeslage des Imperialats ist eindeutig.« Jahlt drehte sich zu Deha um. »Die Sperrklausel verbietet uns den Kontakt mit Skolianern. Ihr hättet ihn zum Raumhafen bringen müssen.«

»Er wäre gestorben, bevor wir dort angekommen wären«, antwortete Deha.

»Ganz Coba wird die Konsequenzen Eurer Entscheidung tragen müssen.« Jahlt schüttelte den Kopf. »Solange er lebt, besteht die Gefahr, dass er flieht. Und dann? Weder er noch seine berüchtigte Familie werden unsere Versuche, ihn hier gefangen zu halten, für gut befinden.« Sie sah Deha scharf an. »Wir haben keine andere Wahl. Er darf nicht am Leben bleiben.«

Deha verspannte sich. »Wir haben seit Jahrzehnten keine Hinrichtung mehr vollstreckt.«

»Und dennoch! Entweder eine Hinrichtung, oder ein Leben im Gefängnis, und ich wüsste wirklich nicht, weswegen wir ein Risiko eingehen sollten.«

Deha wählte ihre Worte mit Bedacht. »Es gibt verschiedene Gefängnisse.«

»Das heißt?«

»Denkt an die eine Einrichtung, die unsere Vorfahren strenger bewacht haben als jedes Gefängnis.«

»Ihr wollt ihn in eine Calanya stecken?« Jahlt schnaubte verächtlich. »Genau so gut könntet ihr aus euren Quis-Würfeln eine Brandbombe bauen.«

Deha war auf diesen Einwand vorbereitet. »Man würde ihn von den anderen fernhalten. Bis er sich angepasst hätte.«

Jahlt sah sie nachdenklich an. »Ich frage mich langsam, ob noch andere Faktoren einen Einfluss auf Eure Entscheidungen bezüglich dieses Außenweltlers ausüben.«

»Wie zum Beispiel?«

»Er ist ein bemerkenswert gut aussehender junger Mann.«

»Mir missfällt, was Ihr damit andeutet.«

»Dann sagt mir eines!«, forderte Jahlt sie heraus. »Wenn Ihr diesen Mann in Eure Calanya einschwört, wird er dann ein Calani sein? Oder der Akasi Calani?«

Deha verschränkte die Arme vor der Brust. »Ob ich ihn zu meinem Akasi mache oder nicht, geht allein mich etwas an.«

»Es geht mich sehr wohl etwas an, wenn ich den Eindruck habe, Eure Hormone stehen Eurem Urteilsvermögen im Wege.«

»An meinem Urteilsvermögen gibt es nichts auszusetzen.«

»Und doch wollt Ihr einen Mann in Eure Calanya ein-schwören, der nicht einmal Quis beherrscht.«

»Er beherrscht das Quis-Spiel sehr wohl.«

Jahlt zuckte mit den Schultern. »Die Grundlagen des Spiels zu beherrschen und Talent für Calanya Quis zu haben, sind zwei recht unterschiedliche Dinge.«

»Das ist wahr«, gab Deha zu. »Aber bedenkt dies: Er hatte kein Geld, das er setzen konnte, während er das Spiel erlernte, deswegen setzte er Planeten.« Sie lächelte. »Nach ein paar Tagen gehörte meiner Eskorte die Hälfte des Imperialats.«

Trocken erwiderte Jahlt: »Ich bin sicher, das IRK wird die Schulden begeistert begleichen, wenn Hacha auf-taucht, um sie einzutreiben.«

»Es gibt keine Schulden. Kelric hat alle Planeten zurückgewonnen.«

Jahlt vollführte mit ihrer Hand eine geringschätzige Geste. »Es wäre nicht das erste Mal, dass ein hübsches Gesicht Hacha dazu gebracht hätte, einen unterlegenen Spieler gewinnen zu lassen.«

»Hacha mag ihn nicht. Außerdem hat er noch nie ein Spiel gegen sie gewonnen. Aber er hat sowohl Llaach als auch Balv besiegt, und die beiden spielen auch nicht erst seit gestern. Er hat sogar Rev schon einmal besiegt.« Deha machte eine Pause. »Ich habe selbst schon gegen ihn gespielt, Jahlt. Er ist wirklich ein Naturtalent.«

Die Ministerin verschränkte die Hände hinter dem Rücken und schritt quer durch den Raum. »Habt Ihr darüber nachgedacht, welche Auswirkungen er auf das Quis haben wird?«

»Welche Auswirkungen meint Ihr?«

Jahlt drehte sich um. »Ich weiß es nicht. Da liegt ja das Problem.« Sie ging zu Deha zurück. »Und wenn er ent-kommt? Kein Talent ist dieses Risiko wert.«

»Er wird nicht entkommen.«

»Das letzte Mal, als Ihr mir das erzählt habt, hat er meine Nachfolgerin entführt.«

»Das wird nicht wieder geschehen.«

Jahlts Stimme wurde kalt. »Dessen bin ich mir sicher.«

»Wenn wir Kelric in ein Gefängnis stecken würden«, argumentierte Deha, »wäre das eine entsetzliche Verschwendung seines Lebens und seines Talents dar. Lasst die Todesstrafe wieder aufleben, und wir werfen Coba um Jahrhunderte zurück.«

Die Ministerin sah sie nachdenklich an. Dann ging sie zum Fenster und blickte auf Kelric hinab. Nach einem kurzen Moment des Zögerns entschied sie: »Ich vertraue auf Euer Urteilsvermögen, Deha. Aber denkt gut nach, bevor Ihr das letzte Wort sprecht.« Wieder drehte Jahlt sich zu ihr um. »Wenn Ihr ihn in die Calanya einschwört, gilt das für den Rest seines Lebens, mit allem, was das bedeutet: für Euch, für Dahl und für Coba.«

Chankah Dahl, Nachfolgerin der Verwalterin von Dahl, war eine junge Frau, aber nicht mehr so jung, dass sie nicht über die Jahre hinweg ihre Kenntnisse der Anwesens-Politik ausgefeilt hätte. Angesichts ihrer Stellung, in der sie nur Deha unterstand, eines Kasis, zweier noch kleiner Töchter, die ihren Namen trugen, und des Respekts all derer, die ihr gleichgestellt waren, war Chankah sehr zufrieden mit ihrem Leben.

Nun spazierte sie mit Doktor Dabbiv den Elfenbein-Flur hinab. »Ihr solltet all das Deha berichten«, meinte Chankah.

»Das habe ich doch!«, erwiderte der junge Arzt. »Sie sagt, unter keinen Umständen dürfe ich aufhören, Kelric Beruhigungsmittel zu verabreichen. Sie fürchtet, wenn er aufwacht, könne er erneut zu fliehen versuchen.«

»Seid Ihr sicher, dass die Medikamente ihn vergiften? Vielleicht ist einfach die Dosis zu hoch.«

»Das denkt Deha auch. Aber die Dosis ist nur die Hälfte dessen, was ein Mann seiner Körpergröße braucht.« Dabbiv blieb stehen. »Irgendetwas stimmt einfach nicht. Ich habe Schwierigkeiten, ihn zu wecken, damit er wenigstens isst. Wenn es mir gelingt, ihm etwas Nahrung einzuflößen, behält er die nicht bei sich – nicht einmal das, was er zuvor essen konnte! Und sein Blut ist leicht violett gefärbt! Vielleicht ist das ja normal. Vielleicht bedeutet das aber auch, dass er im Sterben liegt. Ich *weiß* es einfach nicht!«

Beruhigend legte Chankah ihm eine Hand auf die Schulter. »Habt Ihr ihn gefragt, warum sein Blut violett aussieht?«

»Er hat irgendetwas über eine chemische Reaktion seiner ›NanoMeds‹ mit dem Stickstoff in der Luft erzählt. Das ergibt alles keinen Sinn!«

»Vielleicht solltet Ihr doch noch einmal mit Deha über Eure Bedenken sprechen.«

»Das wird nichts helfen. Nichts von dem, was ich sage, nimmt sie ernst.«

»Selbstverständlich tut sie das! Warum sonst hätte sie Euch ausgewählt, im Anwesen Dienst zu tun?«

Er schnaubte verächtlich. »Ich habe nicht die geringste Ahnung! Wenn es nach ihr ginge, wären wir längst wieder in der Alten Zeit, und ich wäre in einer Calanya eingesperrt.«

Chankah hob die Augenbrauen. »Das ist doch absurd. Sie ist doch geradezu vernarrt in Euch!«

»Ich will nicht, dass man in mich *vernarrt* ist! Ich bin doch kein Haustier!«

»So schlimm wird es doch wohl nicht sein.«

Er verzog missmutig das Gesicht. »Woher wollt Ihr das wissen? Ihr habt es ja noch nie miterlebt. Wenn ich sage: ›Deha, es ist windig‹, sagt sie: ›Das ist schön, Dabbiv.‹ Wenn Ihr sagt: ›Deha, es ist windig‹, dann sagte sie: ›Das ist eine tiefschürfende Beobachtung, Chankah. Eine Beobachtung, die meiner Nachfolgerin würdig ist.‹«

»Dabbiv!«

»Ist doch wahr!« Er holte tief Luft. »Deswegen brauche ich Eure Hilfe. Auf Euch hört sie!«

Obwohl er im Ruf stand, leicht erregbar zu sein, hielt Chankah ihn für ein viel versprechendes Mitglied der Ärzteschaft von Dahl. Auf ihre Empfehlung hin hatte Deha ihn in ihre Gefolgschaft aufgenommen. Wenn er nun derart besorgt war, sollte sie wirklich mit Deha sprechen. »Also gut! Aber zuerst muss ich mir seine Krankenakte ansehen.«

»Die bekommt Ihr. Und Chankah … da wäre noch etwas.«

»Ja?«

»Habt Ihr von den Forschungen im Varz-Anwesen gehört?«

»Das sind doch irgendwelche Experimente, um die Zusammensetzung von Blut genauer zu bestimmen, oder?«

Dabbiv setzte sich wieder in Bewegung. »Die haben dort verschiedene Arten Blut isolieren können. Mindestens drei Blutgruppen.«

Chankah blieb neben ihm. »Ich würde diese Behauptungen nicht zu ernst nehmen. Nicht, wenn sie aus Varz stammen.«

»Bloß weil es zwischen Varz und Karn gewisse Feindseligkeiten gibt, heißt das noch lange nicht, dass die Biochemiker in Varz alle unfähig sind!«

»Ich stelle auch nur den Verwendungszweck in Frage,

den Verwalterin Varz für diese Forschungen im Sinn haben mag.«

Dabbiv räusperte sich. Es klang, als bereite er sich auf eine Schlacht vor. »Ich möchte eine Probe von Kelrics Blut zur Analyse in deren Laboratorium schicken.«

»Unmöglich!«

»Warum?«

Sie runzelte die Stirn. »Welchen Grund wollt Ihr zuerst hören? Dass Ministerin Karn uns verboten hat, bekannt zu machen, dass ein Skolianer sich unter unserem Dach befindet? Dass Deha dagegen protestieren würde, mit Varz in Korrespondenz zu treten? Oder dass es einfach nur Zeitverschendung wäre?«

»Wenn Kelric stirbt«, gab Doktor Dabbiv zu bedenken, »wird nicht eines dieser Argumente dem Wind widerstehen können, der sich dann erheben wird.«

»Hmmm.« Sie fühlte sich wie ein Luftsack, der rapide entleert wurde. »Denkt Ihr, dass es wichtig sein könnte?«

»Ja.«

»Ich werde sehen, was ich tun kann. Aber versprechen kann ich nichts.«

»Und noch etwas.«

»Noch mehr, und Deha wird mich in die Steinbrüche schicken!«

Dabbiv stieß einen frustrierten Laut aus. »Es geht um ihre Gesundheit. Sie hört auf niemanden. Ein weiter Herzanfall wie der im vergangenen Jahr könnte sie umbringen.«

»Sie scheint mir da ein wenig empfindlich. Sie wird denken, ich wolle andeuten, sie sei zu schwach, um Dahl weiter verwalten zu können.«

»Wenn sie nicht etwas kürzer tritt«, bemerkte Dabbiv, »ist sie bald nicht zu schwach, Dahl zu verwalten, sondern zu tot.«

Chankah seufzte tief auf. »Also gut. Ich werde mir ihr reden.«

Normalerweise faszinierten Ixpar die Quis-Motive, die in die Wände des Hauptsaals eines Anwesens graviert waren. Heute nicht. Die Schnitzereien rasten förmlich an ihren Augen vorbei, so schnell, dass sie verschwammen, während Ixpar mit großen Schritten durch die Unteren Säle von Dahl hastete. Nichts konnte sie die Erinnerung an Kelrics Worte vergessen lassen: *Noch einen Schritt näher, und ich schlitz' ihr die Kehle auf.* Wie passte der Jagernaut, der sie quer durch Dahl geschleppt hatte, zu dem Mann, den sie dabei beobachtet hatte, wie er Quis erlernte? Der Gedanke, dass sie um ihn hatte werben wollen, erschien ihr inzwischen geradezu absurd.

Morgen wollte Jahlt sie nach Karn zurückbringen, und noch ein paar Tage später würde Kelric in die Dahl-Calanya eingeschworen werden, und damit war er ihr für immer verwehrt. Deshalb war sie gerade damit beschäftigt, sich das erste Mal einer unmittelbaren Anweisung der Ministerin zu widersetzen.

Ixpar ging zum BernsteinTurm und stieg die Wendeltreppe hinauf, immer rundherum, wie sich diese schmal nach oben wand. Oben angekommen ging sie weiter, an der sanft geschwungenen Wand entlang, bis sie zu einem Fenster kam, dessen Glas nur von einer Seite aus durchsichtig war. Auf der anderen Seite glomm der BernsteinRaum, mit goldenen Wänden und einem Fußboden aus Goldfels. In Körben hingen Pflanzen vor den Fenstern, das Sonnenlicht fiel durch die Blätter und ließ Muster an den Wänden tanzen. Kelric schlief in einem Bett mit gelben Laken und einer grünen Samtdecke.

Ixpar ging weiter, umrundete den Turm, bis sie die Tür

fand, vor der eine Achtergruppe Wachen stand. Kommandantin Hacha verneigte sich vor ihr. »Ich grüße Euch, Nachfolgerin Karn.«

Ixpar nickte. »Ich bin gekommen, um Kelric zu besuchen.«

»Er schläft.«

Ixpar wusste, dass er nicht schlief. Er war vor lauter Beruhigungsmitteln bewusstlos. »Ich wünsche ihn trotzdem zu sehen.«

Hacha verlagerte ihr Gewicht auf den anderen Fuß. Ixpar hatte sie in eine Situation gebracht, in der sie nur verlieren konnte: die Nachfolgerin der Ministerin verärgern, oder einen Befehl der Verwalterin von Dahl missachten. Nachdem sie einen Augenblick nachgedacht hatte, drückte Hacha oberhalb des Türgriffes eine Reihe von Tasten in einer komplizierten Folge. Erst jetzt schnellte ein Bolzen zurück, und Hacha konnte die Tür aufziehen. Doch als Ixpar einen ersten Schritt in Richtung des Zimmers machte, bedeutete Hacha mit einer Handbewegung den Wachen, sich zu formieren und dem bedeutenden Gast in das Zimmer zu folgen.

»Ihr alle dürft draußen warten«, erklärte Ixpar.

Hacha schüttelte den Kopf. »Es tut mir Leid, Nachfolgerin Karn. Wir dürfen Euch nicht mit ihm allein lassen.«

Ixpar kannte Hacha gut genug, um zu wissen, dass sie die Kommandantin so weit in die Enge getrieben hatte, wie es nur irgend möglich war. »Also gut. Wartet an der Tür.«

Hacha nickte, zufrieden mit dem Kompromiss. Ixpar setzte sich in einen Stuhl neben Kelrics Bett und sprach dann mit leiser Stimme, so leise, dass die Wachen es nicht hören konnten. »Ich wollte mich verabschieden, Kelric. Es tut mir Leid, was wir dir angetan haben. Aber wir konnte nicht anders. Ich wünschte, ich könnte es dir erträglicher machen.« Sie musste schlucken. »Ich wünschte, ich wüsste, wie ich aufhören könnte, dich so sehr zu mögen.«

»Ixpar?« Seine Lider hoben sich, und er sah sie aus Augen an, die aus flüssigem Gold zu bestehen schienen.

Sie beugte sich noch näher über ihn. »Ihr seid wach? Die Ärzte haben Euch ein Schlafmittel verabreicht!«

»Schlaf …?« Er schloss die Augen wieder. »Ich dachte … Gift.«

»Gift? Nein, Kelric! Das muss ein Irrtum sein!«

»Ixpar …«

»Ja?«

»War … Bluff.« Die Medikamente ließen ihn undeutlich sprechen und verstärkten seinen Akzent. »Ich hätte dich nicht getötet.«

Sie fragte sich, ob er wusste, wie viel ihr das bedeutete. Als er wieder in Schlaf versank, berührte sie seine Wange. »Leb wohl, Kelric!«

Erste Ärztin Rohka ging unruhig vor Dehas Schreibtisch auf und ab. »Ich wünschte, Ihr würdet ihn irgendwo hinbringen lassen, wo es weniger Treppenstufen gibt.«

»Ein bisschen Bewegung wird Euch nicht schaden.« Jetzt, wo Kelric im Turm schlief und Wachen auf jedem Treppenabsatz postiert waren, konnte Deha sich ein wenig entspannen. Sie waren der Katastrophe schon viel zu nahe gekommen. Wer hätte auch damit gerechnet, dass Ixpar Geheimgänge finden würde, die selbst den Archivaren des Anwesens unbekannt gewesen waren? Hätte das Mädchen nicht diesen Diskus bei sich gehabt, der zu ihrem ›Kriegerinnen-Spiel‹ gehörte, wäre Kelric inzwischen vielleicht schon auf dem Weg zurück zum IRK-Hauptquartier.

Sie sah die Ärztin nachdenklich an. »Warum humpelt er?«

»Eines seiner Beine ist ein wenig schief zusammengewachsen«, erklärte Rohka. »Seine Beine waren an so vielen Stellen gebrochen – es ist ein Wunder, dass sie überhaupt so gut zusammengewachsen sind.«

Ein Summton drang aus der Gegensprechanlage auf Dehas Schreibtisch. Deha schaltete sie ein. »Verwalterin Dahl.«

Chankah Stimme drang aus dem Lautsprecher. »Könnt ihr heraufkommen?«

»Gibt es ein Problem?«

»Er ist aufgewacht«, sagte Chankah.

Deha warf Rohka einen Blick zu. »Ich dachte, Ihr hättet ihm ein Beruhigungsmittel verabreicht.«

»Das habe ich auch! Er hätte nicht vor heute Nacht aufwachen dürfen.«

Sie trafen Chankah vor der Sichtscheibe des Turms. Im Inneren des BernsteinRaumes sahen sie Kelric, der auf dem Bett saß und sich die Augen rieb.

Deha aktivierte die Gegensprechanlage neben der Glasscheibe. »Kelric?«

Er blickte sich um. »Wo bist du?«

»Draußen. Wie fühlst du dich?«

Er verzog das Gesicht. »Als hätte man mich vergiftet.«

Deha warf Rohka erneut einen Blick zu. »Kann an dem, was Dabbiv sagt, etwas dran sein?«

»Dabbiv reagiert in übertriebener Weise. Offensichtlich ist Kelric nicht lebensgefährlich vergiftet.«

»Aber?«

Widerwillig gestand Rohka ein: »Die Medikamente scheinen eine Belastung für ihn darzustellen.« Sie dachte einen Augenblick nach. »Es gibt noch ein anderes Schlafmittel. Normalerweise wirkt es nicht so gut, aber ich kann es ausprobieren.«

»Also gut.« Dann dachte Deha daran, wie Kelric wohl darauf reagieren würde, wenn man ihm jetzt ein anderes Medikament zu verabreichen versuchte, und meinte: »Aber tut es ihm in den Tee!«

Nachdem die Ärztin gegangen war, wandte sich Chankah an Deha. »Ich wünschte, Ihr würdet es Euch noch einmal überlegen, ob Ihr ihn wirklich in die Calanya einschwören wollt. Schickt ihn lieber ins Gefängnis!«

»Wofür? Er hat nichts Falsches getan.«

»Um der Sicherheit Cobas willen! Um Eurer eigenen Sicherheit willen! Deha, er könnte Euch in der Mitte durchbrechen, als wärt Ihr ein Getreidehalm!«

»Das wird er nicht.«

»Das wisst Ihr nicht. Trefft wenigstens Vorkehrungen!«

»Zum Beispiel?«

»Ich zeige es Euch.«

Chankah führte sie in die Alte Bibliothek. Wie immer übte der Raum eine beruhigende Wirkung aus, mit seinen Regalen voller Bücher, alten und neuen, mit Goldschnitt, in Leder gebunden. In einem Schaukasten an der Wand lagen ein Paar kunstvoll gearbeiteter Calanya-Bänder, so alt wie das Anwesen selbst.

Chankah öffnete die Vitrine und nahm die Bänder heraus. »Gebt ihm die hier!«

Deha sah sie erstaunt an. »Erst soll ich ihn ins Gefängnis werfen, und dann schlägst du vor, ihn mehr als alle anderen Calani zu ehren!«

»Ich schlage das nicht vor, um ihn zu ehren. Das sind die einzigen verbliebenen Bänder, die auf die alte Art und Weise gefertigt wurden.«

»Du meinst, man kann sie einrasten lassen?« Deha verzog das Gesicht. »Das ist barbarisch!«

»Es geht hier um Euer *Leben!*« Chankahs Finger krampften sich um die Bänder. »Was, wenn er wieder gewalttätig wird?«

Lange Zeit sah Deha ihre Nachfolgerin nachdenklich an, dann atmete sie hörbar aus. »Lass mich darüber nachdenken!«

Der Raum war ein goldener Schleier, von winzigen Smaragdstückchen durchzogen. Kelric strengte die Augen an, um schärfer sehen zu können, doch die verschwommene Sicht wahr wohl eine Nebenwirkung der Schlacht, die im Inneren seines Körpers tobte. Eine Spezies seiner NanoMeds eliminierte Chemikalien – etwa unerwünschte Wirkstoffe –, die sein biomechanisches Netzwerk nicht genehmigt hatte. Die dahinter stehende Biochemie klang einfach: Ein Med lagerte sich an ein eindringendes Molekül an, deaktivierte es, wenn möglich, üblicherweise, indem es dessen Molekularstruktur veränderte oder es ganz abbaute; die verbleibenden Bruchstücke wurden dann aus dem Körper herausgeschwemmt.

So reibungslos funktionierte das aber nur selten. Zunächst einmal mussten die Meds die Eindringlinge finden, und dann mussten sie sie loswerden, ohne dabei schädliche Abbauprodukte zu erzeugen. Außerdem war für diesen Vorgang Energie notwendig, und eine derart massive Invasion abzuwehren, erschöpfte Kelric immens. Und die Meds konnten auch nicht alle Wirkstoff-Invasoren sofort einfangen. Laut Bolt zerstörten die Moleküle des Beruhigungsmittels, die den Meds bisher entkommen waren, wichtige Enzyme, die Kelric benötigte, um bestimmte Nahrungsmittel verstoffwechseln zu können. Die Lebensmittel von Coba machten alles noch schlimmer: In dem nicht abgekochten Wasser gab es Bakterien, die Kelrics Verdauungsapparat angriffen, und einige der Gewürze und Soßen hätte der Intervention durch Meds selbst dann bedurft, wenn er sich ansonsten bester Gesundheit erfreut hätte.

Bester Gesundheit erfreute er sich allerdings beim besten Willen nicht. Bolts Daten waren zum Teil korrumpiert und führten zu weiteren Datenverfälschungen, einige bio-optische Verkabelungen seines Körpers leiteten Informationen nur noch vermindert weiter, seine Hydraulik hatte strukturellen Schaden genommen, und seine Meds replizierten sich zu langsam. Schlimmer noch: Einige der Meds replizierten sich fehlerhaft, und das zwang andere Meds dazu, sie ebenfalls wie Zell-Invasoren zu behandeln.

Das Geräusch einer Tür, die geöffnet wurde, zog Kelrics Aufmerksamkeit auf sich. Zwei Schleier traten auf ihn zu. »Hacha?«, fragte er. »Rev?«

»Wir haben Euer Abendessen gebracht«, hörte er Rev sagen. Als Rev näher herantrat, verwandelte sich der Schleier in Revs Händen in ein Tablett. Er stellte es auf den Nachttisch.

Interesselos betrachtete Kelric das Essen. Wenigstens der Tanghi-Tee war mit abgekochtem Wasser zubereitet worden. Nachdem die Wachen das Zimmer wieder verlassen hatten, trank er die Tasse aus und lehnte sich dann wieder zurück; die Schlacht mit den Medikamenten hatte ihn völlig erschöpft.

Erst als er die Augen wieder öffnete, bemerkte er, dass er eingeschlafen sein musste. Morgensonne fiel durch das Fenster, obschon gerade eben noch die Schatten des Spätnachmittages den Raum erfüllt hatten.

»Wie fühlt du dich?«, fragte Deha.

Desorientiert drehte er sich auf die Seite und sah sie neben seinem Bett stehen. Als er sich aufrichtete, blieb er mit dem Handgelenk an einer Bettdecke hängen. Mit der anderen Hand schob er den Stoff hoch und fühlte dann, dass seine Fingerspitzen über Metall glitten. Verblüfft schaute er seine Handgelenke an.

Bänder. Calanya-Bänder. Das Gold war so feinsäuberlich um seine Handgelenke herum zusammengeschweißt worden, dass die Naht sich perfekt in die eingravierten Muster des Metalls einfügte. Er riss sich die Decke ganz vom Leib und entdeckte ähnlichen Goldschmuck an seinen Knöcheln. Kelric stieß einen Fluch aus, wirbelte zu Deha herum … und Hände drückten ihn wieder auf den Rücken zurück. Als er aufblickte, schaute er in die Mündungen der Waffen von Rev und Llaach.

»Versucht irgendetwas«, meinte Llaach, »und wir erledigen Euch, wie ein Erdrutsch einen Luftkäfer erledigt!«

»Lasst ihn los!«, befahl Deha.

Rev lockerte seinen Griff, doch Llaach blickte drein, als wolle sie Kelric aus dem Fenster werfen. Als sie schließlich losließ, setzte Kelric sich aufrecht und schaute die beiden erbittert an; dann warf er Deha den gleichen Blick zu.

Die Verwalterin setzte sich auf das Bett. »Ich weiß, dass du kein Calani sein willst, Kelric. Aber bei allen Winden, das ist immer noch besser als die Alternative! Die meisten meiner Ratgeber denken, man sollte dich ins Gefängnis stecken. Jahlt Karn hätte beinahe deine Exekution angeordnet.«

Er starrte sie an. »Die Ministerin will mich töten lassen?«

»Ja.«

»*Weswegen?*« Er fühlte sich, als schließe sich um ihn herum ein Käfig. »Ist euch Cobanern denn nicht klar, was passieren wird, wenn die imperiale Versammlung erfährt, was ihr hier tut?«

»Das«, erklärte Llaach grimmig, »ist ja der Grund, weswegen die Ministerin Euch tot sehen will!« Sie berührte mit ihrer Waffe seine Schläfe. »So tot wie diesen Calani, dessen Genick zu brechen Ihr gedroht habt!«

Deha blickte sie an. »Du und Rev, ihr solltet lieber *Draußen* warten.« Als sie gerade protestieren wollten, schüttelte Deha nur den Kopf. Widerstrebend zogen die Wachen sich zurück. An der Tür blieb Llaach stehen und blickte zu Deha zurück; doch als die Verwalterin die Stirn runzelte, verließ Llaach den Raum und schloss die Tür hinter sich.

Deha drehte sich wieder zu Kelric um. »Es tut mir Leid. Sie vertrauen dir nicht.«

»Und du?«, fragte er.

»Es würde dir nichts nutzen, mich als Geisel zu nehmen. Meine Wachen haben die Anweisung erhalten, jeglichen Fluchtversuch zu vereiteln, selbst, wenn sie dabei auf mich schießen müssen.«

»Das ist doch verrückt! Du kannst mich hier nicht einsperren!«

»Deine Eides-Zeremonie findet heute Nacht statt.«

»Ich werde keinen verpuggten Eid ablegen!«

»Ein anderer wird für dich sprechen.« Deha machte eine Pause. »In der Alten Zeit wurde der Eid immer von einem Stellvertreter gesprochen, angeblich, weil es über der Würde eines Calani ist, in der Öffentlichkeit zu sprechen.« Trocken fügte sie hinzu: »Ich nehme an, der wahre Grund ist, dass man Fragen darüber vermeiden wollte, ob der jeweilige Calani tatsächlich aus freiem Willen dort war.«

Kelric schnaubte verächtlich. »Na, das passt ja!«

»Kelric, es tut mir wirklich Leid.« Sie erhob sich. »Ich wünschte, es wäre dein eigener Wunsch zu bleiben.«

Nachdem sie gegangen war, lehnte Kelric sich wieder zurück und versuchte, gegen das Schwindelgefühl anzukämpfen. Er wünschte, sie würden endlich mit diesen Medikamenten aufhören. Sein Schädel fühlte sich sonderbar an, wie eine Erdbebenverwerfung unter Druck. Er musste nachdenken. Aber er war zu müde, sich aufrecht hinzusetzen; sobald er sich hingelegt hatte, fiel er in einen unruhigen Schlaf.

Am gleichen Abend, während Kelric noch in medikamenten-induzierter Benommenheit auf dem Bett lag, wurde die Tür zu seinem Zimmer geöffnet. Rev und Balv traten ein, gefolgt von einem Jungen, der einen Stapel Kleidungsstücke auf den Armen trug. Der Junge näherte sich Kelric scheu und zeigte ihm die Gewänder. »Für die Zeremonie, Herr.«

Kelric rieb sich die Augen und setze sich auf. Sowohl Rev als auch Balv hatten die Waffe gezogen; sie hätten sich die Mühe sparen können. Kelrics Schlacht gegen die Medikamente hatte ihn so sehr ausgelaugt, dass er nicht mehr in der Lage war, auch noch gegen jemand anderen zu kämpfen.

Wie ein Kammerdiener half ihm der Junge, sich anzukleiden. Das Hemd bestand aus weinrotem Samt. Die Ärmel lagen an seinen Handgelenken, dort, wo er die Calanya-Bänder trug, eng an, wurden jedoch bis zu den Schultern immer weiter. Das Hemd war tief ausgeschnitten, weit die Brust hinunter; der Ausschnitt wurde von überkreuzten Schnüren geschlossen. *Fast* geschlossen. Eine graue Weste aus Wildleder kam über das Hemd, sie lag eng an und betonte seine Figur. Die Hosen, aus edlem Wildleder, hatten etwas Eigenartiges:

Die Außennaht der Hosenbeine waren nicht zusammen-
genäht, sondern wurde durch kleine Schnallen zusammengehalten. Kniehohe Stiefel, ebenfalls aus Wildleder, vervollständigten die Kleidung. Kelric war kein
Experte darin, zu bewerten, welche Signale durch welche Kleidungsstücke ausgesandt wurden; allerdings
begriff selbst er, was hier das Ziel war: Sie sollte aufreizend sein, dabei aber unaufdringlich genug, um
anzeigen, dass er eine gesellschaftlich hohen Rang
bekleidete.

Fast hätte er sich geweigert, etwas Derartiges anzuziehen. Doch er hatte bereits hämmernde Kopfschmerzen, und er wollte sie nicht noch schlimmer machen,
indem er sich auf einen Streit einließ, bei dem es um
Willensstärke ging.

Als er fertig angekleidet war, verließ Balv mit dem
Kammerdiener den Raum. Doch Rev blieb zurück.

»Ich wollte Euch noch sagen«, begann die Wache.

»Ja?«

»Es geht um heute Abend«, fuhr Rev fort. »Bei einer
normalen Zeremonie hättet Ihr einen Eidesbruder
ausgewählt.«

»Eidesbruder?«

»Euren besten Freund.« Rev zögerte. »Ich weiß, Ihr
habt keinen Grund, mich Euren Freund zu nennen. Aber
Ihr solltet nicht allein dort stehen müssen.«

»Ihr würdet als mein Bruder eintreten?«

»Ja.«

Das Angebot überraschte Kelric. Es stimmte; er spürte
eine gewisse Verwandtschaft zu Rev; sie waren einander
nicht nur physisch ähnlich, ihnen waren auch eine
gewissen Unbeholfenheit gemein, was Worte betraf.
Doch er hatte gedacht, sein Fluchtversuch habe jegliche Freundschaft zwischen ihm und seinen Wachen

unmöglich gemacht. Am deutlichsten spürte er das bei Llaach, deren Feindseligkeit so stark ausgeprägt war, dass man fast danach greifen konnte.

Leise sagte er: »Ich würde mich geehrt fühlen, wenn Ihr als mein Bruder eintreten würdet.«

Rev verneigte sich vor ihm. »Es wäre mir eine Ehre.«

Nachdem Rev gegangen war, fiel Kelric in einen Halbschlaf. In der Mittstunde der Nacht kam die Eskorte, begleitet von vier weiteren Wachen, um ihn abzuholen. Jetzt hatten sie nicht nur Betäuber bei sich, sondern trugen auch noch geschwungene Zeremonienschwerter, in deren Hefte Einlegearbeiten aus Perlmutt glänzten.

Niemand sagte ein Wort, als er aufstand. Kommandantin Hacha trat hinter ihn und legte ihm die Arme hinter den Rücken. Man hörte das Klicken von Metallstiften … und seine Bänder rasteten ineinander ein, sodass seine Hände hinter dem Rücken gefesselt waren.

»Was zum …?!« Er versuchte seine Handgelenke voneinander zu lösen. »Was soll das?!«

Niemand antwortete ihm. Stattdessen führten sie ihn aus dem Zimmer. Sie stiegen die Treppenstufen hinab, die um den Turm herumführten, zu jeder Seite eine Wache, je eine Hand auf seinem Arm; das half ihm, das Gleichgewicht zu halten. Unten angekommen gingen sie durch Gänge, die nur von Fackeln erleuchtet waren; Schatten tanzten an den Wänden. Als sie einen tief in einer der Wände eingebetteten Bogengang erreichten, zog Rev den Riegel an einer uralten Tür zurück und stemmte sein Gewicht gegen das schwere Türblatt, bis sich die Tür knarrend öffnete.

Ein riesiger Saal erstreckte sich vor ihnen, von nichts anderem beleuchtet als dem Sternenlicht, das durch die Kristallwände fiel. Ein Glanz lag in der Luft, spiegelte sich auf dem Marmorboden, funkelte selbst im Schatten einer Decke, die so hoch über ihren Köpfen war, dass Kelric die einzelnen Bögen des Gewölbes kaum erkennen konnte.

Ein Gefolge in Umhänge gehüllter Gestalten kam vom anderen Ende des Saales auf sie zu. Vor ihnen ging Deha, eine jüngere Frau an ihrer Seite.

»Chankah«, erklärte Rev, der Kelrics Blick zu der ihm unbekannten Frau gefolgt war. »Die Nachfolgerin Dahl.«

Die schimmernde Luft, das Sternenlicht und dieses schattenartige Gefolge, und dazu noch die Benommenheit, die die Medikamente in ihm hinterlassen hatten: Kelric fühlte sich, als schwebe er durch eine surrealistische Unterwelt. Als Balv ihn mit seiner Waffe anstieß, ging Kelric weiter; das Gefolge, dem er sich entgegenbewegte, wich vor ihm nach beiden Seiten aus, und so schritt Kelric zwischen den vermummten Gestalten hindurch.

Deha führte das Gefolge dorthin zurück, wo sie bei Kelrics Erscheinen aufgebrochen waren: zu einer großen, mehrere Stufen hohen Estrade am anderen Ende des Saales. Die Fläche aus schwarzem Marmor, durchzogen von Kristallen, funkelte im Licht der Sterne. Die Reihen fein gearbeiteter Sessel, die kreisförmig um diese herumstanden, schienen ein ehrwürdiges Alter auszuatmen, als bewachten sie die Estrade schon seit Jahrhunderten.

Dehas Gefolge zog sich zu den Sesseln zurück, während Deha selbst, immer noch mit Chankah an ihrer Seite, die Estrade erstieg. Als Balv ihn die Stufen hinaufstieß, stolperte Kelric und konnte, die Hände immer noch auf dem Rücken gefesselt, sein Gleichgewicht nicht wiedergewinnen. Er stürzte auf ein Knie, und die Wache zogen ihre Schwerter. Kelric vermied die kleinste

Bewegung; er war sich des geschliffenen Stahls sehr wohl bewusst, der nur wenige Fingerbreit von seinem Körper entfernt war.

Dehas Befehl durchschnitt das angespannte Schweigen. »Helft ihm auf!«

Hacha legte ihre Hand unter seinen Arm und stützte ihn, damit er wieder auf die Füße kam. Die Schwerter immer noch gezogen, geleitete die Eskorte ihn die Stufen hinauf. Sie folgten Deha und Chankah zu einer Vertiefung in der Mitte der Estrade, einem Kreis von etwa einem Meter Durchmesser, der etwa eine Handbreit tiefer lag als der Rest des Podestes. Eine Brüstung auf Hüfthöhe umschloss diesen Kreis; sie besaß eine Öffnung, durch die gerade eine Person hindurchtreten konnte. Im Schatten auf der anderen Seite der Estrade war undeutlich die geschwungene Kante eines halbkreisförmigen Tisches zu erkennen. Blendend hell glitzerten die blank gezogenen Schwertklingen der Wachen.

Deha richtete das Wort an das Gefolge: »Ekaf Dahl, nähere dich dem Kreis!«

Ein Mann trat vor und stieg auf die Estrade. Als er Deha erreicht hatte, deutete sie auf einen Platz zur Rechten des Kreises. »Du wirst von dort sprechen.« Dann gingen sie und Chankah auf den Tisch zu, verwandelten sich in Schatten, als sie im Halbdunkel verschwanden.

Einen Augenblick später erfüllte ihre Stimme wieder den Raum: »Sevtar Dahl, du darfst den Kreis betreten.«

So weit Kelric wusste, stand niemand namens Sevtar auf dieser Estrade. Doch Rev stieß ihn vorwärts, und in Begleitung der Wachen trat Kelric durch die Lücke in der Brüstung in flache Vertiefung.

Eine Flöte erklang, sie umschmeichelte die Nacht, so zärtlich wie die Berührung einer Liebenden. Die Melodie durchströmte den Saal, süß und betörend.

Dann entschwand sie langsam, wurde immer leise, bis sie ganz verschwunden war.

Deha sprach aus den Schatten heraus: »Tritt jemand hier als Sevtars Eidesbruder ein?«

»Ich trete für ihn ein«, meldete sich Rev.

»Wie lauten deine Worte?«

Erst jetzt begriff Kelric, wie viel Revs Angebot bedeutete. Der wortkarge Riese hatte nie einen Hehl daraus gemacht, wie unbehaglich es ihm war, vor Publikum zu sprechen.

Mit polternder Stimme sagte Rev: »Dies sind meine Worte: Sevtar mag sich von uns unterscheiden, doch die Güte seines Charakters lässt alle Unterschiede vergessen. Seine innere Stärke ist so groß wie seine körperliche Stärke. Er wird Eure Calanya ehren.«

Leise ergriff Chankah das Wort. »Deine Worte wurden gehört und verzeichnet, Rev von Dahl.«

Die Wache verneigte sich. Dann trat er aus dem Kreis heraus und verschwand in der Dunkelheit.

Eine Glocke erklang, zwei Töne, hoch und klar; sie vibrierten in der silbrigen Luft. Chankah sprach weiter, es klang wie ein Lied in einer anderen Sprache als Teotecanisch; die Verse hatten einen alten Klang, einen hypnotischen Rhythmus. Als sie geendet hatte, erklang die Glocke erneut, ein musikalisches Echo des Glanzes, der den Saal erfüllte.

Nun sprach Deha wieder: »Höre meine Worte, Sevtar, doch bevor du sie mir als Eid erwiderst, bedenke, dass dein Leben an diese Worte gebunden ist.«

Selbst wenn Kelric die Absicht gehabt hätte zu antworten, wäre er zu benommen gewesen, sich eine Antwort auszudenken. Es war ohne Bedeutung. Ekaf sprach. »Ich höre und verstehe.«

Ein Glühen erschien auf dem Tisch, eine Flamme in

einer Ölschale. Rötliches Licht flackerte über Dehas Gesicht. »Trittst du, Sevtar, für Dahl und für Coba, in den Kreis, um deinen Eid abzulegen?«

»Das tue ich«, erklärte Ekaf.

»Schwörst du, dass du mein Anwesen über alle anderen stellen wirst, da du die Zukunft von Dahl in deinen Händen hältst und mit deinen Gedanken formst?«

»Ich schwöre.«

»Schwörst du, auf ewig die Disziplin der Calanya zu wahren? Niemals zu lesen oder zu schreiben? Niemals in der Anwesenheit derer zu sprechen, die nicht zur Calanya gehören?«

Verpuggt noch mal, dachte Kelric.

»Das schwöre ich«, antwortete Ekaf an seiner statt.

»Schwörst du, dass deine Treue Dahl gilt, ausschließlich Dahl und zur Gänze Dahl, und dass dein Leben verwirkt ist, wenn du diese Treue brichst?«

»Das schwöre ich«, erklärte Ekaf. »Bei meinem Leben.«

Ein Glockenspiel erklang, wie ein Wasserfall. Deha fuhr mit der Hand über das Öl, und die Flamme flackerte und erstarb.

Kelric fühlte sich, als schwebe er in der schimmernden Luft. Deha und ihre Nachfolgerin schienen aus dem Nichts zu erscheinen; sie schritten auf den Kreis zu. Chankah trug eine Holzkiste, die mit Schnitzereien verziert war. Als sie die Brüstung erreichten, öffnete sie die Kiste, darin lagen auf einem Samtkissen zwei Armreifen. Sie sahen aus, als seien sie aus purem Gold.

Deha sah ihn an. »Als Gegenleistung für deinen Eid gelobe ich, dass Sorge getragen wird für dich, den Rest deines Lebens, wie es einem Calani gebührt.« Dann nickte sie Hacha zu. Als die Kommandantin hinter Kelric trat und seine gefesselten Handgelenke berührte,

117

spannte Kelric sich an. Doch Hacha löste nur seine Fesseln. Kelric führte seine Arme wieder vor den Körper und rieb sich die schmerzenden Muskeln.

»Kelric.« Deha sprach sehr leise. »Du musst deine Hände auf die Brüstung legen.«

Er legte seine Handflächen auf das Holz. Es fühlte sich kühl und glatt an.

»Die Bänder, die du trägst, sind die eines Akasi-Calani.« Ihre Miene wurde sanft. »Mögest du sie eines Tages aus freien Stücken tragen!« Sie nahm einen der Armreifen aus der Kiste. Dann nahm sie seine Hand, um den Reifen über sein Handgelenk den Arm hinaufzuschieben, bis er eng an seinem Oberarm anlag. Ebenso verfuhr sie dann mit dem zweiten Armreif an seinem anderen Arm.

»Sevtar Dahl«, verkündete Deha dann. »Du bist nun ein Calani Ersten Grades von Dahl.«

6

Zug in der Nacht

Die Eskorte brachte Kelric wieder in den BernsteinRaum zurück, genauso, wie sie ihn geholt hatten: in völligem Schweigen, seine Hände hinter dem Rücken gefesselt, ohne Deha oder ihr Gefolge. Der Weg den Turm hinauf schien endlos. Kelric konnte nicht einmal die Hände benutzen, um sich am Geländer abzustützen, während er die Stufe erklomm.

Als sie im BernsteinRaum angekommen waren, befreite Hacha seine Handgelenke wieder. Brüsk warnte sie: »Versucht nicht zu fliehen! Eine Achtergruppe bewaffneter Wachen wird zu jeder Zeit *Draußen* postiert sein.« Sie drehte sich um, ging auf die Tür zu und bedeutete den anderen, ihr zu folgen.

Rev sagte: »Ich bleibe noch eine Weile.«

Hacha blickte sich kurz um und zuckte dann die Achseln. »Wie du meinst!« Dann verließ sie den Raum, zusammen mit den anderen, und schloss die Tür hinter sich.

Kelric setzte sich auf die Bettkante. »Ist sie immer so kurz angebunden? Oder liegt das an mir?«

Rev erwiderte nichts.

»Ekaf hat das Schweigegelübde abgelegt«, meinte Kelric. »Nicht ich.«

»Ich habe nicht das Recht, mit dir zu sprechen.«

»Hacha hat es doch auch gerade getan.«

»Nur weil sie jetzt die Kommandantin deiner Calanya-Eskorte ist und Deha es gestattet hat. Aber sie darf nicht mit dir sprechen. Sie darf nur etwas zu dir sagen.«

Kelric seufzte. »Ich verstehe das alles nicht.«

»Du darfst mit anderen Dahl-Calani sprechen. Aber mit niemandem *Draußen*.«

»Du machst das also auch.«

»*Was* mache ich?«

»Ihr sprecht das Wort *draußen* so aus, als wäre es ein Titel.«

»Ist es auch«, erklärte Rev. »Alle, die sich innerhalb einer Calanya befinden, sind *Innen*. Das Rest des Universums ist *Draußen*.«

»Dann bleiben eine ganze Menge Leute *Draußen*.«

»Ja. Du bist einer der wenigen.«

»Wunderbar«, murmelte Kelric.

Rev setzte sich in einen Stuhl. »Kelric, das wird von unserem Volk als große Ehre angesehen.« Er hielt inne. »Ich sollte dich jetzt ›Sevtar‹ nennen.«

»Warum Sevtar?«

»Sevtar ist der Gott der Morgendämmerung, ein Riese, dessen Haut aus Sonnenlicht besteht. Er schreitet über den Himmel und schiebt die Nacht fort, damit Savina, die Sonnengöttin, von jenseits der Berge auf ihrem riesigen Falken aufbrechen kann.« Rev lächelte. »Deha empfand das als angemessen.«

»Was ist denn mit ›Kelric‹ nicht in Ordnung?«

»Kelric ist kein cobanischer Name.«

»Da hast du Recht, das ist er wirklich nicht. Aber mein Name ist Kelric.«

»Jetzt hast du einen neuen Namen.«

Kelric schüttelte den Kopf. Das führte zu nichts. Er fuhr sich mit dem Finger über den rechten Armreif. Akasi? Deha erinnerte ihn zu sehr an Corey, seine erste Frau, und das weckte Geister, die man besser hätte ruhen lassen sollen. Corey war eine Berühmtheit gewesen, eine Heldin des Volkes, die jedes Kind gekannt hatte. Während der langen Tage nach ihrem Tod, bei den Zeremonien und dem Staatsbegräbnis, die allesamt für die trauernde Öffentlichkeit auf alle möglichen Holoschirme übertragen worden waren, hatte er schweigend dagestanden, in seiner schwarzen Paradeuniform – ein Witwer von gerade einmal vierundzwanzig. Immer im Licht der Öffentlichkeit, hatte er für sich behalten, wie sehr er darunter litt, sie verloren zu haben. In den zehn Jahren, die seitdem vergangen waren, hatte er nach und nach sein inneres Gleichgewicht wiedergefunden. Und jetzt kam Deha daher und brachte alles durcheinander.

Es war besser, an etwas anderes zu denken. Er sah Rev an. »Ich danke dir für deine Rede.«

»Es war mit eine Ehre.«

»Ich bin froh, dass du so darüber denkst. Ich glaube, Llaach hätte mich am liebsten von einer Klippe gestoßen.«

»Das hat mit Jevi zu tun«, kommentierte Rev.

»Jevi? Das ist doch ihr Mann, oder?«

»Ja.« Rev machte eine Pause. »Er ist der Jüngling, dem du in der Calanya gedroht hast, du würdest ihm das Genick brechen.«

Kelric verzog das Gesicht. Kein Wunder, dass Llaach so wütend war.

Die Türen am anderen Ende des Raumes wurden geöffnet, dann konnte Kelric Balv erkennen. Er stand im Türrahmen, hinter ihm flackerte das Licht der Fackeln. Er trat zur Seite, und Deha betrat den Raum; ihr Seidengewand, das sie auch bei der Eides-Zeremonie getragen hatte, schien sich im schwachen Lichtschein zu kräuseln.

Überraschung huschte über Revs Gesicht. »Also, ja.« Er erstand auf. »Ich werd' dann jetzt gehen.«

Während Rev das Zimmer durchquerte, erscheinen auch Hacha und Llaach im Türeingang. Als Rev bei ihnen angekommen war, blieben alle vier Wachen dort stehen und schauten Deha an, die auf halber Strecke zwischen Kelric und der Tür stehen geblieben war.

Die Verwalterin lächelte. »Wollt ihr vier die ganze Nacht da stehen bleiben?«

Hacha sah sie geradeheraus an. »Ma'am ...«

»Ja?«

Hacha wollte gerade etwas sagen, hielt dann inne, und sagte schließlich: »Falls Ihr uns brauchen solltet, wir warten vor der Tür!«

»Danke, Kommandantin«, erwiderte Deha. »Gute Nacht.«

Die Wachen traten nervös von einem Bein auf das andere und sahen Kelric skeptisch an. Schließlich schlossen sie die Tür.

Deha drehte sich zu Kelric um. »Es sieht ganz so aus, als würden sie dir immer noch nicht trauen.«

»Vielleicht solltest du das auch nicht tun.«

Sie ging zum Bett herüber. »Tue ich auch nicht.«

»Warum bist du dann hier?«

Sie blendete das Licht der Nachttischlampe ab, bis nur noch die Sterne den Raum erhellten. Dann setzte sie sich neben ihn auf das Bett. »Ich vertraue nicht darauf, dass du das Beste für Coba tun würdest, wenn du von hier fortgingest. Ich vertraue aber deinem Urteilsvermögen. Du wirst mir nichts tun.«

»Woher weißt du das?«

Sie streichelte ihm mit dem Handrücken das Gesicht, eine Geste der Vertrautheit, die er inzwischen so gut kannte. »Ich habe mit dir Quis gespielt.«

Kelric hielt ihr Handgelenk fest. Eigentlich hatte er schon vorgehabt, sie von sich zu stoßen; stattdessen zog er sie zu sich, in seine Arme, wie er es so oft in letzter Zeit getan hatte.

Deha streifte ihm die Weste ab, dann öffnete sie die Schnüre seines Hemdes, öffnete weit den Ausschnitt. Sie legte ihm eine Hand auf die Brust und murmelte: »Deine Haut ist so metallisch. Wie ist das möglich?«

Kelric strich mit einer Hand durch ihr Haar. »Die Vorfahren meines Großvaters haben an ihren Genen herumgespielt, damit die Haut Licht reflektiert. Um Wärme besser abstrahlen zu können. Sie haben auf einem heißen, sehr hellen Planeten gelebt.«

»Ich weiß gar nicht, was Gene sind.« Sie lächelte, stieß ihn sanft an, und er fiel auf das Bett zurück. »Aber das mit dem Herumspielen klingt gut.« Als Kelric leise lachte, legte sie sich neben ihn und küsste ihn, ihre Zungespitze spielte an seinen Lippen, bis er den Mund öffnete und sie hereinließ.

Als sie schließlich eine Pause machten, flüsterte Deha ihm ins Ohr: »Du bist wirklich ein schöner Mann. Deine Augen sind wie flüssiger Sonnenschein. Und sie zieren ein Gesicht, das Khozaar beschämen würde – den schönsten aller Götter.«

Kelric wünschte sich, besser mit diesen Worten umgehen zu können. Deha schien jedoch keine Antwort zu erwarten. Stattdessen zog sie ihm das Hemd herab, bis es auf Höhe seiner Ellbogen hing, und strich mit den Fingern über das Haar auf seiner Brust. »So schön. So groß. Sind alle Männer von Skolia so groß wie du?«

»Die meisten nicht.« Mit zwei Metern galt er überall als hoch gewachsen, selbst hier auf Coba, wo die meisten ziemlich groß waren. Er streifte sein Hemd ab, befreite seine Arme daraus, doch als Deha ihn wieder streicheln wollte, hielt er ihre Hand fest. »Deha.«

»Hmmm?« Sie glitt an seinem Körper entlang, bis ihr Kopf auf Höhe seiner Brust war. Dann umschloss sie mit ihren Lippen eine seiner Brustwarzen.

»Ah …« Er starrte die Decke an, die hoch über ihm im Schatten lag, während Dehas Mund mit seiner Brustwarze spielte, sie küsste und sanft biss. Nach einigen Augenblicken erinnerte er sich, was er hatte sagen wollen. »Wir können nicht einfach so tun, als wäre das eine normale Hochzeitsnacht.« Dann schloss er die Augen und ergänzte: »Die andere auch.«

Deha folgte seinem Wunsch. Schließlich sagte er: »Du kannst mich nicht zwingen, auf Coba zu bleiben. Das IRK wird jemanden ausschicken, um nach mir zu suchen.«

Deha hörte auf, ihn zu küssen. »Nicht, wenn sie glauben, du wärst tot.« Sie rutschte wieder ein Stück höher, um ihm besser ins Gesicht schauen zu können. »Du bist ein Prinz bei deinem eigenen Volk, nicht wahr? Ich habe aus dir einen Prinzen bei meinem Volk gemacht. Ist das wirklich so entsetzlich?«

»Ich habe mein eigenes Leben.« Er löste ihren Zopf, das glänzende Haar fiel auf sie beide herab und umspielte ihr Gesicht. »Und das will ich zurück.«

»Ich kann dir ein besseres Leben bieten. Nie mehr allein sein.«

Mit einem Daumen streichelte Kelric ihre Wange. Obwohl er nicht die Absicht hatte, auf Coba zu bleiben, fühlte sich ›nie mehr allein sein‹ im Moment einfach gut an. Er öffnete Dehas Gewand, darunter fühlte er ein Unterhemd aus feinstem Satin. Dehas Brüste waren fest, ihre Brustwarzen unter dem Satin aufgerichtet und hart. Als er darüber streichelte, schloss Deha die Augen. Er zog sie näher zu sich, schloss seine Lippen um eine Brust und saugte durch den Stoff daran. Tief aus Dehas Kehle drang ein zufriedener Laut, irgendetwas zwischen einem Seufzen und einem Stöhnen.

Als er innehielt, um nach Atem zu schöpfen, begann

Deha damit, an den Schnallen seiner Hosenbeine zu spielen. »So wie du das trägst, sieht das sehr dezent aus«, bemerkte sie. »Altmodisch. Das gefällt mir.«

Er konnte sich vorstellen, wie es aussah, wenn man es weniger ›altmodisch‹ trug: Wenn man die Schnallen weniger eng schloss, würde man, von der Hüfte bis zum Fuß, einen schmalen Streifen Männerhaut zur Schau stellen. Er fragte sich, ob Deha den Widerspruch in sich bemerkt hatte: Man hatte ihm Kleidung gegeben, die dazu ausgelegt war, aufreizend zu wirken, und zugleich wurde von ihm erwartet, sie so zu tragen, dass sie all das verbarg, was sie eigentlich zeigen sollte. Er nahm an, dass es ihr nicht aufgefallen war; die einzige Emotion, die er von ihr empfing, war Begierde, dazu noch ein wenig Erleichterung, dass er weniger ›modern‹ war, als sie gedacht hatte.

Doch bald wurde offensichtlich, dass seine Kleidung auch derart entworfen worden war, dass eine Frau, die genau wusste, was sie tat, das Ausziehen der einzelnen Kleidungsstück so erotisch gestalten konnte, wie es ihr beliebte. Deha ließ sich Zeit, die Schnallen zu öffnen, sie streichelte seine Oberschenkel und seine Schienenbeine, bis Kelric so erregt war, dass Bolt wieder anfing, Warnungen über gesteigerte physiologische Reaktionen herunterzurattern. Kelric wies seinen Knoten an, die Klappe zu halten.

Als er an Dehas Kleidung zupfte, setzte sie sich auf ihre Fersen und streifte das Gewand ab, dann zog sie sich auch das Satin-Unterhemd über den Kopf. Ihr Körper war schön geformt, durchaus muskulös, herrlich schlank; ihre Beine waren lang und durchtrainiert. Kaum noch zu erkennen waren an ihrer Hüfte Schwangerschaftsstreifen; offensichtlich hatte sie schon mindestens ein Kind geboren.

»Dein Körper ist wunderbar«, bewunderte er sie. »Wie hältst du dich so fit?«

»Morgenspaziergänge. Abendspaziergänge.« Mit einem schiefen Grinsen ergänzte sie: »Streitgespräche mit meinen Ärztinnen.«

»Deinen Ärztinnen?«

»Die machen sich viel zuviel Sorgen.« Sie lächelte. »Aber so haben sie wenigstens was zu tun.«

Deha zog auch noch den Rest ihrer Kleidung aus, dann legte sie sich neben Kelric und ließ ihre Hand über die Innenseite seiner Oberschenkel wandern. Als sie ihn streichelte, fuhr er mit seiner Hand über ihren Rücken und strich dabei mit seiner Wange an ihrem Haar entlang. Sie legte sich sanft auf ihn, die Beine über seine Hüften gespreizt, und ließ sich langsam auf ihn herabsinken.

Sie liebten einander langsam, vorsichtig, steigerten gemeinsam die Spannung. Ihre Art, ihn zu berühren, verriet Erfahrung; zuerst berührte sie ihn sanft, dann drängender. Als er mit Hilfe seiner Kyle-Sinne seine Reaktionen auf ihre Emotionen abstimmte, murmelte sie etwas in Teotecanisch, die Worte zu undeutlich, um sie zu verstehen, einfach nur liebevolle Laute.

Einmal fing er eine Erinnerung auf, die ihr durch den Kopf ging – der Anblick eines Mannes mit dunklen Augen und dunklem Haar. Er trug die Armreifen eines Akasi. In diesem Augenblick zögerte sie, hob den Kopf und sah Kelric nachdenklich, fast schwermütig an. Dann ließ sie den Kopf wieder sinken, presste ihr Gesicht an seinen Nacken, um die Trauer zu vertreiben, die diese Erinnerung mit sich gebracht hatte.

Als sie sich dem Höhepunkt näherten, versuchte Kelric, ihr sein Denken und Fühlen zu öffnen, um seine Lust mir ihr zu teilen. Dann brach der Orgasmus über ihn herein, und er verlor die Kontrolle über alle Sinne, in ihrer Umarmung und in der silbrigen Nacht.

Später, als sie dösten, die Arme noch immer umeinander geschlungen, versuchte er erneut, in ihr Denken vorzudringen; doch mit ebenso wenig Erfolg wie zuvor. Deha war einfach keine Kyle. Das bedeutete nicht, dass er nichts für sie empfinden konnte, doch es hinterließ ein Gefühl, als sei etwas unvollendet geblieben.

Dennoch war er fast zufrieden. Nur ein dumpfes Pochen in seinen Schläfen hielt ihn noch wach. Es steigerte sich jedes Mal, wenn er seine Kyle-Sinne nutzen wollte. Was für einen Hirnschaden er auch davongetragen haben mochte, er wurde auf jeden Fall schlimmer.

Kelric beobachtete Deha im Schlaf, fragte sich, wie viel er ihr erzählen sollte. Er gab sich keinerlei Illusionen hin, warum diese Leute hier ihn fürchteten. Sie konnten ihre Autonomie nur aufrecht erhalten, weil Coba unbedeutend genug war, dass irgendein überarbeiteter IRK-Bürokrat zugelassen hatte, dass der Planet zum Sperrgebiet erklärt worden war. Doch den Zwölf Anwesen war ein solcher Status nicht erlaubt: Er war für Planeten gedacht, die so unbewohnbar oder so feindselig waren, dass sie unter Quarantäne gestellt werden mussten. Sobald das IRK sich näher mit dem Planeten befassen würde, wäre Cobas vergängliche Unabhängigkeit dahin. Hätte das Imperialat Coba erst einmal absorbiert, erhielten die Cobaner zwar fortschrittlichere Technik, doch zugleich erhielte Coba eine Besatzung, würde sich verpflichten müssen, sich an die Gesetze des Imperialats zu halten, und das Imperialat würde Coba nutzen, wie es das für richtig hielt.

Kelric war sich nicht sicher, warum die Wachen gezögert hatten, auf Ixpar zu feuern. Doch er spürte Dehas Entschlossenheit: Falls er sie, Deha, als Geisel nehmen und die Wachen auf diese Weise dazu zwingen würde, eine Entscheidung zu fällen – ihn entkommen lassen oder das Leben der Verwalterin zu gefährden –, würde sie ihrem Befehl folgen, ihn unter allen Umständen aufzuhalten, selbst wenn das ihren Tod bedeuten würde.

»Nein«, entschlüpfte es ihm.

Deha öffnete die Augen. »Bist du noch wach?« Sie räkelte sich, um sich wieder an seine Seite zu kuscheln. »Während der Zeremonie hast du so erschöpft ausgesehen.«

Er lächelte, genoss es, wie sich ihre Haut an der seinen rieb. »Du hast mich wohl wiederbelebt.«

Ihre Miene wurde sanfter – dieser Gesichtsausdruck, den sie nur ihm gegenüber zeigte. »Du siehst so nachdenklich aus.«

Er wählte seine Worte mit Bedacht. »Ich habe ein System in meinem Körper. Man nennt so etwas ein biomechanisches Netzwerk.«

Deha stützte sich auf ihre Ellbogen. »Dein Kampf gegen die Wachen hat viele Fragen aufgeworfen. Du schienst übermenschliche Kräfte zu haben.« Sie betrachtete sein Gesicht. »Aber warum macht dich das nachdenklich?«

»Das System muss gewartet werden.« Das war nicht das eigentliche Problem, doch es war dem schon sehr nahe, ohne dass er seinen geschwächten Zustand zugeben musste.

»Und was passiert, wenn es nicht gewartet wird?«, wollte Deha wissen.

»Ich könnte Schaden nehmen.«

Sie verspannte sich. »Kelric, wenn ich dir irgendwie helfen kann, werde ich das tun.«

Er fragte sich, ob ihr bewusst war, dass sie ihn Kelric

genannt hatte und ihn nicht mit dem teotecanischen Namen angesprochen, den sie ihm verliehen hatten. »Du kannst mir nicht das besorgen, was ich brauche. Ich muss Coba verlassen.«

Leise erwiderte sie: »Wir können dich nicht gehen lassen. Das weißt du.«

»Selbst wenn das bedeutet, dass es mir schadet?«

Ihre Stimme versagte fast. »Es tut mir Leid.«

Als er sie ansah, wünschte er sich schon fast, er hätte nichts gesagt. Er fühlte ihren Schmerz. Wieder erhaschte er eine ihrer Erinnerungen, einen kurzen Blick auf ihren letzten Akasi; diesmal lag er reglos, leblos in einer Begräbnis-Laube.

»Ach, Deha.« Er streichelte ihre Wange. »Ich werde nicht sterben.«

»Alles, was ich hier auf Coba für dich tun kann, werde ich tun. Das meine ich ernst.«

Er schloss sie wieder in die Arme. »Bleib einfach mit mir liegen. Einfach so.«

Schließlich schliefen sie ein. Irgendwann später wurde er davon geweckt, dass sie sich bewegte. Als er die Augen öffnete, saß sie aufrecht im Bett und griff nach ihrem Unterhemd.

»Ist dir kalt?«, fragte er.

»Nein.« Sie zog sich das Unterhemd über den Kopf. »Ich muss in meinem Arbeitszimmer noch ein paar Papiere durchgehen.«

»In deiner Hochzeitsnacht?«

Deha warf ihm ein bedauerndes Lächeln zu. »Selbst dafür lässt Dahl mir keine Zeit.« Sie zog ihr Gewand wieder an, dann beugte sie sich vor und küsste ihn. »Schlaf gut, mein Akasi!«

Nachdem sie gegangen war, lag Kelric noch einige Zeit dort und starrte an die Decke. Das Pulsieren in seinem Schädel veränderte sich, rührte sich, um sich wieder zu beruhigen, immer und immer wieder, als versuche sein Hirn, sich einem inneren Druck anzupassen. Schließlich stand er auf und ging in der Suite auf und ab. Im Nebenzimmer fand er eine Badewanne, so groß wie ein Schwimmbecken, grün und golden gefliest, mit Statuen dreibeiniger Tiere an den Ecken. Er ging darauf zu …

… und Schmerz erschütterte seinen Schädel wie ein Erdbeben.

Kelric rang nach Luft und fiel vor der Wanne auf die Knie. Auf der Wasseroberfläche spiegelte sich sein schmerzverzerrtes Gesicht. Erneut erfassten ihn diese Schmerzbeben, Hammerschläge auf seinen Schädel. Wieder und wieder, bis er hätte aufschreien können. Doch er gab keinen Laut von sich, bewegte sich nicht, atmete kaum noch.

Schließlich wurden die Abstände zwischen den Schmerzwellen immer größer. Sie ließen an Kraft nach, wurden schwächer, erstarben schließlich ganz. Lange Zeit danach noch blieb er still liegen, aus Angst, es könne wieder anfangen, sobald er sich bewegte.

Ein Lichtstrahl streifte sein Gesicht. Er schaute auf und sah Morgenröte durch ein Fenster am anderen Ende des Raumes.

Kelric schloss die Augen. *Bolt.*

Keine Antwort.

Bolt, was war das gerade?

Ich bin mir nicht sicher. Ich bin b%#&-

Was?

Ich bin beschädigt. Die Bioelektroden in deinem Gehirn haben ebenfalls eine Fehlfunktion. Dieser Anfall kam daher, dass sie deine Neuronen zu falschen Zeitpunkten haben feuern lassen. Ich kann das nicht ^^^&

Du kannst was nicht?

Ich kann das nicht reparieren. Du musst dich zu einer Reparaturwerkstätte für biomechanische Netzwerke begeben. Tust du das nicht, kann es sein, dass du alle Funktionen verlierst.

Kelric wusste: Ohne sein biomechanisches Netzwerk war seine Chance zu entkommen noch geringer. Er musste *jetzt* etwas unternehmen, trotz der noch nicht verheilten Verletzungen – bevor es zu spät war.

Er kehrte in sein Schlafzimmer zurück und zog sich an – nicht die sexuell aufreizende Kleidung der Eides-Zeremonie, sondern irgendwelche alten Kleidungsstücke, die er in der Kommode seiner Suite gefunden hatte. Er lehnte sich gegen die Tür und richtete die Aufmerksamkeit seiner Kyle-Organe auf die Wachen davor; mit Hilfe seines biomechanischen Netzwerks verstärkte er das Signal seines KES. Als der Versuch, ein Link zu den Wachen aufzubauen, fehlschlug, biss er vor Schmerz die Zähne zusammen, setzte die Sicherheitsmaßnahmen seines Netzwerks außer Kraft und ließ einen gewaltigen Energiestoß aus seinem Hirn schießen.

Von der anderen Seite der Tür war ein Schrei zu hören; Bolt hatte sich verrechnet und zu viel Kraft eingesetzt. Seiner Verletzungen wegen konnte Kelric sich nicht gegen die Macht seines eigenen Angriffs abschirmen, der jetzt zu ihm reflektiert wurde. Er hämmerte gegen sein Denken und Fühlen, bis Kelric nur noch stöhnen konnte und Farbflecken vor seinen Augen tanzten. Vor Schmerz halb blind, warf er seinen kräftig gebauten Körper wieder und wieder gegen die Tür, bis sie schließlich mit einem lauten Krachen aufflog.

Draußen lagen seine Wachen bewusstlos auf dem Fußboden. Er humpelte um ihre Körper herum und lief auf die Treppe zu.

7

Falkenflug

Deha saß hinter ihrem Schreibtisch, in das Licht der Morgensonne getaucht, das durch das Fenster in ihrem Rücken fiel. Aktenberge und ein ausgefüllter Tag lagen vor ihr: Stadtversammlungen, Anwesens-Konferenzen, Quis-Sitzungen. Sie streckte die Hand nach der Gegensprechanlage aus …

Eine Hand schoss hinter ihr hervor und bog den Schalter der Gegensprechanlage um, bis er schließlich knackend abbrach.

Deha ließ ihren Stuhl herumwirbeln … und sah Kelric, der einige Schritte entfernt vor ihr stand und einen Betäuber auf ihren Kopf richtete. Hinter ihm bauschten sich die Vorhänge vor einem offenen Fenster, das eigentlich hätte geschlossen sein müssen. Sie starrte ihn an und erinnerte sich, wie es sich angefühlt hatte, als er in ihren Armen gelegen hatte. Jetzt sah er ganz anders aus, und sie konnte nicht in seinem Gesicht lesen wie zuvor.

»Ich wollte meinen Zerleger holen«, erklärte er.

»Zerleger?« Das klang fast, als beschriebe er damit sich selbst, oder zumindest das, was er gerade mit ihrem Gefühlsleben machte. Wie war er aus dem Turm entkommen?

»Meine Waffe«, erklärte er. »Ich muss sie bei mir getragen haben, als ihr mich gefunden habt.«

Sie dachte an die riesenhafte Waffe, die sie bei ihm gefunden hatten. »Wir haben sie auf deinem Schiff gelassen. Die Explosion hat sie zerstört.« In Wirklichkeit hatte Deha die Waffe in ihrem Safe verstaut. Ihre Experten hatten ihr erklärt, diese Waffe funktioniere nicht. Auf der anderen Seite waren sie aber auch nur Experten in Betäubertechnik.

Kelric zog ein Gesicht, als strenge er sich an, einem geflüsterten Gespräch zu folgen. Leise meinte er: »Das wollte ich wissen«, gefolgt von: »Verzeih mir, Deha.«

Dann drückte er ab.

Die Wachen, die bisher den BernsteinRaum bewacht hatten, standen nun dicht gedrängt vor Dehas Schreibtisch. Dabbiv war bei ihnen, die Hände in den Taschen seines weißen Pullovers vergraben; Deha wusste, dass er sie immer dort verschwinden ließ, wenn er angespannt war.

»Entkommen.« Deha stand hinter ihrem Schreibtisch, ihr Schädel hämmerte – eine Nachwirkung der Betäubungsschüsse. Kelric hatte genug in sie hineingejagt, um sie den ganzen Morgen außer Gefecht zu setzen. »Wo wart ihr alle, während er entkommen ist?«

»Kelric hat sie ausgeschaltet«, erläuterte Hacha.

Deha verzog das Gesicht. »Wie hat er jede Wache in dem Turm ausschalten können, dann in mein Arbeitszimmer eindringen, *mich* ausschalten, meinen Safe ausrauben und einfach verschwinden können? Meine ganze StadtWache ist nicht in der Lage, eine einzelnen Mann zu finden?!«

»Wir haben alle verfügbaren Einheiten auf die Suche geschickt«, sagte Hacha steif. »Ich habe auch die Wachen am Flugplatz verdoppelt. Wir kriegen ihn!«

»Das solltet ihr auch.« Deha drehte sich zu Dabbiv um. »Und Ihr! Ihr habt darauf bestanden, seine Medikamentierung einzustellen. Kein Wunder, dass er entkommen konnte!«

»Die Medikamente waren Gift für ihn!«, widersprach Dabbiv.

»Wenn es ihn so furchtbar schlecht gegangen ist, wie konnte ihm dann diese sagenhafte Flucht gelingen? Ich will, dass er sofort wieder medikamentiert wird, sobald wir ihn gefunden haben!«

»Deha, nein!« Dabbiv zog die Hände aus den Taschen. »Wir können überhaupt nicht sagen, welchen kumulativen Effekt unsere Medikamente bei ihm haben werden.«

Sie presste die Worte heraus. »Das mag ja sein. Aber wir haben keine andere Wahl.«

»Meine Aufgabe ist es, Menschen zu heilen. Nicht, ihnen zu schaden.« Er holte tief Luft. »Es wäre mir lieber, Ihr würdet mich einer Einheit in der Stadt zuteilen, als von mir zu verlangen, gegen diesen Codex zu verstoßen.«

Heftig strich sich Deha mit der Hand einige Haarsträhnen aus dem Gesicht, die sich aus ihrem Zopf gelöst hatten. »Also gut! Die ganze Sache geht Euch nichts mehr an! Ihr seid in die Stadt abkommandiert.« Sie blickte zu Hacha. »Ich will stündlich einen Bericht der Suchtrupps.«

»Bekommt Ihr!«, gab Hacha zurück.

»Also gut. Ihr dürft alle gehen!«

Als sie gegangen waren, atmete Deha tief ein, versuchte, ihr hämmerndes Herzen zu beruhigen und den Schmerz hinter ihrem Brustbein zu lindern, der bis in ihren Nacken, ihren Kiefer und ihre Arme ausstrahlte. Sie sah, dass die hinausmarschierenden Wachen sich vor einer Frau verneigten, die gerade vor den Türbogen trat.

»Chankah«, seufzte Deha.

Ihre Nachfolgerin schloss die Tür hinter sich. »Dabbiv hat mir gesagt, Ihr hättet ihn in die Stadt abkommandiert.« Sie kam zum Schreibtisch herüber. »Deha … warum? Er macht hier gute Arbeit.«

»Wir … waren unterschiedlicher Ansicht.«

»Beabsichtigt Ihr wirklich, ihn aus dem Anwesen zu entlassen?«

»Nein. Nein, das tue ich nicht.« Sie atmete hörbar aus. »Das ist doch alles das reinste Chaos! Wenn Kelric es bis zum Raumhafen schafft, sind wir erledigt.«

»Man kann Dahl nur auf dem Luftweg verlassen. Wir schnappen ihn uns, wenn er versucht, einen Reiter zu organisieren.« Chankah machte eine Pause. »Und wenn wir das tun, müssen wir dem Ganzen ein Ende bereiten.«

»Die Herrin des Todes hat mir schon Jaym geraubt. Ich werde ihr nicht auch noch Kelric geben!«

»Ob Kelric stirbt oder ins Gefängnis geht, er wird auf jeden Fall fort sein.« Sanfter fuhr Chankah fort: »Alles, was ich bisher über ihn erfahren habe, lässt mich glauben, dass er ein guter Mensch ist. Aber das ändert nichts daran, welche Gefahr er für uns darstellt.«

»Aha!« Deha verschränkte die Arme vor der Brust. »Du würdest ihn also im Haka-Gefängnis einsperren.«

»Genau.«

»Und welche Anwesen sind die mächtigsten, Chankah?«

»Ich verstehe nicht, was …«

»Beantworte mir die Frage!«

»Karn und Varz sind die mächtigsten.«

»Karn und Varz. Die beiden Anwesen, deren Beziehungen das Wort *Feindschaft* perfekt definiert. Und dann?«

»Haka und Dahl.«

»Haka. *Haka*.« Deha verzog das Gesicht. »Du willst, dass ich ein Quis-Genie in die Hand des einflussreichsten Verbündeten von Varz gebe? Was würdest du Verwalterin Haka denn noch alles schenken wollen?«

»Er wäre dort in ihrem Gefängnis«, widersprach Chankah. »Nicht in ihrer Calanya.«

Deha ließ die Arme wieder sinken. »Ein so begabter Spieler wie Kelric gehört in eine Calanya.«

»Ich hoffe, Ihr habt Recht«, war es jetzt an Chankah zu seufzen.

Das hoffe ich auch, dachte Deha im Stillen.

Verborgen in einer mondlosen Nacht lehnte sich Kelric gegen einen Felsen, der zu einer ganzen Formation gehörte. Gesteinsbrocken übersäten einen Pfad, der den Berg hinunterführte, zu einer Ebene hinab, in der Felder lagen, die bebaut wurden. Jenseits der Felder schimmerte Dahl wie eine Skulptur aus spitzen Türmen. Die Lichter am Kontrollturm der Flugsicherung blinkten in der Nacht, verlockend … und unerreichbar. Es waren zu viele Wachen unterwegs, die nach ihm suchten: in der Stadt, auf dem Anwesen, überall.

Hunger nagte an ihm. Fast überall wuchsen üppige Pflanzen, doch ihm wurde schlecht, wenn er davon aß, und ebenso vom Wasser aus den Brunnen in Dahl. Seine Vorräte waren fast aufgebraucht. Er hatte immer noch den Zerleger, der schwer an seinem Gürtel hing; doch um ihn zu aktivieren, musste er sein Gehirn auf einen Neural-Chip in seiner Waffe einstellte. Man hatte diesen Chip anhand von Kelrics eigener DNA gebaut, und nun fing er Wellen auf, die von seinem KES ausgesandt und von seinem biomechanischen Netzwerk gefiltert wurden: noch unverwechselbarer als Fingerabdrücke war das. Auf diese Weise wurde sichergestellt, dass nur *er* diese Waffe abfeuern konnte. Doch dank dieser viel gepriesenen Sicherheitsmaßnahme steckte er jetzt in einer Situation, in der er nicht gewinnen konnte: Benutzte er seine Kyle-Sinne und sein biomechanisches Netzwerk, würde das seine Verletzungen und seinen Beschädigungen nur noch verschlimmern. Wenn er es nicht tat, bekam er vielleicht keine weitere Chance mehr.

Versuchsweise tastete er geistig nach der Waffe.

Kontakt … nein, abgerissen.

Beim zweiten Versuch gelang es ihm, sich mit der Waffe zu synchronisieren. Ein Menü blitzte vor seinem geistigen Auge auf:

Treibstoff: Abiton
Restenergie: 1.9 eV
Ladung: 5.95 x 10-25 C
Magnetfeld: 0.0001 T
Maximalradius: 0.05 M

Das Menü flackerte, wurde schärfer … und schmolz. Kelric biss die Zähne zusammen, als er etwas spürte, was sich anfühlte wie die mentale Version reißender Sehnen, und erzwang das Link zu seiner Waffe mit Gewalt.

Dann machte er sich auf den Weg nach Dahl.

Deha lehnte sich gegen ein Geländer am Flugplatz; grübelnd blickte sie der Morgensonne entgegen. Hacha stand neben ihr und beobachtete die Wachen, die zwischen den Hangars patrouillierten. Dann blickte sie zu den Bergen hinauf. »Er kann nicht ewig da draußen bleiben«, überlegte die Kommandantin. »Irgendwann muss er ja wieder herkommen!«

Und dann?, fragte sich Deha. Kelric war ein Sturm, den sie in eine Flasche eingesperrt hatten. Immer wieder entstanden Risse im Glas, und so bald sie versuchten, einen zu reparieren, erschienen dafür zwei neue.

Balv trat aus dem Kontrollturm und kam zu ihnen herüber. »Llaach hat sich gerade gemeldet. Sie und Rev sind immer noch in der Calanya. Alles ist ruhig.«

Deha nickte; sie empfand es als Ironie, dass Rev ihre Calanya bewachen musste. Vor nicht allzu langer Zeit hätte ein Spieler mit seinen Fähigkeiten dort *hinein* gehört. Revs Quis-Kenntnisse waren der Grund gewesen, dass sie ihn in ihre Eskorte aufgenommen hatte. Eine Verwalterin konnte viel daraus erfahren, was ihre Leibwächter beim Quis aufschnappten.

Rufe waren von der anderen Seite des Rollfeldes zu hören, eine Achtergruppe Wachen lief auf einen der Hangars zu und formte davor einen Halbkreis. »Es geht los!«, meinte Deha. Sie machte sich auf den Weg, flankiert von Hacha und Balv.

Sie gingen am Halbkreis der Wachen vorbei und auf den Eingang zu. In zehn Schritten Entfernung stand dort Kelric, den Rücken an das Hangartor gelehnt, seine Waffe gezogen.

Hacha trat eine Schritt vor. »Seid doch vernünftig, Kelric! Wir wissen, dass Eure Waffe nicht funktioniert!«

»Doch, sie funktioniert!«, widersprach er. »Sie feuert Abitonen ab – die Antiteilchen zu Bitonen. Und nun stellt Euch mal vor, Kommandantin: Jedes einzelne Elektron in Eurem Körper besteht aus Hunderttausenden dieser Bitone. Wenn ich abdrücke, dann verschwindet Ihr einfach. Ihr werdet vollständig aufgelöst. Annihiliert. Zerlegt.«

Deha warf Balv einen Blick zu. »Weißt du, wovon er redet?«

»Ich habe keinen blassen Schimmer«, gab Balv zurück.

Hacha trat einen weiteren Schritt vor ... und Kelric hob seine Waffe.

Alle acht Wachen von Dahl feuerten gleichzeitig, und

obwohl Kelric zur Seite sprang, wurde er mehrmals getroffen. Und doch hatte das keine erkennbaren Auswirkungen. Er hielt seine Waffe in beiden Händen, die Füße weit auseinander gestellt, und schoss auf den Boden. Ein feiner Strahl orangefarbener Funken blitzte auf … und wo der Strahl auf den Asphalt traf, explodierte der Boden in einem grellen Blitz aus orangefarbenem Licht. Staub und Gesteinsbrocken wirbelten durch die Luft. In einer einzigen Sekunde erschien eine tiefe Spalte, die sich längs über das Rollfeld erstreckte; die Kanten bröckelten ab, winzigen Erdrutschen gleich.

»Bei allen himmlischen Winden!«, konnte Balv nur noch flüstern.

Deha musste schlucken. Offensichtlich funktionierte diese Waffe viel besser, als sie alle angenommen hatten.

Kelric schaute sie an. »Befiehl den Wachen im Inneren des Hangars rauszukommen!«

»Da sind keine«, erklärte Deha.

Er zielte auf das Gebäude. »Du hast zwei Sekunden. Dann schieße ich!«

»Warte!« Deha erhob die Stimme: »Einheit Drei, den Hangar verlassen!«

Drei Wachen kamen heraus.

»Alle!«, betonte Kelric.

»Das sind alle.«

»Da sind noch fünf.«

»Da drinnen ist niemand mehr!«, beharrte Deha.

Kelric legte den Daumen auf den Zündknopf.

»Nein!« Wieder erhob Deha ihre Stimme: »Einheit Fünf, den Hangar verlassen!«

Fünf weitere Wachen erschienen. Nachdem die Achtergruppe sich von dem Hangar zurückgezogen hatte, machte Kelric eine Handbewegung auf Balv zu. »Schick sie hierher!«

»Es gibt für dich keine Möglichkeit, Dahl zu verlassen!«, betonte Deha.

»Schick sie her!«, wiederholte Kelric.

»Nein!«

Kelric ließ sich nicht auf ein Streitgespräch ein, er feuerte nur auf einen Hangar in der Nähe. Sein Ziel explodierte in einem orangefarbenen Lichtblitz.

Deha stieß zwischen zusammengebissenen Zähnen einen Fluch aus. Balv schaute sie an und sagte: »Ich glaube, ich sollte tun, was er will, bevor er noch auf Menschen schießt!«

»Wir müssen ihn aufhalten, Balv! Um jeden Preis! Wenn du in dem Reiter bist, wenn wir ihn abfangen ...« Deha ließ den Rest unausgesprochen.

»Ich verstehe.«

»Also gut. Los.« Leise fügte sie hinzu: »Das Glück der Winde sei mit dir!«

Er berührte ihren Arm. Dann ging er auf den Rand des Rollfeldes zu, zu einer Stelle, an der dieser frisch aufgerissene Spalt schmal genug war, um darüber springen zu können.

Deha wandte sich an Hacha. »Sorgt dafür, dass die Wachen ihn beim Start behindern! Und macht die anderen Reiter startbereit!«

»Die Mannschaften sind bereits in Alarmbereitschaft.«

»Und, Kommandantin: Wenn Ihr ihn nicht wieder einfangen könnt ...« Deha zwang sich, die Worte auszusprechen, hörte sie, als würde jemand anderes sie sagen: »Sorgt dafür, dass sein Reiter abstürzt!«

Bedrohlich ragte Kelric in der Luke über Balv auf. »Leg deinen Betäuber auf das Rollfeld!«

Balv legte die Waffe ab.

»Jetzt steig ein!«, gab Kelric seine nächste Anweisung.

Balv kletterte in das Innere des Reiters; er war sich der Waffe sehr wohl bewusst, die Kelric die ganze Zeit über auf ihn gerichtet hielt. Die Kabine schien überfüllt, Kelrics Körpergröße ließ sie geradezu winzig erscheinen.

Dann deutete Kelric auf die Sitze von Pilot und Copilot vor ihnen. »Du fliegst!«

Nachdem Balv sich hatte in den Pilotensitz fallen lassen, schaute er durch die Frontscheibe und sah, dass Wachen an dem Erdriss entlangliefen. Während er die Startvorbereitungen traf, versammelten sich vor dem Hangar mehrere Achtergruppen. Als er schließlich die Motoren anließ, stand vor dem Reiter eine dichte Menschenreihe.

Kelric stand neben dem Pilotensitz, die Waffe hielt er dicht neben Balvs Schädel. »Los!«

»Ich kann nicht! Ich überrolle doch die Wachen!«

Kelrics Reaktion bestand darin, ruckartig den Gashebel zu ziehen. Der Reiter sprang vorwärts.

»Nein!« Balv umklammerte die Steuerung, und die Leute liefen aufgescheucht in alle Richtungen. Glücklicherweise hatte er den Flieger wieder unter Kontrolle, bevor jemand verletzt wurde. Als der Weg auf diese Weise geräumt war, ließ Balv den Reiter vom Hangar fortrollen, dann beschleunigte er, parallel zu dem Erdriss. Kelric setzte sich in den Sitz des Copiloten, die Waffe immer noch auf Balv gerichtet. Wenige Augenblicke später hatte sie vom Rollfeld abgehoben und segelten in die Stürme der Teotec-Berge hinauf.

Zuerst drang nur Rauschen aus dem Funkgerät, dann: »Hier spricht Dahl Sonnenreiter! Bitte melden, Himmelsläufer!«

»Nicht antworten!«, befahl Kelric.

Unter ihnen lagen jetzt die Berge, ein zerklüftetes

Panorama. In seinem Seitenspiegel sah Balv einen ganzen Schwarm Fluggeräte vom Flugplatz starten – winzige Punkte vor den Felsen, die über Dahl aufragten.

»Himmelsläufer!« Hachas Stimme drang knackend aus dem Funkgerät. »Landet sofort, oder wir werden euch mit Gewalt runterholen!«

»Häng sie ab!«, forderte Kelric.

»Das kann ich nicht«, erwiderte Balv. Ein Windstoß erfasste die Himmelsläufer, als habe sie eine unsichtbare Faust gepackt, und schleuderte sie hinauf, wie ein Kind, das mit einem Würfel spielt. »Das ist Wahnsinn! Wir müssen landen!«

Kelric berührte Balvs Schläfe mit dem Lauf seiner Waffe. »Wir fliegen jetzt zu dem Raumhafen, von dem ihr alle behauptet, es würde ihn nicht geben.«

»Du kannst dieses Ding hier drinnen nicht abfeuern. Du wirst den Reiter zerstören!«

»Nein. Nur dich!«

»Ich werde nicht steuern.« Balv schluckte, fragte sich, ob er nun sterben werde.

Einen Augenblick herrschte Schweigen. Dann sagte Kelric: »Steh auf!«

Balv starrte ihn an. »Was?«

Kelric drehte seine Waffe in den Händen, jetzt hielt er sie wie eine Keule. »Steh auf!«

»Du wirst uns beide töten!«

»Du hast fünf Sekunden. Dann legst du dich schlafen.«

Balv brauchte nur einen Sekundenbruchteil, um sich vorzustellen, wie er bewusstlos in einem Fluggerät lag, das von jemandem gesteuert wurde, der noch nie zuvor etwas mit einem Reiter zu tun gehabt, geschweige denn, sich jemals den Stürmen der Teotecs gestellt hatte. Dann glitt er aus dem Pilotensitz. Als Kelric seinen Platz einnahm, taumelte der Reiter wie ein betrunkener Spieler.

»Lass mich uns doch runterbringen!« Balv deutete auf eine Gruppe spitzer Klippen, halb von Wolken verborgen. »Ich weiß ein paar Orte, an denen man landen kann.«

»Das Einzige, wo ich jetzt hingehe, ist nach Hause.«

»Das schaffen wir nie!« Während Balv sich in den Sitz des Copiloten fallen ließ, schaute er aus einem der Rückfenster. Er konnte schon die Schwingen der Verfolger erkennen, und die Augen, die auf die Reiter gemalt worden waren. »Du weißt, dass sie uns einholen werden.«

Kelric warf einen kritischen Blick auf die Instrumente. Dann, ohne Vorwarnung, brachte er die Himmelsläufer in einen fast senkrechten Steigflug. Druck baute sich in Balvs Ohren auf, und er musste schreien, um die strapazierten Motoren zu übertönen. »Du gehst zu hoch!«

Kelric ignorierte ihn und zwang den Reiter in einen Schwindel erregenden halben Looping; der Horizont krängte an der Frontscheibe vorbei, als das Luftfahrzeug sich auf den Kopf stellte. Gerade, als Balv befürchtete, sie würden dann eben sterben, weil sie zu hoch gestiegen waren, statt durch einen Absturz über den Teotecs, rollte Kelric den Reiter wieder herum und ging im spitzen Winkel in einen steilen Sinkflug über, genau in die entgegengesetzte Richtung. Die Himmelsläufer raste auf die höher gelegenen Ketten der Teotecs zu und ließ ihre Verfolger weit hinter sich.

Sie landeten hoch oben in den Bergen, in einem steinigen, teils schneebedeckten Talkessel, der von Felsklippen gesäumt war. Durch die Frontscheibe des Reiters starrte Balv einen Basaltfinger an, der hoch in den kobaltblauen Himmel zeigte. »Ich dachte, wir wollten zum Raumhafen?«

Kelric schaltete die Motoren ab. »Das denkt Hacha auch. Und bis sie dann endlich gewendet hat, hat sie keine Ahnung mehr, wo sie uns finden könnte.«

Das machte durchaus Sinn: Einen Flieger hier oben aufzuspüren, war fast unmöglich, es sei denn, die Pilotin wollte, dass er gefunden wurde. Doch Kelric hatte eine ›unbedeutende‹ Tatsache vergessen: Der Raumhafen lag in der Wüste.

»Du wirst mich dort hinfliegen«, erklärte Kelric. »Wenn es dunkel wird.«

»Wo hinfliegen?«

»Zum Raumhafen.«

Ein Schauer lief Balv über den Rücken. Woher wusste Kelric immer, was er gerade dachte? »Und wenn ich mich weigere?«

»Das wirst du nicht.«

»Warum nicht?«

»Weil du weiterleben willst.«

Darauf wusste Balv nichts zu entgegnen.

Kelric löste den Kragen seines Hemdes. »Gibt es Sauerstoff an Bord dieses Fliegers?«

»Sauerstoff?«

»Luft.«

Balv wusste, dass im Spind der Kabine mit größter Wahrscheinlichkeit eine Waffe lag. Er stand auf. »Ich seh' mal hinten nach.«

Kelric hob die Waffe. »Hinsetzen!«

Balv setzte sich.

»Kein Pilot würde den Notvorrat an Luft außerhalb seiner Reichweite unterbringen«, erklärte Kelrics krächzend. »Luft. *Jetzt.*«

Balv hörte die Verzweiflung in seiner Stimme, begriff, wie gefährlich das für ihn sein konnte. »Das Fach ist über deinem Kopf.«

Kelric musste sich inzwischen anstrengen, überhaupt atmen zu können, er fuhr mit den Fingerspitzen über die Decke, bis er einen Verschluss fand. Als er das Fach öffnete, fiel eine Maske heraus, die an einem Schlauch befestigt war. Er presste sie sich auf das Gesicht und atmete dann mehrmals tief durch.

Als Kelric die Maske schließlich wieder abnahm, wirkte er deutlich weniger angespannt als zuvor. Er sprach auch mit ruhigerer Stimme. »Die Luft hier oben ist so dünn.«

»Dünn?« Balv hatte noch nie davon gehört, dass es schlanke oder fette Luft gebe.

»Der Sauerstoffgehalt ist für mich hier zu niedrig.«

»Luft ist ein Element. Ihre Zusammensetzung kann man nicht ändern.«

»Luft ist ein Gemisch aus verschiedenen Gasen, Balv. Hauptsächlich Sauerstoff und Stickstoff, dazu noch Spuren von anderen Gasen.«

Balv hatte nicht vor, sich mit Kelric darüber zu streiten. »Na gut.«

»Ich verstehe das nicht.« Kelrics Stimme wurde immer heiserer. »Eure Wissenschaft ist erst völlig rudimentär, und trotzdem baut ihr so hochentwickelte Maschinen wie diese Reiter hier.«

»Du klingst furchtbar. Du brauchst einen Arzt.«

»Was ich brauche, ist der Raumhafen.«

Dagegen wusste Balv nichts zu sagen. Also blieben sie einfach schweigend nebeneinander sitzen, in regelmäßigen Abständen füllte Kelric seine Lungen mit der Luft aus der Maske.

Nach einiger Zeit sagte Balv: »Kann ich dich 'was fragen?«

»Was?«

»Du bist doch Soldat, oder?«

»Ja, das stimmt.«

»Gegen wen kämpfst ihr?«

»Gegen die Händler von Eubia.«

»Warum?«

»Wir haben etwas, was die haben wollen.«

»Warum handelt ihr nicht mit denen?« Balv fragte sich, was das IRK wohl für wertvoller halten mochte als die Leben all derer, die in dem Versuch, irgendetwas zu schützen – was auch immer es sein mochte –, ihr Leben verloren. Reichtum? Macht? Was trieb sie an, dass sie über so viel herrschten und immer noch mehr wollten?

»Glaubst du etwa, das Imperialat sei gierig?«, fragte Kelric. »Wenn die Händler Coba vor uns entdeckt hätten, dann sähe euer Leben heute anders aus. Ich sag' dir, was sie von uns haben wollen: uns, lebende Ware.«

»Ware?«

»Sie verkaufen die, die sie in ihre Hände bekommen. Willst du ein Sklave sein? Ich würde lieber sterben!«

Das machte Balv nachdenklich. Er wäre nie auf die Idee gekommen, das Imperialat könne mit seinen eigenen Problemen, mit seinen eigenen Albträumen zu kämpfen haben. Er wählte seine Worte mit Bedacht. »In unserer Alten Zeit haben die Anwesen einander immer bekriegt. Verwalterinnen machten die Kriegsgefangenen zu Sklaven.« Er verzog das Gesicht. »Ich bin froh, dass ich heute lebe, und nicht damals.«

»Ich hatte den Eindruck, als gebe es nicht allzu viel Krieg hier.«

»Heutzutage, ja. Aber in der Alten Zeit waren die Verwalterinnen Kriegerinnen. Die Anwesen haben untereinander so erbittert Krieg geführt, dass sie sich gegenseitig fast ausgelöscht hätten. Heutzutage tragen wir unsere Kämpfe über das Quis aus.«

Unerwarteterweise lächelte Kelric. »Politische Feindseligkeit, aus denen ein Würfelspiel geworden ist. Das ist eine ziemliche Leistung.« Er schaute auf Balvs Handgelenk. »Ist das dein Kasi-Armband?«

Balv schaute hinunter. Er schob seinen Ärmel etwas hoch und drehte das goldene Armband nun um sein Handgelenk. »Ja.« Er fragte sich, ob er seine Frau jemals wiedersehen würde.

Kelric berührte sein eigenes Hemd am Oberarm, an der Stelle, an der sich die Umrisse eines Armreifens durch den Stoff abzeichneten. »Und warum trägst du deine um das Handgelenk?«

»Das ist nicht das Gleiche. Die Armreifen bedeuten, dass du ein Calani bist.« Balv hörte damit auf, sein Armband zu drehen. »Heutzutage weigern sich einige Kasi natürlich, diese Armbänder hier zu tragen.«

»Warum?«

»In der Alten Zeit war ein Kasi das Eigentum seiner Frau. Er musste Bänder um das Handgelenk tragen, in die der Name der Frau eingraviert war. Manche Männer halten diese Kasi-Armbänder hier für Überbleibsel auf dieser Zeit.«

Kelric schob seinen Ärmel hoch, und Balv sah die Handgelenkbänder, in die die Hieroglyphe von Dahls Sonnenbaum eingraviert war. »So wie die hier?«

Balv rutschte unruhig in seinem Sitz hin und her. »Na ja … ja.«

»Das bedeutet wohl, dass ich Dehas Eigentum bin.«

»Ja.« Balv hatte das dringende Bedürfnis, noch etwas hinzuzufügen. »Viele von uns halten diese Akasi-Gesetze für barbarisch.«

»Da will ich gar nicht widersprechen«, murmelte Kelric. Schweiß troff ihm den Nacken hinunter.

Balv fragte sich, warum es Kelric so heiß war. Die Kabine war kalt, und Kelric trug nur dünne, alte Kleidung. Er hätte eigentlich frieren müssen. Balv schaute die Haut oberhalb von Kelrics Armband an. »Rollst du mal deinen Ärmel hoch?«

»Warum?«

»Ich möchte 'was nachsehen.«

Kelric beobachtete Balv misstrauisch, während er den Ärmel weiter hinaufschob … und dann sah er einen entzündet aussehenden, roten Ausschlag, der den ganzen Arm bedeckte. »Was zum Teufel …?« Er schaute Balv an. »Was ist das?«

»Ich fürchte, das ist die Kevtarsche Krankheit. Die meisten von uns bekommen das als Kind.«

»Ich bin krank?«

»Das ist nichts Schlimmes. Heute Abend geht es dir wieder gut.« Balv verzog peinlich berührt das Gesicht. »Ich muss mich entschuldigen. Du musst es dir von mir gefangen haben.«

»Du siehst gar nicht krank aus.«

»Bin ich auch nicht. Aber Rev und ich waren heute Morgen im Med-Haus und haben seine Kinder besucht. Alle drei haben gerade Kevtar.«

Kelric schnitt eine Grimasse. »Vierunddreißig ist ein bisschen alt, sich noch eine Kinderkrankheit einzufangen.«

»Vierunddreißig?« Balv starrte ihn an. »Du kannst doch noch nicht so alt sein!«

»Wieso nicht?«

»So wie du aussiehst … wir haben alle gedacht, du wärst viel jünger!«

Kelric zuckte mit den Schultern. »Das liegt bloß an der Biotechnik. Und an meinen guten Genen.«

»Oh. Äh, klar, ja.« Was Kelric da sagte, ergab für Balv überhaupt keinen Sinn.

»Der kleine Kelric«, murmelte dieser gerade. Seine Stimme klang, als würde Sand über Glas kratzen. »Das kleinste Rhon-Kind. Der Jüngste und Größte.« Er wischte sich den Schweiß von der Stirn. »Alle Götter, ich verbrenne innerlich.«

Am Abend hatte sich Kelrics Ausschlag bis über die ganze Brust und den ganzen Rücken ausgebreitet. Er ging in der Kabine auf und ab, zitterte inzwischen am ganzen Leib, und seine Stimme war noch heiserer als zuvor. »Hast du nicht gesagt, dass es mir inzwischen wieder gut gehen müsste?«

»Sollte es auch«, stimmte Balv zu. »Ich habe noch nie gesehen, dass Kevtar sich so auf jemanden auswirkt. Wir müssen dich in ein Med-Haus bringen.«

»Kommt nicht in Frage!« Kelric hielt den Zerleger abwechselnd mit der linken und der rechten Hand. »Wir brechen jetzt zum Raumhafen auf.«

»Wir haben nicht genug Treibstoff, um ihn von hieraus zu erreichen.«

»Mag sein. Aber wir haben genug, um verdammt nahe heranzukommen.« Er wedelte mit seiner Waffe. »Setz dich in den Pilotensitz!«

Balv wusste, dass dies vielleicht seine letzte Chance war, etwas zu unternehmen. Er stand auf, trat vom Sitz des Copiloten aus eine Schritt auf Kelric zu … und sprang auf den Zerleger zu.

Kelric riss die Waffe zurück, seine Bewegungen waren mechanisch, als sei er eine Marionette. Es ging so schnell, dass Balv, obwohl er genau gezielt und sich so schnell bewegt hatte, wie er nur konnte, ins Leere griff.

Kelric zielte mit dem Zerleger auf Balv. »Hinsetzen!«

Balv erstarrte. »Du willst mich nicht erschießen?«

»Das bedeutet nicht, dass ich es nicht trotzdem tue.«

Balv setzte sich in den Pilotensitz; sein Verstand suchte fieberhaft nach einer Lösung. Was, wenn Kelric tatsächlich den Raumhafen erreichte? Stimmten diese Geschichten, dass die Bevölkerung ganzer Planeten dafür bestraft worden waren, dass einige von ihnen sich gegen die Rhon vergangen hatten? Wenn Kelric ihr jüngstes Kind war, derjenige, den sie am meisten würden beschützen wollen, würde ihre Rache umso schlimmer ausfallen.

Er schaute zu seinem Entführer hinüber. »Ich werde dich nicht zum Raumhafen fliegen.«

»Flieg, oder ich drücke ab!«

Balv atmete tief ein. »Dann wirst du abdrücken müssen.«

»Du bist tatsächlich bereit, dafür zu sterben, dass ich hier gefangen bleibe?«

»Ja.«

Kelric starrte ihn an, als versuche er, die Wahrheit in Balvs Worten irgendwie direkt aus seinem Hirn herauszuholen. Dann machte er mit seiner Waffe eine ruckartige Bewegung zur Luke. »Nimm dir, was du brauchst, um hier zu überleben, und dann raus hier!«

Balv sprang aus seinem Sessel und eilte zum hinteren Teil der Kabine, so schnell er konnte, bevor Kelric es sich anders überlegte. Den Betäuber hatte Kelric bereits aus dem Spind genommen, also schnappte sich Balv eine Jacke und eine Kiste mit Leuchtkugeln, um die Suchtrupps zu alarmieren.

Als Balv die Luke aufstemmte, fegte ein eisiger Wind durch die Kabine und wehte sein Haar zurück. Balv sprang auf die eisverkrusteten Felsen hinunter, die den Reiter umgaben; der Schnee dort, bei ihrer Landung geschmolzen, war inzwischen wieder gefroren.

Wenige Sekunden später war der Reiter schon aufgestiegen, und Balv stand allein im eisigen Wind.

Lautes Rauschen des Funkgeräts riss Kelric aus dem Schlaf. Ein Blick auf die Instrumente verriet ihm, dass sein Flieger an Höhe verlor. Während er die Nase des

Reiters wieder in die Waagerechte brachte, knackte das Funkgerät erneut, und eine Stimme, kaum erkennbar, war zu hören.

Eine Stimme, die Skolianisch sprach.

»… identifizieren Sie sich. Sie nähern si … Sperrgebiet … tritt untersagt … Identifiz …«

»Ich bin skolianischer Bürger«, krächzte Kelric. Sein Fieber war noch schlimmer geworden, und er war so heiser, dass er kaum noch ein Wort herausbrachte. »Können Sie mich verstehen? Ich bin ein Bürger des Imperialats.«

»… tersagt für alle Bürger Cobas … identifizieren Sie sich.«

»Ist da jemand?«, fragte Kelric. »Irgendjemand?«

Die Nachricht wurde immer weiter wiederholt.

Der Reiter geriet ins Trudeln, der Motor stotterte und spuckte. Ein kurzer Blick auf die Anzeigen bestätigte seine Befürchtungen: Sein unregelmäßiger Flug hatte dafür gesorgt, dass seine Tanks bereits jetzt leer waren. Während er die Schwingen des Gleiters entfaltete und wie ein Falke auf dem Wind ritt, schien die Wüste als roter Schleier auf ihn zuzurasen.

Kelric bemühte sich nach Kräften, seinen Sinkflug unter Kontrolle zu halten, ihn in einen Gleitflug zu verwandeln. Im letzten Augenblick kauerte er sich zusammen und bedeckte seinen Kopf mit den Armen. Mit dem Kreischen berstenden Metalls schlug der Reiter auf dem Boden auf und pflügte durch den Sand. Trotz des Sicherheitsgurtes riss der Aufprall Kelric fast aus dem Sitz. Der Flieger überschlug sich, riss ihn nach links und nach rechts, und das Klirren splitternden Glases war Teil des entstehenden Chaos.

Ein letztes Aufbäumen und Zucken, und der Reiter kam ruckend zum Stillstand. Langsam und vorsichtig hob Kelric den Kopf. Die Frontscheibe war zersplittert, in der Kabine sah es aus, als habe dort ein schrecklicher Sturm gewütet. Die gesamte Ausrüstung war über das Deck verstreut. Zwei Passagiersitze hatten sich losgerissen, Kelrics Zerleger lag zerquetscht unter einem zusammengestauchten Teil der Außenhaut des Fliegers. Seine Quis-Würfel waren überall verstreut, die meisten zerbrochen.

Kelric befreite sich aus dem Sitz; er bewegte sich steif, wegen der Verletzungen, die er bei der Bruchlandung davongetragen hatte, aber auch wegen des Fiebers, das immer noch in seinem Körper tobte. Er humpelte quer durch die Kabine, bahnte sich vorsichtig einen Weg durch die Trümmer. Der Reiter geriet ins Wanken, dann legte er sich zur Seite; das Deck wurde zu einer Schräge, auf der Kelric auf die Luke zurutschte.

Die verbogene Tür ließ sich nach einigen Anstrengen lösen, dann fiel sie in die Wüste hinaus. Sengend heißer Wind fegte durch die Kabine, peitschte Sand dicht wie Regen gegen alles; keine Stelle auf Kelrics Körper, zu der die feinen Sandkörner prickelnd schmerzhaft nicht ihren Weg fanden. Kelric hob einen Arm, um seine Augen zu schützen, dann kletterte er in die Hitze hinaus.

Die Rote Wüste erstreckte sich in alle Richtungen, so weit das Auge reichte. Nichts als Sand, Sand und noch mehr Sand, und Türme, die sich in den blassblauen Himmel reckten wie die Finger eine riesenhaften, vergrabenen Hand …

Türme?

Kelric blickte mit zusammengekniffenen Augen in die vor Hitze flirrende Luft. Dann grinste er.

Das war der Raumhafen.

Einen Fuß heben. Absetzen. Den anderen. Absetzen. Immer weiter, immer weiter …

Der Aufprall seines Körpers auf Sand riss Kelric aus seiner Benommenheit. Er rollte sich auf den Rücken und starrte den dämmerigen Himmel an. Die Sterne blendeten ihn. Es war egal, dass Coba keinen Mond hatte. Dafür hatte der Planet genug Sterne, um einhundert Nächte auf einmal zu erhellen.

»Raumhafen«, murmelte er. Er zwang sich wieder auf die Füße und schleppte sich weiter.

Trügerischer Sand. Er hatte vergessen, wie sehr die Wüste einen täuschen konnte. Die Türme hatten ihn den ganzen Tag über mit ihrer Entfernung verspottet; sie näherten sich ihm nur mit unerträglicher Langsamkeit. Doch jetzt war er fast angekommen. Er konnte schon das Symbol des IRK auf dem höchsten Gebäude erkennen. Selbst für einem vollautomatisierten Raumhafen verlangten die Vorschriften mindestens eine jederzeit verfügbare Raumfähre.

Fiebrige Gedanken schossen ihm durch den Kopf. Sobald er das Hauptquartier erreicht hätte, müsste er einen Bericht über Coba abgeben. Das IRK würde die Zwölf Anwesen genau unter die Lupe nehmen. Es war ganz offensichtlich, dass Coba über wertvolle Ressourcen verfügte, sowohl in materieller Hinsicht, als auch in Form der deutlich weniger leicht quantifizierbaren Werte menschlichen Verstandes und menschlicher Kultur. Wären die Cobaner etwas entgegenkommender gewesen, als sie das erste Mal mit dem IRK in Kontakt gekommen waren, hätte man Coba vielleicht den imperialen Bürgerstatus verliehen. Aber jetzt – Kelric hatte keine Ahnung, was passieren würde. Es war durchaus denkbar, dass das IRK dieses unberechenbare Verhalten der Einwohner Cobas für eine potenzielle Bedrohung hielt.

Und Deha? Die Gesetze des Imperialats erkannten alle Ehen an, die auf Planeten unter IRK-Gerichtsbarkeit geschlossen wurden – einschließlich der Planeten, die zum Sperrgebiet erklärt worden waren. Seine Verbindung mit Deha zu lösen, würde rechtliche Schritte erfordern, und wenn er über die Umstände berichtete, unter denen sie geschlossen worden war, würde man sie unter Anklage stellen. Angesichts seiner Stellung innerhalb des Imperialats würde sie mehr als nur ernstlich Ärger bekommen. Er wollte sie nicht auf diese Weise zerstören. Bei allen Göttern, er wusste ja noch nicht einmal, ob er wirklich wollte, dass diese Verbindung aufgelöst würde.

Er würde Vorsicht bei seinem Bericht walten lassen müssen, ihn erst abgeben, wenn sein Verstand wieder ganz klar wäre. Müsste betonen, dass diese Leute sein Leben gerettet hätten. Wenn er nicht sehr vorsichtig war, konnte er die Cobaner vernichten, einfach weil er nicht die richtigen Worte gefunden hätte, um den Zorn des IRK und seiner eigenen Familie von diesem Planeten abzuwenden. Wenn er dieses Fieber hinter sich hatte, würde er klarer denken können.

Und was würde passieren, wenn er es bis ins All schaffte und das Fieber dann schlimmer wurde? Eine Raumfähre auf einem vollautomatisierten Raumhafen eines Hinterweltler-Planeten war ganz bestimmt das Älteste vom Alten, und ihre medizinischen Einrichtungen vermutlich höchst rudimentär. Dieses Fieber brachte sein ganzes System durcheinander, breitete sich schneller aus als seine beschädigten NanoMeds es bekämpfen konnten. Wenn es nicht bald nachließ, würde diese Raumfähre einen Leichnam beim IRK abliefern. Und was würde dann mit Coba geschehen?

Das Grollen eines automatisierten Lastkrans, der Fracht anhob, unterbrach seine Gedanken. Er war jetzt nah genug, um zu sehen, wie sich dieser Kran im Inneren des Raumhafens bewegte.

Doch da war auch noch ein anderes Grollen ...

Ein Motor?

Kelric wirbelte herum und starrte in den Himmel. Vor einem purpurroten Sonnenuntergang zeichnete sich scharf die Silhouette eines Reiters ab, die immer größer wurde.

»Nein!«, schrie er. »Nicht *jetzt!*«

Auf Kampf-Modus umgeschaltet, dachte Bolt. Kelric wirbelte erneut herum und lief mit biomechanisch erhöhter Geschwindigkeit auf den Raumhafen zu.

Warnung. Bolt ließ ein Display voller statistischer Daten vor Kelric geistigen Auge auftauchen. Fehlfunktion der Hydraulik an Oberschenkel, Schienbein und Wadenbein. Glasfaserkabel am Ischias: Effizienzverlust 48 Prozent. Aurikulotemporal-Kabel liefert falsche Daten. Abgeschät&*-3##

Aus dem Grollen hinter Kelric wurde ein Brüllen. Dann jagte ein Schatten über seinen Kopf hinweg. Kelric stieß einen protestierenden Schrei aus, doch seine Stimme verlor sich im Donnern der Motoren, als der Reiter über den Boden vor ihm dahinglitt. Noch bevor die Maschine ganz zum Stehen gekommen war, sprang die Luke auf, und seine Eskorte sprang heraus, einschließlich Balv.

Kelric versuchte auszuweichen. Bolt sollte das Gelände bereits analysiert haben; seine Reflex-Datenbanken sollten seine Schritte leiten, und seine Hydraulik hätte auch den plötzlichen Richtungswechsel unterstützen sollen. Doch irgendwo hatte das System eine Fehlfunktion. Kelric stolperte, fiel vornüber und stürzte hart auf den Sand.

Als er sich auf die Beine kämpfte, sah er im ver-

blassenden Abendlicht, wie die Wachen auf ihn zurannten.

Kyle-Verstärkung aktiviert, dachte Bolt.

Deaktivieren!, dachte Kelric.

Angriffs-Vorbereitung.

Nein! Er schrie diesen Gedanken. *Du kannst mein
Gehirn nicht für so etwas benutzen! HALT!*

Doch er hatte sein beschädigtes System einmal zu oft
bis an die Grenze getrieben. Die Steuerung der Sicher-
heitsprotokolle versagte: Es war eine Explosion, kein
Angriff, den Kelrics Kyle-Zentren zu steuern versuchten, auf ein so vielfaches dessen gesteigert, was Kelrics
Gehirn tolerieren konnte, dass Bolt darauf verzichtete,
die resultierenden Schäden zu berechnen, und stattdessen alle zusammenbrechenden Datendisplays nur
mit roten, blinkenden Warnzeichen überlagerte. Völlig
unkontrolliert traf dieser Angriff die Eskorte – mit einer
Heftigkeit, die nur ein Mitglied der Rhon zustanden
brachte.

Kelric versuchte, die mentale Offensive aufzuhalten,
sie zu unterbrechen, sie zu ersticken, alles zu tun, um
diesen Albtraum zu beenden. Doch sein beschädigtes
System weigerte sich zu reagieren. Das Signal blieb
bestehen, unnachgiebig, riss ihm immer tiefer in das
Link mit der Eskorte, bis ihre Persönlichkeiten vollständig verschmolzen.

Er war Hacha, eine Ebene ihrer Persönlichkeit nach
der anderen, jede einzelne schälte sich ab wie eine Haut:
Stärke, Traditionsbewusstsein, Stolz auf ihre Arbeit, die
Liebe, die sie für ihren Mann und ihr Kind empfand.
Revs Denken und Fühlen war eine Zusammensetzung
aus Spielstein-Mustern; sie veränderte sich unablässig.
Er lebte Quis, dachte Quis, träumte Quis … Balv dachte
ans Fliegen, an seine Familie, an seine Arbeit. Vereinzelte

Eindrücke von Llaach stachen ihm aus dem Sperrfeuer entgegen: Sie war der Neuling in dieser Eskorte, am wenigsten selbstsicher. Tiefer in ihr fand er die Liebe, die sie für ihren Ehemann empfand: Jevi, den Calani.

Wie ein außer Kontrolle geratener Netzwerk-Virus trugen Kelrics intensivierten Signale das Denken und Fühlen der anderen ab, schien es aufzufressen. Llaach brach als Erste zusammen; ihre Neurotransmitter liefen Amok und griffen ihre eigenen Hirnzellen an. Als sie starb, schrie Kelric auf, denn er starb mit ihr, erlebte jeden einzelnen Augenblick davon mit, außerstande, das Link zu zerstören, das die fünf Personen miteinander verband.

Und als die andere drei Wachen ebenfalls im Sterben lagen, zerstörte Kelric schließlich, voller Verzweiflung, das Link, indem er seinen eigenen Verstand in Stücke brach.

8

Das Quadrat

»Das Tribunal von Dahl«, verkündete Chankah, »ist nun versammelt.«

Sie stand im *Saal Der Stimmen*, einem großen, holzgetäfelten Raum, den die Aura von Ehrwürdigkeit zu umgeben schien. Auf dem Tisch vor ihr spiegelte sich das Licht der Braunglaslampen, die darüber angebracht waren. Hinter ihr trennte ein Geländer eine Galerie ab, auf der in mehreren Reihen Sitzbänke standen. Leere Sitzbänke. Dies war keine öffentliche Sitzung.

Anwesens-Gefolgsmann Corb stand neben ihr und rückte seine Brille zurecht. Etwa fünf Schritte vor ihnen saßen die Richterinnen auf ihrer erhöhten Sitzbank hinter einem massiven Tisch aus Schwarzholz und blickten auf sie herab. Ihre Umhänge raschelten bei jeder ihrer Bewegungen. Zur Verhandlung dieses Falles hatte man sechs Richterinnen einberufen statt der üblichen drei: zwei für die Verteidigung, zwei für die Anklage, dazu zwei neutrale, einschließlich der Ersten Richterin Dahl.

Diese blickte nun zu Chankah: »Nachfolgerin Dahl, seid Ihr bereit, das Amt der Anwesens-Verwalterin zu übernehmen, bis Deha Dahl wieder ihren Pflichten nachkommen kann?«

»Ja«, erwiderte Chankah laut. Nein, dachte sie im Stillen. Aber sie hatte keine Wahl. Deha – die ihr ganzes Leben lang ihre Mentorin gewesen war –, war dem Tode nahe – die Nachwirkungen eines schweren Herzinfarktes, den sie erlitten hatte, als sie erfuhr, was vor drei Tagen da draußen in der Wüste geschehen war.

Eines war und blieb jedoch klar: Llaach war tot. Obwohl das Tribunal sich hauptsächlich mit ihrem Tod befassen würde, ging es bei allen Entscheidungen, die hier getroffen wurden, um weit mehr als nur um Llaach selbst. Die Zukunft der Zwölf Anwesen stand auf dem Spiel.

»Wir werden nun beginnen«, verkündete die Erste Richterin. Sie wartete, bis Chankah und Corb Platz genommen hatten, dann sagte sie: »Bringt die Vertreterinnen des Tribunals herein!«

Eine Anwesens-Gefolgsfrau zog die schweren Riegel einer Tür zur Linken der Bank zurück und lehnte sich mit seinem ganzen Körpergewicht dagegen. Mit dem Knarren alten Holzes öffnete sich langsam das Portal.

Die Stimme trat als Erste ein, ein hoch gewachsener Mann in einem purpurnen Gewand, das silbrige Haar aus dem Gesicht gekämmt. Als Nächstes kamen die Zeugen: Wachen aus der Stadt, Mitarbeiter des Flugplatzes, Ärztin Rohka und Doktor Dabbiv, dazu Kommandantin Hacha. Die Kommandantin sah bleich aus, doch ihr Schritt war sicher und gleichmäßig.

Als Letztes brachten sie Kelric herein.

Er trug die schwarze Gefängniskleidung und betrat, umgeben von einer Achtergruppe Wachen, den Raum. Eine vielleicht vier handbreit lange Kette war an den eisernen Handschellen befestigt, die seine Handgelenke oberhalb der goldschimmernden Kasi-Armbänder umfassten. Als sie ihn ansah, überfiel Chankah Trauer. So viel war verloren gegangen, sowohl für Dahl als auch für Kelric, und all das nur, weil er das Pech gehabt hatte, auf einem Planeten abzustürzen, auf dem er zugleich begehrt und gefürchtet wurde.

Die Stimme ging an den Tisch zu Chankahs Rechten, der Gefolgsmann führte die Zeugen auf die Galerie. Der

Entscheidungsstand, das *Quadrat Der Entscheidung* befand sich zu ihrer Linken, ein Stuhl, der von einem hölzernen Geländer umgeben war. Die Wachen setzen Kelric auf diesen Stuhl und postierten sich ringsherum entlang des Geländers.

Die Erste Richterin ergriff das Wort: »Bevor wir anfangen: Gibt es Anträge, die dieses Tribunal betreffen?«

Dass sich eine so große Anzahl an Leuten dem Geländer der Galerie näherten, beunruhigte Chankah. Wie konnte es so viele Anträge geben, wenn nur so wenige Bürger wussten, was eigentlich geschehen war? Sie hatte den Zwischenfall so geheim wie möglich gehalten; das Ministerium hatte ihre diesbezügliche Entscheidung unterstützt. Wenn sich Kelrics wahre Identität herumsprach, mochte das zu einer Panik führen. Llaachs Tod war schnell ins Quis gesickert, doch die meisten Leute glaubten, sie sei bei dem Versuch gestorben, einen Bürger Dahls zu stellen, der einen Windreiter gestohlen hatte. Die ganze Wahrheit hatte Chankah nur einer kleinen, ausgewählten Gruppe erzählt: den Stadtältesten, den obersten Gefolgsfrauen und Dehas Verwandten.

Vier Personen standen in der ersten Reihe, sie schienen gemeinsam einen Antrag einbringen zu wollen: zwei Frauen und zwei Männer.»Bitte nennt eure Namen!«, forderte die Erste Richterin sie auf.

»Ich bin Yeva«, antwortete die erste Frau. »Vor zwei Jahrzehnten, bevor Deha Dahl Verwalterin wurde, hat sie in der Kinder-Genossenschaft gearbeitet. Zu dieser Zeit war sie mein Erster Vormund.«

»Ich bin Tabbol«, sagte der erste Mann. »Verwalterin Dahl war mein Vormund in der Genossenschaft.«

»Ich bin Sabhia«, ergriff die zweite Frau das Wort. »Verwalterin Dahl war auch mein Vormund.«

Der jüngere der beiden Männer sprach als Letzter. Er

sah die Richterinnen aus vertraut wirkenden Augen an, groß und dunkel, wie schwarze Seen. »Ich bin Jaymson. Deha Dahl ist meine Mutter.«

Chankah starrte ihn an. Es war länger her, dass sie Jaymi gesehen hatte, als ihr bewusst gewesen war. Er war kein ›Jaymi‹ mehr. Aus Dehas Sohn, ihrem einzigen leiblichen Kind, war ein Mann geworden.

»Wie lautet euer Antrag?«, fragte die Erste Richterin.

Yeva verlas das Schriftstück in Händen. »Für den Fall, dass Verwalterin Dahl in Folge ihres Herzanfalls sterben sollte, beantragen wir, dass Sevtar Dahl ebenso für den Mord an ihr angeklagt wird wie für den Mord an Llaach.«

Beinahe hätte Chankah laut geflucht. Wussten die denn überhaupt, was sie da verlangten? Ob sie das nun zugaben oder nicht, Kelric war rein rechtlich ihr Stiefvater. Sie sahen in ihm nur den Eroberer, einen leibhaftigen gewordenen Albtraum. Chankah sah Jaymson an und empfand einen schweren Verlust. Sie war überzeugt davon, dass er, hätte er Kelric unter anderen Umständen kennen lernen können, ihn sicherlich gemocht hätte. Nun würde das allerdings niemals mehr geschehen.

»Das ist eine sehr bedeutsame Forderung«, bemerkte die Erste Richterin. »Mit welcher Begründung stellt ihr diesen Antrag?«

»Mit der Begründung«, erklärte Yeva, »dass der Gesundheitszustand von Verwalterin Dahl eine direkte Folge der Handlungen des Angeklagten ist.«

Die Erste Richterin sah sie nachdenklich an. »Heute wird hier nicht über einen Mord verhandelt. Wir sind hier zusammengetroffen, um genau zu ermitteln, was sich in der Wüste ereignet hat, wodurch Llaach Dahl gestorben ist und wie wir darauf reagieren sollen.« Sie machte eine Pause. »Angesichts der weit reichenden Konsequenzen aller Entscheidungen, die wir hier treffen, wird euer Antrag eine eigenständige Tagung des Gerichtes erfordern.«

»Ich verstehe«, sagte Yeva. »Wir erwarten diesbezüglich Eure Entscheidung.« Sie überreichte ihr Schriftstück dem Tribunal-Gefolgsmann und zog sich mit ihrer Gruppe auf die Bänke zurück.

Chankah erkannte die zweite Antragstellerin: Avahna Dahl, Sprecherin der Calanya. Llaachs Ehemann darüber zu informieren, dass seine Frau gestorben war, war Chankah zugefallen. Als er darum gebeten hatte, mit der Sprecherin in Kontakt treten zu dürfen, hatte Chankah angenommen, er wolle Llaachs Verwandten eine Nachricht zukommen lassen. Avahnas Anwesenheit hier war eine weitere unangenehme Überraschung.

Gefolgsmann Corb fragte Chankah mit gedämpfter Stimme: »Lasst Ihr das zu? Und wenn Jevi Sevtars Leben für Llaachs fordert?«

Chankah fuhr sich mit der Hand durch das Haar. »Jevi hat das Recht, einen Antrag einzubringen. Beten wir darum, nicht einschreiten zu müssen.«

Avahna sagte: »Ich spreche für den Calani Jevi.«

»Wie lautet sein Gesuch?«, fragte die Erste Richterin.

»Er ersucht«, antwortete Avahna, »dass, sollte das Gericht den Angeklagten freisprechen, es Sevtar nicht gestattet wird, in der Dahl-Calanya zu leben. Sollte dies nicht akzeptabel sein, bittet Jevi um die Erlaubnis, Dahl verlassen zu dürfen, um in der Calanya eines anderen Anwesens zu leben.«

Mitgefühl ließ die Gesichtszüge der Ersten Richterin weicher werden. Als sie zum Tisch hinüberschaute, nickte Chankah erleichtert.

Die Erste Richterin wandte sich wieder Avahna zu. »Du darfst Jevi ausrichten, seinem Gesuch werde entsprochen.«

Avahna verneigte sich. »Ich danke Euch, Euer Ehren.«

Die letzte Antragstellerin war eine Frau mit kupferroten Locken, die ihr über den Rücken fielen. Sie trug den blauen Overall einer Erzieherin der Kinder-Genossenschaft und schien sich angesichts der Ernsthaftigkeit des Tribunals nicht wohl in ihrer Haut zu fühlen.

Die Frau holte tief Luft. »Ich bin Chala Dahl. Ich spreche für die Ältesten aller Dahl-Residenzen: dem *Haus der Frauen*, dem *Haus der Männer*, dem *Haus der Paare*, dem *Haus der Eltern* und der Kinder-Genossenschaft.« Nervös blätterte sie in ihren Aufzeichnungen, dann begann sie, aus einer davon vorzulesen: »Obwohl wir die Natur der Ereignisse, die zu diesem Tribunal geführt haben, zutiefst verabscheuen, fühlen wir uns verpflichtet, die folgende Erklärung abzugeben: Seit Jahrhunderten ist kein Todesurteil mehr gefällt oder gar vollstreckt worden. Sollte über Sevtar Dahl ein derartiges Urteil gefällt werden, wird uns das in eine Zeit zurückwerfen, in der Gewalt unser Leben bestimmt hat. Aus diesem Grund ersuchen wir Euch dringlich, von einem derartigen Urteil Abstand zu nehmen.«

Yeva sprang auf. »Ich protestiere gegen die Behauptungen dieses Mädchens …«

»Euch wurde nicht das Wort erteilt«, unterbrach sie die Erste Richterin scharf.

»Euer Ehren, ich bitte um Verzeihung«, beeilte Yeva sich zu sagen. »Aber dieses Mädchen behauptet, für alle Häuser der Stadt zu sprechen, dabei vertritt sie nur die naive Meinung einiger weniger Einzelpersonen.«

Chankah erhob sich, und alle Antragsteller verstummten. Sie sah Yeva ernst an. »Nimmst du für dich in Anspruch, die Häuser von Dahl zu vertreten?«

»Nachfolgerin Dahl.« Yeva verbeugte sich. »Ich betone nur Folgendes: Die Schwere der Vergehen, die diesem

Gericht vorgelegt wurden, erfordert Maßnahmen entsprechender Schwere, was die Behandlung des Täters betrifft.«

Des Täters. Sie sprach, als sei Kelrics Schuld bereits erwiesen. Die Anhörung hatte noch nicht einmal begonnen, und sie hatten ihn bereits verurteilt. Das untergrub das Fundament eines jeden Tribunals, dass nämlich jede Person, die im *Quadrat Der Entscheidung* saß, ein Anrecht auf eine ehrliche, unparteiische Anhörung hatte. Sie mussten den Gerichtssaal erst einmal abkühlen lassen, brauchten Zeit, damit sich die Spannung legen konnte. Chankah drehte sich zur Ersten Richterin um, und diese nickte; sie hatte die unausgesprochene Nachricht sofort verstanden.

Dann sah die Erste Richterin wieder Yeva an. »Wenn Ihr eine Erklärung abgeben wollt, so mögt Ihr das zu Beginn der morgigen Sitzung tun.« Sie drehte sich zu Chala um. »Wir werden Euren Antrag in Erwägung ziehen.«

Chala und Yeva nickten. Nachdem alle sich wieder gesetzt hatten, hob die Erste Richterin einen kleinen Holzhammer und schlug damit gegen einen kleinen Gong, der vor ihr auf dem Tisch stand. »Das Tribunal ist eröffnet.« Sie drehte sich zu Der Stimme um. »Evid Dahl, tretet vor!«

Die Stimme trat vor den Richtertisch.

»Schwört Ihr Unparteilichkeit bei der Befragung der Zeugen?«, fragte die Erste Richterin.

»Ich schwöre«, erwiderte Evid.

»Bitte ruft Euren ersten Zeugen auf!«

Den ganzen Morgen über wurden die Aussagen von Offizieren der StadtWache gehört; gegen Mittag wurde die Verhandlung unterbrochen, dann das Personal des Flugplatzes befragt. Die Zeugen zählten alle Handlungen Kelrics auf: Angriff, tätliche Bedrohung, Überfall,

Entführung – all das stellte ihn in einer Art und Weise dar, die so gar nicht zu dem stillen, ruhigen Mann passte, der dort im *Quadrat Der Entscheidung* saß.

»Folglich ist der Fall, der diesem Tribunal vorgelegt wurde«, endete Yeva, »beispiellos in der gesamten neueren Geschichte der Zwölf Anwesen. Und als solches bedarf er auch einer beispiellosen Rechtssprechung. Gestern wurde behauptet, wir würden in die Barbarei zurückfallen, wenn wir in der Art und Weise mit dem Angeklagten verführen, in der er mit Bürgern unseres Anwesens verfahren ist. Meine Antwort darauf lautet: Wenn diese Verbrechen ungesühnt bleiben, welche Botschaft geben wir dann allen anderen zu verstehen? *Dass ein Mensch ungestraft einen Mord begehen darf?*«

Unter den Zeugen erhob sich Gemurmel. Die Erste Richterin wartete, bis sich die Unruhe ein wenig gelegt hatte, dann ergriff sie das Wort: »Niemand wird bestreiten wollen, dass eine derartige Botschaft zu vermeiden ist. Dennoch müssen wir Euch daran erinnern, dass Sevtar Dahl bisher keiner Straftat schuldig gesprochen wurde.«

»Ich verstehe, Euer Ehren«, sagte Yeva. Doch als sie auf ihren Platz zurückkehrte, nickten andere ihr zustimmend zu.

Die Erste Richterin wandte sich an Evid: »Bitte ruft Euren nächsten Zeugen auf!«

»Ich rufe Dabbiv Dahl auf«, erklärte Evid.

Dabbiv trat vor den Richtertisch. Die Erste Richterin erklärte: »Der Eid vor dem Tribunal verpflichtet Euch, die Wahrheit zu sagen. Schwört Ihr, das zu tun?«

»Ja«, entgegnete Dabbiv.

»Dann nehmt Platz!«

Das *Quadrat Des Zeugnisses*, der Zeugenstand des

Tribunals, ähnelte dem Stuhl, auf dem Kelric saß – allerdings war dieser Platz nicht von Wachen umringt. Nachdem Dabbiv sich gesetzt hatte, fragte Evid: »Doktor, woher kennt Ihr Sevtar Dahl, und in welcher Beziehung standet Ihr zu ihm?«

»Ich war sein Arzt«, antwortete Dabbiv.

»War? Seid Ihr es denn nicht mehr?«

»Verwalterin Dahl hat mich dieses Amtes enthoben.«

»Warum?«

Dabbiv zögerte. »Wir waren unterschiedlicher Ansicht bezüglich seiner Behandlung.«

»In welcher Hinsicht?«

»Sie verlangte von mir, ihm Medikamente zu verabreichen, die ihn krank machten.«

Evid hob die Augenbrauen. »Verwalterin Dahl wünschte, dass Ihr ihren Akasi vergiftet?«

Dabbiv wurde rot. »Selbstverständlich nicht! Es handelte sich bei dem fraglichen Medikament um ein Beruhigungsmittel, das zwar sehr stark ist, unter entsprechender Aufsicht allerdings als völlig sicher betrachtet werden kann. Völlig sicher für einen Cobaner, sei angemerkt. Kelric, ich meine Sevtar, ist kein Cobaner.«

Eine der Richterinnen der Anklage rief Evid mit einer Handbewegung zu sich. Er sprach kurz mit ihr, dann kehrte er wieder zu Dabbiv zurück. »Wann habt Ihr Sevtar das besagte Medikament zum letzten Mal verabreicht?«

»Am Tag seiner Eides-Zeremonie«, beantwortete Dabbiv die Frage.

»Nach deren Ende er aus einem verschlossenen Raum hoch oben in einem Turm entkam, alle Wachen ausschaltete, auf Verwalterin Dahl schoss, den Flugplatz schwer beschädigte, einen Piloten entführte und zum Raumhafen flog?«

Erneut schoss Dabbiv das Blut ins Gesicht. »Ja.«

»Glaubt Ihr angesichts dieser Ereignisse, dass das besagte Medikament überhaupt irgendeine Wirkung bei ihm gezeigt hat?«

»Ich weiß nicht, wie es ihm gelungen ist, es zu neutralisieren, aber es *hat* ihn vergiftet.«

Eine der neutralen Richterinnen beugte sich zu Evid herunter. Er lauschte, dann wandte er sich wieder Dabbiv zu. »Könnte eine der Nebenwirkungen dieses Medikamentes darin bestehen, im Patienten eine Psychose hervorzurufen?«

»Dieses Beruhigungsmittel hat ihn körperlich geschadet«, erklärte Dabbiv. »Nicht geistig.«

»Aber wäre das möglich?«

»Das weiß ich nicht.«

»Könnten seine Reaktionen auf Nahrungsmittel und Medikamente rein psychischer Natur sein?«

»Das bezweifle ich.«

Evid beugte sich vor. »Dann erklärt mir Folgendes: Kann eine Veränderung der Augen- oder Hautpigmentierung in drastischer Weise die Reaktion einer Person auf bestimmte Beruhigungsmittel verändern?«

»Ich wüsste nicht wie. Es erscheint mir nicht sehr wahrscheinlich.«

»Und doch«, sagte Evid scharf, »besteht der einzige Unterschied zwischen Sevtar und Euch oder mir nur in seiner Farbgebung. Warum sollte ein Medikament, das für uns harmlos ist, ihm schaden?«

»Er sieht nur so *aus* wie wir.« Dabbiv schlug mit der Faust auf seine Armlehne. »Was muss ich denn noch tun, damit ihr alle das begreift? Dieser Mann stammt nicht aus einem anderen Anwesen. Er kommt von einer ganz anderen *Welt!*«

»Junger Mann!«, gebot die Erste Richterin Dabbiv. »Bitte beherrscht Euch!«

Dabbiv sah sie finster an.

Nun bedeutete eine der Richterinnen der Verteidigung Evid mit einer Handbewegung, zu ihr zu kommen. Wieder lauschte er, dann drehte er sich zu Dabbiv um. »Seid Ihr noch Teil der Gefolgschaft dieses Anwesens?«

Der Doktor versteifte sich. »Nein.«

»Wie lautet Eure derzeitige Stellung?«

»Mediziner des Stadtpflegetrupps.«

»Verwalterin Dahl hat Euch aus dem Anwesen entlassen?«

Mit zusammengebissenen Zähnen sagte Dabbiv: »Ja.«

»Ich verstehe.« Evid blickte zur Bestätigung zu den Richterinnen, dann sagte er. »Keine weiteren Fragen, Doktor.«

Chankah runzelte die Stirn. Je mehr sie hörte, desto weniger unparteiisch klang Evid. Sie erhob sich. Als die Erste Richterin nickte, erläuterte Chankah: »Es sollte im Protokoll vermerkt werden, dass Verwalterin Dahl deutlich die Absicht bekundet hat, Dabbiv wieder auf seinen Posten als einen ihrer Ärzte zurückzuberufen.«

»Also gut.« Die Erste Richterin warf dem Schreiber einen Blick zu. Der Mann saß rechts neben dem Richtertisch an einem Quis-Tisch, der an seiner eigenwilligen Form eindeutig als solcher zu erkennen war: eine runde Platte auf einem verzierten Sockel. Der Schreiber tunkte seine Feder in die Tinte und verwandelte Chankahs Worte auf seinem Pergament in Hieroglyphen.

Die nächste Zeugin war Erste Ärztin Rohka.

»Seine Reaktion darauf war sehr heftig«, antwortete Rohka, als sie über den Ausbruch der Kevtarschen Krankheit bei Kelric berichtete. »In der Nacht, in der er zurückgebracht wurde, war sein Fieber so hoch, dass wir ihn in Eis packen mussten. Ohne Behandlung wäre er gestorben.«

»Wisst Ihr, was das verursacht hat?«, fragte Evid nach.

»Vermutlich fehlen ihm Immunitäten, mit denen wir geboren wurden.«

»Kann nicht auch emotionaler Stress Leute krank machen?«

Rohka dachte kurz darüber nach. »Das ist durchaus möglich.«

»Könnte ihn das veranlasst haben, die Eskorte anzugreifen?«

»Es braucht schon mehr als nur Stress, um zu erklären, wie er Llaach Dahl getötet hat.« Sie erbleichte. »Jedes einzelne Blutgefäß in ihrem Gehirn war geplatzt.«

Ein Murmeln erhob sich, bei den Antragstellerinnen und bei den Zeugen. Evid wartete, bis es ruhiger geworden war, dann sagte er: »Wir haben keine weiteren Fragen, Doktor.«

Nachdem Rohka aus dem Stuhl aufgestanden war, verneigte sich Evid vor Chankah. »Ich rufe nun die amtierende Verwalterin des Anwesens Dahl auf.«

Aha, dachte Chankah. Es war selten, dass eine Verwalterin oder ihre Nachfolgerin in einem Tribunal aufgerufen wurde. Andererseits war das hier auch kein normales Tribunal.

Als Chankah sich gesetzt hatte, fragte Evid: »Nachfolgerin Dahl, bitte schildert die Ereignisse, die dazu geführt haben, dass Ihr die Eskorte entdeckt habt.«

»Ich habe die beiden Reiter begleitet, die Balv gefunden haben«, erläuterte Chankah. »Nachdem er das Steuer des anderen Fluggeräts übernommen hatte, ließ er den Windreiter, in dem Verwalterin Dahl und ich mitflogen, weit hinter sich. Wir haben ihn dann in der Nacht in der Nähe des Raumhafens gefunden.«

»Und die Eskorte?«, wollte Evid wissen.

»Ihre Leichen lagen in der Nähe.«

»Was hat Sevtar zu diesem Zeitpunkt getan?«

»Er hat im Sand gekniet.«

»Mehr nicht?«

»Er konnte nicht viel mehr tun. Er war katatonisch.«

Evid runzelte die Stirn. »Was hat dann den Herzanfall von Verwalterin Dahl ausgelöst?«

»Das ist passiert, als sie erfahren hat, dass Llaach gestorben war. Sie kniete sich neben den Leichnam.« Angesichts dieser Erinnerung musste Chankah sich sehr zusammennehmen. »Dann hat sie ›Nein, ich bin noch nicht bereit‹ gesagt und ist zusammengebrochen.«

»Bereit? Wofür?«

»Ich nehme an, sie hatte gemerkt, dass sie einen Herzanfall hatte.« Leise sagte Chankah: »Sie hat wohl gemeint, sie sei noch nicht bereit zu sterben.«

»Wie hat Sevtar reagiert?«, fragte Evid.

»Ihre Stimme hat ihn geweckt. Er hat versucht, zu ihr zu gehen. Aber er konnte sich kaum bewegen.«

Evid sah sie nachdenklich an. »Nachfolgerin Dahl, Eure Aussage lässt darauf schließen, dass abgesehen von Verwalterin Dahl und der Eskorte nur Ixpar Karn Sevtar gut kannte. Da Ministerin Karn sich weigert, ihre Nachfolgerin aussagen zu …«

»Ihre *was?*« Kelrics Unterbrechung schien die Luft vibrieren zu lassen.

Seinen Worten folgte Schweigen. Die Erste Richterin blickte zu Chankah hinab, ihr Gesicht war gerötet. »Vielleicht solltet Ihr …«

Diese Bitte verblüffte Chankah ebenso wie Kelrics plötzlicher Ausbruch. Dem Gesetz zufolge durfte niemand mit einer Person sprechen, die sich im *Quadrat Der Entscheidung* befand. Dann begriff sie: Als amtierende Verwalterin war sie die Einzige, die mit einem Calani sprechen durfte.

Sie eilte zu Kelric hinüber. »Bitte! Ihr dürft die Zeugenaussagen nicht unterbrechen!«

Er umklammerte das Geländer vor ihm. »Ixpar ist die
Erbin der Ministerin?«

»Nicht ›Erbin‹. Ihre Nachfolgerin im Ministerium.«

»Warum ist sie nicht hier, um auszusagen? Ihr Wort
könnte hier sehr viel bewirken.«

»Sevtar, bitte. Das ist nicht …«

»Mein Name ist *Kelric*.«

»Ausbrüche wie diese hier schaden Euch nur in diesem Verfahren.«

Er sah sie mit der Miene eines Mannes an, der damit
rechnete, bald zu sterben. »Was für ein Verfahren? Die
haben mich doch schon längst schuldig gesprochen.«

Chankah sah ihn nachdenklich an. Dann kehrte sie
zum Richtertisch zurück und wandte sich an die Erste
Richterin. »Wir müssen die Verhandlung unterbrechen.«

Gefolgsmann Corb saß auf der Bank, die halbkreis-
förmig einem Alkoven ausfüllte, und beobachtete Chankah, die in dem kleinen Zimmer auf und ab ging. Sonnenlicht fiel durch die Bogenfenster und brach sich in
seinen Brillengläsern.

»Kelric hat Recht«, meinte Chankah. »Sie sind von
seiner Schuld längst überzeugt. Evid ist kaum objektiver
als die Antragstellerinnen, die seine Hinrichtung
fordern.«

»Sie haben Angst«, erwiderte Corb.

»Das ist keine Entschuldigung für die Farce, die hier
abläuft.« Chankah blieb stehen. »Ixpar Karn sollte hier
sein. Ihre Aussage ist wichtig.«

»Ich verstehe nicht, warum die Ministerin unsere Vor-
ladung ignorieren kann.«

Chankah verzog das Gesicht. »Weil sie die Ministerin ist, darum.«

»Ihr solltet mit der Obersten Richterin Dahl sprechen.«

»Gute Idee. Frag bei ihrer Gefolgschaft nach! Sieh zu, dass ich mich mit der Obersten Richterin treffen kann, bevor das Tribunal wieder zusammentrifft!« Sie ging zum Fenster hinüber und beobachtete die Falken, die über der Stadt träge ihre Kreise zogen. »Sag mal, hast du jemals einen Höhenfalken gesehen?«

Corb rückte seine Brille zurecht. »Na ja, sicher. Natürlich. Viele nisten in den Bergen über dem Dahl-Pass.«

»Nicht die gewöhnlichen Falken. Ich meine die Riesenfalken. Die großen Vögel, auf denen unsere Vorfahren über den Himmel geritten sind.«

»Wie sollte ich denn? Die sind doch ausgestorben.«

Chankah drehte sich zu ihm um. »In den Legenden heißt es, dass ein Falke stets einen Krieger ausgewählt hat, einen einzigen Krieger, von dem er sich berühren ließ. Jeden anderen, der versuchte, ihn einzufangen, hat er getötet.«

Corb studierte ihr Gesicht. »Warum erwähnt Ihr das gerade jetzt?«

»Weil die Riesenfalken nicht ausgestorben sind, mein Freund! Einer von ihnen ist von den Sternen herabgekommen.« Sie rieb sich die Unterarme. »Wir haben ihn mit einem Eid eingepfercht und ihm mit Gold die Schwingen gestutzt. Und jetzt erschreckt uns so sehr, was wir getan haben, dass wir uns fürchten, ihn am Leben zu lassen.«

Die Erste Richterin nahm ihre Robe vom Stuhl ihres Gemachs, über den sie ihn für die Dauer der Verhandlungspause gehängt hatte. »Zu behaupten, Euer Vorschlag sei ungewöhnlich, Chankah, wäre eine maßlose Untertreibung.«

»Wer sonst würde zu Sevtars Verteidigung aussagen können?«, fragte Chankah. »Nur Nachfolgerin Karn, und das verbietet die Ministerin.«

»Dabbiv hat zu seiner Verteidigung ausgesagt.«

»Und Evid hat sein Bestes gegeben, Dabbiv wie einen Narren hinzustellen. Wir haben nur Ankläger in diesem Verfahren. Keine Verteidigung. Niemand geht auf entlastende Umstände ein.«

Die Erste Richterin legte sich die Robe wieder um die Schultern. »Vielleicht, weil es keine entlastenden Umstände gibt.«

Chankah fragte sich insgeheim, was mit der vielgepriesenen Neutralität der Ersten Richterin geschehen war. »Oder vielleicht, weil niemand die entlastenden Umstände zu sehen wünscht.«

»Sevtar für den Zeugenstand zuzulassen, würde gegen seinen Eid verstoßen.«

»Als amtierende Verwalterin eines Anwesens kann ich das zulassen.«

Ein Klopfen erklang an der Tür des Zimmers. »Erste Richterin Dahl?«, fragte ein Mädchen. »Die anderen Richterinnen sind bereit, die Sitzung fortzusetzen.«

»Gut.« Die Erste Richterin sah Chankah nachdenklich an. »Ich muss über Euren Vorschlag noch nachdenken.«

Als das Tribunal wieder zusammentraf, rief Evid Hacha auf. Während Chankah beobachtete, wie die Kommandantin sich setzte, hatte sie das Gefühl, ein übermächtiges Gewicht senke sich auf sie herab. Hachas Wort wurde in Dahl viel Bedeutung beigemessen. Und sie hatte Kelric von Anfang an verabscheut. Ihre Aussage würde ihn vernichten.

Evid ergriff das Wort. »Kommandantin, Ihr wart die

Einzige, die den Tod von Llaach Dahl miterlebt hat. Könnt Ihr beschreiben, was dort vor sich gegangen ist?«

»Sevtar hat unseren Verstand beeinflusst.«

»Er hatte eine Waffe, die sich auf Eure Gehirne ausgewirkt hat?«

»Nein. Er hat das selbst gemacht.«

»Er hat Euch physisch angegriffen?«

»Nein. Er hat sich nicht bewegt.«

»Wie hat er dann Offizierin Dahl getötet?«

»Ich weiß es nicht«, erklärte Hacha. »Es war ein Unfall.«

Evid runzelte die Stirn. »Ihr meint, der Verstorbenen sind ›zufällig‹ sämtliche Blutgefäße im Gehirn geplatzt?«

»Nein«, widersprach Hacha. »Ich meine, Sevtar hatte nie beabsichtigt, dass etwas Derartiges geschieht.«

»Warum ist Offizierin Llaach dann tot?«, bohrte Evid nach.

»Er wollte uns lediglich betäuben«, erklärte Hacha. »Aber er konnte die Verbindung zu unseren Gehirnen nicht unterbrechen. Deshalb hat er das zerstört, was diese Verbindung erschaffen hat. Er hat sein Gehirn ausbrennen lassen.«

»Ach so.« Evid entspannte sich. »Ich verstehe.« Fast lächelte er. »Ihr glaubt, er hat so etwas wie – wie heißt das Wort? – Telepathie benutzt?«

»Ich weiß nicht, was es gewesen ist.«

»Llaach Dahl hat massive Gehirnblutungen erlitten«, verkündete Evid. »Wäre es nicht möglich, dass die Waffe des Angeklagten sich auch auf Euer eigenes Hirn ausgewirkt hat, sodass Ihr glaubt, diese Geisteskraft existiere?«

»Er hatte keinerlei Waffen bei sich.«

»Wäre es nicht präziser, zu sagen, er habe keine Waffen bei sich gehabt, die Ihr als solche erkannt hättet?«

Hacha schnaubte verächtlich. »Wäre das weniger

absurd? Eine unsichtbare Waffe, die Blutgefäße in Gehirnen zum Platzen bringt?«

Evid beugte sich vor. »Nicht absurder als eine Waffe, die nicht das Geringste bewirkt, es sei denn, der Angeklagte feuert sie ab – dann allerdings reißt sie Löcher in Rollfelder und lässt ganze Hangars explodieren.«

»Er hat nicht auf uns geschossen.«

Evid musterte sie. »Dass er Euch hat leben lassen, muss Euch ihm gegenüber zu Dankbarkeit verpflichten.«

»Ich verteidige ihn«, erwiderte Hacha, »weil er keinen Mord begangen hat.«

»Nein?«, fragte Evid scharf. »Ein Mitglied der Stadt-Wache – eine Offizierin, die *Eurem* Befehl unterstand! – ist tot.«

Nun beugte Hacha sich vor. »Wir alle, alle vier, die dabei gewesen sind, wären jetzt tot, wenn er sich nicht geopfert hätte, um uns das Leben zu retten.«

Evids Stimme wurde lauter. »Mord ist kein Opfer!«

»Llaachs Tod war ein *Unfall!*«

»Wie könnt Ihr einen Mörder verteidigen?«, schrie jemand.

Hacha blickte zur Galerie hinauf und hob die Stimme. »Ich werde den Rest meines Lebens um Llaach trauern. Aber Sevtar zu töten macht sie nicht wieder lebendig.« Sie wandte sich an den Richtertisch. »Wenn Ihr ihn hinrichten lasst, dann seid Ihr die Mörder!«

Einer der Richterinnen schoss das Blut ins Gesicht. »Ihr wagt es, uns in dieser Weise zu beschuldigen?«

»Bei allen himmlischen Winden!«, murmelte Chankah. Der Tumult auf der Galerie wurde lauter und aggressiver. Mehrere Zeugen standen auf und starrten Kelric mit aus Furcht geborener Feindseligkeit an. Als sie sah, wie er an seinen Handschellen zerrte, entstand von Chankahs geistigem Auge das Bild einer wütenden

Menschenmenge, die einen gefesselten Mann angriffen.

Sie ging zum Richtertisch hinüber. »Brecht dieses
Tribunal ab! *Jetzt!*«

Die Erste Richterin erhob sich zu ihrer vollen Körpergröße und schlug mit dem Hämmerchen gegen den
Gong. Ein volltönender Laut übertönte das Getöse.

»Das hier ist ein Tribunal«, dröhnte die Erste Richterin,
»und nicht ein Schreiwettbewerb!« Als es ruhiger im
Saal geworden war, fuhr sie fort: »Das Gericht vertagt
sich bis zum Morgen. Sollte es jemals wieder zu einem
derartigen Tumult kommen, werden diese Verhandlung
vollständig hinter verschlossenen Türen erfolgen!«

»Und somit ist es unsere Entscheidung«, endete die
Erste Richterin, »dass es Sevtar gestattet wird, jegliche
Aussage zu machen, die er wünscht. Jede Person, die ihn
unterbricht, wird des Gerichtssaals verwiesen.«

Chankah blickte zur Galerie hinauf. Die Zuschauer
saßen schweigend dort, als bedrücke sie die Gewalt-
bereitschaft, die sie am vorangegangenen Tag in sich
selbst hatten entdecken müssen.

Kelric setzte sich in den Zeugen-Stuhl und strich sich
eine Locke aus dem Gesicht. Sein Ärmel rutschte etwas
nach oben, und sein Calanya-Band war zu sehen. Jeder
konnte es sehen: seine Handschellen, kaltes Eisen, sein
Calanya-Band in Gold. Bestürztes Murmeln war von
den Zeugen zu hören.

Wird es das sein, woran man sich erinnert, wenn man
an Dahl denkt?, grübelte Chankah. Das Anwesen, das
einen Calani in Ketten gelegt hatte?

Kelric holte tief Luft. »Ich trete vor Euch … mit
großem Bedauern.«

Seine Stimme war tief und heiser, sein Akzent war deutlich zu hören, singend, melodisch. Bei einem normalen Mann wäre eine solche Stimme bezaubernd gewesen. Bei einem Calani war sie verheerend. Als Chankah seine Stimme hörte, konnte sie plötzlich jedes einzelne Wort der Legende jener Kriegerin glauben, die, nachdem sie nur ein einziges Wort aus dem Mund des Akasi ihrer Königin gehört hatte, ihm so verfallen war, dass sie sich selbst das Leben nahm, denn schließlich war er für sie ja unerreichbar.

Doch nach seinen ersten Worten stockte Kelric. Die Erste Richterin wartete, dann bedeutete sie mit einer Handbewegung der amtierenden Anwesens-Verwalterin von Dahl einzuschreiten.

Chankah ging zu dem Zeugen-Stuhl hinüber. »Kelric? Was ist los?«

Er musste schlucken. »Ich weiß nicht, ob ich das schaffe.«

»Aber wieso denn?«

»In der Öffentlichkeit reden ... das habe ich noch nie gekonnt. Ich bin Soldat, kein Redner. Und jetzt habe ich auch noch ... jetzt habe ich auch noch ein neurologisches Problem. Die Elektroden in meinem Gehirn. Sie sind beschädigt. Sie bringen meine Neuronen dazu, zur falschen Zeit zu feuern, und das führt zu falschen Daten.«

»Ich weiß, was eine Elektrode ist«, meinte sie. »Aber wie habt Ihr etwas so Großes in Euer Gehirn tun können?«

»Die sind klein. Man kann sie mit bloßem Auge gar nicht sehen.«

Chankah staunte über die Wunder, die sein Volk vollbracht hatte. Aber zu welchem Preis? »Ihr könnt doch mit mir reden!«

Er spielte mit der Kette, die seine Handschellen verband. »Wenn ich … in der Öffentlichkeit spreche … ich bin dann noch viel angespannter. Ich kann nicht … das löst etwas in meinem Gehirn aus, es wirkt sich auf diese Elektroden aus und die lassen meine Neuronen wieder zum falschen Zeitpunkt feuern. Dann stottere ich. Oder vergesse, wo ich gerade war in einem Gedankengang.«

Obwohl Chankah eigentlich wusste, dass seine Reaktionen nichts mit seinem Schweigegelübde zu tun hatten, war sie nicht in der Lage, mit Logik Kelrics Schwierigkeiten zu begegnen. Instinktiv fand sie eine Erklärung, die ihrer Vorstellungswelt entsprach – und deshalb war es für sie, als kämpfe er, immer wenn er bei seiner Rede stockte, dagegen an, seinen Calanya-Eid brechen zu müssen. Sie spürte, dass sie ihn zu beschützen hatte, für ihn sorgen musste, ihm die Gewissheit zu geben hatte, dass alles wieder gut würde.

Und das war tatsächlich eine außerordentlich erfolgversprechende Verteidigungsstrategie für ihn.

»Macht ruhig weiter so, das könnte Euch helfen«, bemerkte sie.

Er rieb seine Handflächen über die Knie. »Ich versuch's.«

Als Chankah sich wieder an ihren Tisch gesetzt hatte, begann Kelric: »Verwalterin Dahl und ihre Wachen … sie haben mir das Leben gerettet. Ich bin ihnen dafür zutiefst dankbar. Ich wollte nicht … ich wollte nie, dass so etwas passiert … dass Llaach stirbt. Wenn ich das doch nur ändern könnte … irgendwie rückgängig machen … wenn ich das nur könnte …«

Wenn das nur ginge, dachte Chankah. So viele *Wenns*.

Kelric blickte zu den Antragstellern, die seinen Tod forderten. »Deha ist meine Frau. Ich würde niemals … wie könnt ihr glauben, ich hätte sie töten wollen?«

Rote Flecken erschienen auf Jaymsons Wangen, und selbst Yeva wirkte bedrückt.

Kelric holte noch einmal tief Luft, dann fuhr er fort. »Mein Kopf ist verletzt. Ich habe das … euren Ärzten beschrieben. Es ist wahr. Ich brauchte … und jetzt brauche ich das noch viel dringender … ich muss behandelt werden. Und ich … das Essen. Das Wasser. Ich kann hier kaum *essen*.«

Wieder strich er seine Locken zurück, er sah aus wie ein Calani aus den Legenden der Alten Zeit. »In der Wüste … diese Verbindung, die Kommandantin Hacha beschrieben hat … dieses Link … das war wirklich so. Ich … ich hatte eine Fehlfunktion. Ich selbst bin zur ganzen Eskorte geworden.« Er schluckte, sein Gesicht war ganz blass. »Als Llaach gestorben ist … bin ich mit ihr gestorben. Ich konnte es nicht *aufhören* lassen.« Seine Stimme brach. »Den Rest meines Lebens werde ich die Erinnerung nicht loswerden, wie es war, als sie gestorben ist.«

Dann war nur noch das Kratzen der Feder des Schreibers zu hören.

Chankah fragte sich, ob die anderen überhaupt die ganze Tragweite seiner Worte begriffen hatten. Sein eigener Verstand hatte ihm eine viel schlimmere Strafe auferlegt, als jedes Gericht würde verhängen können. Bis ans Ende seiner Tage musste er mit Llaachs Erinnerungen leben.

Als offensichtlich war, dass Kelric nicht mehr fortfahren würde, ergriff die Erste Richterin das Wort. Mit gedämpfter Stimme sagte sie: »Das Tribunal vertagt sich, bis das Gericht zu einer Entscheidung gelangt ist.«

Metallisches Klirren weckte Kelric. Er hob den Kopf von seiner Pritsche und blickte hinaus in die Dunkelheit. Ein Lichtschein erhellte das Ende des Flurs vor seiner Zelle. Er kam näher, und schließlich konnte Kelric erkennen, dass es eine Wache war, die eine Lampe in der Hand hielt. Neben ihr ging Kommandantin Hacha.

Als sie seine Zelle erreicht hatten, spähte die Wache zwischen den Gitterstäben hindurch. »Ich glaube, er schläft, Kommandantin.«

Kelric setzte sich auf und schwang die Beine über den Rand der Pritsche. Die Wache sah ihn erstaunt an, dann drehte sie sich zu Hacha um. »Wenn irgendjemand erfährt, dass ich Euch hier 'reingelassen habe, dann stecke ich in schlimmeren Schwierigkeiten als eine Fliege in einem Fass mit heißem Wachs!«

»Ich bleibe nicht lange«, beruhigte Hacha sie.

Flüsternd murmelte die Wache etwas Unverständliches. Doch sie öffnete ihr die Tür und zog sich dann den Gang hinunter zurück, sodass Hacha mit Kelric allein war.

Die Kommandantin betrat seine Zelle. »Rev und Balv haben mich gebeten, Euch eine Nachricht zu übermitteln.«

»Ja?«, fragte Kelric.

»Sie danken Euch für ihr Leben.« Leise ergänzte sie: »Und ich Euch für das meine.«

Er wusste nicht genau, was er von der Kommandantin erwartet hatte, doch das hier gewisslich nicht. »Geht es ihnen gut?«

»Ja. Sie haben inzwischen beide das Med-Haus verlassen.« Hacha setzte sich auf das andere Ende der Pritsche. »Kelric, ich verstehe Euch nicht. Ich bezweifle, dass ich das jemals tun werde. Aber ich weiß, was da draußen passiert ist. Das Einzige, was Euch davon abgehalten hat, den Raumhafen zu erreichen, waren wir vier. Um von Coba fliehen zu können, hättet Ihr uns einfach nur sterben lassen müssen.«

Kelric antwortete ihr mit leiser, sanfter Stimme. »Früher habe ich mich oft gefragt, was ich wohl tun würde, falls ich mich jemals vor eine solche Wahl gestellt sähe. Ich habe immer gedacht, ich würde mich dann selbst retten.« Ein Hauch von Bitterkeit klang in seiner Stimme mit, als er fortfuhr: »Ich habe mich getäuscht. Und dafür werde ich jetzt sterben.«

Hacha sah ihn nachdenklich an. »Es gibt da ein altes Sprichwort: Chabiat *k'in*. Das stammt aus einer uralten Sprache, sogar noch älter als die Alte Schrift. Wörtlich übersetzt heißt das ›der Tag ist behütet, er wird bewacht‹. Aber es bedeutet weit mehr. Es bedeutet nämlich, dass eine spirituelle Kraft existiert, ein Schutz des Lebens. Meine Vorfahren haben so die Situation beschrieben, in der eine Kriegerin ihr eigenes Leben zu opfern bereit ist, um andere Leben zu retten.« Das Licht der Lampe flackerte vor ihrem Gesicht. »So etwas existiert jetzt zwischen uns.«

Die Wache erschien in der Tür. »Der Wachwechsel ist gleich beendet, Kommandantin. Ihr müsst jetzt gehen, oder ich komme wirklich in Schwierigkeiten.«

Hacha stand auf und sagte mit leiser Stimme: »Das werde ich Euch nicht vergessen, Kelric.«

Dann war sie fort, und klirrend schloss sich die Tür hinter ihr.

Erschöpfung zeichnete sich auf dem Gesicht der Ersten Richterin ab, als sie in den Tribunals-Saal schaute. »Wir sind heute zusammengetreten, um unsere Entscheidung im Falle von Sevtar Dahl kundzugeben.«

181

Chankah saß neben Corb, die Hände im Schoß verkrampft. Gespannte Stille erfüllte den ganzen Saal.

Die Erste Richterin fuhr fort: »Es ist wahr, dass Sevtars Handlungen zur Beeinträchtigung der Gesundheit von Verwalterin Dahl geführt haben. Dennoch ist er weder für ihr Herzleiden noch für ihre Entscheidungen verantwortlich. Folglich können wir ihm nichts zur Last legen, was seine Ursache in dieser Krankheit hat.«

»Nein!« Yeva Dahl sprang auf. Zwei Wachen lösten sich von der Wand des Saales und traten auf sie zu. Sie blickte von einer Wache zur anderen und errötete. Dann setzte sie sich wieder.

Die Erste Richterin wartete, bis sich das Murmeln der Zeugen gelegt hatte. Dann sagte sie: »Vielleicht werden wir niemals Sevtars Fähigkeiten zur Gänze verstehen. Uns fehlt das Hintergrundwissen, das erforderlich wäre, um zu beurteilen, ob er diese Fähigkeiten missbräuchlich eingesetzt hat oder nicht. Was unsere Entscheidung im Falle von Llaachs Tod betrifft, müssen wir uns auf die Zeugenaussagen stützen, die Sevtars Charakter betreffen, sowie auf unsere Beurteilung der Aussage, die er selbst vor diesem Gericht getätigt hat.«

Als die Erste Richterin eine Pause machte, fühlte Chankah fast körperlich, wie sich jede einzelne Person in diesem Raum ein Stück vorbeugte, um die nun folgenden Worte besser verstehen zu können.

»Es ist unsere Überzeugung«, erklärte die Erste Richterin, »dass der Angeklagte nicht die Absicht hatte, Llaach Dahl zu töten. Folglich entscheiden wir, dass ihr Tod als ›fahrlässige Tötung‹ zu werten ist.«

Aha, dachte Chankah. Das Strafmaß dafür war zwar variabel, doch das Höchste war eine lange Haftstrafe. Es überraschte sie selbst, wie erleichtert sie war, dass Kelric am Leben bleiben würde.

»Bei der Festlegung des Strafmaßes in dieser Angelegenheit«, fuhr die Erste Richterin fort, »sehen wir uns in einer bisher beispiellosen Situation. Wenn Sevtar jemals entkommen sollte … nein, sollte Kelricson Garlin Valdoria, dritter Erbe des Militärregenten des skolianischen Imperialats, jemals entkommen, wird ganz Coba die Konsequenzen dafür tragen müssen.« Mit angestrengter Stimme sprach sie weiter. »Es ist nicht unser Wunsch, einen Calani zu verurteilen, und ebenso wenig wollen wir auf alte Strafen zurückgreifen, die seit Jahrhunderten nicht mehr verhängt wurden. Und es steht ebenfalls außer Frage, dass der Angeklagte ein Mensch guten Charakters ist.« Sie klang, als müsse sie sich gegen ein Gewicht auflehnen. »Doch gegen unseren Wunsch, Milde walten zu lassen, müssen wir die Sicherheit unseres Volkes abwägen.«

Ihre abschließenden Worte hallten durch den Raum. »Das Gericht verurteilt daher Sevtar Dahl zur Hinrichtung durch den geschliffenen Diskus. Sie wird in der Ersten Nachtstunde am Halbzehner vollstreckt werden.«

9

Königinnen-Bogen

Ixpar ging den Sonnengang hinunter, ließ sich vom Licht bescheinen, das durch die zahlreichen Fenster fiel. Einige Meter weiter den Gang hinunter wurde eine Tür geöffnet, die sich abzeichnende Silhouette des Türbogens betonte die Architektur des Ganges. Dann schloss sich die Tür wieder, und Jahlt Karn stand auf dem Gang.

»Ixpar.« Die Ministerin wartete auf sie. »Ich habe nach dir gesucht.«

Ixpar hatte sie erreicht und antwortete: »Mein Physik-Unterricht ist gerade zu Ende.«

Die Ministerin begleitete sie auf ihrem Weg. »Avtac Varz kommt zu Besuch.«

Ixpar erinnerte sich an die Verwalterin von Varz: eine stahlgraue Frau, die sich ihrer Macht sehr wohl bewusst war und sie oft gegen Karn ausspielte. »Warum?«

»Eine gute Frage. Würdest du Avtac fragen, würde sie dir antworten, sie sei gekommen, um über die Schürfrechte auf dem Miesa-Plateau zu verhandeln.« Jahlt schnaubte verächtlich. »In Wirklichkeit ist sie natürlich gekommen, um Unfrieden zu stiften. Wie üblich.«

Ixpar hätte beinahe gelächelt und fragte sich, ob Verwalterin Varz das Gleiche ihrer Gefolgschaft gegenüber sagte, wenn Jahlt nach Varz kam. »Wird sie ihre Nachfolgerin mitbringen?«

»Ja, Stahna kommt auch. Verwalterin Varz hat vorgeschlagen, dass du einmal im Quis gegen Stahna antrittst.«

»Die wissen ganz genau, dass ich noch nie Rats-Quis gespielt habe.«

»Sie wissen auch, dass Stahna doppelt so alt ist wie du und doppelt so erfahren.« Jahlt machte eine Pause. »Es würde keinen Ehrverlust für dich bedeuten, wenn du auf das Angebot nicht eingehst.«

Sich vor Varz drücken? »Natürlich werd' ich spielen.«

Jahlt sah sie zustimmend an. »Avtac hat keine Ahnung, wie talentiert du im Quis bist. Du wirst Stahna völlig auswürfeln.«

Ixpar war sich dessen nicht so sicher, aber sie beabsichtigte, sich in jeder freien Minute auf diese Sitzung vorzubereiten. »Tev wird ganz schön beeindruckt sein.«

»Tev?«

»Mein Mathematik-Lehrer.«

»Ach. Der.« Jahlt lächelte. »Erzähl mir doch mal ein bisschen über den.«

Für das Thema konnte Ixpar sich begeistern. »Er sieht toll aus. Hat braune Augen. Wie die Augen einer Hazelle. Sie sehen fast aus wie Gold, wenn das Licht richtig fällt.«

Jahlts Lächeln schwand. »Ich dachte, das hättest du hinter dir.«

»Was denn?«

»Diesen Skolianer.«

Ixpar versteifte sich, den Rest des Weges legten sie schweigend zurück.

Eine Anwesens-Gefolgsfrau wartete im Vorzimmer am Ende des Sonnenganges. Sie verneigte sich vor der Ministerin. »Eine Vorarbeiterin der Bauarbeiterinnen möchte Euch sprechen, Ma'am. Es geht wohl um einen Arbeitsvertrag für ihren Bautrupp.«

»Ist recht.« Jahlt wandte sich Ixpar zu. »Die Akten über die Schürfverhandlungen mit Miesa liegen auf meinem Schreibtisch. Du solltest sie dir ansehen, bevor Avtac eintrifft.«

Allein ging Ixpar ins Jahlts Arbeitszimmer; es war ein

Eckzimmer, sodass das Licht durch zwei Fenster den Raum durchflutete. Polstersessel aus edlem, alten Leder standen dort, auf dem Boden lagen Teppiche, und an den Wänden zogen sich Bücherregale entlang. In der obersten Schublade des Schreibtisches fand sie eine Ansammlung von Federkielen, dazu zwei Tintenfässer und eine Pendeluhr. Die Miesa-Akte lag sauber zusammengelegt daneben.

Als Ixpar nach der Akte griff, wurde die Zimmertür geöffnet. Das Mädchen drehte sich um und sah, dass eine Gefolgsfrau den Raum betrat.

Die Frau verneigte sich. »Nachfolgerin Karn.« Sie überreichte Ixpar einen Brief. »Bein Sonnenaufgang hat ein Reiter dies hier abgegeben. Die Pilotin sagte, es sei wichtig, und nur Ihr dürftet es öffnen.«

Neugierig drehte Ixpar den Umschlag in ihren Händen. Ein goldenes Siegel mit dem Sonnenbaum-Emblem von Dahl glänzte in einer Ecke. Wer in Dahl würde ihr eine geheime Nachricht zukommen lassen wollen? Kelric? Im selben Augenblick, in dem die Gefolgsfrau den Raum verlassen hatte, riss Ixpar den Umschlag auf.

Die Nachricht kam von Kommandantin Hacha.

Jahlt öffnete die Tür zu ihrem Arbeitszimmer und sah Ixpar, die in der Mitte des Raumes stand und sie anstarrte. Das Mädchen hielt ein zerknülltes Stück Papier in ihrer zur Faust geballten Hand.

»Das ist gelogen!«, mühte sich Ixpar ihren Zorn zu zügeln.

Jahlt runzelte die Stirn. »Was?«

»Gelogen.« Ixpars Stimme, normalerweise kraftvoll und lebendig, war vor Zorn fast ausdruckslos.

»Wovon redest du denn überhaupt?«

»Haben sie ihn schon umgebracht? Ihn zum Wohle Cobas *ermordet?*«

Aha. Ixpar wusste also davon. Wer auch immer diese Schwierigkeiten verursacht hatte, würde das sehr bald bitter bereuen. »Mit wem hast du gesprochen?«

»Mit niemandem. Die Miesa-Akte hat nicht auf Eurem Schreibtisch gelegen, also hab' ich danach gesucht. Und dabei habe ich das hier gefunden.« Ixpar hob die Faust mit dem Schriftstück. »Warum habt Ihr mir nichts von diesem Tribunal erzählt? Ich hätte aussagen müssen!«

Jahlt schloss die Tür hinter sich. »Du musst akzeptieren, dass Kelric fort ist!«

»Nein! Ihr dürft nicht zulassen, dass er heute Abend hingerichtet wird. Das ist *falsch!*«

Jahlt ging zu ihr hinüber und nahm ihr das Schriftstück aus der Hand. Es war der Brief, den Chankah nach dem Tribunal geschickt hatte. »Lass diejenigen, die über die notwendige Erfahrung verfügen, über seine Schuld oder Unschuld entscheiden!«

»Ich kenne ihn. Besser als jede andere hier.«

Jahlt legte ihr eine Hand auf die Schulter. »Du siehst nur, was du sehen möchtest. Den schönen Prinzen, der dringend eine Beschützerin braucht. So sieht die Wirklichkeit aber nicht aus. Nicht einmal annähernd.«

Ixpar schüttelte ihre Hand ab. »Was ist aus Euren großen Worten über ›Gerechtigkeit‹ geworden? Wie soll ich Euch glauben, wenn Ihr sie selbst nicht befolgt?«

Jahlt deutete auf einen Spieltisch nahe der Fenster. »Setz dich!« Sie wollte Ixpar in ein Spiel verwickeln. Anhand der sich dabei ergebenden Strukturen konnte sie Ixpar die Geschichte des Imperialats zeigen, und ebenso – und mit viel größerer Klarheit, als Worte das vermocht hätten – was es hieße, wenn der Planet Coba besetzt werden würde.

Nachdem sie sich gesetzt hatten, begannen sie mit ihren Spielzügen. Jahlt setzte eine Kugel in die Mitte des Spielfeldes. Eine goldene Kugel, ein Symbol für Kelric. Dann beobachtete sie Ixpar, um zu sehen, wie das Mädchen darauf reagierte.

Jahlt wusste, dass Ixpar versuchen würde, sie mit Hilfe der Würfel zu überzeugen, Kelric am Leben zu lassen. Doch Ixpar hatte noch nie die ganze Kraft des Quis' ihrer Mentorin zu spüren bekommen. Es war kein Zufall, dass Jahlt Karn regierte: Niemand konnte gegen die ungehemmte Wucht ihrer Steine ankommen, und schon gar nicht ein Kind. Sie hatte gehofft, dem Mädchen diese schmerzhafte Lektion ersparen zu können. Doch Ixpar wurde langsam mündig, und es wurde Zeit, dass sie es lernte. Sie hatte ihr ganzes Leben in Freiheit verbracht; und sie war einfach noch zu jung, um zu wissen, was es bedeutete, von Eroberern unterjocht zu werden. In all ihrer Verliebtheit weigerte sie sich, die Gefahr zu sehen, die von Kelric ausging.

Es wurde Zeit, dass das Mädchen der Realität ins Auge sah. Dann würde sie schon verstehen, warum Kelric sterben musste.

Immer noch außer Atem von ihrem langen Lauf lehnte sich die Gefolgsfrau gegen den Tisch in Chankahs Suite. »Die Nachricht ist gerade über die GSA vom Kontrollturm gekommen. Der Reiter muss jeden Geschwindigkeitsrekord gebrochen haben.«

Chankah vergaß das Essen, dass sie sowieso nicht herunterbekommen hätte, und machte sich in Begleitung ihrer Gefolgschaft auf den Weg. Sie durchquerten die Stadt mit großen Schritten, hoch gewachsene Gestalten, die dem Einbruch der Nacht entgegenzueilen schienen, und erreichten den Flugplatz gerade rechtzeitig, um einen Windreiter landen zu sehen, in gleißendes Licht gehüllt, von zornigen Winden geschüttelt. Auf der Maschine war das Symbol von Karn zu erkennen: ein riesiger Höhenfalke mit zum Fluge ausgebreiteten Schwingen.

Kaum hatte der Reiter aufgesetzt, öffnete sich auch schon die Luke … und die Ministerin von Coba trat in die Nacht hinaus.

Chankah musste gegen den Wind ankämpfen, als sie das Rollfeld überquerte. Sie verneigte sich vor Jahlt. »Ihr ehrt mein Anwesen!«

Schatten huschten über Jahlts Gesicht. »Die Hinrichtung. Wurde sie bereits vollstreckt?«

»Nein. In einer Stunde.«

Die Ministerin sagte: »Ich will ihn vorher sehen.«

Kelric hörte, dass klirrend die Gefängnistür geöffnet wurde. Schritte hallten über den Steinfußboden des Ganges, jemand in Stiefeln kam näher. Er stand auf und warf einen Blick aus dem hohen Fenster, auf die Sterne, die zwischen den Gitterstäben funkelten. Lebt wohl, dachte er. Dann drehte er sich um und erwartete seine Scharfrichter.

Chankah kam den Flur herunter, in Begleitung einer Achtergruppe Wachen. Eine Frau, die Kelric nicht kannte, begleitete sie, eine hoch gewachsene, hagere Gestalt in einer schwarzen Hose und einer ebensolchen Jacke.

Nachdem die Wache die Zellentür aufgeschlossen hatte, wandte sich die hagere Frau an die anderen: »Geht jetzt!«

Chankah wollte gerade einwenden: »Es ist nicht sich…«

»Geht jetzt!«, wiederholte die Frau. Angesichts ihres drängenden Blicks zogen sich die anderen dann den Flur hinunter zurück, verschwanden schließlich durch die Tür am Ende des Ganges, und ließen die hagere Frau mit Kelric alleine.

»Aha.« Sie trat in seine Zelle. »Ihr seid Prinz Kelricson.«

Es verwirrte Kelric, seinen Titel in cobanischer Sprache ausgesprochen zu hören. »Ja.«

»Ich bin Ministerin Karn.«

Alle Götter! Waren denn alle gekommen, um ihn sterben zu sehen? »Ist Ixpar bei Euch?«

»Ixpar geht Euch nichts an!«

»Wenn sie mitgekommen ist … Ich will nicht, dass sie die Hinrichtung mit ansieht.«

»Ihr habt ihren Verstand lange genug vergiftet. Ich habe nicht die Absicht, das weiterhin zuzulassen.«

»Dann seid Ihr allein gekommen, um die Hinrichtung zu sehen?«

»Nein.« Jahlt sah ihn aus schwarzen Augen an, schwarz wie die Nacht. »Ich bin allein gekommen, um den Mann kennen zu lernen, der meine Nachfolgerin so sehr beeinflusst hat, dass sie mich überzeugen konnte, die Vollstreckung auszusetzen.«

Zuerst ergaben ihre Worte keinen Sinn. Er hörte sie, doch es waren nur Laute. Langsam sickerten sie in seinen Verstand vor, bis sie sich festsetzen und einen Funken Hoffnung aufkeimen ließen. »Aussetzen?«

»Ich habe die Hinrichtung verhindert«, erklärte Jahlt. »Eure Strafe ist jetzt lebenslange Haft im Haka-Gefängnis.«

II

Haka

10

Rubin-Keile

Der Wind bewegte die Wüste; sie wogte heran wie ein Ozean aus Sand, dessen rote Wellen sich an den Teotec-Bergen brachen. Als der Reiter zum Sinkflug überging, materialisierte sich plötzlich, wie aus dem Nichts, Haka aus dem Sandsturm, erstreckte sich über den Wüstenboden und stieg bis in die Teotecs hinauf. Türme in den Farben eines blassen Sonnenuntergangs waren aus den Felsen gehauen worden, die Fenster wirkten wie quadratische Augen.

Er wandte sich ab und schaute sich in der Kabine um. Seine Wachen belegten acht der Sitze, doch nach diesen acht suchte sein Blick nicht. Deha saß hinter der Pilotin, Chankah an ihrer Seite. Mit ernster Miene starrte sie durch die Frontscheibe.

Der Reiter glitt über den wirbelnden Sand hinweg und setzte dann auf einer Landebahn auf. Deha stieg als Erste aus, gefolgt von Chankah, und beide zogen die Kapuzen ihrer Mäntel enger, um sich vor dem peitschenden Wind zu schützen. Dann führten die Wachen von Dahl Kelric aus dem Flieger.

Eine Achtergruppe Haka-Wachen wartete auf dem Rollfeld, acht Riesen in gelben Uniformen und staubigen Stiefeln, dunkelhäutig, mit dunklen Augen; jede der Wachen hatte ein Fransentuch um den Kopf geschlungen, um ihre Gesichter vor dem Sand und dem Wind zu schützen. Abgesehen von den üblichen Betäubern führten sie auch noch Dolche mit sich, deren Klingen etwa so lang waren wie ihre Unterarme.

Als die Haka-Wachen Kelric umringten, ging Deha zu ihm hinüber. Obwohl es unmöglich war, in dem schneidenden Wind ihre Stimme zu hören, verstand Kelric doch die Worte, die ihre Lippen formten: *Leb wohl, mein Ehemann.*

Leise sagte Kelric: »Leb wohl, meine Ehefrau.«

Dann führten die Wachen ihn fort, in den Sandsturm hinein.

Berge erhoben sich aus der Wüste, in riesigen Stufen, schienen über Land und Luft gleichermaßen zu herrschen. Unter ihren Gipfeln wechselten sich niedrigere Hügel mit Wüstengebieten ab, wie Felsen vor einer tückischen Küste. Wind peitsche den Sand zu Staubwolken auf, die an den Felsspitzen zerbarsten.

Von Wachen umzingelt setzte Kelric wie betäubt einen Fuß vor den anderen; er schien den Sand gar nicht zu spüren, der unter die Kleidung drang, durch das Haar bis auf die Kopfhaut, unter seine Armreifen und seine Handschellen. Lebenslang, ohne Hoffnung auf Strafaussetzung. Wenigstens ein Hoffnungsstrahl minderte seine Schwermut: Deha erholte sich wieder. Unlogischerweise gab ihm das Hoffnung.

Die Wachen führten ihn zu einer kleinen Felsspitze, die aus der Wüste aufragte. Eine Metalltür wurde geöffnet, dahinter lag ein Tunnel mit eisengrauen Wänden. Sie folgten dem Gang, bis sie in eine riesige Höhle kamen, die in kleine, voneinander abgeteilte Räume aufgeteilt worden war; die Decke lag so hoch über ihnen, dass sie im Schatten versank.

Kelric wurde zu einem dieser Räume geführt; darin wartete hinter einem Pult eine Schreiberin. »Sevtar Dahl?«, fragte sie.

»Richtig«, bestätigte die Kommandantin. Sie zog das Fransentuch, mit dem sie ihr Gesicht genau wie die anderen der Achtergruppe vor dem Sandsturm geschützt hatte, ein wenig herunter. »Er kommt in Lager Vier.«

»Irgendwelche Wertgegenstände?«, fragte die Schreiberin.

»Je einen Armreifen«, entgegnete die Kommandantin. »Und dazu noch Handgelenk- und Knöchelbänder, aber die sind verschweißt.«

»Das ist ein *Calani?*« Die Schreiberin starrte Kelric an, dann nahm sie sich zusammen und schaute zur Kommandantin hinüber. »Die Armreifen sollte er lieber hier lassen.«

Kelric hob die Unterarme. Nachdem eine Wache ihm die Handschellen abgenommen hatte, zog er seine Armreifen herunter und reichte sie der Schreiberin. Vorsichtig legte sie die beiden Reifen auf das Pult, dann streckte sie der Kommandantin graue Gefängniskleidung entgegen.

Die Kommandantin nahm sie entgegen und drehte sich zu Kelric um. »Ausziehen.«

Er blieb dort stehen und blickte die Wachen an. Diese schauten unbewegt zurück. Aha. Also keinerlei Privatsphäre. Mit zusammengebissenen Zähnen zog er sich aus. Die Schreiberin und einige Wachen wandten ihren Blick ab, doch der Rest der Gruppe schaute ihm unverhohlen zu. Als er fertig war, blieb er stehen und wartete; in der trockenen, aber enormen Hitze in der Höhle sammelte sich sofort Schweiß auf seiner nackten Haut.

Die Kommandantin gab ihm ein Zeichen. »Umdrehen, die Hände an die Wand.«

Kelric starrte sie an. Eine Leibesvisitation? Wozu? Als er einfach stehen blieb, sich offensichtlich dem Befehl widersetzte, sanken die Hände der Wachen zu den

Griffen ihrer Dolch-Schwerter. Also drehte er sich um und legte die Handflächen an die Wand. Es gefiel ihm nicht, was es über die Gepflogenheiten in diesem Gefängnis aussagte, dass eine einfache Wache derartige Dinge durchführen konnte – ganz augenscheinlich ohne jegliche Repressalien befürchten zu müssen.

Die Kommandantin, eine Frau, die fast so hoch gewachsen war wie er, stellte sich hinter ihn und legte ihm ihre Hände auf die Schultern. Dann rief sie mit ihren Fingerspitzen über seine Haut und murmelte: »Das Gold geht wirklich nicht ab.« Dann ließ sie ihr Hand über seinen Rücken bis zu seiner Hüfte wandern und flüsterte ihm ins Ohr: »So fühlt sich also ein Calani an.« Als sie über seine Hüfte streichelte, fügte sie hinzu: »Was für eine Verschwendung, dich ins Gefängnis zu stecken!«

Kelric entgegnete nichts, starrte nur die Wand vor sich an und versuchte, sich einzubilden, er sei irgendwo anders. Ganz egal wo.

Die Kommandantin ließ sich viel Zeit bei der Suche, als rechne sie tatsächlich damit, auf seiner bloßen Haut fündig werden zu können. Doch schließlich reichte sie ihm seine Gefängniskleidung und gestattete ihm, sich anzuziehen.

Sie führten ihn durch den Gang in einen weiteren Tunnel. Nach einigen Kurven und Windungen traten sie wieder in den Sandsturm hinaus. Vor ihnen erstreckte sich eine kahle Fläche, die ringsum von Felsspitzen umschlossen war. Inmitten der freien Fläche standen mehrere Gebäude, durch den vom Sturm aufgewirbelten Sand zum Teil kaum erkennbar; hinter ihnen ragten Berge bis in den Himmel hinauf.

Die Wachen brachten ihn zum vierten Gebäude. Nachdem sie es betreten hatten, folgten sie einem Korridor, der vor einem massiven Tor endete. Als dieses sich öffnete, war dahinter ein zweites Portal zu erkennen. Erst als sie den Raum zwischen den beiden Toren betreten und das erste Tor hinter sich verriegelt hatten, wurde das zweite aufgetan. Es war, als gingen sie durch eine riesige Luftschleuse.

Hinter der zweiten Tür lag ein langer Flur, der zu beiden Seiten von hohen Türbogen gesäumt war; an den Wänden türmte sich hereingewehter Sand auf. Die Kommandantin führte ihn zur dritten Zelle. »So, da sind wir. Dein neues Zuhause.«

Zuhause. Für den Rest seines Lebens? Als die Wachen gegangen waren, trat Kelric in seine Zelle: Wände aus Sandstein, die Zelle maß vielleicht zehn mal zehn Schritt. Auf einer Pritsche lag eine Decke, Sonnenlicht fiel zwischen den Gitterstäben eines Oberlichts in der Decke herein. Kelric trat wieder auf den Gang hinaus. Die Räume in der Nähe der Schleuse schienen belegt: ein Hemd auf einer Pritsche, ein Würfelbeutel im Sand, ein Tonkrug in der Ecke.

Ein großer Mann mit schulterlangen schwarzen Locken und einem dichten Bart erschien im Durchgang zu einer Zelle. »Hast'n Knochen für Schlitter-Schlangen, he, Schnulzensänger?«

»Was?«, fragte Kelric.

»Du bist wohl ein bisschen langsam im oberen Stockwerk, was? Und man hört, du bist'n Calani.« Der Mann lachte. »Sing du nur, Jungchen. Sing du nur!« Er kam näher, bis seine Nase nur noch eine Hand breit von Kelrics Gesicht entfernt war. »Deine Haut gefällt mir nicht.«

»Das ist *dein* Problem«, entgegnete Kelric.

»Du meinst wohl, du bist größer als der Wind, was, Jungchen?« Der Mann schnaubte verächtlich, drehte sich langsam um und ging davon.

Kelric schüttelte den Kopf. Dann ging er in seine Zelle

und legte sich auf die Pritsche. Schnell glitt er in ein unruhiges Dösen, erwachte aber beim geringsten Laut sofort.

Gegen Abend hörte er Schritte in seiner Zelle. Als sein Besucher sich vor der Pritsche zusammenkauerte, riss Kelric die Auge auf und umklammerte ein Handgelenk, das sich gerade auf sein Gesicht zubewegte. Über ihm, eine Silhouette vor dem Oberlicht, sah er das engelhafte Gesicht eines jungen Mannes.

Der Junge zerrte an seinem Handgelenk. »Lass los! Wollte nur seh'n, was du für einer bist!«

Kelric lockerte den Griff und setzte sich auf. »Jetzt weiß du's.«

Der Junge wich ein Stück vor ihm zurück. »Du bist ja noch größer als Zev.«

»Wer ist Zev?«

»Zev Shazorla. Der war hier, als die Achter dich reingebracht haben.« Der Junge schnitt eine Grimasse. »Der hat dafür gesorgt, dass mich jetzt alle hier ›kleiner Schnulzensänger‹ nennen. Macht mich wütend wie'n Grimmkäfer, wenn die mich so nennen, aber die sind alle so groß, und ich bin's nicht, und deswegen heiß ich jetzt so. Aber früher hieß ich Ched. Ched Lasa Viasa.« Das war der erste Dreifachname, den Kelric auf Coba gehört hatte. Der Junge musste in Lasa geboren und später dann nach Viasa gezogen sein. »Lasa ist ein Sekundär-Anwesen, richtig?«

»Na klar.« Im Zwielicht kniff Ched die Augen zusammen. »Du siehst aus, als wärst du aus Metall.«

Kelric zuckte mit den Schultern, die endlosen Bemerkungen über seine Haut ermüdeten ihn langsam.

»Kommste aus dem Ahkah-Anwesen?«, fragte Ched.

»Wieso sollte ich aus Ahkah sein?«

»Ich hab' gehört, da reden die auch komisch.«

»Mein Akzent ist Skolianisch.«

»Aber sicher.« Ched lachte. »Und ich bin die Verwalterin von Haka.« Er setzte sich neben der Pritsche auf den Boden. »Und wo kommst du wirklich her?«

Kelric erschien eine Diskussion sinnlos. »Ich war in Dahl.«

»Die Chefin von Haka muss heut' ja echt 'ne glückliche Klauenkatze sein.«

»Warum sollte meine Freiheitsstrafe die Verwalterin Haka erfreuen?«

»Bist du irgendwie langsam im oberen Stockwerk, oder was?«

Kelric verzog das Gesicht. »Stell dir einfach vor, mein oberes Stockwerk wäre ganz leer. Mach's voll!«

Ched beugte sich vor. »Haka ist 'ne glückliche Klauenkatze, weil: Was Dahl kocht, das kocht auch Karn, und was Karn kocht, das schmust Haka purpur.«

»Verpuggt noch mal!« Kelric fragte sich, ob hier irgendjemand normales Teotecanisch sprach.«

»Wie lang bleibste?«, fragte Ched dann.

»Lebenslänglich.«

Das Lächeln des Jungen verschwand. Die Frage *Was hast du angestellt?* hing in der Luft. Dann sah Ched Kelric mit offenem Mund an. »He! Wo ist dein Würfelbeutel?«

Bei einem Windreiter-Absturz kaputt gegangen, dachte Kelric. Er bedauerte es, Dehas Geschenk verloren zu haben. »Ich habe keinen.«

»Jeder hat einen.« Ched schien es mehr zu beunruhigen, dass Kelric keinen Würfelbeutel hatte, als dass er lebenslänglich hier sitzen würde. »Und du hast Zev erzählt, du wärst 'n Calani. Ein Calani ohne Quis-Würfel. Echt 'n Schnulzensänger!« Er griff nach Kelrics Arm. »Ich kann beweisen, dass du kein Calani bist.«

Instinktiv stieß Kelric die Hand des Jungen zurück. Bei der Bewegung rutschte sein Ärmel trotzdem zurück, und sein Calanya-Band blinkte im Halbdunkel auf.

»Du hast ja Handgelenkbänder!«, stieß Ched verblüfft hervor. »Hast du die geklaut?«

»Warum sollte ich das tun, sie stehlen?«

Der Junge sah das Gold scharf an. »Die sin' alt. Uralt! Müssen ja 'n halbes Anwesen wert sein.« Er blickte auf. »Hast du auch welche an den Knöcheln?«

»Ja.«

»Echtes Gold und so alt wie Haka! Lass mal lieber 'n Auge offen beim Schlafen!«

»Die sind zusammengeschweißt. Man kann sie nicht abnehmen.«

Ched zuckte mit den Schultern. »Das Gold von ganz Coba würde mir hier nichts helfen. Aber es gibt hier 'n paar Schnulzensänger, die sind verrückt genug, dir einfach Hände und Füße abzuschneiden, um die Dinger zu kriegen.«

»Na wunderbar«, murmelte Kelric. »Ganz wunderbar.«

Es war ganz offensichtlich für Deha Dahl, dass die Verwalterin von Haka keine Mühen gescheut hatte, um ihren Besucherinnen nur das Beste angedeihen zu lassen. Sie saßen an einem reich gedeckten Tisch, tranken Wein aus Kristall-Pokalen, dazu aßen sie Elfenbein-Fasan. Ein hübscher Jüngling stand bereit, ihnen jederzeit nachzuschenken. Die Botschaft, die Rashiva Haka auf diese Weise vermittelte, war eindeutig: Haka ist reicher, mächtiger und angesehener als Dahl.

Trotz des erlesenen Essens stocherte Deha nur lustlos darin herum. Sie fühlte sich zu ausgelaugt, um zu essen, vor allem angesichts der strahlenden Schönheit der

Frau, die ihr am Tisch gegenüber saß. Rashiva Haka war eine Wüstengöttin. Sie war ein Inbild blühender Jugend. Ihr Haar schimmerte wie schwarzer Satin, ihre Augen war leicht geschlitzt: schwarze Opale in einem Gesicht, das so weich und so dunkel war wie Java-Rahm.

»Ist das Essen nach Eurem Geschmack, Verwalterin Dahl?«, fragte Rashiva.

»Ausgezeichnet, Verwalterin Haka«, erwiderte Deha.

»Ich bin froh, dass wir eine Möglichkeit gefunden haben, uns ein wenig zu entspannen«, lächelte Rashiva. »Selbst Verwalterinnen eines Anwesens brauchen manchmal eine Pause.«

»Das ist wahr.« Deha erinnerte sich an ihre ersten Jahre als Verwalterin. »Aber Ihr werdet feststellen, dass das Verwalten mit der Zeit leichter wird.«

Rashivas Lächeln wirkte mit einem Mal ein wenig verärgert. »Ich wusste gar nicht, dass ich es schwierig finde.«

So viel zum Thema ›höfliches Geplauder‹. Deha wünschte sich, diese Tortur ginge endlich zu Ende.

»Wäre es Euch recht, wenn wir unsere Drinks im Kej-Zimmer nehmen würden?«, fragte Rashiva dann. »Ich könnte mir vorstellen, dass die Wandteppiche dort Euch gefallen.«

Deha versuchte, nicht an die Ärzte in Dahl zu denken, und an ihre unerbittlichen Ermahnungen, sich von Alkohol fernzuhalten. Wenn sie den traditionellen Jhai-Rum ablehnte, würde Rashiva sofort vermuten, dass es um Dehas Gesundheit nicht zum Besten gestellt war. Sie lächelte freundlich. »Ja, wir sollten uns für die Drinks zurückziehen.«

Rashiva Haka, Verwalterin des Haka-Anwesens, fühlte sich wie ein Quis-Stein, den man an der falschen Stelle platziert hatte. Die beeindruckende Ausstrahlung der Verwalterin von Dahl ließ sie sich ihrer mangelnden Erfahrung peinlich genau bewusst werden. Während sie Deha ins Kej-Zimmer führte, betrachtete sie die Gobelins an den Wänden; sie erzählten viele Geschichten aus der Alten Zeit: Kriegerinnen, die auf den Rücken riesiger Höhenfalken durch die Lüfte segelten, Calanya-Zeremonien, Schlachtszenen. Rashiva wünschte sich, sie könne die Wildheit dieser Kriegerinnen aus längst vergangenen Zeiten in sich aufsaugen, um gegen die Furcht erregende Königin von Dahl ankommen zu können.

Deha spazierte durch den Raum und beschaute die Wandteppiche. »Sie sind wunderschön.«

»Ein Geschenk des Kej-Anwesens«, erklärte Rashiva. »Eine Verwalterin von Kej hat sie Haka vor mehr als tausend Jahren geschenkt, als die beiden Anwesen während der Wüsten-Kriege ihre Streitkräfte vereinigt hatten.«

»So detailliert gearbeitet!« Deha betrachtete eingehend ein Stück, das aus goldenen, roten und blauen Fäden gewebt war. »Es ist eine Schande, dass Kej diese Kriege nicht überstanden hat.«

Rashiva versteifte sich, fragte sich, ob Deha auf diese Weise das Bündnis von Haka und Kej herabsetzen wollte. Um sich nichts anmerken zu lassen, drehte sie sich zu einer Gegensprechanlage an der Wand und legte den Schalter um. »Nida?«

Die Stimme ihrer Gefolgsfrau erfüllte den Raum. »Hier, Ma'am.«

»Verwalterin Dahl und ich werden unseren Jhai im Kej-Zimmer nehmen.«

»Ich schicke sofort jemanden hinauf«, erwiderte Nida.

Deha lächelte, als Rashiva die Gegensprechanlage ausschaltete. »Wollen wir uns setzen?« Die formvollendete Höflichkeit ihrer Stimme ließ die Gastgeberin äußerst unhöflich wirkten, weil sie ihren Gast so lange hatte stehen lassen.

»Aber gewiss doch«, antwortete Rashiva. »Setzen wir uns.«

Also setzten sie sich in Lehnsessel, einander gegenüber, bis ein Jüngling erschien, der den Branntwein brachte. Er füllte Jhai-Rum in zwei Pokale, dann stellte er die Karaffe auf den Tisch, der zwischen den beiden stand, und zog sich wortlos zurück.

Deha hob ihren Pokal. »Also.« Sie schaute auf den Quis-Beutel, der an Rashivas Gürtel hing. »Sollen wir eine Partie spielen?«

Spielen?, dachte Rashiva. Wenn zwei Verwalterinnen sich dem Quis hingaben, dann war das kein Spiel. Und Deha Dahl war dafür berühmt oder berüchtigt, Quis ausgezeichnet zu beherrschen. Sie würde die junge Verwalterin von Haka in Grund und Boden spielen.

»Vielleicht ein andermal«, entgegnete Rashiva.

Deha nickte. »Dann also ein andermal. Wenn Ihr so weit seid.«

Wenn sie so weit war. Diese Bemerkung war extrem spitz gewesen und hatte ihr Ziel nicht verfehlt. Rashiva musste sich innerlich zur Ruhe zwingen. »Wie laufen die Renovierungsarbeiten in Dahl?«

»Sehr gut.« Deha nahm in ihrem Sessel eine bequemerer Position ein. »Wenn Ministerin Karn Sevtar begnadigt, werde ich die Akasi-Suite wieder öffnen.«

Rashiva hätte beinahe ihren Rum quer über den Tisch gespuckt. *Begnadigt?* War Deha verrückt geworden?

Als sie ihre Fassung wiedergefunden hatte, sprach sie mit leiser Stimme, die ihre Skepsis recht deutlich werden ließ. »Warum sollte er denn begnadigt werden?«

»Er gehört genauso wenig ins Gefängnis wie ich.«

Rashiva fragte sich, was Deha planen mochte. Jahlt Karn würde Sevtar niemals begnadigen. Die Gastgeberin beschloss, der Sache vorsichtig auf den Grund zu gehen. »Das Gefängnis erscheint mir tatsächlich unangemessen für einen Calani. Eine reine Verschwendung seines Talents.«

»Ganz genau.« Deha nippte an ihrem Jhai. »Schließlich hat er Außenseiter-Quis in einer einzigen Jahreszeit erlernt.«

Rashiva hätte beinahe spöttisch geschnaubt. Hielt Deha sie für töricht? »Von einem derartigen Talent hört man selten.«

»Das ist wahr. Aber ein derartiges Talent *findet* man auch nur selten.«

Wenn überhaupt jemals. Und doch war es sonderbar, damit zu protzen. Welchen Vorteil glaubte sie dadurch zu erhalten? Wenn diese Behauptung einen wahren Kern hatte, dann war Sevtar ein Genie, das jetzt zu Haka gehörte. Warum sollte Deha wollen, dass sie, die Verwalterin von Haka, das erfuhr?

Natürlich war dieses ›Genie‹ eben auch ein Mörder. Deha wäre hoch erfreut, wenn Haka Sevtar in die Gesellschaft eingliederte, ihn das Haka-Quis lehrte und ihn dann wieder zurück nach Dahl schickte. Es gab keinen besseren Weg für eine Verwalterin, Macht über ein anderes Anwesen zu erlangen, als von dort einen Calani zu erhalten, der mit dem für das jeweilige Anwesen charakteristischen Quis vertraut war. Natürlich stellte sich diese Frage nur theoretisch. Es war genau so wahrscheinlich, dass Sevtar begnadigt wurde, wie dass die Wüste plötzlich aufstand und davonspazierte.

Aber … in den Papieren hatte nur gestanden, dass Sevtar seine Strafe in Haka absitzen solle. Nirgends war vorgeschrieben, wo *genau* in Haka. Es gab keine Klausel, die es ihm ausdrücklich verbot, *tatsächlich* in der Calanya zu wohnen.

Rashiva dachte darüber einen Augenblick nach. Um einen Calani aus einem anderen Anwesen zu erhalten, zahlten die Verwalterin normalerweise stratosphärische Preise, um ihn aus seinem jeweiligen Vertrag auszulösen. Doch angenommen, sie würde zustimmen und Sevtar in ihre Calanya aufnehmen und ihn dort Quis lehren, solange er im Gefängnis war? Sie würde *nichts* dafür zahlen, seinen Vertrag mit Dahl auszulösen. Sollte er natürlich jemals begnadigt werden, würde er nach Dahl zurückkehren, ohne dass Deha dafür zahlen müsste, seinen Vertrag mit Haka auszulösen. Angesichts der Tatsache, dass nicht ansatzweise die Chance einer Begnadigung bestand, konnte Haka von einer derartigen Übereinkunft nur profitieren.

Sie wählte ihre Worte mit Bedacht. »Es ist bedauerlich, dass Sevtar niemals die Chance hatte, sich seines Potenzials bewusst zu werden.«

Deha sah sie nachdenklich an. »Das ist wahr.«

»Man könnte jederzeit über Alternativen spekulieren.«

»Ich bin mir nicht ganz sicher, ob ich verstehe, worauf Ihr hinauswollt, Verwalterin Haka.«

Rashiva nahm einen Schluck von ihrem Rum. »Angenommen, ein Mann würde vorübergehend in eine Calanya eingeschworen. Beispielsweise für die Dauer seines Besuches an dem betreffenden Ort.« Sie machte eine Pause. »Vielleicht auch für die Dauer seiner Haftstrafe. Vorausgesetzt, er könnte jemals wieder in die Gesellschaft eingegliedert werden.«

»Fahrt fort!«

»Nach Ablauf seiner Haftstrafe würde er seines zeitlich befristeten Eides entbunden.«

Trocken gab Deha zu bedenken: »Ist natürlich ein ungleicher Handel, wenn das Urteil ›lebenslänglich‹ lautet. Die ursprüngliche Verwalterin würde ihrer Kontrahentin ein Genie zur Verfügung stellen – und nichts dafür erhalten.«

»Das ist wohl wahr«, gab Rashiva zu. »Sollte er jedoch jemals begnadigt werden, würde die ursprüngliche Verwalterin einen Calani ihrer Kontrahentin erhalten, ohne dafür etwas zahlen zu müssen. Es wäre also für alle Parteien ein Glücksspiel.«

Lange Zeit schwieg die Verwalterin von Dahl. Rashiva wusste nicht, ob Deha sie abschätzte, ob sie nachdachte oder ob sie einfach nur um des Effektes willen diese Pause machte. Als sie schließlich das Wort ergriff, klang ihre Stimme unerwartet sanft. »Ein angemessenes Glücksspiel, scheint mir, wenn Sevtar auf diese Weise das Gefängnis verlassen kann.«

Rashiva starrte sie an. Sie hatte es nicht für möglich gehalten, dass Deha ihren Vorschlag tatsächlich ernst nehmen könnte. Er war viel zu sehr zu Hakas Gunsten ausgelegt. Aha. Dahls Furcht erregende Königin hatte eine Schwäche. Sevtar. Deha musste ihn sehr lieben, wenn sie, nur um in aus dem Gefängnis zu holen, bereit wäre, ja, einer ihrer ärgsten Widersacherinnen gestattete, ihn in ihre Calanya zu holen.

Rashiva stellte ihren Rum ab. »Vielleicht können wir diese hypothetischen Möglichkeiten etwas genauer debattieren?«

»Ja, vielleicht können wir das«, pflichtete Deha bei.

Sie entwarfen und unterzeichneten die notwendigen Dokumente noch in der gleichen Nacht – ein Abkommen, dass in jeder Hinsicht zu Hakas Gunsten ausgelegt war. Doch als alles vorbei war, hatte Rashiva ein sonderbares Gefühl – als sei sie überlistet worden.

Kelric erwachte in der Finsternis, weil jemand ihn auf den Bauch drehte. Hände pressten seine Gliedmaßen auf die Pritsche, und er spürte ein Messer an seiner Kehle. Finger machten sich an seinen Calanya-Bändern zu schaffen.

»Du bleibs' einfach liegen«, zischte Zev. »Wenn du keinen Ärger machst, passiert dir nix!« Er lachte. »Zumindest nich' so viel, wie wenn du kämpfen tätest!«

Kelrics Reflexe übernahmen die Kontrolle. Selbst ohne die vollständige Leistungsfähigkeit seiner beschädigten biomechanischen Ergänzungen waren seine Kampftechniken den simplen Methoden seiner Angreifer haushoch überlegen. Zwei seiner drei Angreifer schlug er sofort bewusstlos; dann schleuderte er Zev auf den Rücken und kniete sich mit erhobener Faust auf seinen Brustkorb.

»Ich hab nichts machen wollen!«, keuchte Zev. »Gar nix! Ich schwör's!«

»Wenn du mich jemals wieder anfasst«, drohte Kelric, »dann schlage ich so zu, dass dir der Schädel aufplatzt!« Und dann versetzte er dem Mann aus Shazorla einen Schlag, der ihn ins Reich der Träume schickte.

Im Durchgang zu seiner Zelle sah er die Bewegung eines Armes. Bis Kelric begriffen hatte, dass es nur Ched war, hatte er den Jungen schon eingefangen.

»Loslassen!«, warnte der Junge ihn. »Oder ich schrei' so laut, dass ganz Haka das hört!«

Kelric ließ ihn los. »Ich werde dir nichts tun.«

»Klar. Ich hab' doch gesehen, was du mit denen da gemacht hast!« Er blickte gehetzt nach links und rechts, dann schlüpfte er in seine eigene Zelle und kniete sich neben die Pritsche. Ein Funke blitzte auf, dann hielt Ched eine brennende Kerze in der Hand.

Kelric blieb im Zelleneingang stehen. »Woher hast du die Kerze?«

»Von Bonni.« Ched trat einige Schritte zurück und setzte sich, den Rücken an die Wand gelehnt, dem Eingang der Zelle gegenüber. »Das is' 'ne Wache. Aber die is' in Ordnung. Nich' so wie Zev und die da.«

»Die haben's auf dich abgesehen, oder?«

»Geht dich nix an.«

»Das sehe ich anders. «

Ched zog die Knie an die Brust. »Was soll ich denn machen? Ich bin nich' so'n Riese wie du, und ich hab' keine Ahnung, wie man kämpft.«

»Kannst du dich nicht an die Aufseherinnen hier wenden? Eine Beschwerde einreichen?«

»Eine Beschwerde einreichen«, äffte Ched ihn nach. »Klar doch!«

»Wenn du das noch nie versucht hast, woher weißt du dann, dass es nicht funktioniert?«

»Ich hab's ja versucht! Und so 'ne Dummheit mach' ich nich' noch mal!«

»Wieso?«

Ched verzog das Gesicht. »Du stellst zu viele Fragen.«

»Warum hast du Angst, sie mir zu beantworten?«

»Ich hab' keine Angst vor gar nix!« Cheds Hand krampfte sich um die Kerze. »Nach meiner ersten Nacht hier habe ich den Wachen gesagt, ich will mit der Aufseherin hier reden. Die ham gesagt ›die hat zu tun‹, und sin' gegangen. Und dann ist einmal die Oberaufseherin hierhin gekommen, für 'ne Inspektion. Zecha Haka. Schlüsselklapperin für das Ganze hier. Und als ich der von Zev und seinen Leuten erzählt habe, weißt du, was die gesagt hat? Dass ich mich ja wohl selbst in die Schwierigkeiten gebracht hätt', und weil ich der bin, der ich bin, hätte ich das ja auch verdient.«

Kelric starrte ihn an. »Du hättest das verdient? Das ist ja völlig krank!«

Ched zuckte mit den Schultern. »Zev hatte mitgekriegt, dass ich gequatscht hatte. Nachdem die mit mir fertig waren, war ich zwei Tage im Med-Haus. Die haben den Wachen erzählt, ich wär' im Steinbruch hingefallen. Also erzähl mir nicht, ich soll 'ne Beschwerde einreichen!«

»Wenn du so schlimm verprügelt worden bist, müsste es doch offensichtlich gewesen sein, dass du nicht gefallen sein kannst.«

»Genau das haben die Medizinmänner Zecha auch gesagt. Meinst du, das interessiert die? Die hasst mich. Und ich hab' 'ne schlechte Nachricht für dich, Metallmann: Calani hasst die auch.«

»Kannst du nicht mit Verwalterin Haka sprechen?«, fragte Kelric nach. »Wenn sie auch nur annähernd wie Deha Dahl ist, wäre sie empört über das, was du mir gerade erzählt hast!«

Ched schnaubte verächtlich. »Klar! Wir red'n ja dauernd mit der Verwalterin. Die letzte Verwalterin ist übrigens nicht ein einziges Mal hier gewesen. Wie's mit der neuen ist, weiß ich nich'.«

Was Kelric da hörte, gefiel ihm ganz und gar nicht. Je mehr er von Haka mitbekam, um so schlimmer sah es aus.

»Weiß du«, begann Ched wieder zu reden. »Ich hab' noch nie gesehen, dass jemand irgendwen so schnell plattgemacht hat wie du Zev und seine Leute. Pafftz!« Er grinste. »Einfach so und zack, war'n se platt!«

»Ich bin dafür ausgebildet worden, mich unter gleich welchen Widrigkeiten verteidigen zu können.«

»Gleichwech. Widdrichkeit.« Ched lachte. »Wenn die Wörter, die du benutzt, Bilder wären, könntest du die für echt viel Geld verkloppen. 'N echter Calani, was? Aber du steckst in Schwierigkeiten. Grad' mal 'ne Nacht hier, und schon kann Zev dich nicht leiden.«

»Ich komm schon klar.«

»Hör mal«, meinte Ched. »Was du hier brauchst, is'n Freund. Irgendwen, der dir klar macht, wie's hier drinnen so läuft.«

»Und dieser ›irgendwer‹ bist vermutlich du, richtig?«

»Ich könnt' das machen.«

»Und was willst du als Gegenleistung?«

»Halt die von mir fern! Beschütz mich!«

Ob nun aufgrund einer Abmachung oder auch nicht, Kelric hatte nicht die Absicht, tatenlos zuzusehen, wie diese anderen ihren ganzen Ärger an dem Jungen ausließen. »Einverstanden.«

Ched lächelte. »Du bist gar nicht so übel. Ham'se dich für was eingebuchtet, was'n anderer abgezogen hat?«

»Nein. Ich habe das wirklich selbst gemacht.«

Ched bemühte sich redlich, unbekümmert zu wirken. »Was gemacht?«

»Ich habe eine Wache meiner Calanya-Eskorte getötet.«

Der Licht verlosch, als Ched seine Kerze fallen ließ. »Bei allen Winden!«, murmelte er. »Wo ist der Anzünder hin?«

»Den hast du unter deiner Pritsche gelassen.«

»Stimmt«, gab er mit zitternder Stimme zu. »Ganz schön langsam von mir, was?«

»Ched, es wurde als ›fahrlässige Tötung‹ gewertet.«

»Denk einfach immer daran, dass ich zu dir gehöre, ja?« Der Junge zündete seine Kerze wieder an. In dem fahlen Lichtschein sah er verschreckt und verwundbar aus.

»Du bist noch so jung«, seufzte Kelric. »Das hier ist doch kein Ort für ein Kind.«

»Nenn mich bloß nicht Kind!«

»Weswegen bist du hier?«

»Warum? Weil ich ein Schnulzensänger bin, deswegen.«

Kelric verschränkte die Arme vor der Brust. »Ich beschütze dich, du erzählst mir was. Also erzähl!«

»Hey, nicht sauer werden!« Ched trat einige Schritte zurück und setzte sich wieder an die Wand. »Ich war ein Schenken-Kinsa in Viasa. Das war, als ich Lasa schon verlassen hatte.«

»Kinsa? Was ist das?««

»Du musst wirklich aus dem Weltraum kommen.«

»Ched!«

»Man hat mich dafür bezahlt, die Kundinnen glücklich zu machen.«

»Inwiefern ›glücklich‹?«

»Ich war zu den Frauen richtig nett. Ganz ungestört.« Ched warf ihm einen Blick zu. »Du weißt schon.«

»Und dafür bist du hierher geschickt worden?«

»Nein. Ich bin hier wegen 'ner Schlammratte.« Ched beugte sich ein wenig vor. »Weißt du, es fing damals langsam an, mir 'was besser zu gehen. Feni hat mich immer von der Schenke aus vermittelt. Hat sich um mich gekümmert.« Er verzog das Gesicht. »Und dann ist sie dieser Ratte hinterhergestiegen. Als er dann bei uns eingezogen is', hat er mich behandelt wie Dreck in den Abflussrohren. Das ist immer schlimmer geword'n. Also hab' ich ihm eines Nachts meine Hände um seinen dürren Hals gelegt und zugedrückt, bis er ganz lila im Gesicht gewesen is'. Wenn die Leute sein Jaulen nicht gehört hätten, hätte ich ihm den Kopf abgequetscht.«

Das passte für Kelric nicht zusammen. Er dachte

eigentlich, Menschen gut einschätzen zu können, und dieser Ched kam ihm nicht vor wie ein Mörder. »Hättest du Feni nicht einfach verlassen können? Ixpar hat mir erzählt, in den meisten Stadt-Häusern bekommt man ein Bett und etwas zu Essen, wenn man irgendwelche Aufgaben übernimmt.«

»Na ja, so läuft das nich' immer. Und woher will diese Ixpar Pixpar das überhaupt wissen?«

»Mit Nachnamen heißt sie Karn.«

Ched schnaubte verächtlich. »Klar. Nachfolgerin Karn persönlich. Bei allen Winden, du kannst echt Schnulzen singen!«

Sand wurde aufgewirbelt, als Kelric die Zelle durchquerte. Er hockte sich dem Jungen gegenüber. »Ich mag es nicht, wenn man mich einen Lügner nennt. Verstanden?«

Ched presste sich gegen die Wand. »J … Ja.«

»Gut.« Kelric stand auf. »Komm!«

Ched rappelte sich auf. »Wo geh'n wir hin?«

»Das liegt noch Müll in meiner Zelle. Ich bringe ihn dahin, wo er hingehört. Bleib du lieber bei mir, für den Fall, das sie aufwachen.«

Nachdem sie die bewusstlosen Männer in ihre Zellen getragen hatten, legte sich Ched in der anderen Hälfte von Kelrics Zelle auf den Boden. Innerhalb von Sekunden war er eingeschlafen.

Kelric legte sich wieder auf seine Pritsche. Bolt?

Keine Reaktion.

Er versuchte verschiedene Arten eines *Resets*, doch keine davon erwies sich als wirksam. Seine biomechanisch verstärkten Reflexe waren während des Kampfes angesprungen, daher wusste er, dass Bolt noch funktionieren musste. Aber seine Bio-Elektroden mussten ihre Funktion eingestellt haben, sodass er keinen Kontakt mehr mit dem Knoten aufnehmen konnte. Er hoffte nur, dass sein System sich wenigstens teilweise wieder reparieren konnte. Innerhalb der letzten vierzehn Jahre war er mit Bolt eine Symbiose eingegangen.

Ohne diese Symbiose sein zu müssen, war so, als hätte er einen Teil seiner selbst verloren.

11

Felsschacht

Zecha Haka, Oberaufseherin des Haka-Gefängnisses, saß angespannt an ihrem Schreibtisch. Dass Verwalterin Haka sie in ihrem Arbeitszimmer aufsuchen würde, hätte sie am allerwenigsten erwartet. Rashivas tatterige alte Vorgängerin hatte die Lager nicht ein einziges Mal betreten.

»Der Gefangene aus Dahl.« Rashiva saß ihr am Schreibtisch gegenüber. »Sevtar.«

»Ich habe ihn mit einer Arbeitskolonne in den Steinbruch geschickt.«

»Ihr habt einen Calani in den Steinbruch geschickt?«

»Er ist jetzt ein Strafgefangener, Ma'am.«

Rashiva lehnte sich vorwärts. »Ich will mehr aus ihm machen. Ich will, dass man ihn wieder in die Gesellschaft eingliedert! Und ich will, dass er im Quis unterwiesen wird!«

Knochen und Käfer!, dachte Zecha. »Bei Fällen wie seinem gelingt eine Wiedereingliederung in die Gesellschaft nur selten.«

Rashiva erhob sich. »Ich vertraue ganz in Eure Fähigkeiten, Oberaufseherin.«

Nachdem Rashiva gegangen war, stieß Zecha eine Verwünschung aus. Calani, ja? Faule Würfelspieler, die im Luxus leben – denen alles gegeben wird, ohne dass sie irgendetwas dafür tun müssten. Sie, Zecha, hatte sich ihre Stellung erarbeitet, hatte von Null angefangen. Ihre Mutter war eine Schande, eine schlechte Spielerin, die alles verspielte, was sie besaß. Ihr Vater war ein

Lasa-Kinsa gewesen wie dieser Junge in Lager Vier. Aber nichts davon hatte Zecha aufhalten können. Sie hatte an ihrem Quis gearbeitet, bis sie es zu einem Einfluss gebracht, den man nicht ignorieren konnte. Warum sollte sie einem Calani irgendetwas schenken?

»Die denken doch, der Wind weht für sie allein, oder?«, murmelte sie. »Darum werden wir uns dann wohl mal kümmern!«

Der Zug der Strafgefangenen, von bewaffneten Wachen unter Kontrolle gehalten, wand sich in die Felsklippen hinauf; alle vergingen fast in der brütenden Hitze, obwohl die Sonne erst über die Berge gestiegen war. Gemeinsam mit Ched schleppte sich Kelric den Pfad entlang; er hielt die Kapuze seines Mantels eng zusammen, um sich vor dem wehenden Sand zu schützen.

Ched grinste ihn schief an. »Gefällt dir unser Wetter?« Als Kelric ihn finster anblickte, wurde sein Grinsen noch schiefer. »Haste Zev heut' Morgen schon gesehen? Hast ihm schön was aufs Auge gegeben! Ist ringsherum fast so schwarz wie Teer.« Dann schwand das Grinsen. »Du solltest heut' gut auf dich aufpassen.« Er zögerte. »Wir beide. So ist doch die Abmachung, oder?«

»Ja.«

»Jho. Jou.« Ched grinste, während er versuchte, Kelrics Akzent nachzuahmen. »Ich bin bereit, mich an meinen Teil der Abmachung zu halten. Also: Was willste von mir hör'n?«

Kelric dachte nach. Um Fluchtpläne schmieden zu können, musste er wissen, womit er es zu tun hatte. »Über Haka. Ist das wie Dahl?

»Überhaupt nicht! Aus Haka stammen die Schmollgesetze.«

»Schmollgesetze? Was ist das denn?«

»Die sind so alt wie die Berge hier. Die besagen, dass ein Mann eine Frau nicht anlächeln darf, wenn es nicht seine eigene Ehefrau ist. Wenn du eine Haka-Frau anlächelst, wird sie dich für einen Kinsa halten.«

»Das ist ja völlig verrückt!«

»So ist Haka, Metallmann! Haka-Männer dürfen auch ohne Begleitung nich' aus dem Haus, und wenn sie das Haus verlassen, müssen sie Gewänder tragen, die sie von Kopf bis Fuß bedecken, und dazu noch eins von dies'n fein gewebten Kopftüchern, die bedecken das ganze Gesicht, nur die Augen nich'.« Ched schnaubte verächtlich. »Das is' wegen dies'n Haka-Frauen! Die Hälfte der Zeit versuchen sie, die Ehre ihrer Männer zu schützen, und die andere Hälfte, ihrer Ehre zu schaden.«

»Aber ich habe hier doch auch männliche Wachen gesehen!«

»Die stammen nicht aus Haka.« Mit dem Kinn deutete Ched auf einen Wächter, der am Pfad oberhalb von ihnen stand. »Wie der da. Der hat Flachshaar. Männer aus Haka haben schwarze Haare und dunkle Augen.«

»Und was ist mit den Gefangenen in den anderen Lagern?«

»Die sind von überall.« Ched machte eine abschätzige Handbewegung. »Die sitzen nur für Kleinigkeiten. In die Vier stecken sie die richtigen Unruhestifter. Im Frauentrakt von Lager Vier sitzen zur Zeit elf Schnulzensängerinnen.« Er verzog das Gesicht. »Ein paar davon sind richtig große, hässliche Klauenkatzen. Im Männer-Trakt haben wir Zev, Gossi, Ikav und uns beide; Zev hat 'n Schreiber in Shazorla umgebracht, und Gossi hat eine Kinder-Genossenschaft in Ahkah in die Luft gejagt. Die sitzen lebenslänglich. Ikav hat ein paar Calanya-Quis-Steine geklaut. Hat zehn Jahre gekriegt.«

»Weil er ein paar *Spielsteine* gestohlen hat?«

»Calanya-Steine! Der hat Glück gehabt, dass er so weggekommen ist.«

Kelric schwieg, ließ sich die Informationen durch den Kopf gehen. Am Ende des Pfades angekommen, traten sie auf ein Plateau hinaus. Während sie es überquerten, reichte der Zug der Strafgefangenen über dessen ganze Breite, verlor sich fast in dem herumwirbelnden Sand. Als sie den Rand des Plateaus erreicht hatten, entdeckte Kelric, dass das Plateau in eine Treppe überging, die tief hinab in einen Steinbruch hinunterführte. Sandstein-Klippen ragten zu allen Seiten des Steinbruchs auf, reckten sich wie rote Finger in den Himmel. Äonenlange Stürme hatten die Klippen ausgehöhlt, dort, wo weicheres Gestein weniger Widerstand geboten hatte, bis die Klippen von Löchern durchsetzt waren, die nun an schaurige Fenster erinnerten. Der schneidende Wind heulte durch die Felsen hindurch wie ein geisterhafter Chor.

Während sie die Treppe hinunter gingen, murmelte Ched: »Hier krieg' ich Albträume!«

»Das wundert mich nicht«, erwiderte Kelric.

Am Fuß der Treppe stand ein kräftiger Mann, etwa so groß wie Kelric, der die Anwesenheit aller Gefangenen überprüfte. Ein grobes Tuch mit schwarzen Quasten war um seinen Hals geschlungen. Flüchtig blickte er zu Kelric. »Sevtar Dahl?«

»Ja?«, fragte Kelric.

»*Was* war das?!«, wollte der Mann wissen.

»Sag *Sir*«, flüsterte Ched. »*Jai, Sir.*«

»Jai, Sir«, wiederholte Kelric.

Der Mann vermerkte etwas auf seinem »Klemmbrett. »Du arbeitest in der Randkolonne.«

Als Kelric und Ched zusammen mit ihren Wachen den

Steinbruch durchquerten, erklärte der Junge: »Das war Torv Haka. Der Aufseher im Männer-Trakt von Lager Vier. Du musst immer alle Schlüsselklapperer ›Ma'am‹ oder ›Sir‹ nennen.« Ched hob die Hand, als wolle er nach Kelric schlagen. »Wenn du das mal vergisst, werden die dich schon daran erinnern.«

»Ich dachte, Haka-Männer müssten diese besonderen Gewänder tragen?«

»Geht ja nich', dass unser Aufseher in Gewändern 'rumläuft. Wie soll er denn dann Abschaum wie uns unter Kontrolle halten?«

Kelric verzog das Gesicht. Doch der Aufseher war seine geringste Sorge. Er spürte eine nur allzu vertraute Übelkeit. »Ched … wenn ein Gefangener hier besondere Ernährung brauchen würde, würde er die dann auch bekommen?«

»Du machst wohl Witze! Das hier is' doch keine Calanya, weißte?«

Kelric stieß den Atem aus. »Ja, das ist wohl wahr.«

Zecha stand neben Rashiva auf dem Kontrollpunkt, von dem aus man in den Steinbruch Einblick hatte. Sie deutete auf die Reihe der Gefangenen, die sich in der Ferne quer durch den Steinbruch zog. »Da unten. Der große da mit der komischen Hautfarbe.«

Rashiva sah genau hin. Sevtar Dahl fiel zwischen den anderen auf wie ein Goldpokal zwischen Blechgeschirr. Doch was viel mehr ihre Aufmerksamkeit auf sich zog, war der Steinbruch selbst. Sie sah keinerlei Windbrecher, der die Kolonnen vor den Sandstürmen hätten beschützen sollen, und die Wasserversorgung schien defekt. »Was ist denn mit den Aquädukten los?«

»Der Sand verschließt sie«, erklärte Zecha. »Und weil

das System immer wieder zusammenbricht, habe ich es stillgelegt. Ein Trupp Träger bringt das Wasser jetzt immer von den Lagern aus hoch.«

Rashiva runzelte die Stirn. »Warum wurde mir nicht davon berichtet?«

»Ich wusste nicht, dass ein Bericht erforderlich gewesen wäre.«

Rashiva sah sie nachdenklich an. Die Gesetzeslage, die der Oberaufseherin uneingeschränkte Machtbefugnis über das ihr anvertraute Gefängnis verlieh, war durchaus sinnvoll; eine Verwalterin hatte nicht die Zeit, sich neben dem Anwesen und der Stadt auch noch um das Gefängnis zu kümmern. Und Zecha hatte stets einwandfreie Leistungen gezeigt. Rashiva bezweifelte, dass die Aufseherin mit dem grau melierten Haar es schätzte, dass man ihre Arbeit hinterfragte. Dennoch hatte Rashiva nicht die Absicht, das Gefängnis vollständig zu ignorieren, wie ihre Vorgängerin das getan hatte.

»Ich möchte in jedem Quartal einen Bericht erhalten«, entschied Rashiva. Sie deutete mit dem Kinn in Richtung des Steinbruchs. »Lasst die Wasserleitungen reparieren und einen neuen Windbrecher aufstellen!«

Zecha ließ ihre Stimme neutral klingen. »Jai, Ma'am.«

»Und, Oberaufseherin?«

»Ja?«

»Haltet mich bezüglich Eures Erfolges bei Sevtar auf dem Laufenden.«

Zecha sah sie mit unergründlicher Miene an. »Selbstverständlich, Ma'am.«

Eine Wache händigte Kelric eine Spitzhacke aus, ein Wachposten wies ihm den Weg zu seinem Arbeitsplatz, und eine Kommandantin informierte ihn, was die Folgen davon wären, sollte er versuchen, seine Hacke gegen Menschen statt gegen Gestein zu richten. Eine weitere Wache wies ihm eine Lore in einem kleinen Zug zu, der den Steinbruch durchquerte. Seine Aufgabe ließ sich leicht zusammenfassen: Steine zerschlagen und in die Lore füllen.

Normalerweise hätte Kelric diese Arbeit nichts ausgemacht. Sie war schwer, aber erträglich, zumindest für jemanden, der so stark war wie er. Doch nicht an diesem Tag. Der erste Krampf setzte ein, als er gerade einen größeren Gesteinsbrocken trug. Als sein Magen zu schlingern begann, entglitt der Stein seinen Händen und krachte zu Boden. Kelric ging in die Knie und schlang sich seine Arme in Bauchhöhe um den Körper.

»He!« Ched kam zu ihm herübergelaufen. »Du musst doch nicht so 'was großes ... Bei allen Winden, was ist *los?*«

Kelric beugte sich vor und erbrach sich hinter den Felsbrocken. Als er Krampf nachließ, krächzte er: »Kannst du mir Wasser holen?«

»Die geb'n uns kaum was«, erklärte Ched. »Die Leitungen sind hin.«

Hinter ihnen erklangen Schritte. Ched wirbelte herum, dann entspannte er sich. »Er ist krank, Bonni. Kann er was Wasser kriegen?«

Eine Wache kniete sich neben Kelric, eine hoch gewachsene Frau mit dem charakteristisch dunklen Haar einer echten Haka. Sie strich ihm mit der Hand über die Stirn. »Du brennst ja fast.«

»Das ist sein erster Tag heute«, sagte Ched. »Früher war er ein Calani.«

Sie lächelte. »Ein Calani? Ich hatte so was gehört, aber ich dachte, das sei nur so ein Gerücht.«

»Das stimmt!« Ched schob Kelrics Ärmel hoch, und die Wache sah die goldenen Armreifen.

»Cuaz im Himmel!« Bonni schaute Kelric an. »Was machst du dann hier?«

Ein Schatten fiel auf ihn. »Probleme, Bonni?« Torv Haka ragte vor ihnen auf, in der Hand einen Schlagstock.

Bonni stand auf. »Dieser Mann ist krank.«

»Der kommt aus Lager Vier«, entgegnete Torv. »Die erzählen einem doch, was sie wollen.«

Kelric stand langsam auf und schaute zum Aufseher. Torv blickte ihn an wie ein Kammerjäger, der einen besonders hässlichen Käfer entdeckt hatte. »Wenn du glaubst, du würdest jetzt 'ne tolle Behandlung kriegen, bloß weil du dieses Gold da an deinen Handgelenken hast, dann täuscht du dich!«

Kelric biss die Zähne zusammen. »Ja. Sir.«

In Torvs Stimme klang Zorn mit. »Dein Ton gefällt mir nicht, Calani.«

»Dann erstick doch dran«, meinte Kelric ruhig.

»Cuaz steh mir bei!«, murmelte Ched.

Torv lächelte. Dann ließ er seinen Schlagstock durch die Luft sausen. Kelric fing ihn ab und bremste ihn so abrupt ab, dass Torv von den Füßen gerissen wurde. Als der Aufseher stürzte, kamen andere Wachen aus der Nähe herbeigestürmt. Die hielten Kelric fest, während Torv sich wieder aufrappelte. Das Gesicht wutverzerrt, feuerte der Aufseher seinen Betäuber immer wieder ab, bis Kelric zusammenbrach und ihn Dunkelheit umschloss.

In einer Felsnische, durch größere Steine vor Blicken aus dem Steinbruch geschützt, kam Kelric wieder zu sich. Er lag mit dem Oberkörper auf einem Felsbrocken, seine Arme waren um den Stein geführt, seine Handgelenke an einem Eisenring festgebunden, der in den Stein eingelassen war.

»Aha«, hörte er eine Stimme. »Du bist also wach.«

Er blickte sich um und sah Torv Haka, der einen breiten Gürtel in der Hand hielt. »Hast gedacht, du könntest mich 'rumschubsen, was, du Schnulzensänger?« Torvs Finger packten Kelrics Hemd und rissen es ihm vom Leib. »Bald wirst du darüber anders denken!«

12

Wiederaufnahme

Bäuchlings lag Kelric auf der Pritsche seiner Zelle. Im Licht der Sterne konnte er gerade noch den Wasserkrug erkennen, den Ched neben ihm abstellte. Der Junge riss einen Stoffstreifen von den Überresten von Kelrics Hemd ab und tunkte es in den Krug. Dann machte er sich daran, die Striemen und Schnitte auf Kelrics Rücken zu reinigen.

»›Erstick doch dran.‹« Ched schüttelte den Kopf. »Was ist bloß in dich gefahren, so mit einem Aufseher zu reden?«

»Ich bin es nicht gewohnt, dass jemand so mit mir spricht«, antwortete Kelric.

»Ich glaub' langsam, du hast mehr Stolz als gut für dich!« Doch dann verwandelte sich Cheds Stirnrunzeln in ein Grinsen. »Aber du hast echt Mut. Das is' im Steinbruch schneller 'rumgegangen als der Wind, dass du ihn umgehauen hast. Erst einen Tag hier, und schon bist du berühmt!« Das Grinsen wurde ein wenig schiefer. »Und weißt du was? Torv hat Zev und seine Leute für die dritte Schicht im Steinbruch eingeteilt. Sieht ganz so aus, als ginge es ihnen heut' nich' so gut. Die ham sich wohl den ganzen Tag beschwert.« Das Grinsen schwand. »Ab Morgen früh bist du auch für drei Schichten am Tag eingeteilt, einen Zehntag lang. Schaffst du das? Du warst heute ziemlich angeschlagen.«

»Ich muss mein Wasser abkochen«, meinte Kelric.

»Hier gibt's nichts, womit man Feuer machen kann.«

Halbherzig dachte Kelric: *Bolt?*

&\$unkt** degrad\$#

Er spannte sich an, allein schon die Tatsache, dass er überhaupt eine Reaktion hatte auslösen können, verbesserte seine Stimmung ungemein. *Bolt, was ist mit meinen NanoMeds los? Können die nicht dafür sorgen, dass ich das Wasser vertrage?*

Reihe J weitestgehend erschöp^^#

Bolt?

Keine Antwort.

Kelric atmete hörbar aus. Zu Reihe J gehörten auch die NanoMeds, die am ehesten dazu in der Lage waren, die Bakterien im cobanischen Wasser zu bekämpfen; dass sie fast erschöpft war, erklärte seine zunehmenden Probleme. Doch soweit er das beurteilen konnte, waren die Meds, die seine Zellen reparierten und seinen Alterungsprozess verlangsamten, voll funktionsfähig. Wenn er das hier also überlebte, hatte er die Aussicht, mehrere Jahrhunderte in Haka zu verbringen.

»Du siehst nicht gerade glücklich aus«, bemerkte Ched.

»Ist schon mal jemand von hier entkommen?«

»Das is' 'ne blöde Idee, Metallmann. Selbst wenn man hier rauskommt, und das is' fast unmöglich, is' da bloß die Stadt, wo du hin kannst, und da fangen s'e dich sofort wieder ein. Das Nächste is' dann der Raumhafen, und der liegt weit draußen in der Wüste.« Ched reinigte eine Schnittwunde auf Kelrics Schulter. »Als ich das erste Mal von den Skolianern gehört hab', hab' ich gedacht, das Ganze is'n Riesen-Gesang. Dann hat Ministerin Karn gesagt, dass das alles stimmt. Leute, die vom Himmel gekommen sind. Heißt, die lassen uns nicht mal auf ihren Raumhafen.« Er machte sich daran, Kelrics Arm zu versorgen. »Vielleicht is' es ja doch nur'n Gesang. Ich hab noch nie'n Skolianer geseh'n.«

»Doch, hast du.«

»Hab' ich?«

»Mich.« Kelric lächelte. »Wenn ich dir sage, wer ich wirklich bin, hältst du mich endgültig für verrückt.«

Cheds Neugier war sofort geweckt. »Das klingt nach 'nem guten Gesang.«

»Mein Bruder befehligt das Imperiale Raumfahrt-Kommando. Ich bin einer seiner Erben. Stell dir mal vor, Ched: Du sprichst mit dem zukünftigen Imperator des Skolianischen Reiches.«

Der Junge gluckste. »Also, wenn du wirklich das ganze Universum beherrsch'n willst, sollteste dich vorher aber noch was ausruhen! Du siehst ziemlich fertig aus.«

Kelric lachte. »Einverstanden.« Er schloss die Augen.

Irgendwann später hörte er neben seiner Pritsche ein schabendes Geräusch. Als er die Augen öffnete, um nachzuschauen, was dort geschah, sah er Ched, der sich neben die Pritsche kniete, in der Hand einen Tonkrug.

»Ich hab' 'n bisschen Wasser abgekocht«, erklärte der Junge. »Mit meinen Kerzen.«

Kelric nahm den Krug entgegen, den ihm der Junge reichte, und trank in großen Schlucken; er hörte erst auf, als auch die letzten Rinnsale der warmen Flüssigkeit seine Kehle benetzt hatten. Dann stellte er den Krug ab und wischte sich über die Lippen. »Danke. Ich weiß, wie wichtig dir diese Kerzen sind.«

»Tja. Na ja.« Ched zuckte mit den Schultern. »Ist ja nich' so, als würd' ich Angst im Dunkeln ham oder so was.«

»Ich weiß.« Kelric hatte nicht lange gebraucht, um herauszufinden, dass die Nacht Ched sogar furchtbare Angst einjagte. »Trotzdem danke.«

Die Nachtbeleuchtung bestrahlte grell den Steinbruch, durchschnitt das Dunkel mit ihren Lichtklingen. Kelrics Spitzhacke blinkte auf, als er sie in der Ausholbewegung durch den Lichtkegel schwang. Funken sprühten, wenn die Spitze des Werkzeugs auf Gestein traf, und kleine Gesteinbrocken wirbelten durch die Luft. Ausholen. Aufprall. Ausholen. Aufprall. Seine Müdigkeit verschmolz mit der eintönigen Arbeit und betäubte seinen Verstand.

»Sevtar.«

Kelric zuckte zusammen. Bonni, die Wächterin, stand in seiner Nähe. Während er sie anstarrte und sich bemühte, seine Denkprozesse wieder einsetzen zu lassen, fuhr ihre Hand zu dem Speer, den sie auf dem Rücken trug. Erst da begriff er, das er seine Spitzhacke immer noch erhoben hatte. Als er sie sinken ließ, kam Bonni zu ihm herüber und reichte ihm ein in Metallfolie gewickeltes Päckchen.

Darin fand er in Scheiben geschnittenes Fleisch und Gewürzbrot. Verblüfft starrte er die Wächterin an. »Wie kommt …«

»Ched hat mir erzählt, dass du von dem Essen in Lager Vier krank wirst. Und er hat gemeint, das hier könntest du essen.« Ihre Stimme wurde sanfter. »Du bist ein echtes Wunder für diesen Jungen. Ohne Schutz überlebt der hier kein Jahr. Das ist sowieso alles falsch. Er sollte nicht hier sein.«

Der Gedanke war Kelric auch schon gekommen. »Es ist schwer vorstellbar, dass er versucht haben soll, jemanden umzubringen.«

»Er tut immer so hart. Aber er ist kein Mörder. Wenn man erst 'mal durch diese raue Schale gekommen ist, merkt man das.«

»Also gut.« Er hob das Päckchen. »Und danke!«

Bonni nickte. Dann ging sie, und Kelric aß ein wenig, den Rest wickelte er wieder ein, steckte das Päckchen unter den Hosenbund und zog das Hemd darüber. Dann hob er einen Felsbrocken und machte sich auf den Weg zu der Lore, die ihm zugewiesen worden war, und ging dabei an den vom Sand völlig zerstörten Wasserleitungen vorbei.

Als er an seiner Lore angekommen war, hörte er eine Frauenstimme: »Hey, Goldie! Sieht deine Haut überall so aus?«

Mit zusammengekniffenen Augen blickte er in die Richtung, aus der der Wind wehte. Auf einem Felsvorsprung, in ein paar Hundert Schritten Entfernung, stand die Frauen-Arbeitskolonne und beobachtete ihn. Sie standen dicht gedrängt beieinander, und die meisten von ihnen waren mindestens so groß wie er, einige sogar noch größer; ihre Haare hingen ihnen fettig und strähnig bis zu den breiten Schultern hinab.

Kelric verzog das Gesicht. Dann ging er wieder zu seinem Arbeitsplatz zurück.

Als er das nächste Mal seine Last abliefern wollte, hievte eine der am kräftigsten gebauten Frauen gerade einen Felsbrocken in seine Lore. »Na, sieh mal an!«, gurrte sie. »Goldie.«

Er ließ seine Steine in die Lore fallen.

»Wo ist der kleine Schnulzensänger?«, fragte sie dann.

»Er heißt Ched.«

»Nicht für die dritte Schicht eingeteilt, was?« Sie kratze sich ihren bemerkenswerten Bauch, einem Fass von einem Bauch. »Schade drum. Den kann man sich fast genauso gut anschauen wie dich.«

»Dann schau doch einfach woanders hin.«

Sie lachte und entblößte dabei verrottende Zähne und zahlreiche Zahnlücken. »Ich schau mir nur die Sehenswürdigkeiten an. Interessiert mich nicht, wenn die es nicht mögen, angeschaut zu werden!«

Kelric schüttelte den Kopf und ging wieder zu seinem Arbeitsplatz zurück; unter ihrem Blick zuckten die Muskeln seiner Schultern. Es fühlte sich so an, als würden ihre Augen Löcher in seine Kleidung brennen.

Bonni wartete schon auf ihn. »Wenn die Bande dir Ärger macht, sag mir Bescheid.«

»Kein Problem.« Er lächelte. »Trotzdem danke.«

Sie errötete und wandte den Blick ab. Erst als sie gegangen war, verstand er ihre Reaktion. Sie war eine echte Haka. Wahrscheinlich hatte sie noch nie einen Mann lächeln sehen, von ihrem Ehemann abgesehen.

Die Nacht schien kein Ende zu nehmen. Als endlich der Ruf erscholl, der das Ende der dritten Schicht verkündete, fühlte Kelric sich, als ginge er durch einen Nebel. Drei Schichten waren mehr, als seine erst kürzlich verheilten Beine verkraften konnten. Er humpelte den anderen Gefangenen hinterher und dachte nur noch an Schlaf. Der Aufstieg aus dem Steinbruch dauerte eine Ewigkeit, jeder Treppenabschnitt schien steiler als der vorangegangene.

Oben angekommen, wurde die Kolonne von einer Achtergruppe in Empfang genommen, die Kelric noch nie gesehen hatte. Die Kommandantin kam zu ihm herüber. »Sevtar Dahl?«

Es dauerte einen Augenblick, bis er durch den Nebel hindurch begriff, dass er gerade seinen Namen gehört hatte. »Ja?«

»Mitkommen.«

Alle Götter!, dachte er. *Und was kommt jetzt?*

Sie führten ihn den Berg hinunter und an den Lagern vorbei. Als sie das Torhaus erreicht hatten, waren am Himmel schon die ersten Lichtstrahlen des Sonnenaufgangs zu sehen. Im Inneren des Torhauses war es dunkel, doch weiter hinten wurde ein Arbeitszimmer durch eine Lampe beleuchtet. Dort goss sich eine Frau eine dampfende Tasse Tanghi-Tee ein. Die Frau war hoch gewachsen und schlank, ihr dunkelrotes Haar trug sie in einem geflochtenen Haarkranz aufgesteckt. Sonnenlicht und Wind hatten ihre Haut gegerbt, und nun sah ihr Gesicht aus wie verrostet.

Als die Wachen Kelric in ihr Arbeitszimmer führten, drehte sich die fremde Frau zur Kommandantin um. »Hat er heute Ärger gemacht?«

»Keinen«, erwiderte die Kommandantin. »Hat sein Pensum geschafft. Sogar noch ein bisschen mehr gemacht.«

Die verrostete Frau deutete mit dem Kinn auf einem Beutel, der auf dem Tisch lag. »Quis-Würfel. Für dich. Nimm schon.«

Als er den Beutel an sich nahm, wandte sich die Frau an die Wachen. »Ihr könnt ihn jetzt zurück in den Steinbruch bringen.«

Die Kommandantin starrte sie an. »Aber er hat heute schon *drei* Schichten gearbeitet.«

»Und ihr könnt ihn gerade rechtzeitig für eine vierte hinbringen.«

»Nein«, sagte Kelric.

Die verrostete Frau drehte sich zu ihm um. »Ich habe schon gehört, dass du ein Unruhestifter bist, Calani.« Sie nahm einen Schluck von ihrem Tanghi. »Ich mag keine Unruhestifter.«

Kelric wusste, dass es Vorschriften geben musste, die verboten, Gefangene so lange arbeiten zu lassen, bis sie umfielen. »Ich möchte mit der Oberaufseherin sprechen. Zecha Haka.«

»Tust du gerade.« Zecha wandte sich wieder an die Kommandantin. »Das wäre dann alles.«

Kelric biss die Zähne zusammen; er wusste, weitere Proteste würden ihm nichts einbringen als weitere Repressalien, wahrscheinlich in Form weiterer Sonderschichten. Seine Faust krampfte sich um den Beutel, doch er verließ zusammen mit den Wachen das Arbeitszimmer der Oberaufseherin.

Als sie aus dem Gebäude herausgetreten waren, machten sich seine Finger an dem Beutel zu schaffen; vorsichtig versuchte Kelric, ihn an seinem Gürtel zu befestigen. Er glitt ihm zwischen den Fingern hindurch und fiel mit einem dumpfen Geräusch in den Sand.

Die Kommandantin ging in die Knie und hob den Beutel auf. »Sevtar, es tut mir Leid.« Dann stand sie auf und knotete den Beutel an seinen Gürtel. »Das mit den Schichten, meine ich.«

Er musste schlucken. »Ja, mir auch.«

Als sie wieder die Klippen hinaufstiegen, fragte er sich, was er mit einem Beutel voller Würfel anfangen sollte.

13

Kontinuität

›*Du wirst hier sterben*‹, *sagte die Stimme. Wohin Kelric sich auch wandte, Monolithen versperrten ihm den Weg. Kein Licht, keine Nahrung, kein Wasser, Wasser, Wasser …*

»Bei allen himmlischen Winden, jetzt wach schon auf!« Ched schüttelte ihn. »Komm schon! Ich hab' dir Wasser gebracht!«

In der Finsternis setzte sich Kelric kerzengerade auf und versetzte dem Jungen dabei einen Stoß. »Was?

»Du musst mich doch nich' gleich stoßen!« Ched setzte sich wieder aufrecht hin. »Du hast um dich geschlag'n und hast nach Wasser geruf'n. Deswegen hab' ich dir was abgekocht.«

Kelric riss Ched den Krug förmlich aus den Händen. Er trank in großen Zügen, erstickte beinahe, während das Wasser seine ausgedörrte Kehle benetzte und seinen Durst löschte.

»Is' jetzt besser?«, fragte Ched.

Kelric ließ den jetzt leeren Krug sinken, jetzt war ihm seine Gier fast ein wenig peinlich. »Ja. Viel besser.«

Der Junge ließ sich nach hinten sinken und stützte sich auf seine Hände. »Heut' hatt' ich 'ne nette Überraschung. Ich hab' mein Pensum geschafft.«

»Dieses Pensum ist doch absurd.« Kelric legte sich wieder hin, langsam ließ der albtrauminduzierte Adrenalinschub nach. »Ich verstehe nicht, wie du das jemals schaffen sollst.«

»Tu' ich ja auch nie.«

»Du hast aber gerade gesagt, du hättest es heute geschafft.«

»Vielleicht sollte ich das anders ausdrücken. Meine Loren waren voll, als die Kommandantin vorbeigekommen ist, um nach uns zu schauen. Aber mindestens die Hälfte davon hab' ich nicht geschlagen.«

»Wahrscheinlich hast du bloß den Überblick verloren.«

Ched beugte sich vor. »Und wie kommt's, dass du dein Pensum nicht geschafft hast? Du hast doch mehr geschlagen, als du hast machen soll'n!«

»Da musst du dich verschätzt haben.«

»Du hast das Zeug in meine Loren getan! Ich meine, bei allen Winden, ich weiß das zu schätzen, Metallmann! Aber ich will, dass du damit aufhörst!«

»Womit?«

»Cuaz steh mir bei!« Ched warf die Hände in die Luft. »Du bist unmöglich!«

Kelric lächelte.

»Na ja«, lenkte Ched ein. »Dann dank' ich dir eben einfach dafür, weil du meine Loren voll machst und sie doch nich' voll machst und so , und lass dich schlafen.«

Kelric dachte an seinen Albtraum. »Geh nicht!«

»Schlecht geträumt, was?« Ched nickte. »Geht mir hier auch so.« Er runzelte die Stirn. »Wir könnten ja Quis spielen, aber du hast deine Würfel rumliegen lassen, und Ikav hat sie eingesackt. Du musst besser aufpassen.«

»Von mir aus kann er die haben.« Kelric schloss wieder die Augen. »Ich schlafe lieber noch ein wenig.«

»Ja, jetzt vielleicht. Aber in ein paar Tagen haben wir keine Spätschicht mehr. Du wirst schon sehen, wie langweilig das hier wird.«

Kelric öffnete wieder die Augen. »Wir?«

»Ich hab' um eine dritte Schicht gebeten.« Ched lachte. »Jetzt halt'n die Wachen mich für total verrückt!«

»Ja, und ich auch! Warum hast du das gemacht?«

»Um was für mein Pensum zu tun, damit du dich nich' tot schuftest, wenn du meine Loren auffüllst. Außerdem komm'n morgen Zev und seine Leute von der Spätschicht, und ich möchte' nich' hier sein, wenn du es nich' bist.«

Der gleiche Gedanke, war auch Kelric schon durch den Kopf gegangen. Was würde aus Ched werden, wenn ihm, Kelric, die Flucht gelang? Er konnte natürlich versuchen, den Jungen gleich mit herauszuholen, aber er bezweifelte, dass Ched, auf sich allein gestellt, lange durchhalten würde. Und wenn man sah, wie verwundbar Ched war, fiel es viel zu leicht, zu vergessen, dass es einen Grund dafür gab, dass er im Gefängnis war.

»Warum guckst du mich so an?, fragte Ched.

»Ich habe gerade an den Mann gedacht, denn du hattest umbringen wollen.«

Ched spannte sich merklich an. »Was is'n mit dem?«

»Warum hast du versucht, ihn zu erdrosseln?«

»Wie, ›warum‹? Der war Gossenabschaum! Der hat es echt verdient, dass man ihm den Kopf abquetscht!«

Kelric konnte sich gut vorstellen, dass Cheds Wortwahl sich durchaus auf sein Tribunal ausgewirkt hatte. »Was hat er denn getan?«

»Er hat gar nix gemacht. Außer dasser sich die Birne zugeschüttet hat.« Der Junge zuckte sichtlich zusammen. »Und dann hatter immer gemeint, ich muss 'ne Lektion kriegen.« Ched ballte die Faust. »So halt.«

»Er hat dich geschlagen?«

»Er hat immer gesagt, ich würd' ihn dazu bringen, das zu tun. Das letzte Mal hatter versucht, mich auszuknipsen.« Ched schluckte. »Sieht fast so aus, als könnt'

233

ich ganz gut kämpfen, wenn ich so richtig Angst hab'.«

Kelric starrte ihn an. »Hast du dir denn nirgends Hilfe holen können?«

»Na klar doch! Ein Kinsa! Die hätten mich alle ausgelacht.«

»Du hast doch genauso das Recht auf Schutz durch die Obrigkeit wie alle anderen auch.«

»Ich hab' höchstens das Recht, dass die mich in 'nen Stadtgefängnis stecken.«

»Und was ist mit der Kinder-Genossenschaft?«

»Was soll damit sein?«

»Hättest du nicht dorthin gehen können?«

»Nein.«

»Warum nicht?«

»Das geht dich überhaupt nichts an!«

Kelric sah ihn nachdenklich an. »Kannst du nicht dafür sorgen, dass du deine Strafe in einem nicht ganz so harten Lager absitzen kannst?«

»Was denn, eine Verlegung?« Ched lachte. »Wenn ich mehr schaffe als nur mein Pensum, wenn Torv ein gutes Wort für mich einlegt, wenn Zecha gut gelaunt ist … vergiss es!«

»Bonni könnte ein gutes Wort für dich einlegen.«

Ched sah ihn erstaunt an. »Ja, da könntest du Recht haben.«

Ein Klirren hallte über den Flur, das Geräusch, das verriet, dass die Sicherheitstüren geöffnet worden waren. Ched sprang auf und rannte zum Durchgang. »Das sind Wachen! Ganze Rudel davon!«

Kelric folgte ihm. Vier Wachen gingen in großen Schritten den Flur hinunter, die Klingen ihrer Schwerter blitzten im Licht der Sterne. Weitere Wachen standen an den Türen und passten auf, während Zev und die anderen sich in den Durchgängen zu ihren Zellen aufstellten.

Die Kommandantin blieb vor Kelric stehen. »Umdrehen.«

Beunruhigt gehorchte er. Irgendjemand ließ Kelrics Armbänder hinter seinem Rücken einrasten ... und dann wurde ihm eine Augenbinde umgeknotet.

»Lasst ihn in Ruhe!«, protestierte Ched. »Er hat doch gar nichts gemacht!«

»Hey!«, rief Zev. »Will Torv ihn sich wieder 'mal vornehmen?«

Gossi lachte. »Besser du als ich, Calani!«

Eine Wache legte Kelric die Hand unter den Ellbogen und führte ihn durch die Dunkelheit. Sie brachten ihn aus dem Flur und dann quer durch das Gebäude, dirigierten ihn nur durch Bewegungen. Dann traten sie aus dem Gebäude heraus, hinein in einen stechenden Sandsturm, in dem der Wind ihm mit bisher ungeahnter Heftigkeit in die Haut schnitt. Kelric zwang sich dazu, einen Fuß vor den anderen zu setzen, er hatte keine Wahl, als sich von ihnen führen zu lassen.

Schließlich kamen sie an einen windgeschützten Ort und gingen eine Schräge hinunter. Nach kurzer Zeit blieben sie stehen, und Kelric hörte, wie klirrend eine Tür geschlossen wurde. Irgendjemand befreite seine Hände und nahm ihm die Augenbinde ab. Als seine Augen sich wieder an das Licht gewöhnt hatten, sah er einen Raum, der mit poliertem Bernsteinholz getäfelt war; auf dem Fußboden lag ein edler goldener Teppich.

Mitten im Raum saß Zecha an einem Quis-Tisch.

Sie deutete auf einen Sessel, der ihr am Tisch gegenüberstand. »Setz dich!« Während Kelric in dem Sessel Platz nahm, blickte sie zur Kommandantin. »Wo sind seine Quis-Würfel?«

»Ikav hatte sie an sich genommen.« Die Kommandantin zog den Beutel aus ihrer Jacke hervor und legte ihn auf den Tisch.

Kelric schaute die Aufseherin überrascht an. »Ihr habt mich hierher geholt, damit ich spiele?«

»Wir spielen um Arbeits-Schichten.« Sie ließ ihren eigenen Satz auf den Tisch rollen. »Für jedes Spiel, das du verlierst, musst du eine Schicht mehr arbeiten.«

Das glaube ich einfach nicht!, dachte Kelric. »Und wenn ich gewinne?«

»Dann musst du die Schicht nicht arbeiten.«

»Das ist nicht gerade eine angemessene Wette.« Er strich sich durch die dichten Locken, die ihm bis weit den Nacken hinabreichten. »Wie wäre es mit einem Haarschnitt, wenn ich gewinne? Und beim zweiten Sieg eine Rasur?«

Zecha zuckte mit den Schultern. »Wie du meinst.« Sie setzte einen blauen Kubus auf den Tisch. »Du bist dran.«

Es war schwierig, so einfach geistig auf Quis umzuschalten. Er war viel zu müde. Doch die Aussicht, noch mehr Schichten arbeiten zu müssen oder wieder von Torv geschlagen zu werden, war noch schlimmer. Also schüttete er seine eigenen Spielsteine aus und setzte einen weiteren blauen Kubus auf Zechas Spielstein. Sie legte einen roten Kubus auf den Stapel.

»Das geht nicht«, meinte er.

»Wieso nicht?«

»Man kann rot nicht auf blau legen.«

Sie schnaubte verächtlich. »Ich dachte, du wüsstest, wie man Quis spielt!«

Bolt, dachte er.

SDFJ$(

Bolt, komm schon. Kannst du auf die Dateien mit den Quis-Regeln zugreifen.

Kelric gab es auf und verließ sich ganz auf seine Intuition: Er legte einen Stab auf das Spielfeld, um Zecha von dem Kuben-Stapel abzulenken. Sie legte eine Kugel in die nähe des Stabes, und er setzte einen Rosenholz-Bogen zwischen die Kugel und den Stapel.

Zecha lachte. »Gewonnen!«

»Gewonnen?« Er sah sie an. »Ihr habt nicht gewonnen.«

»Du hast eine Brücke gebaut. Und beide Enden berühren meine Steine. Das könnte ja jedes Kleinkind besser!«

Verdammt! Er hatte nicht einmal gemerkt, dass sein Bogen ihre Kugel berührt hatte. Indem er beides mit dem Stapel verbrückt hatte, hatte er eine Struktur gebaut. Der Rang, der sich ergab, wenn man alle von Zechas Steinen kombinierte, übertraf seinen eigenen bei weitem, und so konnte sie die Struktur für sich als Sieg verbuchen, wenn sie das wollte.

Die Aufseherin räumte das Spielfeld ab und legte einen Dodekaeder aus. Kelric legte ein blaues Dreieck darauf.

Zecha sah ihn selbstgefällig an. »Sonderschicht Nummer Zwei.«

»Ich habe verloren?«

»Jämmerlich.«

»Wieso?«

»Mein Dodekaeder hatte schwarze Kanten.«

»Und das heißt?«

»Das heißt, man darf nur Schwarz ausspielen.« Zecha schnippte ihm sein Dreieck zu und ließ den Dodekaeder liegen. »Neues Spiel. Du bist dran.«

Kelric rieb sich die Augen und bemühte sich, wach zu bleiben. Er setzte ein Heptaeder auf den Tisch.

Zecha lachte. »Und die dritte Schicht!«

Verpuggt noch mal!, dachte er und wünschte sich, Zecha würde an ihren Würfeln ersticken.

»Ich dachte, er sei ein Calani«, murmelte eine der Wachen.

»Wenn du mir nicht erklären kannst, warum du mit diesem Zug verloren hast«, fügte Zecha hinzu, »kriegst du gleich noch eine Schicht dazu.«

Kelric fragte sich, was die Oberaufseherin des ganzen Gefängnisses wohl dazu bewegen mochte, ihn mitten in der Nacht mit verbundenen Augen quer durch Haka zu schleppen, bloß um ihm eine Quis-Lektion zu erteilen. »Wegen der Kontinuitäts-Regel«, antwortete er. Aber welcher? Farbe? Form? Dimension? Das war es! Dimension.

»Ich habe mit dem ersten Zug des letzten Spiels verloren«, sagte er. »Ihr habt das neue Spiel mit dem Dodekaeder eröffnet, mit dem Ihr auch das letzte eingeleitet habt. Also gelten die Kontinuitätsregeln. Ich musste den Zug, mit dem ich verloren habe, ausgleichen, indem ich einen Stein mit der gleichen Dimension ausspiele, die auch der Stein besessen hat, mit dem ich verloren hatte. Also einen flachen Stein. Zwei Dimensionen. Aber ich habe einen dreidimensionalen Stein ausgespielt.«

»Vierte Schicht«, sagte Zecha selbstgefällig.

Er biss die Zähne zusammen. »Wieso das?«

»Dein Stein musste zugleich meinen Dodekaeder überbieten.«

»Nichts überbietet einen Dodekaeder.«

»Stimmt.« Sie nahm seinen Würfel vom Brett und ließ den Dodekaeder liegen. »Du bist dran.«

Kelric verzog das Gesicht. Je mehr Seiten der Polyeder aufwies, um so höher war sein Rang. Beim Quis gab es keinen Polyeder, der mehr Seiten hatte als der Dodekaeder mit seinen zwölf Flächen, und bei der gegebenen Struktur konnte keine andere Form einen Polyeder im

Rang übertreffen. Die Oberaufseherin hatte ihn in einer Endlosschleife von Niederlagen gefangen.

»Sieht nach einer weiteren Schicht aus«, kommentierte Zecha.

Hinter Kelric wurde eine Tür geöffnet. Ein Mädchen kam an den Tisch und sagte mit leiser Stimme etwas zu der Aufseherin. Zecha runzelte die Stirn und nickte dann.

Als das Mädchen wieder gegangen war, legte Kelric vorsichtig einen Ebenholzball auf das Dodekaeder.

»Es tut mir Leid«, sagte Zecha. »Aber dieser Zug ist nicht erlaubt.«

Beinahe wäre ihm der Unterkiefer heruntergeklappt. Das war die erste Höflichkeitsfloskel, die sie ihm gegenüber hatte fallen lassen. Als er sich von der Überraschung wieder erholt hatte, sagte er: »Er ist sehr wohl erlaubt. Ich habe beim letzten Spiel fälschlicherweise einen dreidimensionalen Stein ausgespielt, und ein Ball ist ein dreidimensionaler Stein.«

»Das stimmt«, pflichtete sie ihm bei. »Aber er überbietet keinen Dodekaeder.«

»Doch, das tut er.«

Ihre Maske der Höflichkeit zerbarst. »Widersprich mir nicht! Du brauchst einen Stein mit mehr als zwölf Seiten. Und den hast du nicht!«

Er grinste. »Eine Kugel ist ein Körper mit unendlich vielen Seiten! Es ist der Körper, der sich ergibt, wenn die Anzahl der Seiten des geometrischen Körpers sich dem Grenzwert ›unendlich‹ nähert.«

Missmutig stieß Zecha seinen Ball von ihrem Würfel. Dann nahm sie ihren Dodekaeder vom Spielbrett. »Und jetzt? Du hast gewonnen. Also eröffne schon das neue Spiel!«

Kelric unterdrückte das Bedürfnis, laut zu lachen.

Er spielte eine Pyramide aus, und das Spiel kam in Gang; schnell wurde daraus eine komplizierte Abfolge verschiedenster Strukturen. Nach einiger Zeit schien irgendetwas seine Aufmerksamkeit zu fordern. Was …? Ja, genau da! Zecha hatte eine geschlängelte Linie aus grünen Steinen ausgelegt und versuchte jetzt, die Spirale zu schließen.

Seine Gegenspielerin trommelte mit den Fingerspitzen auf die Tischplatte. »Wie lange soll ich denn noch auf deinen nächsten Zug warten?«

»Nicht mehr lange.« Er spielte eine blaue Pyramide aus.

Sie ergänzte ihre eigene Struktur um eine grüne Pyramide. »Dein Zug.«

Er lächelte. »Mein Sieg.«

»Das ist nicht ›dein Sieg‹! Du hast nicht gewonnen! Jetzt zieh schon!«

Kelric tippte der Reihe nach mit einem Finger auf eine Reihe von Pyramiden, die sich quer durch alle Strukturen dahinzog. »Schwarz, braun, rot, orange, golden, gelb, grün, blau, purpurn, violett, schwarz. Alle von mir außer rot und grün.« Er lachte. »Das große erweiterte Spektrum. Vorteil für mich. Ihr schuldet mir eine Rasur und einen Haarschnitt, Aufseherin!«

Zecha funkelte ihn wütend an. Dann wandte sie sich an die Achtergruppe. »Ihr könnt ihn jetzt wieder zurückbringen.«

Während er noch aufstand, fesselten sie schon seine Handgelenke; dann verbanden sie ihm wieder die Augen und führten ihn hinaus.

Zecha lehnte sich gegen den Tisch im Übergangsraum, der das Anwesen mit den unterirdischen Tunneln von

Haka verband. Es verärgerte sie, dass Rashiva darauf bestanden hatte, ihre Quis-Sitzungen mit Sevtar hier stattfinden zu lassen, wo die Verwalterin die Sitzung durch eine einseitig verspiegelte Fensterscheibe unbemerkt beobachten konnte. Sie spionierte – nichts anderes war es doch, was Rashiva hier tat! Es war eine gute Idee gewesen, ein Mädchen Wache halten zu lassen, um sie sofort zu informieren, falls die Verwalterin tatsächlich auftauchte.

Die Tür auf der anderen Seite des Raumes wurde geöffnet, und Rashiva Haka trat ein.

Zecha verneigte sich. »Verwalterin Haka.«

»Morgen, Aufseherin.« Rashiva musste glucksen. »Mit dem Polyeder mit den unendlich vielen Seite hat er Euch ganz schön erwischt, was, Zecha? Und sein Spektrum war doch eine wahre Pracht!«

»Ihr habt seine ersten Spiele verpasst. Da hat er wie ein Kind gespielt!«

Rashiva streckte die Arme. »Warum habt ihr die Spiele noch vor Sonnenaufgang angesetzt? Hätte meine Gefolgsfrau nicht gesehen, dass ihr hierher gegangen seid, hätte ich alles verschlafen!«

Zecha hatte eigentlich beabsichtigt, mit Sevtars ›Unterricht‹ fertig zu sein, bevor die Verwalterin, ohnehin als Frühaufsteherin bekannt, auf den Beinen war. »Ich wollte Euch nicht belästigen, Ma'am.«

»Das wäre keine Belästigung gewesen.« Rashiva lehnte sich gegen den Tisch. »Müsst Ihr ihm denn wirklich die Augen verbinden und ihn fesseln? Das muss doch unangenehm für ihn sein.«

»Wenn wir ihm nicht die Augen verbinden, erfährt er, wie man vom Gefängnis aus hierher kommt. Ohne Fesseln könnte er in das Anwesen eindringen.« Vielleicht sollte sie ihn tatsächlich einmal ausbrechen lassen.

Wenn Sevtar ein einziges Mal jemanden aus Rashivas Gefolgschaft verprügelt hätte, würde die Verwalterin vielleicht endlich mit ihrem ›Wieder-in-die-Gesellschaft-eingliedern‹-Unsinn aufhören.

»Er verhält sich nicht gefährlich«, gab Rashiva zu bedenken. »Eigentlich scheint er ein angenehmer Zeitgenosse zu sein.«

»Dieser ›angenehme Zeitgenosse‹ hat Llaach Dahl getötet.«

Rashiva atmete hörbar aus. »Ja. Das stimmt.« Einen Augenblick dachte sie nach. »Stellt ihn heute von der Kolonne frei. Er ist ganz offensichtlich erschöpft. Und sorgt dafür, dass er rasiert wird, wie er es sich gewünscht hat. Aber die Haare nur ein wenig stutzen. Die sind viel zu schön, um sie abzuschneiden.«

Knochen und Käfer! Erwartete Rashiva vielleicht von ihr, dass sie solchen Schnulzensängern auch noch eine Maniküre verpasste? »Es könnte gefährlich sein, ihn in die Nähe eines Rasiermessers zu lassen. Er könnte versuchen, eine Klinge zu erbeuten.«

»Dann trefft alle Sicherheitsvorkehrungen, die Euch angemessen erscheinen.«

»Jai, Ma'am.«

Nachdem Rashiva gegangen war, blieb Zecha brütend zurück. Also sollte sie Sevtar jetzt auch noch verhätscheln, was? Kam ja gar nicht in Frage! Vielleicht hielt er sich für so schön, dass ihm eine Sonderbehandlung zustand. Sie hatte gesehen, wie er lächelte. Sein verführerisches Verhalten mochte vielleicht Verwalterinnen blenden können, aber bei der Aufseherin von Haka würde es nicht ziehen.

Doch Sevtar war ihr auf andere Weise unter die Haut gegangen. Irgendwie war er in ihr Gehirn, in ihr Denken vorgedrungen. Es war schon Jahre her, dass sie Albträume gehabt hatte, in denen Stimmen in ihrem Kopf mit ihr sprachen. Damals hatte sie gefürchtet, den Verstand zu verlieren, bis sie schließlich einen emotionalen Schutzwall aufgebaut hatte, die wirklich *alles* abhielt. Sie war dadurch einsamer als ein Kinsa, der sich in der Wüste verirrt hatte, doch es schützte sie wenigstens davor, die Gedanken anderer hören zu müssen.

Und jetzt kam dieser Sevtar und begann, ihren Schutzwall einfach einzureißen.

Zecha biss die Zähne zusammen. Diese ganze ›Sevtar-Sache‹ war viel zu weit gegangen. Sie musste ihn loswerden.

Als Ched in die Zelle kam, hielt Kelric sich am Oberlicht fest und schaute in den blauen Himmel hinaus.

»Cuaz und Khozaar, steht mir bei!«, staunte Ched.

Kelric blickte hinunter. »Wer sind die beiden überhaupt?«

»Ach, das sagt man nur so. Cuaz und Khozaar sind Windgötter; beides Akasi der Sonnengöttin Savina.« Ched blickte Kelric mit gerunzelter Stirn an. »Du kriegst die Gitterstäbe vor dem Oberlicht nicht kaputt, Metallmann! Das haben wir alle schon versucht.«

Kelric sprang zu Boden. »Hast du Lust, Quis zu spielen?«

»Nein. Du gewinnst ja doch.« Ched ließ sich auf die Pritsche fallen. »Weißte, worauf ich Lust hab'? Ein großes Festmahl, mit massenhaft Wein! Und danach zwei wunderschöne Kriegerinnen, die uns mitnehmen und dann mit uns umzugehen wissen, du weißt schon!«

Kelric lächelte. »Klingt nicht schlecht.«

»Warst du schon mal verliebt?«

»Zweimal.« Kelric setzte sich, den Rücken an die Wand gelehnt. »Beim ersten Mal war ich jünger als du.

Vierzehn. Shaliece hat sich immer angeschlichen und mich heimlich beobachtet, wenn ich im Fluss geschwommen bin. Eines Tages habe ich sie dann gesehen. Es war mir so peinlich! Erst habe ich mir sofort meine Hose angezogen, und dann habe ich das Mädchen quer durch den ganzen Wald gejagt.«

»Und was ist passiert, als du sie erwischt hast?«

Kelric lachte. »Das, mein Freund, ist Privatsache!«

Ched grinste. »Die hat dich in Schwierigkeiten gebracht, was? Is' mir auch passiert.« Sein Grinsen schwand. »Wegen so was ham die mich auch aus der Kinder-Genossenschaft in Lasa 'rausgeschmissen.«

»'Rausgeschmissen? Wieso?«

»Ich hab' mich von 'nem Mädchen da zu was bequatschen lassen.« Ched setzte sich auf. »Am nächsten Morgen wollt' sie von mir dann nichts mehr wissen. Aber sie hat alles 'rumerzählt. Ziemlich schnell haben dann alle Mädchen wilde Geschichten über mich erzählt. Alles gelogen! Ich hab' diese Klauenkatzen nie angerührt! Ich hab' nur die eine da gemocht, und die wollte jemand andern. Und weißte was? Den hat sie auch in Schwierigkeiten gebracht. Und um ihn zu beschützen, hat sie gesagt, ich wär' der Vater. Und bei all den Geschichten, die die da über mich erzählt ham, hat ihr natürlich jeder geglaubt.« Er wischte heftig über den Zellenboden, Sand wirbelte auf. »Und deswegen hat der Vormund von der Genossenschaft mich 'rausgeschmissen.«

Kelric runzelte die Stirn. »Dazu hatte man kein Recht.«

»Dann bin ich eben nach Viasa gegangen. Kein Haus in Lasa hat mich aufnehmen woll'n. Die ham alle gesagt, ich wär' Abschaum.« Er zuckte mit den Schultern. »Wahrscheinlich ham sie Recht.«

»Hatten sie nicht, Ched! Denk niemals so über dich selbst!«

Der Junge zögerte. »Siehst du das vielleicht anders?«

»Du hast ein gewaltiges Potenzial. Du brauchst nur eine Gelegenheit, es zu entwickeln.«

»Ha! Na ja.« Ched warf Kelric ein peinlich berührtes Lächeln zu. »Weißte, du bist echt in Ordnung.«

Rashiva ging in Zechas Arbeitszimmer auf und ab. »Er sieht so verwundbar aus.«

Zecha lehnte sich in ihrem Sessel zurück. »Lasst Euch nicht von Cheds Unschuldsmiene täuschen.«

»Bonni sagt, er sei ein echter Mustergefangener.« Rashiva blieb stehen. »Sie hat vorgeschlagen, ihn aus Lager Vier zu verlegen.«

Mustergefangener? Zecha hätte beinahe verächtlich geschnaubt. Sie kannte Leute wie ihn, wusste, wie solche Jungs Frauen manipulieren konnten. Ihr Vater war so alt wie Ched gewesen, als er ihre Mutter verführt hatte. Vielleicht war ihre Mutter ja glücklich gewesen über die unerwarteten Folgen der Vergnügen dieser Nacht; Zecha dagegen quälten immer noch die Beschimpfungen, mit der man sie in ihrer Kindheit bedacht hatte: *Kinsakind. Stricher-Baby.*

»Ched war schon immer ein Problemfall«, erklärte sie. »In letzter Zeit übertrifft er sogar sein Pensum, aber ich bezweifle, dass er das länger durchhält.«

Rashiva runzelte die Stirn. »Was für ein ›Pensum‹?«

Knochen und Käfer! Entging Rashiva denn nie etwas? »Ein Belohnungssystem. Wenn die Gefangenen bestimmte, festgelegte Pensen schaffen, erhalten sie Privilegien.« Sobald Zecha begriffen hatte, dass Rashiva ihre Regentschaft nicht so verschlafen wollte wie ihre senile Vorgängerin, hatte sie alle Unterlagen bereinigen lassen. Gewisse Aufzeichnungen hätten fehlinterpretiert werden können, insbesondere die, in denen detailliert beschrieben wurde, wie sie die Profite aus zusätzlichen Schichten im Steinbruch auf ihr eigenes Konto umbuchte. Also ließ sie alles verschwinden. Jetzt waren sämtlichen Unterlagen makellos. »Ich kann Euch alle Akten vorlegen.«

»Ist recht«, meinte Rashiva. »Und kümmert Euch um Cheds Verlegung! Versetzt ihn in eine andere Kolonne. Die Wartungsmannschaft vielleicht. Er sieht nicht kräftig genug aus, um in einem Steinbruch zu arbeiten.«

Innerlich versteifte sich Zecha. Wer war denn hier die Aufseherin? Trotzdem, es war besser, bei derartig unbedeutenden Dingen Rashivas Vertrauen zu gewinnen. Dadurch würde sie bei wirklich wichtigen Dingen eine günstigere Ausgangsposition erhalten.

»Ich kann ihn in Lager Zwei schicken«, schlug Zecha vor. »Die kümmern sich um die Wartung.«

»Gut.« Rashiva begann wieder auf und ab zu gehen. »Wie läuft es mit Sevtar?«

»Es läuft gar nicht. Ihr habt doch seine Akte gesehen. Gleich in seiner ersten Nacht hier hat er eine Prügelei angefangen, und am ersten Tag im Steinbruch hat er Torv Haka angegriffen.«

»Vielleicht solltet Ihr ihn von den anderen fernhalten.« Rashiva dachte nach. »Gebt Ihm mehr Möglichkeiten, sich auf das Quis zu konzentrieren. Ihn in einem Steinbruch arbeiten zu lassen, ist ohnehin Talentverschwendung.«

Ein Plan nahm in Zechas Gedanken bereits konkretere Formen an. »Ich glaube, das ist eine gute Idee.« Ja, eine ausgezeichnete Idee sogar.

Vielleicht würde sie sich sehr bald nie wieder mit dem ›Sevtar-Problem‹ befassen müssen.

Sandkörner peitschten Kelric ins Gesicht, als die Wachen ihn durch den Sandsturm führten. Vor einem isoliert gelegenen Lagerhaus blieben sie stehen, weit abseits von den Lagern. Als Kelric sah, dass Zecha vor der Metalltür des Gebäudes stand und wartete, wuchs sein Unbehagen noch. Dann wurde das schwere Portal langsam geöffnet. Man konnte jetzt erkennen, dass sowohl das Tor als auch die Wände des Lagerhauses selbst mehr als sechs Handbreit dick waren.

Mit ihren Schwertern stießen sie Kelric voran, die Spitzen der Klingen hinterließen kleine Schnittwunden, wo sie den Stoff seiner Gefängniskleidung durchdrangen. Im Inneren des Lagerhauses fand Kelric einen einzelnen großen Raum mit einer Pritsche und einer Decke vor. Eine Reihe vergitterter Fenster erstreckten sich der Länge nach an einer Wand, jedoch so hoch oben, dass er bezweifelte, jemals einen Blick dort hinauswerfen zu können, selbst wenn er hochsprang. Verwirrt drehte er sich zu Zecha um.

»Du wirst von den anderen Gefangenen getrennt«, erklärte sie.

»Für wie lange?«, fragte er.

Ihre Augen blitzten. »Für immer.«

Kelric hechtete auf die Tür zu, doch die Wachen schoben sie bereits wieder zu. Donnernd schloss sich das Portal, und Kelric krachte gegen das Metall. »Nein!« Er hämmerte mit den Fäusten gegen die Tür. »NEIN!«

Von der anderen Seite der Wand war kein Laut zu hören.

14

Felskaskade

Zu Anfang tobte Kelric, warf seinen kräftig gebauten Körper immer wieder gegen die Wände, die ihn einschlossen. Und jedes Mal, wenn seine blinde Wut verbraucht war, sackte er auf dem Boden zusammen und schnappte keuchend nach Luft.

Seine Gefängniswärter hatten einen der Schränke in diesem Lagerraum zu einer Art Waschraum umgebaut. Im anderen Schrank fand er eine Decke, einen Krug mit Flüssigseife, und einige Putzlumpen. Jeden Morgen erschien sein Essen in einem schmalen Tunnel, der in den unteren Teil der Tür hineingeschnitten war. Wenn er seine Mahlzeiten beendet hatte, schob er das Tablett mit der leeren Schüssel wieder in den Tunnel zurück. Als er hörte, dass jemand die Sachen abholte, versuchte er, nach dem Arm der betreffenden Person zu greifen. Aber er konnte nicht tief genug in den Tunnel hineinlangen.

Er verweigerte die Nahrung, hoffte, ein Hungerstreik würde sie dazu zwingen, ihn freizulassen. Als nach mehreren Tagen seine Gefängniswärter immer noch nicht auf die unberührten Mahlzeiten im Tunnel reagierten, fragte er sich, ob Zecha genau das wollte: dass er einfach verhungerte.

In der gleichen Nacht gab er seinen Hungerstreik auf.

Schließlich entwickelte er eine Art Routine: Morgens trainierte er ein wenig seinen Körper, den Rest des Tages spielte er Solitär-Quis. Sobald das Tageslicht der Nacht wich, flüchtete er sich in Schlaf, und sobald die Morgendämmerung durch die Gitterfenster sickerte, erwachte er, jeden Morgen eines jeden Tages, bis die Tage zu Jahreszeiten wurden.

Der Herbst wurde kühler, bis daraus Winter geworden war, der Regen rann durch seine Fenster und sättigte seine ganze Welt mit Feuchtigkeit. Einmal bekam er Fieber, er wurde so krank, dass er sich kaum bewegen konnte. In seinen lichteren Momenten fragte er sich, ob überhaupt jemand bemerken würde, wenn er starb. Als er sich wieder erholt hatte, machte er sich aus seiner Decke ein Gewand; mit Hilfe eines scharfkantigen Steinsplitters schnitt er Armlöcher in den Stoff und machte sich dazu noch eine Kapuze. Die verbliebenen Stoffreste schob er in den Tunnel, und am nächsten Morgen lag neben dem Tablett mit seinem Essen eine neue Decke.

Der Winter wurde wärmer, wurde zum Frühling. Kelrics Haar wuchs zu einer struppigen Mähne, sein Bart, ein rotgoldenes Gewirr, reichte ihm bis weit über die Brust. Im Sommer kam er in der Hitze fast um. Der heiße Wind wehte durch die Fenster Sand herein, der sich an seinem ganzen Körper festzusetzen schien.

Nachts verfolgten ihn Träume seiner Heimatwelt Lyshriol. Er sah ihre weiten Ebenen mit dem silbrigen Gras und die uralten bunten Wälder, in denen er als Kind gespielt hatte. In anderen Träumen hielt er eine Geliebte in den Armen, oft Deha, gelegentlich seine erste Frau, noch seltener andere Frauen, die er einst gekannt hatte. Es fühlte sich so wirklich an, dass er, wenn er erwachte, gegen die Wände hätte schlagen mögen, weil ihn wieder nur dieser leere Raum erwartete.

Kelric war immer ein introvertierter Mensch gewesen, alleine verbrachte Zeit war normalerweise genau das gewesen, was er brauchte, um wieder zu Kräften zu kommen. Doch das hier überstieg jedes erträgliche Maß. Wenn er deprimiert war, setzte Bolt chemische

Wirkstoffe in seinem Hirn frei und erzeugte so ein End-orphin-Hoch. Das verbesserte zwar Kelrics Stimmung, doch tat es nichts gegen die Einsamkeit, und es belastete zusätzlich den ohnehin schon beschädigten Computer, bis er schließlich, mehrere Jahreszeiten später, völlig den Kontakt zu ihm verlor. Bolts Schweigen stimmte ihn traurig; jetzt hatte er nicht einmal mehr die Stimme in seinem Kopf, mit der er sich unterhalten konnte.

Also fing er an, mit dem Sand zu sprechen, mit dem Fußboden, mit dem Essen. Er gab den Insekten, die vor den Fenster summten, eigene Namen. Als er sich selbst dabei ertappte, für einen verstorbenen Luftkäfer ein Begräbnisritual zu vollziehen, wusste er, dass er etwas finden musste, um sich von seiner Einsamkeit abzu-lenken.

Quis wurde sein Leben. Er bedeckte den ganzen Fuß-boden mit Strukturen und machte sich neue Steine aus dem Mörtel, den er von der Wand kratzte. Als die Spiel-regeln ihn zu sehr einschränkten, erfand er sich neue hinzu. Das Quis, das er jetzt spielte, war ganz allein sein eigenes, ohne jeglichen äußeren Einfluss, ohne Geschichte, ohne Kulturerbe, ohne den Beitrag anderer Spieler. Die einfachen Muster, die er in Dahl gelernt hatte, erschienen ihm jetzt geradezu lächerlich. Er flocht seine Vorstellungen von Haka, von Coba, vom Imperia-lat, vom ganzen Universum in sein Quis ein. Die Muster entwickelten sich weiter, erläuterten ihm die Vergan-genheit, sagten ihm die Zukunft voraus, enthüllten verborgene Labyrinthe in seinen unterbewussten Gedankenpfaden.

Seine Würfel nahmen eigene Persönlichkeiten an. Ched war der silberne Kubus. Jedes Muster, das er für die Zukunft des Jungen in Lager Vier baute, führte un-weigerlich zum Tod. Er versuchte, Muster der Hoffnung zu finden, doch die Würfel weigerten sich zu lügen. Oft fand er melancholische Würfel, die den silbernen Kubus umgaben und um ihn trauerten.

Der Obsidian-Dekaeder war Zecha. Manchmal gelang es Kelric, dieses Dekaeder in komplex verwundenen Strukturen einzufangen und seinen Rang zu zerstören. Zu anderen Zeiten baute er Muster um Muster und versuchte herauszufinden, warum sie ihn so sehr hasste. Sie blieb ein Rätsel für ihn. Aus irgendeinem Grund brachte bereits der Gedanke an sie, selbst hier, allein in seiner Zelle, ihn dazu, sein Denken und Fühlen abzuschirmen. Sie stieß in sein Hirn vor, leugnete ihn, wie eine Anti-Empathin.

Nach und nach standen seine Würfel für immer komplexere Aspekte. Gleichungen entstanden aus den Mustern: Komplexvariable, Differentialtopologie, Katastrophentheorie, Selenianische Mystimatik. Er schuf neue Theoreme, verlor sich so sehr in seiner Liebe für die Reine Mathematik, die er schon seit seiner Kindheit verspürt hatte, dass er gelegentlich sogar die Last seiner Einsamkeit vergaß. Wenn er schlief, träumte er Quis-Gleichungen.

Dann wurden die Würfel introspektiv, zwangen ihn dazu, erneut den Spott seines Halbbruders Kurj zu durchleben, des Imperators: *Mathematik, Kelric? Warum willst du dich davon frustrieren lassen, dich dein ganzes Leben mit etwas zu beschäftigen, was jenseits deiner Fähigkeiten liegt?* Das Quis zeigte ihm, was er zuvor nie verstanden hatte: Die Geringschätzung, die sein Bruder ihm entgegenbrachte, verbarg nur dessen Angst.

Es hätte keinen Unterschied gemacht, wäre Kelric anderen Träumen gefolgt: Sein Bruder hätte stets sein Selbstvertrauen zerstört, hätte Kelric stets heruntergezogen, um sich selbst vor etwas zu schützen, was er, der Imperator, immer als eine Bedrohung seiner eigenen Macht empfunden hatte. Kurj sah nur sich selbst, wenn er Kelric ansah; und da er seinen Titel durch Gewalt und Tod erlangt hatte, würde er niemals seinem eigenen Erben trauen.

Als Kelric das erkannt hatte, schlug er zornig auf die Würfel ein und schleuderte sie durch die ganze Zelle.

Danach begab er sich auf die Suche nach angenehmeren Erinnerungen. Er wob Muster für seinen Vater, einen Farmer, den die glitzernde Technik des Universums seiner Frau verwirrte, ein hingebungsvoller Vater, der seine Familie abgöttisch liebte, der nie davon geträumt hatte, eines Tages ein Interstellarer Machthaber zu sein. Die Muster seiner Mutter waren Wärme und eine schimmernde goldene Schönheit, so vollkommen, dass die ganze Galaxis sich davor verneigte. Sie war die Heimatsonne, die Wärme des heimischen Herdes … und eine Augurin der Politik, die auf dem Parkett der imperialen Macht lebte.

Mit Hilfe seiner Würfel trauerte Kelric um den Verlust seiner Heimat, seiner Familie, seiner Hoffnungen, seiner Zukunft. Er lebte in seinen Strukturen, balancierte auf dem schmalen Grat des Wahnsinns, unfähig sich daran zu erinnern, wie es sich anfühlte, ein anderes menschliches Wesen zu berühren, bis er sich fragte, ob seine Erinnerungen nicht in Wirklichkeit nur die Träume eines Verrückten waren.

15

Wüsten-Turm

Der Topaspfad überspannte das oberste Stockwerk des Haka-Anwesens wie ein lohfarbener Flur aus purem Licht. Durch das gefärbte Glas konnte man auf ein Dünenmeer blicken. Zwei Gestalten gingen gemeinsam diesen Flur entlang, umspült von diesem rötlichen Licht.

»Verzeiht mir, wenn ich so offen spreche«, sagte Zecha. »Aber wenn Ihr Sevtar auf das Anwesen bringen lasst, werdet Ihr es bereuen!«

»Eure Berichte lassen seine Fortschritte beachtlich erscheinen«, entgegnete Rashiva.

Zecha wusste, dass sie in Schwierigkeiten steckte. Es hatte Zeit und Arbeit gekostet, Rashivas Vertrauen zu gewinnen, und zum Teil hatte sie diesen Erfolg auch den ermutigenden Berichten zu verdanken, die sie über Sevtar verfasst hatte. Tatsächlich hatte sie sich kaum darum gekümmert, was er im letzten Jahr getan hatte. Wer hatte schon damit rechnen können, dass die Verwalterin die Absicht hatte, ihn sich in ihre *Calanya* zu holen? Das war doch Wahnsinn!

»Es ist wahr, er hat unter gesteuerten Umgebungsbedingungen Fortschritte gemacht«, versuchte Zecha es in eine andere Richtung. Schließlich hatte Sevtar in letzter Zeit nichts anderes getan als Quis zu spielen. Wenn er bis jetzt nichts gelernt hatte, dann würde das nie geschehen. »Aber ich habe schwere Bedenken bezüglich seiner psychischen Stabilität. Niemand kann sagen, was ihn veranlassen könnte durchzudrehen.«

Rashiva nickte. »Er wird von den anderen isoliert

gehalten werden, bis wir wissen, ob sein Zustand stabil ist.«

Aha. Die Verwalterin hatte also sehr wohl Zweifel. Zecha schätzte die Lage ab: Wenn er von der Einzelhaft erzählte, würde irgendjemand ihm glauben? Dass Rashiva dem Gefängnis viel mehr Aufmerksamkeit widmete als ihre Vorgängerin, war hier durchaus von Vorteil. Die Verwalterin wusste von den Wahnvorstellungen, die bei den Insassen in Lager Vier durchaus an der Tagesordnung waren, und gleich welches marginale Maß an gesundem Verstand Sevtar besessen haben mochte, bevor er in Einzelhaft gekommen war: Das musste inzwischen längst ausgelöscht sein. Wenn man dann noch bedachte, wie gering sein Verstand ohnehin gewesen war, musste er inzwischen völlig verrückt geworden sein. Sie konnte sich von ihren Ärzten bescheinigen lassen, dass er wahnsinnig war: eine Art Wahnsinn, der nur unter fachärztlicher Aufsicht unter Kontrolle zu halten war.

Sevtar würde bald wieder zurück im Gefängnis sein.

Der schabende Laut von Metall auf Stein weckte Kelric. Er hob den Kopf und spähte in die Dunkelheit, es war noch lange vor Tagesanbruch.

Seine Zellentür bewegte sich.

Langsam schwang das Portal auf, dahinter war eine Achtergruppe Wachen zu erkennen. Sie betraten die Zelle wie Gespenster, schattenartig und grau in der Finsternis. Kelric stand auf, unfähig zu sprechen, umgeben von den Quis-Strukturen, die er gebaut hatte. Sieben der Wachen stellten sich in einer Formation auf, die in der Dunkelheit kaum zu erkennen war, die achte Wache sammelte Kelrics Würfel ein.

Aufhören, dachte er. Sie zerstörten die Strukturen, an denen er seit Tagen gearbeitet hatte. Doch er stand stocksteif da, fürchtete, dass die Traumgestalten verschwinden könnten, wenn er sich bewegte.

Sie gaben ihm seinen Beutel, den kleinen Lederbeutel, der jetzt mit seinen Würfeln vollgestopft war. Dann deutete die Kommandantin mit dem Arm auf die Tür, eine geisterhafte auffordernde Geste. Kelric schaute von ihr zu den anderen Wachen, war immer noch außerstande, ihre Anwesenheit wirklich zu akzeptieren.

Dann ging er aus dem Lagerhaus heraus.

Sie führten ihn durch einen Nebel aus wirbelndem Sand, bis sie zu einer der niedrigeren Felsformationen kamen, in der eine Tür eingelassen war. Dann betraten sie diese Felsspitze und folgten einem Labyrinth aus abschüssigen Tunneln, die tief unter die Wüste reichten. Schon bald versagte Kelrics Orientierungssinn angesichts der ewig gleich aussehenden Gänge und Windungen. Er machte sich nicht die Mühe, Bolt zu fragen, wo sie sein mochten; der Knoten hatte schon vor langer Zeit aufgehört, ihm zu antworten.

An der Kreuzung zweier Gänge führten seine Wachen ihn in ein Arbeitszimmer. Die Kommandantin nahm einige Kleidungsstücke vom Schreibtisch: Hosen aus Wildleder mit abgesteppten Nähten, ein geschnürtes weißes Hemd, dessen Ärmelaufschläge mit Quis-Motiven bestickt waren, sandfarbene kniehohe Stiefel und ein Übergewand aus einem leichten, rostbraunen Stoff. Sie gab ihm ein gewebtes Kopftuch aus weißem Garn, so lang wie er selbstgroß war, an allen Kanten mit schwarzen Fransen abgesetzt. Auch dieses Tuch war mit Quis-Motiven verziert, sie waren mit einem metallisch glänzenden Garn eingenäht, die sogar in der kalten Beleuchtung dieses Raumes glitzerten.

Nachdem die Wachen sich zurückgezogen und die Tür hinter sich abgeschlossen hatten, stand Kelric allein dort in dem Raum und hielt die Kleidungsstücke in den Händen. Er verstand sie nicht. Ein Jahr lang hatte er dieselbe graue Gefängniskleidung getragen, sie immer und immer wieder gewaschen, bis sie eigentlich nur noch aus Löchern bestanden hatte.

Schließlich zog er die neuen Kleidungsstücke an. Das Gewand hüllte ihn vom Hals bis zu den Füßen ein, die weiten Ärmel reichten bis zu den Handgelenken. Er wusste nicht, was er mit dem Tuch machen sollte, also legte er es sich um den Hals und ließ die Enden bis zu seiner Brust hinabhängen. Dann wartete er.

Ein Klopfen war von der Tür her zu hören, gefolgt von einer Pause. Die Kommandantin trat ein und kam zu ihm herüber, dann verneigte sie sich mit gestrecktem Oberkörper. Sie nahm ihm das Tuch ab und schlang es ihm lose um den Kopf, wobei auch Nacken und Gesicht bedeckt waren; nur die Augen blieben frei. Schließlich zog sie auch noch die Kapuze seines Gewandes hoch, sodass schließlich sein ganzer Kopf verborgen war und nur die Augen erkennbar blieben.

Die Achtergruppe führte ihn wieder in das Tunnelsystem und geleitete ihn tiefer in das Labyrinth hinein. An einem Rundbau, von dem aus man auf ein tiefer gelegenes Stockwerk hinabblicken konnte, trafen sie auf eine weitere Achtergruppe, deren Haltung und Auftreten er wiedererkannte.

Calanya-Wachen.

Schließlich begriff Kelric. Halluzinationen. Die Einsamkeit hatte ihn dazu gebracht, sich derart bizarre Szenen auszudenken.

Die Calanya-Eskorte führte ihn weiter in das Labyrinth hinein; jetzt führte der Weg wieder aufwärts, bis

Kelric sich sicher war, dass sie sich längst wieder oberhalb der Wüste befinden mussten. Die Steine unter seinen Füßen waren glasierten Kacheln gewichen, und die Tunnel erweiterten sich zu Fluren, deren Wände mit Arabesken geschmückt waren. Mosaike geometrischer Muster waren in die Zierleisten und die bogenartigen Durchgänge eingelassen, in die Nischen und in die Kapitelle der Säulen.

Er überlegte sich Quis-Regeln, mit denen man diese Muster beschreiben könnte.

Sie traten in einen geradezu schmerzhaft hell erleuchteten Flur, in den das grelle Sonnenlicht durch Fenster strömte, die vom Boden bis zur Decke reichten. Fast hätte es Kelric geblendet. Als er die Augen zusammenkniff, konnte er tief unter sich die Wüste erkennen, die sich sanft geschwungen bis zum Horizont erstreckte.

Die Türöffnung am anderen Ende des Ganges sah aus wie ein Schlüsselloch, für einen riesigen Schlüssel gedacht; darüber, in dem halbkreisförmigen Bogenfeld, war ein Buntglasfenster eingelassen. Quis-Motive waren in die Kanten des Glases eingelassen, das Haka-Symbol einer aufgehenden Sonne zierte den Scheitelpunkt.

Jenseits der Tür lag eine Suite. Gewürzräume! Farben! Kelric konnte all das kaum in sich aufnehmen, er hatte das ganze letzte Jahr nur in Grautönen verbracht. Diese Wände hier waren nahe dem Fußboden zimtfarben, nach oben hin wurden sie zuerst golden, dann cremefarben. Pflanzen mit safrangelben Blüten standen in Vasen, Glaskugeln, auf die Blumen gemalt waren, hingen an goldenen Ketten von der Decke herab.

Sie zeigten ihm einen luxuriösen Raum nach dem anderen, bis ihm schließlich alles zu viel wurde. Am nächsten Türdurchgang blieb er einfach stehen, als die Kommandantin den Riedvorhang zur Seite schob.

Sie lächelte ihn an. »Geht ruhig hinein! Schließlich gehört es ja Euch!«

Wie? Ihm? Er betrat den Raum hinter dem Riedvorhang. Der Raum war größer als der gesamte Männertrakt in Lager Vier, und dabei war es nur ein Badezimmer. Ein Schwimmbecken, von Springbrunnen gespeist, füllte über die Hälfte des Raumes aus.

»Verwalterin Haka hat eine Filteranlage einbauen lassen«, erklärte die Kommandantin. »Durch die fließen alle Quellen, die dieses Becken hier speisen. Ihr werdet also nicht krank, wenn Ihr von diesem Wasser etwas schluckt.«

Ein Springbrunnen in Form einer Blume stand am Rand des Schwimmbeckens. Kelric setzte sich auf die Kante des kleinen Bassins und schaute in den wassergefüllten Blütenkelch, der aus grünen und blauen Kacheln ausgelegt worden war. Mit der Hand fuhr er durch das Wasser, es verwirbelte zu Quis-Mustern.

Wieder ergriff die Kommandantin das Wort. »Ich heiße Khaaj. Meine Achtergruppe wird *Draußen* vor Eurer Suite warten. Wenn Ihr irgendetwas braucht, öffnet einfach die Tür nach *Draußen*, und wir werden die Sprecherin der Calanya rufen.«

Sprecherin? Er wusste doch nur, wie man mit sich selbst sprach.

»Eine Barbierin steht bereit, Euch zu rasieren und Eure Haare zu frisieren«, fuhr Khaaj fort. »Die Schlosserin wird heute am späten Nachmittag hierher kommen, um Eure Calanya-Bänder zu wechseln.«

Kelric starrte auf das Wasser, überlegte sich Quis-Gleichungen, um die Kräuselungen der Wasseroberfläche zu beschreiben. Er drehte sich nicht um, als seine Eskorte die Suite verließ, beobachtete nur weiterhin diese Halluzination eines Springbrunnens.

Schließlich war es also doch passiert. Er war wahnsinnig geworden.

Frisch gebadet, in neuer Kleidung, die Haare geschnitten, das Gesicht rasiert, setzte sich Kelric auf ein paar Kissen in seiner Suite und starrte die eng anliegenden Bänder um seine Handgelenke an. Das einzige Symbol, das er darauf erkannte, war die aufgehende Haka-Sonne. Warum jetzt Haka-Bänder? Wenn sein gestörter Verstand ihm eine Illusion vorgaukelte, warum dann nicht Dahl-Bänder? Die einzigen schönen Erinnerungen von Coba stammten aus Dahl.

»Sevtar?« Kommandantin Khaaj schob den Riedvorhang in einem Durchgang am anderen Ende des Raumes beiseite und verneigte sich. »Ihr habt Besuch. Mit Sprecherinnen-Privileg.« Sie zog sich zurück, und ein neues Trugbild erschien.

Kelric starrte es an. Als das beklemmende Schweigen sich zu sehr hinzog, ergriff die Halluzination das Wort. »Ich weiß, dass ich jetzt unter deiner Würde bin, Metallmann! Aber könntest du nich' wenigstens diese eine Mal mit mir sprechen? Verwalterin Haka hat die Erlaubnis gegeben.«

Zum ersten Mal seit einem Jahr sprach Kelric zu einem anderen menschlichen Wesen. »Ched Viasa ist tot.«

Ched grinste ihn an. »Das hat mir dann wohl niemand erzählt.« Er durchquerte den Raum. »Ich hab' noch nie so 'ne schöne Suite gesehen. Verwalterin Haka sorgt gut für dich, was?«

Kelric versuchte, Cheds Anwesenheit zu begreifen. »Lager Vier …?«

»Bonni hat mir geholfen, verlegt zu werden, genau wie du gesagt hast. Ich bin in Lager Zwei gekommen.«

Ched lachte »Weißt du, was ich seitdem gemacht habe? Wäschereidienst! Ich habe diese Loch in den Klippen seit einem Jahr nicht mehr gesehen!«

»Wäschereidienst.« Kelrics Stimme zitterte.

Ched ging zu ihm hinüber. »Bist du in Ordnung?«

»Nein.« Er kämpfte gegen die Tränen an, doch sie begannen trotzdem zu fließen, strömten ihm über das Gesicht. Er wusste nicht einmal genau, warum er weinte, ob es an Ched lag, an der Suite, dem Klang einer anderen menschlichen Stimme oder an der wahnsinnigen Hoffnung, das alle könne Wirklichkeit sein.

Als Ched sich neben ihn setzte, wischte Kelric sich über die Wangen. »Jetzt bin ich wohl kaum noch ein Metallmann, was?«

Ched lächelte. »Du weißt doch, wie es so schön heißt: ›Niemals ist Gold kalt wie Eisen in deiner Hand.‹ Ich finde, das sagt mehr über Leute aus als über Metalle.«

Kelric lächelte zurück. »Ich bin froh, dich zu sehen.«

»Die haben mich zu dir vorgelassen, weil du ja schließlich heut' Abend den Eid ablegen wirst.« Ched zögerte. »Verwalterin Haka hat mit der Aufseherin gesprochen – nicht Zecha, Cuaz sei Dank, sondern mit der aus Lager Zwei … Die Aufseherin hat gewusst, dass Bonni dich kennt. Also hat sie mit Bonni gesprochen, und Bonni hat mit mir geredet, und ich hab' gesagt, jai, wenn dir das recht ist, und dann hat Bonni gesagt …

»Ched, warte mal.« Beinahe hätte Kelric gelacht. »Ich habe an dem Punkt den Überblick verloren, als die Aufseherin mit Bonni gesprochen hat.«

»Ich will bloß nich', dass du denkst, ich will mich irgendwo aufdrängen, wo ich nichts zu suchen hab'.«

»Warum sollte ich so etwas denken?«

»Weil du eigentlich *mich* fragen solltest.«

»*Was* fragen?«

Ched wandte den Blick ab. »Ob ich dein Eidesbruder sein möchte.«

Eid? So wie in ›Calanya-Eid‹? Das ergab doch überhaupt keinen Sinn! Doch er wusste Cheds Geste der Freundschaft mehr zu schätzen, als er es auszudrücken vermochte. »Möchtest du?«

»Klar.« Ched entspannte sich und grinste ihn an. »Mann, hab' ich dich vielleicht vermisst!«

»Behandelt man dich anständig in Lager Zwei?«

»Da isses in Ordnung. Ich hab' da jetzt Unterricht bei einem Schreiber – Lesen, Schreiben, so was halt. Damit ich was klüger bin, wenn ich 'rauskomme.« Er sah Kelrics Gewand mit bewunderndem Blick an. »Darf ich mir mal deine Talha ansehen?«

Kelric hielt ihm ein Stück seines Gewandes entgegen, doch Ched griff nur nach dem Kopftuch. »Das ist echt scharf gerollt, Metallmann!«

»*Was* ist das?«

»Du kennst so was gar nicht, was?« Als Kelric den Kopf schüttelte, erklärte Ched: »Haka-Männer müssen in der Öffentlichkeit Talha-Tücher tragen. Das gehört zu den Anstandsgesetzen.«

»Den Anstandsgesetzen?«

»Diesen Schmollgesetzen.« Ched strich mit den Fingerspitzen über das Tuch. »Erinnerst du dich nicht mehr? Aufseher Torv hat auch eine Talha getragen.«

Kelric kramte in seinen Erinnerungen an den Aufseher des Männertraktes in Lager Vier. »Ich dachte, das trägt er, um sich vor dem Sandsturm zu schützen.«

»Das auch. Aus diesem Grund tragen auch viele Frauen diese Dinger.« Ched gab ihm die Talha zurück. »Aber deren Talhas sind immer ganz schmucklos. So was wie das hier tragen nur Männer der Oberschicht.« Er nickte. »Verwalterin Haka ehrt dich wirklich!«

Kelric blickt nachdenklich das Kopftuch an, mit seinen schimmernden Mustern und den reich verzierten Quasten. Wenn Haka ihm so große Ehre angedeihen lassen wollte, warum hatte er dann gerade ein Jahr in der Hölle verbracht?

Der Saal Des Sonnenuntergangs erstrahlte im Farbspiel eines echten Sonnenuntergangs. Fenster aus buntem Glas umgaben den Saal; ihre Unterkanten waren auf gleicher Höhe wie der Fußboden, die obersten Spitzen der geschwungenen Fenster reichten bis zur hohen Decke hinauf. Dunkelrote Vorhänge bedeckten die Wände zwischen den Fenstern, auf gefliesten Sockeln standen hochglanzpolierte Schalen. Aus diesen Schalen stiegen dünne Rauchfäden auf, von denen die Luft mit Weihrauchdüften geschwängert wurde. Keinerlei Möbelstücke zerstörten die Harmonie des Gesamteindruckes: die Hochgeborenen von Haka saßen auf dem Fußboden, zwischen bestickten Kissen, die an allen Ecken mit Quasten verziert waren; die Frauen trugen Jacken und Hosen aus Brokatseide, die Männer waren in Umhänge und Talha-Tücher gehüllt.

Umflossen von feurigem Licht, ebenfalls in Umhängen und Talhas, standen Kelric und Ched in einer Vertiefung inmitten eines Kreises. Ein Geländer aus Goldholz umgab sie.

Zimbeln erklangen in langsamem Rhythmus, gefolgt von drängenden Trommelschlägen und einer sehnsüchtigen Flötenmelodie. Schließlich erhob sich über die Musik eine Männerstimme. Sie sang in einer Sprache, die Kelric nicht vertraut war; doch die Stimme rief auch in ihm Bilder strahlender Anwesen hervor, die wie Gold in der Sonne glitzerten. Die Musik wirbelte in den

Sonnenuntergang, dann verklang sie, bis hin zu völliger Stille, wie eine Sonne, die hinter dem Horizont verschwindet.

Eine dunkle Frauenstimme formte sich aus der Luft. »Ched Lasa Viasa, trittst du als Sevtars Eidesbruder ein?«

»Das tue ich«, erwiderte Ched.

»Wie lauten deine Worte?«

Ched holte tief Luft. »Sevtar war mir ein besserer Freund als jeder andere. Er stand mir stets zur Seite, egal was passierte. Und er hat an mich geglaubt.« Er warf Kelric einen Blick zu. »Ihn kennen zu lernen, hat mich zu einem besseren Menschen gemacht. Ich weiß niemanden, der würdiger is', in eine Calanya einzutreten, als er.«

Dankbar berührte Kelric Cheds Arm, und das Gesicht des jungen Mannes entspannte sich.

Ein Mädchen, gerade kein Kind mehr, ergriff das Wort. »Deine Worte wurden gehört und verzeichnet, Ched von Viasa.«

Ched verneigte sich, dann trat er aus dem Kreis heraus, zog sich zurück und setzte sich zu seinen Wachen.

Erneut erklangen Zimbeln. Dann sprach wieder die Frau mit der dunklen Stimme. »Tretet Ihr, Sevtar, für Haka und für Coba, vor den Kreis, um Euren Eid abzulegen?«

War das der Preis, den er für seine Freiheit zahlen musste? Musste er dafür Dahl verraten? Kelric stand schweigend dort, sein Schweigen erstreckte sich weithin in das goldene Topas-Licht. Als sich unter den Zuschauern Gemurmel erhob, raschelten die Vorhänge am anderen Ende des Saales.

Eine Frau erschien.

Nein. Kelric umklammerte das Geländer, versuchte,

sich an dessen Wirklichkeit festzuhalten. Nur in einem Trugbild konnte er hier, auf Coba, Viana sehen, die Göttin der Fruchtbarkeit auf seinem Heimatplaneten Lyshriol. Sie trug ein langes weißes Gewand, das ihren üppigen Körper einer Flüssigkeit gleich umspielte. Gerade ihre dunkle, cremefarbene Haut verlieh ihrem Gesicht eine faszinierende, betörende Schönheit. Lange Wimpern säumten ihre Augen, ein Zopf aus glänzend schwarzem Haar, so dick wie eine geballte Faust, fiel ihr über die Schulter bis zur Hüfte. Die Rubine ihrer Halskette bildeten einen glitzernden Kontrast zu ihrer Haut.

Sie trat näher und blieb vor ihm stehen. »Ihr verweigert Haka Euren Eid?«

Kelric zog seine Talha herunter und entblößte sein Gesicht. »Seid Ihr die Verwalterin von Haka?«

»Ja. Ich bin Rashiva Haka.«

»Meinen Eid hat Dahl bereits erhalten.«

»Verwalterin Dahl hat Euch abgetreten.«

»Ich glaube Euch nicht.«

»Warum sollte ich lügen?«

Ja, warum eigentlich? Was mochte seinen fiebrigen Verstand dazu bewogen haben, dieses spöttische Trugbild zu erschaffen? Er mochte Deha. Warum sollte er sich einbilden, sie habe ihn zurückgewiesen? Wo er gerade dabei war, er konnte sich auch nicht erklären, warum er sich ein Anwesen einbilden sollte, in dem ein Mann so wenig Wahlfreiheit bei seinem Eid hatte, dass die Verwalterin sich nicht einmal die Mühe machte, ihm vor der Zeremonie die Lage zu erklären. Rashiva benahm sich, als sei ihr nie der Gedanke gekommen, er könne ihr vielleicht den Gehorsam verweigern. Warum sollte er so etwas halluzinieren? Verdammt, er wusste es einfach nicht. Er war doch sowieso verrückt.

Leise sagte Rashiva zu ihm: »Ich kann Euch ein besseres Leben bieten, als Ihr jemals in einem Gefängnis haben könnt. Aber ich werde Euch nicht dazu zwingen, Dahl zu entsagen. Wenn es Euer Wunsch ist, wieder in die Lager zurückzukehren, statt in meine Calanya einzutreten, werde ich Euch nicht dazu zwingen, hier zu bleiben.«

Eine Vision seiner Einzelhaft wuchs vor seinem geistigen Auge an wie ein Albtraum. »Wie habt Ihr Verwalterin Dahl dazu zwingen können, das zu erlauben?«

»Ich habe niemanden zu irgendetwas gezwungen. Es war ihre eigene Idee.«

Er weigerte sich zu glauben, dass Deha ihn sofort hatte fallen lassen, als er zu einer Belastung für sie geworden war. All dies hier war nur ein Trugbild, erschaffen von einem Mann, den die Einsamkeit in den Wahnsinn getrieben hatte. Doch die Illusion von Einsamkeit wäre genau so erdrückend wie ihre Realität.

Mit tonloser Stimme sagte er: »Dann nehmt meinen Eid an.«

Rashivas Stimme veränderte sich, sie klang jetzt, als rezitiere sie feste Formeln eines Rituals: »Hört meine Worte, Sevtar! Doch bevor Ihr sie mir als Eid erwidert, bedenkt, dass Euer Leben an diese Worte gebunden ist.«

Es dauerte einen Moment, bis er begriff, dass sie auf eine Antwort wartete. »Einverstanden.«

Leise sagte sie: »Ihr müsst antworten: ›Ich höre und verstehe.‹«

»Ich höre und verstehe.«

»Tretet Ihr, Sevtar, für Dahl und für Coba, in den Kreis, um Euren Eid abzulegen?«

»Ja.«

»Schwört Ihr, dass Ihr mein Anwesen über alle anderen stellen werdet, da Ihr in Euren Händen die Zukunft von Haka haltet und sie mit Euren Gedanken formt?«

»Ja.«

Sie sah ihn aus ihren nachtschwarzen Augen an. »Schwört Ihr, auf ewig die Disziplin der Calanya zu wahren? Niemals wieder zu lesen oder zu schreiben? Niemals wieder in der Anwesenheit derer zu sprechen, die nicht zur Calanya gehören?«

»Ja.« Das alles ergab für ihn keinen Sinn, doch er hätte auch bereitwillig geschworen, den Rest seines Lebens auf dem Kopf zu stehen, wenn ihm so das Lagerhaus erspart blieb.

»Schwört Ihr – und Euer Leben ist verwirkt, wenn Ihr diesen Eid brecht –, dass Eure Treue Haka gilt, ausschließlich Haka und zur Gänze Haka?«

»Wenn Ihr das wollt«, sagte er.

»›Das schwöre ich‹«, murmelte sie. »›Bei meinem Leben‹.«

Sie wartete ab und beobachtete ihn aus ihren beunruhigenden Augen. Schließlich sagte er: »Das schwöre ich. Bei meinem Leben.«

Rashiva hob die Hand, und der Klang eines Gongs ließ die Luft erzittern. Die Farben des Saales wurden satter, verwandelten sich in karmesinrote Schatten. »Als Gegenleistung für Euren Eid«, erklärte Rashiva, »gelobe ich, dass für Euch für den Rest Eures Lebens gesorgt werden wird, wie es einem Calani gebührt.«

Welche Bedeutung hatte diese Worte? Deha hatte das Gleiche gesagt.

Rashiva griff in die Falten ihres Gewandes und zog vier Armreifen hervor. Erst streifte sie ihm seine Dahl-Reifen über, Weißgold, eingraviert darin das Sonnenbaum-Emblem von Dahl, dazu noch andere Hieroglyphen, darunter einige der wenigen teotecanischen Hieroglyphen, die Kelric kannte: sein cobanischer Name, Sevtar Dahl. Das erste Wort wurde durch die

Glyphe eines Mannes repräsentiert, der über den Himmel schritt, das zweite durch die Sonnenbaum-Glyphe. Das nächste Paar Armreifen war in dunklerem Gold gearbeitet. Er sah seinen Dahl-Namen, gefolgt von einem dritten Symbol, der aufgehenden Sonne Hakas. *Sevtar Dahl Haka.*

Noch ein weiteres Symbol auf den Haka-Armreifen war ihm vertraut: ein Mann mit einer Mähne aus schulterlangen Locken, den Kopf nach rechts gedreht, den Arm gehoben, am Ellbogen angewinkelt, die Handfläche auf Schulterhöhe, dabei so gedreht, dass sie zur Decke zeigte. Kelric wusste, was das bedeutete. Der gedrehte Kopf stand für Fruchtbarkeit, die langen Haare bedeuteten, dass etwas wünschenswert sei, die gehobene Handfläche Akzeptanz. Ehemann. Das waren Akasi-Armreifen.

Sein Zorn flammte wieder auf. Ein Jahr lang hatte er in einer Hölle der Einsamkeit gelebt. Jetzt erschien aus dem Nichts diese Sirene und lockte ihn mit einem fremdartigen Liebesschwur.

In ihren Augen flackerte Triumph. »Sevtar Dahl Haka, Ihr seid nun ein Calani Zweiten Grades von Haka.«

16

Falkenfeuer

Die Gegensprechanlage summte drängend immer weiter. Chankah Dahl, Nachfolgerin Dahl, rollte sich im Bett herum und suchte nach dem richtigen Schalter. »Wer ist da?«, grollte sie.

Die Stimme der Ersten Ärztin Rohka erklang peitschend aus der Gegensprechanlage. »Ihr müsst zu Dehas Suite kommen. Eilt Euch! Sie hatte wieder einen Herzanfall.«

Barfuß, mit wehendem Gewand, rannte Chankah den Flur hinunter. Als sie in Dehas Suite angekommen war, sah sie Doktor Dabbiv, der im Wohnzimmer auf und ab ging. Sorgenfalten gruben sich tief in sein Gesicht.

»Warum ist sie so felssinnig?«, wollte er wissen. »Warum muss sie immer die ganze Nacht durcharbeiten? Wir hatten sie gewarnt, Chankah! Immer und immer wieder. Wir *hatten* sie gewarnt!«

Chankah starrte ihn an. Bevor sie jedoch etwas sagen konnte, erschien Dehas Sohn in Durchgang am anderen Ende des Zimmers und winkte sie herbei.

Als Chankah näher trat, sah sie die Verwalterin im Bett liegen, ihr Gesicht war totenblass. Chankah beugte sich über sie. »Deha?«

Die Stimme, mit der sie antwortete, war sehr schwach. »Ich kann dich nicht sehen.«

Chankah schaltete die Lampe auf Dehas Nachttisch ein. »Ist es so besser?«

»Ein bisschen.« Deha sah sie mit kraftlosen Augen an. »Vergiss nichts von dem, was ich dich gelehrt habe. Du musst jetzt viel Verantwortung tragen. Du vertrittst jetzt ein Anwesen, dessen Macht nur noch von Karn übertroffen wird.«

Chankah musste schlucken. »Ihr dürft so etwas nicht sagen. Ihr werdet schneller wieder auf den Beinen sein, als Ihr pfeifen könnt.«

»Diesmal nicht. Ach … Chani.«

»Ich bin ja hier. Genau hier.«

»Du musst dich um ihn kümmern!«

»Um wen?«

»Kelric. Sorg dafür, dass er begnadigt wird. Versprich's mir!«

Chankah hätte auch versprochen, den Wind persönlich herbeizutragen, wenn das ihrer Mentorin das Sterben erleichtert hätte. »Ich verspreche es. Ich schwöre es Euch.«

Dehas Stimme wurde schwächer. »Nicht trauern … ich hatte ein erfülltes Leben … leb wohl …«

»Nein! Bleib hier!« Chankah umklammerte den Bettpfosten. »Deha? *Deha!*«

Doch in den Augen der Königin von Dahl war kein Leben mehr.

Rashiva stand am Ende des Topaspfades und sah einer Achtergruppe zu, während diese den Gang aus Licht hinabschritt. Der ältere Calani, den sie begleiteten, war eine auffällige Erscheinung, mit silbrigem Haar und grauen Augen. Seine Eskorte umstand ihn, als sei sie eine Gruppe Flüchtlinge von einem Planeten, der weniger friedlich und ruhig sein musste als derjenige, den ihr Schutzbefohlener bewohnte. Saje Viasa Varz Haka gehörte zur Elite der Elite: Er war ein Calani Dritten Grades, einer der wenigen aller Zwölf Anwesen.

Als Saje auf sie zukam, lächelte Rashiva. »Ihr seht gut aus heute.«

Er nickte zur Begrüßung.

Sie wandte sich seiner Eskorte zu. »Ihr dürft *Draußen* warten, vor dem Hyella-Gemach.«

Nachdem die Wachen sich zurückgezogen hatten, trat Rashiva zur Seite, damit Saje in die Kugel aus gefärbtem Glas treten konnte, in die der Topaspfad mündete. Gleich den durchschienenden Kugeln, die als Blütenköpfe über dem Hyella-Ried schwebten, nach denen der Raum benannt war, lag dieses Gemach auf der Spitze eines Turmes, von dem aus man weit in die Wüste schauen konnte. Eine gläserne Sitzbank verlief entlang der gesamten Innenwand des Gemachs, in der Mitte des Raumes stand ein Quis-Tisch, ebenfalls aus Glas.

Als sie sich gesetzt hatten, blickte Saje Rashiva abschätzend an. »Der Mann aus dem Gefängnis macht Euch Sorgen.«

»Ich habe heute Morgen mit ihm Quis gespielt«, begann Rashiva.

»Und?«

»Deha Dahl hat sich geirrt. Sevtar hat kein Talent.«

Bedauern zeichnete sich in Sajes Augen ab. »Seid Ihr sicher?«

Sie holte tief Luft. »*Talent* reicht noch nicht einmal ansatzweise aus, um seine Begabung für die Würfel zu beschreiben. Es wäre so, als würde man die Wüste als ›Sandkorn‹ bezeichnen. Sevtar ist nicht nur ein Sandkorn. Er ist ein ganzes Wüstenmeer.«

»Eine solche Gabe sollte Euch erfreuen.«

»Jedes Muster, das er auslegt, zeigt Trauer, Saje. Er weint mit seinen Würfeln.«

Der Calani Dritten Grades seufzte. »Nun ja, Verwalterin Dahl ist tot.«

»Das weiß er nicht. Ich weiß nicht, wie ich es ihm beibringen soll.« Sie zögerte. »Schließlich ist er ihr Akasi.«

»Das war er. Jetzt ist er Euer Akasi.«

Nur dem Namen nach, dachte Rashiva. Sevtar war für sie ein Fremder, den sie nur während ihrer Quis-Spiele zu Gesicht bekam. »Ich mache mir Sorgen darüber, wie er reagieren könnte. Aufseherin Haka hält ihn für gefährlich. Ihre Ärzte sagen, er sei verrückt.«

»Und was denkt Ihr?«

»Ich weiß es nicht. Er ist wie die glatte Felswand einer Klippe. Ich brauche Euren Ratschlag.«

»Um Euch einen Rat geben zu können«, meinte Saje, »muss ich ihn kennen. Um ihn kennen zu lernen, muss ich mich mit ihm zusammen dem Quis hingeben.«

Rashiva erstarrte. »Nein.«

Saje wartete.

»Das ist zu gefährlich«, erläuterte Rashiva ihre Ablehnung.

Saje wartete weiter.

»Ich kann nicht Euer Leben aufs Spiel setzen«, beharrte sie.

»Wenn Ihr glaubtet, er sei so gefährlich«, bemerkte Saje, »wäre er nicht hier auf dem Anwesen.«

Rashiva blickte in die Wüste hinaus, wo der Sand in unergründlichen Mustern herumwirbelte. Wie Sevtar. Saje hatte Recht. Es wurde Zeit, dass Sevtar sich zusammen mit einem echten Calani dem Quis hingab.

Als Kommandantin Khaaj und die Eskorte kamen, um Kelric abzuholen, sträubte sich Kelric. Er hatte die letzten zehn Tage, seit seiner Eides-Zeremonie, allein in seiner Suite verbracht. Die einzige Person, die er, von seinen Wachen abgesehen, in der Zeit zu Gesicht bekommen hatte, war Rashiva gewesen – dreimal war sie gekommen, um mit ihm Quis zu spielen. Während der Sitzungen hatten sie kein Wort miteinander gewechselt. Anscheinend hatte sie in seinen Würfeln nicht das gefunden, was sie gesucht hatte; und nun hatte sie die Wachen geschickt, um ihn wieder zurück ins Gefängnis bringen zu lassen – zurück in die Einsamkeit.

Er weigerte sich, die Suite zu verlassen. Niemand zwang ihn dazu; die Achtergruppe wartete einfach nur.

Nach einer Stunde fragte sich Kelric, ob er sich nicht vielleicht täuschte. Er ging zu der Achtergruppe hinüber. Khaaj verneigte sich, dann hob sie die Hand, um ihm anzuzeigen, dass sie ihn aus der Suite geleiten wollte. Er sah sie eine Weile nachdenklich an, schließlich ging er mit den Wachen mit.

Sie gingen durch elegante Korridore und Säle, stiegen die Wendeltreppe eines Turmes hinauf und traten dann auf einen Gang hinaus, der ganz aus Glas zu bestehen schien. Er endete vor einem kugelförmigen Raum, in dem ein älterer Mann saß und Solitär-Quis spielte. Er trug an jedem Oberarm drei Armreifen, über dem Ärmel – anders als Kelric, der sie unter der Kleidung zu tragen pflegte. Kelrics Wachen stellten sich in der Nähe der anderen Calanya-Eskorte auf, die bereits vor dem Gemach wartete; sie blieben weit genug entfernt, um Gespräche nicht mit anhören zu müssen, waren jedoch noch nahe genug, um jedermann in Sekunden erreichen zu können. Kelric vermutete, ihre Sorge gelte vor allem dem älteren Herrn, nicht ihm.

Als Kelric das Gemach betrat, blickte der Mann auf. »Ah, Sevtar. Ich grüße dich.« Er wies auf einen Stuhl, der ihm gegenüberstand. »Bitte! Nimm doch Platz!«

Kelric setzte sich und beobachtete den Fremden.

»Ich heiße Saje.« Er legte einen kleinen Beutel aus

Samt auf den Tisch. »Verwalterin Haka wünscht, dass ich dir das hier gebe.«

Kelric machte keine Anstalten, den Beutel an sich zu nehmen. »Ich habe Quis-Würfel.«

Saje schob den Beutel zu ihm herüber. »Das hier sind Calanya-Würfel.«

Kelric drehte den Beutel mehrere Male in der Hand. Dann ließ er die Spielsteine heraus auf den Tisch rollen. In dem Würfelbeutel befand sich nicht nur ein vollständiger Satz Quis-Steine, sondern dazu auch noch neue, ungewohnte Formen – Sterne, Eier und kleine Kisten mit aufklappbaren Deckeln. Und sie waren alle echt. Die goldene Kugel war genau das – echtes, massives Gold. Die weißen Steine waren Diamanten, die blauen Saphire, die roten Rubine. Manche der Edelsteine, wie die Opale, wiesen Mischfarben auf, die in ihm sofort die Idee weckte, man könne den Farb-Rang innerhalb von Würfel-Strukturen manipulieren.

Nun ließ Saje seinen eigenen Edelstein-Satz rollen. »Sollen wir?«

»Ich kann nicht.« Diese neuen Würfel waren ihm völlig fremd.

Das schien Saje nicht zu überraschen. »Dann nimm heute deinen anderen Würfelsatz! Beizeiten wird dir das neue genauso vertraut sein.«

Kelric legte seine neuen Würfel zurück in ihren Beutel. Er befestigte ihn am Gürtel, dann nahm er seinen alten, schon ein wenig verschlissenen Beutel ab und legte seine alten, vertrauten Steine auf das Spielbrett.

»Nun bewegt Euch doch in meiner Gegenwart nicht wie auf Samtpfoten, Rashiva!« Saje ließ sich auf die Kissen nieder, die auf dem dicken Teppich im Wohnzimmer neben Rashivas Arbeitszimmer ausgelegt waren. »Ich bin doch kein mundgeblasener Quis-Stein.«

Sie setzte sich neben ihn, gespannt wie das Seil eines Bergsteigers. »Wie ist eure Sitzung verlaufen?«

»Euer Sevtar ist ein bemerkenswerter junger Mann.« Saje machte eine Pause. »Aber er ist seltsam. Er ist sich seines Genies nicht im Geringsten bewusst. Er analysiert nicht. Alles was er tut, tut er instinktiv. Wir haben ihm Würfel gegeben, also spielt er Quis.«

Rashiva nickte. »Ja, das Gefühl hatte ich auch. Und seine Würfel zeigen fast gar keine Muster aus dem Gefängnis. Nur Einsamkeit. Hätte ich nicht gewusst, dass er in den Lagern gewesen ist, ich hätte es anhand seines Quis' niemals gemerkt. Er spielt, als hätte er sich alles selbst beigebracht, ohne jeglichen Beitrag von außen.«

Nun nickte Saje. »Ich habe ganz schwache Hinweise auf seinen Gefängnisaufenthalt erkennen können. Aber worauf die sich bezogen, muss schon lange, lange her sein.« Er spreizte die Finger. »Vielleicht liegt das an den Bedingungen, unter denen er bisher mit den Würfeln gespielt hat. Immer nur allein. Er muss sich zusammen mit anderen Calani dem Quis hingeben. Er sollte in der Calanya leben.«

»Das ist zu gefährlich. Aufseherin Haka denkt, er sei geistskrank.«

Sehr leise bemerkte Saje: »Die einzige Krankheit, an der er leidet, ist Einsamkeit. Er braucht dringend Gesellschaft.«

Darauf wusste Rashiva nichts zu erwidern. Wie konnte sie durch Sevtar ihre Calanya in Gefahr bringen, wenn sie selbst es nicht einmal wagte, sich persönlich dieser Gefahr auszusetzen?

Die Tage schienen miteinander zu verschmelzen, ein jeder nur eine Wiederholung des Vortages. Jetzt spielte Kelric mit Juwelen statt mit Steinen, und seine Wächter brachten ihm seine Mahlzeiten auf einem Silbertablett, statt es unter der Tür durchzuschieben, doch ansonsten unterschied sich der Rhythmus seines Lebens in keiner Weise von seiner Zeit in Einzelhaft. Er verbrachte das Leben in Trance.

Doch es gab eine Abwechslung von dem alten, gewohnten Muster: Jeden Tag gab sich entweder Rashiva oder Saje mit ihm zusammen dem Quis hin, und das in Sitzungen, bei denen jeder Versuch, ein Gespräch anzufangen, eine echte Störung, eine Belästigung dargestellt hätte. Als er Sajes Quis kennen lernte, lernte er auch den Mann selbst kennen, seine Weisheit, seinen feinsinnigen Humor, lernte ihn besser kennen, als es möglich gewesen wäre, hätten sie Worte miteinander gewechselt statt Spielzüge. Seine Sitzungen mit dem Drittgrader waren Oasen in seiner Wüste der Einsamkeit.

Rashiva bleib ein unlösbares Rätsel für ihn, ein Rätsel, dessen Lösung er begehrte, und das ihm dennoch versagt blieb. Er beobachtete sie aus der Sicherheit seiner geistigen Festung heraus, hungerte danach, sie zu berühren, hasste sie dafür, ihn so zu quälen.

Seine Träume waren ein Wirrwarr konfuser Bilder. Manchmal war er ein Jagernaut, der ohne Atempause endlose Schlachten auszufechten hatte. Ein anderes Mal sah er Deha, wie sie tot vor ihm lag; ihr Herz hatte schon aufgehört zu schlagen. Er durchlebte immer und immer wieder Llaachs Tod. In manchen seiner Träume zwang er Rashiva dazu, ihm zu geben, wonach er sich verzehrte, mit einer Brutalität und Wildheit, die ihre selbstgefällige Arroganz in tausend Stücke zerbersten ließ. Oder Geister drangen in seine Träume vor, Soldaten, die er in Schlachten getötet hatte. Jedes Mal wachte er dann unvermittelt auf, und sein Mund kämpfte darum, den Schrei freizugeben, der doch niemals kam.

Schließlich entwickelte er eine regelrechte Obsession, ein unstillbares Verlangen, in die Wüste hinauszugehen, als könne deren endlose Weite ihn von diesem unerträglichen Schmerz seiner Einsamkeit erlösen, ihn austrocknen lassen, bis er keinen Schmerz mehr spürte. Ein einziger Gedanke schüttelte ihn durch, wie ein Hund einen Knochen durchschüttelt: Eines Tages würde er ein Fenster zerschlagen und hinausspringen. Er versuchte mit den Fäusten, das Glas zu zertrümmern, er hämmerte auf die Scheibe ein, doch obwohl er sich fast die Hand dabei brach, blieb das dicke Glas unbeschädigt. In einer anderen Nacht nahm er einen Stuhl zu Hilfe. Der war zertrümmert, ohne das die Scheibe auch nur Anzeichen eines Schadens aufwies, und der Lärm ließ seine Wachen ins Zimmer stürmen.

Danach besuchte Saje ihn nicht mehr.

Also versuchte Kelric, seine Taktik zu ändern: Mit Hilfe des Quis' versuchte er, Rashiva zu täuschen. Wie alle anderen, die er auf Coba kennen gelernt hatte, einschließlich Saje und Deha, hatten sie alle keine Ahnung, wie man richtig mit Würfeln umging. In Dahl hatte er das noch nicht bemerkt. Sie alle waren beim Quis wie Kinder, jegliche Feinheiten blieben ihnen verborgen. Rashiva bemerkte nie, wie sehr seine Würfel logen. Er wollte sie leiden lassen, dafür, dass sie zugelassen hatte, was Haka ihm angetan hatte; sein Quis erzählte ihr, er sei zufrieden und füge sich wunderbar in sein neues Leben ein.

Eines Nachts, als Wolken sich um die Felsspitzen herum auftürmten und Blitze wie Klauen auf die Wüste hinabfuhren, kam eine Achtergruppe zu ihm, die er noch nie gesehen hatte. Sie führte ihn durch Korridore und Gänge, zu dieser späten Stunde allesamt verlassen; ihre Stiefel hallten auf dem Fußboden wieder. Mit einer Benommenheit, die daher rührte, dass er diesen Marsch schon seit langem gefürchtet hatte, wartete er darauf, dass aus den Fluren wieder Tunnel werden würden, an deren Ende eine kahle graue Zelle lag.

Die Gruppe blieb vor einem Alkoven stehen, der nur von einer Fackel erleuchtet wurde, die in einer klauen-förmigen Halterung an der Wand hing. Vor ihnen lag eine uralte Tür. Die Kommandantin stieß sie auf, dahin-ter lag eine Wendeltreppe, die in einen Turm hinauf-führte. Sie stiegen auf, immer herum, immer herum, immer herum …

Oben angekommen, standen sie vor einer Tür. Als auch diese geöffnet wurde, blickten sie in eine Suite, die Kelrics eigenes Quartier spartanisch wirken ließ: Von der Decke hingen Kronleuchter, an denen farbige Kris-talle blitzen. Dann begriff Kelric, dass diese ›Kristalle‹ in Wirklichkeit Juwelen waren: Diamanten, Rubine, Topase. Die Möbel bestanden aus glänzendem schwar-zen Holz, das zugleich einen schwachen Rotschimmer aufwies, mit dunklem Brokat gepolstert. In den Ecken standen Urnen, die ihm bis zu den Schultern reichten; sie waren mit verschlungenen Quis-Motiven verziert. Die Gobelins an den Wänden zeigten Wüstenansichten. Es gab keine Fenster in dieser Suite, die das Gemach ein wenig hätten auflockern können, nur schwere Vorhänge vor rosenholzgetäfelten Wänden.

Nachdem seine Eskorte die Suite verlassen und vor der Tür Bolzen wieder an ihren Platz zurückgeschoben hatten, sodass Kelric eingesperrt war, wanderte er ziel-los durch die einzelnen Räume. In einem Zimmer fand er ein Bett, das mit goldenem Brokat bezogen war; an allen vier Ecken ragten Bettpfosten aus Schwarzholz auf, die einen Baldachin aus rotem Samt trugen. Kelric nahm eine mundgeblasene Vase vom Nachttisch und drehte sie in den Händen. War das hier sein neues Gefängnis, sein Käfig im Käfig? In seiner alten Suite hatte es wenigstens noch Fenster gegeben, durch die er die Außenwelt hatte sehen können. Hatten sie ihn hierher gebracht, damit er nicht weiter versuchte, die Fenster zu zertrümmern? Die Wände kamen näher, engten ihn ein, erstickten ihn …

Die Vase zerbrach in seiner zusammengekrampften Hand. Dann fiel das ganze Körper der Vase auf den Parkettboden aus Schwarzholz und zerbrach in tausend Stücke, und Kelric hatte nur noch eine einzelne Scherbe in der Hand. Er starrte sie an. Dann presste er langsam die zackige Bruchkante gegen sein Handgelenk.

Bald war er frei.

In einem anderen Zimmer schlug eine Uhr. Irgendwann, später, erklang sie erneut.

Kelric ließ die Scherbe fallen. Dann hob er die Glassplitter auf und arrangierte sie auf dem Nachttisch; er gab sich Mühe, jede Scherbe an die richtige Stelle zulegen.

Schließlich legte er sich auf das Bett.

»Sevtar?«

Kelric versuchte, sich in der grauen Welt zwischen Schlaf und Wachsein zu verstecken.

»Sevtar?«

Der existiert nicht, dachte Kelric.

Finger strichen ihm über das Gesicht. Als er die Augen öffnete, sah er Rashiva, die neben ihm auf dem Bett kniete. Sie trug ein rotes Spitzenkleid, das ihr bis zu den

Oberschenkeln reichte, ihr Haar hatte sie gelöst, nun umspielte es in schimmernden Wellen ihren Körper.

Sie sah ihn aus ihren dunklen Augen an. »Die Vase … warum?«

»Ist runtergefallen.«

Ihre Stimme stockte. »In Quis-Muster des Todes?«

Statt zu antworten, legte er ihr den Arm um die Hüfte und zog sie zu sich auf das Bett herunter. Als sie sich wehrte, hielt er sie weiter fest und rollte sich auf sie. Er packte fest ihren Haarschopf knapp oberhalb ihrer Schulterblätter und zog kräftig daran.

»Sevtar, hör auf!« Sie stieß gegen seine Schultern. »Das tut weh!«

Er legte eine Hand auf ihre Brust und umfasste sie, fest, schmerzhaft hart. »Bist du nicht dafür gekommen?«

»Nicht so. Nicht im Zorn.« Die Angst ließ ihre Stimme noch dunkler klingen. »Das war nicht in deinem Quis.«

»Es war einfach, dich zu täuschen. Du spielst Quis wie ein Kind.« Er betrachtete ihr Gesicht. »Du hast mich nie gefragt, ob ich eine Frau wollte. Das wollte ich nicht. Ich habe schon eine!«

In dem Moment, in dem Rashiva sich verspannte, wusste Kelric, dass etwas nicht stimmte. »Was ist los?«, wollte er wissen. Als sie nicht antwortete, umklammerte er ihre Schultern. »Antworte mir!«

Sie starrte ihn an, immer noch schweigend, doch das war jetzt egal. Ihre Reaktion war stark genug, dass sogar seine verletzten Kyle-Zentren sie auffangen konnte.

Deha. Deha war tot.

Plötzlich hörte Kelric ein Rauschen, in seinem Kopf, nicht in seinen Ohren. Seine Stimme übertönte diesen Lärm. »Wie ist sie gestorben?«

»Wie kommst du darauf, dass …«

»*Lüg* mich nicht an!«

Leise sagte sie: »Deha ist an ihrer Herzkrankheit gestorben. In der letzten Jahreszeit.«

In der letzten Jahreszeit? Wann hatte sie es ihm denn erzählen wollen? Im nächsten Jahr? Im nächsten Jahrhundert? Ein roter Schleier legte sich vor seine Augen. Hatte Rashiva sich an Dehas Tod erfreut? Hatte sie sich selbstzufrieden ihrer Macht über ihn erfreut, während er in dieser Einzelhaft verrottete? Er wollte ihr solche Schmerzen zufügen, dass es in seinem Denken und Fühlen brannte. *Es brannte!*

Er stand kurz davor, brutal zu werden, war nur einen Herzschlag davon entfernt, Gewalt anzuwenden. Doch er konnte es nicht tun. Er konnte keiner anderen Person seine eigenen Schmerzen aufbürden.

Langsam atmete Kelric aus, hörbar, um Fassung ringend. Dann rollte er sich von Rashiva herunter, legte sich auf den Rücken.

Als er hörte, das die Decken raschelten, schaute er auf und sah, dass Rashiva auf der Bettkante kniete, die Hand auf dem Schalter der Gegensprechanlage. Doch sie rief nicht um Hilfe. Stattdessen sagte sie leise: »Es tut mir Leid. Ich hätte es dir erzählen müssen.«

»Ich will dich nicht«, log er. Er wusste, wenn er jetzt mit ihr schliefe, würde er ihr Schmerzen zufügen.

»Was willst du dann?«

Ja, was? Er rollte sich auf die Seite und stützte sich auf einen Ellbogen. »Quis spielen. Ich möchte in deine Calanya.«

Sie sah ihn ungläubig an. »Nach dem, was heute hier passiert ist?«

Seine Faust ballte sich um die Samtdecke. »Wenn du glaubst, ich würde mit Hilfe sexueller Gefälligkeiten versuchen, das zu erhalten, was ich will, dann kannst du bis ans Ende aller Tage warten.«

»Warum sagst du das jetzt?«

»Genau das erwartest du doch, oder?«

Leise sagte sie: »Ich würde mir wünschen, dass du dich mehr wie ein Haka-Mann verhältst. Ist das so ungeheuerlich? Ich bin eine Haka-Frau.«

»Aber ich bin kein Haka-Mann.« Er streckte den Arm aus und zog an ihrer Schärpe, löste sie, bis ihr das Kleid von den Schultern rutschte und ihren Körper darunter enthüllte, ihre cremefarbene Haut dunkel vor der schweren roten Seide. »Du solltest jetzt lieber gehen, Rashiva. Wenn du das nicht tust, wirst du das bekommen, wofür du gekommen bist. Aber dir würde nicht gefallen, wie du es bekämst.«

Sie betrachtete ihn und schluckte. Dann glitt sie vom Bett herunter und zog ein langes Gewand an, das sie zuvor über einen Stuhl gelegt hatte. Dann verließ sie das Zimmer, ihre nackten Füße tapsten über den Boden.

17

Mehrfach-Linien

»Ein Kind.« Rashiva stand im Hyella-Gemach und blickte auf die Wüste hinab. »Er denkt, ich spiele Quis wie ein *Kind*.«

»Er versteht nur Solitär-Quis«, gab Saje zu bedenken. »Aber was die Calanya betrifft, so hat er Recht. Er gehört dorthin.«

Sie drehte sich zu dem Drittgrader um, der neben dem Quis-Tisch stand. »Das geht nicht.«

»Das sagt Ihr immer wieder. *Das geht nicht*. Warum nicht? Was hat er getan, um dieses Misstrauen zu verdienen? Versucht, ein Fenster einzuschlagen? Ist das wirklich so gewichtig?«

Wenn du wüsstest!, dachte Rashiva. Doch was in dieser Nacht, als sie mit Sevtar zusammen gewesen war, geschehen war, sollte für alle Zeiten ihr Geheimnis bleiben. Was hätte sie denn getan, wenn er sie vergewaltigt hätte? Ihn zurück ins Gefängnis geschickt – als Eingeständnis ihrer Schwäche? Nein. Niemals würde sie zulassen, dass diese Erniedrigung an die Öffentlichkeit gedrungen wäre. Sie hätte einen anderen Weg gefunden, um damit fertig zu werden. Und sie *wäre* damit fertig geworden, wie sie *jetzt* damit fertig würde.

Die Intensität ihrer Reaktionen machte sie nachdenklich. Obwohl er ihr so offensichtlich Schmerzen hatte zufügen wollen, hatte er sich zurückgehalten. Warum also wollte sie ihn bestrafen?

Weil er sie mit Hilfe des Quis getäuscht hatte. Er hatte sie abgewiesen. Wenn sie nichts unternahm, würde das stets zwischen ihnen stehen, dieses Ungleichgewicht, das ihre Autorität untergrub. Es würde immer weiter an ihrem Selbstbewusstsein nagen, dafür sorgen, dass sie sich immer weniger als Frau fühlte, immer weniger als die Regentin von Haka.

Nein. Rashiva atmete tief ein. Sie konnte nicht zulassen, dass ihr Selbstvertrauen auf diese Weise Schaden nahm. Und sie durfte auch nicht zulassen, dass sich dieser Zwischenfall auf ihre Befähigung, über Haka zu herrschen, auswirkte. Sie musste ihre Entscheidungen danach treffen, was das Beste für ihr Anwesen war, nicht für ihren Stolz.

Bequem gegen Kissen gestützt, saßen vier Männer auf dem Teppich um einen niedrigen Quis-Tisch herum, viel zu vertieft in ihr Spiel, um Kelric und Rashiva zu bemerken, die schweigend von der anderen Seite des Raumes aus zusahen. Der Raum war groß, mit einer achteckigen Grundfläche, die Wände in Wüstenfarben gestrichen.

Leise erklärte Rashiva: »Das ist der Große Gemeinschaftsraum.« Sie deutete auf einen bogenförmigen Durchgang. »Da entlang geht es zu den kleineren Gemeinschaftsräumen und auch in die Gartenanlagen.«

Er versuchte, sich das alles zu merken. »Wie viele Calani leben hier?«

»Siebzehn.« Sie hob die Stimme ein wenig. »Adaar?«

Ein Calani hob den Kopf, er blinzelte wie ein Taucher, der wieder an die Oberfläche eines Sees gekommen war. Während die anderen noch aufschauten, erhob sich Adaar und trat auf Rashiva zu.

Sie lächelte. »Adaar, das ist Sevtar.«

Adaar verneigte sich vor ihm. »Willkommen in Haka.«

Kelric nickte.

»Wisst Ihr, wo die anderen sind?«, fragte Rashiva Adaar.

»In den Gärten, nehme ich an. Ich kann sie holen.«

»Ja, bitte. Ich danke Euch.«

Adaar ging, und Rashiva führte Kelric zu dem Tisch hinüber, von dem die anderen Spieler sich jetzt erhoben. Sie stellte Kelric allen dreien vor, einschließlich Raaj, einem Erstgrader mit den edlen Gesichtszügen eines Wüstenprinzen. Sein finsterer Blick schien über Kelric hinwegzuschrammen wie Sandpapier.

Gesprächsfetzen drangen in den Raum, dann kamen einige Calani herein. Als sie ihn umringten und auf ihn einsprachen, fühlte Kelric sich, als müsse er ersticken. Er hatte gedacht, unter Menschen zu sein, sei, was er sich wünschte. So plötzlich aber, wie es hier geschah, war doch zu viel für ihn.

Da hörte er Rashiva sagen: »Ihr könnt Euch später mit ihm weiter unterhalten. Jetzt werde ich ihm erst einmal seine Suite zeigen.«

Mehr Nicken, mehr Worte, und dann flohen er und Rashiva in seine persönliche Suite. Abgesehen von der Tür, die hinaus zum Hauptgemeinschaftsraum führte, war diese Suite seiner Gewürz-Suite sehr ähnlich.

»Hier werdet Ihr von nun an wohnen«, erklärte Rashiva mit beunruhigender Förmlichkeit. »Die Gemeinschaftsräume sind für alle offen, doch keine Person darf diese Suite betreten, die Ihr nicht selbst dazu aufgefordert habt.«

»Gilt das auch für dich?«, fragte er.

Sie erstarrte. »Nein.«

Kelric hatte nicht so feindselig klingen wollen. Er fühlte sich, als habe er lange Zeit an einem Fieber gelitten, nicht sein Körper, sondern sein Denken und Fühlen, ein Fieber, von dem er nicht bemerkt hatte, dass es in ihm tobte, bis er sich bereits wieder auf dem Wege der Besserung befunden hatte. Wie eine Stimme in weiter Ferne, fast verloren in einer Höhle, in der seit Jahren kein Licht mehr geleuchtet hatte, wirbelten ihm Gedanken durch den Kopf, erwachten aus ihrem Schlummer, versuchten, ihm Abkühlung und Gesundheit zu verschaffen.

Rashiva fuhr sich mit den Fingern durch die Haare und brachte ihren ansonsten perfekten Zopf ein wenig durcheinander. »Ich werde dich jetzt allein lassen, damit du dich ausruhen kannst.« Ihre Brokathosen raschelten, als sie den Raum verließ.

Eine Zeit lang streifte er durch seine neue Suite; schließlich blieb er im Schlafzimmer stehen. Lange Zeit stand er vor einem Fenster und starrte in die Wüste hinaus. Er versuchte, an Dahl zu denken, doch ohne Deha konnte er es sich nicht vorstellen. Tränen strömten ihm über das Gesicht. Er rührte sich nicht, kein Laut war von ihm zu hören, er schaute nur weiterhin in die Wüste und weinte.

Später an diesem Nachmittag ging er wieder unter dem Bogengang hindurch, der in den Gemeinschaftsraum führte. Als er den Riedvorhang zur Seite schob, sah er Saje, der in einem Alkoven in der Nähe saß und mit Adaar sprach.

»Ah! Sevtar!« Der Drittgrader nickte ihm zu. »Gesellst du dich zu unserem Quis dazu?«

Kelric nickte zurück und versuchte, sich zu entspannen. Quis würde ihm gewiss Ablenkung verschaffen.

Mit Adaars Hilfe ging Saje steif zu einem Tisch, an dem mehrere Calani ein Quis-Spiel analysierten. Alle Spieler erhoben sich und blieben stehen, bis Saje sich zwischen den Kissen niedergelassen hatte. Als sich schließlich alle wieder gesetzt hatten, nickte Saje Raaj zu, dem Haka-Prinzen. »Fängst du an? Wir werden am Miesa-Plateau arbeiten.«

Kelric rollte aus und fragte sich, was eine Hochebene in Miesa mit Quis zu tun hatte. Raaj setzte einen goldenen Dodekaeder auf das Spielbrett, und das Spiel begann. Zunächst hatte Kelric Schwierigkeiten, einem Spiel mit so vielen Spielern zu folgen, nach und nach allerdings wurden die Muster klarer. Die Strukturen beschrieben ein Anwesen. Miesa? Deren Verwalterin war noch jung. Golden. Sonne. Es tauchte immer und immer wieder auf.

»Savina«, meinte Kelric plötzlich. »Die Sonnengöttin.«

Alle starrten ihn an. Raaj blickte finster drein, und Adaar ließ einen Kegel fallen, der eine Struktur umstieß, als er auf das Spielbrett fiel.

»Ja«, nickte Saje. »Savina ist der Namen der Verwalterin Miesa. Bitte stör das Spiel nicht noch einmal.«

Kelric verzog das Gesicht. Doch sobald die Sitzung wieder aufgenommen worden war, wurde er ganz von den Strukturen in Anspruch genommen. Es war, als würde er hoch über dem Anwesen in der Luft kreisen und langsam, langsam immer tiefer herabsinken. Das Anwesen lag in einem Tal, in dem die Berge zu einer Hochebene zusammenwuchsen, die reich an Erzlagerstätten war. Die Verwalterin, die das Miesa-Plateau kontrollierte, kontrollierte damit den gesamten Erzmarkt der Zwölf Anwesen, und das verlieh ihr großen Einfluss. Doch das Anwesen Varz dominierte alle Muster des Spiels, nicht das Anwesen Miesa. Das einst reiche Miesa war schwach geworden; derzeit war es gänzlich von Varz abhängig.

Nachdem sich ein vollständiges Bild ergeben hatte, projizierten die Spieler verschiedene Zukunftsvisionen in die Strukturen hinein. Wenn sich ein Muster ergab, bei dem das Karn-Ministerium vorherrschte, zerstörten sie es ebenso wie ein Außenseiter, der um Geld spielte, versuchen würde, den Vorteil seines Gegners zu zerstören.

Dann ergaben sich neue Muster, in denen Varz die Vorherrschaft zu erringen schien.

Während sie spielten, begann Kelric endlich zu begreifen, was die Calani taten, die so weltabgeschieden in ihrer Calanya lebten: Sie formten die Zukunft ihrer Welt.

Kelric wurde von Saje in einen abgelegenen Alkoven in der Suite des Drittgraders geleitet. Sie setzten sich zwischen Kissen auf einen Teppich, der so dick und flauschig war, dass Kelrics Zehen darin völlig einsanken.

»Morgen«, erzählte Saje gerade, »werde ich mich mit Rashiva dem Quis hingeben, und ich werde ihr die Muster dessen legen, was wir heute erarbeitet haben.«

Kelric begann zu verstehen, was Ixpar gemeint hatte, als sie sagte, die Calani würden die Verwalterin beraten. »Und was geschieht dann?«

»Dann wird Rashiva mit einigen Auserwählten aus ihrer Gefolgschaft Quis spielen. Diese spielen dann mit anderen. Ihr Beitrag zum Spiel wird sehr bald kleine Wellen im Quis-Netz schlagen lassen, das sich über alle Zwölf Anwesen erstreckt.« Er schob sich ein Kissen unter die Beine. »Und das funktioniert in beiden Richtungen. Unsere Verwalterin hat Einfluss auf viele hochgradige Spieler, einschließlich anderer Verwalterinnen, wird aber im Gegenzug ebenfalls von jeder Gegnerin und jedem Gegner beeinflusst. Und dann liefert sie uns einen neuen Beitrag zu unserem Quis, indem sie wieder mit uns spielt. Und wir nutzen jede Information, die wir erhalten, zum Wohle Hakas.«

»Aber alle spielen Quis.«

»Ja. Jede Frau, jeder Mann, jedes Kind in den Zwölf Anwesen.« Saje machte eine Pause. »Es ist ein einziges Spiel. Wir spielen es seit tausend Jahren.«

Ein neues Muster enthüllte sich in Kelrics Denken und Fühlen: Quis war das cobanische Gegenstück des sternensystemübergreifenden Computer-Netzwerks, von dem das Imperialat zusammengehalten wurde, sowohl dem regulären optoelektronischen Netzwerk, als auch den Psiberspace-Netzwerken, auf die nur Kyle-Operatoren zugreifen konnten. Quis war eine dritte Art Netzwerk, ein Netzwerk, auf das die Cobaner jedes Mal ›zugriffen‹, wenn sie Quis spielten. Es war ein subjektives Netz, es war von Persönlichkeitsschwankungen und Spielerfahrung abhängig, statt von Elektrizität oder Quantenphysik. Sein ›Speicher‹, seine ›Erinnerungen‹, bestanden aus dem gesellschaftlichen und kulturellen Gedächtnis, den Erinnerungen eines ganzen Volkes.

»Betrachte doch einmal die Lage in Miesa!«, fuhr Saje nun fort. »Wir müssen Varz dabei helfen, zu verhindern, dass das Ministerium die Kontrolle des Plateaus übernimmt.«

»Warum?«

Saje schnaubte verächtlich. »Ich denke doch, das ist offensichtlich. Wenn das Ministerium das Plateau kontrolliert, verleiht das Jahlt Karn noch mehr Macht. Und sie hat jetzt schon zu viel.«

»Sie ist die Ministerin«, gab Kelric zu bedenken.

»Varz ficht diesen Anspruch an.« Saje manövrierte seine Beine in eine bequemere Sitzposition. »Während der Alten Zeit haben Varz und Karn oft gegeneinander Krieg geführt. Jetzt tragen sie ihre Schlachten im Quis aus.«

»Ich nehme an, Haka ist mit Varz verbündet.«

»Selbstverständlich.« Saje deutete mit dem Kinn in Richtung des Gemeinschaftsraums. »Inmitten dieser kleinen Wellen sitzen die Calani. Je machtvoller eine Calanya, desto größer sind diese Wellen. Aber ohne eine starke Verwalterin ist eine Calanya machtlos.«

»Warum schickt man nicht Calani in das Netzwerk hinaus?«

Saje warf Kelric einen Blick zu, von dem Kelric annahm, er sei für die Dümmsten unter den Dummen reserviert. »Wir sprechen niemals mit Außenseitern; wir lesen nichts über sie, wir schreiben ihnen keine Briefe, und wir nehmen auch von Außenseitern keine Beiträge zum Spiel an. Sie dürfen niemals, unter keinen Umständen, eine Calanya verunreinigen. Wenn Außenseiter unser Quis kennen lernen, können sie es zu ihrem Vorteil manipulieren. Und das würde Haka in seinen Grundfesten erschüttern und schwächen.«

Der Gedanke an ›geschützte Knoten innerhalb eines Netzwerks‹ faszinierte Kelric. »Bedeutet ›Calani Dritten Grades‹ nicht, dass du vorher schon auf zwei anderen Anwesen gelebt hast, bevor du hierher gekommen bist?«

Saje nickte. »Ich war gerade einmal ein kleiner Junge, als ich meinen ersten Grad in Viasa errungen habe. Kurz danach bin ich nach Varz gegangen und dort viele Jahre geblieben. Dann bin ich hierher gekommen.«

»Wird sich denn dein Wissen über Varz und Viasa nicht auf Haka auswirken?«

»Ah.« Saje lächelte, als würden Kelric und er durch ein gemeinsames Geheimnis zu Verschwörern gemacht. »Wie kann man wohl besser genaueste Kenntnisse über alles, was sich in einem anderen Anwesen zuträgt, erhalten als dadurch, dass man einen seiner Calani in die eigene Calanya eingliedert?« Leise fügte er hinzu: »Deswegen leisten wir auch den Eid, dass unser Leben verwirkt ist, wenn wir die Treue zu dem Anwesen brechen, in dem wir Calani sind. Deswegen sind hochrangige Calani auch so selten. Und so gefragt. Um mich hierher zu holen, hat sich Rashivas Vorgängerin Haka jahrelang in Schulden gestürzt.«

»Sie *kaufen* uns?«

Saje zuckte mit den Schultern. »Das ist Verhandlungssache. Ich wollte nach Haka gehen, Haka wollte mich haben. Also wurde ein Handel geschlossen.« Er schob sein Kissen zurecht. »Das Wüstenklima ist besser für meine Gelenke. Ich bezweifle, dass ich Haka jemals verlassen werde, selbst wenn man mir einen vierten Grad anbieten würde.«

»Ich dachte Viergrader gebe es nicht.«

»Fast nicht. Im ganzen letzten Jahrhundert nur einen Einzigen.« Saje beugte sich vor. »Mentar. Er lebt in Karn. Ist der Akasi der Ministerin. Mentar erzeugt mit seinem Quis keine kleinen Wellen. Er erzeugt Sturmfluten.«

Vor Kelrics geistigen Auge erschien ein Quis-Muster aus Wellen. »Hat es jemals einen Fünftgrader gegeben?«

Saje dachte einen Augenblick nach. »Wenn ich mich recht entsinne, existieren aus diesem Jahrtausend Aufzeichnungen über zwei. Die Legenden aus der Alten Zeit erwähnen einen weiteren. Aber rein schon von den Kosten her wäre ein Fünftgrader so unerschwinglich, dass es ans Unmögliche grenzt.«

»Und ein Sechstgrader?

Saje lachte. »Ein Sechstgrader kann überhaupt nicht existieren.« Sein Lächeln schwand. »Und das ist auch gut so! Die Macht seiner Würfel wäre jenseits aller Vorstellungskraft.«

18

Gestürzte Kaskade

»Ixpar.« Jahlt Karn, die Ministerin von Coba, blickte auf, als die junge Frau mit großen Schritten in ihr Arbeitszimmer trat. »Ich hatte dich nicht vor heute Abend aus Bahvla zurückerwartet.«

»Wir sind früh aufgebrochen. Die Pilotin hat sich wegen des Wetters Sorgen gemacht.« Ixpar ließ sich in einen Sessel fallen und streckte ihre Beine aus; sie schienen fast die Hälfte der Zimmers zu durchmessen. Einige Strähnen hatten sich aus ihrem Zopf gelöst und kringelten sich nun, feurigen Ranken gleich, um ihr Gesicht. »Verwalterin Bahvla lässt grüßen.«

»Und wie geht es Henta?«

Ixpar schnitt eine Grimasse und sagte: »Neugieriger denn je!«

Jahlt lächelte. Henta Bahvlas Vorliebe für Klatsch und Tratsch war allgemein bekannt. »Ist dein Besuch gut verlaufen?«

Ixpar beugte sich vor. »Henta unterstützt eine Schirmherrschaft des Ministerium über die Miesa-Minen. Ich brauchte nicht einmal zu fragen. Sie hat mir erzählt, sie denkt, dass Varz das Plateau ohnehin schon viel zu sehr kontrolliert.«

»Gut. Der Unterstützung des Shazorla-Anwesens bin ich mir auch ziemlich sicher.«

Ihre Nachfolgerin stand auf und ging zum Bücherregal hinüber. »Henta hat Gerüchte gehört, dass Ahkah sich Varz anschließen wird.«

»Das wäre bedauerlich.«

»Es gibt immer noch Viasa.«

»Darauf würde ich meine Würfel nicht rollen lassen.«

Die Fehde zwischen Bahvla und Viasa war schon so alt: Jahlt bezweifelte, dass noch irgendjemand den ursprünglichen Grund dafür kannte. »Viasa stimmt fast immer gegen Bahvla. Wenn sich also Bahvla uns anschließt, dann wird Viasa zugunsten von Varz stimmen.«

»Aber Viasa hat diese neue Verwalterin.« Ixpar setzte sich auf das Fensterbrett. »Selbst Henta weiß nicht allzu viel über sie.« Sie stand auf und begann wieder im Zimmer auf und ab zu gehen.

Jahlt beobachtete ihre Nachfolgerin und unterdrückte ein Lächeln. Ixpar war so unruhig wie eine Klauenkatze im Käfig. »Vielleicht ist es an der Zeit, dass ich eine Botschafterin nach Viasa schicke, um die neue Verwalterin in ihrem Amt willkommen zu heißen.«

Ixpar blieb stehen und sah die Verwalterin mit zusammengekniffenen Augen an. »Diese Botschafterin hat doch nicht zufällig rote Haare, oder?«

»Verwalterin Viasa ist nur ein paar Jahre älter als du. Ihr beide solltet eine ganze Menge gemeinsam haben.«

»Und was ist mit meiner Reise nach Dahl?«

»Dahl.« Jahlt atmete hörbar aus. »Eine schwierige Situation. Es ist das Beste, wenn wir deine Reise dorthin vorerst verschieben.«

»Ich dachte, Chankahs Unterstützung sei uns sicher.«

»Ist sie auch. Es geht um etwas anderes.« Es missfiel Jahlt, dieses Thema anschneiden zu müssen. Das war und blieb Ixpars einzige Schwäche. »Es geht um eine interplanetare Angelegenheit.«

»Kelric.«

»Chankah will, dass ich ihn begnadige. Deha hat auf dem Sterbebett darum gebeten. Ich muss ihr diesen Wunsch abschlagen.«

»Warum?«

Jahlt legte eine Schärfe und Kälte in ihre Stimme, die sie bei ihrer Nachfolgerin nur selten anwendete. »Es wundert mich, dass du überhaupt fragst.«

»Wisst Ihr«, gab Ixpar zurück. »Wenn man Zeit mit Henta verbringt, hört man viele Gerüchte.«

»Zum Beispiel?«

»Zum Beispiel, dass Dahl und Haka schon vor Jahren ein Abkommen getroffen hätten.«

Jahlt runzelte die Stirn. »Mir ist kein Abkommen zwischen Dahl und Haka bekannt.«

Ixpar kam zu ihrem Schreibtisch herüber. »Es ging um Kelric. Er ist jetzt ein Haka-Calani.«

»Deha hätte einem solchen Abkommen niemals zugestimmt.«

»Henta schien sich ihrer Quelle sehr sicher zu sein.«

Das alles gefiel Jahlt überhaupt nicht. Ganz und gar nicht.

Nachdem die Formalitäten erledigt waren, das Anwesens-Mahl eingenommen und alle Reden gehalten, zogen sich Jahlt und Chankah in Chankahs privates Studierzimmer zurück. Die neue Verwalterin Dahl füllte zwei Pokale mit Jhai-Rum und reicht einen davon der Ministerin. »Deha würde Euren Besuch zu schätzen wissen.«

»Sie war eine enge Freundin und Verbündete.« Jahlt hob ihren Pokal. »Auf Deha.«

Auch Chankah hob ihren Pokal. »Auf Deha.«

»Also gut. Jetzt müssen wir entscheiden, wie wir mit dem Problem umgehen, das sie uns hinterlassen hat.« Jahlt lehnte sich in ihrem Sessel zurück. »Wie genau sieht der Vertrag aus, den sie und Rashiva ersonnen haben?«

»In etwa folgendermaßen«, begann Chankah und schwenkte den Rum in ihrem Pokal. »Sollte Rashiva es jemals für sicher genug erachten, sollte sie Sevtar in ihre Calanya aufnehmen dürfen. Sollte er jedoch jemals begnadigt werden, würde sein Eid zu Gunsten von Haka nichtig werden und er müsse nach Dahl zurückkehren.«

Jahlt verzog verdrossen das Gesicht. »Und so etwas hat Deha wirklich unterschrieben?«

»Ich habe ein Original des Dokuments.«

Das ergab doch überhaupt keinen Sinn! Deha hatte gewusst, dass das Ministerium diese Begnadigung niemals aussprechen würde. Und dennoch hatte sie ihren eigenen Akasi Haka ausgeliefert. Wozu?

Seit Kelric in Hakas Calanya aufgenommen worden war, hatte Hakas Einfluss im Quis zugenommen, weit mehr, als durch die üblichen Machtschwankungen zwischen den einzelnen Anwesen erklärt werden konnte. Noch wichtiger: Ein nicht zu berechnender Faktor beeinflusste nun das Haka-Quis – ein Einfluss, wie ihn Jahlt nie zuvor erlebt hatte: Es schien, als spiele nun jemand für Haka Quis, der sich unabhängig von allen Zwängen und Beschränkungen weiterentwickeln könne. Und das machte diese neue Komponente im Haka-Quis noch gefährlicher. War es Kelric? Er war erst kurze Zeit in der Haka-Calanya. Wenn er jetzt schon einen derart bedeutenden Unterschied bewirkte, wer konnte dann schon wissen, zu welchen Höhen sich seine Würfel noch würden aufschwingen können?

Es war unakzeptabel, völlig unakzeptabel, dass Haka einen solchen Vorteil erringen sollte.

Innerlich stieß Jahlt einen Fluch aus. Oh ja, Deha hatte ganz genau gewusst, was sie da tat. In diesem Spiel hatte die verstorbene Verwalterin Dahl sie alle geschlagen.

»Also.« Die Ministerin stellte ihren Rum ab. »Es ist an der Zeit, Chankah, dass wir uns darüber Gedanken machen, wie wir dieses Problem lösen können, das Deha uns hinterlassen hat.«

Säulen drängten auf ihn ein. Graue Säulen. Er würde niemals entkommen, niemals einen Weg hinaus finden, niemals frei sein, niemals wieder ein anderes menschliches Wesen berühren …

Kelric öffnete die Augen und sah das exotische Mobiliar eines ihm fremden Zimmers. Als der Adrenalinstoß, den dieser Albtraum in ihm ausgelöst hatte, ein wenig abgeebbt war, begriff er, dass er auf einem Sofa lag, über ihm eine Plüschdecke.

Auf der anderen Seite des Raumes stand Rashiva und schaute aus einem der Fenster, ihr Körper eine Silhouette vor dem Sonnenaufgang. Sie trug Alltagskleidung, eine Hose und eine Jacke, beide aus weichem Brokatstoff in Bernsteintönen.

Verwirrt rieb sich Kelric die Augen. Das Letzte, woran er sich erinnerte, war, dass ihn seine Eskorte zu Rashivas Privat-Suite geführt hatte. Sie hatten ihm keine Gründe genannt. Er musste eingeschlafen sein, während er auf sie gewartet hatte. Als er sich aufsetzte und die Decke dabei raschelte, wandte Rashiva sich um.

»Sevtar.« Sie klang, als sei ihr etwas äußerst peinlich. »Ich grüße dich.«

Kelric fuhr sich mit der Hand durch die zerzausten Locken. »Ich grüße dich.« Nach kurzem, unangenehmem Schweigen fragte er dann: »Habe ich die ganze Nacht hier geschlafen?«

»Ja. Du schienst letzte Nacht sehr müde zu sein. Ich wollte dich nicht stören.«

»Warum wolltest du mich sprechen?«

»Ich hatte gedacht, wir könnten vielleicht zusammen essen.« Sie kam zu ihm herüber und setzte sich steif auf das andere Ende des Sofas. »Damit wir noch einmal ganz von vorne anfangen können. Eine Verwalterin und ein Calani sollten nicht … sollten einander nicht feindselig gegenüberstehen.«

Das passte so gar nicht zu dem negativen Bild, das Kelric sich von ihr gemacht hatte. Seit er in die Calanya eingetreten war, ein normales Leben lebte, sich mit anderen austauschte, gut aß und viel frische Luft bekam, fühlte er sich, als erhole er sich von einer langen, schweren Krankheit. Und sie hatte Recht: Ihre unbeholfene, gestelzte Art, miteinander umzugehen, wirkte sich negativ auf ihr Quis aus.

Vorsichtig meinte er: »Vielleicht können wir wirklich von vorne anfangen.«

»Ja, also … gut.« Sie stand auf. »Wenn ich wiederkomme, sollten wir es dann noch einmal mit einem gemeinsamen Abendessen versuchen?«

»Einverstanden.« Er machte eine Pause. »Wohin gehst du?«

Sie schloss ihre Jacke, indem sie die Seidenschnüre um die zugehörigen Häkchen einhakte. »Ich muss mit Zecha Haka sprechen. Und dann muss ich für ein paar Tage nach Viasa.«

Zecha. Der Name traf ihn wie ein Schwall Eiswasser. Kelric stand auf und bewegte seine steifen Schultern. »Würdest du bitte meine Eskorte rufen?«

Rashiva, die immer noch ihre Jacke schloss, hielt mitten in der Bewegung inne. »Stimmt etwas nicht?«

»Nein, alles in Ordnung.« Er ging zur Tür. »Ich möchte in die Calanya zurückkehren.«

»Hat es mit dem Gefängnis zu tun? Zecha hat mir

schon gesagt, dass es dir etwas ausmachen könnte, daran erinnert zu werden.«

Kelric fragte sich, wie er auf die Idee hatte kommen können, und sei es auch nur für einen winzigen Moment, er könne dieser Frau vielleicht näher kommen wollen. »Wie kannst du dich eigentlich selbst ertragen?«

»Wie ich mich selbst ertragen kann? Ich verstehe nicht, was du meinst!«

Er sah sie einfach nur an. Wenn sie wirklich glaubte, das, was man ihm angetan hatte, sei gerechtfertig gewesen, dann hatte er ihr nichts mehr zu sagen.

Doch irgendetwas stimmte nicht. Er hatte ein komisches Gefühl, wenn er Rashiva ansah, fast wie eine optische Täuschung, die man manchmal erkennen konnte, dann wieder nicht. Plötzlich war sie nicht mehr die harte, unbarmherzige Verführerin, die mit ihm spielte, nachdem sie ihn ein ganzes Jahr qualvoller Einzelhaft ausgesetzt hatte. Stattdessen schien sie einfach nur eine junge, verwirrte Frau zu sein, eine gute Verwalterin, aber sehr unerfahren im Vergleich zu jemandem wie Deha Dahl.

»Sevtar?« Sie sah ihn immer noch an. »Der Ausdruck in deinem Gesicht ändert sich manchmal so schnell, dass ich gar nicht mitkomme.«

Er sprach sehr leise. »Du hast überhaupt keine Ahnung, was Zecha da unten anstellt, nicht wahr?«

»Es ist nur natürlich, dass du sie ablehnst. Dass du sie sogar hasst. Sie war schließlich deine Gefängniswärterin.«

»Du siehst nur das, was du sehen willst.«

Rashiva versteifte sich. »Willst du damit andeuten, dass du, mein Akasi, mehr darüber weißt, was in Haka geschieht, als ich?«

Kelric wollte seine Erinnerungen an das Gefängnis

blockieren. Und er hielt es auch nicht für wahrscheinlich, dass Rashiva jemandem Glauben schenken würde,
der dafür verurteilt worden war, einen Menschen getötet zu haben –, jemandem glauben, über den es hieß,
er sei geisteskrank, statt einer hochrangigen Person
wie Zecha. Vor allem, wenn ihm zu glauben bedeutete,
zugeben zu müssen, dass man sich hatte betrügen
lassen.

Aber er hatte eine Schleuse geöffnet, die sich jetzt nicht
mehr schließen ließ. »Wir haben doppelte Schichten im
Steinbruch gearbeitet, teilweise dreifache Schichten.
Keine Pausen, keine Schutzhelme, keine Schutzbrillen,
keine Kopftücher, kein gar nichts. Wir durften noch
nicht einmal Wasser trinken. Wachen durften die Gefangen nach eigenem Gutdünken schlagen. Die kräftigen
Insassen haben die schwachen körperlich misshandelt
und sexuell missbraucht. Und wer sich beschwerte,
wurde streng bestraft.«

»Ich bin selbst in den Lagern gewesen. Ich weiß, dass
das, was du da beschreibst, dort nicht passiert!«

Er fragte sich, ob er jemals über seine Zeit in Einzelhaft
würde sprechen können. »Du lebst in einer Welt, in der
Quis-Würfel aus Edelsteinen sind. Das macht dich blind
für Zechas Welt.«

Sie sah ihn nur schweigend an. Während das Schweigen sich immer weiter hinzog, begann er schon zu
bereuen, das Gefängnis überhaupt erwähnt zu haben.

Als sie schließlich etwas sagte, war es nur: »Ich nehme
die Schmelzer-Tür.«

Allein ging Kelric durch die Gartenanlagen der Calanya.
Der Spätnachmittagshimmel war von einem ver-
waschenen Blau, die Schatten unter den Bäumen ließen

die Landschaft gesprenkelt erscheinen; doch die friedliche Ruhe dieses Tages entging ihm völlig. In den drei Tagen, die seit seinem Gespräch mit Rashiva vergangen waren, hatten Erinnerungen an das Gefängnis seine Gedanken und seine Träume heimgesucht.

Sand knirschte hinter ihm, und als er sich umdrehte, sah er Kommandantin Khaaj. Ihre Anwesenheit ging ihm durch Mark und Bein. Technisch gesehen war er immer noch ein Strafgefangener, und das bedeutete, dass er ständig unter Aufsicht von Wachen sein musste. Doch üblicherweise waren diese stets so diskret, dass er sie kaum bemerkte.

»Es tut mir Leid, Euch stören zu müssen«, erklärte Khaaj. »Aber es ist wichtig!«

Kelric wartete. Dieses Jahr in völliger Einsamkeit hatte seine zurückhaltende Art noch verstärkt, und sein Calanya-Eid machte sein Schweigen nicht nur akzeptabel, sondern sorgte sogar dafür, dass es von ihm erwartet wurde.

»Habt Ihr Verwalterin Haka gesehen, seit Ihr in ihrer Suite gespeist hast?«, fragte Khaaj.

Er schüttelte den Kopf.

»Ich habe die Sprecherin mitgebracht«, sagte Khaaj. »Werdet Ihr mit ihr sprechen?«

Er dachte kurz nach, dann nickte er.

Ekoe Haka, Sprecherin der Haka-Calanya, wartete im Großen Gemeinschaftsraum. Khaaj begleitete Ekoe und Kelric zum *Alkoven Der Worte*, einem kleinen Raum, der von den Gemeinschaftsräumen ein wenig abgeschieden lag. Die Kommandantin wartete davor und ließ ihnen die nötige Privatsphäre; Kelric und Ekoe setzten sich dann am Quis-Tisch, der in diesem Alkoven stand, einander gegenüber.

Ekoe sprach die formalen Worte: »Verwalterin Haka

gestattet mir, in Zeiten der Gefahr Eure Stimme zu sein, wenn es unerlässlich ist, dass Außenseitern Eure Worte bekannt werden. Werdet Ihr mit mir sprechen?«

»Ja«, wiederholte Kelric seine Zustimmung.

»Ihr wart die letzte Person, die Verwalterin Haka gesehen hat«, erklärte Ekoe. »Wisst Ihr, wo sie ist?«

Kelric erinnerte sich an sein Gespräch mit Rashiva. »Bevor sie zu ihrer Besprechung aufgebrochen ist, hat sie irgendetwas über eine ›Schmelzer-Tür‹ gesagt.«

»›Schmelzer‹? Was meint Ihr damit?«

»Die Hintertür«, platzte Khaaj heraus.

Ekoe drehte sich zu der Kommandantin um, die eigentlich außerhalb der Hörweite hatte sein sollen, und hob die Augenbrauen.

Khaaj schoss das Blut ins Gesicht. »Verzeiht mir, dass ich Euch unterbreche. Aber wenn Verwalterin Haka sagt, dass sie die ›Schmelzer-Tür‹ nehmen will, meinst sie immer, dass sie eine Hintereingang benutzen will. Weil doch Schmelzer ihre Barren immer an der Hintertür bei den Erzhändlern abliefern.«

Plötzlich wurde Kelric alles klar. Er wollte es nicht glauben, aber dieses Muster ließ sich nicht leugnen.

»Den Hintereingang von was?«, fragte Ekoe.

»Lager Vier«, antwortete Kelric.

Ekoe starrte ihn an. »Dem *Gefängnis?*«

»Ja.« Er schluckte. »Sie hat sich selbst ins Gefängnis geschickt.«

Die einzigen Laute, der aus dem Gemeinschaftsraum drangen, war das Klappern von Würfeln. Kelric ging erneut mit großen Schritten an dem Tisch vorbei, an dem Saje und die anderen sich dem Quis hingaben. Er wünschte, irgendjemand würde lachen. Oder schreien.

Oder irgendetwas tun, um die Spannung zu lösen, die über diesem Abend lag.

Als er den Raum das vierte Mal durchquert hatte, kam Saje zu ihm herüber. »Warum setzt du dich nicht eine Weile zu uns?«

»Nein.«

»Rashiva geht es gut.«

Kelric verzog das Gesicht. »Ich mache mir keine Sorgen um Rashiva.«

»Natürlich nicht.« Saje zog ihn zu dem Tisch herüber. »Spiel Quis! Das wird dich beruhigen.«

»Ich bin ruhig.«

»Natürlich.« Sanft stieß Saje ihn in die Kissen.

Kelric versuchte, sich auf das Spiel zu konzentrieren. Dunkle Würfel überwogen: ebenholzfarbene Oktagone, purpurne Kugeln, kobaltblaue Quader. Es sah aus wie eine Studie über die Beziehungen zwischen Varz und Karn. Als er am Zug war, schob er seinen Ixpar-Würfel neben eine Halbkugel, mit der Raaj die Nachfolgerin Varz symbolisierte.

Raaj warf ihm einen Blick zu, der kurz davor war, reinen Hass darzustellen. Dann legte er einen schwarzen Onyx-Würfel auf Kelrics Spielstein. Im Verlauf des Spiels wurden die Muster immer verworrener, versanken in einem Morast der Feindseligkeit. Wäre es eine wirkliche Schlacht gewesen, hätten zahllose Leichen das Schlachtfeld bedeckt.

Schließlich erhob sich Saje steif. »Ich fürchte, ich werde schneller müde als ihr jungen Leute.« Er wandte sich an Kelric. »Würdest du mir helfen?«

Kelric stand auf, froh, dieser Sitzung entkommen zu können, und streckte den Arm aus. Saje stützte sich darauf, und humpelnd durchquerte er mit Kelrics Hilfe den Gemeinschaftsraum. Sobald sie in Sajes Suite angekommen waren, nötigte Saje ihn in einen Alkoven. »Bitte nimm Platz«, bat er und ließ sich selbst auf einen kleinen Kissenberg sinken.

Kelric setzte sich auf den Boden, den Rücken gegen die Wand gelehnt, die Beine vor sich der Länge nach ausgestreckt. »Ich dachte, du seiest müde.«

Saje blickte ihn finster an. »Du musst lernen, deine Würfel besser unter Kontrolle zu halten. Durcheinandergeratene Pläne, dieser Streit zwischen Raaj und dir, überall Muster von Rashiva ... das war doch ein einziges Durcheinander!«

»Ich war nicht mit den Gedanken dabei.«

»Du hättest heute Nachmittag nicht mit Ekoe sprechen dürfen. Das hat das Quis durcheinander gebracht.«

»Ich musste mit ihr reden. Und was Raaj angeht ...« Kelric zuckte mit den Schultern. »Dieser Streit ist immer da. Er mag mich einfach nicht.«

Saje seufzte. »Ich muss zugeben, es ist schwer zu glauben, dass ihr fast gleich alt seid. Du wirkst viel reifer.«

Mit seinen sechsunddreißig Jahren war er Raaj ganze sechzehn Jahre im Vorteil. Doch statt Saje zu erklären, was molekulare Zellreparatur war, sagte er nur: »Ich bin älter. Mein Volk altert langsamer als eures.«

»Ihr habt Glück.« Saje rieb sich die Beine. »Ich altere jeden Tag ein bisschen mehr. Ich sollte zu Bett gehen.«

Nachdem er Saje dabei geholfen hatte, sein Schlafzimmer zu erreichen, kehrte Kelric in seine eigene Suite zurück. Doch er konnte nicht schlafen. Zur Mittstunde der Nacht ging er zurück in den Gemeinschaftsraum und spielte an einem der Tische Solitär-Quis. Als er Schritte hörte, drehte er sich um; er rechnete mit Khaaj, doch es war nur Raaj, der durch einen der Bogengänge am anderen Ende des Raumes kam. Der junge Mann sah ihn und blieb stehen, stand dort wie die Statue eines Prinzen aus längst vergessener Zeit, hoch gewachsen, ohne den Anflug eines Lächelns. Dann ging er.

Plötzlich wurde die Türen des Gemeinschaftsraums aufgerissen, und Khaaj trat mit großen Schritten ein. »Sie ist hier«, sprudelte die Kommandantin heraus.

Kelric sprang auf. Kaum war er nach *Draußen* getreten, umringten ihn schon seine Wachen; gemeinsam eilten sie zu Rashivas Suite. Dort lag Rashiva auf einem Sofa in ihrem Wohnzimmer, das Gesicht verzerrt, während eine Ärztin sich um eine Prellung in ihrem Gesicht kümmerte. Rashiva war in zerrissene graue Gefängniskleidung gehüllt, auf dessen Ärmel das Abzeichen von Lager Vier aufgenäht war.

Kelric ging zu ihr hinüber, wollte gerade etwas sagen, entsann sich dann der anderen Anwesenden und verzog nur finster das Gesicht.

»Doktor«, sagte Rashiva nur.

Die Ärztin richtete sich auf. »Ich werde später nach Euch schauen, Ma'am.« Dann verließen sie und die anderen den Raum.

Als sie mit Kelric allein war, zog sie ihn zu sich auf das Sofa herunter. »Schau nicht so böse!«

Er hätte sie durchschütteln mögen. »Bist du wahnsinnig? Was hast du denn nur da unten gemacht?«

»Du klingst ja schon wie die Kommandantin meiner StadtWache!« Rashiva rieb sich die Schläfen. »Die hätte fast einen Herzinfarkt bekommen, als ich ihr gesagt habe, sie solle mich unter falschem Namen ins Gefängnis bringen lassen.«

»Sie hätte irgendjemandem sagen müssen, wo du steckst.«

»Ich hatte ihr den strikten Befehl erteilt, das nicht zu tun. Ich wollte nicht, dass die Gefängnisleitung vorgewarnt werden könnte.«

Kelric schaute auf die Prellung in ihrem Gesicht. »Wer hat dich geschlagen?«

Rashiva vorzog das Gesicht. »*Da* hat mich eine der Aufseherinnen von Lager Vier geschlagen.«

»Hat sie dich nicht erkannt?«

»Vom Gefängnis-Personal kennen nur wenige mich persönlich.« Trocken ergänzte sie: »Eine der Wachen hat zu mir gesagt, ich sähe ja aus wie Rashiva Haka.« Sie strich sich ihr durcheinander gebrachtes Haar zurück, das ihr, jetzt strähnig und ungeflochten, über die Schulter fiel »Torv Haka kennt mich vom Sehen. Ich hatte eigentlich vorgehabt, ihn aufzusuchen, wenn ich am Abend aus dem Steinbruch komme, damit er mich wieder 'rauslässt.«

»Und warum hast du das nicht gemacht?«

»Er war nicht da. Ein Strafgefangener hat ihn mit dem Messer verletzt, jetzt liegt er im Med-Haus.«

Also hatte schließlich doch jemand Torv erwischt. Kelric hatte kaum Mitleid für den brutalen Aufseher. »Konntest du denn nicht mit irgendjemand anderem sprechen?«

»Hab ich ja.« Sie spreizte die Finger. »Anscheinend war ich nicht die erste Gefangene, die behauptet hatte, ich zu sein. Also habe ich dann nach zwei Schichten im Steinbruch persönlich mit Lager Vier Bekanntschaft schließen können.«

Kelric erinnerte sich an die Frauen-Kolonne, konnte sich gut vorstellen, wie sie auf Rashiva reagiert haben. Schön und verletzlich, ohne jegliche Ahnung, wie es in der rauen wirklichen Welt zugeht, musste sie in einer noch schlimmeren Position gewesen sein als Ched im Männertrakt. Überrascht stellte Kelric fest, dass ihn dieser Gedanke erschreckte.

Vorsichtig griff Kelric nach einer ihrer Haarsträhnen

und fragte sich, wer wohl ihren Zopf gelöst haben mochte. In ihrem Nacken sah er weitere Prellungen, und ebenso auf dem Teil ihrer Schultern, der durch den Riss in ihrer Uniform zu sehen war.

»Ist alles in Ordnung?«, fragte er.

Sie starrte ihre Handrücken an. »Mir geht es … gut.«

Er spürte ihre Emotionen aufwallen: Zorn, Scham, Schmerz. Außerdem spürte er, wie sehr sie diese Emotionen im Zaum hielt, und er wusste, dass sie niemals über das sprechen würde, was an diesem Tag geschehen war.

Dann blickte Rashiva wieder zu ihm auf. »Ich habe nicht lange gebraucht, um zu erfahren , dass dich lange Zeit *niemand* dort gesehen hat. Nachdem mich meine Leute wieder aus dem Lager herausgeholt hatten, habe ich darauf bestanden, zu erfahren, wo du gewesen seiest. Schließlich hat Khaaj eine Wache gefunden, die es wusste.« Ihre Stimme versagte. »Sevtar … so lange … in diesem *Grab* …«

Verlang nicht von mir, mich wieder daran zu erinnern, dachte er. *Bitte tu's nicht.*

Sie streckte die Hand aus und schaltete eine Gegensprechanlage ein, die auf dem Tisch stand. Eine schläfrige Stimme erklang: »Nida hier.«

»Nida, hier spricht Verwalterin Haka. Ich möchte, dass du ein Anwesens-Tribunal vorbereitest.«

Sofort klang die Stimme hellwach. »Ein Tribunal, Ma'am?«

»Ja. Und informiere Aufseherin Haka.« Mit ruhiger Stimme sagte Rashiva: »Sie steht unter Anklage.«

Obwohl der Morgen fast schon graute, als Kelric in die Calanya zurückkehrte, begegnete er Raaj, der dort auf ihn gewartet hatte. Der Erstgrader sah aus, als hätte er die ganze Nacht nicht geschlafen. Eilig kam er Kelric entgegen. »Kommandantin Khaaj hat gesagt, Rashiva ist wieder zurück.«

Als Kelric nickte, und wieder fiel ein Puzzlestein an die richtige Stelle. Kein Wunder, dass Raaj ihn so ablehnte. Dieser Haka-Prinz war in Rashiva verliebt.

»Ist sie verletzt?«, fragte Raaj nach.

»Ein paar Prellungen.« Ebenso schnell, wie es sich zusammengefügt zu haben schien, zerfiel das Puzzle wieder. Hatte Saje nicht gesagt, Raaj sei irgendjemandes Kasi? Das würde ihn natürlich nicht notwendigerweise davon abhalten, in die Verwalterin verliebt zu sein, gerade angesichts all der Aufmerksamkeit, die sie ihm schenkte, aber es war schon sonderbar, dass er so offen zeigte.

Seine *Schwester.* Natürlich. Rashiva war seine Schwester. Das hätte er schon viel früher sehen müssen. Sie gingen so natürlich, so unverkrampft miteinander um.

Aber warum kam Raajs Frau ihn dann nie besuchen?

Plötzlich fügte sich das ganze Puzzle zusammen. Kelric schaute Raajs Armbänder an und sah darauf Symbole, von denen er, hätte er schon früher darauf geachtet, längst bemerkt hatte, dass sie mit den Symbolen seiner eigenen Armbänder identisch waren. Er war kein Kasi. Er war ein Akasi.

»Sevtar«, fragte Raaj. »Warum starrst du mich so an?«

Kelric konnte lange seine Augen nicht von dem jüngeren Mann abwenden. Schließlich ging er an dem Haka-Prinzen vorbei und aus dem Raum hinaus, in die Gartenanlagen mit dieser Art der Frische, die der kurzen Zeit vor Tagesanbruch vorbehalten ist. Als er vor sich einen Aussichtspunkt sah, ging er hinüber und setzte sich dort auf eine Bank.

Irgendwann später setzte Saje sich zu ihm. »Raaj ist in meiner Suite. Er glaubt, du hättest heute Morgen erst begriffen, dass auch er Rashivas Ehemann ist.«

»Da hat er Recht.« Kelric starrte in die Finsternis hinaus. So viel ergab jetzt wenigstens schon einmal Sinn. »Das hätte nicht passieren dürfen.«

Saje seufzte. »Und da ist es wieder, das Problem, das alle Zeiten durchzieht.«

Kelric blickte ihn an. »Welches Problem?«

»Der Mann hat sich schon immer der Natur der Frau unterworfen.« Saje nickte. »Die Frau steht für Stärke, der Mann für Leidenschaft. Er sieht mit dem Herzen, sie mit dem Verstand. Frauen leiten, führen, erfinden, bauen, erschaffen das Leben. Der Mann zeugt Kinder. Also wird eine machtvolle Frau Gefährten um sich scharen. Und die Männer, die sie sich auswählt, müssen lernen, damit zu leben.«

Kelric schnaubte verächtlich. »Und so etwas glaubst du wirklich?«

»Ja.«

»Warum?«

»So habe ich es mein ganzes Leben lang erlebt.« Saje machte eine Pause. »Die jungen Leute von heute, die reden von einer anderen Art, wie Frauen und Männer miteinander umgehen können. Vielleicht finden sie die ja auch. Aber ich glaube, sie wollen die Grundprinzipien der Natur ändern, die man eben nicht ändern *kann*.« Er betrachtete Kelric. »Eines Tages wirst auch du dich mit deinem Leben hier abfinden.«

»Das ist nicht das Problem, Saje. Ich kann die Calanya akzeptieren. Verdammt, es gefällt mir hier: Ich lebe hier wie ein König und kann jeden Tag Quis spielen.«

Doch Rashiva teilen zu müssen war etwas ganz anderes. Immer, wenn er gerade dachte, er würde sie vielleicht doch besser kennen lernen wollen, geschah etwas, das genau das wieder völlig unmöglich machte.

Aber er sagte nur: »Raaj liebt sie. Dass ich hier bin, bringt ihn um.«

Saje atmete hörbar aus. »Ja. Das tut es.«

Kelric blickte zum Horizont, an dem die ersten Anzeichen des Sonnenaufgangs zu erkennen waren. Die Distanz zwischen ihm und Rashiva waren größer, als er zu bewältigen können glaubte.

Im Tribunal-Saal von Haka stand die Erste Richterin hinter dem hohen Richtertisch. »Die Angeklagte wird sich erheben.«

Im *Quadrat Der Entscheidung* erhob sich Zecha. Erhobenen Hauptes, ohne mit der Wimper zu zucken, stellte sie sich ihren Anklägern gegenüber. Sie würde keine Schwäche zeigen, niemals, egal, in wie vielfacher Hinsicht sie verraten werden würde. Und man hatte sie jetzt schon in vielfacher Hinsicht verraten. Einige Angehörige ihres Personals hatten sich als Zeugen zur Verfügung gestellt; am Anfang hatten sie noch stockend, schüchtern gesprochen, voller Furcht, doch dann wurden ihre Worte zunehmend belastender und kraftvoller. Doch noch mehr verurteilend als eintausend Verräter war die Sprecherin der Calanya gewesen, als sie Sevtars Aussage ablieferte, zunächst über die Lager selbst, dann über seine Zeit in Einzelhaft. Immer noch hatte Zecha das Entsetzen auf den Gesichtern der Richter vor Augen, sah immer noch Rashiva, wie sie dort saß, das Gesicht in den Händen verborgen.

Zorn flammte in ihr auf. *Was haben die denn erwartet? Das es in einem Gefängnis schön ist?* Jahrelang hatte sie dem entgegengeblickt, was der Rest von Coba zu vergessen, zu verdrängen suchte. Jahrelang hatte sie sich der Scheußlichkeit all dessen gestellt, was sich in den Gossen und Kloaken der Welt fand. Der beständige Ansturm der Gedanken dieser niedersten Subjekte aller Zwölf Anwesen zwang sie dazu, ihr Denken und Fühlen abzuschotten – doch das verdammte sie zu absoluter Einsamkeit. Warum? Damit der Rest von denen in seliger Unwissenheit leben konnte! Und das hier war also nun ihre Belohnung!

Die Erste Richterin ergriff das Wort: »Das Gericht von Haka befindet die Angeklagte für schuldig.«

Verrat, dachte Zecha.

»Vom heutigen Tage an«, fuhr die Erste Richterin fort, »trägt die Verurteilte nicht mehr den Namen Haka. Niemand wird ihr eine Arbeitsstelle bieten. Alle Häuser werden sie von ihrer Schwelle fortschicken. Alle Bürgerinnen und Bürger werden es ablehnen, ihr Zuflucht zu bieten.«

Verstoßen. Das war noch schlimmer, als Zecha erwartet hatte. Sie hatte keine Heimat mehr. Keinen Ort, an den sie sich zurückziehen konnte. Keine Verwandten mehr. Sie war eine Niemand.

Das war Sevtars Schuld. Sie würde nicht vergessen, welches Unrecht er ihr angetan hatte.

Sie würde es nicht vergessen.

19

Rubin-Feuer

Der Duft von Sommerblumen erfüllte die Gartenanlagen der Calanya, gewaltige Dolden rotgoldener Blüten auf den Jahalla-Bäumen. Schimmernde Insekten
summten zwischen Blüten und Blättern, die Wüste
schien mit einem Mal mit trillernder Stimme zu sprechen. Gemeinsam mit Rashiva spazierte Kelric einen
Kiesweg entlang, an gefliesten Teichen vorbei; das
Wasser, mit dem sie gefüllt waren, war hier, in der
Wüste, ebenso viel wert wie das Gold, das seine Handgelenke umschloss.

»Wir haben fast ein Drittel der Gefängnis-Verwaltung
ausgetauscht«, berichtete Rashiva. »Das ist einer der
Gründe, warum dieses Tribunal ganze zwei Jahreszeiten
gedauert hat.« Sie schüttelte den Kopf. »Zecha erstaunt
mich. Sie glaubt allen Ernstes, das, was sie getan hat, sei
richtig gewesen.«

Sie ist fort, dache Kelric. Das war das Einzige, was
zählte. Für die Sprecherin der Calanya eine Aussage zu
machen, hatte ihm jegliche Spuren des Gleichmuts
genommen, die er sich wieder erarbeitet hatte, seit er in
Rashivas Calanya gekommen war. Doch das war es
wert gewesen – um zu sehen, dass die Gerechtigkeit
siegte.

Jetzt, nach diesen zwei Jahreszeiten, kannte er Rashiva
besser, hatte sie als pflichtbewusste und zugleich
freundliche Verwalterin kennen gelernt. Obwohl sie
immer noch sehr förmlich miteinander umgingen, ihre
Ehe immer noch nicht vollzogen hatten, war die Span-

nung aus ihren Gesprächen gewichen. Hass war jetzt nicht mehr das, was ihn vorantrieb, sie zu begehren.

Als sie mit unerwarteter Scheu nach seiner Hand fasste, lächelte Kelric zu ihr hinunter. Sie drückte seine Hand. »Du hast ein schönes Lächeln, mein Ehemann. Ich habe mich immer gefragt, wie es wohl aussehen würde.«

Das überraschte ihn. Hatte er sie nie zuvor angelächelt? Es lag nicht an den Anstandsgesetzen; im Gegensatz zu den meisten Haka-Männern waren sie ihm nicht in Fleisch und Blut übergegangen. Innerhalb der Calanya hatte er keinen Grund, sich diese Regeln überhaupt ins Gedächtnis zu rufen, außer in Gegenwart seiner Wachen, die anzulächeln er nur sehr selten das Bedürfnis verspürte.

Rashiva hielt weiter seine Hand und führte ihn an den Bäumen vorbei zu einem kleinen, versteckten Pfad, der die beiden weit von den Gebäuden der Calanya fortbrachte. Künstliche Bewässerung ließ die Gartenanlagen das ganze Jahr über blühen, selbst diesen Wald aus knorrigen Jahallas, deren Blätter und wasserspeichernde Arme reich mit Wasser gefüllt waren. Auf einer kleinen, abgeschiedenen Lichtung inmitten eines Jahalla-Hains setzten sie sich auf das weiche Dekadengras, das seinen Namen daher hatte, dass es ganze Dekaden ohne Wasser in der Wüste ruhend überstand und sofort wieder zum Leben erwachte, wenn es gewässert wurde. Goldene Fliegen mit hauchzarten schwarzen Schwingen sirrten im Gras umher.

Rashiva stieg das Blut ins Gesicht und rötete leicht ihre Wangen, als sie Kelrics Gesicht behutsam in die Hände nahm und ihn für einen Kuss zu sich zog. Ihre Lippen waren voll. Sanft. Der Duft von Gewürzseife stieg ihm aus ihrem Haar in die Nase. Er legte die Arme um sie und genoss dieses Hochgefühl, etwas Neues zu erleben, das ihn jedes Mal befiel, wenn er eine Frau zum ersten Mal küsste.

Als sie für einen Moment innehielten, strich sie mit einer Hand über seine Hose. »Du wirst dir noch Grasflecken auf diese schönen Kleidungsstücke holen.«

Mit einer Hand fuhr er ihr über den Oberschenkel. »Du dir auch.«

»Vielleicht sollten wir etwas unternehmen, um das zu verhindern.«

Kelric lächelte, sich diesmal ganz der Wirkung bewusst, die das haben würde. »Ja, vielleicht sollten wir das.«

Also zogen sie einander aus, erforschten gegenseitig ihre Körper, während sie einander eine Kleiderschicht nach der anderen vom Leib streichelten. Sein Denken und Fühlen reagierte auf ihre Zärtlichkeiten wie ein Jahalla-Baum auf Wasser, schien sie aufzusaugen, sich anzufüllen. Er fühlte die Wirbel und Strudel ihrer Emotionen, mehr, als er seit langer Zeit aufgefangen hatte.

Sie lag neben ihm, bloße Haut auf bloßer Haut, berührte das Haar an seiner Scham, ließ eine einzelne Locke zwischen ihren Fingern hin und her wandern. »Das sieht sogar noch metallischer aus als das Haar auf deinem Kopf. Es fühlt sich sogar wie ganz weiches Metall an.«

Kelric schloss sie enger in die Arme. »Mein ganzes Haar besteht aus einer organometallischen Legierung.«

»Hmmm.« Sie bewegte ihre Hand und ließ seine Gedanken von Metallurgie zur Biologie wandern.

Zunächst hielt sich Kelric mit seinen Zärtlichkeiten zurück; er nahm an, dass Rashiva in Liebesdingen sogar noch traditioneller sein würde als Deha. Doch schließlich rollte er sich auf sie. Sie fühlte sich gut an, ihr Körper unter ihm war fest, ihre Brüste voll, ihre weiblich gerundeten Hüften bildeten einen reizvollen Kontrast zu ihrer schmalen Taille.

Statt weniger Leidenschaft zu zeigen, als er aggressiver wurde, zog sie ihn für einen weiteren Kuss zu sich, hungerte nach seinem Mund. Ihre Gedanken streiften sanft sein Denken und Fühlen: Sie *erwartete*, dass er leidenschaftlich, außer Kontrolle, sein würde. Sie hielt das für ein Zeichen von Männlichkeit. Das war einer der Gründe dafür, dass Haka diese Anstandsgesetze erlassen hatte: Der Haka-Kultur gemäß waren Männer leidenschaftlich, nur für die Liebe gemacht, ohne jegliche Zurückhaltung, ohne jegliche Zügelung ihrer Begierde. Ohne einschränkende Gesetze würden sie die Frauen mit ihrer zügellosen Sexualität von wichtigeren Dingen ablenken.

Kelric hob den Kopf und lachte leise. »Rashiva, du bist wirklich eine Sexistin!«

Sie blickte ihn verdutzt an, ihr Gesicht vor Erregung gerötet. »Was?« Ohne eine Antwort abzuwarten, zog sie ihn wieder zu sich hinunter, suchte seinen Mund und küsste ihn lange und leidenschaftlich.

Im Schutze der Jahallas wurde ihr Liebesspiel immer intensiver, noch gesteigert durch die lange Wartezeit; beide hatten beschlossen, für diesen einen Nachmittag, alle Gründe für ihre langanhaltende Zurückhaltung zu vergessen. Kelric streichelte ihre Hüften und ihre Brüste, schmeckte den Honig zwischen ihren Schenkeln. Trotz all ihrer Erregung hielt sie sich mit ihren Liebkosung zurück. Er vermutete, sie habe noch nie mit einem anderen Mann als Raaj geschlafen, obwohl er vermutete, sie würde diese Unerfahrenheit niemals zugeben. Je länger sie miteinander spielten, desto mehr erregte ihn ihre treuherzige Neugier.

Schließlich, als sie Seite an Seite auf dem weichen Gras lagen, drang er in sie ein. Sie wälzten sich, Rashiva war auf ihm, dann er auf ihr, bald war Rashiva oben, dann wieder er. Er stieß tief in sie, sie hielt sich an ihm fest, während sie sich gemeinsam bewegten. Ihr Spiel ging weiter, bis sie seufzend aufschrie und sich in seinen Armen aufbäumte. Da ließ er von aller Kontrolle ab und ließ sich in die Entspannung eines alles verzehrenden Höhepunktes fallen.

Kelric schien, als dieser vorbei war, angenehm benommen dahinzuschweben. Erst als Rashiva in an der Schulter anstieß, bemerkte er, dass er sich mit seinem ganzen Gewicht auf sie gelegt hatte. Er drehte sich auf den Rücken, Rashiva bewegte sich mit ihm, bis sie neben ihm lag, ihr Bein über dem seinen, ihr Kopf auf seiner Schulter. Während die Sonne langsam hinter den Bäumen versank und die Lichtung in Schatten hüllte, lagen sie einander in den Armen, überwältigt und zufrieden.

Nach einiger Zeit sagte Rashiva: »Vielleicht machen wir ja ein Kind?«

Er öffnete die Augen. *Ein Kind?*

»Ich weiß, dass ich das kann«, fuhr sie schläfrig fort. »Meine Tochter ist schon fast sechs.«

Unangenehme Gedanken, an Raaj, schossen Kelric durch den Kopf und dämpften seine gute Stimmung. Der Haka-Prinz war zwanzig Jahre alt, zehn Jahre jünger als Rashiva. Wenn er und Rashiva eine sechsjährige Tochter hatten, musste Raaj ja ein Kindsgemahl gewesen sein, wahrscheinlich noch nicht einmal ein Calani. Wenn man bedachte, in welcher Abgeschiedenheit die Jungen lebten, die für die Calanya trainierten, war Rashiva höchstwahrscheinlich die einzige Frau, die er jemals gesehen, geschweige denn überhaupt gesprochen hatte. Kelric musste keine Telepathie einsetzen, um zu verstehen, was es für Raaj bedeuten würde, wenn Rashiva das Kind eines anderen Mannes zur Welt brächte.

»Du und ich, wir stammen von verschiedenen Planeten«, gab er zu bedenken. »Wir können keine Kinder haben.«

»Deine Eltern haben das getan.«

»Woher weißt du das?«

»Du bist ein Prinz der Rubin-Dynastie, richtig? Stimmt es nicht, dass deine Mutter von einer anderen Welt stammt als dein Vater? Ich habe so etwas gehört.«

Obwohl er wusste, dass die Abteilung für Öffentlichkeitsarbeit des IRK während ihrer Gespräche mit Ministerin Karn durchaus vereinzelte Informationen über seine Familie an die cobanischen Verhandlungspartner gegeben haben mochte, überraschte es ihn doch, dass Rashiva davon wusste. Auf der anderen Seite war Quis natürlich die ultimative Technik, Klatsch und Tratsch zu verbreiten.

»Meine Eltern entstammen der gleichen Ahnenreihe«, erklärte Kelric. »Die Linie meiner Mutter führt bis nach Raylicon zurück, dem Heimatplaneten des Volkes, das auch den Planeten meines Vater kolonisiert hat.«

»Raylicon ist kein Planet«, murmelte Rashiva. »Sie ist eine Göttin der Weisheit.«

Kelric wusste, diese sprachliche Übereinstimmung war kein Zufall. Vor sechstausend Jahren hatte eine unbekannte Rasse einige Menschen von der Erde auf den Planeten Raylicon gebracht und war dann ohne jegliche Erklärung verschwunden. Das Einzige, was sie zurückließen, waren einige ihrer Raumschiffe. Im Laufe der Zeit hatten die gestrandeten Menschen die fremdartige Technologie reproduziert und waren auf die Suche nach ihrer verlorenen Heimat gegangen. Sie hatten die Erde zwar niemals gefunden, in der Zwischenzeit jedoch zahlreiche Kolonien gegründet – deren Gesamtheit von den Historikern inzwischen als das ›Rubin-Reich‹ bezeichnet wurde. Nach einigen Jahrhunderten brach dieses Reich zusammen, wodurch die Raylicaner auf ihrem Planeten isoliert wurden und alle Kolonien von ihrem Mutterplaneten abgeschnitten waren.

Damit begann für die Raylicaner der lange Weg in den Untergang. Nach vier Jahrtausenden, als sie dringend frische Gene brauchten, um ihr schwindendes Gen-Reservoir zu ergänzen, hatten sie erneut die Raumfahrt entwickelt und machten sich auf, ihre verlorenen Kolonien wieder ihr Reich einzugliedern. Es bildeten sich zwei Fraktionen: Auf der einen Seite standen die Händler, die den Sklavenhandel fortführten, der stets die raylicanische Kultur befleckt hatte; sie bauten aus einer Sklavenhaltergesellschaft ein System von unvorstellbarer Grausamkeit. Auf der anderen Seite entstand das Imperialat, ein Versuch der freien Planeten, eben genau das auch zu bleiben, oder zumindest so frei wie irgend möglich zu sein in einer Zivilisation, die darauf basierte, eine unermüdliche und immer machtvollere Kriegsmaschinerie in Gang zu halten.

Vor weniger als zweihundert Jahren, im einundzwanzigsten Jahrhundert der irdischen Zeitrechnung, war die Erdbevölkerung schließlich zu den Sternen aufgebrochen – und hatten dort ihre Geschwister vorgefunden. Nachforschungen ergaben recht bald, dass die Vorfahren der Raylicaner von der Erde stammten, sie mussten etwa 4000 v. Chr. verschleppt worden sein. Und doch gab es auf der Erde in dieser Zeit keine einzige Kultur, die Ähnlichkeiten mit den Überbleibseln der uralten raylicanischen Kultur aufwies.

Einige Anthropologen stellten die These auf, Ägypten sei die Wiege ihrer Kultur gewesen. Doch obwohl die alten Raylicaner tatsächlich auch Pyramiden errichteten, ähnelten sie in keiner Weise den Ägyptern. Einige Gelehrten waren der Ansicht, sie stammten aus Mittelamerika, oder vielleicht zu gleichen Teilen aus Mittelamerika und dem Nahen Osten oder Nordafrika. Gelegentlich schien es Hinweise auf das Christentum und die griechische Mythologie zu geben, und doch deuteten alle Indizien darauf, dass die damals entführten Menschen etwa viertausend Jahre *vor* der Geburt Christi auf Raylicon ausgesetzt worden waren. Eine der wissenschaftlichen Theorien ging davon aus, dass die entführten Menschen nicht nur im Raum bewegt worden seien, sondern auch in der Zeit. Die genetische Drift, sowohl natürlichen Ursprungs als auch gezielt von den Raylicanern selbst verursacht, vergrößerte das Problem noch. Insgesamt war die Abstammung der Raylicaner ein großes Mysterium.

Kelric war sich sicher, dass die Zwölf Anwesen die Nachfahren einer verlorenen Kolonie des Rubin-Reiches waren. Ihm waren viele Ähnlichkeiten zwischen den Zwölf Anwesen und der Primärkultur auf Raylicon aufgefallen, insbesondere die Hieroglyphenschrift und die Vorliebe der Cobaner für Ballspiele. Doch auch weniger bekannte Aspekte der raylicanischen Kultur tauchten hier wieder auf, vor allem in Form von Architektur und Namensgebung in Haka. Er vermutete, die Wissenschaftler würden Haka als Goldgrube ansehen, ein lebendes Überbleibsel einer Subkultur, die auf Raylicon nach dem Niedergang des Rubin-Reiches ausgelöscht worden war.

Er ließ eine Strähne von Rashivas Haar zwischen den Fingern hindurchgleiten. »Meine Vorfahren hatten schwarze Haare, dunkle Augen und dunkle Haut.«

Sie öffnete die Augen. »Kinder Hakas.«

»Wie Kinder Hakas.«

»Aber du brauchst nur in einen Spiegel zu schauen, um zu sehen, dass du kein Kind Hakas bist.«

»Ich sehe wie mein Großvater aus.« Er machte eine Pause, außerstande, die Gentechnik zu beschreiben, mit deren Hilfe das Volk seines Großvaters verändert worden war. Dann dachte er an Shaliece, das Mädchen, in das er als Junge verliebt gewesen war. »Selbst wenn du ein Kind empfangen würdest, wäre es sehr gut möglich, dass das Kind nicht überleben würde. Die Mutter des einzigen Kindes, das ich jemals gezeugt habe, hatte eine so problematische Schwangerschaft, dass sie schließlich eine Fehlgeburt erlitten hat.«

Rashiva umschloss seine Hand mit der ihren. »Es tut mir Leid. Ich wusste nicht, dass du jemals mit einer anderen Frau außer Deha Dahl Bänder geteilt hast.«

»Einmal. Aber das war nicht das Mädchen mit der Fehlgeburt.« Er erinnerte sich immer noch an Shalieces erstaunten Gesichtsausdruck, als er ihr vorgeschlagen hatte, sie zu heiraten. Damals waren sie erst fünfzehn gewesen. Er hatte zu sehr darauf gedrängt, und sie war davongelaufen; all seine Ehrentitel aus der Rubin-Dynastie hatten sie verschreckt. Hätten sie mehr Zeit miteinander gehabt, hätte er sie vielleicht für sich gewinnen können; die Fehlgeburt allerdings hatte ihnen diese Zeit geraubt. Nach einer angemessenen Zeitspanne, in der er und Shaliece trauern konnten, hatten Kelrics Eltern ihn auf die Militär-Akademie von Diesha geschickt. Einige Jahre später hatte Shaliece dann einen anderen jungen Mann geheiratet.

Rashiva sah ihn mit unergründlicher Miene an. »Diese Frau hat dich als den Vater ihres Kindes bezeichnet, aber dir keine Kasi-Armbänder angeboten?«

Kelric zwang seine Gedanken zurück in die Gegenwart. »Das ist bei uns nicht üblich. Ich habe ihr die Ehe angeboten.«

»*Du* hast das Angebot gemacht?«

»Ja.«

Sie sah aus, als hätte er sie in den Magen geboxt. »War das das einzige Mal, dass du angeboten hast … dass du dir herausgenommen hast …«

Er ersteifte sich. »Mir *was* herausgenommen habe?«

»Diese Freiheiten.«

Wie konnte sie, mit ihren zwei Ehemännern, ihn dafür verurteilen, bereits andere Geliebte gehabt zu haben? »Nein.«

Rashiva wich vor ihm zurück. »Wir sollten zurückgehen. Ich muss mich um einige Dinge im Anwesen kümmern.«

Schweigend zogen sie sich an. Obwohl sie gemeinsam in den Wald hineingingen, blieb Kelric bald stehen. Er wollte nicht, dass ein Tag, der so viel Zufriedenheit geborgen hatte, mit diesem steifen, schweigenden Heimweg endete. Es war besser, Rashiva allein gehen zu lassen.

Sie blieb ebenfalls stehen und blickte zurück. Einen Augenblick lang dachte er schon, sie würde endlich etwas sagen. Dann aber drehte sie sich um, ging weiter und verschwand zwischen den Bäumen.

Der Vorhang im Bogengang zu Kelrics Suite raschelte. »Sevtar?«

Kelric legte seine Würfel auf den Tisch. »Komm 'rein.«

Saje trat ein und ließ sich langsam auf der anderen Seite des Quis-Tisches nieder, an dem Kelric Solitär gespielt hatte. »Als du nicht zum Essen gekommen bist, habe ich schon befürchtet, es ginge dir nicht gut.«

»Alles in Ordnung«, antwortete Kelric.

Saje schaute die Strukturen auf dem Spielbrett an. »Rote Quader. Rote Kugeln. Rote Barren.«

»Ich habe auf die Farben nicht geachtet.«

»Rot wird oft in Mustern des Zorns genutzt.«

Kelric sammelte die Spielsteine ein und räumte sie in seinen Würfelbeutel.

»Du bist allein aus dem Garten zurückgekommen«, bemerkte Saje.

»Rashiva musste sich noch um Anwesens-Angelegenheiten kümmern.« Kelric sah den Drittgrader nachdenklich an. »Saje, hast du Kinder?«

Er lächelte. »Zwei. Sind in Varz geboren. Beide inzwischen erwachsen. Sie besuchen mich immer, wenn sie nach Haka kommen.« Leise fügte er hinzu: »Ihre Mutter ist gestorben ... ein paar Jahre, bevor ich hierher gekommen bin.«

»Das tut mir Leid.«

»Wir hatten viele gute Jahre zusammen.«

»Was hätte sie getan, wenn du ein Kind mit einer anderen Frau gezeugt hättest?«

Sajes sanfter Gesichtsausdruck verschwand. »Ich vergebe dir diese Frage, Sevtar, weil ich weiß, dass du keine Ahnung hast, was für eine Beleidigung du da gerade ausgesprochen hast.«

Kelric vorzog das Gesicht. »Ich wollte dich nicht beleidigen. Ich will ...« Will was? Will Rashiva? Nein. »Ich bin wahrscheinlich müde. Ich sollte ins Bett gehen.«

Mit einem Nicken versuchte Saje sich zu erheben, warf dann Kelric aber einen entschuldigenden Blick zu. »Könntest du mir helfen, zurück in meine Suite zu kommen? Meine Knochen sind von Tag zu Tag weniger zur Mitarbeit bereit.«

»Selbstverständlich.« Kelric stand auf und bot ihm den Arm. Langsam ging er mit Saje in den Gemeinschaftsraum hinaus. Kelric vermutete, der Drittgrader litte an Arthritis im fortgeschrittenen Stadium und daraus resultierenden Wirbelsäulenkomplikationen.

»Können eure Ärzte nichts gegen deine steifen Gelenke tun?«, fragte er.

»Es scheint überhaupt nichts zu helfen«, antwortete Saje. »Aber sag das nicht den Ärztinnen! Eine von ihnen massiert mir den Rücken, und ich will nicht, dass sie damit aufhört.« Er grinste Kelric verschwörerisch an. »Sie ist sehr hübsch.«

Kelric lachte, die Anspannung legte sich. »Ah ja. Schon verstanden.«

Sie hatten gerade den Vorhang im Bogengang zu Sajes Suite erreicht, als die Tür nach *Draußen* auf der anderen Seite des Raumes aufschwang und Kommandantin Khaaj mit großen Schritten eintrat.

Saje gluckste. »Ich danke dir für deine Hilfe, Sevtar.«

Kelric nickte, seine Aufmerksamkeit galt in erster Linie der Kommandantin. Statt zu seiner Suite zu gehen, trat sie vor eine andere und klopfte gegen den Ried-Vorhang. Kurze Zeit später erschien Raaj und rieb sich verschlafen die Augen.

Khaaj sagte etwas ... und Raaj lächelte, seine perfekten Zähne blitzen weiß auf. Dann verschwand sein Lächeln wieder, die Anstandsgesetze waren ihm wieder eingefallen. Er nickte der Kommandantin zu und zog sich in seine Suite zurück.

»Sevtar, du machst meine Tür kaputt«, sagte Saje.

»Was ...?« Kelric wandte sich um. Saje versuchte gerade, Kelrics verkrampfte Finger vom Vorhang seiner Suite zu lösen.

»Komm doch herein.« Dann dämpfte Saje seine Stimme. »Ich habe da ein wenig Schmuggelware. Du könntest mir helfen, sie loszuwerden.«

»Schmuggelware?« Kelric drehte sich um, gerade rechtzeitig, um zu sehen, wie Raaj wieder erschien. Der junge Mann hatte sich ein schwarzes Samthemd angezogen, dessen Schnüre gelöst genug waren, um seine muskulöse Brust zur Schau zu stellen. Seine Calanya-Bänder blitzten unter seinen Ärmeln hervor, und sein Haar glänzte wie das von Rashiva, wenn sie es gerade frisch gebürstet hatte. Um dem Hals hatte er eine Talha geschlungen. Als Khaaj ihn zu der Tür nach *Draußen* begleitete, legte er das Gewand an, das er zuvor über dem Arm getragen hatte, und verbarg dann sein Gesicht unter der Talha.

»Schmuggelware«, wiederholte Saje. Er zog Kelric in seine Suite hinein. »Komm! Ich zeig's dir!«

Kelric zwang sich dazu, dem Drittgrader seine Aufmerksamkeit zuzuwenden. »Was?«

Saje drängte ihn in den üblichen Alkoven. »Mach es dir bequem!« Bevor Kelric widersprechen konnte, verschwand der Drittgrader in einem anderen Raum.

Wenn auch missmutig setzte Kelric sich. Dann erschien Saje wieder, auf einem Tablett brachte er eine Karaffe mit einer goldenen Flüssigkeit, dazu zwei Pokale aus Kristallglas. Er setzte sich in gewohnter Weise zwischen die Kissen, dann füllte er beide Pokale und reichte einen davon Kelric.

»Was ist das?« Kelric hielt das Gefäß schräg, schwenkte es herum und betrachtete die schimmernde Flüssigkeit.

»Wir nennen es ›Baiz‹.«

Er nahm einen Schluck. Der Baiz schien über seine Lippen zu schweben, rann dann sanft seine Kehle hinunter und detonierte, als er im Magen angekommen war.

»Alle Götter!«, murmelte er. Dann leerte er seinen Pokal in einem Zug.

»Du darfst niemandem erzählen, dass ich den hier habe«, betonte Saje. »Wenn meine Ärztinnen das wüssten, würden sie ihn mir wegnehmen.« Er füllte Kelrics Pokal wieder auf. »Der beruhigt, was?«

»Oh ja, das tut er.«

Nachdem er sein Glas zum zweiten Mal geleert hatte, verlor Kelric die Übersicht darüber, wie oft Saje ihm nachschenkte. Er lehnte sich gegen seinen Kissenstapel und beobachtete die Muster, die in seinem Baiz herumwirbelten. »Zu schade, dass du dieses Zeug nicht importieren kannst. Du würdest ein Vermögen damit machen.«

»Es hat eine sehr beruhigende Wirkung«, bemerkte Saje.

»Ich brauche keine Beruhigung.«

»Was auch immer zwischen dir und Rashiva passiert ist, das wird wieder werden!«

»Die schöne Rashiva.« Kelric schwenkte seinen Pokal und zerstörte die Baiz-Muster. »Die schöne, intolerante Rashiva.«

»Sevtar …«

»Mein Name ist Kelric.«

»Kelric?«

Er blickte zu Saje auf. »Jagernaut Tertiär Kelricson Garlin Valdoria kya Skolia.«

»Ein ungewöhnliche Name.«

»Kann sein. Aber so heiße ich nun 'mal.«

»Du bist der Sohn von jemandem, der Kelric heißt?«

»Nein. Von jemandem, der Eldrinson heißt.« Er nahm einen Schluck von seinem Baiz. »Meine Eltern haben meinen ältesten Bruder Eldrin genannt. Ich nehme mal an, sie haben gedacht, ›Eldrinsonson‹ wäre dann doch übertrieben.«

Saje lächelte. »Wer ist ›Kelric‹?«

»Der Gott der Jugend auf Lyshriol.« Das Zimmer schien sich um ihn zu drehen. »Sie haben mich so genannt, weil ich ihr letztes Kind war. Das kleinste Rhon-Kind.«

»Klein‹, grinste Saje, »ist gewiss kein Wort, das ich benutzen würde, um dich zu beschreiben.«

Kelric streckte sich aus, legte sich rücklings auf die Seidenkissen. Er versuchte, noch etwas Baiz zu trinken, und stellte fest, dass sein Pokal leer war. »Ich erzähl dir mal was, Saje.« Er stützte sich auf einen Ellbogen und goss sich erneut ein. »Meine Mutter hatte schon lange einen Sohn, als sie meinen Vater kennen gelernt hat.«

»Du hast einen Halbbruder?«

»Genau. Den Imperator. Den Militärdiktator des Universums. Ich bin sein Erbe.«

»Das ist ein Scherz, ja?«

»Nein.«

Saje nahm einen Schluck von dem Drink, den er bisher kaum angerührt hatte.

»Mein berüchtigter Bruder.« Kelric trank seinen Baiz aus. »Aber jetzt bin ich nicht mehr sein Erbe, nicht wahr? Jetzt bin ich ein Calani, der in einem Käfig sitzt.«

»Sevtar …«

»Ich habe dir gesagt, du sollst mich nicht so nennen!«

»Vielleicht solltest du noch etwas trinken!«

»Ich mag es nicht, in einem Käfig zu sitzen.«

Saje schenkte ihm ein.

»Hast du jemals einen Eubianer gesehen, Saje?«

»Ist das ein Tier?«

»Ja, genau!« Kelric stürzte seinen Drink hinunter. »Wir nennen sie ›Händler‹. Einmal hat einer ihrer Kreuzer unsere Staffel aus dem Hinterhalt angegriffen, und wir sind in der Nähe ihres Stützpunkts abgestürzt.« Er versuchte, sich mehr Baiz einzugießen, doch die Karaffe war leer.

»Meine Kommandantin ist dabei gestorben.« Er starrte in sein Glas. »In meinen Armen.«

»Das tut mir Leid.«

»Zwei von uns sind da lebend wieder weggekommen. Zwei! Von vierzehn! Danach habe ich mich betrunken.«

»Du warst nicht Schuld daran, dass sie gestorben sind.«

»Ich habe mich betrunken, und dann bin ich dahin gegangen, wo die Stimmerinnen singen.«

»Stimmerinnen?«

»Nutten«, erklärte Kelric. »So wie mich unsere ach-so-entzückende Verwalterin heute praktisch genannt hat. Ich habe die ganze Nacht mit einer Stimmerin gesungen, und sie hat mir dabei geholfen zu vergessen.« Seine Stimme brach. »Mein Bruder hat mir gesagt, ich sei zu dumm zum Denken. Aber ich bin nicht zu dumm zum Töten, oder?«

»Im Krieg sterben nun einmal Menschen.«

»Aber macht das alles wieder gut?« Die Karaffe glitt ihm aus der Hand und schlug dröhnend auf dem Boden auf. »Vielleicht sollte ich einfach die Klappe halten.«

»Rede einfach, wenn es dir hilft.«

»Nichts hilft.« Kelric schloss die Augen und gab seiner Erschöpfung nach.

Einige Augenblicke später fühlte er, dass Saje eine Steppdecke über ihn ausbreitete. »Versuch zu schlafen«, murmelte der Drittgrader leise. »Versuch zu vergessen. Das ist alles, was du jetzt tun kannst.«

20

Königinnen-Handstreich

Herbstwinde umpeitschten Haka, waren selbst noch tief im Inneren des Anwesens zu hören. Während Rashiva ihr Arbeitszimmer betrat, folgte ihr Gefolgsfrau Nida, die ihr die ganze Zeit über aus einer Schriftrolle vorlas. »Nach Eurem Treffen mit der Abordnung der Modernisten heute Morgen liegt eine Quis-Sitzung mit Adaar an. Dann Mittagmahl, dann Eure Besprechung in der Kinder-Genossenschaft.«

»Leg mir die Akten über die Genossenschaft zurecht, damit ich sie während des Mittagessens überfliegen kann.« Rashiva nahm ihre Jacke von einem Kleiderständer aus Hyella-Ried. »Und nimm noch mein Abendessen mit der Abordnung von Shazorla in den Zeitplan auf!«

Eine Junge trat in das Arbeitszimmer. »Post, Verwalterin Haka.« Er legte ein ganzes Bündel Schriftstücke auf ihren Schreibtisch – Pergamentrollen, zum Schutz in Stoff gewickelt. »Da ist ein Brief vom Ministerium dabei.«

Genau das hat mir noch gefehlt, dachte Rashiva. Noch mehr verhüllte Drohungen von Jahlt Karn wegen des Miesa-Plateaus.

Ekoe Haka, die Sprecherin der Calanya, erschien hinter dem Jungen. »Verwalterin Haka, habt Ihr einen Augenblick Zeit?«

Rashiva zog ihre Brokatjacke über. »Nicht jetzt.«

»Es geht um Calani Saje«, erklärte Ekoe. »Er wünscht, Euch zu sprechen.«

Ach! Den Drittgrader konnte sie kaum abweisen. Sie fuhr sich mit der Hand durch das Haar. »Sag ihm, ich komme sofort in das Hyella-Gemach!« Das bedeutete, dass sie ihre Besprechung mit den Modernisten versäumen würde. Sonst hatte sie nur während des Mittagessens Zeit, und sie konnte sich nichts vorstellen, was ihr effektiver den Appetit verderben würde, als sich Tiraden der Modernisten über sexuelle Unterdrückung anhören zu müssen. Doch wenn sie diese Aktivisten wieder vertröstete, würden sie vielleicht wieder Ärger machen. Das letzte Mal hatten sie Männergruppen ohne Eskorte in die Öffentlichkeit geschickt, ohne Talhas und Umhänge. Beinahe hätte es einen Aufstand ausgelöst.

»Sag den Modernisten, ich werde mit ihnen zu Mittag essen«, entschied sie sich und nickte Nida zu. Dann stopfte sie den Brief von Karn in ihre Jacke und verließ schnellen Schrittes ihr Arbeitszimmer.

»Ich bin mir darüber im Klaren, dass es etwas Persönliches ist«, erklärte Saje. »Aber es wirkt sich auf sein Quis aus. Jedes Muster, das er legt, zeigt seinen Zorn.«

Rashiva stand an der Wand des Hyella-Gemachs und blickte auf die Wüste hinaus. »Ich bedaure, was passiert ist. Aber das ändert nichts. Ich habe einen Fehler gemacht, als ich Sevtar Akasi-Armreifen geschenkt habe.«

»Dass er dafür im Gefängnis war, einen Menschen getötet zu haben … das konntet Ihr akzeptieren. Und jetzt weist Ihr ihn von Euch, als habe er ein unaussprechliches Verbrechen begangen!«

Sie wandte sich um und sah den Drittgrader, der neben dem Quis-Tisch stand, scharf an. »Das ist etwas Persönliches, Saje.«

»Er hat Euch vertraut. Nach allem, was er durchlitten

hat, sowohl auf unserer Welt als auch schon davor, schenkt er nicht gerade schnell jemand anderem sein Vertrauen.« Saje spreizte die Finger. »Ich habe ihn dabei beobachtet, wie er langsam wieder gesundete, Rashiva. Ich habe beobachtet, wie ein Mann, der von der Einsamkeit wie gelähmt war, wieder zum Leben erwacht ist. Wendet Euch jetzt nicht von ihm ab!«

»So einfach ist das nicht.«

»Was hat er getan, was so schrecklich ist?«

»Wärt Ihr ein Kind Hakas, würdet Ihr das verstehen.«

»Er liebt Euch und Ihr liebt ihn. Was gibt es denn da noch zu verstehen?«

Leise sagte Rashiva: »Keine Frau außer meiner Mutter hat jemals meinen Vater berührt. Keine andere Frau hat ihn jemals lächeln sehen. Jetzt wollen die Modernisten, dass ich die Anstandsgesetze abschaffe, und ich werde das Gefühl nicht los, sie wollen auf diese Weise die Grundlage all dessen zerstören, was gut und richtig ist.« Sie atmete hörbar aus. »Ich wünschte, das, was mit Sevtar passiert ist, sei nicht wichtig. Aber das ist es nun einmal. Ich kann mich nicht so sehr verbiegen, Saje! Ich kann es einfach nicht!«

»Dann tut es mir Leid«, sagte er. »Für ihn und auch für Euch.«

Als der Tag sich endlich dem Ende zuquälte, flüchtete Rashiva in ihre Suite und kroch ins Bett. Nur Augenblicke, nachdem sie eine Ärztin gerufen hatte, führte eine Gefolgsfrau die Erste Ärztin Jy in ihr Zimmer. Je länger Jy die Verwalterin untersuchte, desto mehr runzelte sie die Stirn.

»Ihr arbeitet zu hart«, meinte sie dann.

Rashiva zog sich die Decke bis zum Kinn hinauf. »Ich

brauche nur eine von deinen Tränken, damit sich mein Magen wieder beruhigt.«

»Was Ihr braucht, ist Ruhe.« Jy schloss ihre Tasche wieder. »Wann hattet Ihr Eure letzte Periode?«

Rashiva setzte sich auf. »Glaubst du, ich bin schwanger?«

Jy blickte sie finster an. »Legt Euch hin!«

»Im Namen des Windes!« Rashiva legte sich hin. »Du bist ja so aggressiv wie ein Wüstenkrebs!«

»Ich habe schon eine Probe für einen Schwangerschaftstest genommen. Morgen haben wir das Ergebnis. Und jetzt will ich, dass Ihr schlaft.«

»Pah«, grollte Rashiva. »Wer ist hier eigentlich die Verwalterin?«

Jy lächelte und hob die Jacke auf, die Rashiva einfach quer über das Bett geworfen hatte. »Wusstet Ihr, dass in Eurer Tasche eine Schriftrolle mit dem Siegel des Ministeriums ist?«

»Oh! Ja!« Rashiva griff nach der Schriftrolle, die Jy ihr entgegenhielt. »Was glaubst du, wird Jahlt diesmal aushecken? Es geht bestimmt wieder um das Miesa-Plateau.« Sie entrollte das Schriftstück und las die goldenen Hieroglyphen.

Dann setzte sie sich auf und las es erneut.

»Was ist los?«, fragte Jy..

»Nein.« Rashiva starrte das Pergament an. »Das kann sie doch nicht machen! Das *geht* einfach nicht!«

»*Was* geht nicht?«

Rashiva ließ sich auf den Rücken fallen, bedeckte ihre Augen mit einem Unterarm und zerknüllte den Brief in ihrer geballten Faust. »Jahlt Karn ist verrückt geworden!«

... Junge starb im Leib seiner Mutter. Kelric streckte die Hand nach ihm aus, um zu helfen, um zu heilen ...

Kelric drehte sich im Bett herum. »Er ist krank. Ich muss ihm helfen.« Er öffnete die Augen, sah nur Dunkelheit, sein Schädel pochte. »Rashiva?« Er schloss die Augen und versank wieder in Schlaf.

Am nächsten Morgen blieben nur noch Fragmente seines Traumes. Nach dem Frühstück führten ihn seine Wachen in eine Bibliothek, in der die Wände mit Gobelins geschmückt waren. Er setzte sich in einen Sessel und wartete, bis er sich langweilte, dann stand er auf und wanderte umher, den Blick auf die Buchrücken gerichtet. Schließlich zog er eines, das sein Interesse erweckt hatte, aus dem Regal und setzte sich wieder in seinen Sessel.

Obwohl er nie richtig Teotecanisch zu lesen gelernt hatte, hatte er in Dahl ein wenig aufgeschnappt. Er entzifferte die Hieroglyphen des Buchtitels: *Spiele in der Wüste*. Nachdem er einige Minuten in dem Buch geblättert hatte, begriff er, dass es in dem Buch um Differentialgleichungen ging. Die Autoren gingen mit dem Thema um, als sei es ein Spiel, nirgends auch nur ein Hinweis darauf, dass sie auch nur vermuteten, es könne praktische Anwendungen dafür geben.

Dann, schlagartig, begriff er: In diesem Buch ging es um *Quis*. Alles wurde durch die Würfel beschrieben: theoretische Mathematik, Physik, sogar Philosophie.

Wie viele der vom Mutterplaneten abgeschnittenen Kolonien, war auch Coba in die Barbarei verfallen, nachdem das Rubin-Reich zusammengebrochen war. Doch anders als viele andere, die sich immer weiter zurückentwickelten, hatte Coba sich wieder gefangen und sogar weiterentwickelt. Die gleiche bemerkenswerte Fähigkeit zur Innovation, die zur Entwicklung des Quis geführt hatte, war dafür verantwortlich, dass sie verloren geglaubte Technologie wiedererlangten. In den letzten Jahrzehnten hatten sie sogar den Bau von Flugmaschinen und die Elektrizität wiederentdeckt, obwohl Kelric vermutete, dass sie die dahinter steckenden Wissenschaften noch nicht vollends verstanden.

Wenn man bedachte, dass Quis zu jeder Facette ihres Lebens gehörte, war es nicht überraschend, dass ihre verloren geglaubten Wissenschaften in dem Würfelspiel verborgen waren, wie alte Dateien in einem uralten Computer-Netzwerk, die man nur fand, wenn man wusste, wo man suchen musste. Früher oder später würde jemand genau diese Verbindung finden. Was das für ein Tag für Coba sein würde! Die Bewohner dieses Planeten könnten vom einen Tag die Windreiter hinter sich lassen und mit interstellaren Raumschiffen fliegen.

»Was tust du da?«, fragte Rashiva.

Er blickte auf und sah sie im Türbogen stehen, in den Händen einige Blätter Papier. »Wann bist du hereingekommen?«

»Gerade eben.« Sie schloss die Tür und ging zu ihm herüber. »Du liest?«

Er zeigte ihr das Buch. »Muster-Spiele.«

»Und was ist mit deinem Eid?«

Seine Stimme wurde kühler. »Ich wusste nicht, dass dir der noch etwas bedeutet.«

Rashiva seufzte tief. »Im Moment bin ich willens zuzulassen, dass du dein Quis verunreinigst, wie immer es dir beliebt.« Sie reichte ihm die Papiere. »Wenn du etwas lesen willst, dann lies das hier!«

Die Glyphen auf dem Dokument waren zu komplex, als dass er sie einfach hätte lesen können. Er verstand nur, dass es sich in diesen Papieren um ein Handelsabkommen zwischen Dahl und Haka handelte.

Dann begriff er: *Er* war die Handelsware.

Jetzt war seine Stimme aus Eis. »Also als das betrachtest du mich.« Schwungvoll hielt er ihr die Papiere entgegen. »Als ein verkäufliches Gut.«

Sie nahm die Papiere. »Das bezieht sich auf deinen Calanya-Vertrag.«

»Und wo ist der Unterschied? Warum hast du mir das Schriftstück gezeigt?«

Zuerst schien es, als würde – oder könne – sie nicht antworten. Als sie schließlich doch etwas sagte, klang es dumpf. »Ministerin Karn hat für dich eine Begnadigung ausgesprochen.«

Er starrte sie an. »Sie hat *was?!*«

»Ministerin Karn hat dich begnadigt.«

Der Gedanke rollte in ihm hin und her, suchte einen Ort, wo er sich festhalten konnte, doch er fand keinen. »Warum?«

Sie ballte die Hand, mit der sie die Papiere hielt, zur Faust. »Mit dieser Begnadigung fällt dein Calanya-Vertrag an Dahl zurück. Deha hat das *gewusst*. Sie wusste, was aus dir werden würde, und sie wusste, dass das Ministerium niemals tolerieren würde, wenn mein Anwesen einen derartigen Vorteil erränge.«

Er wusste nicht, wie er reagieren sollte. Er begriff es einfach nicht. Zurück nach Dahl gehen? Jetzt, wo Deha fort war, gab es dort nichts mehr für ihn, nur noch die Erinnerung an Llaachs Tod.

Kelric stand auf und ging zu einem Fenster hinüber. Tief unten erstreckte sich die Stadt, ein Gewirr aus Wüstenfarben, mit Zwiebeltürmen auf zahlreichen Gebäuden. Wollte er gehen? Er mochte die Wüste, er mochte Haka, er mochte die Calanya, er mochte die exotische Lebensweise hier. Die Anstandsgesetze wären eine Last gewesen, hätte er *Draußen* gelebt, aber innerhalb der Calanya machten sie kaum einen Unterschied.

Doch nichts würde jemals die Jahrtausende alten Bräuche von Haka ändern. Rashiva war sehr verlockend, ja. Doch je länger er sie kannte, um so unüberwindlicher schienen ihm die Mauern zwischen ihnen.

Rashiva stand hinter ihm und fragte: »Sevtar?«

Sag mir, du möchtest, dass ich bleibe, dachte er. Wir werden einen Weg finden, einander zu verstehen. Aber *du* musst dich bewegen, Rashiva. Ich werde nicht um deine Liebe betteln.

Das Schweigen zog sich hin. Schließlich sagte er: »Ich nehme an, Raaj ist der Vater deines Kindes.«

»Woher weißt du, dass ich schwanger bin?«

Kelric drehte sich um. Bis er es ausgesprochen hatte, war ihm nicht einmal bewusst gewesen, dass er es gewusst hatte. Äußerlich konnte man Rashiva nichts ansehen. Doch er konnte nur erwidern: »Man sieht es langsam.«

Leise sagte sie: »Ja. Raaj ist der Vater.«

Im Morgengrauen eines Herbsttages, bevor auch nur der Rand der roten Sonnenscheibe über den Horizont aufgestiegen war, verließ Kelric Haka. Von Wachen umringt ging er in Rashivas Begleitung zum Flugplatz. Das Gefolge wartete außer Hörweite, und er und Rashiva standen beieinander, als seien sie in einer Blase aus Wüstenluft eingeschlossen, die an ihrer Kante vor Hitze flimmerte.

Als sie zu ihm aufblickte, musste Kelric schlucken. Er dachte, er hätte in ihren Augen Tränen gesehen, doch wenn dort wirklich Tränen gewesen waren, hatte der Wind sie schon fortgetragen, bevor sie hatten fallen können.

III

Bahvla

21

Pause

Der Herbst verwandelte die Sonnenbäume von Dahl in eine Pracht goldenen Laubs. Kelric saß im Schatten, mit dem Rücken an einen Baum gelehnt, dessen Äste sich unter dem Gewicht seiner goldenen Früchte bogen. Kelric hob eine der herabgefallenen saftigen, kugelförmigen Früchte auf und biss herzhaft hinein. Süßer Saft rann seine Kehle hinab.

Am unteren Ende der Wiese, die zu seinen Füßen recht steil abfiel, sah er Chankah Dahl, die zum ihm hinaufkletterte. Oben angekommen, ließ sie sich neben ihm in den Schatten fallen. »Ha! Was für ein Ausflug!«

Kelric biss noch einmal von der Sonnenfrucht in seiner Hand ab. »So ein Ausflug tut Euch gut.«

»Ja, wahrscheinlich.« Ihr Lächeln schwand. »Kelric … ich muss mit Euch reden. Wegen Jevi.«

Aha. Er hatte gewusst, dass das eines Tages kommen würde. Er erinnerte sich noch an den Antrag, den Llaachs Witwer während seines Tribunals gestellt hatte: *Der Calani Jevi ersucht, dass es Sevtar nicht gestattet wird, in der Dahl-Calanya zu leben. Falls dies nicht akzeptabel sein sollte, bittet Jevi um die Erlaubnis, Dahl verlassen zu dürfen …* Llaachs Witwer hatte letztendlich wieder geheiratet, doch jedes Mal, wenn dieser junge Mann ihn anblickte, wusste Kelric, dass Jevi nichts vergessen hatte.

»Jevis ganzes Leben spielt sich hier ab«, meinte Kelric. »Ich bin derjenige, der gehen sollte.«

»Ich halte das auch für das Beste«, bemerkte Chankah.

»Also was soll ich tun? Mich bei einer anderen Calanya bewerben?«

»Das wirst du nicht brauchen. Sechs Anwesen haben bereits Gebote für eine Überschreibung deines Vertrages abgegeben.«

»*Sechs?* Warum das denn?«

Sie lächelte. »Du hast wirklich keine Vorstellung davon, wie gut du Quis spielst. Und du warst in zwei der einflussreichsten Calanya von ganz Coba.«

»Was also bedeutet, dass ich das Quis beider Seiten kenne.«

»Ja. Das ist ungewöhnlich. Und äußerst nützlich.«

»Wessen Gebot wirst du annehmen?«

»Die Wahl liegt bei dir.«

Kelric dachte an Ixpar. »Was ist mit Karn?«

»Das Ministerium hat kein Interesse«, antwortete sie. »Und weder Miesa noch eines der anderen Sekundär-Anwesen hat Gebote abgegeben; wahrscheinlich, weil sie gar nicht die finanziellen Möglichkeiten haben, die Anschaffung eines Drittgraders in Erwägung zu ziehen.«

»Andere Anwesen kenne ich nicht. Ich wüsste gar nicht, wonach ich auswählen sollte.«

»Haka hat ein Gebot abgegeben.« Chankah machte eine Pause. »Ein beträchtliches.«

So gerne er Rashiva vergessen würde, beschleunigte sich doch sofort Kelrics Pulsschlag. »Warum? Dort wäre ich immer noch nur ein Zweitgrader.«

Sie zupfte einen Grashalm aus und betrachtete ihn eingehend. »Vielleicht geht es ihr gar nicht um den Grad.«

Kelric bezweifelte, dass er und Rashiva ihre Differenzen jemals würden überwinden können. Und selbst wenn, würde Raaj immer noch da sein. Obwohl es ihm schwer fiel, sagte er: »Es wäre mir lieber, nicht nach Haka zu gehen.«

Ihre Spannung löste sich. »In Ordnung.«

»Hast du irgendwelche Vorschläge?«

»Ich hatte an Bahvla gedacht«, antwortete Chankah. »Die Verwalterin dort verbündet sich meist mit Karn, obwohl sie mit der Verwalterin von Miesa befreundet ist.«

Kelric erinnerte sich von seinen Quis-Sitzungen in Haka an Miesa und das erzreiche Plateau, aber was Bahvla anging, gab es nicht viel, an das er sich erinnern konnte. »Will Verwalterin Bahvla einen Akasi?« Er hatte nicht die Absicht, erneut auf dieses Schlachtfeld der Emotionen gezogen zu werden.

»Nein. Ich glaube nicht.«

»Spielt ihre Calanya gut Quis?«

»Nicht so gut wie du. Aber das tun ohnehin nur wenige.« Sie legte den Kopf zur Seite. »Was das Quis betrifft, würde ich Bahvla knapp unterhalb der vier mächtigsten Anwesen einordnen: Karn, Varz, Dahl und Haka.«

»Hat Varz ein Gebot abgegeben?«

Sie verzog das Gesicht; sie war nicht glücklich über diese Frage.

Kelric lächelte sanft. »Ich nehme am, das bedeutet ›ja‹. Und du hast nicht die Absicht, es auch nur in Erwägung zu ziehen.«

»Das würde es völlig sinnlos machen, dich aus Haka herausgeholt zu haben.«

Er zuckte mit den Schultern. »Dann also Bahvla.«

Sie nickte zufrieden. »Ich werde mit Verwalterin Bahvla Kontakt aufnehmen.«

22

SonnenHimmels-Brücke

Das Bahvla-Anwesen lag hoch in den Bergen, in einem nebligen Tal, viel höher als Dahl. Die Verwalterin des Anwesens war Henta, eine mollige Frau, deren Haar langsam grau wurde; sie war Kelric sofort sympathisch. Sie lachte oft und redete gern. Ihr Ehemann war der Akasi Tevon, ein männliches Gegenstück ihrer selbst. Verwalterin und Akasi saßen oft zusammen im Gemeinschaftsraum und besprachen den neuesten Klatsch.

In diesem Anwesen gab es zwölf Calani. So wie Saje der einzige Drittgrader in Haka gewesen war, erwies sich Kelric als der einzige Drittgrader in Bahvla. Es gab drei Zweitgrader, einer von ihnen war Yevris Tehnsa Bahvla. Er war hoch gewachsen und dunkel, in seinen braunen Augen tanzten grüne Flecken, und alles in allem erinnerte er Kelric an einen knorrigen Baumstamm, allerdings einen, der dank sportlicher Betätigung sehr geschmeidig war. Gemeinsam liefen Kelric und Yevris oft morgens durch die Gartenanlagen, oder sie schwammen in den eisigen Wassern der Calanya-Seen.

Eines Morgens beschloss Yevris, sie müssten auf die reich verzierte Mauer hinaufklettern, von der die gesamte Gartenanlage umgeben war, um sie vor den heftigen Winden Cobas zu schützen.

»Wird denn meine Eskorte nicht versuchen, uns aufzuhalten?«, fragte Kelric. Seine Begnadigung war an die Bedingung geknüpft worden, dass er jederzeit beobachtet werden müsse. Seine Eskorte war diskret, verschmolz meist so gut mit der Umgebung, dass er oft vergaß, dass sie überhaupt da war. Die Situation erinnerte ihn daran, wie es war, bei seinen Eltern zu sein, denen die Versammlung des Imperialats auferlegt hatte, stets von Leibwächtern begleitet zu werden.

»Warum sollten sie uns aufhalten?«, fragte Yevris. »Ach so, ich weiß! Weil wir blöd genug sind, über die Mauer zu fallen und dann in unseren nur allzu frühen Tod stürzen!«

Kelric lächelte. »*Du* fällst! *Ich* klettere.«

Yevris grinste und lief los. Er war leichter gebaut und lief schneller als Kelric, der gar nicht erst versuchte, seine beschädigte Hydraulik zu aktivieren, doch an der Wand erreichte Kelric dank seiner überlegenen Körperkraft die Oberkante der Mauer zuerst. Er kletterte hinauf, richtete sich auf … und erstarrte.

Auf der anderen Seite des Windbrechers fiel eine steile, unbezwinglich wirkende Felswand fast senkrecht ab. Weit, weit unten zogen sich bewaldete Berge und Hügel in majestätischen Hängen dahin. Über der Welt lag ein weißer Nebel, und dieses eine Mal hielt der Wind selbst den Atem an. So weit das Auge reichte, erstreckte sich unter ihm ein geheimnisvolles Land, dessen Grenzen im Nebel verborgen lagen.

Yevris' Kopf tauchte über der Mauerkante auf, gefolgt vom Rest seines Körpers. Er stellte sich neben Kelric. »Es ist wunderschön, nicht wahr?«

»Ja«, antwortete Kelric.

»Ich hab' mir schon gedacht, dass dir das gefallen wird. Der Anblick erinnert mich an dich.«

»An mich? Wieso das?«

»Ist schwer zu sagen. Ich leg' dir dafür beizeiten mal ein Quis-Muster.« Trocken ergänzte er: »Ist auch besser, als gegen dich zu spielen.«

»Warum sagst du das?«

»Weil du mich jedes Mal völlig an die Wand spielst.«

Kelric lachte. »Wir sind Calani. Wir müssen nicht gegeneinander spielen. Wir haben bessere Dinge mit unseren Würfeln zu tun!«

Yevris lächelte. »Ich glaube nicht, dass ich jemals jemanden kennen gelernt habe, der das Quis so sehr liebt wie du.«

Das überraschte Kelric. Doch es stimmte: Das Quis faszinierte ihn.

Als er sich umdrehte, sah er über Bahvla hinweg zu den Bergen, die sich im Norden erhoben, hoch in einen wolkenbedeckten Himmel aufragten. Hoch im Nordosten stand eine kleine Gruppe Türme, von Nebel eingehüllt. Kelric deutete auf diese entfernte Siedlung. »Was ist das?«

Yevris folgte seinem Blick. »Das Viasa-Anwesen. Da oben liegt auch Tehnsa.«

»Du bist in Tehnsa aufgewachsen, oder?«

»Jip.« Yevris war schon wieder in Bewegung, schlenderte auf der Mauer entlang. »Aber das ist kein richtiges Anwesen. Tehnsa ist das Sekundär-Anwesen von Viasa.«

Kelric folgte ihm. »Und was ist der Unterschied zu einem Anwesen?«

»Es ist kleiner. Ein Sekundär-Anwesen kann nicht unabhängig von seinem Primär-Anwesen bestehen.« Yevris blieb stehen und legte den Kopf schräg. »Aber wenn Miesa so weitermacht, wird es bald das Sekundär-Anwesen von Varz werden!«

Varz. Der berüchtigte Gegner des Ministeriums. »Kann man Varz oder Miesa von hier aus auch sehen?«

»Sind zu weit weg. Aber du wirst Verwalterin Miesa kennen lernen. Sie und Henta sind befreundet.« Er grinste. »Savina Miesa.«

Kelric lachte. »Entdecke ich da mehr als nur beiläufiges Interesse, Yevris?««

»Ha! Ich habe nicht das Bedürfnis, Nummer Neunundneunzig zu sein. Nicht, dass sie jemals Interesse daran gezeigt hätte, mich zu Nummer Neunundneunzig zu machen.«

»Verwalterin Miesa hat achtundneunzig Akasi?«

»Na ja«, gab Yevris zu. »Vielleicht habe ich da ein bisschen übertrieben. Das Letzte, was ich gehört habe, war, dass sie vier hatte. Aber du verstehst, was ich meine.«

»Das sehr wohl.«

»Außerdem«, sagte Yevris, »gibt es da ja noch Rohka.«

»*Wen?*«

»Rohka.« Yevris wiegte sich auf seinen Fußballen hin und her. »Die kennst du schon. Die kommt mich dauernd besuchen.«

»Ach so. Du meinst deine Freundin.«

»Was hast du denn gedacht, wen ich meinen würde?«

Kelric schüttelte nur den Kopf.

Yevris verzog mürrisch das Gesicht. »Das machst du dauernd.«

»*Was* mache ich?«

»Du verschließt dich wie eine Baumauster im Regen.«

»Das war bloß, weil meine Mutter Roca heißt.« Obwohl ein Großteil des Imperialats sie als ›Cya Liessa‹ kannte, also unter dem Künstlernamen, den seine Mutter bei ihren Auftritten als Ballerina verwendet hatte, lautete ihr Name in Wirklichkeit ›Roca Skolia‹, mit allen Titeln der Rubin-Dynastie, die dazu gehörten.

Yevris ließ sich auf der Innenseite der Mauer wieder hinabgleiten. »Aber meine Rohka ist ganz bestimmt nicht deine Mutter.«

Kelric kletterte ihm hinterher. Als sie zur Calanya zurückgingen, machte Yevris eine Handbewegung gen

Himmel. »Ist schon schwer zu glauben, dass da draußen Menschen leben sollen. Sehr sonderbare Gestalten ... Außenweltler.«

Kelric lachte. »Das sagt mein Vater zu meiner Mutter auch immer.«

Als sie einem gewundenen Pfad folgten, tauchte hinter einer Biegung ein Erstgrader auf. »Sevtar! Henta hat mich ausgeschickt, nach dir zu suchen.«

Yevris grinste Kelric an. »Vielleicht hast du eine neue Verehrerin.«

Kelric hoffte, dass das nicht der Fall sei. Die Erste war aus der Gefolgschaft des Anwesens gewesen. Dann kamen andere. Es verblüffte ihn, dass sie immer weiter um ihn warben. Er hatte all ihre Avancen abgewiesen.

Als er in seiner Suite angekommen war, badete er und zog sich um. Dann ging er in den Gemeinschaftsraum, in dem seine Wachen schon auf ihn warteten. Sie führten ihn durch das Anwesen zu einem Alkoven, der hoch oben in einem Turm lag. Dort saßen Henta und ihr Akasi Tevon an einem Quis-Tisch.

Henta betrachtete sein noch feuchtes Haar. »Ihr seid ganz nass.«

»Ihr werdet Euch erkälten«, ermahnte ihn Tevon.

Kelric lächelte. »Ich grüße Euch.«

Henta lachte in sich hinein. »Und wir Euch. Kommt, setzt Euch zu uns.« Als Kelric sich in einen der Stühle sinken ließ, die um den runden Tisch herum standen, fuhr sie fort: »Wir müssen über eine ernsthafte Angelegenheit sprechen. Der Rat der Anwesen wird in wenigen Tagen in Karn zusammentreten. Das wird eine entscheidende Sitzung.«

»Es wird wieder um die Abstimmung über die Schirmherrschaft über das Miesa-Plateau gehen«, erläuterte Tevon.

Henta beugte sich ein wenig vor. »Und wie diese Abstimmung ausgehen wird, Sevtar, könnte von Euch abhängen.«

»Von mir? Warum das?«

»Die ganzen Verhandlungen sind festgefahren«, erläuterte Henta. »Letztes Jahr haben Dahl, Bahvla, Shazorla und Eviza für Karn gestimmt, Haka, Ahkah, Lasa und Miesa zugunsten von Varz. Also Gleichstand.«

»Das waren nur zehn Anwesen«, bemerkte Kelric.

»Viasa hat sich enthalten«, erwiderte Tevon. »Und das Gleiche gilt für sein Sekundär-Anwesen Tehnsa.«

Henta nickte. »Normalerweise stimmt Viasa immer so wie Varz. Aber Verwalterin Viasa und Ixpar Karn, die Nachfolgerin der Ministerin, scheinen derzeit gut miteinander auszukommen.«

»Dann sieht so aus, als hinge es jetzt von Verwalterin Viasa ab«, kommentierte Kelric.

»So einfach ist das nicht«, widersprach Henta. »Vielleicht werde ich mich dieses Jahr enthalten.«

»Ich dachte, Ihr würdet *für* eine Schirmherrschaft des Ministeriums über das Plateau sein.«

»Es liegt an Savina Miesa.« Henta nahm einen goldenen Dodekaeder aus einem Würfelhaufen, legte ihn dann aber wieder ab, als wisse sie nicht recht, was sie damit anfangen solle. »Wie kann ich denn dafür stimmen, ihr das Plateau wegzunehmen? Sie mag ja vielleicht dumme Entscheidungen treffen, aber sie *ist* nicht dumm! Ich glaube, sie kann Miesa auch wieder auf die Beine bringen, ohne dass Karn die Schirmherrschaft übernimmt. Das Problem ist, dass Savina sich von Avtac Varz einschüchtern lässt.«

Kelric dachte an sein Quis in Haka zurück. »Ohne die Hilfe von Varz wäre Miesa schon vor Jahren zusammengebrochen.«

Tevon schnaubte verächtlich. »Varz rettet Miesa aus einer Krise, die Varz erst geschaffen hat.«

Kelric sah die beiden nachdenklich an. »Wenn Verwalterin Miesa in so großen Schwierigkeiten steckt, warum versuchen dann alle, die behaupten, ihre Freundinnen zu sein, ihr die Minen wegzunehmen, die das Anwesen ernähren?«

»Wenn die Schirmherrschaft Karn zugesprochen wird, werden die Minen Miesa weiterhin ernähren«, meinte Henta. »Nur wie dies geschieht, wird in Zukunft dann von Ministerin Karn überwacht.«

»Das klingt nicht anders, als es jetzt auch ist«, überlegte Kelric. »Außer dass es dann Jahlt Karn sein wird, die sich bei Miesa bedient, nicht Avtac Varz.«

»Karn ist nicht Varz«, gab Tevon zu bedenken.

»Jahlt vertraue ich«, merkte Henta an. »Avtac nicht.«

Tevon legte eine rubinrote Kugel vor Kelric auf den Tisch. »Ihr kennt Haka besser als jede Verbündete von Karn.« Er legte einen Opal daneben. »Ihr kennt auch Dahl. Ihr verfügt über das notwendige Werkzeug, um beurteilen zu können, warum Strategien Dahls gegen Haka in der Vergangenheit geglückt oder gescheitert sind.«

Henta legte eine goldene Kugel neben die Struktur, die Tevon ausgelegt hatte. »Mit Eurer Hilfe bin ich vielleicht in der Lage, Haka im Rat auszuschalten, vielleicht sogar, Viasa auf unsere Seite zu ziehen.«

Eine unerwünschte Erinnerung stieg in Kelric auf: Wie sich Rashivas Gesicht erhellt hatte, als er den Raum betrat. »Angenommen, ich wollte nicht, dass Ihr einen Vorteil gegenüber Haka erhaltet?«

Henta und Tevon tauschten Blicke.

»Chankah hat mir erzählt, es sei Euer freier Entschluss gewesen, hierher zu kommen«, sagte Henta.

Kelric seufzte. »Ja, das stimmt.«

Sanft fuhr Henta fort: »Wir wollen Rashiva Haka keinen Schaden zufügen. Wir wollen nur Miesa beschützen. Ihr werdet das besser verstehen, wenn Ihr mit Savina Quis gespielt habt.«

Quis mit einer anderen Verwalterin? »Befürchtet Ihr denn nicht, dass sie dadurch einen Vorteil gegenüber Eurem eigenen Anwesen erhalten könnte?«

»Doch«, gab Henta zu. »Aber ich muss dafür sorgen, dass sie endlich begreift! Avtac Varz zerstört Miesa, und Savina ist nicht bereit, das zuzugeben.«

»Warum soll ich mich mit ihr dem Quis hingeben?« Kelric blickte zu Tevon hinüber. »Warum nicht jemand, der Eure Motivationen besser versteht?«

Tevon antwortete ihm: »Weil niemand in ganz Bahvla auch nur annähernd Euer Können im Quis besitzt.«

Henta nickte. »Vielleicht könnt Ihr mir helfen, aus Savina schlau zu werden.« Nun war es an ihr zu seufzen. »Eine einfache Aufgabe ist das nicht, das sage ich Euch! Die Winde allein wissen, was in ihr vorgeht.«

Von allen Anwesen lag Varz am höchsten in den Teotecs. Es krönte den ›Himmelspfad‹, einen der höchsten Berge, und die Türme des Anwesens zeichneten sich in scharfen Linien vor einem Himmel ab, der ewig kobaltblau leuchtete. Die Felswände, die das Anwesen umgaben, fielen senkrecht ab, bis sie in den Wolken verschwanden, die sich tief unter der Festung auftürmten.

Ein Windreiter stieß steil auf das Anwesen hinab, am Steuer saß eine grauhaarige Frau vom Lasa-Anwesen. Ihr Luftfahrzeug transportierte nur einen einzigen Fahrgast, und dieser Fahrgast besaß nur einen einzigen Namen.

Zecha.

Eine Dreiergruppe Reiter schoss aus den Klippen im spitzen Winkel zu dem ankommenden Fluggerät hinauf. Sie waren schwarz lackiert, die Fenster karneolfarben, und sie trugen das Klauenkatzen-Emblem von Varz auf ihren Tragflächen. Sie wendeten und eskortierten den Reiter aus Lasa zu den Klippen hinab. Die Augen der Pilotin blickten gehetzt hin und her, als sie ihren Reiter in einen Tunnel inmitten dieser massiven Felswand steuerte. Nur die Lichter hinter den Fenstern der Windreiter erhellten die kalten Schatten.

Dann kamen sie aus dem Tunnel wieder heraus, schwebten nun über einem Flugplatz und landeten auf dem eisigen Asphalt. Als Zecha ausstieg, sprangen Wachen von Varz aus den anderen Reitern auf das Rollfeld hinunter.

Eine Kommandantin ging mit großen Schritten auf sie zu. »Folg mir!«

Zecha nickte, sie war sich überdeutlich bewusst, was an dieser Aufforderung nicht stimmte. Kein *Bitte folgt mir, Aufseherin Haka*. Es gab keine Aufseherin und kein Haka mehr, nicht mehr und nie mehr wieder.

Die Kommandantin führte sie zu einem Alkoven im Inneren des Anwesens und ließ sie dort zurück.

Zecha wartete.

Eine Gefolgsfrau erschien und führte sie zu einem anderen Alkoven.

Zecha wartete.

Die nächste Gefolgsfrau führte sie in ein Arbeitszimmer. Es war ein karg ausgestatteter Raum, lang und schmal. Ein Fenster beherrschte die gegenüberliegende Wand, dahinter sah Zecha die Nacht, das unbarmherzige Funkeln des Sternenzeltes vor seinem schwarzen Hintergrund. Vor dem Fenster stand ein Schreibtisch.

Dahinter saß Avtac Varz, die Verwalterin von Varz.

Das kalte Licht ließ die hart Gesichtszüge Avtacs noch deutlicher hervortreten, wie gemeißelt erscheinen, betonte die tief liegenden Augen, ihre Wangenknochen. Ihr Blick richtete sich fest auf Zecha. Es war, als hätte eine Minenarbeiterin zwei Eisenerzklumpen ausgegraben, daraus Kugeln geformt und sie in die Höhlungen ihres Schädels eingesetzt. Mit dunkler Stimme sagte Avtac: »Ich grüße dich.«

Zecha verneigte sich. »Ich grüße Euch, Verwalterin Varz.«

Avtac hob eine schmale Hand und deutete auf einen Stuhl an der Wand. »Nimm Platz.«

Zecha setzte sich.

»Du kommst aus Lasa?«, fragte Avtac.

»Ich arbeite dort bei der StadtWache«, antwortete Zecha.

Avtac hob eine Schriftrolle, die vor ihr auf dem Schreibtisch lag. »Warum heißt es dann in diesem Brief, dass du eine Anstellung suchst?«

»Als Lasa-Wache zu arbeiten, ist eine Vergeudung meiner Fähigkeiten.«

»Ich habe viel über dich gehört, ehemalige Aufseherin.« Avtac legte die Schriftrolle wieder ab. »Vielleicht hatte auch die Obrigkeit von Lasa Ohren, und du suchst deswegen eine neue Anstellung.«

Zecha hatte eine Antwort vorbereitet. »Euer Anwesen ist für vielerlei Dinge bekannt, Verwalterin Varz. Stärke. Reichtum. Einfluss.« Sie machte eine Pause. »Etwas, wofür es nicht bekannt ist, ist ›Schwäche‹.«

»Das bedeutet?«

»Das bedeutet, dass die Schwachen die Starken oft aus Furcht scheuen.«

Avtac legte ihre Fingerspitzen aneinander. »Selbst meine engsten Verbündeten?«

»Junge Verwalterinnen machen Fehler.«

»Vielleicht.« Avtac hob einen Griffel und tippte sich damit gegen die Fingerspitzen. »Die Kommandantin meines Jägertrupps wird langsam alt. Sie denkt darüber nach, sich bald zur Ruhe zu setzen.«

Innerlich spannte Zecha sich an. Wollte Avtac ihr etwa sagen, sie habe eine Chance, diesen Posten zu übernehmen? Varz würde mit großer Wahrscheinlichkeit verhungern, wenn es nicht den berühmten ›Jägertrupp‹ hätte, der Wild aus den tiefer gelegenen Regionen der Berge hinaufbrachte und die Stadt vor umherstreunenden Klauenkatzen beschützte. Die Jäger von Varz waren für ihr Können berühmt und wurden in allen Zwölf Anwesen ebenso bewundert wie gefürchtet. Kommandantin dieses Trupps war eine höchst angesehene Stellung.

Zecha wählte ihre Worte mit Bedacht: »Es muss viele geben, die hoffen, diese Stelle einnehmen zu können.«

»Oh ja, das ist wohl wahr.« Avtac legte ihren Griffel wieder auf den Schreibtisch. »In meiner StadtWache gibt es eine freie Stelle. Du wirst morgen anfangen.« Sie machte eine Pause. »Wenn die Kommandantin sich zur Ruhe setzt … wir werden sehen, wie die Dinge dann aussehen.«

Die Berührung strich über Kelrics Denken und Fühlen wie eine sanfte Liebkosung. Es war das erste Mal in den drei Jahren, die er jetzt auf Coba verbrachte, dass er einen anderen Telepathen fühlte.

Yevris lachte. »Die hat eine ganz schöne Wirkung auf einen, was?«

Kelric zwang sich, seine Aufmerksamkeit auf die Außenwelt zu richten, auf Yevris, der gemeinsam mit

ihm in einem Alkoven stand, der vom Gemeinschaftsraum abging. »Wer?«

»Verwalterin Miesa.« Yevris deutete mit dem Kinn in
Richtung des Gemeinschaftsraums. »Das ist die, die du
die ganze Zeit anstarrst.«

Kelric schaute und sah eine zierliche Frau, die einem
Quis-Spiel im Gemeinschaftsraum zuschaute. Savina
Miesa? Kein Wunder, dass die Leute goldene Würfel
benutzten, um Miesa-Muster zu legen. Volles, glänzend
goldenes Haar fiel ihr über die Schultern, tief den
Rücken hinab, fiel in Wellen bis zu ihrer Taille und ihren
Hüften. Die Locken umspielten ein engelsgleiches Gesicht, unschuldig wie das eines Kindes. Der Schnitt ihres
Hemdes zog Kelrics Blick auf sich: Das Dekolleté betonte ihren vollen Busen, an der Taille war das Hemd
eng geschnitten, zeigte, wie schlank ihre Trägerin war,
um dann über den Hüften, deren weibliche Rundung
unterstreichend, weiter zu fallen. Eine goldene Seiden-
bluse, eine goldene Satin-Hose, goldene Wildleder-
schuhe. Eine goldene Sonnengöttin.

»Allmächtige Heilige!«, stieß Kelric hervor.

Yevris grinste. »Ist das nicht ein wahres Kunstwerk?«

Kelric musste an Rashiva denken. »Genau, nur ein
Kunstwerk. Sonst nichts.«

Yevris lehnte sich gegen die Wand. »Was ist mit dir
los? ›Nur ein Kunstwerk. Sonst nichts.‹ Und du ignorierst jede Frau, die sich für dich interessiert. Wieso?
Bevorzugst du Männer?«

Kelric schnitt eine Grimasse. »Natürlich nicht!«

»Warum sonst sollte ein gesunder …«

»Ich habe dir gesagt, dass ich das nicht tue!«

»Ist doch kein Grund, aggressiv zu werden!«

»Da, wo ich aufgewachsen bin, kann es dir passieren,
dass man dir für so eine Frage den Schädel spaltet.«

Yevris zuckte mit den Schultern. »Ist hier und heute wohl auch weniger üblich als in der Alten Zeit.«

»Warum war das denn damals üblicher?«

Nüchtern sagte Yevris: »Damals waren unsere Ahnfrauen zu sehr damit beschäftigt, sich gegenseitig umzubringen. Deswegen gab es viel mehr Männer als Frauen. Deswegen haben die Frauen damals auch oft mehr als einen Ehemann genommen.« Er wippte auf den Fußballen auf und ab. »Letztendlich haben sie dann aufgehört, sich auf dem Schlachtfeld gegenseitig in Stücke hacken zu wollen. Dann gab es plötzlich mehr von denen als von uns, und das hieß, wenn eine Frau mehrere Kasi hatte, hatten andere eben keinen. Deswegen haben die Verwalterinnen sich zusammengesetzt und ein Gesetz erlassen. Seitdem dürfen nur Verwalterinnen mehr als einen Ehemann haben.«

Kelric schnaubte verächtlich. »Das passt!«

Yevris lächelte. »Ja, das ist wohl wahr. Aber du bist meiner Frage ausgewichen, mein Freund. Warum ignorierst du alle diese Frauen, die herkommen und hoffen, aus dir eben diesen Einen zu machen.«

Kelric verschränkte die Arme vor der Brust. »Ich möchte darüber nicht sprechen.«

»Das sagst du dauernd.« Auch Yevris verschränkte seine Arme, eine Imitation von Kelrics Geste. »›Ich möchte darüber nicht sprechen.‹ Wenn du mal darüber sprechen würdest, würdest du vielleicht nicht mehr so viel vor dich hin grübeln!«

Henta erschien im Bogengang und lächelte die beiden an. »Verwalterin Miesa ist hier, Sevtar.«

Kelric sah sie finster an.

»Ah … hmmm.« Henta blickte von ihm zu Yevris. »Vielleicht sollte ich lieber später noch mal wiederkommen.«

Kelric ließ seine Arme sinken. »Nein, der Zeitpunkt ist schon in Ordnung.«

Als er und Henta in den Gemeinschaftsraum traten, blickte Savina Miesa auf und warf ihm einen kurzen Blick zu. Dann erst stutzte sie und starrte ihn an. Ihre geistige Berührung streifte sein Innerstes wie ein Kuss und ließ ihn mitten im Raum stehen bleiben.

Savina kam zu ihm herüber und verneigte sich, ihr zerzaustes Haar verlieh ihr fast etwas Koboldhaftes. »Sevtar Bahvla? Ich fühle mich geehrt.«

Kelric nickte, schweigend und ohne zu lächeln.

Eine Achtergruppe geleitete sie zu einem Alkoven in einem allein stehenden Turm. Die Wachen bezogen *Draußen* Stellung, während er und Savina sich an den Quis-Tisch setzten. Sie löste ihren Würfelbeutel vom Gürtel, warf ihm einen kurzen Blick zu und schüttete prompt alle ihre Würfel quer über den Tisch.

»Wusstet Ihr, dass Ihr Psionikerin seid?«

Savina schoss das Blut ins Gesicht. »Psst! Die Eskorte hört das doch! Ich darf nicht mit Euch sprechen!«

»Sie können uns nicht hören. Sie sind *Draußen*.«

Sie versuchte, ihre Würfel ordentlich aufzustapeln, doch ihre Stapel fielen immer wieder um. Schließlich setzte sie mit einer ungelenken Bewegung einen rubinroten Kubus in die Mitte des Tisches. »Euer Zug.«

»Wusstet Ihr es?«, fragte er erneut.

»Wusste ich *was?*«

»Dass Ihr eine Psionikerin seid?«

»Eine Zieh-onikerin?«

»Eine Telepathin.«

»Beliebt Ihr zu scherzen?«

»Nein.«

Savina lächelte. »Ihr glaubt, ich kann Eure Gedanken lesen?«

»Nein. Ihr habt keine Ausbildung erhalten. Aber Ihr seid eine Psionikerin.«

Ihre Miene wurde schelmisch. »Zieh-onikt Ihr auch manchmal, Sevtar?«

»Das meiste habe ich verloren.« Er zögerte. »Aber als ich Eure Berührung gespürt habe ... vielleicht ist es doch nicht für immer fort.«

Ihr Gesicht wurde noch dunkler. »Meine Berührung gespürt? Wisst Ihr, was ich denke?«

»Nein.«

»Oh.« Sie entspannte sich. »Na ja. Ich weiß auch nicht, was Ihr denkt. Also geben wir uns doch lieber dem Spiel hin.« Sie grinste. »Dem Quis-Spiel, meine ich natürlich.«

Kelric legte einen topasfarbenen Stein neben ihren Kubus, und das Spiel begann. Aus irgendeinem Grund spielte sie fast ausschließlich Rubine und Saphire aus.

»Wisst Ihr«, erklärte sie. »Blau ist eine ganz besondere Farbe.«

Er blickte kurz zu ihr herüber. »Tatsächlich?«

Sie nickte. »Blauer Himmel. Blaues Wasser. Blau.«

»Oh.« Er spielte eine Smaragd-Scheibe aus. »Euer Zug.«

»Pah«, murmelte Savina.

Yevris reichte Kelric ein Glas Wein. »Blau? Sie kann alles mögliche damit gemeint haben. Hast du Wasser-Muster ausgelegt?«

»Nein«, antwortete Kelric. »Es ging um ihr Anwesen.«

»Vielleicht hat sie die Saphir-Miene gemeint.«

»Das glaube ich nicht.«

Yevris lächelte. »Blau ist auch die Farbe der Liebe.«

»Ich dachte, das sei Rot.« Kelric ließ das Spiel vor seinem geistigen Auge noch einmal Revue passieren. »Sie hat viele Rubine benutzt.«

Yevris lachte. »Rot, mein Freund, steht für die Lust.«

»Verpuggt noch mal!«, fluchte Kelric. »Wenn es darum ging: Dieses Interesse beruht nicht auf Gegenseitigkeit!«

»Klar doch. Und ich bin ein Außenweltler!«

Kelric starrte ihn finster an. »Dafür habt ihr ein perfektes Wort: ›Pah!‹«

Von Nebelschwaden umwölkt spazierten Henta und Savina an den alten Festungsmauern des Bahvla-Anwesens vorbei. »Ich werde heute zum Rat aufbrechen«, bemerkte Henta. »Ich möchte möglichst früh in Karn sein.«

Savina zog sich ihre Pelz besetzte Jacke enger um den Körper. »Ich muss zuerst noch nach Miesa. Aber ich werde rechtzeitig zur Eröffnungs-Sitzung in Karn sein.«

Henta lachte. »Du wirst zehn Sekunden vor Sitzungsbeginn 'reingestürmt kommen!«

»Werd' ich nicht!«

»Das machst du immer.«

»Diesmal nicht.« Savina machte eine Pause. »Bringst du irgendwelche Calani mit?«

»Vielleicht.«

»Welche?«

Henta bemerkte, dass ihre Stimme viel zu beiläufig und desinteressiert klang. »Ich weiß nicht, Savina. Welchen sollte ich denn deiner Meinung nach mitnehmen?«

»Na ja, da ist dieser eine, mit dem ich Quis gespielt habe ... wie heißt der noch? Dieser Goldene. Der scheint ziemlich gut zu sein. Mit den Würfeln, meine ich.«

»Du weißt ganz genau, wie er heißt.«

»Zieh-on.«

»Was?«

»Zieh-on.« Wieder bekam ihre Miene etwas Schalkhaftes. »Er meint, wenn er nur genug zieh-ont, dann kann er Gedanken lesen.«

»Ja? Und woher hast du diese wertvolle Information?«

»Er hat es mir … Oh.« Mit einer schnellen Bewegung legte Savina sich die Hand auf den Mund. »Äh … Hmmmm.«

Henta verzog das Gesicht. »Wie kommst du dazu, mit meinem Calani zu sprechen?«

»Es tut mir Leid.«

»›Es tut mir Leid.‹ Pah! Das hättest du doch besser wissen müssen!«

»Na ja, wie soll ich mich denn auf Würfel konzentrieren, wenn mir am Tisch ein so prächtiger Vertreter des Männervolkes gegenübersitzt? Bei allen Winden, Henta, wie kann es nur sein, dass du ihn nicht zu deinem Akasi machen willst?«

»Ich will keine weiteren Ehemann. Außerdem will Sevtar nicht Akasi werden.«

»Gehört er jemandem?«

»Ja. Sich selbst. Bei dem kommst du nicht weiter. Er ist nicht interessiert.«

Mit dramatischer Stimme sagte Savina: »Es ist dieser Haka-Mythos, der ihn umgibt. Ich kann ihm nicht widerstehen.«

»Was für ein Haka-Mythos? Er ist ein Außenweltler.«

»Aber er benimmt sich wie ein Haka-Mann. Die machen mich ganz verrückt.« Savina schoss das Blut ins Gesicht. »Dass die so ganz bedeckt herumlaufen! Nur die Augen sind zu sehen. Es macht mich so scharf, nur darüber nachzudenken, was wohl darunter ist. Und selbst wenn sie zulassen, dass man ihr Gesicht sieht, lächeln sie einen nie an. *Nie.* Weißt du, was das bei mir auslöst, wenn Sevtar sich so benimmt? Der bräuchte mich nur einmal anzulächeln, und es wäre um mich geschehen. Ein Lächeln! Dann wirst du eine Achtergruppe brauchen, um mich zurückzuhalten.«

Henta seufzte. »Bist du schon 'mal auf die Idee gekommen, dass er dich vielleicht nicht anlächelt, weil er nicht interessiert ist?«

Savinas Miene verfinsterte sich. »Du bist eine griesgrämige alte Klauenkatze, hat dir das eigentlich schon 'mal jemand gesagt?«

23

Königinnen-Spektrum

Die Teotec-Halle im Karn-Anwesen bot Platz für hunderte von Menschen, wenn alle Emporen und alle Balkone gefüllt waren. Heute waren nur Verwalterinnen und ihr engerer Stab anwesend; sie hatten sich um den ovalen Opal-Tisch versammelt, der den eigentlichen Saal beherrschte. Die Tischplatte war aus Bernsteinholz, aber in seine Einfassung waren Opale eingelassen, Verzierungen aus Regenbogen-Elfenbein und Schneesteine.

Als Henta den Saal betrat, sah sie, dass viele der Anwesens-Sitze bereits besetzt waren. Auf dem Haka-Sitz saß Rashiva, erkennbar hochschwanger. Die Wüstenkönigin strahlte nicht mehr, sie war blass, die Müdigkeit ließ tiefe Falten in ihrem Gesicht entstehen. Mit leiser Stimme sprach eine Gefolgsfrau auf sie ein, offensichtlich wollte sie Rashiva dazu bewegen, sich von dieser Sitzung zurückzuziehen, doch die Verwalterin schüttelte den Kopf.

Henta ließ sich in den Bahvla-Sitz sinken, ihre Eskorte setzte sich um sie herum und hinter sie. Ihre Erste Gefolgsfrau beugte sich zu ihr herüber. »Wünscht Ihr noch einmal in die Akten zu schauen?«

Henta schüttelte den Kopf. »Ich bin so vorbereitet, wie ich nur sein kann.« Doch sie hatte das Gefühl, der Rat werde dieses Jahr vielleicht nicht ganz auf Bahvla vorbereitet sein.

Die große Doppeltür hinter dem Sitz des Ministeriums schwang auf, und die Gefolgsfrau am Eingang verkündete: »Ixpar Karn, Nachfolgerin der Ministerin.«

Henta konnte kaum glauben, dass die auffallend schöne junge Frau, die mit großen Schritten den Raum betrat, vor gar nicht allzu langer Zeit noch dieses schlaksige Mädchen gewesen sein sollte. Ixpar erinnerte Henta an ein Gemälde, dass sie einst gesehen hatte: Eine Kriegerkönigin aus der Alten Zeit, in Bronze und Leder gerüstet, stand breitbeinig auf einem Felsvorsprung, mit der einen Hand reckte sie einen Speer gen Himmel, mit der anderen hielt sie einen Schild, ihr hüftlanges Haar umwehte windgepeitscht ihren Körper, die untergehende Sonne verwandelte es in pures Feuer.

Als Ixpar ihren Platz neben dem Sitz der Ministerin einnahm, war vom Eingang her plötzlich Unruhe zu hören, gefolgt von der Ankündigung: »Savina Miesa, Verwalterin des Miesa-Anwesens.« Savina kam in den Saal geeilt, und während sie noch mit einer aus ihrer Gefolgschaft sprach, lief sie geradewegs gegen den Sessel, der dem Anwesen Varz zustand. Sie errötete, blickte sich um und ging dann zu ihrem eigenen Sitz neben dem von Bahvla hinüber.

Als Savina sich setzte, sagte Henta lächelnd: »Ein würdevoller Auftritt.«

Savina schnappte nach Luft. »Ich dachte schon, wir würden es nicht mehr schaffen!«

Dann breitete sich Schweigen im Saal aus. Eine hoch gewachsene Frau trat ein, sie wirkte stahlgrau und streng: graue Augen, grauer Haarzopf, graue Weste, graues Hemd, graue Hose und graue Stiefel. Zu ihrer Linken ging eine Frau mit rostfarbenem Haar.

Henta beugte sich zu Savina hinüber. »Wer ist das neben Avtac?«

»Sie heißt Zecha«, erklärte Savina. »Sie wird bald die Stelle der Kommandantin der Jäger von Varz einnehmen.«

»Rashiva scheint nicht glücklich darüber, sie zu sehen.«

Die Gefolgsfrau am Eingang räusperte sich. »Jahlt Karn.« Sie machte eine Pause. »Die Ministerin von Coba.«

Zusammen mit den anderen Verwalterinnen erhoben sich Henta und ihr Gefolge, als Jahlt eintrat. Sie kam allein, in schwarz gekleidet, doch Jahlt brauchte kein Gefolge. Ihre Ausstrahlung genügte, um den Saal zu füllen. Sie ging zum Tisch hinüber, blieb vor ihrem Stuhl stehen und sagte mit ernster Stimme: »Der sechsundsechzigste Rat im neunten Jahrhundert des Modernen Zeitalters ist hiermit zusammengetreten.«

Stoff raschelte und Spielsteine klapperten gegeneinander, als sich alle gleichzeitig am Opal-Tisch niederließen und ihre Würfelbeutel hervorholten.

Die Ministerin legte den ersten Würfel aus. Und so begann das Rats-Quis von Coba.

Avtac ging im Wohnzimmer der Gäste-Suite von Varz auf und ab. Zecha wartete neben der Tür, mehrere aus ihrer Gefolgschaft standen nahe dem Durchgang zu einem Raum im Inneren der Suite. Stahna, die Nachfolgerin Varz, stand neben dem Bücherregal.

Stahna blieb vor Avtac stehen. »Unglaublich!« Dann ging sie wieder auf und ab.

»Reines Glück«, erwiderte Stahna. »Henta Bahvla hat noch nie zuvor das Quis derart dominiert.«

»Was hat denn das mit Glück zu tun?«, wollte Avtac wissen. »Bahvla hat einen Haka-Calani.«

Stahnas Stimme verriet ihr Missfallen. »Einen Außenweltler.«

Es ist, als hätte man in eine saure Frucht gebissen,

dachte Avtac. Das machte Bahvla unrein und fiel zugleich auch auf Haka zurück. »Rashivas Quis war abscheulich.«

»Sie ist zu krank, um am Rat teilnehmen zu können«, gab Stahna zu bedenken.

»Wenn eine Schwangerschaft eine Verwalterin zu sehr erschöpft, um im Rat zu sitzen und sich dem Quis hinzugeben, dann sollte sie keine Verwalterin sein.« Avtac wandte sich zu einem Sekretär um, der im Türdurchgang wartete. »Sag Verwalterin Haka, dass ich sie sprechen will.« Als der junge Mann davonhastete, nahm Avtac ihre unruhige Wanderung wieder auf. »Henta hat Savina so verwirrt, dass Savina einen Kubus nicht mehr von einer Scheibe unterscheiden konnte. Wenn das so weitergeht, wird sie selbst dafür stimmen, ihre Minen wegzugeben!«

»Ich werde sie zu einer Quis-Sitzung heute Abend auffordern«, bemerkte Stahna. »Vielleicht kann ich ein wenig von dem Schaden wieder gutmachen, den Bahvla angerichtet hat.«

»Gute Idee.« Avtac ging zu Zecha hinüber. »Dieser Mann. Sevtar. Kann er sich so auf die Würfel auswirken, wie wir es heute gesehen haben?«

»Das ist möglich«, antwortete Zecha. »In Haka hat sich zumindest einiges geändert, nachdem er in deren Calanya eingetreten ist.«

Avtac runzelte die Stirn. »Ich verstehe noch nicht, wie sich Rashiva zu dieser Übereinkunft mit Dahl hat überreden lassen.«

»Meine Empfehlung war es, ihn im Gefängnis zu lassen«, bemerkte Zecha.

»Das hätte viel Ärger erspart.« Avtac sah, dass der Junge, den sie geschickt hatte, um Rashiva zu holen, allein zurückkehrte. »Wo ist Verwalterin Haka?«

Der Junge blieb im Türdurchgang stehen. »Ihre Gefolgschaft sagt, sie kann heute Abend nirgendwo mehr hingehen.«

»Aha.« Avtac drehte sich zu Zecha um. »Das werden wir uns mal selbst ansehen!«

Im Vorzimmer der Gäste-Suite traf sie auf eine Gruppe aus der Haka-Gefolgschaft, die miteinander Quis spielte. Als Avtac gemeinsam mit Zecha den Raum betrat, standen sie hastig auf. Eine ältere Frau verneigte sich vor ihr. »Wir grüßen Euch, Verwalterin Varz.«

»Ich bin gekommen, um mit Verwalterin Haka zu sprechen«, erklärte Avtac.

»Es tut mir Leid, Ma'am. Sie kann heute keinen Besuch mehr empfangen.«

Avtac sah die Frau nachdenklich an. »Wie heißt du?«

»Chal Haka, Ma'am.«

»Also, Chal, ich würde dir raten, Verwalterin Haka selbst die Entscheidung zu überlassen, wen sie empfangen wird und wen nicht.«

Chal lief rot an, dann verneigte sie sich und verließ das Zimmer.

»Dürfen wir Euch etwas anbieten, Verwalterin Varz?«, fragte eine andere aus ihrer Gefolgschaft. »Etwas Tanghi? Oder Jhai-Rum?«

»Nein«, lehnte Avtac ab.

Schon kehrte Chal zurück. »Verwalterin Haka heißt Euch willkommen, Verwalterin Varz. Sie wird Euch jetzt empfangen.«

Rashiva saß aufrecht im Bett, als Avtac und Zecha das Innerste Gemach der Gäste-Suite von Haka betraten. Ein hübscher Junge, der die Armreifen eines Akasi trug, stand neben dem Nachttisch, er richtete sich auf, als sei er gerade erst aus dem Bett aufgestanden. Von seiner dunklen Schönheit zu schließen, musste er zu den

Hochgeborenen von Haka stammen, dachte sich Avtac. In der Intimität, die Rashivas Privatsuite zuließ, lief er barfuß, trug nur seine Hose und ein ärmelloses Hemd, doch sein Gewand lag in der Nähe des Bettes auf einem Diwan, und um den Hals trug er einen Talha-Schal. Obwohl er sie ansah, ohne zu lächeln, wusste Avtac, dass er ihr aus seinen schwarzen Augen anzügliche Blicke zuwarf. Haka-Männer waren alle gleich. Kein Wunder, dass ihre Frauen sie stets mit scharfem Blick bewachten.

»Ich grüße Euch, Avtac.« Rashiva berührte den Jungen am Arm. »Das ist Raaj.«

Avtac verneigte sich vor dem Calani. »Es ist mir eine Ehre, Euch zu begegnen.«

Er nickte, immer noch ohne ein verbotenes Lächeln, doch Avtac erkannte, wie verlogen seine angebliche Sittsamkeit war, weil sie sah, wie eng sich seine Kleidung an seinen wohl geformten Körper schmiegte.

Rashiva umfasste mit ihren Fingern Raajs Hand und küsste seine Fingerknöchel. Er drückte ihre Hand, dann nahm er sein Gewand und verließ in Begleitung seiner Wachen den Raum.

Avtac sah die Verwalterin von Haka mit gerunzelter Stirn an. »Wir haben wichtige Dinge zu besprechen.«

Rashiva warf Zecha einen Blick zu, dann schaute sie wieder zu Avtac. »Wenn etwas Haka betrifft, so geht das keine Person etwas an, die aus Haka verstoßen wurde.«

»Was Haka betrifft, liegen die Dinge entsetzlich«, entgegnete Avtac. »Heute habt Ihr zugelassen, dass Henta Euch in eine Ecke würfelt. Wie kann es sein, dass ein Außenweltler Bahvla einen Vorteil über Euch verschafft?«

»Ihr habt nie mit ihm am Quis-Tisch gesessen«, meinte Rashiva. »Unterschätzt ihn nicht!«

»Wenn sein Quis so stark wäre, hättet Ihr niemals zugelassen, dass er Haka verlässt.« Avtac dachte einen

Augenblick nach. »Vielleicht können wir ihn immer noch aus Bahvla herausschaffen. Mein Anwesen kann Euer Gebot stützen. Ich bin mir sicher, wenn der Preis nur hoch genug ist, wird sogar Henta ihn verkaufen.«

Rashiva schob die Kissen in ihrem Rücken zurecht. »Er will nicht nach Haka kommen.«

Avtac beugte sich über sie. »Eine starke Verwalterin hat ihren Calani gegenüber eine feste Hand. Ihr tätet gut daran, das nicht zu vergessen. Wenn Ihr Wünschen eines Akasi zu große Bedeutung beimesst, wird er sowohl Euch als auch Euer Anwesen schwächen.«

»Avtac, es ist schon spät«, seufzte Rashiva. »Diese Schwangerschaft verläuft nicht problemlos. Wir sehen uns morgen.«

Verunreinigung durch Außenweltler? Avtac richtete sich auf. »Tragt Ihr etwa das Kind dieses Skolianers?«

»Nein.«

»Ist es von diesem hübschen Jungen? Raaj?

»Das denke ich doch.«

»Das denkt Ihr?« Avtac runzelte die Stirn. »Hört auf, über diesen Außenweltler-Calani zu grübeln, Rashiva. Legt die Einzelteile von Haka wieder zu den korrekten Mustern zusammen und fangt an, Euch wie eine Verwalterin zu benehmen!«

Chal Haka atmete vor Erleichterung tief aus, als die Besucher aus Varz sich endlich auf den Weg machten. Ihre gute Laune schwand jedoch sofort wieder, als sie ins Schlafzimmer zurückkehrte und sah, dass Rashiva versuchte, das Bett zu verlassen.

»Verwalterin Haka!« Mit großen Schritten ging sie zu ihr hinüber. »Ihr dürft nicht aufstehen!«

Rashiva lehnte sich gegen den Bettpfosten. »Langsam

bin ich Avtacs Einstellung Leid, dass jede außer ihr keinen Holzwürfel wert ist!«

»Bitte.« Chal fasste sie am Arm. »Geht wieder zu Bett! Denkt an das Kind!«

»Es passiert ja nichts. Ich habe dem Rat auch beigewohnt, als ich mit meiner Tochter schwanger war, und ich hatte keinerlei Probleme.« Sie ließ den Bettpfosten los. »Siehst du? Warum machst du mir nicht einen Becher Tanghi? Ich trinke ihn dann in meinem Studierzimmer.«

Chal wusste: Wenn sie jetzt widersprach, würde das die Verwalterin nur verärgern. Außerdem machte der Tanghi sie vielleicht schläfrig genug, dass sie sich wieder zu Bett legte.

Als Chal das Zimmer verließ, blickte sie sich noch einmal um. Rashiva saß auf dem Bett, den Kopf gesenkt, und ihre Haut war so blass, dass sie wie ein Gespenst aussah.

Ixpar stürzte den Rest ihres abkühlenden Tanghi in einem großen Schluck hinunter. »Das war eine lange Sitzung heute.«

»Aber ergiebig.« Jahlt legte beide Hände um ihr Glas Jhai-Rum und lehnte sich entspannt in dem Sessel in ihrem Studierzimmer zurück. Es hatte seine Vorteile, Ministerin zu sein; der Rat trat in ihrem Anwesen zusammen, und das bedeutete, dass sie sich zur Nacht in wohl vertraute Räume zurückziehen konnte.

»Wer hätte gedacht, dass Bahvla so gut durchkommen würde?«, sagte Jahlt. »Oder dass Haka so schwach sein würde? Vielleicht werden wir in diesem Jahr bei der Abstimmung über das Plateau zu eine Entscheidung kommen.«

Ixpar setzte ihren Becher hart auf dem den Tisch ab. »Nur Haka und Miesa stehen fest hinter Varz.« Sie stand auf und ging quer durch den Raum; dabei streckte sie ihre fast schon eingeschlafenen Arme. »Gegen Ende der Sitzung habe sogar ich mich schon gefragt, was wohl mit Miesa los ist.«

»Henta hat gute Arbeit geleistet«, sinnierte Jahlt. »Aber sie beunruhigt mich.«

Ixpar ließ die Arme sinken. »Meinst du, sie könnte vorhaben, sich der Stimme zu enthalten?«

Jahlt nickte, hoch erfreut, dass Ixpar diesen subtil versteckten Hinweis in den Mustern von Bahvla entdeckt hatte. »Wenn ihr Quis weiterhin so scharf bleibt wie heute, könnten wir immer noch eine Mehrheit erreichen.«

»Das hoffe ich.« Ixpar rieb sich den Nacken. »Diese Sitzung heute hat ja ewig gedauert. Ich werde schon ganz steif, wenn ich nur daran zurückdenke.« Sie grinste. »Was haltet Ihr davon: Wir laufen eine Runde um Karn herum?«

Jahlt schnaubte. »Du und deine Ideen, die werden mich eines Tages noch ins Grab bringen!« Aber sie war nicht verstimmt. Ixpars ungehemmte Lebenskraft stärkte das Ministerium. In der Alten Zeit hätte Ixpar ihre Energie gewiss dem Schlachtfeld zugewandt, wäre ohne Zweifel eine Legende unter den Kriegerköniginnen geworden. Jetzt jedoch gab es keine Kriege mehr, in denen ihre junge Nachfolgerin ihre Energie und ihre Hormone abreagieren konnte.

»Henta war heute erstaunlich.« Wieder begann Ixpar auf und ab zu gehen. »Sie hat ganz offensichtlich eine starke Calanya hinter sich.«

»›Eine starke Calanya‹.« schnaubte Jahlt. »Du kannst mich nicht täuschen: Deine Versuche, deine Meinung über Kelricson Valdoria kundzutun, erkenne ich selbst dann, wenn du versuchst, sie dadurch zu verschleiern, dass du dich auf eine größere Menschenansammlung beziehst.«

Ixpar drehte sich zu ihr um. »Wenn ich ihn loben wollte, würde ich das nicht im Verborgenen tun. Warum sollte ich? Habt Ihr nichts von ihm begriffen, von seinem wahren Ich, als Ihr damals in Dahl mit ihm gesprochen habt?«

Jahlt stand auf und ging zu ihr hinüber. »Ich habe begriffen, dass ich einen Mann sehe, der legendär werden könnte.«

»Und warum könnt Ihr ihn dann so wenig leiden?«

»Es geht nicht darum, ob ich ihn ›leiden kann‹«, erklärte Jahlt leise. »Mit seinen Würfeln ist er wie ein Zauberer, der nicht weiß, über welche Macht er verfügt. Der diese Macht nicht begreift. Was wird sein Quis auf Coba anrichten?« Sie ging zum Kamin herüber und starrte ins Feuer. »Ich kann diese Frage nicht beantworten, Ixpar. Niemand von uns kann das.« Sie blickte ihre Nachfolgerin an. »Deswegen fürchte ich sie ja so.«

Der einzige Laut, der aus der Teotec-Halle drang, war das Klappern der Würfel. Verwalterinnen saßen um den Opal-Tisch herum, ganz in das Quis versunken. Ihre Nachfolgerinnen beugten sich vor, um besser mitzubekommen, was geschah, und hinter ihnen standen ganze Trauben von Gefolgsfrauen, die ebenfalls zuschauten.

Ixpar beobachtete die Sitzung vom Sitz des Ministeriums aus. Die Verwalterinnen sahen aus wie ein Königinnen-Spektrum, bei jeder einzelnen wurde ihre Macht durch einen Zopf symbolisiert, der über den Rücken fiel. Die Jüngste von allen war Khal Viasa, deren rötlichbrauner Zopf noch nicht einmal ihre Taille erreicht hatte. Der Zopf von Verwalterin Shazorla war schwarz mit grauen Strähnen, der von Verwalterin Ahkah grau, nur noch an wenigen Stellen sah man das braune Haar ihrer Jungend. Die Haare von Savina Miesa waren wieder dem Zopf entkommen, nun umwehte ein Wirrwarr goldenen Locken ihr Gesicht.

Verwalterin Ahkah atmete tief aus und lehnte sich in ihrem Sessel zurück. Das löste eine ganze Reihe von Bewegungen aus, die zugehörigen raschelnden Laute erfüllten den Saal: Man setzte sich ein wenig anders, man nahm einen Schluck aus seinem Becher, man sortierte Würfelstapel.

Dann ergriff Jahlt das Wort: »Vielleicht sollten wir die Sitzung unterbrechen.«

Zur Antwort erklang ein zustimmendes Gemurmel. Verwalterinnen schoben ihre Sessel vom Tisch zurück, zwischen den Zuschauern entwickelten sich die ersten Gespräche.

Außerhalb des Saales schloss sich Jahlt Ixpar zu einem Spaziergang an. »Wie denkst du über diese Sitzung?«

»Rashivas Muster sind stärker geworden«, meinte Ixpar. »Sie muss die ganze Nacht an ihrer Strategie gefeilt haben.«

Jahlt nickte. »Vielleicht schließt sich Miesa doch noch Varz an.« Sie runzelte die Stirn. »Wir brauchen diese Stimme! In jedem Jahr, in dem es Varz gelingt, uns zu blockieren, gewinnt Avtac mehr Kontrolle über Miesa.«

Hinter ihnen war Geschrei zu hören. Ixpar drehte sich um und sah eine Gefolgsfrau, die den Flur hinuntergelaufen kam. Die Frau blieb vor Jahlt stehen. »Es geht um Verwalterin Haka!« Sie schnappte nach Luft. »Sie wollte gerade aufstehen … aus ihrem Sitz. Sie ist zusammengebrochen!«

Mit großen Schritten ging Jahlt zurück in den Saal, Ixpar und die Gefolgsfrau an ihrer Seite. »Ist eine Ärztin gerufen worden?«

»Ich habe nach der Ersten Ärztin von Karn geschickt«, erklärte die Gefolgsfrau. »Eine Haka-Gefolgsfrau ist losgelaufen, um die Haka-Ärztin zu holen, und Verwalterin Dahl hat nach einem Doktor geschickt, der zum Dahl-Gefolge gehört.«

Im Inneren des Rats-Saales kniete eine ganze Menschengruppe in der Nähe des Haka-Sitzes. Rashiva lag auf dem Fußboden, ihr Gesicht so blass, dass es an kalte Asche erinnerte. Jahlt schritt an den anderen vorbei und kniete sich neben die zusammengesunkenen Verwalterin. »Rashiva?«

»Ah …« Die Wimpern der Haka-Königin zuckten. »Mein Baby …«

Eine Ärztin kam herein, das Sanitätsabzeichen auf der Schulter ihrer Uniformjacke trug das Haka-Emblem der Aufgehenden Sonne. Hinter ihr kam die Erste Ärztin von Karn, und dahinter ein Mann, der das Sonnenbaum-Emblem von Dahl auf seiner Schulter trug.

Eine Gefolgsfrau ließ den Saal räumen. Nur Jahlt blieb zurück, in Begleitung von Ixpar und Avtac Varz. Sie traten einige Schritte zurück und warteten, während die Mediziner Rashiva untersuchten.

Jahlt deutete auf den Mann aus Dahl. »Der kommt mir bekannt vor.«

»Das ist Dabbiv«, erklärte Ixpar. »Er war Kelrics Arzt in Dahl.«

Avtac runzelte die Stirn. »Dabbiv Dahl? Es könnte unklug sein, ihn hier hereinzulassen. Seine Vorstellungen über Medizin sind recht fragwürdig.«

»Verwalterin Dahl denkt hält sehr viel von ihm«, erwiderte Ixpar.

Shallina Karn, die grauhaarige Erste Ärztin von Karn, kam zu ihnen herüber. »Wir werden Verwalterin Haka ins Med-Haus bringen.«

»Wird sie sich wieder erholen?«, fragte Jahlt.

»Das werden wir heute Abend wissen. Das Kind kommt.«

Ixpar starte Shallina an. »Aber das ist zu früh!«

»Ihr Kind«, gab Shallina zurück, »beabsichtigt nicht zu warten.«

… auf der anderen Seite des Dorfes weinte Shaliece. Kelric rannte aus dem Haus seines Vaters und durch die Straßen von Dalvador mit ihrem Kopfsteinpflaster. Als er das Haus erreichte, in dem Shaliece lebte, das Haus mit seinen kleinen Türmchen, hielt ihn eine Hebamme auf. Sein Sohn war fort. Fehlgeburt. Tot …

… Weit, weit entfernt, auf einem anderen Teil dieser Welt, rief Rashiva nach ihm …

Kelric wurde schlagartig wach und setzte sich in seinem Bett auf. Er starrte in die Dunkelheit, Bruchstücke seines Traumes verweilten noch in seiner Gedankenwelt. Sein Hemd war schweißgetränkt. Er nahm die Wasserflasche von seinem Nachttisch und trank gierig. Dann ging er in sein Wohnzimmer hinüber.

Als er die Balkontüren öffnete und hinaustrat, fauchte ihm ein Windstoß entgegen, schwer von Luftfeuchtigkeit. Sein Balkon lag an der Spitze eines Turmes, eine vergitterte Terrasse, die von Streben gestützt wurde. Tief unter ihm erstreckten sich die Teotecs bis zum Rand der Welt, wo ein kaum erkennbarer Lichtschein, ein feiner Strich, erahnen ließ, dass der Morgen doch kommen würde, dem Regen zum Trotz. Gelegentlicher Donner grollte über die Berge hinweg, der Wind peitsche Kelrics

Haar. Etwas Wildes lag in der Luft, schien sie zu durchdringen, uralt und frei.

Doch selbst die ungezähmte Nacht konnte nicht die Spuren seines Traumes vertreiben. Er ging wieder hinein und verließ seine Suite, ging in den großen Gemeinschaftsraum. Es war dunkel, von einer Öllampe abgesehen, die in einer Ecke brannte.

Kelric öffnete die Türen nach *Draußen*. Taul, die Kommandantin seiner Calanya-Eskorte, saß *Draußen* zusammen mit seinen anderen Wachen, sie dösten an einem Quis-Tisch. Kelric verließ die Calanya und ging den Flur hinunter.

»He da!« Hinter ihm erklangen schnelle Schritte schwerer Stiefel, dann war er von Wachen umringt. Kommandantin Taul zwang ihn stehen zu bleiben. »Ihr dürft nicht hier hinausgehen!«

Kelric hatte keine Ahnung, was er da eigentlich tat, er wusste nur, dass ihn ein tief in ihm verborgener Instinkt antrieb. »Ich muss zum Observatorium.«

Vor Erstaunen blieb Taul der Mund offen stehen, einige der Wachen sogen scharf die Luft ein. Tauls Miene war der innere Aufruhr abzulesen, und Kelric fühlte ihre heftigen, einfachen Gedanken: Sollte sie so tun, als habe sie die verbotenen Worte nicht gehört? Würde es sich auf sein Quis auswirken, wenn sie ihm einen Wunsch abschlug, der so sehr drängte, dass er dafür seinen Eid brach? Würde er kämpfen, sie auf diese Weise dazu zwingen, sich einem Drittgrader gegenüber völlig unangemessen zu verhalten? Würde sie auf ihn schießen müssen? Wenn sie ihre Vorgesetzte weckte, würde das ihren Rang schmälern, ihr Ansehen, ihre Ehre?

Nach einem langen Augenblick traf sie ihre Entscheidung. »Wir werden Euch zum Observatorium eskortieren. Aber bitte … sprecht nicht mehr!«

Kelric nickte. Er setzte sich wieder in Bewegung, umringt von seiner Eskorte.

Als sie das Observatorium erreicht hatten, wusste er immer noch nicht, warum er dorthin hatte gehen müssen. Er wusste nur, dass es auf Karn gerichtet war. In Begleitung seiner Wachen ging er auf den hoch gelegenen Balkon hinaus, der kreisförmig um das ganze Gebäude herum verlief. Erinnerungen strömten auf ihn ein: Shaliece mit ihren großen, violetten Augen, wie sie über das Flachland von Dalvador lief, ihr Rock peitschte ihre Beine, sie lachte, als er sie einholte und sie gemeinsam ins Gras fielen. Shaliece, die den Tod ihres Kindes beweinte.

Warum gerade jetzt? Warum kehrte der Schmerz um seinen verlorenen Sohn gerade jetzt zu ihm zurück, nachdem er so viele Jahre geruht hatte?

In den ruhigen Stunden vor Sonnenaufgang erwachte Ixpar aus ihrem Schlummer, aufrecht auf dem Sofa sitzend. Sie schaute sich in dem Alkoven um. Jahlt stand nahe dem Eingang, sie sprach gerade mit einer aus ihrer Gefolgschaft, und Avtac Varz saß auf einem anderen Sofa; sie hatte sich zurückgelehnt, die Augen geschlossen. Auf der anderen Seite des Raumes schnarchte Henta in einem Lehnsessel.

Jahlt kam zu Ixpar herüber. »Es ist schon spät. Du solltest dich ausruhen.«

»Ihr auch«, erwiderte Ixpar.

»Ha!« Sie setzte sich auf das Sofa. »Frauen haben seit Anbeginn der Zeiten Kinder bekommen. Rashiva wird es gut gehen.«

»Das dauert aber zu lange.«

Jahlt atmete hörbar aus. »Ja. Das ist wahr.«

Shallina, die Erste Ärztin von Karn, erschien im Eingang des Alkoven. Sie hatte dunkle Ränder unter den Augen, ihr graues Haar hatte sich zum Teil aus dem Zopf gelöst und hing ihr nun in lockigen Strähnen ins Gesicht. Sie sagte nur: »Es ist geschafft.«

Auf der anderen Seite des Raumes erhob sich Avtac Varz. »Verwalterin Haka?«

»Sie schläft jetzt«, erklärte Shallina.

»Was ist mit dem Kind?«, fragte Ixpar.

Shallina strich sich ihr Haar zurück. »Ein Junge.«

»Sind Mutter und Sohn wohlauf?«, wollte Jahlt wissen.

»Verwalterin Haka ist erschöpft«, antwortete Shallina. »Aber sie wird wieder. Das Kind hingegen ist zu schwach.« Leise sprach sie weiter. »Es wird nicht länger als wenige Tage überleben.«

Ein Schatten erschien hinter Shallina, bis man erkannte, dass es Dabbiv Dahl war, der durch den Bogengang trat. »Ministerin Karn, ich habe Symptome wie die, die Verwalterin Haka zeigt, bereits früher gesehen. Was ihre Sohn betrifft …«

»Wir werden nichts bisher Ungeprüftes an einem Neugeborenen ausprobieren, junger Mann«, unterbrach ihn Shallina.

»Es ist geprüft«, widersprach Dabbiv. »Wir können es auf die Diät umstellen, die …«

Jetzt unterbrach Avtac ihn. »Ihr wollt am Sohn von Verwalterin Haka Experimente durchführen?!«

Dabbiv schüttelte den Kopf. »Das ist kein …«

»Wir haben das bereits erörtert«, unterbrach ihn Shallina. »Jetzt emotional zu werden, dient niemandem!«

Dabbiv stieß einen frustrierten Laut aus. »Ich werde nicht emo …«

»Junger Mann«, meinte Avtac schneidend. »Vielleicht

solltet Ihr derartige Dinge denjenigen überlassen, die auch über die nötige Erfahrung verfügen, sich in angemessener Weise mit ihnen zu beschäftigen.«

»Dabbiv hat Recht«, sagte Ixpar.

Alle drehten sich zu ihr um.

»Ich hätte das schon früher sehen sollen«, fuhr Ixpar fort. »Die Symptome, die Verwalterin Haka aufgewiesen hat, waren genau die, die Kelric in Dahl hatte, bevor wir seine Ernährung umgestellt haben.«

Erleichterung war auf Dabbivs Gesicht zu lesen. »Ja. Das habe ich gemeint. Wenn wir Kleinkindernahrung entwickeln können, die auf dieser Diät aufbaut, könnte das die Überlebenschance des Kindes erhöhen. Solange Verwalterin Haka noch stillt, sollten wir sie auf die gleiche Diät setzen …«

»Die Erste Ärztin von Haka«, unterbrach Shallina ihn erneut, »schlägt vor, dass wir bei dem Jungen Mineralbäder durchführen und ihm für den Magen kohlensäurehaltiges Mineralwasser verabreichen.« Sie sah Jahlt ernst an. »Außerdem ist der Vater dieses Kindes nicht dieser Mann Kelric, oder Sevtar, oder wie immer er auch heißen mag!«

»Kelric war auch ein Haka-Akasi«, warf Ixpar ein.

»Wir werden beide Pläne in die Tat umsetzen«, beschloss Jahlt. Dann schaute sie zu Dabbiv. »Könnt Ihr Euch um den Ernährungsplan kümmern?«

»Mit Freunden!«, erwiderte der Arzt.

Nun wandte Jahlt sich Shallina zu. »Arbeitet weiter mit der Haka-Ärztin zusammen. Tut für den Jungen, was immer ihr könnt!«

»Sehr wohl.« Shallina blickte von einer Person im Raum zur anderen. »Und dann müssen wir dringend auch noch ›Plan Drei‹ in die tat umsetzen.«

»›Plan Drei‹?«, fragte Avtac.

Shallina machte ein böses Gesicht. »›Plan Drei‹ sieht vor, dass Ihr alle zu Bett geht, bevor Ihr zusammenbrecht!«

Jahlt lächelte. »Sehr wohl, Erste Ärztin!«

Also weckten sie Henta, danach verteilten sie sich auf ihre jeweiligen Suiten.

Das Licht der späten Morgensonne strömte durch die Bogenfenster in die Teotec-Halle. Jahlt schaute auf die Verwalterinnen hinab, die sich wieder um den Opal-Tisch versammelt hatten. »Auf der Grundlage der Empfehlungen des Rates ist es meine Entscheidung, keine neuen Zollgebühren auf die Weine von Shazorla zu erheben.«

Das ist keine Überraschung, dachte Ixpar. Als Ministerin hätte Jahlt gegen das Ergebnis der Abstimmung über die Zollgebühren ihr Veto einlegen können, doch sie unternahm nichts. Die nächste Abstimmung war diffiziler: Ein Antrag, bei dem es um die wirtschaftliche Grundlage eines ganzes Anwesens ging, konnte weder von Jahlt einfach für nichtig erklärt werden, noch konnte diesem Antrag ohne ausdrückliche Zustimmung der Mehrheit stattgegeben werden.

»Wir kommen nun zu der Schirmherrschaft über das Miesa-Plateau«, verkündete Jahlt. »Das Ablegen eines Diamant-Kubus wird als Ja-Stimme dafür gewertet, dem Titel des Schirmherrn von Miesa auf Karn zu übertragen. Der Obsidian-Kubus entspricht einer Nein-Stimme, der Kristall-Ring einer Enthaltung.« Sie wandte sich an Ixpar. »Bitte!«

Ixpar hielt ihren Federkiel über eine Schriftrolle. »Tehnsa?«

Statt eine Stimme abzugeben, sagte die Verwalterin

Tehnsa: »Tehnsa wird sich der Stimme von Viasa, seinem Primär-Anwesen, anschließen.« Als Ixpar die beiden anderen Sekundär-Anwesen Evisa und Lasa aufrief, verkündeten diese ebenfalls, sich den Wünschen ihres jeweiligen Primär-Anwesens zu fügen.

Dann wandte Ixpar sich Savina zu. »Miesa?«

Savina hob die Hand. Einen unglaublichen Augenblick lang schwebte sie über dem Kristall-Ring. Dann hob sie den Obsidian-Kubus an und setzte ihn in die Mitte des Tisches.

Also doch keine Überraschung seitens Miesa, dachte Ixpar, und versuchte, ihre Enttäuschung zu verbergen, während sie Savinas Entscheidung auf der Schriftrolle verzeichnete.

Khal Viasa legte einen Kristall-Ring neben den Kubus von Miesa. »Viasa enthält sich.«

Verwalterin Tehnsa legte ihren Ring daneben. »Tehnsa schließt sich Viasa an.«

Noch eine Enttäuschung. Wenigstens hatte Viasa sich bei dieser Abstimmung nicht Varz angeschlossen. »Ahkah?«, fragte Ixpar.

Verwalterin Ahkah legte ihren Obsidian-Kubus ab. »Nein.«

Verwalterin Lasa setzte einen schwarzen Kubus daneben. »Lasa folgt seinem Primär-Anwesen.«

Ixpar wurde zunehmend unruhiger. Wenn Henta Bahvla sich enthielt, würde Karn diese Abstimmung verlieren. »Bahvla?«

Henta warf Savina einen entschuldigenden Blick zu. Dann leget sie einen Diamant-Kubus auf den Tisch. »Bahvla stimmt mit ›Ja‹.«

Dahl schloss sich der Stimme des Ministeriums an, ebenso Shazorla und dessen Sekundär-Anwesen Eviza. Rashivas Nachfolgerin, ein Mädchen, das noch im

Wachstum war, legte für Haka den schwarzen Kubus ab. Nachdem Varz und Karn ihre Würfel ausgespielt hatten, war die Abstimmung abgeschlossen: fünf Diamant-Kuben, fünf Obsidian-Kuben und zwei Kristall-Ringe langen auf dem Tisch.

Jahlt ergriff das Wort. »Das Muster ist eindeutig. Die Abstimmung bleibt unentschieden.«

Avtac Varz lächelte.

24

Der Turm von Odana

Als Kelric zum ersten Mal das Klirren von Metall auf Stein hörte, dachte er, der Wind habe das Gitter vor seinem Balkon gelöst und ließe es nun gegen den Turm schlagen. Doch als er den Vorhang zur Seite schob, sah alles aus wie immer.

Genau in diesem Moment schwang ein großer Metallhaken, an einem Seil befestigt, in einem weiten Bogen durch die Luft und blieb dann am Balkongitter hängen.

»Was zum …« Kelric ging hinaus und schaute vom Balkon hinunter. Das Seil reichte zu einem Fenster, das weit unter seiner eigenen Suite lag. In Abständen waren Knoten im Seil zu erkennen – und Savina Miesa hielt sich am Ende des Seiles fest.

»Hey!«, rief Kelric. »Was macht Ihr da?«

Savina balancierte auf dem Fensterbrett, einen Arm um das Bein eines Wasserspeiers geschlungen, während sie Handschuhe überstreifte. Sie sah zu ihm auf und grinste. »Meinen Haken auswerfen!«

»Ihr dürft nicht hier hinaufkommen!«

Der Schalk stand ihr ins Geicht geschrieben. »Warum nicht?«

»Weil ich nicht will, dass Ihr das tut!«

»Dann bleibe ich hier draußen hängen und beklage meine unerwiderte Liebe, bis ich herunterfalle und in meinen allzu frühen Tod stürze!«

»Verpuggt noch mal!«, fluchte Kelric laut.

Savina ruckte noch einmal prüfend am Seil, bevor sie ihren Aufstieg begann. Sie hatte sich kaum das erste Stück hochgehangelt, da griff auch schon der Wind nach ihr, ließ sie weit über den luftigen Abgrund hinausschwingen. Sie pendelte zurück, suchte an der Wand nach sicherem Stand für ihre Füße, fand ihn schließlich. Die Händen am Seil, die Füße gegen die Mauer gestemmt, kletterte sie die Außenmauer des Turmes hinauf.

Als sie oben abgekommen war, blickte Kelric sie finster an. »Seid Ihr verrückt oder was ist mit Euch los?«

Sie sprang über das Gitter auf den Balkon. »Verrückt vor Liebe! Ihr solltest mir dringend einen guten, starken Drink anbieten, damit ich mich wieder beruhige.«

»Für mich seht Ihr völlig ruhig aus.«

Durch die gläsernen Balkontüren trat sie in sein Wohnzimmer. »Wenn Ihr Euch wegen Henta Sorgen macht, die ist für eine Besprechung in der Stadt.«

Kelric folgte ihr ins Innere des Zimmers. »Ich wünsche, dass Ihr geht!«

»Ich bin doch gerade erst gekommen.« Savina ließ sich auf dem Diwan nieder, ihr Haar fiel wie ein goldener Wasserfall um sie herum. Sie hatte die Figur, die Rundungen einer Sanduhr, wirkte üppig und zugleich durchtrainiert stramm in ihrem blauen, eng geschnittenen Overall, mehr eine Göttin des erotischen Holofilms denn eine Verwalterin. Kelric starrte sie an, bemühte sich, sie *nicht* anzustarren, räusperte sich, ging dann zu der Vitrine aus Rosenholz hinüber und nahm die erste Flasche heraus, die seine Finger berührten. Dann nahm er zwei Gläser und ging zu Savina hinüber.

»Einen Drink!«, warnte er. »Das ist alles!«

»Baiz.« Ihr Lächeln blendete ihn. »Ein gute Wahl.«

Er schaute die Flasche an. »Wollt Ihr etwas anderes?«

Savina zog ihn neben sich auf den Diwan hinab. »Baiz ist perfekt.« Sie füllte eines der Gläser bis zum Rand und reichte es ihm. »Einfach perfekt.«

Kelric stürzte seinen Drink in einem Zug herunter. »Warum habt Ihr Euch auf eine derart wahnwitzige Aktion eingelassen?«

»Ich wollte mit Euch reden.« Sie fuhr mit ihren Fingern seinen Nacken entlang. »Ihr seid der einzige Außenweltler, den ich jemals gesehen habe.«

»Ich rede nicht mit Außenseitern.«

»Ich bin keine echte Außenseiterin.« Sie füllte erneut sein Glas. »Erzählt mir etwas von diesem Imperialat. Haben Skolianerinnen Akasi?«

»Nein.«

Ihre Finger erkundeten die empfindsame Haut nahe seinen Ohren, dann ließ sie die Hand ein wenig sinken und zog an den Schnüren seines Hemdes. »Was machen Eure Verwalterinnen denn beim Liebesspiel?«

Wieder trank er seinen Baiz in einem Zug aus.»Bei uns gibt es keine Verwalterinnen.«

»Ihr habt mir von ›Zieh-onikern‹ erzählt.« Sie goss ihm einen weiteren Drink ein. »Zieh-onen skolianische Männer wirklich so häufig?«

»Ich lasse die Eskorte kommen!«

Sie lehnte sich an ihn und strich ihm mit den Fingerspitzen über die Lippen, während sie ihm ihre vollen Brüste gegen den Oberkörper presste. »In Wirklichkeit wollt Ihr das doch gar nicht.«

Er starrte ihr engelsgleiches Gesicht an. Dann stürzte er seinen Drink hinunter.

»Wisst Ihr, Ihr seht gar nicht gut aus.« Savina gab ihm eine Stoß, und Kelric lag plötzlich rücklings auf dem Diwan. Irgendwie hatte sie es geschafft, ihm das Hemd auszuziehen, und streichelte jetzt seine Brust. »Lächel' für mich, schöner Calani!«

Das war zu viel. Kelric zog sie auf sich hinunter, schloss die weiche, geschmeidige Savina in die Arme und tränkte seine Sinne mit ihrem moschusartigen Duft. »Ihr solltet aufpassen, wo Ihr Euch nach Partnern umschaut, Verwalterin Miesa«, grollte er. »Ihr wisst nicht immer, auf was Ihr stoßen werdet.«

Es wurde an den Vorhang geklopft. »Sevtar?«, rief Henta.

Savinas Lippen formten ein großes ›O‹. Sie versuchte, vom Diwan hinunterzuklettern, doch Kelric weigerte sich, sie gehen zu lassen; er war jetzt zu betrunken und zu erregt, um sich um Henta Sorgen zu machen.

»Sevtar?«, wiederholte Henta. »Ist alles in Ordnung?«

Savina gelang es, sich Kelrics Umarmung zu entwinden. Sie sprang von Sofa und lief in das Innerste Gemach der Suite. Während Kelric sich aufsetzte und hektisch an den Lederriemen seines Hemdes herumfummelte, wurde der Vorhang zu seiner Suite beiseite geschoben, und Henta blickte ihn durch den Bogengang hindurch an.

»Ich dachte, Ihr wärt auf einer Besprechung«, stieß er hervor.

»War schnell beendet.« Ihr Blick schweifte zu der Baiz-Flasche, den beiden Gläsern, dem zerwühlten Diwan. Dann sah sie ihm dabei zu, wie er sein Hemd zurechtrückte. »Sevtar!«

Er gab den Kampf gegen sein Hemd auf. »Ja?«

»Kann Savina nicht die Vordertür nehmen, wie jede andere Person auch?«

»Cuaz steh mir bei!«, hörten sie ihre Stimme aus dem Innersten Gemach.

»RAUSKOMMEN!«, befahl Henta.

Eine beschämte Savina erschien. »Ich grüße dich, Henta.«

»Was glaubst du eigentlich, was du hier tust? Du kletterst Türme hinauf und machst meinen Calani betrunken.«

»Na ja … ich … äh … woher wusstest du, dass ich hier bin?«

»Ich stelle hier die Fragen, Verwalterin Miesa!«

Savina blickte drein wie ein Kind, das man mit einer Hand voll gestohlener Bonbons erwischt hat. »Ich wollte Sevtar sehen.«

Henta machte ein böses Gesicht. »Du wolltest Sevtar sehen! Wie nett! Weißt du eigentlich, wie viele Gesetze du hier gebrochen hast?«

»Wartet!« Kelric stand auf. »Ruft kein Tribunal zusammen!«

»Genau das sollte ich tun!«, erboste sich Henta.

»Sie wird etwas viel Schlimmeres tun«, entgegnete Savina lakonisch. »Sie wird mir eine Strafpredigt halten!«

»Raus!«, rief Henta.

Savina verließ die Suite, gefolgt von der finster dreinblickenden Verwalterin Bahvla.

»Nein.« So weit es Henta betraf, war das Gespräch damit beendet. Sie wandte sich ab und beobachtete ein paar Kinder, die in einem Springbrunnen auf der anderen Seite des Platzes herumplanschten, auf dem ihr Spaziergang durch Bahvla mit Savina zu Ende gegangen war.

»Warum nicht?«, fragte Savina.

»Weil er ein Calani ist«, erwiderte Henta.

»Seit wann dürfen Calani keinen Besucherinnen empfangen?«, wollte Savina wissen.

»Du bist keine Besucherin. Du bist die Verwalterin eines anderen Anwesens. Außerdem: Wieso glaubst du eigentlich, dass Sevtar von dir besucht werden *will?*«

»Das tut er. Er weiß es nur noch nicht.«

Die Kinder begriffen plötzlich, wer da in ihrer Nähe

auf dem Platz stand. Sie unterbrachen ihr Spiel und starrten die beiden Verwalterinnen mit offenem Mund an.

Henta lächelte. »Offensichtlich sind wir interessanter als ein Springbrunnen.«

»Wahrscheinlich sehen sie Verwalterinnen ungefähr so oft, wie sie Calani sehen!«, schäumte Savina. »Nicht, dass es schädlich wäre, gelegentlich einen Calani zu sehen!«

»Ich habe ›nein‹ gesagt.«

»Warum nicht? Glaubst du, ich große, gewalttätige Frau würde schändliche Dinge mit dem armen, hilflosen Sevtar anstellen?«

Henta drehte sich zu ihr um. »Es gibt viele Möglichkeiten, einen Mann zu verletzen. Lass ihn in Ruhe!«

Savina breitete die Arme aus. »Du verbietest mir, wahrer Liebe Ausdruck zu verleihen.«

»Pah!«

»Selber Pah!« Savina stemmte die Hände in die Hüften. »Woher willst du wissen, dass ich nicht tatsächlich in ihn verliebt bin?«

»Du bist immer verliebt! Reichen dir vier Ehemänner nicht? Brauchst du einen fünften?«

»Du weißt, dass sich Miesa niemals einen Viertgrader leisten könnte.«

»Verstehe. Du willst meinen Calani bloß benutzen und ihn dann unglücklich zurücklassen.«

»Will ich nicht!«

»Pah!«

»Ich wünschte wirklich, du würdest das nicht dauernd sagen!«, grollte Savina.

Getragen von einem heftigem Windstoß fegte der Reiter ein zweites Mal über Kelric und Yevris hinweg. Während sie noch auf die Deckung eines kleinen Haines aus

Schneefichten zurannten, sank das Luftfahrzeug herab, presste das Gras zu Boden und ließ die Äste der Bäume wie wild umherpeitschen.

Unter einem der Bäume kam Kelric immer noch schlidderd zum Stehen. »Er landet!«

»In der Gartenanlage einer Calanya?!« Yevris hob den Arm, um sein Gesicht vor dem heftig auf alles einpeitschenden Wind zu schützen. »Mir fällt nichts ein, was noch verbotener wäre!«

Auf einem nahe gelegenen Rasenstück sank der Reiter schließlich zu Boden. Die Luke wurde geöffnet, und die Pilotin sprang auf das Gras hinab.

»Cuaz und Khozaar!«, entfuhr es Yevris.

Kelric lachte. »Nein, nicht ihre Akasi! Es ist die Sonnengöttin höchstpersönlich!«

Savina Miesa kam auf sie zu, einen Betäuber in der Hand.

»Lass uns verschwinden!«, meinte Yevris.

»Warum warten wir nicht ab, was sie will?«, schlug Kelric vor. Oder noch besser, ihren Reiter stehlen und zum Raumhafen fliegen.

»Sie will *dich!*« Yevris zupfte ihn am Arm. »Komm schon! Diese Beleidigung musst du dir nicht gefallen lassen.«

»Ihr dürft ihn loslassen, Yevris.« Savina blieb vor ihnen stehen. »Er wird nicht mit Euch kommen.«

Kelric sah sie neugierig an. »Warum nicht?«

»Wir beide werden jetzt eine kleine Reise machen«, erklärte sie.

»Ihr könnt mich nicht entführen.«

Savina zog ihren Betäuber. »Willst du deine Würfel darauf rollen lassen?«

Kelric wusste, dass die Waffe nur zu ihrem Bluff gehörte. Wenn sie ihn betäubte, würde sie ihn niemals

bis zu ihrem Reiter ziehen und in die Kabine hinein-
heben können. Sie reichte ihm gerade bist zur Brust, und
er war mehr als doppelt so schwer. Ihr den Reiter zu
stehlen, würde einfacher werden als mit einen Kleinkind
Quis zu spielen.

Er warf Yevris einen Blick zu. »Na ja, ich will nicht,
dass sie auf mich schießt. Ich tue wohl besser, was sie
sagt!« Auf der anderen Seite der Gartenanlage sah er
Wachen auf sie zulaufen.

Savina folgte seinem Blick. »Beeil dich, Sevtar!«

Als Kelric auf den Reiter zulief, hörte er Savina hinter
sich. Er griff nach der Luke – wirbelte dann herum und
streckte die Hand nach ihrer Waffe aus. Ihr blieb keine
Zeit zu reagieren, nachdem er losgesprungen war. Doch
noch bevor auch nur seine Drehbewegung beendet war,
hatte sie bereits fünf Schüsse in ihn hineingepumpt. Das
konnte sie nur geschafft haben, wenn sie schon abgedrückt hatte, *bevor* er zu seiner Bewegung angesetzt
hatte. Er brach auf dem Gras zusammen, kaum noch bei
Bewusstsein, unfähig sich zu bewegen oder auch nur zu
sprechen.

Sie kniete sich neben ihn. »Es tut mir wirklich Leid,
dass ich das tun musste.« Plötzlich stand sie wieder auf
und feuerte ihren Betäuber erneut ab. Kelric hörte, dass
Yevris fluchte, dann den Aufschlag eines schweren
Körpers auf den Boden.

Savina verschwand. Einen Augenblick später hörte er
aus dem Inneren des Reiters das mahlende Geräusch
eines Getreideladers. Savina tauchte wieder auf, schob
Kelric einen Schlitten unter den Körper, zog ein paar
Seile hervor und band den Halbbetäubten mit fieber-
hafter Geschwindigkeit auf dem Schlitten fest. Savina
schob, der Getreidelader zog, und Kelric merkte, wie er
in den Reiter hineingewuchtet wurde.

Sobald sie ihn im Inneren des Luftfahrzeugs verstaut hatte, schlug sie schwungvoll die Luke zu und wirbelte zum Sitz der Copilotin herum. Sie hatte den Stuhl so umgebaut, dass sich die Rückenlehne nach hinten umlegen ließ. Während sie Kelrics Halterung löste und sich bemühte, ihn auf den Sitz zu schieben, rollte Kelrics Kopf zur Seite. Durch das Fenster sah er Yevris, der sich wieder vom Boden aufrappelte. Hinter dem Zweitgrader näherten sich die Wachen dem Schneefichten-Hain.

Savina grunzte. »Bei allen Winden, bist du schwer!« Mit Hilfe des umgebauten Stuhls richtete sie ihn auf und drehte den Sitz dann so, dass er durch die Frontscheibe hinausschauen konnte. Nun fesselte sie seine Arme an die Armlehnen und seine Knöchel an eine im Deck eingelassene Metallstange. Dann ließ sie sich selbst im Pilotensitz nieder. Als die Eskorte gerade die Baumgruppe erreicht hatte, ließ Savina das Luftfahrzeug quer über die Rasenfläche rollen. Schon schwang sich der Reiter in die Luft, und die Wachen starrten ihnen mit ungläubigen Gesichtern hinterher.

»Es hat geklappt!«, jubelte sie. »Es hat wirklich geklappt!«

Ich glaub' das einfach nicht, dachte Kelric.

Als die Wirkung des Betäubungsmittels nachließ, machte er zuerst einige Lockerungsübungen für seinen Unterkiefer, um die Muskeln zu lösen. Dann sagte er: »Entführt Ihr öfter Leute?«

Savina warf ihm einen kurzen Blick zu. »Es tut mir Leid, dass ich dich fesseln musste.«

Er blickte sie mürrisch an.

»Na ja, du bist viel größer als ich«, fuhr sie fort. »Ich wusste, dass du versuchen würdest, dir den Reiter zu schnappen. Hätte dir aber nichts genutzt. Ich hab' gerade genug Treibstoff, um dahin zu kommen, wo wir hinwollen. Wenn du versucht hättest, zu Raumhafen zu kommen, wärst du nie angekommen.«

»Dann schaffst du es auch nicht nach Miesa.«

»Wir fliegen auch nicht nach Miesa. Dort wird Henta schließlich zuerst suchen.« Geschickt durchquerte sie eine Wolkenbank. »Außerdem: Wenn ich da mit einem Bahvla-Calani auftauche, bekommt mein ganzes Personal einen gemeinschaftlichen Herzanfall.«

»Und wohin bringst du mich dann?«

»Zu einer Festung in den Bergen. Eine Verwalterin von Tehnsa hat sie in der Alten Zeit gebaut, um dort einen Akasi zu verstecken, den sie aus Viasa gestohlen hatte.« Savina grinste. »Passt doch, oder?«

»Du kannst mich nicht ewig in einer Festung einsperren!«

»Ich werde dich kaum mehr als sein paar Tage dort festhalten können. Henta wird toben vor Wut.«

»Warum macht Ihr das dann?«

Wieder blitzen ihre Augen schelmisch. »Ich kann dir einfach nicht widerstehen.«

»Verpuggt noch mal!«, brummte er.

Es war nach Sonnenuntergang, als sie die Festung erreichten. Während der Reiter in den Sinkflug überging, waren in den Schatten immer deutlicher zerfallende Türme und zerborstene Mauern zu erkennen. Savina landete hinter den Überresten einer alten Brustwehr. Als sie den Antrieb abschaltete, wurde die plötzliche Stille nur vom Stöhnen des Windes in den Bergen durchbrochen. Irgendwo in der Ferne heulte ein Tier.

»Welch entzückender Ort!«, murmelte Kelric.

Savina erhob sich aus ihrem Sitz. »Ich habe im Inneren ein Zimmer vorbereitet. So schlimm ist es nicht.« Sie kam zu ihm herüber, um seine Fesseln zu lösen, doch dann hielt sie inne, und ein verschmitztes Lächeln breitete sich auf ihrem Gesicht aus. Sie beugte sich vor, und statt ihn zu befreien, küsste sie ihn.

Kelric wandte den Kopf ab. »Hört auf!«

»Komm schon!«, redete sie ihm gut zu. »Lächel' für mich.«

Er sah sie finster an.

»Komm schon!« Wieder küsste sie ihn. »Ein kleines Lächeln!«

Ich will dich nicht mögen, dachte er. Das ist mir zu gefährlich.

Savina spielte mit den Schnüren seines Hemdes, dann ließ sie ihre Hand über seinen Arm wandern. Als er versuchte, seinen Oberkörper von ihr abzuwenden, umfasste sie mit einer Hand sein Kinn und küsste ihn ein drittes Mal.

Kelric riss seinen Kopf zurück und bäumte sich gegen die Seile auf, die seine Unterarme an die Armlehnen fesselten. »Jetzt macht mich schon los, verdammt noch mal!«

»Oh, aber das geht doch nicht.« Sie stellte sich zwischen seine Knie, dann setzte sie sich auf sein Bein und schlang ihre Arme um seinen Hals. Als sie sein Ohr küsste, presste sie ihre Brüste an ihn.

»Hört auf!«, verlangte er, deutlich weniger überzeugend als beim letzten Mal. Er versuchte, seine Arme zu befreien, und sagte sich dabei, dass er dies nur tue, um sie von sich stoßen zu können, nicht um sie zu umarmen. Der goldene Wasserfall ihrer Haare ergoss sich über seine Arme. Viele Frauen auf Coba hatten schönes Haar, doch Savina übertraf sie alle mit ihrem vollen, lockigen Haar, so dicht, weich und glänzend, dass er es niemals für echt gehalten hätte, wenn er es nicht selbst hätte berühren können.

Savina seufzte. Sie hob den Kopf und warf ihm einen

schuldbewussten Blick zu, ihre Augen glänzten vor Begierde. »Ich bin ein Biest! Aber, ach, Sevtar, es ist so schwer, sich zurückzuhalten, wenn man …« Sie lächelte. »Wenn man dir gegenübersteht.« Sie atmete tief ein und stand auf; Kelrics Beine fühlten sich auf einmal kalt an. Sie löste die Seile an seinen Armen, dann trat sie einige Schritte zurück, bis in die Kabine des Reiters. »Den Rest machst du besser selbst. Ich traue mir nicht mehr.«

Nachdem Kelric seine Arme befreit hatte, löste er die Fesseln an seinen Knöcheln. Als er dann aufstand, wurden seine Beine langsam wieder durchblutet; es stach wie Nadeln unter der Haut. Er drehte sich um und sah Savina, die einen Betäuber auf ihn gerichtet hielt. Sie warf ihm eine Jacke zu und bedeutete ihm mit einer Handbewegung, zur Luke zu gehen.

Sturm schlug ihm entgegen, als er aus dem Reiter sprang, stärker noch als in Bahvla. Oberhalb der Festung türmten sich drohend gewaltige Berge auf, eine karge Landschaft aus Schnee und nacktem Fels. Er bezweifelte, dass man, selbst mit Vorräten und Bergsteigerausrüstung, lange auf dieser Höhe der Teotecs überleben könnte. Es war kein Wunder, dass die Cobaner so früh die Windreiter erfunden hatten. Zwischen den einzelnen Anwesen waren sie die einzig mögliche und sinnvolle Form, zu reisen und Nachrichten zu übermitteln.

Savina sprang neben ihm zu Boden. Als sie etwas sagte, riss der Wind ihr die Worte von den Lippen. Kelric schüttelte den Kopf, und sie deutete auf die Außenmauer eines kleinen Türmchens, in der ein zackiges Loch klaffte. Er lief mit ihr gemeinsam hinüber und duckte sich, um hindurchsteigen zu können. Im Inneren war es leiser, jedoch stockfinster. Er stolperte über irgendwelche Trümmer.

»Warte!«, forderte Savina ihn auf. »Ich habe eine Lampe.« Ein Licht erstrahlte um sie herum und ließ die

Überreste einer Treppe erkennen, die sich spiralförmig den Turm hinaufwand. »Die ist stabil«, bemerkte Savina. »Das habe ich schon ausprobiert.«

Ihr Marsch durch die Ruinen führte sie über zerbröckelnde Treppen und durch zerfallene Säle, das meiste davon im Schein ihrer einzelnen Lampe kaum erkennbar. Schließlich kamen sie in einen Raum, der restauriert worden sein musste; brennende Öllampen glommen an den Wänden, warteten allein auf ihren Besuch. Gereinigte Gobelins schmückten die Wände, ein Himmelbett aus Samt und Seide stand an einem Ende des Raumes auf einem kleinen Podest. Auf dem Quis-Tisch aus Rosenholz in der Mitte des Raumes stand eine flackernde Kerze, daneben eine Karaffe mit Rosenwein und zwei Kristallpokale.

»Gar nicht so schlecht, was?«, sagte Savina.

»Es ist wunderschön.« Die Art und Weise, wie dieser Raum restauriert worden war, erstaunte Kelric; es verriet ungeahnte Facetten der Verwalterin von Miesa. Die Arbeit musste zahlreiche Zehntage gewissenhafter Anstrengung bedurft haben. Er fuhr mit der Hand über die geschnitzten Rosenholz-Blumen auf der Lehne eines der Stühle. »Es wundert mich, dass niemand diese Möbel mitgenommen hat. Sie sind wunderschön.«

»Hierher kommt niemand mehr. Ich bezweifle, dass Verwalterin Tehnsa überhaupt hiervon weiß.«

»Und woher kennst du diesen Ort?«

»Ich habe früher oft einen Reiter genommen und bin auf Erkundung ausgezogen, als ich noch jung war.« Sie deutete auf einen Stapel Feuerholz neben dem Kamin. »In der kleinen Kommode neben dem Bett ist ein Anzünder, und Vorräte findest du in den Schränken.«

»Geht Ihr?« Das enttäuschte Kelric mehr, als er zuzugeben bereit war.

Sie nickte. »Ich habe gerade noch genug Treibstoff, um wieder nach Bahvla zurückzukommen.«

Kelric sah sie unruhig an. Ohne Savina war er in diesen Ruinen gestrandet, auf ihre Vorräte angewiesen. Er konnte sie problemlos überwältigen und sie zwingen, ihm zu sagen, wo sie den Treibstoff versteckt hatte; aber selbst wenn er willens gewesen wäre, ihr Schmerzen zuzufügen, was nicht der Fall war, was würde es ihm denn nutzen? Er hatte zu wenig Flugerfahrung mit den Reitern, das würde seinen Flug sehr unberechenbar machen, und die wilden Stürme dieser Höhenlage würden dieses Problem noch verschlimmern. Er würde seinen Treibstoff verbraucht haben, lange bevor er nach Bahvla gekommen wäre. Bestenfalls würde das dazu führen, dass er in den Bergen strandete, schlimmstenfalls würde er abstürzen.

Savina hatte diesen Ort sehr gut ausgewählt. Er begann zu verstehen, was Henta gemeint hatte: dass die Verwalterin von Miesa viel heller im Kopf sei, als die meiste Leute begriffen.

Savina betrachtete sein Gesicht. »Ich weiß, wie das für dich aussehen muss. Aber ich habe wirklich nicht vor, dir Unrecht zu tun. Aber Henta war wirklich keinem vernünftigen Argument zugänglich.«

»Unrecht tun? Was meist Ihr damit?«

»Was Rashiva angeht …«

Er versteifte sich. »Ich kann mich nicht erinnern, Rashiva erwähnt zu haben.«

»Ich wollte nur sagen … Ich weiß nicht, warum sie sich von dir abgewandt hat, aber ich kann es mir denken. Es geht um die ›Ehre‹, nicht wahr? Na ja, mir ist es egal, wenn in der Außenwelt andere Regeln gelten. Ich respektiere deine Ehre.«

Das ist ein kulturelles Minenfeld, dachte Kelric.

Er wollte nicht schon wieder in die Luft gesprengt werden.

Sie zögerte. »Trinkst du ein Glas Wein mit mir, bevor ich gehe?«

Seine Gesicht entspannte sich zu einem Lächeln. »Einverstanden.«

»Ach. So schön.« Sie seufzte. »Es lässt dein ganzes Gesicht strahlen.«

»Was?«

»Dein Lächeln.« Sie kam zu ihm hinüber und legte ihm den Arm um die Taille. »Dein schönes Lächeln.«

Macht das nicht, warnte Kelric seine Arme. Wenn ihr sie jetzt umarmt, bin ich verloren. Seine Arme ignorierten ihn schlichtweg und schlangen sich um sie.

»Hmmm.« Sie schloss die Augen und rieb ihre Wange an den lockigen Haaren auf seiner Brust. »Soll ich Feuer machen?«

»Einverstanden.«

Während sie sich am Kamin zu schaffen machte, setzte Kelric sich und goss den Wein ein. »Was passiert, wenn du das nächste Mal nach Bahvla kommst?«

Savina trat zu ihm an den Tisch. »Henta wird drohen und toben und fluchen.« Sie setzte sich ihm gegenüber. »Aber sie wird kein Tribunal einberufen. Ein Tribunal gegen eine Anwesens-Verwalterin zusammenzurufen, wäre als Reaktion alles andere als angemessen.«

»Du hast mich entführt, nur um sie zu ärgern?«

»Nein. Ich hoffe, dass sie es jetzt versteht.« Sie zögerte. »Vielleicht war das töricht von mir. Ich weiß nicht einmal ... ob du ...«

Er lächelte. »Ja. Ich möchte, dass du mich besuchen kommst.«

»Ach, Sevtar.« Sie seufzte. »Sevtar. Gott der Morgendämmerung. Das passt zu dir. Ich kann fast glauben, was ich über dich gehört habe … dass du ein Rhon sein sollst.«

»Bin ich auch.«

Sie riss die Augen auf. »So benimmst du dich aber nicht.«

»Wie benehmen sich Rhon denn?«

»Ich habe immer gedacht, die benähmen sich … anders.«

Kelric erkannte ihre Reaktion wieder. »Grausam? Arrogant?«

»Da habe ich dich noch nicht gekannt.« Sie machte eine Pause. »Ich habe einmal gehört, wie ein Skolianer gesagt hat: ›Die Rhon mögen die Sterne bereisen, und doch haben auch die Götter von Kyle Fehler‹.«

»Wir sind keine Götter. Wir sind Menschen.«

»Keine normalen Menschen.«

Er streckte den Arm aus und fasste nach ihrer Hand. »Empath zu sein … das bedeutet, dass wir alles aufnehmen: die Hoffnungen, die Ängste, den Hass anderer Leute. In der Liebe ist das ein Geschenk. Aber in ach so vielen anderen Situationen ist es ein Albtraum. Ein ständiger Angriff. Wir errichten Barrieren, um uns zu schützen, um das alles abzuhalten.« Aus irgendeinem Grund schoss ihm ein Bild von Zecha durch den Kopf. Dann dachte er an seinen Halbbruder, den Imperator. »Manche halten es so vollständig von sich ab, dass sie einen Teil dessen ersticken, was sie menschlich macht.«

Savina schloss ihre Finger um die seinen. »Ein ständiger Angriff. Manchmal fühle ich das auch.«

»Ich wette, du hast auch ein ausgezeichnetes Gedächtnis für Gespräche.«

»Woher wusstest du das? Das macht Avtac wahnsinnig! Sie sagt, ich würde mich ›praktischerweise‹ immer an das erinnern, was mir irgendeinen Nutzen bringt.«

»Wir Empathen erinnern uns an Gespräche besonders gut, weil wir nicht nur die Worte im Gedächtnis haben, sondern auch die dazugehörigen Gefühle.« Mit einem Daumen streichelte er ihre Fingerknöchel. »Ich wette, du weißt fast immer, wenn jemand lügt.«

»Das habe ich noch nie jemandem erzählt.«

»Aber es stimmt doch, oder?«

»Selbst wenn das so wäre, heißt das noch lange nicht, dass ich Gedanken lesen kann.«

Er versuchte, sich ein Beispiel zu überlegen, das sie akzeptieren würde. »Warum hast du im Garten der Calanya auf mich geschossen?«

»Das tut mir wirklich Leid. Aber du wolltest mich doch bewusstlos schlagen und meinen Reiter stehlen.«

»Woher wusstest du das?«

»Woher? Du hast dich auf mich gestürzt!«

»Du hast abgedrückt, bevor ich irgendetwas getan habe.«

Es dauerte einen Moment, bis sie antwortete. »Manchmal kommt es vor, dass ich … na ja, es scheint so, als würde ich fühlen können, was andere fühlen. Avtac sagt, ich sei bloß überempfindlich.«

»Vielleicht ist Avtac diejenige, der es an Empfindlichkeit mangelt.«

»Ich will keine Rhon sein.«

»Bist du auch nicht. Aber du bist ein Kyle-Operator.« Kelric holte seine Würfel hervor und legte auf dem Tisch zwei parallele Linien aus Kuben aus. »Kyle-Merkmale stammen von mutierten Genen. Rezessiven Genen. Wen man sie nicht von beiden Elternteilen erhält, dann manifestieren sie sich nicht.« Mit einer Handbewegung wischte er eine der beiden Linien fort. »Bei einem Menschen können alle Gene unpaarig vorliegen, und nicht ein einziges Merkmal würde sich manifestieren.« Er entfernte aus der verbliebenen Linie einige Steine, dann legte er zu den noch auf dem Tisch liegenden Würfel weitere Steine dazu, sodass Paare entstanden. »Jemand wie du trägt nur einige Kyle-Gene, diese aber paarweise, und deswegen besitzt du einige Kyle-Fähigkeiten. Bei den Rhon – meiner Familie – liegt jedes einzelne dieser Gene paarig vor. Deswegen sind unsere Kyle-Fähigkeiten auch so stark.«

Savina hob einen der Kuben auf. »Das klingt wie diese sonderbaren Ideen von einigen Wissenschaftlerinnen von Varz, die meinen, blaue Augen seien schwächer als dunkle.«

»Wahrscheinlich meinen sie, dass blau sich gegenüber dunkel rezessiv verhält.«

»Avtac unterstützt deren Forschungsarbeiten, weil sie möchte, dass dabei etwas rauskommt, was ihr einen Vorteil gegenüber Karn verschafft.« Sie zuckte mit den Schultern. »Aber eigentlich ist das doch alles nur ein Spiel.«

Kelric hob eine von Savinas Locken an. »Welche Haarfarbe hatten deine Eltern?«

»Blond.«

»Und wie waren ihre Augen?«

»Grau. Bei meiner Mutter und bei meinem Vater.«

»Glaubst du, es ist Zufall, dass du blonde Haare und graue Augen hast?«

»Na ja, nein.« Sie legte den Kubus wieder ab. »Viele Leute sehen aus wie ihre Eltern. Aber nicht alle.«

»Die Gene sind immer noch da.«

»Nicht immer.«

Er lächelte. »Immer. Wirklich.«

Sie wollte gerade etwas erwidern, dann stockte sie.

»Was ist los?«, fragte er.

»Es … es geht um Rashiva.«

Sein Lächeln schwand. »Was hat denn Rashiva damit zu tun?«

»Ihr Kind.«

Frag nicht, dachte er. Aber die Frage sprudelte trotzdem hervor. »Wie geht es ihm?« *Ihm? Wieso ihm?*

»Jimorla wäre bei der Geburt beinahe gestorben«, sagte Savina. »Aber jetzt geht es ihm viel besser. Ein wunderschönes Kind, so dunkel wie jedes Kind Hakas. Aber er hat violette Augen. Die kommen weder von Rashiva noch von Raaj.«

Der Zauber des Kaminfeuers zerbarst um Kelric herum. Zuerst starrte er Savina nur an. Dann stand er auf und ging zum Kamin hinüber.

Savina folgte ihm. »Sevtar, was ist los?«

Ein Funken stob aus dem Feuer auf und verblasste in der Luft, ein Stückchen Asche schwebte auf seine Handfläche hinab. »Es ist schon spät, Rashiva. Vielleicht gehst du jetzt besser.«

Mit sanfter Stimme sagte sie: »Ich heiße Savina.«

Kelric atmete hörbar aus. »Es tut mir Leid.«

Das Schweigen schien sich zwischen ihnen zu dehnen. Schließlich sagte Savina: »Du solltest hier eigentlich in Sicherheit sein. Dieser Flügel der Festung ist stabil. Aber es ist wahrscheinlich klüger, ihn nicht zu verlassen.«

»Also gut.«

»Ja.« Sie zögerte. »Ich geh' dann jetzt.« Einen Augenblick blieb sie noch stehen. Als er nicht reagierte, verließ sie den Raum.

Kelric betrachtete weiterhin das Feuer, doch statt der Flammen flackerten Bilder seiner Kindheit vor seinem geistigen Auge. Er sah immer wieder seinen Vater, ein durchtrainierter Mann mit großen Augen.

Mit violetten Augen.

Violett. Wie die Augen aller Eingeborenen von Lyshriol.

Mein Sohn, dachte Kelric. Rashiva, das ist *mein* Sohn.

25

Schmuggler-Wagnis

Als Henta aus dem Reiter stieg und sah, dass ihre Gefolgschaft auf dem Flugplatz wartete, überrollte sie eine Welle der Hoffnung. Sie eilte zu ihnen hinüber, keuchend vor Anstrengung. »Hat der andere Suchtrupp ihn gefunden?«

»Leider nein«, erwiderte ihre Erste Gefolgsfrau. »Aber ratet 'mal, wer in Eurem Arbeitszimmer auf Euch wartet. Verwalterin Miesa.«

Hentas Blick wurde sofort finster. »Wie nett, dass sie mal zu Besuch kommt.«

»Es stehen schon Wachen bereit, sie ins Gefängnis zu bringen.«

»Gut.« Henta eilte auf das Anwesen zu. Sie ließ die Achtergruppe vor ihrem Arbeitszimmer warten und betrat dann mit großen Schritten den Raum.

Savina stand vor dem Fenster. »Ich grüße dich, Henta.«

»Ich kann einfach nicht glauben, dass du die Unverfrorenheit besitzt, hier allein aufzutauchen!« Krachend schlug Henta die Tür zu. »Wo ist er?«

»In Sicherheit.«

»In Sicherheit? Bei dir? Einer angeblichen Freundin, die mein Vertrauen ausgenutzt hat?«

»Vernünftigen Argumenten warst du ja nicht zugänglich.«

»Vernünftig!«, schnaubte Henta. »Ich weiß nicht, woher du die Frechheit nimmst, über ›Vernunft‹ zu reden, nachdem du meinen Calani gestohlen hast!«

»Ich wollte nur …«

»Keine Erklärungen. Ich will ihn zurück. Sofort!«

»Nicht, solange du mir nicht erlaubst, ihn zu besuchen.«

»Du bist wirklich verrückt.« Henta gestikulierte vor der Verwalterin Miesa. »Willst du, dass man dir deinen Namen aberkennt? Willst du verstoßen werden? Ins Gefängnis gesteckt werden? Was ist dir bloß in den Kopf geweht worden, dass du dich so benimmst?«

Savina schluckte. »Ein Calani ist mir in den Kopf geweht worden. Ich kriege ihn nicht wieder heraus.«

Henta hätte sie durchschütteln mögen. »Du denkst immer nur an dich! Was ist denn mit ihm? Aber vielleicht ist es dir ja egal, was er fühlt.«

»Ich liebe ihn.«

Henta schnaubte verächtlich. »Du liebst ihn! Mach dich doch nicht lächerlich! Er verdient etwas besseres als deine Vernarrtheit in seinen schönen Körper.«

»Das ist keine Vernarrtheit.« Sie fuhr sich mit den Fingern durch das Haar. »Vielleicht war es das anfänglich. Oder es war die Herausforderung, die er darstellte. Aber das geht längst darüber hinaus. Er ist in meinem Kopf, und ich bekomme ihn nicht heraus.«

»Du kennst ihn doch kaum.«

»Besuchsrechte! Mehr erbitte ich doch gar nicht!«

»Und was ›erbittest‹ du dir danach? Nein! Bring ihn zurück, oder ich berufe ein Tribunal ein!«

»Ich weiß, dass du das nicht tun wirst.«

»Du täuscht dich! Diesmal bist du zu weit gegangen!« Henta öffnete die Tür und befahl den Wachen: »Nehmt Verwalterin Miesa in Gewahrsam!«

»Warte!«, rief Savina.

»Steckt sie ins Gefängnis!«, wies Henta die Wachen an.

»Henta, hör auf damit!«, ärgerte sich Savina. »Hör dir erst an, was ich zu sagen habe!«

Als die Wachen Savina umringten, hob Henta die Hand. Die Kommandantin legte den Kopf schräg, und Henta sagte: »Wartet draußen!«

Nachdem sich die Achtergruppe zurückgezogen hatte, schloss Henta die Tür und verschränkte die Arme vor der Brust. »Das muss jetzt aber verdammt gut sein!«

»Was verlangst du für Sevtars Calanya-Vertrag?«

Henta schloss die Augen. Als sie sie wieder öffnete, stand Savina immer noch dort, und ihre Miene war voll und ganz ernst.

»Das ist völlig vernunftwidrig«, gab Henta zurück.

»Das ist keine Antwort.«

»Miesa könnte sich niemals einen Viertgrader leisten. Schon gar nicht einen wie Sevtar.«

»Beantworte einfach die Frage!«

»Die Frage ist Wahnsinn.«

»Wie *viel*?«

»Zehn Millionen Denai, fünf Calani ersten Grades und zwei Zweitgrader.«

Savina starrte sie mit offenem Mund an. »Das ist absurd.«

»Das ist ein sehr angemessener Preis. Das einzig Absurde hier ist deine Frage!«

»Miesa hat keine zwei Calani zweiten Grades.«

Henta ging zu ihr hinüber. »Miesa hat auch nicht einmal ansatzweise ein Vermögen von zehn Millionen Denai. Und ich glaube auch kaum, dass sieben deiner Calani würden gehen wollen. Du hast doch nur neun, im Namen des Windes! Hast du vergessen, dass vier von denen deine Akasi sind? Ganz zu schweigen davon, dass zu zwei von ihnen extra zu Calani gemacht hast, weil du sie sonst nicht hättest heiraten dürfen! Die können doch kein bisschen Quis spielen! Woher nimmst du bloß die Idee, Sevtar hätte den Wunsch, dein Ehemann

Nummer Fünf zu werden? Bist du verrückt, oder was ist los?«

»Ich will meine Akasi nicht verletzen. Aber du verstehst das nicht! Du glaubst, ich würde Liebe in mich hineinstopfen wie andere Süßigkeiten, aber so ist es nicht!« Savina sprach, als sei ihr das Ganze unendlich peinlich. »Sie sind nicht glücklich mit mir. Bei allen Winden, Henta, sie wären froh, Miesa verlassen zu dürfen, eine Frau zu finden, die sie wirklich liebt! Wie sehr ich es auch versuche, wie sehr sie auch versuchen mögen, mich zu lieben, ich brauche etwas, was sie mir nicht geben können. Mein ganzes Leben habe ich danach gesucht, und ich weiß nicht einmal, was es eigentlich ist.« Sie schluckte. »Aber jetzt, jetzt habe ich es gefunden! Es ist in Sevtar, irgendwie in ihm drin, in seinem Herzen.«

»Es tut mir Leid. Aber es ist unmöglich.«

»Was, wenn ich dir etwas anbieten würde, was soviel wert ist wie die beiden Zweitgrader?«

»Du hast nichts, was soviel wert ist zwei Calani zweiten Grades.«

»Doch, habe ich.« Savina holte tief Luft. »Die Schirmherrschaft über das Miesa-Plateau.«

In der Stille, die diesen Worten folgte, schoss Henta ein ganzer Bildersturm durch den Kopf: Bahvla, das über das mächtige Karn und das mächtige Varz siegreich wäre, Bahvla, das vor neuer Vitalität nur so strotzte, Bahvla, dessen Macht und dessen Reichtum durch das Plateau zu ungeahnten Höhen aufsteigen würde.

Dann verblassten die Bilder, wurden ersetzt durch Erinnerungen an die Freundschaft, die sie und Savina verband. »Ich kann nicht zulassen, dass du Miesa in eine schlechte Spielposition bringst.«

Savina verzog das Gesicht. »Ich würde das Plateau

lieber in deiner Hand sehen als in der von Karn oder Varz. Dein Anwesen hat das Vermögen und die Erfahrung, das Plateau zu verwalten, also könnten beide keine Gründe mehr vorschieben, um Miesa zu übernehmen. Und Henta … ich hätte dann einen Viertgrader, der ein wahrhaftiges Genie ist!«

»Er will nicht dein Akasi sein.«

»Und wenn doch?«

Was dann? Henta atmete heftig aus. »Falls *Sevtar* darum bittet, nach Miesa gehen zu dürfen, dann – und nur dann – werden ich diesen Handel in Erwägung ziehen.«

Kelric verbrachte den Morgen damit, durch die Festung zu wandern und an Rashivas Sohn zu denken. Er hatte versucht, nicht mehr weiterzugrübeln. Er wünschte, er könnte vergessen, dass Rashiva jemals existiert hatte.

Schließlich kehrte er in sein Zimmer zurück und setzte sich auf das Bett. Er baute eine Quis-Struktur der Festung, dann legte er die einzelnen Schichten der Struktur auf die Steppdecke des Bettes und studierte die Architektur des ganzen Gebäudes. Er versank so sehr in den Muster, die sich ergaben, das er kaum merkte, wie der Tag der Nacht wich. In dieser Burg waren Geschichten verborgen, in der Form ihrer Strebebögen, in der Anordnung ihrer Zinnen, in der Form ihrer Treppenläufen. Er erfuhr von einer Königin aus alter Zeit, die von dieser Burg aus ihr Land regiert hatte, einer atavistischen Kriegerin, die ihren Nachfahren eine Wildheit hinterlassen hatte, die auch jetzt noch hinter der zivilisierten Fassade des Modernen Zeitalters lauerte.

»Ich habe noch nie solche Strukturen gesehen«, sagte Savina.

Erschrocken blickte Kelric auf und sah, dass sie im

Türdurchgang stand. »Wie lange stehst du schon da?«

»Ein paar Minuten. Du hast so konzentriert ausgesehen, dass ich dich nicht stören wollte.«

»Hast du mit Henta gesprochen?«

Savina ging zum Bett hinüber. »Mein Plan ist nach hinten losgegangen.« Sie vorzog das Gesicht. »Ich hatte Glück, dass Henta mich nicht ins Gefängnis geworfen hat. Sie hat mir jegliche Besuche verboten. Wenn du bis Morgen nicht wieder in Bahvla bist, wird sie ein Tribunal gegen mich einberufen.«

Die Neuigkeiten, die sie da berichtete, durchbohrten das Wohlgefühl, das sich während des Quis-Spiels eingestellt hatte. Sie hatte die Schutzwälle durchdrungen, die sein Herz umgaben, und nun war sie gekommen, ihm zu sagen, dass alles ein Fehler gewesen sei, dass sie keine Möglichkeit hatte, ihre Liebesversprechen auch in die Tat umzusetzen.

Nein. Das war ihm egal. Er wollte sich nie wieder verletzen lassen. »Wann brechen wir auf?«

»Sevtar …?«

»Was?«

»Tut es dir nicht Leid, dass es so gekommen ist?«

Er sammelte seine Würfel ein. »Ich habe nicht darum gebeten, hier hinaufgeschleppt zu werden.«

»Aber gestern Nacht … ich dachte …«

»Bringst du mich jetzt zurück oder nicht?«

»Gestern Abend warst du so warm. Jetzt bist du wie aus Stein.«

Stein weint nicht, dachte er. »Warum hast du dir überhaupt die Mühe gemacht, mich zu entführen? Warum hast mich Henta nicht einfach abgekauft? So wird doch mit Calani verfahren, nicht wahr?«

Sie erbleichte. »Sag so 'was nicht!«

Kelric wusste, wenn er noch länger bliebe, würden seine schmerzvoll errichteten Schutzwälle endgültig zusammenbrechen. Er ignorierte Savina, stand von dem Bett auf und ging mit großen Schritten aus dem Zimmer, ohne auf den nachtfinsteren Gang zu achten. Unter seinen Füßen knirschte und knarrte Schutt.

Das Einzige, was ihn warnte, als er stolzen Schrittes den Gang hinunterging, war das Ächzen berstenden Steins – und dann brach der Boden ein. In einer Wolke aus Schutt und Staub wurde er vorwärts geschleudert und landete auf einem Schotterhaufen. Er wusste nicht, ob ein Stein seine Schläfe getroffen hatte oder ob er sich den Kopf irgendwo angestoßen hatte, doch er spürte, dass ihm Blut über das Gesicht rann, schmeckte es auf seinen Lippen. Er taumelte wieder auf die Beine und machte sich auf den Weg, humpelte durch die dunkle Ruine.

Mehrmals hörte er, dass Savina nach ihm rief. Er wich ihrer Stimme aus, wie er einem feindlichen Soldaten aus dem Weg gehen würde, bis ihre Rufe in der Ferne verklangen.

Es war die Luft, oder vielmehr ihr Fehlen, die ihn schließlich zwang stehen zu bleiben. Die Atmosphäre war zu dünn. In einem Raum, durch dessen geborstene Wände der Wind pfiff, ließ er sich gegen einen Schutthaufen sacken, glitt zu Boden und zog schwer atmend seine Knie an die Brust.

Etwas kleines, pelziges huschte über seine Füße. Außerhalb der Burg heulte ein Raubtier.

Später hörte er lauteres Rascheln aus einer anderen Ecke des Raumes. Was auch immer sich ihm da näherte, schien viel größer zu sein als das letzte Tierchen. Kelric spannte sich an, rechnete damit, sich verteidigen zu müssen.

Dann sagte das Raubtier: »Sevtar?« Sie klang erschöpft. »Bist du da?«

Sie hatte ihn Stein genannt. Als würde er Stein sein.

Aus der Dunkelheit materialisierte sich Savina. »Den Winden sei Dank!« Sie kniete sich neben ihn. »Ich hatte schon befürchtet, du wärst verschwunden.«

Stein …

»Sevtar … was du da sagst … dass man Calani kauft … so ist das nicht. So ist das nicht!«

Er musste schlucken.

»Bitte hass' mich nicht!«, flehte sie.

»Dich hassen?« Das war unmöglich.

»Ich habe Henta gefragt, ob ich dich in meine Calanya bringen darf. Als meinen Akasi.«

»Zu welchem Preis?«

»Dein Einverständnis.«

»Nur mein Einverständnis?«

Sie machte eine Pause. »Und dazu ein Abkommen zwischen Bahvla und Miesa.«

»Ich bin unverkäuflich.«

Ihre Augen glitzerten im Sternenlicht, das durch die geborstene Decke sickerte. »Ich würde ganz Coba für dich hergeben. Wenn es die Sterne kosten würde, dann würde ich sie einzeln vom Himmel reißen. Ist das so falsch?«

»Nur einer unter vielen zu sein … so kann ich nicht lieben.«

»Du würdest nicht einer unter vielen sein.« Eine Träne rann über ihre Wange. »Dich nach Miesa zu holen, würde bedeuten, dass ich meine anderen Akasi aufgebe.«

»Du würdest sie für mich fortschicken?«

»Ja.«

Kelric spürte, wie seine Verteidigungsmauer zusammenbrach. Als Savina ihre Arme um ihn legte, lehnte er seinen Kopf gegen den ihren. Sie streichelte sein Haar, dann strich ihre Hand über die klaffende Wunde an seiner Schläfe.

»Du bist ja verletzt!«, stieß sie besorgt hervor.

»Ist nur ein kleiner Schnitt.«

»Das ist nicht nur ein kleiner Schnitt.« Sie stand auf. »Ich bin gleich wieder da.« Dann verschwand sie in den Schatten.

Kelric wartete, der dünnen Luft wegen zu müde und zu sehr außer Atem, um ihr zu folgen. Seine Schultern fühlten sich kalt an ohne ihre Arme.

Da tauchte sie wieder auf. »Im Zimmer nebenan gibt es eine Möglichkeit, wo du dich ein wenig hinlegen kannst. Ich geh' nach oben und hole den Med-Bestand.«

»Mir geht es gut.«

Ihre Stimme wurde sanfter. »Ich weiß. Aber tu' mir den Gefallen.«

Sie führte ihn durch die Ruine in ein Schlafzimmer, durch dessen geborstenes Dach Sternenlicht und die kalte Bergluft strömte. Sie half ihm, sich auf das Bett zu setzen und sagte dann: »Ich bin zurück, so schnell ich kann.«

Als sie gegangen war, legte er sich auf den Rücken. Kurz nachdem er die Augen geschlossen hatte, fühlte er, dass sie die Wunde an seinem Kopf reinigte.

»Vollkreis«, murmelte er.

»Sevtar? Bist du wach?«

Er blickte zu ihr auf. »Ich muss einen Vollkreis durch die gesamte Festung gelaufen sein.«

»Warum meinst du das?«

»Sind wir nicht unter meinem Zimmer?«

»Wir sind genau auf der anderen Seite des Anwesens.«

»Aber du bist gerade erst gegangen.«

Sie begann, seine Wunde zu verbinden. »Das kommt dir nur so vor, weil du in Ohnmacht gefallen bist.«

»Jagernauts fallen nicht in Ohnmacht!«

»Was tun sie dann?«

»Sie verlieren kurzzeitig die Besinnung.«

Savina lächelte. »Dann hast du eben die Besinnung verloren, kurzzeitig.«

Sie hatte ihm den Verband angelegt. Dann streckte sie sich neben ihm aus, ihr Haar ergoss sich über seinen Körper. Kelric legte die Arme um sie; gemeinsam lagen sie da, gehüllt in das Zwielicht, das es so nur kurz vor Tagesanbruch gibt. Savina roch nach Seife und strömte diesen moschusartigen Duft aus, den nur sie selbst verströmen konnte und der ohne die Unterstützung durch ein Parfum auskam.

Sie kuschelte sich an ihn, streichelte seine Brust, vertrieb die Kühle der Luft. Sie küsste seinen Adamsapfel, dann seine Brust, dann seinen Bauch. Dann löste sie die Schnüre an seiner Hose und wanderte noch tiefer. Kelric lag dort, die Augen geschlossen, genoss die Berührung ihre Lippen, genoss die Art und Weise, wie ihr seidenweiches Haar über seine Oberschenkel strich.

Schließlich streichelte sie ihm sämtliche Kleidung vom Leib. Er setzte sich auf und zog sie näher an sich, zog sie zwischen seine Beine, seine Erektion rieb sich am Samt ihrer Bluse. Während Kelric Savina auszog, streichelte er sie am ganzen Körper. Selbst mit seinen großen Händen konnte er ihre Brüste nicht ganz bedecken, doch als er seine Hände um ihre Taille legte, trafen sich die Fingerspitzen beider Hände hinter ihrem Rücken. Das gelockte Haar unter ihrem Bauchnabel war weicher, als er erwartet hatte, und so golden wie die Locken, die ihr Gesicht umrahmten. In den ersten Strahlen der Morgensonne war sie noch schöner.

Er streichelte ihre Wange. »Wie kannst du aussehen wie ein Engel und ein solcher Teufel sein?«

Leise lachte Savina. »Ich bin unverbesserlich.« So klang sie aber gar nicht. Ihre Stimme war dunkler Honig.

Als sie ihm spielerisch einen Stoß gab und er sich zurück aufs Bett fallen ließ, zog er sie mit sich, legte sich auf sie, während er ihr Mienenspiel beobachtete, um ihre Reaktion abzuschätzen.

Sie blickte zu ihm auf. »Was ist los?«

»Stört dich das nicht?«

»Warum sollte mich das stören?«

Er dachte an Deha und Rashiva. »Ich liege auf dir, ich bin über dir: Ist das hier auf Coba nicht tabu?«

Savina seufzte. »So viele Regeln. Frauen machen dies, Männer tun das. Mir ist das egal.« Sie zog ihn zu sich hinab und küsste sein Ohr. »Ich will dich nur in mir spüren.«

Also spreizte er sanft ihre Beine und kam ihrem Wunsch nach. Sie schien für ihn gemacht und er für sie, zwei, die genau zueinander passten. Sie liebten sich im rosigen Sonnenaufgang, der durch die Ruinen fiel, brachten einander fast bis zum Höhepunkt, dann ließen sie im letzten Moment ab, immer und immer wieder, ein quälend aufreizendes Liebesspiel.

Als die Welle sie schließlich mit sich riss, wusste Kelric nicht, ob es sein Orgasmus war, den er da gerade fühlte oder ob sie ihn gerade gemeinsam erlebten, denn in genau diesem Moment verschmolzen ihre Gedankenwelten miteinander.

Im grellen Tageslicht ließ Savina den Reiter auf dem Flugfeld von Bahvla aufsetzen. Wachen liefen über das Rollfeld. Sie versuchte, nicht zum Sitz des Copiloten zu schauen, in dem Sevtar saß und aus dem Fenster starrte. Er hatte ihr kein Zeichen gegeben, keine Hoffnung geweckt, nach Miesa zu gehen. Er hatte nicht einmal *irgendetwas* gesagt.

Was hatte sie dazu getrieben, mit ihm zu schlafen? Es war wie Folter, ihn einen Morgen lang besessen zu haben, um ihn dann für immer zu verlieren.

Dann hatte sie den Reiter ausrollen lassen; von allen Seiten näherten sich ihnen Wachen.

Plötzlich drehte Sevtar sich zu ihr um. »Ja.«

Fast wäre sie zusammengezuckt. »Ja?«

»Ja. Ich möchte nach Miesa gehen.«

Die Luke wurde aufgerissen, und Wachen stürmten den Windreiter. Während sie Savina aus der Kabine zerrten, blickte sie zu Sevtar zurück – und sein Lächeln strahlte wie der Sonnenaufgang.

Sonnenlicht strömte durch das hohe Fenster hinter dem Schreibtisch. Savina kniff die Augen zusammen, um sich vor dem Gleißen zu schützen; sie war kaum in der Lage, die Frau, die hinter dem Schreibtisch saß, zu erkennen.

»Zehn Millionen Denai«, meinte Avtac Varz. »Ihr verlangt viel!«

»Ich kann einen Teil davon aufbringen«, erklärte Savina.

»Wie viel?«

Es zermürbte Savina, mit jemandem verhandeln zu müssen, den sie kaum sehen konnte. »Vielleicht eine Million.«

»Eine Million.« Avtac lehnte sich in ihrem Sessel zurück. »Und Ihr glaubt, in meinem Anwesen liegen einfach so neun Millionen für Euch herum?«

Savina verdrehte die Enden ihres Gürtels. »Es muss doch eine Möglichkeit geben, eine Einigung zu erzielen.«

»Alles nur wegen dieses Calani!« Avtac schüttelte den

Kopf. »Savina, Ihr seid der perfekte Beweis dafür, dass zu viel Zeit, die man mit einem Akasi verbringt, den Geist schwächt!« Sie schob ein Schriftstück auf ihrem Schreibtisch zur Seite. »Warum sollte ich Euch mehr Denai leihen? Euer Anwesen schuldet dem meinen schon so viel, dass es Jahre dauern wird, bis ich das Geld wiedersehe! Wenn überhaupt jemals.«

Savina versteifte sich. »Ich werde jeden Tekal zurückgeben, den ich Euch schulde.«

»Das behauptet Ihr! Und doch werden Eure Schulden jedes Jahr größer.«

»Avtac, Ihr seid die Einzige, an die ich mich wenden kann. Nennt mir Bedingungen nach Euren Belieben!«

Verwalterin Varz nahm das Schriftstück von der Tischplatte. Während sie es überflog, scharrte Savina unruhig mit den Füßen. »Eine Einigung mag möglich sein. Allerdings bleibt da noch die Frage nach den Sicherheiten, jetzt, wo die Schirmherrschaft nicht mehr überschrieben werden kann.«

»Was immer Ihr wollt«, entgegnete Savina.

Avtac blickte zu ihr auf. »Euer Anwesen.«

»Was?!«

»Euer Anwesen und die Stadt von Miesa.«

Savina starrte sie an. »Dem kann ich nicht zustimmen.«

»Also gut.« Avtac legte das Schriftstück wieder auf den Tisch und faltete die Hände. »Damit wäre die Sache dann erledigt.«

»Es muss doch noch einen anderen Weg …«

»Ich sagte, die Sache sei erledigt.«

»Nein. Wartet!« Savina kam näher an den Tisch heran, um Avtac besser sehen zu können. »Wenn ich in Eure Bedingungen einwillige, wie werden sie sich auf meine Nachfolgerinnen auswirken?«

»Eure Nachfolgerinnen?« Avtac schnaubte verächtlich.

»Und wann wird dieses Darlehen dann zurückgezahlt? In einem Jahrtausend? Nein. Die Rückzahlung ist innerhalb Eurer Amtszeit als Verwalterin fällig. Steht er zum Zeitpunkt Eures Todes aus, fällt Miesa an Varz und wird ein Teil davon.«

»Ich kann nicht ein ganzes Anwesen und eine Stadt aufs Spiel setzen.«

»Ihr seid eine junge Frau. Ihr habt Jahrzehnte, die Schulden zurückzuzahlen.«

Jahrzehnte. Savinas Gedanken kreisten um den Vorschlag. Ein Leben war eine lange Zeit.

Aber: Ihr Anwesen stand schon jetzt am Rande des Ruins. Wenn sie sich auf Avtacs Bedingungen einließ, setzte sie buchstäblich die Existenz von Miesa aufs Spiel.

Aber: Miesa hätte dann einen Viertgrader. Einen brillanten Viertgrader, unerreicht in allen Zwölf Anwesen.

Sie holte tief Luft. »Ich akzeptiere Eure Bedingungen.«

Avtac schob ihr das Schriftstück über den Schreibtisch entgegen. »Unterzeichnet auf der Linie unterhalb meines Namens!«

Der Morgen-Saal glitzerte wie das Innere eines Lichtstrahls. Sonnenlicht funkelte durch die Kuppel aus Kristall, tauchte die Würdenträger Miesas, die auf der glimmenden Estrade in der Mitte des Saales saßen, in einen glänzenden Schimmer. Kelric fühlte ihre Erwartungen, als er mit Yevris in den Kreis der Calanya trat. Er sah Henta Bahvla mit ihrem Gefolge, die auf einem Ehrenplatz zwischen den anderen Würdenträgern stand. Als er nickte, lächelte sie, und die Falten um ihre Augen kräuselten sich in dieser Art und Weise, die ihm schon immer sympathisch gewesen war.

Flötenmusik erfüllte die Luft. Drei Mädchen saßen auf

den Stufen der Estrade und spielten auf Blasinstrumenten aus Schilfrohren, die Melodie funkelte wie der Sonnenschein selbst.

Eine Tür wurde am anderen Ende des Saales geöffnet, und Savina trat ein; sie trug ein langes gelbes Gewand, das ihren Körper bei jedem Schritt umspielte. Sie ging bis zu der Stelle, an der Kelric im Kreis wartete, und sah ihn schelmisch an. »Hier müsste ich dir jetzt sagen, mit viel Prunk und großer Zeremonie, dass du in den Kreis treten sollst. Aber du stehst ja sowieso schon drin.«

Er grinste. »Deine Miesa-Schlägerinnen haben mich hierher gebracht.«

Ihr Lachen perlte wie funkelndes Sonnenlicht. »Ich werde meiner Gefolgschaft sagen, dass du sie ›Schläge-rinnen‹ genannt hast!«

Als er sich über das Geländer beugte, um Savina in die Arme zu schließen, packte Yevris ihn an der Schulter. »Im Namen des Windes!«, flüsterte der Zweitgrader eindringlich. »Nicht hier!«

Savina lächelte sie beide an. Dann ging sie zu einem Tisch auf der Estrade und stellte sich dort neben ihre Erste Bedienstete. Sie sprach – und ihre Stimme hallte im ganzen Saal wieder, sie war tief und voll, und reichte bis in den letzten Winkel des Saales. »Sevtar Bahvla, du trittst heute vor den Kreis von Miesa.«

Die Kraft ihrer Stimme verblüffte Kelric. Plötzlich war sie nicht mehr der kleine Kobold mit den zerzausten Haaren, sondern die Verwalterin eines uralten und einst mächtigen Anwesens.

»Gibt es jemanden hier, der als Sevtars Eidesbruder eintritt?«, fragte sie.

»Ich trete für ihn ein«, ließ sich Yevris vernehmen.

»Wie lauten deine Worte?«

»Ich hatte die Ehre, Sevtar kennen lernen zu dürfen«,

sagte er. »Es gibt niemanden, der ihm gleichkäme. Wer zu den Sternen an unserem Himmel aufschaut, wird eine Spur von ihm dort entdecken. Er ist Träume und Licht, er ist die Pracht der ersten Feuer des Sonnenaufgangs, und er wird Eure Calanya ehren.«

Kelric blinzelte. Poesie? Von Yevris? Der Zweitgrader grinste ihn an.

Savinas Erste Gefolgsfrau ergriff das Wort. »Deine Worte wurden gehört und verzeichnet, Yevris von Bahvla.«

Leise fügte Savina hinzu: »Und Miesa fühlt sich von der Rede eines Bahvla-Calani geehrt.«

Yevris verneigte sich, dann trat er aus dem Kreis heraus und verließ die Estrade.

Im klaren Licht des Morgen-Saales gab Savina Kelric den Eid, und zum ersten Mal bedeuteten ihm diese Worte etwas. Mit dieser Zeremonie kam ein Gefühl der Vollendung. Auf einer Welt, die ihm zunächst das Leben gerettet und ihm dann die Freiheit geraubt hatte, hatte er in Savina und dem Quis die Erfüllung der Träume gefunden, die ihm als Jagernaut verwehrt geblieben waren. Savina hatte ihr Anwesen fast ruiniert, um ihn nach Miesa bringen zu können; ein gewaltiges Glücksspiel mit ernüchterndem Einsatz. Doch Kelric sah, was allen anderen entging: dass ihre Schönheit und ihr in keiner Weise geschäftsmäßiges Auftreten einen dynamischen Intellekt verbargen. Ganz Coba unterschätzte Verwalterin Miesa.

Es verwirrte Kelric, dass das Volk von Coba, selbst die einflussreichen Königinnen, so wenig vom Quis verstanden. Doch er verstand. Mit dem Wissen von vier Anwesen, von beiden Seiten der politischen Hierarchie der Zwölf Anwesen, würde er mit den Würfeln umgehen wie niemand vor ihm. Die Herausforderung belebte und erfrischte ihn. Gemeinsam würden er und die Frau, die er liebte, die Zukunft von Miesa neu gestalten.

Als der Eid abgelegt war, trat sie an den Kreis heran. Sie blickte zu ihm auf und sagte: »Die Armreifen, die ich dir anbiete, sind die eines Akasi. Wirst du sie annehmen?«

Er lächelte. »Ja.«

Sie schob ihm die Reifen auf die Arme, das vierte Paar, das er trug. »Sevtar Dahl Haka Bahvla Miesa, Ihr seid nun ein Calani Vierten Grades von Miesa.«

Als sich Kelric diesmal über das Geländer beugte, war dort kein Yevris, der ihn hätte aufhalten können. Er umarmte Savina, seine Lippen berührten die ihren, als er den Kopf neigte. Sie ignorierten das schockierte Gemurmel im Saal, umarmten einander, badeten im flutenden Sonnenlicht eines neuen Anfangs.

Buch Zwei

971–976
des modernen Zeitalters

IV

Miesa

26

Endspiel

Grell stachen Blitze durch die Gewitterwolken. Die
Nacht rückte näher, und mit ihr der Donner; grollend
ließ er den Windreiter erzittern. Niemand im Inneren
der winzigen Kabine sagte ein Wort, während die Pilotin ihren grimmigen Kampf mit dem Sturm austrug.

Die Frau im Sitz des Copiloten umklammerte ihre
Armlehnen. Ich weigere mich, jetzt zu sterben!, dachte
Jahlt Karn. Ich muss einfach weiterleben! Es gibt doch
immer noch so viel zu tun für mich!

Die Ältesten eines Anwesens waren weit oben in der
Macht-Hierarchie angeordnet. Wie die Erste Ratgeberin
im Rang der Verwalterin folgte, waren den Ältesten nur
die Anwesens-Nachfolgerin und die Erste Gefolgsfrau
übergeordnet. Und die höchsten unter allen Ältesten
von Coba waren die Sieben von Karn.

Sie fanden die Frau, nach der sie gesucht hatten, in
einem Alkoven. Dort stand sie, hatte ihnen den Rücken
zugewandt, und schaute auf die Stadt hinab; ihr feuer-
rotes Haar zu einem dicken Zopf geflochten, der ihr bist
zur Taille reichte. Trotz ihrer sechsundzwanzig Jahre
war sie von einer Aura der Autorität umgeben, einer
Selbstsicherheit, die darauf schließen ließ, dass sie eines
Tages immense Bedeutung erlangen werde.

Älteste Solan, die Erste unter den Sieben, ergriff das
Wort. »Ixpar.«

Die Frau wandte sich um, ihre Miene strahlte ihnen

ein Willkommen entgegen. »Ich grüße Euch.« Sie sah die Ältesten an, die sich in einer Reihe aufgestellt hatten. »Ist Jahlt schon aus Shazorla zurück?«

Solan ging zu ihr hinüber und stellte sich neben sie in die verlöschende Abendsonne. »Jahlt wird nicht zurückkehren.«

Ixpar lächelte. »Also hat sie sich doch entschlossen, noch dem Weinfest beizuwohnen, ja?«

»Nein.« Es kam Solan so vor, als würde jemand aus ganz weiter Ferne mit ihrer Stimme sprechen. »Sie ist heute Morgen von Shazorla aus aufgebrochen.«

Ixpars Lächeln schwand. »Ich verstehe nicht …«

»Da war ein Sturm. Ohne jede Vorwarnung.«

Ixpar erstarrte. »Und?«

»Der Reiter ist in den Bergen abgestürzt.« Solan hielt inne; ihr fehlten die Worte, die sie jetzt brauchte. Draußen glitt ein kleiner Höhenfalke vor dem Fenster vorbei, sein Schatten bewegte sich einmal quer über den ganzen Alkoven.

»Solan«, forderte Ixpar sie auf. »Sprich weiter!«

»Eine Gruppe Holzarbeiter aus Viasa hat heute Morgen die Überreste gefunden.«

»Nein!« Ixpar starrte sie an. »Das kann nicht sein!«

Die Älteste schüttelte den Kopf. Sie wusste nichts mehr zu sagen. Der Schock war einfach zu groß.

Ixpar wandte sich ab und blickte wieder auf die Stadt hinab. Lange Zeit stand sie reglos dort. Schließlich sagte sie: »Die Trauerfeierlichkeiten müssen vorbereitet werden.« Ixpar drehte sich zu den Ältesten um. »Ganz Coba soll erfahren, dass wir das Andenken an Jahlt Karn ehren.«

Solan verneigte sich und sprach die Worte, von denen sie gedacht hätte, sie werde sie erst in vielen, vielen Jahren zu dieser Frau sagen: »Wie Ihr es wünscht, Ministerin Karn, so werden wir verfahren.«

27

Alchimisten-Wagnis

»Ich darf es dir nicht erzählen«, erklärte Savina. »Dann wäre es ja keine Überraschung mehr!«

Nachdem er nun schon sieben Jahre mit Savina zusammenlebte, hatte Kelric es aufgegeben, ihr Handeln vorausberechnen zu wollen. »Und wo ist dieses Geheimnis versteckt?«

Sie zerrte ihn aus seiner Suite heraus und in ein Studierzimmer hinein, das sie derzeit hauptsächlich als Lagerraum nutzte. Die Kisten und die alten Möbel waren verschwunden. Die Wände waren frisch gestrichen, sonnig gelb am Fußboden, hoch oben, am Übergang von Wand zu Decke, wurde aus dem Gelb strahlendes Weiß, auf der Decke eine Sonne, die hinter ein paar Wölkchen hervorschaute, quer über eine der Wände zog sich ein Regenbogen. Spitzenvorhänge bauschten sich vor den Fenstern; wenn sie sich bewegten, konnte man einen Blick auf die Berge erhaschen.

Kelric schaute sich im Zimmer um. »Wenn das für mich sein soll ... na ja, *so* hätte ich das nicht gestrichen.«

Savina lachte. »Das ist nicht für dich, du Dummerchen! Das ist für die Überraschung!«

»Dummerchen?« Kelric drückte sie gegen die Wand und küsste ihre Nasenspitze. »Nenn mich nicht ›Dummerchen‹!«

Sie schmunzelte, und ihre Grübchen traten noch mehr hervor. »Hast du die Überraschung jetzt erraten?«

»Du hast einen Farbeimer gefunden und ihn gegen die Wand geschüttet.«

»Nein. Diese Überraschung haben wir gemeinsam zustandegebracht.«

Er strich mit seinen Lippen über ihr Haar. »Ich kann mich an nichts erinnern.«

»Wir haben miteinander geschlafen. Und dann ist die Überraschung gekommen.«

Er erstarrte mitten in der Bewegung. »Du bist *schwanger?*«

»Überraschung!!!«

»Bist du sicher?« Er konnte das kaum glauben. Sie hatten sieben Jahre lang versucht, ein Kind zu bekommen.

»Sicher? Sicher! *Hey!* Was machst du da?« Savina lachte, als er sie im Kreis herumschwenkte. »Was hättest du gerne? Junge oder Mädchen?«

Er stellte sie wieder auf die Füße. »Egal. Beides. Beides auf einmal.«

»Zwillinge! Eine kleine Ausgabe von dir und eine kleine Ausgabe von mir in der Genossenschaft.«

Genossenschaft. Das traf ihn wie ein Schwall Eiswasser. »Wenn sie in der Genossenschaft lebt, wie kann ich sie dann sehen?«

Savina seufzte. »Das ist das Schwierige für Calani, verstehst du? Aber sie kann die Calanya besuchen kommen.«

»Das ist nicht das Gleiche. Als ich eine Junge war, habe ich bei meinen Eltern gelebt!«

»Sie von den anderen Kindern abzusondern … das ist nicht unsere Art. Was sollen wir ihr, unserer Tochter, denn erzählen, wenn sie fragt, warum wir sie von den anderen ausschließen?«

Kelric ließ sich das durch den Kopf gehen. Sein Kind würde ein cobanisches Kind sein. Wahrscheinlich würde es als Bestrafung empfinden, von den anderen Kindern getrennt aufzuwachsen. Anders als andere cobanische

Eltern blieb Kelric jedoch nicht die Wahl, nach Wunsch selbst in der Genossenschaft zu leben.

»Das Kind kann .die ersten Jahre hier bleiben«, beruhigte ihn Savina. »Und wenn es dann geht, werden wir das auch hinbekommen. Du wirst das Kind sehen können, wann immer du willst. Versprochen.«

»Trotzdem.« Viele Erwachsene, die er nicht kannte, würden so an der Erziehung seines Kindes beteiligt sein. »Ich möchte die Genossenschaft sehen, das Gelände, die Vormunde, die Lehrkräfte, einfach alles.«

Sie schaute ihn an, als hätte er sie gerade aufgefordert, Quis-Würfel zu essen. »Du willst die Genossenschaft besuchen?«

»Ja.«

»Das wäre ziemlich ungewöhnlich für einen Calani.«

Er lächelte. »Ich bin ein ungewöhnlicher Calani.«

»Dann sollte ich auf jeden Fall eine von meiner Gefolgschaft vorausschicken, um die Genossenschaft vorzuwarnen. Unser Besuch wird ziemliches Aufsehen erregen.«

Am Mittag waren sie aufbruchfertig. Als sie durch die Stadt spazierten, ließ der Wind Kelrics Calanya-Gewand weit hinter ihm wehen. Kelric hatte die Talha mitgenommen, die er immer noch gelegentlich trug, doch heute hatte er sie nur um den Hals geschlungen und genoss den frischen Wind im Gesicht.

Neuester Lagebericht, dachte Bolt.

Was gibt's?, fragte Kelric.

NanoMed-Reihe J hat gerade die endscheidende Populationsdichte erreicht. Es besteht keine Gefahr des Absterbens dieser Reihe mehr.

Ausgezeichnete Arbeit, dachte Kelric. Es hatte sieben

Jahre gedauert, bis die Reihe wieder einsatzfähig gewesen war, doch Bolt hatte es geschafft. Kelric blickte zu Savina hinüber und beobachtete, wie der Wind mit ihren Locken spielte. Seit er nach Miesa gekommen war, schritt seine Heilung immer weiter fort, seine dezimierten NanoMeds hatten eine Chance erhalten, sich zu erneuern, da seine verbesserte Lebensweise sie nicht mehr so stark in Anspruch nahm. Das Gleiche galt für sein biomechanisches Netzwerk und seine Kyle-Sinne. Der sanfte Kontakt mit Savinas Gedankenwelt war wie ein Heilung schenkender Balsam. Kelric bezweifelte nicht, dass es eine wissenschaftliche Erklärung dafür gab, wie Savina sich auf ihn auswirkte – eine Kombination des positiven Einflusses, den Glücksgefühle bekanntermaßen auf Heilungsprozesse ausüben, und die von gegenseitiger Sympathie getragene Resonanz zwischen seiner und ihrer Neuralaktivität. Doch die Gründe waren ihm egal. Er wusste nur, dass er sie liebte.

Eine Achtergruppe begleitete sie auf ihrem Spaziergang; Savina befolgte die Auflagen seiner Begnadigung bis ins kleinste Detail; sie wollte auf keinen Fall das Risiko eingehen, ihn wieder an ein Gefängnis zu verlieren. Die Bürger von Miesa verstummten, als er an ihnen vorbeiging, die Kinder unterbrachen ihre Spiele und starrten ihn an. Jede Person, die er ansah, verneigte sich vor ihm.

»In der Stadt werden heute Abend Geschichten zuhauf kursieren«, lächelte Savina, während sie einen großen Platz überquerten. »Die Leute werden sagen: ›Ich habe ihn *selbst gesehen!* Den Viertgrader!‹ Daran werden sie sich für den Rest ihres Lebens erinnern.«

»Viel zu erinnern ist das ja nicht«, meinte er trocken.

Ihr Lächeln wurde tiefer. »Für dich vielleicht nicht. Für alle anderen schon.«

Die Genossenschaft bestand aus einer Gruppe weiß getünchter Häuser, die kreisförmig einen Innenhof umschlossen. Die Menschengruppe, Frauen und Männer, die im Hof auf sie warteten, sahen aus, als hätte man mit einer Hand in den Himmel gegriffen und ein Stück Himmelsblau und Wolken und Sonne herunter auf die Erde geholt: Alle trugen weiße Hemden und blaue Westen, dazu dunkle Hosen, die sie in ihre himmelblauen Stiefel gesteckt hatten.

Eine stattliche Frau mit einem kastanienbraunen Zopf, die etwas von einem Standbild an sich hatte, trat auf sie zu. »Ich grüße Euch, Verwalterin Miesa!«

»Schön dich zu sehen, Jasina.« Dann stellte Savina diese Frau Kelric vor. »Das ist Jasina, Erster Vormund im ›Haus der Kinder‹.« Dann machte sie eine Handbewegung, die alle anderen mit einschloss. »Und das sind ihre Mitarbeiter.«

Alle verneigten sich tief vor ihm. Jasina sagte: »Ihr erweist uns mit Eurem Besuch eine große Ehre.«

Schweigend nickte Kelric.

Zuerst besuchten sie die Gartenanlagen. Überall waren Spielgeräte aufgestellt: behauene Felsblöcke, riesige Quis-Strukturen, auf denen man herumklettern konnte, zwischen den Ästen der wuchtigen Bäume versteckte Baumhäuser. Während sie an einem See entlangspazierten, deutete Jasina auf ein großes Gebäude am anderen Ufer, zwischen den Bäumen fast verborgen; ein Haus mit spitzem Dach und blauen Fensterläden. »Das ist das ›Haus der Eltern‹. Eltern können dort leben, wenn sie das wollen, oder in einer Suite in der Genossenschaft selbst, oder auch in einem Gemeinschaftshaus in der Stadt.« Sie sprach zu Savina, respektierte den Brauch, demzufolge Calani nicht mit der Welt *Draußen* zu belasten waren. Aber Kelric wusste, dass ihre Worte eigentlich an ihn gerichtet waren. Savina brauchte man die Miesa-Genossenschaft nicht vorzustellen. Sie hatte dort gelebt.

»Von Eltern, die in der Stadt bleiben, wird trotzdem erwartet, dass sie die Genossenschaft mindestens zweimal täglich besuchen«, fuhr Jasina fort, »zum einen der Kinder wegen, und zum anderen, damit wir die Einzelheiten der Aufgabenverteilung absprechen können.« Sie blickte kurz zu Kelric hinüber. »Für Calani gilt das natürlich nicht.«

Er fragte sich, was sie wohl denken würde, wenn sie wüsste, wie gerne er auf diese Ausnahme verzichtet hätte.

Das ›Haus der Kinder‹ war ein flaches Gebäude mit vielen Fenstern und vielen Spielzimmern, ähnlich angelegt wie eine Calanya; um die Gemeinschaftsräume herum waren Suiten angeordnet. Die jüngeren Kinder wohnten in Himmelsräumen oder Sonnenräumen, die älteren schmückten ihre Zimmer nach ihren eigenen Geschmack, weshalb sie sich recht deutlich voneinander unterschieden – vor allem bei den Heranwachsenden. Obwohl die Genossenschaft groß genug war, dass jedes Kind eine eigene Suite bewohnen konnte, teilten viele auf eigenen Wunsch ihre Räumlichkeiten mit ihren Freunden oder Verwandten. Zwischen den Zimmern der Kinder befanden sich Suiten, in denen Eltern oder Vormunde der Genossenschaft wohnten.

Im Spielzimmer für die Kleinkinder, einem hellen, sonnendurchfluteten Raum, blieb Jasina stehen und erklärte, wie die Kinder beaufsichtigt wurden. Ein Junge kam zu Kelric herübergekrabbelt und sah misstrauisch zu ihm auf. Nachdem er ihn aufmerksam betrachtet hatte, setzte er sich neben Kelrics Fuß und begann, Würfel aus seinem Spielzeugwagen auf Kelrics Schuh abzuladen.

Jasina wurde knallrot. Als sie die Hand nach dem Kind ausstreckte, tippte Kelric ihr kurz auf die Schulter. Der Vormund richtete sich ruckartig wieder auf, als hätte seine Berührung ihrem ganzen Körper einen elektrischen Schlag versetzt.

Kelric hob das Kind selbst auf; er machte sich ein wenig Sorgen, weil er fürchtete, seine riesigen Hände könnten den Kleinen verschrecken. Doch das Kind schmiegte sich wohlig in seine Arme. »Lani?«, fragte der Kleine.

Sanft antwortete Savina dem Jungen: »Ja. Calani.«

Er wand sich in Kelrics Armen. »Nach unnen.«

Lächelnd setzte Kelric ihn wieder auf den Boden ab, der Junge belud wieder seinen Wagen, tätschelte freundlich Kelrics Schuh und schlenderte dann gemütlich weiter; seinen Wagen zog er hinter sich her.

Aus einem der Flure waren verärgerte Stimmen zu hören. Zwei Mädchen, gerade in die Pubertät gekommen, kamen mit großen Schritten in den Raum, ihre Kleidung verdreckt, das Haar zerzaust. Die größere fuchtelte vor der kleineren mit den Fäusten. »Ich habe *gesehen,* dass du die Würfel-Struktur verändert ha …«

»Wenn du noch einmal sagst, ich lüge«, schrie das andere Mädchen, »dann werd' ich … oh!« Als sie Kelric sah, blieb ihr der Mund offen stehen. Beide Mädchen starrten ihn an, bis Jasina sich laut räusperte. Dann nahmen sich die beiden Raufbolde zusammen und verneigten sich, stießen dabei miteinander zusammen.

Savinas Lippen verzogen sich zu seinem Grinsen. »Wir grüßen euch.«

Einstimmig stammelte das Duo: »Es ist uns eine Ehre, Verwalterin Miesa!«

Jetzt ergriff Jasina das Wort. »Vielleicht könnt ihr beide eure Streitereien etwas zivilisierter austragen als mit den Fäusten?«

427

»Jai, Ma'am«, antworteten sie.

Kelric grinste Savina an. Als Jasina die beiden zum Ausgang scheuchte, sagte er leise zur Verwalterin: »Erinnern die dich an jemanden?«

Sie warf ihm einen finsteren Blick zu. »Ich habe mich nie geprügelt!«

Jasina kam zu ihnen zurück. »Möchtet Ihr Euren Rundgang vielleicht lieber ungestört beenden, Verwalterin Miesa?«

Zunächst verwirrte Kelric diese Frage. Dann begriff er, dass Jasina ihnen beiden anbot, sich zurückzuziehen, damit er und Savina miteinander sprechen konnten, wann immer sie das wollten.

Savina nickte. »Meinen Dank, Jasina. Wir wissen die Zeit, die du uns geopfert hast, zu würdigen.«

»Es war uns allen eine Freude, Ma'am.«

Also führte nun Savina Kelric durch das Haus; Kelrics Wachen blieben weit genug hinter ihnen zurück, dass er mit ihr reden konnte. Sie wanderten durch Sonnenlicht, das durch die Fenster fiel, wie durch schmeichelnde Vorhänge und tauschen Kindheitserinnerungen aus. Schließlich kamen sie in ein Foyer, in dem ein Jüngling saß, in ein Buch vertieft.

Er blickte auf. »Verwalterin Miesa. Wir haben Euch schon erwartet.« Er öffnete eine Tür. »Sie ist im Tagraum.«

Der Raum, der hinter der Tür lag, war voller Pflanzen, die im Sonnenschein badeten. Eine alte Frau saß am Fenster und döste in einem Korbsessel. Savina beugte sich zu ihr herunter und küsste sie auf die Wange. »Ich grüße dich, Nonni.«

Nonni öffnete die Augen und blinzelte ein paar Mal. »Ist das die kleine Vina?«

»Ich habe Sevtar hergebracht, damit er dich kennen

lernen kann.« Savina lächelte Kelric an. »Nonni war meine Amme, als ich hier gelebt habe.«

Die Falten um Nonnis Augen zogen sich zusammen, als sie zu Kelric aufblickte. »So ein großer Kerl!« Sie sah Savina an, dann Kelric. »Bei der musst du aufpassen«, erklärte Nonni ihm dann. »Die war eine ganz wilde Klauenkatze! Hat sich dauernd geprügelt!«

Savina schoss das Blut ins Gesicht. »Bei allen himmlischen Winden!«

»Pass gut auf, dass sie sich anständig benimmt!«, fuhr Savinas Amme fort.

Kelric lächelte. »Ich werde mein Bestes tun.«

Die alte Amme riss die Augen auf. »Er hat mit mir gesprochen, Vina!«

»Ich hab's gehört«, grinste Savina.

Nonni tätschelte Kelrics Hand. »Ein Viertgrader in Miesa. So etwas hat es seit über einem Jahrhundert nicht gegeben.« Dann nickte sie. »Der letzte muss Mevryn Miesa gewesen sein. Der war aber schon tot, als ich geboren wurde.«

Sie blieben bei Nonni, bis die Sonne hinter den Dächern versank, die man durch das Fenster erkennen konnte. Als sie schließlich zum Anwesen zurückkehrten, brachte der Abend kühle Luft von den Bergen mit sich. Auf den Straßen drängten sich die Menschen, als die Arbeiter von der Tagschicht nach Hause zurückkehrten und die Arbeiter der Nachtschicht zur Arbeit aufbrachen. Kelric wusste nicht, ob es die Kälte oder die Menschenmassen waren, die dafür sorgten, dass er sich unbehaglich fühlte, und doch war er unruhig, bis er sich in sein Gewand gehüllt und sein Tuch um den Kopf geschlungen hatte. So durchquerten sie Miesa, eine hoch gewachsene Gestalt, verborgen unter Gewand und Talha, umringt von einem Schutzwall aus Wachen.

Als sie am Anwesen angekommen waren, kam ihnen schon eine von der Gefolgschaft entgegengelaufen, die Savina einen Brief entgegenstreckte. »Ein Reiter ist hiermit eingetroffen, Ma'am. Die Pilotin hat gesagt, es sei dringend.«

Savina wartete, bis sie und Kelric die Abgeschiedenheit ihrer eigenen Suite erreicht hatten, bevor sie die Schriftrolle las. Als sie geendet hatte, ging sie zum Fenster und starrte auf Miesa hinab, ihre Munterkeit und ihr Lächeln verschwanden.

»Was ist los?«, fragte Kelric.

Sie drehte sich zu ihm um. »Jahlt Karn ist tot.«

Rashiva Haka saß auf dem Teppich ihrer Suite, sie spielte Quis mit Jimorla, ihrem sieben Jahre alten Sohn. Ihr Akasi Raaj lag neben ihnen und studierte die Würfel. Als Raaj eine Kegelbasis in eine Struktur einbaute, blickte Jimorla ihn verwirrt an und kniff erstaunt die violetten Augen zu. Rashiva lächelte und küsste ihn auf die Stirn, was dazu führte, dass der Junge vor Verlegenheit ganz rot wurde; Raaj wuschelte ihm durch das Haar.

Dann klopfte es an der Tür.

Rashiva seufzte. Nicht jetzt! Sie genoss diese kurzen Augenblicke mit ihrer Familie zu sehr. Doch als Verwalterin blieb ihr keine andere Wahl. Sie ging zur Tür hinüber.

Dort *Draußen* stand eine Wache. »Es tut mir Leid, Euch stören zu müssen, Ma'am! Aber das hier wurde von einem Reiter abgegeben.« Sie reichte Rashiva einen Umschlag. »Der Bote sagte, es sei dringend.«

»Also gut.« Rashiva nickte ihr zu. »Du darfst gehen.«

Nachdem die Wache fort war, las Rashiva das Schreiben. Dann atmete sie hörbar aus und ließ die Hand sinken.

Raaj kam zu ihr hinüber. »Was ist los?«

»Jahlt Karn.« Leise ergänzte sie: »Sie ist tot.«

Avtac Varz verabscheute diese für jede Jahreszeit neu anberaumten Besichtigungen der Forschungseinrichtungen ihres Anwesens. Langweilige Leute, unsaubere Laboratorien. Die verschwenden doch nur meine Gelder, dachte sie. Wenn die nicht bald Resultate vorzuweisen haben, versetze ich die alle zu den Pflegetrupps!

Heute musste sie die Chemiker besuchen. Als endlich ihr Gefolge eintraf, sah Avtac, dass sich Iva und ihre Assistentin Senti über irgendeinen komischen Apparat beugten, der auf dem Tisch stand. Avtac blieb im Eingang stehen und betrachtete voller Abscheu den Raum. Dicht gedrängt standen Flaschen in den Regalen. Über einem Sims an der Wand war eine sonderbare Haube angebracht, aus einem Schlauch neben einem Spülstein zischte Luft.

Als Avtacs Gefolgsfrau an die Tür klopfte, blickte Iva auf. »Verwalterin Varz.« Sie eilte zu ihr herüber. »Ich grüße Euch, Ma'am!«

»Ich höre, Ihr wollt mir etwas vorführen?«, fragte Avtac.

»Sehr wohl! Ich arbeite derzeit an einer Synthese. Wir haben gerade die Destillation aufgebaut.« Iva reichte ihr eine Schutzbrille und führte sie dann zu diesem sonderbaren Gerät hinüber. Avtac hörte zu, während die Chemikerin ihr erklärte, was sie da gerade alles tat. Es klang, als würde sie nur schmutziges Wasser aufkochen. Spielerei. Alles reine Spielerei! Sie sollte die beiden wirklich zu den Pflegetrupps versetzen.

Dankenswerterweise war die Vorführung bald

beendet. Erleichtert verabschiedete sich Avtac von der Chemikerin und ihrer langweiligen Assistentin.

»Khozaar sei dank, dass wir das hinter uns haben.« Senti setzte sich auf einen Hocker neben den Destillierapparat. »Jetzt müssen wir diesen alten Hülsenbeutel wieder eine ganze Jahreszeit lang nicht zu ertragen.«

»Senti!«, tadelte Iva sie.

»Soll ich weiter die Flaschen beschriften?«

»Ja.« Iva runzelte die Stirn, als aus dem durch eine Heizplatte erwärmten Tauchbad unter dem Destillierapparat Öl aufspritzte. Eine Klemme hielt einen Rundkolben fest, dessen unterer Teil in die Wanne mit dem heißen Öl hineinragte.

»Wo ist denn das Thermometer?«, fragte Iva. »Dieses Ölbad scheint mir zu heiß!«

Senti blickte kurz auf, eine Flasche mit weißen Kristallen in der einen Hand, ein unbeschriftetes Etikett in der anderen. »Liegt auf Eurem Tisch.« Sie hielt die Flasche hoch. »Was ist das?«

»Kaliumnitrat.« Iva regelte die Heizplatte herunter, dann ging sie zu ihrem Schreibtisch hinüber. »Hier liegt kein Thermometer.«

»Dann ist es auf dem Reg ... oh!«

Das Klirren von Glas begleitete Sentis Aufschrei, und Iva blickte gerade noch rechtzeitig auf, um zu sehen, wie die Flasche mit dem Nitrat, die Senti hatte fallen lassen, auf eine mit Schwefel gefüllten Glasflasche auf der Arbeitsplatte herunterfiel und diese Flasche zerschmetterte. Leuchtend gelbes Pulver vermischte sich in einer Staubwolke mit dem Kaliumnitrat, die Bruchstücke der Glasflaschen tanzten über den Tisch. Kaum einen Augenblick später, während Iva schon quer durch den

Raum lief, sich zwischen den Laboratoriumstischen hindurchzwängte, ließ die Wucht des Aufpralls eine der Flaschen gegen die Heizplatte schleudern; die Wanne geriet ins Wanken, stürzte um – und siedend heißes Öl ergoss sich über das Stoffgemisch.

»Senti!«, schrie Iva. »*Raus hier!*«

Aus dem Öl schlugen Flammen empor, feurige Zungen, die sich gierig in die Stützen eines Regals über dem Tisch hineinfraßen. Ein Brett des Regals geriet ins Rutschen, und die Flasche mit der Aktivkohle, dem gebräuchlichsten Adsorptionsmittel in Ivas Laboratorium, kippte um, und das schwarze Pulver regnete auf die Arbeitsfläche hinab. Gerade als Iva Senti erreicht hatte, brach das ganze Regal zusammen, alles, was darauf gestanden hatte, krachte in das flammende Chaos hinunter … und die Arbeitsfläche explodierte mit einer solchen Wucht, dass die beiden Wissenschaftlerinnen gegen die Wand geschleudert wurden.

Zecha Varz, Kommandantin der Jägertrupps von Varz, traf Avtac in der Bibliothek an, in der diese sich gerade ein Glas Jhai-Rum genehmigen wollte. Die Verwalterin las, wie sie es oft am Abend zu tun pflegte. Doch der Inhalt des heutigen Textes überraschte Zecha. Chemie? Das Thema langweilte Avtac doch zu Tode. Die Chemie schien einzig und allein dafür gut zu sein, gelegentlich schlimme Laboratoriumsunfälle auszulösen. Iva und ihrer Assistentin konnten von Glück reden, dass sie von dieser Explosion nur Verletzungen davongetragen hatten, die sich relativ leicht behandeln ließen. Und jetzt las Avtac doch ausgerechnet etwas über Kaliumnitrat!

Avtac blickte zu ihr auf. »Ja?«

Zecha reichte ihr den Brief. »Das wurde von einem Reiter gebracht.«

Nachdem Avtac die Schriftrolle gelesen hatte, lehnte sie sich in ihrem Sessel zurück, ihr kantiges Gesicht wirkte nachdenklich. »Aha. Jetzt ersetzt also unerprobte Jugend erworbene Erfahrung.«

»Unerprobte Jugend?«, fragte Zecha.

Avtac lächelte. »Jahlt Karn ist tot.«

28

Die Säule der Zeit

Mit der Fackel in der Hand führte Älteste Solan Ixpar durch die Gewölbe unterhalb von Karn, bis sie auf eine Sackgasse stießen, deren steinerne Wände mit Gravuren überzogen waren. Solan drückte auf die Gravuren in einer komplizierten Reihenfolge, und das Klirren und Knirschen von Stein auf Stein war die Antwort. Als Solan sich dann mit ihrem ganzen Körpergewicht gegen die Wand stemmte, glitt ein großer Steinblock in die Wand hinein, schwang dann knirschend zur Seite und enthüllte dahinter einen kubusförmigen Raum, der Ixpar an das Innere eines ausgehöhlten Quis-Würfels denken ließ.

Die Älteste wandte sich an Ixpar. »Jahlt hat mir von diesem Raum erzählt – als Vorsichtsmaßnahme.« Sie machte eine Pause. »Für den Fall, dass ihr etwas zustoßen sollte, bevor sie Euch persönlich hier hinuntergebracht hätte.«

Ixpar nickte, sie mühte sich, gefasst zu bleiben. Seit zwei Zehntagen, seit Jahlts Tod, hatte sie ihre Trauer unterdrückt, voller Furcht, dass, wenn sie ihr jemals freien Lauf ließe, der tiefe Schmerz sie einfach überwältigen würde. Sie hob ihre Fackel und blickte in das Inneres des Kubus hinein. »Was ist das?«

»Ich weiß nur dies: Jahlt hat Euch ein Gedicht beigebracht, als Ihr noch ein Kind wart – ein Gedicht über einen Falken … ich kenne den Text nicht. Erinnert Ihr Euch?«

»Ich glaube schon.«

»Dann wisst Ihr, wie man die Tür öffnet.« Solan verneigte sich und ging dann, ihr Gewand raschelte, als sie in den Gewölben verschwand.

Ixpar betrat den Kubus. Ihr genau gegenüber war ein Portal aus altem Eisen in die Wand eingelassen, wie ein uralter Wachposten. Ixpar kam sich ein wenig albern vor, als sie zu dem Portal hinüberging und den Kinderreim aufsagte:

> Von der Wüste hoch zum Gipfel
> zog der Falke seine Bahn.
> Und erblickt aus hohem Wipfel
> des Krieges Kön'gin, unbeugsam.

Es überraschte sie nicht, das nicht das Geringste passierte. Sie sah sich die Tür genauer an. Diese war zwar mit Gravuren bedeckt, doch stellte keine davon eine Wüste, einen Berg oder einen Falken dar, oder irgendetwas, das auch nur im Entferntesten an eine Kriegerkönigin erinnerte.

Von der Wüste zum Gipfel. Was sollte das bedeuten? Von Haka nach Varz? Haka hatte es noch gar nicht gegeben, als diese Gewölbe erbaut worden waren. Dann also von Kej nach Varz. Aha. Warum sollte ein Falke eine Kriegerkönigin suchen? Vielleicht wegen der Bande, die sich zwischen Vogel und Mensch geknüpft worden waren. Unbeugsam beschrieb dann wohl die Kriegerinnen, von denen man wusste, dass sie auf Falken durch die Lüfte zu reisen pflegten. Und die Falken selbst galten ja ebenfalls als unbeugsam.

Ixpar sah sich die Gravuren genau an. Quadrate. Kreise. Linien. Ein Punkt über einem Kreis, zwei Striche über einem Rechteck. Diese Zeichen waren *Akzente*, Schriftzeichen, die bei dieser alten Sprache, Ucatanisch, verwendet wurden, dieser Sprache, die auch ›Tozil‹ genannt wurde, und die aus einer Zeit sogar noch vor der Alten Schrift stammte. Ursprünglich hatte Ucatanisch ausschließlich aus Hieroglyphen bestanden, doch im Laufe der Jahrhunderte waren diese Glyphen immer weiter stilisiert worden, bis sie schließlich in zwei verschiedene Zeichensysteme aufgeteilt wurden: eine Quis-Form und einen Akzent. Jahlt hatte darauf bestanden, dass Ixpar Ucatanisch lernte, obwohl fast keine Schriftstücke in dieser Sprache die Zeit überdauert hatten.

Ein Punkt. Das stand für ›Blau‹. Ein Strich bedeutete, dass es um eine höhere Dimension ging. Punkt und Strich über einem Kreis konnte also für den Lapislazuli-Ring eines Suchers stehen. Die Gravuren waren also Quis-Muster, etwas primitiver, als es heutzutage üblich war, aber dennoch lesbar. Sie erkannte das Topas-Oktaeder von Kej und den Obsidian von Varz. Von Kej nach Varz. Der Raum selbst, ein überdimensionaler Kubus, stand für das Wort ›groß‹. Alles stand dort, der gesamte Reim, in Quis-Symbolik dargestellt.

Nur dass nichts in diesem Raum eine Kriegerkönigin symbolisierte. Vielleicht war das Portal ja das letzte Symbol, stand dort, um das zu schützen, was sich dahinter verbarg. Ixpar drückte auf die Gravuren, drückte sie in der Reihenfolge, die der Reim vorgab. Mehrere klickende Geräusche waren der Lohn für ihre Mühe, doch als sie das Portal aufstoßen wollte, gelang es ihr immer noch nicht.

Sie nahm sich die Symbole erneut vor. Eines davon sah aus wie ein Wald, ein anderes wie ein Berg. Oder eine Bergkatze …

Klauenkatze! Natürlich! Die alten Kriegerinnen hatten

mit den unbändig wilden, riesigen Raubtieren aus den Bergen gekämpft. Sie drückte auf das Muster, das die Katze symbolisierte, und hörte das Klirren von Stein auf Metall. Diesmal schwang das Portal nach Innen, als Ixpar sich dagegen lehnte. Erst protestierte es kreischend, dann schwang es knirschend zur Seite. Der Geruch alter, verbrauchter Luft stach ihr in die Nase, dann betrat Ixpar den runden Raum hinter dem Portal.

Sie schaute sich um. Die Wände, die den kreisrunden Raum begrenzten, bestanden aus weißem, geädertem Marmor; der Boden war in schwarzen und weißen Rauten gefliest. Hatte Jahlt ihr hier eine Nachricht hinterlassen? Der Gedanke daran ließ ihr die bisher nicht vergossenen Tränen in den Augen brennen. Hätte sie sich von Jahlt verabschieden können, wäre die Trauer vielleicht erträglicher gewesen.

Sie suchte den Raum ab, fand jedoch keine verborgenen Nischen oder Geheimtüren. Schließlich setzte sie sich im Schneidersitz auf den Boden, stützte das Kinn in die Hand und überlegte, was wohl der Sinn eines Raumes sein mochte, der geformt war wie ein Hohlzylinder. Ein Zylinder auf einer flachen Basis: eine Quis-Struktur, die das Fortschreiten der Zeit symbolisiert. Die Vergangenheit wird von der flachen Basis der Struktur dargestellt; der Strom der Zeit wird symbolisiert von einer Säule, die in die Zukunft hinaufreicht.

Ixpar blickte auf.

Hoch über ihrem Kopf wölbte sich die Decke, die Wände trafen an einem Punkt zusammen. Schwarze und weiße Kacheln in der Form von Höhenfalken bedeckten die Wände, genau am Scheitelpunkt befand sich eine Kachel in Form eines grauen Falken. Die Kacheln waren kreisförmig um den Mittelpunkt herum verlegt; doch diese Kreise griffen ineinander: Als Ixpar ihren

Blick vom Scheitelpunkt der Decke hinunterschweifen ließ, sah sie immer größer werdende Kreise immer kleiner werdender Falken, bis dort, wo das Deckengewölbe in die Wand überging, die Vögel zu nicht mehr erkennbaren kleinen Punkten geworden waren.

Falken. Ixpar versuchte, sich die Architektin aus uralter Zeit vorzustellen, die einst diesen Raum entworfen hatte. Welche Bedeutung mochten Falken für sie gehabt haben? Die Zukunft. Die Teotecs waren zu Fuß schwer zu durchqueren, heute genauso wie damals in der Alten Zeit. Ohne die riesigen Höhenfalken wären die Kriegerinnen aus der Alten Zeit in ihren Anwesens gefangen gewesen. Ihre Lebensweise wäre für immer verschwunden.

Und so war es dann auch geschehen. Als die Höhenfalken ausstarben, endeten die Kriege. Im jetzigen Zeitalter der Windreiter bestand der Frieden fort, weil die Jahrhunderte der Abgeschiedenheit, der völligen Isolation, dafür gesorgt hatten, dass Quis zum vorherrschenden Mittel der Konfliktbewältigung geworden war. Bevor die Reiter erfunden worden waren, hatten die einzelnen Anwesen gelernt, Schlachten mit Hilfe des Quis auszutragen, das viel leichter durch die gefahrvollen Berge zu transportieren war als alles, was man für gewöhnliche Kriegsführung benötigte. Man brauchte nur eine einzelne Person und einen Würfelbeutel.

Mit den Fingerspitzen fuhr Ixpar über den Fußboden. Warum war die Vergangenheit mit diesem Rautenmuster verziert, das so deutlich an Diamanten erinnerte? War das die Form der Vergangenheit? Vielleicht sollte das den Kristall selbst darstellen, die härteste aller Substanzen, die alle Zeiten überdauerte, so wie die Vergangenheit fortbestand, was auch immer die Zukunft bringen mochte. Aber warum in Schwarz und Weiß? Weiß, die Gesamtheit aller Farben des Lichtes, und Schwarz als deren Abwesenheit; beide besaßen einen hohen Rang in der Hierarchie der Farben des Quis. Die Gesamtheit und die Abwesenheit. Vergangenheit und Zukunft? Ohne das eine war das andere ohne Bedeutung.

Die Erinnerungen unserer Vorfahren leben im Quis fort, dachte Ixpar. Und das Quis ist unsere Zukunft. Coba war wie ein Würfelspiel, es entwickelte sich immer aus all dem weiter, was vorangegangen war. Sie lächelte. Vielleicht war dieser Raum dafür gedacht, die Ministerinnen daran zu erinnern, dass sie in Wahrheit bloß Quis-Spielerinnen waren, denen man einen beeindruckenden Titel verliehen hatte.

Nachdenklich betrachtete sie den grauen Höhenfalken in der Deckenmitte. Grau: ein Gemisch aus Schwarz und Weiß. Die Gegenwart, in der die Vergangenheit auf die Zukunft traf? Doch wenn der Boden die Vergangenheit war, die Wände das Fortschreiten der Zeit darstellten und die Decke für die Zukunft stand, hätte die Gegenwart hier unten sein müssen, dort, wo die Wände den Boden berührten.

Ixpar sah sich das Diamant-Muster des Bodens erneut an, fuhr mit der Hand darüber …

Die Fliese, die genau unter dem grauen Falken der Decke lag, ließ sich bewegen.

Sie drückte fester auf die Fliese, und diese versank im Boden. Aus dem kubusförmigen Nachbarraum war ein Klirren zu hören, gefolgt vom Schleifen uralter Zahnräder, die zum ersten Mal seit langer Zeit wieder ineinander griffen. Erschreckt sprang Ixpar auf und lief auf die Tür zu.

Sie stieß sich das Knie an der Schwelle des Portals.

Ixpar verspannte sich. Als sie den Zylinder-Raum betreten hatte, hatte sich das Portal zu ebener Erde befunden. Und sie konnte zusehen, wie der Boden immer weiter absank.

Ixpar hob gerade den Fuß, um in den Kubus-Raum zurückzugehen, als aus dessen Inneren das Schaben von Stein auf Stein zu hören war. Und dann schloss sich donnernd die Tür auf der anderen Seite des Kubus-Raums, durch die Ixpar den Zylinder-Raum betreten hatte, und nur eine blanke Steinwand war noch zu erkennen. Und der Boden des Zylinders sank weiter und weiter ab.

»Bei allen himmlischen Winden!« Ixpar ließ ihre Fackel fallen und umklammerte mit beiden Händen die Schwelle des Portals, das zum Nebenraum führte. Der Boden sank unter ihren Füßen ab, dann hing Ixpar in der Luft.

Und jetzt? Wenn sie losließ, würde sie in einen Schacht fallen, dessen glatte Marmorwände sie unmöglich würde hinaufklettern können. Wenn sie über die Schwelle des Portals in den Kubus hinüberkletterte, sperrte sie sich selbst in einem verschlossenen Steinquader mit glatten Wänden ein. Und wenn sich die andere Tür von Innen nicht würde öffnen lassen? Sie sah keine Luftschächte, die in den Kubus-Raum führten, und Solan war die Einzige, die wusste, dass Ixpar hier unter war. Sie konnte längst erstickt sein, bis die Älteste nach ihr suchen würde.

Aus Richtung der Tür waren mehrere klickende Geräusche zu hören, wieder gefolgt von diesem geheimnisvollen Schleifen alter Zahnräder. Dann, noch während Ixpar sich an der Schwelle festklammerte, begann auch das Portal sich zu schließen. Ixpar stützte sich mit den Beinen an der Wand ab und versuchte, es geöffnet zu halten, doch sie konnte die unerbittliche Bewegung nicht verhindern.

Sie musste sich entscheiden, was sie nun tun wollte – und das rasch.

Ixpar holte tief Luft und ließ dann die Schwelle los. Sie stürzte hinab und schlug heftig auf dem Boden auf. Sie traf die Fackel, die auf dem Boden gelegen hatte, und diese, durch den Stoß in Bewegung gesetzt, rollte von ihr fort, die Schräge des Fußbodens hinab.

Schräge?

Ein Klirren ließ die Fliesen vibrieren, der Fußboden war an seinem Ziel angekommen, und Ixpar wurde vornüber geschleudert, als habe man sie selbst wie einen Quis-Würfel geworfen. Sie wedelte mit den Armen, suchte irgendetwas, woran sie sich würde festhalten können, dann stolperte sie den schrägen Fußboden bis zu seinem tiefsten Punkt hinunter. Die Schräge endete genau vor einer Öffnung in der Wand, durch die exakt eine Ministerin hindurchpasste. Die Fackel rutschte unter Ixpar und versengte ihren Rücken, bis das Gewicht der Ministerin die Flammen erstickte. Ixpar wurde durch die Wandöffnung ins Dunkel geschleudert.

Die Wände um sie herum schienen näher zu kommen, verlangsamten ihren Sturz, bis Ixpar schon fürchtete, sie werde sich verkeilen und stecken bleiben, außerstande, den spiegelglatten Schacht wieder hinaufzuklettern, und ebenso wenig in der Lage, ihm bis zu seinem Ende zu folgen. Dann schoss sie über einen Vorsprung hinaus und wurde ins Leere geschleudert. Einen Augeblick später krachte sie auf den Boden, ihr Kopf schlug auf eine steinerne Fläche.

Ihr letzter Gedanke war, dass sie keine Nachfolgerin hatte, die ihren Platz würde einnehmen können.

Völlig auf ihre Quis-Sitzung konzentriert, saßen die neun Calani von Miesa um einen Tisch im großen Gemeinschaftsraum. Um ihnen bei ihren Überlegungen zu helfen, wie man die Betriebskosten von Miesa senken könnte, legte Kelric Strukturen für andere Anwesen und ihre Hauptexportgüter aus: Dämmmaterialien aus Bahvla, Aquädukte aus Haka, Öllampen aus Dahl. Auch die Geschichte Miesas besaß einen Einfluss auf alle ausgelegten Muster, da alle Calani gemeinsam versuchten, Fehler in der Leitung des Anwesens aus der Vergangenheit aufzuspüren.

Je länger sie arbeiteten, um so verfahrener wurde die Sitzung, bis Kelric seinen Stuhl schließlich vom Tisch zurückschob. Die anderen rutschen unruhig auf ihren Stühlen hin und her, schauten sich um, Kleidung raschelte, Stühle scharrten über den Fußboden.

»Ich bin ein wenig müde«, seufzte Kelric. Als sie ihm zunickten, zog er sich vom Tisch zurück und machte sich auf den Weg in die Gartenanlagen, um dort ungestört nachdenken zu können.

Als Kelric nach Miesa gekommen war, war er einer unter nur fünf Calani gewesen. Er hatte erwartet, dass man sich sofort in Studien vertiefen werde, wie man die Position von Miesa gegenüber den anderen Zwölf Anwesen verbessern könne. Stattdessen fragten die anderen ihn um Rat. Ihm wurde schnell klar, warum Miesa in Schwierigkeiten war: Ihre Calani hatten keine Ahnung, wie man Quis spielte. Seine neue Rolle als Mentor war etwas, das ihm zwar eigentlich nicht recht war; doch er wusste, dass er sich auf sein Würfelspiel verlassen konnte. Also lehrte er sie das Quis, so wie er es kannte, auf dem komplexesten Niveau, das er selbst erreicht hatte – in der Abart eines jeden Anwesens, in dem er gelebt hatte.

Schließlich bildete die Calanya eine in sich geschlossene Einheit mit ihm als Brennpunkt des Ganzen. Sie entwickelten Ergeiz, wollten nicht nur lernen, sondern auch handeln. Wie viel sich bisher für Miesa geändert hatte, vermochte Kelric nicht zu beurteilen, doch er hatte gemerkt, dass sich die Muster verbesserten, die Savina von *Draußen* mitbrachte.

Doch trotz all der Arbeit hatten sie im Laufe des letzten Jahres immer deutlicher bemerkt, dass irgendetwas ihren Fortschritt hemmte. Zunächst konnte Kelric nicht sagen, was genau das war. Als es sich allerdings immer stärker auszuwirken begann, wurde es ihm klarer.

Das Problem war er selbst.

Auf dem Flur hinter sich hörte er Schritte. Als er sich umdrehte, sah er Hayl, einen dreizehnjährigen Junge, der seit weniger als einer Jahreszeit in der Calanya war.

»Ich bin auch müde«, gestand Hayl. »Kann ich dich begleiten?«

Kelric nickte zustimmend. Es war sonderbar, den Jungen ohne Revi zu sehen, der ihn sonst auf Schritt und Tritt begleitete. Revi war stämmiger als Hayl, und außerdem fünf Jahre älter; doch ansonsten ähnelten die beiden Jungen einander wie Brüder, mit ihrem blonden Haar, den grauen Augen und den engelsartigen Gesichtern, wie sie bei Miesanern so häufig waren.

Draußen, in den Gartenanlagen, fiel feiner Nieselregen aus einem grauen Himmel, der den Gärten etwas Wildromantisches verlieh. Gemeinsam folgten die beiden einem Pfad, der unter Weinreben entlangführte, was sie vor dem Wetter schützte. Erst als ein dicker Regentropfen von einem Blatt herunterrollte und Kelric genau auf die Nase traf, bemerkte er, dass er noch kein Wort mit Hayl gesprochen hatte.

Er blickte zu dem Jungen hinunter. »Wie geht es Revi?«

»Dem geht's gut.« Hayl holte tief Luft. »Sevtar ... was ist los? Was haben wir angestellt?«

»Angestellt?«

»Womit haben wir dich verärgert?«

»Ich bin nicht verärgert!«

»Magst du uns denn alle nicht mehr?«

Kelric lächelte. »Unsinn! Wie kommst du denn auf so etwas?«

»In letzter Zeit sprichst du kaum noch mit jemandem. Und du verlässt einfach eine Quis-Sitzung.« Hayl zögerte. »Revi sagt, du machst das, weil wir nur eine unbedeutende Calanya sind. Ich weiß, dass wir nicht gut genug für einen Viertgrader sind, vor allem nicht für einen wie dich, aber wir geben uns wirklich Mühe!«

»Nein, Hayl. Ich habe die Sitzung verlassen, weil ich auf dem besten Wege war, sie zu ruinieren.« Kelric sah den Junge nachdenklich an. »Als du im Lehrhaus warst, hast du doch auch Sachen wie die Geschichte von Miesa gelernt, und nicht nur Quis, richtig?«

»Na ja, klar! Natürlich! Habt ihr das in Dahl nicht gemacht?«

»Nein. Ich war nicht in einem Lehrhaus.«

Der Junge starrte ihn an. »Noch *nie?*«

»Ich habe mir Quis selbst beigebracht.«

»Calanya Quis? Ich hätte nicht gedacht, dass man das kann!«

Kelric zuckte mit den Schultern. Je mehr er lernte, um so deutlicher sah er, wie wenig er wusste. Vor Jahren hatte er gedacht, er könne recht geschickt mit den Würfeln umgehen. Inzwischen aber begriff er, dass er damals gerade erst angefangen hatte, sein wahres Potenzial kennen zu lernen.

»Ich bin froh, dass du nach Miesa gekommen bist«, bekräftigte Hayl. »Sonst hätte ich dich nie kennen gelernt.« Wie ein feiner Nebel umwirbelte Bewunderung den Jungen. »Eines Tages werde ich auch so spielen können wie du.«

Kelric blinzelte. »Danke.« Er neigte den Kopf. »Warum hast du dich dafür entschieden, hierher zu kommen?«

»Ich wollte nie irgendwo anders hin.« Hayl hob eine Hand, als wolle er sagen *Aber was weiß ich denn schon?* »Aber meine Quis-Mentoren haben mir gesagt, ich solle es bei den großen Anwesen versuchen, deswegen habe ich sie gebeten, an Varz und Haka zu schreiben. Verwalterin Varz hat nein gesagt. Verwalterin Haka hat gemeint, ich sei zu jung, aber ich solle in ein paar Jahren erneut nachfragen.«

Kelric verstand, warum Rashiva meinte, der Junge sei noch nicht alt genug. Achtzehn war eigentlich das Mindestalter eines Calani. »Warum hast du dich so schnell für eine Calanya beworben?«

»Revi war kurz davor, das Haus zu verlassen.«

»Und Savina hat euch beide genommen?«

Hayl nickte. »Erst hat sie nur auf meinen Vertrag geboten. Als sie uns dann kennen gelernt hat, hat sie beschlossen, auch Revi zu nehmen. Sie meinte, Miesa bräuchte mehr Calani.«

Kelric konnte sich vorstellen, welchen Eindruck die beiden Jungen auf Savina gemacht haben mussten. Sie hätte es nie übers Herz gebracht, die beiden zu trennen. Aber Miesa brauchte erfahrene Spieler. Obwohl Revi tüchtig war und Hayl eines Tages brillant sein würde, war im Moment keiner von beiden ein erstklassiger Spieler. Und sie hatten auch nicht das zu bieten, was Miesa dringend benötigte: Erfahrungen aus anderen Anwesen. Abgesehen von Kelric selbst waren alle Calani Erstgrader.

Zusammen mit Hayl kehrte Kelric in den Gemeinschaftsraum zurück, doch statt mit der Quis-Sitzung fortzufahren, durchquerte er den Raum und öffnete die Tür nach *Draußen.* Dort saß die Calanya-Eskorte und spielte Quis.

Kommandantin Lesi blickte zu ihm auf. »Braucht Ihr die Sprecherin?«

Kelric schüttelte den Kopf.

»Verwalterin Miesa?«, fuhr sie fort.

Er nickte.

Über die Gegensprechanlage erreichte sie Savina, daraufhin führte die Eskorte ihn zu ihrem Arbeitszimmer. Die Wachen hatten kaum den Raum verlassen, da griff Savina schon nach seinen Händen. »Was ist los? Lesi hat gesagt, du wärst aufgeregt.«

»Nicht aufgeregt. Besorgt. Ich schade deinem Anwesen.«

»Bei allen Winden, Sevtar, warum sagst du so 'was? Siehst du denn nicht, welche Wirkung du hast?« Sie ließ seine Hände los und machte mit beiden Armen eine weit ausholende Bewegung, als wolle sie ganz Coba umfassen. »Es spricht sich herum, wenn das Quis eines Anwesens an Einfluss gewinnt. Zum ersten Mal seit Jahrzehnten *kommen* erfahrene Leute der Gilden nach Miesa, statt fortzugehen. Händlerinnen, Weberinnen, Schlosserinnen, alle neu in der Stadt, erst nur ein Rinnsaal, inzwischen ein gleichmäßiger Strom.« Sie strahlte geradezu vor Begeisterung. »Und Sevtar … ich komme jetzt alleine im Rat zurecht. Nächstes Jahr werde ich die Klauenkatzen in die Ecke würfeln! Du und ich … zusammen schaffen wir einfach alles!«

Kelric konnte sich ein Lächeln nicht verkneifen. »Wenn ich Coba wäre, würde ich zu deinen Füßen schmelzen. Aber ich bezweifle, dass mein Quis die Wirkung hat, die du dir wünschst. Mir fehlen viel zu viele Grundlagen, die andere Calani schon als Kinder erlernen.«

Ihre Miene wurde sanfter. »Man vergisst leicht, wenn man dein Talent erlebt, dass du nicht dein ganzes Leben lang das Calanya Quis studiert hast.«

»Ich sollte in ein Lehrhaus gehen.«

Sie hielt mitten in der Bewegung stehen. »Was?!«

Er ging im Arbeitszimmer auf und ab und gestikulierte mit den Armen, um seinen Worten noch mehr Nachdruck zu verleihen. »In letzter Zeit spüre ich immer deutlicher, dass vieles in meiner Ausbildung fehlt. Jeder einzelne deiner Erstgrader könnte die Geschichte deines Anwesens besser zusammenfassen als ich, weiß mehr über die Besonderheit von Miesa und seine Kultur. Ich *brauche* diese Ausbildung.« Er blieb stehen und drehte sich zu ihr um. »Ich muss in ein Lehrhaus gehen.«

»Als erwachsener Mann? *Als Viertgrader?*« Sie lachte. »Wenn ich dich dorthin schicken würde, würde meine Erste Gefolgsfrau mich in das Heim der Untergehenden Sonne für die Geistig Schwachen einweisen lassen!«

»Savina, ich meine das ernst! Mein Quis dominiert die Calanya, und das bedeutet, dass auch meine Schwächen das tun. In den ersten Jahren hat das nichts ausgemacht, weil wir so viel nachholen mussten. Aber wir sind jetzt bereit für viel anspruchsvollere Aufgaben, und ich behindere die anderen nur!«

Sie sah ihn nachdenklich an, als ließe sie sich seine Worte eines nach dem anderen noch einmal durch den Kopf gehen. Schließlich sagte sie: »Ich könnte Mentorinnen und Lehrerinnen aus dem Lehrhaus hierher in das Anwesen bringen lassen. Für dich.«

Ihr Vorschlag gefiel ihm besser als sein eigener: Das würde ihm viele Peinlichkeiten ersparen. »Ja. Das wäre gut.«

»Also.« Sie nickte ihm zu. »Das wird dein Quis noch viel beeindruckender machen.«

Ixpar erwachte in der Dunkelheit. Als sie sich bewegte, loderte Schmerz in ihrer Schulter auf. Sie stützte sich auf die Knie, tastete um sich, um herauszufinden, wo zur Hölle der Würfelbetrüger sie gelandet war. Sie fand ihre Fackel, hatte jedoch keinen Anzünder, um sie wieder aufflammen zu lassen. Weitere Untersuchungen ergaben, dass sie in einem runden Hohlraum gefangen war. Wenn sie sich hinstellte und die Arme ausstreckte, konnte sie über ihrem Kopf gerade das unterste Stückchen des Schachtes ertasten, aus dem sie gekommen war. Kanten und Wände waren glatt wie Glas und absolut nicht zu erklimmen.

Als sie mit den Fingerspitzen über die Wand fuhr, ertastete sie auf Hüfthöhe eine Gravur. Es waren Glyphen in Ucatanisch, und mit vorsichtigem Tasten konnte Ixpar den Text: *So obliegt nun Karn der Schutz des Lebens.*

Ixpar kratzte sich am Kinn. So obliegt nun Karn der Schutz des Lebens: Das ward die Eidesformel, die auch auf dem Siegel des Ministeriums stand. Ebenso wie eine Verwalterin schwört, die Calanya zu schützen, schwor auch die Ministerin, ihr Volk zu schützen. Erneut fuhr Ixpar mit den Fingerspitzen über die Inschrift. Dann hielt sie inne und entschlüsselte den Text erneut. Das war doch nicht die Eidesformel des Ministeriums, zumindest nicht in der Form, die Ixpar kannte. Hier stand: *So obliegt nun Dir, Karn, der Schutz des Lebens.*

Dir? Die Historiker nahmen an, der Name ›Karn‹ leite sich ab von ›carn-abi‹ aus der Alten Schrift, das sich wiederum von der *chabi*-Glyphe der noch älteren Sprache Ucatanisch ableitete, und diese Glyphe bedeutete ›jemanden beschützen, für jemanden sorgen, jemanden bewachen‹. War ›Karn‹ in Wirklichkeit eine Person gewesen, vielleicht eine ucatanische Kriegerin, die vor vielen Jahrtausenden gelebt hatte – in jenen fast in der

Dunkelheit versunkenen Jahren vor der Alten Zeit, diesen Jahren der Finsternis und der Barbarei?

Sie fragte sich, warum sich diese Eidesformel in diesem Hohlraum fand. Die Kugel: der Quis-Stein mit dem höchsten Rang, das Symbol der Stetigkeit, des Mutterschoßes, in dem das Leben seinen Anfang nahm, das Symbol der Vollendung. Der Geburt. Und doch war zugleich der Tod die Vollendung des Lebens.

Das hier allerdings war keine echte Kugel. Sie hatte eine Öffnung. Ixpar streckte die Arme aus und erkundete mit den Fingern diese Öffnung oberhalb ihres Kopfes; diesmal suchte sie nach Zeichen, nicht nach etwas, woran sie sich festhalten könnte. An der Kante, an der Schacht und Hohlraum ineinander übergingen, fand sie eine Linie, kaum mehr als ein Kratzer. Sie erkannte deren Muster wieder, kannte es aus ihrer Kindheit, als sie in den Geheimtunneln von Karn gespielt hatte. Sie grub ihren Fingernagel in die Linie hinein und legte den Hebel um.

Alte Zahnräder setzten sich grollend in Bewegung, und eine gebogene Metallkante glitt hervor und stieß Ixpars Hand zur Seite. Als Ixpar den metallenen Bogen mit der Hand entlang fuhr, begriff sie, dass es ein Verschluss war, im Begriff, zur Seite zu gleiten und sich zu schließen, sodass Ixpar im Inneren einer perfekten Kugel eingeschlossen wäre. Sie hielt sich an dem Metall fest und wollte schon in den Schacht hinaufklettern. Doch dann hielt sie inne und versuchte angestrengt, den Schließmechanismus zu blockieren. Wenn es ihr gelingen sollte, hinaufzuklettern: Wie würde es ihr ergehen, wenn sich der Verschluss *dann* schloss? Dann stünde sie am unteren Ende eines Schachtes, den sie unmöglich würde erklettern können. Und selbst wenn sie es bis nach oben schaffen würde, wäre der Zylinder, in dessen

Inneren sie sich dann befände, völlig unmöglich zu erklimmen. Außerdem mochte der Fußboden schon längst wieder in seine ursprüngliche Position zurückgekehrt sein.

Ixpar ließ den Verschluss los; mit einem hässlichen, hallenden Geräusch erreichte dieser die andere Seite des Schachtes. Das Grollen der Zahnräder veränderte sich, wurde höher, verstummte, erklang erneut … und verklang. Ixpar stand in der Finsternis, ihr Atem ging stoßweise, und sie wartete darauf, dass irgendetwas passierte.

»Nein«, ermahnte Ixpar sich selbst, »du kannst doch jetzt nicht aufgeben!« Die Finsternis um sie herum fühlte sich schwer an, beengend. Ixpar schlug gegen den Verschluss, sie hoffte, mit einem Ruck das System vielleicht doch wieder zum Laufen zu bewegen. Dann schlug sie gegen die Wände, klopfte systematisch die gesamte Kugel ab. Schließlich ließ sie sich zu Boden sinken; ihr war klar, je mehr sie sich bewegte, desto schneller würde sie ihren Luftvorrat aufbrauchen.

Jahlt, warum hast du mich hierher geschickt?, dachte sie. Ist das eine Prüfung, bei der ich versagt habe? Oder hatte das Prüfgerät selbst versagt, weil im Laufe der Zeit der Mechanismus beschädigt worden war? Vielleicht hatte Jahlt gar nicht beabsichtigt, dass Ixpar in dieses uralte Rätsel hineingeriet.

Plötzlich setzten sich die Zahnräder stockend wieder in Bewegung, und die gesamte Kugel drehte sich um sich selbst wie ein riesiges Kugellager, sodass Ixpar kopfüber nach vorne geschleudert wurde. Als der Hohlraum seine Drehbewegung beendet hatte, war der Verschluss zum Fußboden der Kugel geworden.

Ixpar wartete mit angehaltenem Atem.

Als die Luke sich zurückzog, griff Ixpar nach der Kante und ließ sich durch die immer größer werdende

Öffnung hinab. Sie hing in der Luft, strampelte mit den Beinen, suchte nach etwas, woran sie sich abstützen konnte. Dann hatte sich der Verschluss zur Gänze geöffnet, das, woran Ixpar sich festhielt, versank im Fels, und sie fiel wie ein Stein durch die kalte Dunkelheit.

Ixpar schlug mit so viel Schwung auf einer glatten Fläche auf, dass ihr die Luft aus der Lunge gepresst wurde. Noch während sie stöhnte, fiel ihre Fackel klappernd neben sie. Ixpar kämpfte sich auf die Beine und setzte vorsichtig einen Fuß vor den anderen; mit ausgestreckten Armen versuchte sie, ihre Umgebung zu ertasten. Noch einen Schritt, noch einen – und ihr Fuß traf ein Hindernis. Es fühlte sich an wie ein Tischbein. Mit ausgestrecktem Arm tastete sie im weiten Bogen vor sich, und ihre Hand stieß ein kleines Kästchen vom Tisch, das klappernd zu Boden fiel. Ixpar bückte sich, tastete den Boden ab, und ihre Hand schloss sich um einen Anzünder.

Als Ixpar ihre Fackel wieder entflammt hatte, konnte sie im matten Lichtschein einen kleinen Raum erkennen. Eine Reihe von Fackeln war entlang einer der Wände angebracht, und gewaltige Ixpar-Schatten tanzten über die steinernen Wände. In der ihr gegenüberliegenden Wand schien eine geschlossene Tür auf sie zu warten, zusammengehalten von verrottenden Metallbändern. Der Ausgang? Sie ging hinüber und öffnete die Tür.

Und dann blieb sie einfach nur stehen und starrte hindurch.

Der dahinterliegende Raum war so groß wie die Teotec-Halle. Zuerst sah Ixpars nur Schatten und *Glanz*. Als ihre Augen sich an die Dunkelheit gewöhnt hatten, begriff sie, was den Schein ihrer Fackel so mannigfaltig zurückwarf, den Raum glitzern, schimmern und aufblitzen ließ.

Dort standen Kisten, in die glitzernde Steine eingelassen waren, ganze Stapel kostbarer Vasen, Stoffballen, deren Material metallisch schimmerte, Ketten aus wertvollsten Metallen: Überall stapelten sich die Reichtümer. Üppig verzierte Schilde waren entlang der Wände aufgestellt, mit Edelsteinen bis zum Rand gefüllte Urnen funkelten im Schein der Fackel, Schatzkisten quollen fast über vor Münzen. In großen Mengen lagen dort Waffen aufgestapelt: Schwerter, Disken mit geschliffenem Rand, Wurfgeschosse, edelsteinbesetzte Dolche, Bolas aus Marmor.

Lange Zeit stand Ixpar nur dort und bestaunte, was sie sah, der Glanz und die Erhabenheit der Szenerie lähmten sie fast. Schließlich betrat sie den Saal und sah ein Paar Rubin besetzter Calanya-Bänder auf einem Tisch neben der Tür. Sie nahm eines der Bänder auf und fuhr mit dem Daumen über das darin eingravierte Siegel des Höhenfalken, unter dem der echte Eid von Karn stand, in ucatanischer Schrift: *So obliegt nun Dir, Karn, der Schutz des Lebens.*

Auf dem Tisch lag unter einer modernen Glasscheibe ein uraltes Pergament, abgefasst in ucatanischer Schrift. Während Ixpar den Text entschlüsselte, lief ihr ein Schauer über den Rücken. Es war, als höre sie eine Kriegerin aus der Vergangenheit, noch vor der Alten Zeit, vor mehr als zweitausend Jahren: eine Königin aus der ›unzivilisierten‹ Vergangenheit, die sich doch in klaren, geschliffenen Worten auszudrücken vermochte, und das in einer Zeit, in der kaum jemand wusste, was ›Schriftsprache‹ bedeutete, geschweige denn schreiben konnte.

Beklage nicht meinen Tod, Karn. Es ist die Ehre und das Vorrecht einer Kriegerin, bei dem Versuch zu fallen, das zu verteidigen, was das ihre ist. Dies hier ist mein Vermächtnis. Mögest du aus diesen Erinnerungen lernen! Mögest du unsere Triumphe und unsere Niederlagen verstehen lernen!

Dieses verlange ich: Wähle aus den Kindern unseres Stammes jene aus, die am tüchtigsten, am wildesten, am klügsten ist. Lehre sie, deine Nachfolgerin zu sein, so wie ich dich gelehrt habe, mir nachzufolgen. Wie ich es für dich getan habe, musst auch du ihr eines Tages Erinnerungen hinterlassen, die sie am besten lehrt, was wir waren und was wir künftig werden können. Lehre unser Volk, mehr zu sein als nur ein Nomadenstamm, der lediglich danach strebt, sich zu bereichern! Lass die Schlachten, die geführt werden, Schlachten um die Zukunft sein, damit das Erbe jener von unserem Blute mehr ist als bloße Barbarei! Stell die Pracht der alten Raylikarner wieder her, unserer Rubin-Ahnen, die in Feuersäulen von den Sternen herabgestiegen sind!

Lasst uns mehr werden, als wir sind!

Dies ist mein Traum, Karn. Und jetzt, wo ich sterben muss, vertraue ich ihn deinen Händen an.

Das Schriftstück war unterzeichnet mit ›Avaza Teotec‹.

Ixpar musste schlucken. Avaza Teotec. Wann und wie sie wirklich gelebt hatte, war im Dunkel der Geschichte verloren gegangen, doch die gewaltigste Bergkette des ganzen erforschten Coba trug ihren Namen. Dieses Pergament war der Anfang, die Geburt der modernen Zivilisation, der Traum eines alten Stammesoberhauptes, einer Kriegerin, deren Visionen für ihre Welt ihrer Zeit weit voraus waren – ihrer Welt, die nun Coba hieß.

Ixpar drehte das Handgelenkband zwischen den Fingern. Es war kein Band *aus* Karn, es war *das* Band von Karn, das erste Handgelenkband, angefertigt für den

Akasi einer Frau namens ›Karn‹ – jener Frau, die das erste Anwesen auf Coba begründet hatte. *Stellt die Pracht der alten Raylikarner wieder her, unserer Rubin-Ahnen, die in Feuersäulen von den Sternen herabgestiegen sind.* Es war unglaublich, dass das Andenken an das Rubin-Reich hier immer noch lebendig war, hier in Karn, nach fünftausend Jahren.

Das Wort ›Raylikarner‹ verwunderte sie. War der Name ›Karn‹ doch nicht aus dem Ucatanischen abgeleitet, sondern von diesem noch älteren Überbleibsel des Rubin-Reiches? Sie fühlte sich, als streiche ihr ein Windstoß aus uralten Zeiten über das Gesicht und flüstere dabei Geheimnisse, längst vergessen in der restlichen Welt.

In der Nähe der Calanya-Bänder fand sie eine mit Samt ausgeschlagene Schachtel. Darin lagen zwei Armreifen, in die der Name ›Jimorla Karn‹ eingraviert war. Daneben fand sich eine Schmuckplatte, in die das Abbild eines Jünglings eingraviert war. Die Inschrift lautete: *Dem Akasi Jimorla zu Ehren; durch den Stamm Karn aus den Händen des Stammes Kej befreit in der zweiten Jahreszeit des Zwölften Jahres unter der Regentschaft von Karn.*

Die Regentschaft von Karn. Heutzutage nannten sie das ›Die Alte Zeit‹. Diese Armreifen stammten aus dem zwölften Jahr eines Zeitalters, das 1032 Jahre überdauert hatte.

Ixpar ging tiefer in den Saal hinein, voller Ehrfurcht vor den hier angehäuften Schätzen: ein Reichtum, der weit über Gold und Edelsteine hinausging. Jede Ministerin hatte ein Vermächtnis ihrer eigenen Amtszeit hinterlassen: Schriftrollen und Würfel, Texte und Dokumente, die Feder eines gewaltigen Höhenfalken, in Glas gebettet. Eine Ministerin namens Shaba hatte ein Miniatur-

Anwesen bauen und die einzelnen Räume mit Inschriften schmücken lassen, die allesamt die Schönheit eines Akasi priesen, der Kozar hieß. Kozar? Die Legenden um Khozaar, den schönsten aller Götter, entstammten der Alten Zeit. War dieser Mann der Ursprung dieser Sagen?

So wie Kelric ...

Hör auf, herrsche Ixpar sich selbst an. Warum dachte sie immer noch an ihn, nach so vielen Jahren? Das war doch geradezu kultivierter Schwachsinn!

Während Ixpar den Saal weiter hinabschritt, tat sich vor ihr Geschichte auf. Neue Anwesen entstanden: Kej und Varz, Haka und Miesa und andere. Waffen wurden immer seltener; das Quis trat immer mehr in den Vordergrund. Immer mehr Schriftrollen erwähnten das Würfel-Geschick des Akasi einer Ministerin. Mehr und mehr kam ein neues Wort in Gebrauch, die Bezeichnung ›Calani‹; es bezeichnete eine bis dahin unerhörte Stellung: die von Männern in einer Calanya, die keine Akasi waren, sondern talentierte Quis-Spieler.

Am Ende des einen Saales öffnete sich ein Türbogen, durch den man in einen zweiten Saal kam. Dort fand Ixpar den Eid von Olonton – das originale Pergament, das seit tausend Jahren als verloren galt. Es wurde unter modernem Glas aufbewahrt und war von allen Verwalterinnen sämtlicher Anwesen unterzeichnet, die damals existiert hatten, an jenem Ersten Tag des Ersten Jahrhunderts des Modernen Zeitalters. Was hier stand – kurz, einfach, visionär – legte den Grundstein und lieferte das Muster, nach dem das Moderne Coba gestaltet war: *An diesem Tag sei es geschworen, ein neues Zeitalter ist geboren, das Zeitalter von Olonton. Das Zeitalter des Herzens. Das Zeitalter des Quis. Möge nie wieder Blutvergießen den Eid brechen, den wir hier und heute ablegen!*

Und so waren die Kriege beendet worden.

Während Ixpar in den nächsten Saal weiterschritt, konnte sie um sich herum die Jahrhunderte verstreichen sehen. Schließlich kam sie zu einem Modell des ersten Windreiters. Danach fand sie Armreifen, die einem Akasi von Jahlts Vorgängerin gehört hatten. Dann stieß sie auf ein Schriftstück, das in Jahlts eigener Handschrift abgefasst war: Rats-Unterlagen, der letzte Eintrag stammte aus dem vergangenen Jahr. Neben dieser Schriftrolle lag das Portrait eines Kindes.

Ixpar nahm das Bild auf. Es stellte sie selbst als Kind dar; das Porträt war vor Jahren von einer Künstlerin aus Shazorla gemalt worden. Eine Aufschrift auf der Rückseite lautete: *Zu Ehren meiner Nachfolgerin, Ixpar Karn. Unterzeichnet Jahlt Karn, im dreiundfünfzigsten Jahr des Zehnten Jahrhunderts des Modernen Zeitalters.*

Wieder musste Ixpar schlucken und gegen das heiße Brennen in den Augen ankämpfen. Sie legte das Bildnis wieder zurück, neben das Modell eines Aufnahmegerätes. Dann begriff sie, dass es sich nicht um ein *Modell* handelte. Sie drückte einen Knopf – und Jahlts Stimme erfüllte den Raum.

»Wenn du das hier hörst, Ixpar, bist du inzwischen Ministerin. Dein Schicksal ist einzigartig: Du wirst unser Volk durch das Zeitalter führen, in dem wir lernen müssen, friedlich mit jenen zu leben, die von den Sternen zu uns gekommen sind.

In diesen beiden Sälen wirst du etwas finden, das dir dein Los erträglicher machen wird: *Das Gedächtnis von Karn.* Jenseits *Des Gedächtnisses* befindet sich eine Kammer ohne sichtbaren Ausgang. In Wirklichkeit ist es der Zugang zu einer Reihe von Räumen, die einst eine Stammesführerin hat entwickeln lassen, um ihre Nachfolgerin zu testen – Karn Teotec. Die Ministerinnen in der Alten Zeit haben diese geheimen Räume genutzt, um herauszufinden, ob eine Nachfolgerin sich tatsächlich als würdig erweisen würde. In der Schublade dieses Tisches wirst du Pläne der einzelnen Räume finden. Ich rate dir davon ab, den eigentlichen Zugang auszuprobieren – der Mechanismus stammt aus uralten Zeiten und könnte fehlerhaft funktionieren.«

Aha, dachte Ixpar. Jahlt hatte tatsächlich niemals gewollt, dass dieser Zugang genutzt wurde. Es musste noch einen anderen Eingang zu diesen Sälen geben – einen, den Jahlt Solan bisher noch nicht gezeigt hatte. Oder vielleicht hatte sie gefürchtet, zu viel zu verraten, weil sonst Solan selbst auf die Idee hätte kommen können, dass es *Das Gedächtnis* gab. Wie lange mochte es her sein, dass jemand den geheimen Zugang benutzt hatte? Jahrzehnte? *Jahrhunderte?*

Jahlts Stimme fuhr fort. »Die meisten halten die Ministerin für diejenige, von der die Gesetze erlassen werden. Doch zu unserem Amt gehören zweierlei Dinge, Ixpar, und die Aufgabe, Gesetze zu erlassen, ist meines Erachtens nur zweitrangig. Zunächst einmal sind wir die Hauptbaumeister des Quis. Der Reichtum *Des Gedächtnisses* mag überwältigend erscheinen, doch der wahre Wert liegt darin, ein Extrakt all dessen zu sein, was unsere Welt geformt hat. Lerne daraus! Es wird dir ein Verständnis für das Quis schenken, das bei allen anderen Verwalterinnen seinesgleichen suchen wird!«

Dann wurde Jahlts Stimme sanfter. »Wenn mein Akasi Mentar mich überleben sollte, dann gib ihm bitte den Brief, den ich in dieser Schublade hinterlassen habe. Und wenn seine Zeit gekommen ist, dann leg bitte seine Armreifen und seine Calanya-Bänder hierher, und dazu eine Schmuckplatte, auf der sein Name geehrt wird.«

Und dann: »Du bist für mich wie eine Tochter, Ixpar. Wenn die Muster unseres Lebens nach unserem Tode weiterbestehen, umfängt meine Liebe dich auch jetzt, in diesem Augenblick.«

Ixpar neigte den Kopf, als könne sie so die Tränen aufhalten, die ihr in die Augen schossen. Eine erste Träne fiel auf das Aufnahmegerät, dann noch eine, und noch eine. Der Tränenstrom schwoll an, endlich bahnte sich die lang aufgestaute Trauer ihren Weg.

Nach einiger Zeit richtete Ixpar sich auf und wischte sich über das Gesicht. Leise sagte sie: »Leb wohl, Jahlt. Ruhe in Frieden!«

Sie fand den Brief für Mentar neben einer Schriftrolle mit den Plänen des Geheimzuganges, dazu die Interpretationen verschiedener Ministerinnen zu den einzelnen geheimen Quis-Räumen; einige der Interpretationen ähnelten dem, was sich Ixpar selbst über dieses ganze Rätsel gedacht hatte. Als sie die Schriftrolle wieder zurücklegte, fiel ihr etwas Blitzendes in der Schublade auf. Sie griff danach und zog ein Medaillon hervor. Als sie es hochhielt, baumelte es an seiner goldenen Kette im Licht der Fackel: ein Dreieck aus Platin, in das ein explodierender Stern eingraviert war. Sie hatte es schon einmal gesehen: an dem Tag, an dem die Delegation des Imperialats es Jahlt als Geschenk überreicht hatte.

Ixpar legte das Medaillon wieder zurück und schaute sich um. Am Ende des Raumes fand sie eine Tür, von der aus man auf eine Wendeltreppe kam. Sie stieg hinauf, rundherum, höher und höher, ein Stockwerk nach dem anderen, bis sie schließlich einen Treppenabsatz erreichte, in dessen Wände Gravuren eingelassen waren. Als sie die Steine in der Reihenfolge drückte, die ihr der alte Kinderreim vorschrieb, öffnete sich eine Steintür.

Ixpar trat hindurch und befand sich in der Privatsuite ihrer Vorgängerin.

29

Gestürztes Königinnen-Spektrum

Sonnenlicht fiel durch die Fenster und ergoss sich über Sevtar. Savina lag neben ihm und fuhr mit einer Fingerspitze seinen muskulösen Oberarm entlang.

»Hmmm.« Er rührte sich. »Dachte du schläfst …«

»Ich denke nach. Über unser Kind. Wir brauchen doch einen Namen für sie.«

Er öffnete die Augen. »Wie wär's mit Roca? So hieß meine Mutter.«

»Rohka Miesa.« Sie legte den Kopf schief. »Das klingt hübsch.«

Er schloss die Augen wieder. »Ja, das tut es.«

»Sevtar?«

»Hmmm?«

»Wie war sie? Deine Mutter, meine ich.«

»Du siehst ihr ähnlich. Nur dass sie viel größer ist.« Er öffnete wieder die Augen und lächelte sie schläfrig an. »Eigentlich siehst du eher aus wie die eingeborenen Lyshrioli-Mädchen auf dem Heimatplaneten meines Vaters.«

»Lyshriol.« Sie ließ sich das Wort auf der Zunge zergehen. »Ein schöner Name.«

»Es ist auch ein schöner Planet.« Er rollte sich auf die Seite und stützte sich auf den Ellbogen; jetzt war er hellwach. »Ich will dich dort hinbringen.«

Das erschütterte Savina, wie es einen Würfel erschüttert, über die Tischplatte gerollt zu werden. »Du willst mich von Coba fortbringen?«

»Hast du dich noch nie gefragt, wie es außerhalb eurer Welt aussieht?«

»Das ist uns verboten!«

»Mir nicht. Und du bist meine Frau.«

Sie versuchte ihn sich als Jagernaut vorzustellen, aber die Vorstellung war viel zu fremdartig. Er war ein Calani. Ein Akasi.

Und doch war er durch und durch ein Krieger. Als sie die schmale Narbe berührte, die quer über seine Schulter lief, sagte er: »Das war ein Laser-Karabiner.«

»Lai Zher? Ist das ein Ort?«

»Eine Schusswaffe.« Er machte eine Pause. »Ich hätte diese Narbe entfernen lassen können, aber das kam mir irgendwie falsch vor. Als würde ich versuchen, die Narben in meinem Inneren zu verbergen.«

Sie wünschte, sie könne irgendwie alle Albträume lindern, die ihn heimsuchten. Ein Calani sollte keine derartigen Erinnerungen haben, die sein Leben überschatteten.

Sevtar setzte sich auf und presste die Handballen gegen die Schläfen, wie er es immer tat, wenn seine Kyle-Kopfschmerzen einsetzten. Dann verließ er den Raum; im Hinausgehen legte er sein Gewand an. Verwirrt streifte Savina ihr eigenes Gewand über. Sie fand ihn in ihrem Arbeitszimmer, dort stand er vor einem der Fenster.

»Sevtar.« Sie ging zu ihm hinüber. »Was ist los?«

»Ich bin nicht der, für den du mich hältst.«

»Du bist der Viertgrader von Miesa.« Ihre Stimme wurde sanfter. »Mein Akasi.«

»Du siehst nur das, was du verstehst, Savina. Meine dunkle Seite wird nicht aufhören zu existieren, bloß weil ich jetzt Quis spiele, statt zu töten.«

»Das lässt aber die Seite, die ich sehe, nicht verschwinden.« Schweigend dachte sie: Ich wünschte, ich wüsste, wie ich dir deine schlimmen Erinnerungen leichter erträglich machen könnte.

Er streichelte ihre Wange. »Du machst sie erträglicher als du weißt.«

Zusammen mit Tal Karn schritt Anthoni Karn über den Hof, sein Haar gepeitscht vom Herbstwind. Es war schwer zu glauben, dass schon eine ganze Jahreszeit vergangen sein sollte, seit die beiden die begehrte Volontariatsstelle im unmittelbaren Gefolge der Ministerin angetreten hatten.

»Ich habe Älteste Solan noch nie so besorgt erlebt«, fuhr Tal fort. »Ministerin Karn ist zu keinem ihrer Termine gestern erschienen. Niemand weiß, wo sie ist.« Sie eilte neben Anthoni die breiten Stufen zum Anwesen hinauf. »Ich bin mir sicher, dass die Älteste etwas weiß! Sie geht immer wieder in die Gewölbe hinunter.«

Anthoni verlangsamte seinen Schritt, als sie das Gebäude betraten. »Ich hoffe, Ministerin Karn ist nichts zugestoßen!«

Tal schnaubte verächtlich. »Ja, das kann ich mir vorstellen, dass du das hoffst!«

»Warum sagst du das so? Wie meinst du das?«

»Wie du immer um sie herumscharwenzelst und dich zur Schau stellst! Schau dir doch nur mal an, wie du dich kleidest!«

Anthoni hatte aufgegeben, darüber mit ihr zu diskutieren. Er verhielt sich genau so wie alle anderen in der Gefolgschaft, und er kleidete sich auch entsprechend. Wenn Tal ein Problem damit hatte, wie er in seiner Kleidung aussah, dann war das ein Problem, das sie für sich selber würde lösen müssen. Er hatte auf jeden Fall nicht die Absicht, sich unter Gewand und Talha zu verbergen, so wie ein Haka-Mann.

Als sie auf die Gangkreuzung traten, von der aus man

zur Suite der jüngst verstorbenen Jahlt Karn kam, blieb Tal plötzlich wie angewurzelt stehen und starrte den Flur hinab. Eine geisterhafte Gestalt trat aus den Schatten, als sei die verstorbene Ministerin zurückgekehrt, um ihr Anwesen heimzusuchen. Der ›Geist‹ kam näher, und sie konnte erkennen, dass es Ixpar Karn war. Blutverkrustete Schnittwunden bedeckten ihre Arme, ihr Gesicht war verdreckt.

Anthoni verneigte sich, Tal folgte seinem Beispiel. »Ministerin Karn«, sagte er. Ixpar strich sich eine wirre Haarsträhne aus den Augen. »Hat jemand von euch Älteste Solan gesehen?«

»Jai, Ma'am«, antwortete Tal. »Sie sucht nach Euch!«

»Dann sag ihr, ich will sie in meinem Arbeitszimmer sprechen.« Die Ministerin wandte sich Anthoni zu. »Du rufst bitte eine Arbeitskolonne zusammen; sie soll die Suite der Ministerin vorbereiten. Ich möchte so schnell wie möglich dort einziehen.«

»Wird sofort erledigt«, verneigte sich Anthoni.

Als Anthoni und Tal mit großen Schritten davoneilten, warfen sie einander viel sagende Blicke zu. Aha. Es gab im Gefolge solche, die geäußert hatten, Ixpar Karn würde niemals eine richtige Ministerin werden, solange sie nicht dazu bereit wäre, in die Suite der Ministerin umzuziehen, in der zuvor ihre Vorgängerin gelebt hatte.

Weit draußen auf dem Miesa-Plateau dörrte die heiße Sonne den bodenschatzreichen Grund aus. Aus heißen Quellen stiegen Dämpfe in den diesigen Nachmittag auf, farbiger Staub, Streifen aus gelben und violettem Sand, wurde über den Boden geweht. Während der Reiter dicht über den Boden dahinglitt, starrte Avtac Varz aus dem Fenster.

Im Sitz neben ihr betrachtete Zecha die Ebene, die sich unter ihr auftat. »Hässliche Landschaft«, kommentierte sie.

Avtacs Gesicht zeigte deutlich ihren Unmut. »Diese ›hässliche Landschaft‹ wird Bahvla reich machen!« Ihre Miene wurde nachdenklicher. »Auf jeden Fall ist der Schwefel hier sehr billig.«

Knochen und Käfer!, dachte Zecha. Warum interessierte sich Avtac auf einmal so für Chemikalien? Erst ging es ihr um Kalium, dann um Kohlenstoff, und jetzt war es der Schwefel, der es ihr angetan hatte. Was an diesen Substanzen faszinierte nur so sehr die Verwalterin von Varz – deren Gedankengänge man stets beachten musste?

Eine Gruppe aus der Miesa-Gefolgschaft stand im Wohnraum vor Savinas Schlafzimmer; sie unterhielten sich im Flüsterton und bemühten sich, nicht den Viertgrader anzustarren, der in der anderen Hälfte des Zimmers unruhig auf und ab ging. Kelric ignorierte sie; er machte sich viel zu viele Sorgen, als dass es ihn interessiert hätte, ob sie ihn nun angafften oder nicht. Seine Wachen standen reglos auf ihren Posten und warteten.

Die Innentür des Zimmers wurde geöffnet, im Türrahmen stand nun Behz, die Erste Ärztin von Miesa. Die ältliche Ärztin ließ den Blick ihrer alterstrüben Augen einmal über alle Anwesenden schweifen, dann winkte sie Kelric zu sich.

Im abgedunkelten Schlafzimmer lag Savina; sie döste unter einem ganzen Hügel von Steppdecken. Kelric setzte sich auf das Bett und ergriff Savinas Hand.

»Sevtar?«, murmelte sie.

»Wie fühlst du dich?«

»Besser.« Sie öffnete die Augen. »Avtac wird mich verachten.«

»Warum sagst du so etwas?«

»Sie wird mich für schwach halten, weil ich so krank werde, bloß weil ich ein Kind trage.«

»Was Avtac Varz meint, ist völlig uninteressant.« Er strich Savina über das Haar. »Das du überhaupt ein Kind von mir trägst, grenzt schon an ein Wunder.«

»Rashiva hat es ja auch geschafft.«

Kelric versteifte sich. Woher wusste sie, dass Rashivas Sohn von ihm war?

Savina schloss sanft ihre Finger um seine Hand. »Sie hat ihn zum Rat mitgebracht. Dich haben bisher nur wenige Leute gesehen, deswegen haben sie die Ähnlichkeit nicht bemerken können. Und er braucht eine besondere Ernährung. Die gleiche Diät wie du.«

Kelric dachte über den primitiven Stand der Medizin von Coba nach, und der Raum um ihn herum schien sich zu verdunkeln. »Ich will eine bessere Ärztin für dich.«

»Behz ist die Beste.«

»Für Coba ist Behz bestimmt gut. Anderswo gibt es bessere.«

Savina riss die Augen auf. »Du willst diesen Planeten verlassen?« Sie versteifte sich. »Deine Rhon würden mir mein Kind wegnehmen. Sie würden sagen, ich sei nicht gut genug, um die Mutter ihres Enkelkindes zu sein.«

»Nein, Savina. Meine Eltern würden dich lieben!« Er schloss sie in die Arme. »Komm mit mir nach Hause!«

Sie sah ihn aus großen Augen an. »Wenn du Coba verlässt, bist du nicht mehr ›Sevtar‹.«

»Ich würde dich weiter lieben, egal, wie mein Name dann lauten würde.«

»Ich könnte es nicht ertragen, wenn du deinen Eid

brechen würdest.« Mit einer Fingerspitze folgte sie den Konturen der Armreifen unter seinem Hemd. »Die größte Liebe ist die einer Verwalterin für ihren Akasi.«

»Ich brauche kein Calani zu sein, um dich zu lieben.«

Leise entgegnete sie: »Ich weiß nicht, ob ich das genau so sagen könnte.«

Das wollte er nicht glauben. »Ich kann dich glücklich machen!«

»Dein IRK würde mein Volk dafür bestrafen, dass wir dich gezwungen haben, hier zu bleiben. Sie würden Coba besetzen. Sie würden die Sperrklausel aufheben. Unsere Welt ausbeuten. Das Quis zerstören.«

Nachdem er nun schon zwölf Jahre auf Coba lebte, hatte Kelric an der Kultur dieser Welt viel gefunden, was auch ihm etwas bedeutete, ebenso wie er Savina und das Quis liebte. Er wollte ebenso wenig wie die Einheimischen, dass die einzigartige Zivilisation Cobas durch eine IRK-Besatzung gestört wurde. Er war sich nicht einmal sicher, ob er wirklich in sein altes Leben zurück wollte, dieses Leben voller politischer Ränkespiele und harter Wirklichkeit.

Aber das war jetzt etwas anderes. Das waren besondere Umstände. »Ich mache mir Sorgen um das Kind. Und um dich!«

»Ich kann nicht für zwei Menschen meinen ganzen Heimatplaneten aufs Spiel setzen!« Tränen schimmerten in ihren Augen. »Nicht einmal für mein eigenes Kind und mich selbst.«

Prasselnd fiel der Regen auf das Dahl-Anwesen. Die Uhr in Chankahs Arbeitszimmer schlug schon die Zweite Morgenstunde, und immer noch saß Chankah an ihrem Schreibtisch, tief in Arbeit versunken. Als an die Tür geklopft wurde, blickte sie erschrocken auf. Dann ging sie zur Tür. Dort stand Doktor Dabbiv, das Gesicht vor Anstrengung gerötet, er musste den ganzen Weg gelaufen sein.

»Was ist los?«, fragte Chankah.

»Ihr müsst Euch ansehen …« Er zog sie am Arm. »Schaut selbst!«

Er eilte mit ihr in sein Laboratorium, das von einer einzigen Lampe in einer Ecke erleuchtet wurde. Dort auf dem Tisch stand ein sonderbares Gerät, eine Messingröhre in einem Gestell, das diese Röhre schräg zur Tischplatte hielt. Als die beiden am Tisch angekommen waren, sah Chankah, dass unter der Röhre eine kleine Glasplatte angebracht war, unter der sich ein konkaver Spiegel befand. Die Art und Weise, in der die einzelnen Bauteile miteinander verbunden waren, erinnerten sie an das ›Linsenspielzeug‹, das manche in ihrer Freizeit dazu nutzen, Insekten und Blätter vergrößert zu betrachten. Diese Spielzeuge waren jedoch dafür bekannt, sehr fehlerhaft konstruiert worden zu sein: Aufgrund von Linsenfehlern erhielt man oft verschwommene oder sogar falsche Bilder.

»Was ist denn los?«, wollte sie wissen.

»Das zeige ich Euch sofort!« Dabbiv nahm einen Glaskolben vom Tisch. »Das hier ist eine Probe des verunreinigten Wassers, das zu untersuchen Ihr mir aufgetragen hattet.«

»Die Techniker der Anlage sagen, es sei nicht verunreinigt. Sie haben nichts darin finden können.«

Dabbiv schwenkte den Kolben vor Chankahs Gesicht. »Nichts, was sie hätten *sehen* können!« Er trug einen Wassertropfen auf einen gläsernen quadratischen Quis-Stein auf und legte ihn vor Chankah auf den Tisch. »Ich habe mit einem Optiker zusammengearbeitet, um die

Linsenfehler zu minimieren.« Er reichte Chankah das Vergrößerungsglas. »Versucht es 'mal hiermit!«

Chankah spähte durch das Glas auf das Wasser. Ein scharlachroter Fleck flitzte durch ihr Blickfeld. »Das bewegt sich zu schnell!«

Dabbiv nahm ein Fläschchen eines zähen Sirups und ließ einen Tropfen daraus in die Wasserprobe fallen. »Versucht es jetzt noch 'mal!«

Diesmal bewegte sich der Fleck langsam im Kreis, dann kam träge ein zweiter ins Blickfeld geschwebt. »Da ist irgendwas. Ist schwer zu erkennen.«

»Das liegt daran, dass eine einzelne Linse nicht genug vergrößert.« Dabbiv klopfte vorsichtig auf das Messingrohr. »Deswegen habe ich mehrere Linsen hintereinander gesetzt, wie in den Spielzeugen, mit denen die Sterngucker in den Himmel schauen.« Erklärend gestikulierte Dabbiv. »Wisst Ihr, wenn man den Abstand zwischen den einzelnen Linsen genau richtig wählt, dann wird das Bild, das von der einen Linse erzeugt wird, von der nächsten als Objekt erkannt. Dadurch erhält man eine viel bessere Vergrößerung.«

»Aber sind denn diese Bilder dann nicht furchtbar schlecht?«

Mit einer Handbewegung tat er diesen Einwand ab. »Die Bilder von Linsenspielzeugen sind so unscharf, weil Glas die verschiedenen Farben des Lichtes unterschiedlich stark bricht. Aber wenn die ›Linse‹, die man einsetzt, achromatisch ist, wenn man also in Wirklichkeit mit einer ganzen Reihe von Linsen arbeitet, kann man diese Brechungsunterschiede ausgleichen. Ich habe lange gebraucht, bis ich die richtige Form für die Linsen und das erforderliche Glas gefunden hatte. Aber ich glaube, jetzt habe ich's! Ich nenne es ein ›Mikroskop‹.« Er legte das Quis-Quadrat auf die Glasplatte unter der

Messingröhre und schaltete dann eine Lampe an, die ebenfalls zum Gestell gehörte. »Schaut einfach hindurch, Chankah.«

Mit zusammengekniffenem Auge spähte sie durch das Okular. »Ich sehe eine schwarze Schnur.«

»Eine Schnur?« Dabbiv schaute drein wie die Pilotin eines Windreiters, der geradewegs auf eine Felswand zuhielt. »Da sollte aber keine Schnur sein.« Er beugte sich über das Gerät und schaute selbst durch das Okular. »Ach so.« Er pustete ein Haar fort, das vor dem unteren Teil der Röhre hing. »Versucht es jetzt noch einmal.«

Wieder schaute Chankah mit zusammengekniffenem Auge durch das Okular und sah einige zusammengeballte, scharlachrote Kleckse. »Das ist ganz unscharf.«

Er tippte gegen eine Schraube am Gestell. »Benutzt die Feineinstellung!«

Chankah drehte an der Schraube – und die Kleckse verwandelten sich in eine Ansammlung durchscheinender ovaler, beutelartiger Körper, an deren Kanten feine Härchen zu erkennen waren. Kleine stäbchenförmige Dinge flitzten zwischen den größeren Objekten hindurch.

»Also, da will ich mich doch in einen Quis-Kubus verwandeln!« Chankah blickte zu Doktor Dabbiv auf. »Was sind das denn für Dinge?«

Dabbiv grinste sie an. »Irgendwelche Tiere. Ich glaube, es gibt noch ein ganzes Universum voller winzig kleiner Tiere zu entdecken!«

Sein Erfolg befriedigte Chankah. Wieder einmal hatte er gezeigt, dass sich all seine Gegner täuschten, wenn sie darauf beharrten, seine wilden Theorien würden niemals Früchte tragen.

Kastora Karn war eine hoch gewachsene Frau mit einer ungeheuren Mähne mahagonifarbenen Haares, das sie in einem geflochtenen Kranz um den Kopf trug. Ixpar kannte sie schon seit ihrer Kindheit, aus der gemeinsamen Zeit in der Genossenschaft. Obwohl Kastora älter war als sie, hatte sie doch Ixpar die ganze Kindheit über in jeglicher Hinsicht nachgeahmt, sei es beim Sport, in der Schule oder auch bei der Auswahl der Jungs. Ixpar schätzte ihre Treue sehr, ebenso ihre Art und Weise, hart und zuverlässig zu arbeiten, ihren scharfsinnigen Intellekt und ihren gesunden Menschenverstand. Und als Ixpar dann zur Ministerin wurde, hatte sie Kastora zu ihrer Ersten Gefolgsfrau ernannt.

Heute gingen sie die Förderungsanträge der Gelehrten von Karn durch. Kastora reichte ihr eine Akte. »Die hier sind von den Naturwissenschaftlichen Einrichtungen.«

Die meisten Anträge kannte Ixpar bereits. Doch am Ende der Akte fand sie doch eine Überraschung. »Bahr Karn erbittet Forschungsgelder? Ich dachte, die sei professionelle Spielerin?«

Kastora lachte glucksend. »Bei Bahr weiß man nie. Vor ein paar Jahren wollte sie sich noch für die Calanya bewerben.«

»Das weiß ich noch. Zu behaupten, Jahlt sei beleidigt gewesen, wäre wohl untertrieben.« Ixpar überflog das Exposé. »›Quis-Modelle der Elementarstruktur‹. Womit, glaubst du, befasst sie sich gerade?«

Kastora zuckte mit den Schultern. »Muster-Spiele.«

»Diese Idee, die sie hier beschreibt – ein Quis-System der chemischen Elemente … von etwas Derartigem habe ich schon einmal gehört. Ich weiß nicht mehr, wo.«

»Vielleicht hat Bahr sie Jahlt schon einmal dargelegt.«

»Nein …« Endlich hatte sich Ixpar doch noch erinnert

– die Erinnerung stammte aus einer Zeit, in der Ixpar halb so alt gewesen war wie jetzt.

Perioden-System, hatte Kelric es genannt. Atomare Struktur.

Quis-Zauberin Bahr saß auf den Pflastersteinen mitten auf dem Markt, ihr niedriger Tisch stand auf dem Gehweg; sie hatte die Würfel schon gezückt und war bereit für jede Herausforderung. Sie lehnte sich gegen die Hauswand des Gebäudes hinter ihr und sog den Sonnenschein mit allen Sinnen in sich ein. Marktstände waren auf dem ganzen Platz aufgebaut, und mit Metallkugeln besetzte Bänder klirrten und klapperten auf ihren Dächern. Menschen drängten sich auf dem Markt, um Waren zu kaufen oder zu verkaufen und den Straßenkünstlern zuzuschauen.

Ein Lyderharfenspieler stellte seinen Hocker neben einen Würstchenstand in Bahrs Nähe, und schon bald versammelten sich die Leute um ihn herum und hörten ihm zu, während er seinem Musikinstrument, das einer kleinen Harfe ähnelte, die man in der Hand halten konnte, lebhafte Melodien entlockte. Einige der Zuhörer setzten sich an Bahrs Tisch und versuchten ihr Glück bei der Quis-Zauberin. Sie waren nur dem Namen nach ›Herausforderer‹; doch Bahr ließ ein paar von ihnen trotzdem gewinnen, einfach damit die Leute auch wiederkamen.

Es ist doch kein so schlechter Tag, entschied Bahr. Am Morgen war ihr gar nicht danach gewesen, sich auf den Markt zu stellen, aber sie konnte nicht jeden Tag mit Muster-Spielen in ihrer Suite verbringen. Nach einiger Zeit hatte sie angefangen, mit den Würfeln zu reden. Außerdem musste sie ja auch etwas essen. Quis war ihr

Leben, und als Zauberin des Karn-Quis' konnte sie sich ein besseres Leben nicht wünschen. Es war kein Zufall, dass die ehemalige Ministerin (möge die Göttin Jahlts gusseiserne Seele friedlich ruhen lassen!) sie oft zum Quis in ihr Anwesen eingeladen hatte. Die Erinnerung daran ließ Bahr grinsen. Das waren *Spiele* gewesen!

Doch dann verflog ihre gute Laune. Zu schade, dass sie jeglichen gesunden Menschenverstand in den Wind geschlagen und sich für die Calanya beworben hatte. Der Ausdruck auf Jahlt Karns Gesicht hatte eindeutig wie Quis-Würfel verraten, dass eine gewisse Bahr Karn jegliche Grenzen des Anstands übertreten hatte. Danach hatte die Ministerin sie nie mehr zum Quis eingeladen.

Pah! Sie hatte doch nur Würfel spielen wollen! *Gute* Spiele spielen wollen! Außenseiter-Quis war viel zu einfach, ungefähr so langweilig wie das Ausfüllen eines Volkszählungsbogens. Und trotzdem konnte sich Bahr ein Lächeln nicht verkneifen, als der Tagtraum wiederkehrte: Bahr erwachte aus ihrem Traum: sie umgeben von nur halb bekleideten Calani: große, kleine, dunkelhäutige, sonnengebräunte, muskulöse und drahtige …

»Hey!«, rief eine Stimme. »Wenn du den ganzen Tag verschläfst, wirst du keinen einzigen Cental machen!«

Bahr öffnete die Augen und verzog verdrießlich das Gesicht. Dort stand Rhab Karn, den gut gebauten Körper gegen die Wand gelehnt. »Ach, geh weg!«, murrte sie. »Ich habe heute keine Lust auf Modernisten!«

Rhab grinste, seine weißen Zähne blitzten auf. Das verdross Bahr über alle Maßen. Sie war schon vor langer Zeit zu dem Schluss gekommen, Modernisten wurden nur deshalb Modernisten, weil sie so hässlich waren, dass ohnehin keine Frau sie zweimal ansehen würde. Die Tatsache, dass Rhab existierte, führte diese Argumentation stets aufs Neue ad absurdum. Dabei sah er noch nicht einmal *so* gut aus, zumindest im klassischen Sinne . Doch irgendetwas an ihn brachte Bahr immer wieder aus dem Gleichgewicht.

»Ach, geh doch deine Töpfe verkaufen!«, grollte sie.

Er setzte sich neben sie. »Mein Lehrling passt auf den Stand auf.«

»Willst du mir jetzt wieder eine Predigt darüber halten, dass man eines Tages alle Calanya-Bänder einschmelzen wird? Dass es auch Verwalter geben wird, nicht nur Verwalterinnen? Das wird niemals passieren!«

»Oh doch, das wird es! Vielleicht nicht dieses Jahr, vielleicht nicht nächstes. Aber es wird passieren!«

Sie lehnte sich zu ihm hinüber. »Weißt du, was du brauchst? Du brauchst eine Verwalterin, die dich in eine Calanya sperrt und dir Manieren beibringt – und die dir all diese dummen Ideen aus dem Kopf holt!«

»Ihr werdet mich nicht mit Calanya-Bändern fesseln!«

»Niemand fesselt Calani heutzutage noch.«

»Vielleicht nicht ihre Hand- oder Fußgelenke.« Rhab tippte sich mit einem Finger gegen die Stirn. »Aber da drinnen sind wir alle immer noch genau so eingesperrt und bewacht und gefesselt wie in der Alten Zeit.«

»Ich nicht!«

»*Dich* habe ich auch gar nicht gemeint. Nur Halb Coba. Die männliche Hälfte.«

»Pah!«

»Selber Pah! Im Gegensatz zu dir wollen wir nicht alle Calani sein!«

Das Blut schoss Bahr ins Gesicht. »Woher hast du diese blödsinnige Idee, ich wäre gern ein Calani?«

Rhab lachte. »Ich will dir 'mal was sagen, Bahr: Ich gebe dir Handgelenkbänder, und du kannst meine Akasi sein.«

»Großer Khozaar!« Sie schaute sich um, verstohlen

und gehetzt. »Sprich nicht so laut! Nachher hört das noch jemand!«

Rhab grinste immer noch, er streckte die Beine aus, seine hellbraunen Stiefel betonten sehr hübsch ihre eigenen feuerroten. »Du hast dir neue Stiefel gekauft, stimmt's?«

»Na klar. Passend zu meinen Haaren.« Bahr sah ihn von der Seite an. »Hab mir auch neue Räume im Haus der Frauen besorgt.« Eine Fantasie schoss ihr durch den Kopf: Rhab in ihrer neuen Suite. Der aufreizende Modernist wehrt alle ihre Avancen ab, bis sie schließlich seinen Widerstand bricht und er sich ihr hingibt.

Dann kam ihr ein ungewöhnlicher Gedanke: Es wäre sogar schön, Rhab bei sich zu wissen, selbst wenn er ihren Annäherungsversuchen nicht nachgeben würde. »Vielleicht nehme ich dich mal mit und zeige sie dir.«

»Steigst du jetzt etwa Modernisten nach?«

Wieder wurde sie rot. »Nachsteigen! Pah! Da interessiere ich mich doch eher für Außenweltler!«

»Ich habe gehört, dass die *alle* Modernisten sind! Ich habe sogar gehört, dass die einen Minister haben, und nicht eine Ministerin.«

»Das zeigt nur wieder, wie leichtgläubig du bist.« Aber auch Bahr hatte dieses Gerücht schon gehört. Es stand im Quis. Dort standen Neuigkeiten aller Arten zu lesen, von den Legenden, die sich um den Viertgrader in Miesa zu ranken begannen, bis zu den geheimnisvollen Vorgängen in den Laboratorien von Varz. Dabei gab es zwischen den Würfeln sonderbare Unterströmungen: Gedankengut der Außenweltler, fein und zugleich verwirrend, wie nur eine Quis-Zauberin sie entdecken konnte.

»Hey!«, sagte Rhab. »Schau dir das an!«

Bahr schaute. Eine Gruppe Gefolgsleute war auf den

Markt getreten und rief Aufregung bei der ganzen Menschenmenge hervor. »Wer mag das wohl sein?«, fragte sie sich.

»Die Erste Gefolgsfrau der Ministerin, denke ich.«

»Kastora? Cuaz steh mir bei! Sie ist es wirklich!«

»Und sie kommt hier herüber!«

Bahr schnaubte verächtlich, vor allem um zu verbergen, dass wichtige Leute ihr immer zittrige Knie verpassten. Aber Rhab hatte Recht. Kastora kam tatsächlich zu ihnen herüber.

Vor Bahrs Spieltisch blieb die Erste Gefolgsfrau stehen. »Quis-Zauberin Bahr?«

Bahr rappelte sich auf, ihr wurde wieder einmal schmerzhaft bewusst, um wie viel Kastora sie überragte. »Jai, Ma'am. Ich meine: Hier!«

»Ministerin Karn lässt Euch grüßen.« Kastora überreichte ihr einen Brief.

Bahr las das Schreiben, dann starrte sie Kastora mit offenem Mund an. Erst als Rhab ihr einen Stoß in die Rippen gab, schien ihre Zunge die Arbeit wieder aufnehmen zu wollen. »Äh … ja. Sagt ihr, dass ich komme. Ich meine, richtet Ministerin Karn aus, es wäre mir eine Ehre, sie aufzusuchen.«

Ich habe keinen Grund, eingeschüchtert zu sein, dachte Bahr. Ixpar Karn war nur ein Mensch, kaum älter als sie selbst. Doch sie erkannte die inzwischen verstorbene Jahlt Karn in der Frau wieder, die sie vom Platz hinter ihrem großen Schreibtisch aus ansah. Ixpar besaß die gleiche Aura zurückhaltender Macht. Und sie besaß auch noch eine Eigenschaft, die Bahr bei Jahlt nicht wahrgenommen hatte: eine Wildheit, die unmittelbar unter der Oberfläche ihres zivilisierten Auftretens schlummerte.

Ich bin nicht eingeschüchtert, erinnerte sich Bahr
erneut.

»Ich würde gerne mehr über die Arbeit erfahren,
zu der Ihr ein Exposé eingereicht habt«, eröffnete die
Ministerin ihr Gespräch.

Bahr rieb ihre schweißnassen Handflächen über ihre
Hosenbeine. »Ich möchte die Elemente verstehen lernen.
Die chemischen Elemente, meine ich.«

»Warum?«

»Na ja … äh …« Sie hatte nie darüber nachgedacht,
warum eigentlich. »Das ist halt interessant.«

»Ich verstehe.«

Bahr wusste, dass sie sich wie eine Idiotin anhörte.
Aber sie konnte jetzt nicht einfach aufgeben. Dafür
wollte sie diese Forschungsgelder zu dringend haben.
Natürlich prahlte sie überall mit ihrem großartigen
Leben: den ganzen Tag nur würfeln und massenweise
Geld gewinnen. Aber in Wahrheit mochte sie es überhaupt nicht, eine Spielerin zu sein. Und sie war auch
nicht die Sorte Frau, die ihre Begabung mit den Würfeln
dazu nutzte, Macht und Ansehen herauszuschlagen.
Das bedeutete ihr nichts. Sie wollte nur Quis spielen.
Echtes Quis. Wie ein Calani. Wie ein Mann. Sie hörte
Ixpar jetzt schon lachen: *Eine richtige Frau bist du ja wohl
nicht, was, Bahr?* Na ja, sie würde schon noch lernen,
damit umzugehen. Das musste sie. Sie brauchte Unterstützung, wenn sie sich hauptberuflich mit Muster-Spielen auseinander setzen wollte, und hier war die einzige
Möglichkeit, diese Unterstützung zu erhalten.

»Ich suche nach einem Quis-Muster, das die Elemente
beschreibt«, erläuterte sie. »Eigentlich habe ich sogar
schon eines gefunden. Aber dabei treten Probleme auf.«

»Probleme?«, fragte Ixpar nach.

»Ich glaube, uns fehlen einige Elemente. Eine ganze

Menge sogar.« Dieses Thema faszinierte sie so sehr, dass sogar ihre ganze Nervosität schwand. »Mein Muster sagt eine Regelmäßigkeit bei den Elementen vorher, eine regelrechte Periodizität. Und es passt auch alles zusammen. Es ist wunderschön. Aber einige der Elemente, die dieses Muster vorhersagt, habe ich in keiner Chemie-Schriftrolle gefunden, die ich gelesen habe. Und einige Elemente, die in den Schriftrollen erwähnt werden, passen nicht zu meinem Muster.«

»Welche denn?«, wollte Ixpar wissen.

»Wasser. Und Luft.« Bahr wusste: Jede ehrbare Wissenschaftlerin würde sie nun schallend auslachen und hinauswerfen lassen. Doch sie musste das jetzt durchstehen. »Ich glaube nicht, dass Wasser und Luft wirklich Elemente sind.«

»Ich verstehe.« Ixpar nahm eine Akte von ihrem Schreibtisch. »Das hier sind die Aufzeichnungen über Eure Zeit in der Genossenschaft. Ihr habt ein ungewöhnliches Zeugnis.«

Wieder schoss Bahr das Blut ins Gesicht. *Ungewöhnlich* war eine sehr höfliche Umschreibung für eine notorische Faulenzerin, die viel zu sehr damit beschäftigt war, mit den Würfeln zu spielen, als dass sie sich noch um den Unterricht hätte kümmern können. Es war ganz offensichtlich, was die Ministerin meinte: Woher nahm jemand wie Bahr die Unverfrorenheit, die Muster der etablierten Wissenschaften in Frage zu stellen?

»Die Unterlagen sind alles andere als beeindruckend«, führte Ixpar aus.

»Jawohl, Ma'am, das sind sie wohl.«

»Habt Ihr Euch gelangweilt?«

Diese Frage brachte Bahr völlig aus dem Konzept. »Gelangweilt?«

»Beim Unterricht.«

Bahr hatte keine Ahnung, was sie antworten sollte. Sie hatte im Unterricht nicht einmal genug aufgepasst, um sich jetzt überhaupt noch daran zu *erinnern*. »Ich weiß es nicht.«

Ixpar sah sie nachdenklich an. »Atomare Struktur.«

»Ich verstehe nicht, was Ihr meint.«

»Ich auch nicht.« Ixpar schloss die Akte wieder. »Ein Mann hat mir gegenüber einmal diese Worte erwähnt. Als er versucht hat, mir die chemischen Elemente zu erklären.«

»Und was bedeuten sie?«

»Genau das möchte ich von Euch erklärt bekommen.« Ixpar tippte mit ihrem Griffel gegen die Fingernägel der anderen Hand. »Ihr werdet auf das Anwesen ziehen müssen.«

Bahr wurde zunehmend verwirrt. »Auf das Anwesen?«

Ixpar beugte sich vor. »Damit Ihr mich richtig versteht, Quis-Zauberin: Ich werde niemals eine Frau in meiner Calanya frei herumlaufen lassen, noch werde ich auch nur einen Vorschlag dulden, der in diese Richtung geht. Aber Ihr werdet den Eid ablegen und wie ein Calani leben. Mentoren aus dem Lehrhaus werden Euch einweisen.« Sie machte eine Pause. »Ich nehme an, Ihr werdet Euren Studien jetzt mehr Aufmerksamkeit widmen, als Ihr es als Kind getan habt?«

Der Raum schien um Bahr herumzuwirbeln. »Calani? Ich?«

»Ich möchte, dass Ihr alles mit Eurem Quis untersuchst: Physik, Chemie, die Elemente. Den ganzen Tag. Ich will, dass Ihr mir erklären könnt, was ›Atomare Struktur‹ ist.«

Bahr starrte sie mit offenem Mund an. »Na, da soll mich doch …«

»Seid Ihr interessiert?«, fragte die Ministerin.

»Jai, Ma'am«, antwortete Bahr. »Das bin ich ganz gewiss!«

Kelric schloss die Augen und versuchte, das Pochen in seinem Schädel einzudämmen. Es half ihm noch nicht einmal, dass er in seinem Lieblingssessel im großen Gemeinschaftsraum saß, wie er es immer nach dem Abendessen zu tun pflegte. In einem Alkoven in der Nähe schlug Hayl eine Lyderharfe an, Revi lag neben ihm. Während Hayl spielte, brütete Kelric vor sich hin. Die Frage, ob er Savina von diesem Planeten fortbringen sollte, war müßig geworden: Sie war inzwischen zu krank, um noch auf Reisen zu gehen, und die Schwangerschaft war schon zu weit fortgeschritten, als dass er rechtzeitig einen Arzt hätte holen könne, selbst wenn er sich persönlich auf den Weg hätte machen können. Das Leben ihres Kindes lag jetzt in den Händen der Ärzte von Coba.

Hayl begann gerade ›Das Lied des Schneeprinzen‹, eine Ballade über einen Varz-Akasi aus der Alten Zeit, der vor der kaltherzigen Verwalterin in die Arme seiner Liebsten fliehen wollte, dann jedoch von einem Schneesturm überrascht wurde und starb. Obwohl Kelric es normalerweise genießen konnte, Hayl spielen zu hören, vermochte heute nicht einmal die Musik, seine Kopfschmerzen zu vertreiben.

In den sieben Jahren, die er jetzt schon in Miesa lebte, war sein Hirnschaden *Schritt für Schritt* besser geworden. Immer weiter abgeheilt. Bis jetzt. Plötzlich wurden seine Kyle-Zentren reaktiviert, in hoffnungslos übersteigertem Maße, und dieses ungleichmäßige Wiederaufleben fühlte sich an, als würden Glasscherben in seinen

Schädel getrieben. Wie konnte Savinas sanfte Berührung eine derart intensive Reaktion auslösen? Der KES in ihrem Hirn besaß nicht genügend aktive Zentren, um ein so starkes Signal auszusenden.

Kelric schloss die Augen und konzentrierte sich auf das Link, das er mit ihr ausgeformt hatte. Jetzt, wo seine Kyle-Sinne so sensibilisiert waren, konnte er ihre Emotionen schneller auffangen denn je. Als ihre Gegenwart immer deutlicher wurde, schien sie sich aufzuteilen. Ein Teil verströmte weiter diesen matten Lichtschein, warm und vertraut. Der andere Teil strahlte wie ein neugeborener blauer Riesenstern.

Neu geboren.

Kelric sprang auf und eilte mit Riesenschritten an Hayl vorbei zu den Türen, die nach *Draußen* führten. Er stemmte sie auf und schaute sich nach seiner Eskorte um. »Ich muss Savina sprechen!«

Kommandantin Lesi ließ ihren Würfelbeutel fallen; die Quis-Steine verteilten sich über den Boden. Eine der Wachen sprang auf und stieß eine Quis-Struktur um, eine weitere spuckte vor Schreck einen Mund voll Tanghi-Tee über den Tisch.

»Verpuggt noch mal!«, sagte er. »Habt ihr gedacht, man hätte mir die Stimmbänder durchgeschnitten?« Er lief nach *Draußen* auf den Flur. Wenn die ihn nur weiter dumm angaffen würden, dann musste er Savina eben alleine finden.

Innerhalb von Sekunden hatten die Wachen ihn umringt, die Betäuber gezogen. Er zwang sich, stehen zu bleiben. Jetzt niedergeschossen zu werden, hätte ja auch keinen Sinn.

»Verwalterin Miesa ist krank«, erklärte Kommandantin Lesi.

»Ich muss sofort zu ihr!«

Seine Stimme jagte ihnen einen größeren Schrecken ein als alles andere, was er hätte tun können, vielleicht abgesehen davon, sich von einem Turm hinunterzustürzen. Mit einer Handbewegung bedeutete Lesi sechs seiner Wachen, sich in Formation zu begeben, die siebte sollte vorauslaufen.

Behz, die Erste Ärztin von Miesa, wartete in Savinas Suite schon auf sie. Kelric ging geradewegs an ihr vorbei. Als er dann das abgedunkelte Schlafgemach betrat, hörte er, wie Lesi jemandem den Befehl erteilte, seine Waffe sinken zu lassen. Kelrics Rücken juckte schon, er wartete nur auf den Betäubungsschuss; doch er kam nicht. Im Gemach angekommen, stockte er: Der Anblick von Savina, zusammengekrümmt unter den Steppdecken, ließ ihn wie angewurzelt stehen bleiben.

Behz trat ein und schloss die Tür hinter sich. Dann nahm sie Kelric beiseite und sprach ihn mit gedämpfter Stimme an. »Wenn es noch schlimmer wird, dann wird sie das Kind verlieren! Hat das, was ihr wollt, nicht Zeit?«

Kelric schüttelte den Kopf. Behz blickte ihn aufmerksam an, als suche sie in seiner Miene eine Erklärung. »Ihr werdet vorsichtig mit ihr sein, ja, Sevtar?« Als er dann nickte, verneigte sie sich vor ihm und verließ den Raum. Kelric war mit seiner Frau alleine.

Er setzte sich auf das Bett und legte sanft seine Hand auf Savinas Unterleib, der jetzt schon ganz angeschwollen war – die Geburt stand kurz bevor.

»Ist Avtac hier …?«, fragte Savina.

»Ich bin's«, antwortete Kelric.

Sie öffnete die Augen. »Du siehst aus, als hättest du furchtbare Angst!«

»Savina, es geht um unser Kind! Sie ist eine viel stärkere Psionikerin, als ich gedacht hatte.«

»Zieh-onikerin?« Sie kuschelte sich an ihn und schloss die Augen. »Zieh-one noch einmal für mich, Sevtar.«

Er wusste nicht, wie er ihr hätte erklären sollen, in welcher Art und Weise die Quanten-Wellenfunktionen ihres Gehirns mit denen seines eigenen in Wechselwirkung traten, und ebenso mit denen des Kindes, dessen Gehirn sich immer weiter entwickelte. Durch dieses Dreier-Link nahmen er und Savina ihr Kind schon längst bewusst wahr, allerdings auf einer tiefer gehenderen Ebene als bei der des gewöhnlichen bewussten Denkens. Doch das barg auch eine Gefahr: Ein Neugeborenes konnte so gut wie keine Kontrolle über seine Kyle-Organe ausüben. Durch das traumatische Erlebnis der Geburt an sich würde der Verstand des Kindes mit größter Wahrscheinlichkeit Savina neural völlig überladen. Die Geburt eines Kyle-Kindes verpasste der Mutter üblicherweise Kopfschmerzen, oder schlimmstenfalls etwas ähnliches wie einen epileptischen Anfall. Vielleicht blieben Nebenwirkungen sogar völlig aus, wenn die Mutter wusste, wie man Neurotransmitter freisetzen konnte, die alle bei dieser Überladung betroffenen Rezeptor-Bindungsstellen blockierten.

Nur war dieses Kind kein gewöhnlicher Kyle.

»Dieses Kind weiß nicht, dass es dich verletzen könnte«, erklärte er. »Meine Gedanken- und Gefühlswelt ist genau so wie ihre. Ich kann sowohl dich als auch sie beschützen!«

Schläfrig sagte sie: »Du machst dir wirklich um die komischsten Dinge Sorgen.«

»Ich muss bei dir sein, wenn sie geboren wird. Direkt neben dir. Kyle-Wirkungen sind ähnlich von der Distanz abhängig wie Coulomb-Kräfte – das heißt, je weiter ich von euch entfernt bin, um so schwächer wird meine Wechselwirkung mit euch.«

Sie öffnete die Augen; ihr Gesicht war ganz sanft. »Ich wäre sehr froh, wenn du dabei wärst. Ich wollte dich darum bitten, aber ich wusste nicht wie. Manche Männer fühlen sich im Geburtszimmer ziemlich unwohl.« Sie seufzte. »Avtac wird natürlich dagegen sein.«

»Meinst du Avtac Varz?«

»Sie kommt hierher, um mir dabei zu helfen, Miesa zu verwalten, solange ich krank bin.«

»Kann sich denn dein Personal nicht darum kümmern?«

»Doch. Aber nicht so gut wie Avtac. Ich bin ihr für ihre Hilfe sehr dankbar.«

»Ich vertraue ihr nicht.«

»Du kennst sie doch noch gar nicht.«

»Mir gefallen die Quis-Muster nicht, die ich von ihr gesehen habe.«

»Ich weiß, dass sie ziemlich einschüchternd wirken kann«, meinte Savina. »Aber für mich war sie immer eine gute Freundin. Hart und schwierig, aber auch unerschütterlich.«

Die Tür wurde geöffnet, ein Lichtstrahl durchschnitt die Dunkelheit im Raum. »Verwalterin Miesa?«, fragte Kommandantin Lesi. »Ist alles in Ordnung?«

»Durchaus«, entgegnete Savina.

Als die Kommandantin sich wieder zurückgezogen hatte, lächelte Savina Kelric in. »Du musst denen einen ganz schönen Schrecken eingejagt haben.«

»Ich habe mich nicht gerade wie ein vorbildlicher Calani verhalten«, gab er zu und streichelte ihr Haar. »Aber sie haben wirklich Recht. Ich sollte dir deine Ruhe lassen.«

Sie kuschelte sich enger an ihn. »Geh nicht! Ich fühle mich besser, wenn du bei mir bist.«

Also hielt er sie in den Armen, während sie schlief.

Seine eigenen Gedanken gönnten ihm jedoch keine Ruhe. Woher hätte er denn wissen sollen, dass Savina einen vollständigen Satz Rhon-Gene trug, die meisten davon unpaarig – verborgen und rezessiv? Kein Wunder, dass er sie so sehr liebte. Tief in seinem Inneren, weit unterhalb des bewussten Denkens, hatte er erkannt, wie gleich sie einander waren. Gleich zu gleich gesellt sich gern. Ihre bisher unexprimierten Gene hatten sich mit den seinen gepaart, und dabei war ein Kind mit unglaublichen Psi-Fähigkeiten herausgekommen.

Ihre Tochter war eine Rhon.

Avtac Varz schloss ihre Reisetasche und richtete sich auf, dann knöpfte sie ihre Jacke zu, um sich vor der Kühle des hereinbrechenden Abends zu schützen. Kurz dachte sie darüber nach, noch bei Hettavs Wohnung in der Stadt vorbeizuschauen, um sich zu verabschieden, bevor sie nach Miesa reiste, doch sie entschied sich dagegen. Es war Zeit, dass sie die Beziehung zu ihm beendete. So jung und gut aussehend er auch sein mochte, in letzter Zeit hatte sie kein Vergnügen mehr an ihm gehabt.

Tatsächlich hatte Avtac zu ihrer eigenen Überraschung in der letzten Nacht Garith aufgesucht, ihren einzigen Akasi, den Vater ihrer fünf Kinder. Ein hoch gewachsener Mann mit muskulösem Körper und Augen, die so blau waren wie der Himmel; einst war seine Schönheit atemberaubend gewesen. Die Jahrzehnte hatten silberne Strähnen in sein goldenes Haar gezaubert, und um seine Augen herum waren die Fältchen immer zahlreicher geworden, und doch, selbst nach so vielen Jahren, konnte sie immer noch seine Gesellschaft genießen.

Außerdem hatte Hettav zu viel gefordert. Er hätte

begreifen müssen, dass sie ihn nie zu ihrem Akasi nehmen würde. Er hatte seine Tugendhaftigkeit viel zu schnell aufgegeben, und außerdem war er auch noch ein furchtbar schlechter Würfelspieler.

Eine von der Gefolgschaft erschien in einem Bogengang, sie zitterte in der Kälte. »Der Reiter ist bereit, Ma'am.«

»Gut.« Avtac reichte ihr die Reisetasche. »Bring das hier zum Flugplatz hinaus!« Sie eilte zurück zu ihrem Arbeitszimmer, für eine letzte – aber sehr bedeutende – Besprechung. Inzwischen sollte Zecha eingetroffen sein.

Avtac wusste, dass viele ihre Entscheidung ablehnten, Zecha zur Kommandantin ihres Jägertrupps zu ernennen. Bevor diese Entscheidung gefallen war, hatte Avtac sich jedes einzelne Detail von Zechas Arbeit in Haka angeschaut. Die ehemalige Aufseherin hatte die Feinheiten der Macht nicht begriffen und sie deswegen missbraucht. Aber für eine Verwalterin, die genau wusste, wie man ihre Stärken nutzen und ihre Exzesse im Zaum halten konnte, war Zecha eine ausgezeichnete, treue Offizierin.

Es war ebenfalls offensichtlich, warum das Gericht von Haka in Zechas Fall ein derart hartes Urteil gefällt hatte. Es ging um einen Calani. Manchmal war sich Avtac sicher, dass die Sonnengöttin Savina die Männer nur geschaffen hatte, um die Frauen für ein vermeintliches Fehlverhalten zu strafen. Entweder waren diese Männer gut aussehend und verführerisch – und abgesehen von diesen offensichtlich versöhnlichen Charakterzügen gab es da sonst nicht mehr viel –, oder aber sie waren unscheinbar, nörgelten an allem herum und machten nichts als Ärger.

Als sie in ihr Arbeitszimmer kam, warteten dort schon Zecha und die Chemikerin Iva. Iva hatte sich von den

Verletzungen erholt, die sie sich bei dem letzten Laboratoriumsunfall zugezogen hatte, nur eine Narbe auf der Wange war zurückgeblieben. Es erschien Avtac unangemessen, dass Iva dieses Mal tragen musste, während ihre tölpelhafte Assistentin, die den ganzen Unfall verursacht hatte, unversehrt davongekommen war. Der Unfall selbst jedoch interessierte Avtac immens.

Schwefel, Nitrat, Holzkohle.

»Ich habe dein Forschungs-Exposé gelesen.« Avtac tat Ivas Arbeit mit einer Handbewegung ab. »Muster-Spiele!«

Iva hatte Gegenargumente bereits vorbereitet. »Eine Systematik der Quis-Muster zu entwickeln, die für anorganische Synthesen anwendbar ist, bietet zahlreiche Möglichkeiten, unser Leben zu verbessern, Verwalterin Varz. Es könnte zu zahllosen neuen Verbindungen führen.«

»Wenn du meinst«, sagte Avtac. »Ich bewillige dir diese Forschungsgelder.«

Ein überraschtes Lächeln erhellte Ivas Gesicht. »Das werdet Ihr nicht bereuen, das versichere ich …«

»Unter einer Bedingung«, unterbrach Avtac sie. »Ich möchte, dass du zunächst ein anderes Projekt beendest.« Sie griff nach einem Aktenordner auf ihrem Tisch und reichte ihn der Chemikerin. »Du wirst mit Kommandantin Zecha zusammenarbeiten, und mit einer Gruppe Metallgießer, die sie ausgewählt hat.«

Iva blätterte die Akte durch. »Quis-Würfel aus Metall, die mit Chemikalien gefüllt sind?«

»Genau. Ist das machbar?«

»Na ja … ja, ich denke schon.« Iva blickte zu Avtac auf. »Ich bezweifle, dass die viel nutzen werden. Aber ich kann so etwas machen.«

Papiere, dachte Savina. Lustlos betrachtete sie den Stapel, der sich auf ihrem Bett auftürmte. Wieso gab es überhaupt noch Bäume auf Coba? Die mussten doch alle schon gefällt und zu Papier verarbeitet worden sein – die ganzen Papiere, die Savina Miesa jetzt lesen musste.

Aber wenigstens blieb Savina jetzt ein wenig mehr Zeit, sich auszuruhen, nachdem Avtac gestern eingetroffen war. Nur dass Zecha heute aus Varz eingeflogen war, um Avtac Bericht zu erstatten. Obwohl Savina eigentlich nichts Negatives über die Kommandantin zu sagen wusste, nichts wusste, von dem sie hätte sagen können: ›das stört mich‹, beunruhigte Zecha sie – als würde irgendetwas einen unsichtbaren Druck auf ihr Denken und Fühlen ausüben.

Savina ließ den Aktenordner, mit dem sie sich gerade beschäftigt hatte, auf das Bett fallen. Als sie sich zurücklehnte, erfasste ein Krampf sie mit der Gewalt eines Schraubstocks. Keuchend schnappte sie nach Luft und streckte die Hand aus, um die Gegensprechanlage auf dem Nachttisch einzuschalten. Das zusätzliche Gewicht ihrer Schwangerschaft verlieh der Bewegung mehr Schwung, als sie eigentlich erwartet hatte – die Leibesfülle machte es Savina unmöglich, die Bewegung zu bremsen: Savina verlor das Gleichgewicht, der Schwung der Bewegung ließ sie auf die Bettkante zurollen, sie fiel: Mit einem dumpfen Schlag landete sie auf dem Fußboden.

»Ah – nein …«, stieß Savina hervor, als sie eine ausgewachsene Kontraktion im Unterleib spürte. »Behz! Irgendwer!«

Die Tür wurde aufgerissen, Leute stürmten in ihr Schlafzimmer. Noch während Behz sich neben sie kniete, erfasste Savina eine neue Kontraktion, die ihr das Gefühl gab, als würden Flammen ihr Rückenmark hinaufschließen. Sie starrte die Ärztin an, ihre großen Augen flehten sie wortlos an, die Schmerzen aufhören zu lassen.

Nach einer kurzen Untersuchung blickte Behz zu den Krankenschwestern. »Wir brauchen saubere Tücher. Und kochendes Wasser.«

»Nein!«, stöhnte Savina, als die anderen sie auf das Bett zurückhoben. »Das Kind hat sich doch noch nicht einmal gedreht!«

So sehr Behz sich auch bemühte, sich ihre Besorgnis nicht anmerken zu lassen: Sie strahlte sie ab wie ein glühender Metallbarren Hitze. »Das mag ja sein. Aber die Wehen haben eingesetzt. Und ich kann sie nicht aufhalten.«

Unruhig ging Avtac vor Savinas Schlafgemach auf und ab, während ein ganzes Rudel Gefolgsfrauen im Flüsterton miteinander sprach. Zecha wartete an einem der Fenster, sie starrte auf die Stadt hinunter, ihr Gesicht angespannt, als hätte sie die ganze Nacht nicht geschlafen.

Plötzlich schwang die Außentür der Suite auf, und Kommandantin Lesi von der Calanya-Eskorte betrat mit großen Schritten den Raum.

»Gibt es ein Problem in der Calanya?«, fragte Avtac.

Lesi verneigte sich vor ihr. »Der Calani Sevtar wünscht, bei Verwalterin Miesa zu sein.«

Avtac konnte sich vorstellen, welche Konsequenzen es haben würde, einen nervösen, reizbaren Calani in das Geburtszimmer zu lassen. »Sagt ihm, das gehe nicht!«

»Er ist bereits hier, Ma'am. Ich konnte ihn kaum davon abhalten, vor der Tür zu warten.«

Der Mangel an Disziplin in Miesa erschreckte Avtac.

Savina ließ diesem Viertgrader viel zu viel durchgehen. »Bringt ihn zurück!«

Die Erste Gefolgsfrau von Miesa kam zu ihnen herüber. »Savina möchte, dass er bei ihr ist, Ma'am.«

Das gab Avtac zu denken. »Hat sie mit dir darüber gesprochen?«

»Ich glaube, sie und Sevtar hatten das gerade erst entschieden.

»Aber hat sie die Anweisung erteilt?«

Es dauerte einen Augenblick, bis die Erste Gefolgsfrau antwortete. »Noch nicht.«

»*Noch* nicht?« Avtac wünschte sich, dass diese Frau sich präziser ausdrücken würde. »Dann hat sie dir gesagt, sie beabsichtige, in dieser Hinsicht eine Anweisung zu erteilen?«

»Nein«, gab sie Erste Gefolgsfrau zu. »Aber genau das hatte sie beabsichtigt.«

Avtac sah die Erste Gefolgsfrau nachdenklich an. Verfolgte sie einen eigenen Plan, oder glaubte sie wirklich, Savina wolle, dass dieser empfindliche Calani sich in ihrer Nähe herumtrieb, während sie ein Kind zur Welt brachte? Avtac hatte nie nach Garith gefragt, bei keinem der fünf Kinder, die sie selbst schon geboren hatte. Sie hätte es als aufdringlich empfunden, wenn er da gewesen wäre.

Eine Krankenschwester öffnete die Tür zu Savinas Schlafgemach. »Verwalterin Varz?«

Avtac ging zu ihm hinüber. »Wie geht es Savina?«

»Sie hatte mehrmals Krämpfe, wir wissen nicht warum. Und das Kind liegt falsch.« Leise fügte sie hinzu: »Behz weiß weder bei der Mutter noch beim Kind, ob sie durchkommen werden.«

Nein, dachte Avtac. Savina, halte durch! »Hat sie nach dem Vater des Kindes gefragt?«

Die Krankenschwester schüttelte den Kopf. »Zwischen den Kontraktionen schläft sie, und während der Kontraktionen ist sie nicht ganz bei Sinnen.«

»Meinst du, es würde ihr helfen, wenn wir ihn zu ihr ließen?«

Die Schwester spreizte die Finger. »Das wissen wir nicht.«

Avtac vermutete, wenn Savina bis zu einem so späten Zeitpunkt in der Schwangerschaft nichts darüber gesagt hatte, wolle sie Sevtar nicht bei sich haben. Bedauerlicherweise war das bei Savina schwer zu sagen; man wusste nie, was in ihrem sonderbaren, wenngleich leistungsfähigen Verstand vor sich ging. Und Schnelligkeit und Pünktlichkeit gehörten auch nicht gerade zu ihren hervorstechendesten Eigenschaften.

Avtac ging zum Fenster hinüber, vor dem immer noch Zecha stand. Avtac war erstaunt zu sehen, wie sehr sich Falten der Erschöpfung auf ihrem Gesicht abzeichneten.

»Ihr kennt diesen Sevtar aus Haka«, sagte Avtac.

»Er ist sehr labil«, meinte Zecha. »Wenn Ihr ihn dort hinein lasst, könntet das sehr schnell in einer Katastrophe enden.«

Mit einer Handbewegung rief Avtac die Kommandantin der Calanya zu sich. Als Lesi vor sie trat, fragte sie: »Glaubst du, Sevtar könne die Beherrschung verlieren, wenn wir ihn in den Kreißsaal schicken?«

»Auf keinen Fall«, antwortete Lesi.

»Hat er sich nie unberechenbar verhalten?«

Die Kommandantin von Miesa zögerte.

»Antworte mit Bedacht!«, meinte Avtac. »Das Leben deiner Verwalterin könnte von dem abhängen, was du jetzt sagst.«

Lesi atmete hörbar aus. »Ich kann nicht garantieren, dass er nichts Unerwartetes tun wird.«

Die Erste Gefolgsfrau von Miesa trat gerade rechtzeitig zu ihnen, um den letzten Satz zu verstehen, den Lesi gesagt hatte. »Sevtar ist beständiger als ein Fels«, kommentierte die Gefolgsfrau die Lage.

Eine Wache öffnete die Außentür der Suite. »Kommandantin Lesi? Ich weiß nicht, wie lange er noch warten wird.«

»Führt ihn herein!«, entschied die Erste Gefolgsfrau.

Avtac drehte sich zu der Wache um. »Du wirst *nichts* tun, solange ich nicht die Genehmigung erteile!«

Die Wache zögerte und schaute von Avtac zur Ersten Gefolgsfrau. Dann sagte sie: »Ja, Ma'am!«

Zecha nahm Avtac ein wenig zur Seite. »Ich würde noch einmal darüber nachdenken, bevor ich ihn dort hinein lassen würde. Es ist allgemein bekannt, wie sehr es für Euch von Vorteil wäre, wenn Savina Miesa sterben würde.«

Avtac hatte nicht vor, Savina sterben zu sehen. Verwalterin Miesa war eine der wenigen Menschen, die sie wirklich mochte. Außerdem: Wenn es tatsächlich so aussähe, als sei sie daran interessiert, Savina aus dem Weg zu räumen, würde das politisch sehr unschöne Folgen haben. Andererseits: Wenn sie jetzt den Viertgrader abwies und sich dann später herausstellte, dass Savina ihn tatsächlich bei sich haben wollte, könnten die Konsequenzen genauso schlimm aussehen.

Ein Schweißtropfen rollte Zecha über die Wange. Mit einer geistesabwesenden Bewegung wischte sie ihn fort.

»Geht es dir nicht gut?«, fragte Avtac.

»Das liegt nur an der Anspannung. Spürt Ihr das nicht?« Zecha presste sich die Handballen gegen die Schläfen. »Es ist, als wäre man in einer Mulchpresse!«

Avtac runzelte die Stirn. »Wovon redest du?«

Zechas Miene veränderte sich, als habe sie gerade

innerlich eine Rüstung angelegt und das Visier heruntergeklappt. »Ach, nichts.«

»Verwalterin Varz!« Kommandantin Lesi trat zu ihnen
hinüber. »Wir brauchen jetzt eine Entscheidung.«

Avtac sah sie nachdenklich an, dann wandte sie
sich an Zecha. »Ich brauche jetzt Eure Meinung, Kommandantin. Eine Meinung, in der Zorn keinerlei Rolle
spielt.«

Zecha versteifte sich, und Avtac sah, dass ihre Andeu-
tung der Kommandantin nicht entgangen war. Wurde
nun die falsche Entscheidung getroffen, so würde das
auch auf Zecha ein schlechtes Licht werfen.

Zecha rieb sich die Schläfen, ihr Gesicht wirkte noch
angespannter als zuvor. Mit absoluter Gewissheit sagte
sie: »Verwalterin Miesa wünscht ihn bei sich.«

Kelric nahm den Flur kaum noch wahr, als er sich auf
die Kraft des Wesens konzentrierte, das dort in dem
anderen Raum geboren wurde. Seine Tochter reagierte
instinktiv, wusste noch nichts davon, dass ihre unglaublichen Kräfte tödlich sein konnten. Kelric dämpfte ihren
Ansturm, doch das Link mit ihr aufrechtzuerhalten
erwies sich als schwierig, über die Distanz von zwei
Räumen hinweg.

Die Tür vor ihm wurde geöffnet, im Türrahmen
erschien Kommandantin Lesi. Sie sagte nur: »Ich werde
Euch zu Verwalterin Miesa bringen.«

Irgendwie, trotz all seiner Anspannung, brachte er ein
Nicken zustande. Er schlang sich die Talha um den Kopf
und zog die Kapuze seines Gewandes hoch; er kapselte
sich vor den Blicken aller anderen ab, damit die lüster-
nen Reaktionen dieser Leute nicht seine Konzentration
stören konnten.

Sobald er in Savinas Schlafgemach kam, ließ er sein Gewand und seine Talha zu Boden gleiten und ging zum Bett hinüber, hielt sich jedoch ein wenig abseits von den versammelten Ärztinnen und Krankenschwestern. Savina spannte sich in einer weiteren Kontraktion an, Kelric schwirrte der Kopf von Savinas Anstrengungen. Er verstärkte seine Konzentration und drängte ihr Hirn dazu, Neurotransmitter freizusetzen, von denen die Schmerzrezeptoren blockiert wurden.

Als die Kontraktion vorbei war, ließ sich Savina auf das Bett zurücksinken. Zunächst dachte Kelric, sie sei ohnmächtig geworden, doch dann öffnete sie die Augen. »Sevtar!«, flüsterte sie. »Komm, hilf mir! Bitte!«

Als Kelric auf sie zuging, legte Behz ihm die Hand auf den Arm. »Seid vorsichtig!«

Er schluckte und nickte. Die Ärztinnen halfen ihm, sich hinter Savina auf das Bett zu knien und zeigten ihm, wie er ihr während der Kontraktionen helfen konnte. Er war ihr jetzt so nah, dass sowohl sie, als auch das Baby vor seinem geistigen Auge zu leuchten schienen.

Immer und immer wieder bäumte sich Savina in seinen Armen auf, ihr Körper schweißnass vor Anstrengung. Schwerfällig wurde der Tag zur Nacht, verschwamm in einem Nebel der Erschöpfung. Als ihre Kräfte nachließen, begann die farbigen geistigen Kräfte seines Kindes blasser zu werden. Kelric weigerte sich zu akzeptieren, was da gerade geschah: dass seine Frau und sein Kind in seinen Armen sterben sollten. Er ließ unterstützende Kraft in Savina einströmen, merkte kaum noch, dass er selbst das Einzige war, was sie und ihr Kind am Leben hielt. Savina hatte aufgehört zu denken, steckte ihre ganze verbleibende Kraft in die qualvollen Wehen.

Plötzlich rief Behz: »Sie kommt!«

Kelric hörte es kaum, so benommen war er. Er richtete

sein ganzes Bewusstsein nach innen, sah den Raum um ihn herum verschwimmen, bis er nichts mehr erkennen konnte.

Plötzlich schrie Savina auf, ihr Körper wurde stocksteif, als kämpfe sie sich ein letztes Mal von der Schwelle des Todes zurück ins Leben, in einem letzten, übermenschlichen Akt der Anstrengung.

Dann hörte Kelric ein Neugeborenes weinen.

Mit einem sonderbaren, sanften Seufzen sackte Savina in seinen Armen zusammen. Es war kaum zu glauben, doch zum ersten Mal seit Stunden, vielleicht sogar Tagen, schaute sie zu ihm auf und schien ihn zu *erkennen*. Ihre Stimme war nur noch ein Flüstern. »Sie hat nur deinetwegen überlebt.«

Tränen strömten ihm über das Gesicht. »Und deinetwegen!«

»Ich bin so müde …«

»Savina.« Er krächzte ihren Namen. »Savina, nicht!«

Sie lächelte, ihr Gesicht verschwamm im gedämpften Licht des Raumes. »Ich liebe dich, Sevtar.«

Dann schloss sie die Augen.

30

Der Turm der Seelen

Die Fackel an der Wand flackerte und tauchte den Flur in goldenes, an alte Zeiten erinnerndes Licht. Schweigend schritt Avtac voran. Am Ende des Flures blieb sie vor einem Bogengang stehen und zögerte einen Augenblick, die Handfläche gegen die Tür gelegt – das einzige Mal, dass sie sich selbst gestattete, die Trauer zu zeigen, die sie zu überwältigen wollen schien. Dann entriegelte sie die Tür und betrat den Raum, in dem eine Legende auf sie wartete.

Er saß in einem Sessel am Fenster und starrte auf Miesa hinab, das sich in der Tiefe unterhalb des Turms erstreckte. Dann drehte er sich um – und sie sah, dass alle Gesichten über seine legendäre Schönheit tatsächlich falsch waren. Was sie hier und jetzt vor sich sah, war nicht weniger, als sie erwartet hatte – sondern weit mehr. Sein makelloses Gesicht, sein gleichmäßiger Körperbau, die Schönheit seiner Haut: Er war perfekt. Absolut perfekt.

Statt eines nachtblauen Gewandes, wie es Brauch war, um seine Trauer zu zeigen, trug er aus unerfindlichen Gründen schwarz: Stiefel, Hose, Hemd, Weste – alles schwarz. Die einzigen Farbflecke kamen von den goldenen Handgelenkbändern, die unter den Ärmelaufschlägen hervorblitzen.

Aha. Das war also der Mann, der ein Anwesen ruiniert hatte.

Sevtar wandte sich von ihr ab und starrte wieder aus dem Fenster auf Miesa hinab. Nein, nicht Miesa. Varz.

Es gehört jetzt ihr: das ganze Anwesen, und dazu noch ein Fünftgrader. Aber sie hatte einen hohen Preis dafür zahlen müssen.

Leise sagte sie: »Eure Tochter hat überlebt, Sevtar.«

Er blickte zu ihr, zum ersten Mal schien eine Spur Leben in ihm zu sein. Seine Reaktion erstaunte Avtac. Calani wie er waren eine ganz andere Spezies, im Denken und in den Emotionen völlig unberechenbar. Trotzdem, vielleicht wäre es ja eine nette Geste, ihn das Neugeborene sehen zu lassen.

Nur Augenblicke, nachdem sie nach dem Kind hatte schicken lassen, erschien ein Pfleger mit einem kleinen Bündel im Arm, in Decken gewickelt. Als Avtac nickte, näherte sich der Jüngling Sevtar und verneigte sich. Dann hielt er ihm das Bündel entgegen.

Die Verwandlung, die sich in Sevtar vollzog, verblüffte Avtac. Er wiegte das winzige Kind in seinen kräftigen Armen und legte dabei eine Zärtlichkeit an den Tag, die so gar nicht zu seinem Ruf passte. Dann murmelte er einen Namen.

Der Pfleger zuckte zurück, und Avtac bedeutete ihm mit einer Handbewegung zu gehen. Trotz des Schocks, mitanhören zu müssen, dass Sevtar seinen Eid brach, verstand Avtac, warum er es getan hatte. Es war nicht seine Schuld, dass es Männern von großer Schönheit an moralischer Stärke mangelte. Heute würde er trauern dürfen. Um die Disziplin der Calanya würde sie sich ein anderes Mal kümmern.

Auch der Name, den er ausgesprochen hatte, verwunderte sie. Rohka. Hatten er und Savina diesen Namen für ihre Tochter ausgewählt? Avtac setzte sich neben ihn und meinte sanft: »Rohka wird die beste Pflege erhalten, die wir bieten können.«

Sevtar schaute sie an, als wolle er ihr antworten. Doch

er schien keine Worte zu finden. Stattdessen beugte er sich über das Kind und wiederholte den Namen, wiederholte ihn mit seinem rauen Akzent, sodass er wie ›Roca‹ klang. Während ihm die Tränen über das Gesicht strömten, sagte er noch etwas, doch das ergab überhaupt keinen Sinn:

»Jetzt bin ich nicht mehr das kleinste Rhon-Kind.«

Varz stand allein, hoch oben in den Bergen, uralt und unwandelbar, eine einsame Garnison, um die herum sich in alle Richtungen die Erhabenheit und Pracht der Teotecs erstreckte, so weit der Falke fliegen konnte. Die Reiter landeten auf dem Flugplatz in den eisigen Schatten der Abenddämmerung. Unter Kapuzen und Umhängen verborgen, umringt von ihren Eskorten, bewegten sich Kelric und Hayl über das überfrorene Rollfeld wie Geister.

Sie leisteten den Eid in der Mittstunde der Nacht in *Der Halle Der Seelen*, einem in Ebenholz und Onyx gehaltenen Saal, vor den Fenstern hingen schwarze Vorhänge. Kelric stand allein dort, umgeben vom ebenhölzernen Geländer einer Estrade aus Obsidian, sein Herz schwarz wie die Halle, in dem er Varz die Treue schwor. Die Worte fühlten sich in seinem Mund wie Asche an.

Nachdem er seinen Eid abgelegt hatte, trat Avtac Varz hinter einem Vorhang hervor: eine hoch gewachsene Frau in einem aschgrauen Gewand. Er sah sie wie betäubt an; ihm war gleichgültig, dass sie in eben diesem Moment Geschichte schrieb.

Sie stellte keine Fragen, als sie ihm die Akasi-Armreifen über die Arme schob. »Sevtar Dahl Haka Bahvla Miesa Varz«, sprach sie voller Stolz. »Ihr seid nun ein Calani fünften Grades von Varz.«

V

Varz

31

Wechsel: Schwarzer Onyx

Ixpar schob die Buntglastüren zu ihrer Suite auf und trat auf die Terrasse. In der Ferne sah sie Bahr an einem Tisch sitzen, in die Würfel vertieft. Die Spielerin sah aus wie eine verwilderte Angehörige des Fahrenden Volkes: große Ohrringe, ein gelbes Tuch um ihren roten Locken gewunden, blaue Hose, gelbes Hemd und ihre auffallenden roten Stiefel. In der Nähe beugte sich ihr Freund Rhab über eine Töpferscheibe, augenscheinlich schwer beschäftigt.

Ixpar musste lächeln. Die beiden gaben schon ein interessantes Bild ab: eine Quis-Zauberin, die wie ein Calani lebte, und ihr Modernisten-Freund, der um sie in genau der gleichen Art und Weise warb, wie eine Frau einen Calani umwerben würde, obwohl keiner von beiden zugeben würde, dass Rhab hier um irgendwen warb. Jahlt hätte einen Anfall bekommen!

Manchmal fragte Ixpar sich selbst, warum sie das getan hatte. Bahr in dem Maße finanziell zu fördern, wie ein Calani unterstützt wurde, war nicht nur ein kleine Investition. Diese Abmachung zog beständig die Kritik der Ältesten auf sich. Doch die ungewöhnliche Denkweise dieser Spielerin, die vor außergewöhnlichen Ideen nur so sprühte, faszinierte Ixpar. Sie wollte, dass Bahr mit ihrer Calanya Quis spielte, und für dieses enorme Privileg würde Bahr für den Rest ihres Lebens an den Eid gebunden sein.

In einem der anderen Gärten erschien ein Mann, sein braunes Haar wehte im Wind, als er einen der Pfade hinunterging. Als er sich ihr näherte, erkannte Ixpar, dass es Anthoni war, ein viel versprechendes Mitglied der Anwesens-Gefolgschaft. Er trat vor sie und verneigte sich. »Ich bringe eine Nachricht.«

»Von wem?«, fragte Ixpar.

»Von einem Himmelsvogel.«

Ixpar winkte ihn in ihr Wohnzimmer, dann schloss sie die Tür und zog die Vorhänge vor. »Wer hat dir diese Nachricht gegeben?«

»Eine Pilotin. Auf dem Lieferschein stand der Name Levi Karn.«

»Hat diese Pilotin nach deinem Namen gefragt, bevor sie mit dir gesprochen hat? Zweimal?« Als Anthoni nickte, sagte Ixpar: »Wer weiß sonst noch davon?«

»Niemand. Ich bin direkt hierher gekommen.«

»Gut! Was hat Levi dir erzählt?«

»Das hier: Der Himmelsvogel ist hoch hinaufgeflogen und ruht sich jetzt aus. Seine Nester sind sauber.«

Himmelsvogel. Das war der Codename ihres Agenten Jevrin. Die Nachricht bedeutete, dass er es geschafft hatte, sich in Varz in der StadtWache zu etablieren. Angesichts der Tatsache, dass Avtac davon überzeugt war, Männer seien für die Wache nicht geeignet, war Ixpar sich nicht sicher gewesen, ob er so weit kommen würde. Doch Avtacs mangelnde Flexibilität gereichte Ixpar jetzt zum Vorteil: Die eiserne Verwalterin Varz würde bei einen Mann viel weniger damit rechnen, dass er Spionage betrieb; schließlich erforderte das zahlreiche Charakterzüge, die sie nur bei Frauen vorzufinden erwartete – einschließlich ausreichender Verschwiegenheit, die eigene Identität aus den Würfeln herauszuhalten.

Ein beachtlicher Teil von Jevrins Ausbildung hatte dem Quis gegolten, um sicherzustellen, dass er sich nicht unbeabsichtigt selbst verriet. Doch er konnte nicht die Würfel nutzen, um Nachrichten nach Karn zu schicken; egal wie gut er seine Arbeit absichern mochte, eine Quis-Zauberin könnte das Muster doch zu entschlüsseln in der Lage sein.

»War sonst noch etwas?«, fragte Ixpar.

Anthoni nickte. »›Die Sonne ist erloschen.‹«

»Was?!«

»So lautete die Nachricht. ›Die Sonne ist erloschen.‹«

»Bist du sicher? Könntest du dich nicht verhört haben?«

»Ich bin mir ganz sicher.«

Sie atmete tief durch. »Ich danke dir, Anthoni. Du hast gute Arbeit geleistet.«

Nachdem Anthoni gegangen war, ließ Ixpar sich in einen Sessel sinken. Wie konnte das sein? *Die Sonne ist erloschen.*

Savina Miesa ist tot.

Wenn das stimmte, dann gehörte Miesa jetzt Varz. Ixpar ballte ihre Hände zu Fäusten, als sich daran dachte, was dann außerdem noch an Varz gefallen war.

Kelric.

32

Gebrochener Turm

Geistern gleich vergingen für Kelric die Tage, erst zehn, dann zwanzig, in dunkler, schweigender Folge. Winterliche Schneestürme tobten vor den Fenstern, doch er nahm sie kaum wahr. Er lebte in einem Universum dumpfer Stille.

In einer so großen Calanya hatte er sogar an diesem Abend noch Gesellschaft, als er ziellos durch die Gemeinschaftsräume ging, während ein Großteil von Varz schon längst schlief. Zwei Männer unterhielten sich an einem Quis-Tisch, an einem anderen hatte ein Mann sich in Solitär-Quis versenkt. Wie immer hörte jede Person, an der er vorbeiging, mit dem, was sie gerade tat, was immer das sein mochte, kurz auf und nickte ihm zu, schweigend und ehrerbietig.

Fünfgrader. Er fühlte sich widernatürlich. Die anderen Calani verhielten sich ihm gegenüber so, wie Außenseiter alle Calani behandelten. Niemand störte ihn in seiner Einsamkeit, und er sprach mit niemandem. Selbst Avtac besaß genügend Anstand, ihn in Ruhe zu lassen, trotz seiner Akasi-Armreifen. Endlich, am heutigen Tag, hatte er aufgehört, schwarze Trauerkleidung zu tragen, trug jetzt wieder normale Kleidung; wie er sich kleidete, machte allerdings keinen Unterschied. Die Schatten in seinem Inneren blieben.

Der größte Gemeinschaftsraum lag im Dunkel, von einer Lampe in einer Ecke abgesehen. Kelric klopfte gegen den Ried-Vorhang vor Hayls Suite; doch er erhielt keine Antwort. Er drehte sich um und wollte gerade schon gehen, da hörte er aus der Suite einen leisen Laut. Weinte dort jemand? Kelric zögerte, wollte nicht einfach ungefragt in die Suite eindringen, und doch wusste er, wäre Hayl sein eigener Sohn, würde er zu helfen versuchen.

Wieder hörte Kelric das Schluchzen, fast unhörbar. Also ging er hinein. Er fand Hayl in einem abgedunkelten Alkoven; er lag dort auf einem Teppich, von zahlreichen Kissen umgeben. Wie die meisten Miesaner war er nicht allzu hoch gewachsen, und jetzt, halb in den Schatten verborgen, wirkte er noch jünger als die vierzehn Jahre, die er tatsächlich alt war.

»Ist alles in Ordnung?«, fragte Kelric.

Hayl blickte sich erschreckt um, setzte sich dann auf. »Sevtar?«

»Es tut mir Leid ... ich wollte dich nicht stören. Aber ich dachte, ich hätte jemanden weinen hören. Kann ich dir helfen?«

»Nein.« Als Kelric sich wieder zum Gehen wandte, rief Hayl schnell: »Warte, Sevtar, bitte bleib!«

Kelric setzte sich auf den Teppich. Er brachte es nicht übers Herz, Savina zu erwähnen, deswegen fragte er nur: »Ist es wegen Revi?«

Hayl nickte und wischte sich die Tränen von den Wagen. »Weißt du, was mir meine Mutter mal erzählt hat? Als ich noch ein Baby war, Revi war da fünf, da konnte ich nicht einschlafen, wenn mich Revi nicht vorher einmal durch die Säuglingsstation der Genossenschaft getragen hat.«

»Avtac wusste wahrscheinlich nicht, wie nahe ihr euch steht.«

»Doch, das wusste sie. Die Erste Gefolgsfrau von Miesa hat es ihr erzählt.« Hayl musste schlucken. »Aber das ist Verwalterin Varz egal! Die wollte nur die Besten von uns, und für die anderen einen guten Preis.« Er wischte sich die Handflächen an den Hosenbeinen ab. »Eines Tages werde ich ein Drittgrader sein. In Haka. Zusammen mit Revi.«

»Vielleicht wirst du das.«

»Du warst doch in Haka. Glaubst du, dass es Revi dort gefällt?«

»Mir hat es gefallen. Die Wüste ist wunderschön.«

»Erzähl mir davon!«

Während sie so miteinander sprachen, beruhigte sich Hayl ein bisschen. Obwohl sie das Thema ›Savinas Tod‹ mieden, fühlte Kelric Hayls Trauer und wusste, dass der Junge die seine verstand. Es half ein wenig, gemeinsam mit ihm darüber zu schweigen.

Als Kelric schließlich in den großen Gemeinschaftsraum zurückkam, sah er Qahotra, die Kommandantin der Calanya, vor seiner Suite warten. Bei ihr waren seine ›Kammerdiener‹, Tak, Thek, Netak und Katak. ›Die Taks‹, nannte er sie nur. Ganz diplomatisch, oder vielleicht doch eher doppelzüngig, zog Avtac es vor, diese vier Wachen als seine ›Diener zu Ehren seiner Stellung‹ zu bezeichnen. Angesichts der Tatsache, dass alle vier Männer Waffen trugen, noch größer waren als Kelric und offensichtlich eine Nahkampfausbildung erhalten hatten, waren sie nicht gerade überzeugende Kammerdiener.

Als Kelric sah, was Qahotra in den Armen hielt, machte sein Herz einen kleinen Freudensprung, und sofort dachte er nicht mehr an die Taks. Mit großen Schritten ging er zur Kommandantin hinüber, blieb vor ihr stehen und nahm ihr dann das kleine, in Decken gehüllte Bündel ab, das sie ihm entgegenstreckte. Dann wiegte er seine Tochter in den Armen, betrachtete ihr geliebtes Gesichtchen, während er mit dem ganzen Körper langsam und sanft hin und her schwankte und das Kind so schaukelte.

Als er schließlich aufblickte, sah er, dass Qahotra ihn lächelnd ansah. Selbst die Taks sahen aus, als könnten jeden Moment ihre ausdruckslosen Gesichter von einem Lächeln erhellt werden.

»Wir kommen in einer Stunde wieder.«

Nachdem die Kommandantin gegangen war, setzten sich die Taks um einen Quis-Tisch und würfelten. Kelric setzte sich in einen Sessel am anderen Ende des Raumes, schloss Roca in die Arme und flüsterte Worte ohne jeden Sinn. Seine Tochter sah ihn aus großen, blauen Augen an, die eines Tages grau, golden, grün oder violett werden würden – welche Farbe es wirklich werden würde, wusste Kelric nicht. Sie fühlte sich so klein, so verletzlich an. Ihm war nicht klar gewesen, wie viel Verantwortung er als Vater würde tragen müssen.

Als er Avtac gesagt hatte, er wolle, dass Roca bei ihm in der Calanya lebe, hatte ihm die Verwalterin nicht einmal geantwortet, hatte ihn nur angestarrt, als sei er geistesgestört. Als er am nächsten Tag eine private Quis-Sitzung mit Avtac abhielt, flocht er Muster von Roca in seine Würfel ein, um Avtac zu zeigen, wie viel ihm seine Tochter bedeutete. Wieder hatte sie nichts gesagt; am darauffolgenden Tag aber hatte Qahotra Roca zu ihrem ersten Besuch aus Miesa geholt. Seitdem hatte er sie fast jeden Tag gesehen.

Die Stunde ging viel zu schnell vorbei. Kelric wusste nicht, welches Gesicht er gemacht hatte, als Qahotra zurückkehrte; doch sie gewährte ihm eine weitere Stunde. Als sie ihm schließlich das Baby aus den Armen nahm, sagte sie leise: »Sie kommt bald wieder. Ich werde mich persönlich darum kümmern.«

Nachdem die Kommandantin gegangen war, ging

Kelric in seine Suite zurück, setzte sich in sein Wohnzimmer und bemühte sich, einfach an nichts mehr zu
denken. Wenn er jetzt seinen Gedanken freien Lauf ließe,
würde es sofort um Savina gehen, und die Trauer war
viel zu tief und zu groß. Wenn er sich in diese Gedanken
hineinsaugen ließe, würde er darin ertrinken. Für Roca
musste er weiter erfolgreich bleiben. Er würde das Quis
von Varz zu ungeahnten Höhen aufschwingen lassen,
würde das Anwesen und alle davon abhängigen Lände-
reien in ein goldenes Zeitalter führen, würde Roca die
beste Welt bieten, die zu schaffen in seiner Macht stand.

Mehrere Stunden später klopfte es an seinen Vorhang.
Davor stand wieder Qahotra, diesmal in Begleitung
sowohl der Taks als auch seiner Calanya-Eskorte.

Sie führten ihn quer durch das Anwesen, durch uralte
Säle, leer angesichts der vorgerückten Stunde und ihrer
Abgeschiedenheit, beleuchtet nur von Lampen in der
Form von Klauenkatzen. Schließlich stiegen sie einen
Turm hinauf, erklommen Stufe für Stufe die Wendeltreppe. Diese Reise kannte er schon. Er hatte sie bereits
dreimal angetreten: einmal völlig benommen in Dahl,
einmal in völligem Unverständnis in Haka und einmal
voller Freude in Miesa.

Sie schlossen ihn in einer Suite ein, die das Alter und
den Reichtum von Varz zur Schau stellte. Diamantenbe-
setzte Kronleuchter hingen an der Decke, auf dem
Boden lagen Teppiche, die so dick waren, dass seine
Zehen gänzlich darin zu versinken schienen. Die antiken
Möbelstücke sahen aus, als seien sie unbezahlbar. Gold,
Elfenbein, Ebenholz, Seide: Dies war eine Akasi-Suite,
wie er sie noch nie zuvor gesehen hatte. Unvergleichlich.

Das Wohnzimmer hatte keine Fenster. Er durchwan-
derte die anderen, ebenfalls fensterlosen, Zimmer und
war froh, in keinem davon Avtac vorzufinden. In der

Badekammer durchschwamm er einige Male das Schwimmbecken. Als er fertig war, trocknete er sich mit einem Handtuch ab, das irgendjemand auf eine der Steinbänke gelegt hatte, dann zog er das Gewand über, das daneben lag. Schließlich setzte er sich an einen Springbrunnen und betrachtete die Regenbogen, die über dem künstlichen Wasserfall tanzten. Als ihm die Augen zuzufallen drohten, ging er zum Schlafgemach hinüber und war froh, es immer noch leer vorzufinden. Offensichtlich hielten dringende Geschäfte ihm Avtac vom Leib.

Eine ermüdende Aufgabe, diese Verschmelzung zweier Anwesen, dachte Avtac, während sie eine Lampe im Wohnzimmer der Akasi-Suite anzündete. Aber auf jeden Fall lohnenswert: Seit Varz Miesa übernommen hatte, hatte die Macht von Varz sprunghaft zugenommen. Vielleicht hatte sie über Savinas Entscheidung, Sevtar anzukaufen, doch zu harsch geurteilt. Dieser Mann war ein bemerkenswerter Quis-Spieler. Mehr als bemerkenswert. Wahrhaft talentiert. Aber neurotisch. Was um alles in der Welt hatte ihn denn dazu bewogen, sich so lange in Schwarz zu kleiden? Es war schwer zu glauben, dass er um Savina trauern sollte. Seit ihrem Tod hatte er keine einzige Träne vergossen.

Wenigstens zog er inzwischen wieder normale Kleidung an. Was auch immer seine unberechenbaren Beweggründe gewesen sein mochten, es hätte sich für sie nicht geziemt, in das einzugreifen, was wie eine Trauerphase aussah. Aber das Warten hatte sie ungeduldig gemacht.

Sie fand Sevtar im großen Schlafgemach. Schlafend schien er ihr noch verführerischer als wach. Schmale

Finger aus Licht reckten sich aus dem Wohnzimmer zum Bett hinüber und schienen sich an seinen Körper zu schmiegen. Sevtar lag auf dem Bett, einen Arm um das Kissen unter seinem Kopf geschlungen, der andere lag ausgestreckt auf dem bloßen Laken, seine Finger krallten sich in die Seide. Die Steppdecken waren auf dem Boden gelandet, das Laken war um seine Taille zusammengeknautscht, sodass sein bloße Brust zu sehen war.

Sie setzte sich neben ihn und erkundete mit ihren Fingerspitzen seine Brust, befriedigte endlich die Neugier, die an ihr genagt hatte, seit er nach Varz gekommen war. Seine Haut fühlte sich an wie eine Metalllegierung, dabei jedoch warm und geschmeidig.

Er öffnete die Augen und ergriff ihre Hand. »Avtac. Es ist spät.«

»Das ist wahr.«

»Ich bin müde.«

Sein Widerstreben heizte ihre Begierde nur noch mehr an. Als sie das Laken fortzog und seinen ganzen Körper enthüllte, mied er ihren Blick. Angesichts seiner Vergangenheit bezweifelte sie nicht, dass diese Sittsamkeit nur gespielt war. Doch das war ein sehr viel angemesseneres Verhalten für einen Akasi als das dieses Jünglings, den sie in der Stadt hatte, und der keinen Hehl daraus machte, wie sehr er ihre Gegenwart genoss.

Sanft sagte sie: »Sevtar, dreh dich um! Ich helfe dir, dich zu entspannen.«

Er blickte sie kurz an, seine Miene wirkte angespannt. Doch er rollte sich wirklich auf den Bauch und legte den Kopf auf das Kissen, die Arme ausgestreckt neben dem Körper.

Immer noch gänzlich bekleidet setzte Avtac sich rittlings auf seine Hüften und massierte seinen Rücken, grub die Finger tief in die verspannten Muskeln. Nach einer Weile schloss er die Augen, seufzte und murmelte ein schläfriges ›Danke‹. Avtac fuhr mit der Hand über seinen Arm, dann hob sie seine Handgelenke an und legte sie aneinander.

Mit einem Klicken rasteten die Calanya-Bänder ein und fesselten ihm die Hände hinter dem Rücken.

Sevtar drehte den Kopf zu ihr und blinzelte sich den Schlaf aus den Augen. »Warum hast du das gemacht?«

»Ganz ruhig, schöner Gott der Morgendämmerung!«, murmelte sie. Diese herrliche Unterwerfung! Er erregte sie sogar mehr, als sie für möglich gehalten hatte. Dann streckte sie sich auf ihm aus, streichelte seine Seiten mit langen, gleichmäßigen Bewegungen und rieb gleichzeitig ihr Becken an seinem Hinterteil. Während sie sich über ihm bewegte, starrte er die gegenüberliegende Zimmerwand an, das Gesicht völlig ausdruckslos. Er gehörte ihr, nur ihr allein.

Ihre angestaute Begierde und wie sie sich an im rieb, reizte sie so schnell, dass sie die Erregung kaum unter Kontrolle halten konnte. Als der Orgasmus dann kam, war er so intensiv, dass sie am ganzen Leib erschauerte.

Kurz darauf, als ihre Atmung sich wieder beruhigt hatte, rollte sie sich von ihm herunter und legte sich mit geschlossenen Augen auf den Rücken, ein Bein ausgestreckt, das andere angewinkelt.

»Bist du fertig?«, fragte er.

Avtac schaute ihn an, sein perfektes Gesicht, seine langen Wimpern, seine goldenen Locken. Sie fuhr mit einem Finger über sein Kinn. »Du bist eine große Schönheit, Sevtar.«

»Ich kann nicht schlafen, mit den Armen auf dem Rücken.«

In ihrer Jugend hätte sie vielleicht den Rest der Nacht

mit ihm verbracht, aber jetzt war sie zu schläfrig. Wenn erst einmal der Morgen kam, war das ein neuer Tag, die Zeit für richtige Liebesspiele. Sie wollte, dass er gut ausgeruht war.

Sobald sie seine Handgelenkbänder voneinander löste, drehte er sich auf den Rücken und starrte die Decke an. Avtac reckte sich, streckte schläfrig ihre Arme, dann legte sie ihre Kleidung ab und stapelte sie ordentlich auf dem Nachttisch.

Schließlich drehte sie sich um und schlief ein.

33

Königs-Spektrum

Kastora Karn, die Erste Gefolgsfrau der Ministerin, betrachtete aufmerksam die Metallwürfel auf dem Tisch. Sie waren sonderbar geformt: am einen Ende zylindrisch, das andere Ende lief spitz zu. Dann blickte sie zu Ixpar: »Sind die für das Quis?«

»Sieht nicht so aus.« Die Ministerin legte ein Päckchen schwarzen Pulvers neben die sonderbaren Würfel.

Kastora tippte mit einem Finger gegen das Paket. »Was ist das?«

»Eine Mischung«, erklärte Ixpar. »Holzkohle, Schwefel, Nitrat.«

»Und was kann diese Mischung?«

»Explodieren.«

Hastig zog Kastora ihre Hand zurück. »Braucht man das für die Steinbrüche?«

Ixpar schüttelte den Kopf. »Jevrin, der Agent, den ich nach Varz eingeschleust habe, hat das für mich hierher geschmuggelt. Das Pulver wird in diese Würfel gefüllt.«

»Ziemlich ungewöhnliche Würfel. Wozu sind diese Würfel denn gut?«

»Es sieht so aus«, erläuterte Ixpar, »als würde man die in ein Gewehr stecken.«

»Ein ›Gewehr‹?«

»Eine Schusswaffe.«

»Warum sollte man Würfel in einen Betäuber tun?«

»Ein Gewehr ist etwas anderes als ein Betäuber«, widersprach Ixpar. »Da werden die Würfel wieder herausgetrieben.«

»Wozu denn so etwas, bei allen Winden?«

»Ich nehme an, um in das Ziel einzuschlagen.«

Kastora starrte sie an. »Warum?«

»Das«, antwortete Ixpar, »ist genau das, was ich herausfinden möchte!«

»Ihr versteht also«, schloss Bahr ihre Ausführungen, »wenn wir die Würfel-Struktur auf einen hohen Grad anheben und dann kontrollieren, wie es sich zu einem niedrigeren Grad zurückentwickelt, haben wir in diesem Muster ein Modell für eine chemische Verbindung, die einfarbig leuchtet. Also zum Beispiel rotes Licht aussendet.«

Entspannt saß Ixpar an dem Tisch, an dem sie und Bahr eigentlich gerade gemeinsam aßen. Bahrs ungeheuren Ideen faszinierten sie immer wieder aufs Neue. »Und was könnte man mit diesem roten Licht machen?«

»Man könnte es in den Springbrunnen der Calanya einsetzen.« Bahr nahm einen Gewürz-Muffin. »Allerdings habe ich keinen blassen Schimmer, wie man ein Gerät bauen könnte, das tatsächlich das tut, was mein Quis-Muster hier vorhersagt.«

»Ich kann die Laboratorien darauf ansetzen.« Ixpar trank einen Schluck Wein. »Wie nennt Ihr denn nun Euer Lichterzeugungs-Muster?«

»Ich hab' mich noch nicht entschieden.« Bahr spülte den Mund voll Muffin mit Wein herunter. »Wisst Ihr, was eigentlich dieses Licht aussendet, sind winzigkleine Stäubchen, die ich ›Atome‹ nenne. Wenn so ein Stäubchen sich auf einem hohen Grad befindet, dann möchte es auf einen niedrigen Grad hinunter und gibt dazu das Licht ab. Bei den Mustern, an denen ich gerade arbeite, muss man das Stäubchen anstoßen, damit es auf einen niedrigeren Grad absinken und sich entspannen kann. Deswegen hatte ich daran gedacht, es ›Stäubchen-Anstoß-Strahler‹ zu nennen.«

Ixpar konnte sich die Reaktionen vorstellen, die Bahr mit einer Quis-Struktur namens ›Stäubchen-Anstoß-Strahler‹ erhalten würde. »Ihr stellt doch gerade ein Modell für angeregtes Licht auf, das darauf basiert, dass man die Emission von Radiation, also von Strahlung, stimuliert. Warum macht Ihr daraus nicht eine Abkürzung?«

»Angeregtes Licht durch stimulierte Emission von Radiation? Alidsevra? Oder mit ›Strahlung‹? Dann kommt Alidsevos dabei heraus.« Bahr verzog das Gesicht. »Das klingt nach exotischen Tierarten!«

»Und wenn Ihr nur die Anfangsbuchstaben der wichtigsten Worte nehmt? Alser. Laser. Saler.«

»Saaler? Licht aus einem Saal.« Bahr strahlte sie an. »Ja, das klingt besser!«

Ixpar lachte. »Licht aus einem Saal? Das ergibt doch gar keinen Sinn!«

»Aber sicher. Das Licht tritt aus dem Saal, dem Hohlraum im Inneren des Gerätes, aus.«

»Na gut.« Ixpar lächelte. »Ich werde mal schauen, ob man Euch in den Laboratorien so einen Licht-Saaler bauen kann.«

»Komm schon!«, rief Hayl. »Wach auf! Du hast gesagt, du würdest heute Morgen mit mir laufen!«

Träge öffnete Kelric ein Auge. Durch das Fenster seiner Suite sah er, dass die Morgenröte den Himmel einzufärben begann. Er schloss das Auge wieder und zog sich ein Kissen über den Kopf.

»Sevtar!« Hayl zog ihm das Kissen weg. »Du hast es versprochen!«

Kelric verzog das Gesicht. Die meisten Cobaner fanden die Idee, freiwillig durch die Gegend zu laufen, etwa so ansprechend wie die Vorstellung, Quis-Würfel zu essen; doch in Miesa hatte er Hayl dazu überredet, morgens mit ihm zu laufen. Und jetzt wünschte er sich innig, der Junge hätte nicht so großen Gefallen daran gefunden.

Aber aufzuwachen und dann zu laufen war immer noch besser als aufzuwachen und dann Avtac zu sehen. Dankenswerterweise war sie in den letzten Tagen durch den Rat zu sehr in Anspruch genommen. Davor hatte sie fast jede Nacht nach ihm schicken lassen – für ›Liebes‹-Spiele, nach denen er sich immer fühlte, als seien seine Gefühle grün und blau geschlagen worden.

Das Einzige, was ihm fehlte, wenn Avtac ihn nicht besuchte, war ihr Quis. Keine Person, der er auf Coba begegnet war, war ihr an Genialität ebenbürtig. Wenn die Liebe eines Mannes daran zu messen wäre, wie sehr er das Würfelspiel einer Frau begehrte statt die Frau selbst, dann würde er Avtac, statt sie zu verabscheuen, mit einer Leidenschaft lieben, wie er sie noch bei keiner anderen Frau empfunden gehabt hätte.

Jetzt jedoch galt seine einzige Leidenschaft dem Schlaf. Aber er hatte es Hayl versprochen. Also rollte er sich aus dem Bett und schleppte sich zu der Kommode hinüber, in der er die Kleidung aufbewahrte, die er für den Sport anzog. Nachdem er sich angezogen hatte, gingen sie in sein Wohnzimmer hinüber und fanden dort schon, gemütlich in den Sesseln sitzend, die Taks vor. Die ›Kammerdiener‹ folgten Hayl und Kelric in die eisbedeckten Gartenanlage, blieben dann aber außer Hörweite, während Hayl und Kelric sich aufwärmten; ihr Atem erzeugte kleine Wölkchen unter einem Himmel voller bleischwerer Wolken.

»Ich weiß, dass das deine Diener sind und so«, meinte Hayl. »Aber ich wünschte mir, sie würden einfach verschwinden!«

»Wenigstens haben sie aufgehört, neben uns herzulaufen.«

Hayl grinste breit. »Die sind einfach zu faul!« Er beugte sich vor und riss Kelric ein Haar aus.

»Warum hast du das gemacht?«, fragte er erstaunt.

Hayl reichte ihm seine Beute. »Dein erstes graues Haar.«

Kelric rieb es zwischen den Fingerspitzen, dann ließ er zu, dass der Wind es forttrug.

»Schau nicht so traurig!«, grinste Hayl gutmütig. »Jeder kriegt irgendwann graue Haare!«

»Komm!« Kelric stand auf. »Los geht's!«

Während sie den Pfad hinunterliefen, der zu den Seen führte, versuchte Kelric lustlos, Kontakt mit Bolt aufzunehmen. Der Knoten blieb still, so still wie er seit Savinas Tod geblieben war. Das machte nichts: Kelric wusste, was gerade geschah. Seine Meds führten nicht mehr die Zellreparaturen durch, die notwendig waren, um seine Alterung zu verlangsamen. Das Trauma von Savinas Tod hatte seinem nur teilweise verheilten biomechanischen Netzwerk einen Schock versetzt, und seine Trauer, und sein ganzes Leben in Varz, verschlimmerten die Lage nur noch. Dass der primitive Kenntnisstand Cobas auf dem Gebiet der Medizin Schuld daran war, dass er jetzt leicht hinkte – damit konnte er leben. Dass aber Varz ihm ein ganzes Jahrhundert seines Lebens stahl, war etwas ganz anderes.

Als sie in die Calanya zurückkehrten, wurden die Gemeinschaftsräume langsam voller, da nach und nach Calani aus ihren Suiten kamen, auf der Suche nach Frühstück, Gesprächen oder Quis. Während die Taks sich an einem der Tische niederließen und aßen, schritten Kelric und Hayl den langgestreckten Raum hinunter.

Ein Zweitgrader namens Jev trat auf sie zu. »Ein paar von uns setzen uns zum Tanghi in Orttals Suite zusammen«, sagte er. »Wir wollten fragen, ob ihr beide euch zu uns gesellen wollt.«

Kelric hätte beinahe schon abgelehnt. Dann sah er Hayls erwartungsvolle Miene. Deswegen sagte er: »Danke. Wir kommen, sobald wir uns frisch gemacht haben.«

Während er und Hayl zu ihren Suiten gingen, lächelte Hayl. »Vielleicht behandeln sie uns jetzt nicht mehr so sehr wie Außenseiter.«

»Vielleicht«, meinte Kelric.

»Sevtar …«

»Ja?«

»Es könnte helfen … na ja – vielleicht würden die uns lieber mögen, wenn du etwas freundlicher wärst.«

Kelric sah ihn mit zusammengekniffenen Augen an. »Tut mir Leid. Ich werd's versuchen.«

In seiner Suite angekommen, nahm Kelric ein Bad und zog sich dann an. Als er sein Hemd überstreifte, verdrehte sich sein eng um das Handgelenk anliegende Calanya-Band, und Kelric verzog das Gesicht. Beide Bänder passten nicht richtig, beide reizten seine Haut, aber sie reparieren zu lassen, hätte bedeutet, zu Avtac gehen zu müssen. Und er hatte nicht die Absicht, sich in die entwürdigende Situation zu begeben, irgendetwas von ihr zu erbitten.

Nachdem er längere Zeit in seiner Kommode gewühlt hatte, fand er ein älteres Stück Tuch. Er riss einen Streifen davon ab und schob ihn vorsichtig unter das Band, um seine Haut vor dem Metall zu schützen. Dann verließ er seine Suite wieder.

Orttal bat ihn herein, als Kelric gegen den Vorhang vor seiner Suite klopfte. Orttal war der Höherrangige der beiden Drittgrader von Varz, und doch verneigte er sich vor seinem Gast, dem Fünftgrader, als sei er selbst ein Außenseiter. Im Wohnzimmer sah Kelric Hayl, der auf einem Diwan saß und sich mit Mox unterhielt, einem Erstgrader, der sich mit einer Geschmeidigkeit bewegte, die einen stets glauben ließ, er werde gleich einen Salto schlagen.

»Alles nur eine Frage des Timings«, bemerkte Mox gerade. Er jonglierte mit drei Quis-Würfeln, dann reichte er sie Hayl. »Komm, versuch's auch mal!«

Als Kelric eintrat, wurden alle Gespräche sofort abgebrochen. Orttal geleitete ihn zu einem Quis-Tisch; er überließ ihm den Ehrenplatz am Fenster, dem Zweitgrader Jev gegenüber. Alle schauten ihn gebannt an, von Hayl abgesehen, der weiterhin versuchte, mit Mox' Würfeln zu jonglieren.

Dann fielen die Spielsteine klappernd zu Boden. »Pah!«, murmelte Hayl.

Mox lachte und hob die Würfel wieder auf. »Probier's erst mal mit zweien!«

Langsam setzten die Gespräche wieder ein. Die anderen spielten sich Sätze zu wie Bälle, mit einer Leichtigkeit, von der Kelric fasziniert war, schließlich hatte er nie die Aufgabe gemeistert, sich mit Leuten zu unterhalten, die er nicht kannte. Die Lebendigkeit von Mox auf der einen, Jevs ruhigem Selbstbewusstsein auf der anderen Seite beeindruckten ihn, doch es war Orttal, der letztendlich zur Gänze Kelrics Aufmerksamkeit auf sich zog. Der Drittgrader, ein stämmiger Mann, in dessen Haaren schon graue Strähnen schimmerten, erinnerte Kelric an die gebändigte Kraft eines Raumschiffantriebs.

Gerade hatte Jev das Wort ergriffen. »Du musst aber

doch zugeben, Orttal: Sich zu weigern, Quis zu spielen, bloß um deinen modernistischen Standpunkt zu untermauern, ist schon eine sehr extreme Maßnahme.«

Hayl starrte Orttal an. »Du bist ein *Modernist?*«

»Lass ihn gar nicht erst anfangen!«, warnte Mox.

Jev lächelte. »Er hat noch keinen Schaum vor dem Mund, Mox!«

»Ich verstehe nur einfach nicht, warum er dann einer Calanya beigetreten ist, das ist alles!« Mox sah Orttal mit gerunzelter Stirn an. »Wenn du findest, hier würde man so sehr unterdrückt, dann hättest du eben *Draußen* bleiben müssen!«

»Die Menschen ändern sich«, meinte Orttal. »Aber der Eid gilt für die Ewigkeit.«

»Warum solltest du denn gehen wollen?«, fragte Hayl nach. »Was könntest du dir denn mehr wünschen als das, was wir hier haben?«

»Nur die Freiheit, über mein eigenes Leben zu bestimmen, mehr nicht«, entgegnete Orttal. »Seht euch doch den Preis an, den wir für unseren Intellekt bezahlen müssen: Die Gehorsamspflicht dem Eid gegenüber hält uns doch wie Fesseln gefangen.«

»Du brauchst nicht zu lesen oder zu schreiben!«, widersprach Mox. »Du hast das Quis!«

Orttal beugte sich zu ihm. »Wie üblich missverstehst du völlig, worum es mir geht.«

»Ich dachte, Modernismus sei verboten«, sagte Hayl.

»Warum sollte der verboten sein?«, erkundigte sich Jev.

»Weil …«, suchte Hayl eine Erklärung, »er nicht … ich weiß nicht. Modernismus ist doch unmoralisch!«

»Was ist denn unmoralisch an der Gleichberechtigung?«, verlangte Orttal zu wissen.

»Modernisten zerstören das Wertgefüge anderer«,

antwortete Hayl. »Indem sie versuchen, Kasi dazu zu überregen, keine Bänder mehr zu tragen, oder Calani, den Eid nicht abzulegen. Modernisten sind frustriert, weil sie keine Calani sein können und keine Frau sie als ihren Kasi will.«

Orttal hob die Augenbrauen. »Ach, wirklich?«

Hayl schaute auf die Kasi-Inschriften von Orttals Calanya-Bändern und errötete. »Na ja, wahrscheinlich nicht alle. Aber es ist trotzdem falsch! Frauen und Männer sind nun 'mal unterschiedlich! Manchen Sachen sind von Natur aus nun mal so. Die kann man nicht ändern!«

»Da ist sie wieder, diese Gehirnwäsche!«, seufzte Orttal.

»Stimmt doch gar nicht!«, widersprach Hayl.

Mox grinste den Jungen an. »Wie würde es dir denn gefallen, eine Calanya zu besitzen? Zehn weibliche Akasi, ganz für dich allein?«

»Das ist kein Grund, jetzt geschmacklos zu werden!«, ereiferte sich Hayl.

Mox lachte. »Avtac muss ja verrückt nach ihm sein!«

»Avtac ist verrückt danach«, korrigierte Orttal, »andere Leute zu kontrollieren.«

Mox lächelte. »Du müsstest dir mal anhören, wie die über Modernisten spricht.«

Orttal verzog verdrießlich das Gesicht. »Hab' ich schon.«

Jetzt ergriff Jev das Wort. »Sie kann dir gegenüber doch gar nicht so feindselig eingestellt sein, wenn man bedenkt, wie viel sie für deinen Vertrag bezahlt hat, Orttal.«

Der Drittgrader stieß einen frustrierten Laut aus. »Ich bin ein Mensch! Kein Handelsgut!«

»Du redest doch nur gegen den Wind!«, meinte Mox. »Du bist dein ganzes Leben Calani gewesen. Wie würdest du denn überhaupt *Draußen* überleben wollen? Wenn man all das hier nicht aufgeben muss, ist es immer leicht, sich zu beschweren!«

»Du hast doch gar keine Ahnung, wovon ich hier rede«, erwiderte Orttal. »Sag mir mal, was würdet ihr denn machen, wenn ihr Anwesens-Verwalter wärt?«

Mox grinste. »Ich würde mir einen ganzen Haufen wunderschöner Akasi-Frauen besorgen und den Rest meines Lebens damit verbringen, nur noch zu jonglieren.«

»Ich meine es ernst, Mox!«

»Warum sollte ich Verwalter eines Anwesens werden wollen? Davon würde ich doch nur Kopfschmerzen bekommen!«

Orttal blickte zu Jev. »Und wie ist das bei dir?«

»Ich weiß nicht«, zögerte Jev mit seiner Antwort. »Ich wollte immer nur ein Calani sein.«

»Ich glaube, ich könnte den Job ganz gut machen«, sagte Orttal. »Aber das ist doch auch völlig egal, oder? Niemand von uns wird jemals die Chance erhalten, irgendetwas zu verwalten.«

»Du würdest doch gar nicht glücklich damit werden, wenn doch!«, erwiderte Hayl. »Das ist doch Frauensache! Du kannst doch die Biologie nicht ändern!«

Orttal warf die Hände in die Luft. »Du bist wirklich hoffnungslos!«

Hayl schoss das Blut ins Gesicht. »Wieso? Weil ich glücklich darüber bin, das zu sein, was ich bin? Ich verabscheue Frauen nicht.«

»Ich auch nicht«, widersprach Orttal. »Was ich verabscheue, das ist, für minderwertig gehalten zu werden, bloß weil ich ein Mann bin.«

»Wen Männer wie Frauen wären«, ereiferte sich Hayl, »dann gäbe es auch männliche Verwalter. Gibt es aber nicht. Wegen der biologischen Unterschiede.«

Wieder verzog Orttal ärgerlich das Gesicht. »Ich sag dir jetzt mal, was für eine Rolle die Biologie dabei spielt: Muster reproduktiver Dominanz durchdringen unsere ganze Sozialstruktur!«

Hayl sah ihn verwirrt an. »Was?«

»Er meint, die Frauen kontrollieren den Sex«, erklärte Mox.

Wieder wurde Hayl rot. »Ist das alles, woran ihr denken könnt?«

»Warum denn auch nicht?«, wollte Orttal von ihm wissen. »Ich werd' dir sagen, warum! Weil wir etwas haben, was Frauen wollen und was sie nur von uns kriegen können! Und das gefällt ihnen nicht. Je mehr wir unsere eigene Sexualität kontrollieren können, um so mehr bedroht das alle Avtacs von ganz Coba!«

»Was würdest du denn dann machen?«, fragte Hayl nach. »Durch die Gegend laufen und überall Kinder zeugen? Und du behauptest, Modernismus sei nicht unmoralisch!«

Orttal sah ihn gleichermaßen verärgert und verzweifelt an. »Das habe ich nie gesagt! Wie ist es möglich, dass du ein so talentierter Quis-Spieler bist und zugleich so begriffsstutzig, wenn es um Muster geht, die dir von der Gesellschaft aufgezwungen werden?«

»Sie werden uns nicht aufgezwungen«, widersprach Hayl. »Das liegt in der Natur der Menschheit!«

»Der Menschheit?!« Orttal schnaubte verächtlich. »Soll mich das jetzt mit einschließen, oder was?!«

»Du weißt, dass es das tut.« Mox jonglierte wieder mit seinen Würfeln. »Orttal, wenn wir dir die Leitung von Varz übertragen würde, würde das Anwesen auseinander fallen. Wir würden innerhalb eines Jahres Krieg gegen Karn führen.« Mit einer Hand deutete er auf Kelric, ohne einen einzigen Würfel fallen zu lassen. »Frag ihn doch mal nach dem Imperialat! Überall Kriege, immer nur Kriege, und deren Imperator ist ein Mann!«

»Um ehrlich zu sein«, räusperte sich Kelric, »war der erste Imperator eine Frau.«

Mox blinzelte erstaunt und ließ die Würfel fallen. Alle Augen im Raum waren jetzt auf Kelric gerichtet.

Orttal beugte sich vor. »Aber ein beträchtlicher Teil der Anführer des Imperialats sind Männer, oder?«

»Etwa die Hälfte«, antwortete Kelric.

»Und was glaubst du?«, fragte Orttal nach. »Könnte ein Mann ein Anwesen verwalten?«

Alle sahen ihn an, als erwarteten sie, dass er etwas sehr Tiefgründiges sagen werde. Da Kelric jedoch nichts Tiefgründiges anzubieten hatte, sagte er nur: »Idealerweise ja.«

»Idealerweise?« Orttal sah aus, als wäre er jederzeit bereit, die Diskussion mit bloßen Fäusten weiterzuführen. »Was soll denn das heißen?«

»Was die Befähigung angeht: Ja, natürlich kann ein Mann ein Anwesen verwalten.«

»Aber?«, fragte Jev nach.

»Ein Anführer kann nur dann erfolgreich sein, wenn sein Volk bereit ist, ihm zu folgen.«

»Und du glaubst nicht, dass die Völker der Zwölf Anwesen das sind«, folgerte Orttal.

Kelric dachte darüber nach. »Das hängt davon ab, wo man sich befindet. In Anwesen wie Haka oder Varz? Nein. Aber an Orten wie Dahl? Doch, da schon, denke ich. Eines Tages vielleicht sogar hier, wenn genug Zeit vergangen ist.«

Hayl starrte ihn mit offenem Mund an. »Glaubst du das wirklich?«

Orttal lachte. »Jetzt schau nicht so schockiert!«

Es wurde an den Vorhang geklopft. Orttal ging

hinüber und schob die Riedwand zur Seite. »Verwalterin Varz ist jetzt bereit zur Quis-Sitzung mit Euch und Sevtar«, meldete die Wache.

Ihre Eskorte führte sie quer durch das Anwesen in ein Turmgemach, aus dessen gewölbten Fenstern man auf Varz hinabschauen konnte. Als die Wachen dann Posten vor der Tür bezogen, setzte sich Kelric gemeinsam mit Orttal an den Quis-Tisch. Eine Augenblick später betrat Avtac mit großen Schritten das Gemach, das Gesicht gerötet, als sei sie eben noch dem Wind ausgesetzt gewesen, der das Gebäude umtoste. Kelric vermutete, dass sie gerade erst aus Karn zurückgekehrt war. Sie nickte ihm zu, behandelte ihn so, wie sie es in der Öffentlichkeit stets zu tun pflegte: mit dem unpersönlichem Respekt, der seinem Rang zukam.

Es war wie in jeder ihrer gemeinsamen Sitzungen: Sobald sie anfingen, sah er nur Avtacs herrliche Würfel. Sie arbeitete gemeinsam mit ihnen Strategien für Probleme aus, die während des Rates aufgetaucht waren, spielte Quis auf dem höchsten Niveau: ein raffiniertes Geflecht einzelner Muster, mit dem sie die öffentliche Meinung, die derzeit noch mit Karn sympathisierte, auf die Seite von Varz ziehen wollte. Es erforderte eine heikle Balance. Denn ging sie zu offensichtlich vor, würden sich die Muster gegen Avtac selbst wenden, sobald sie sie in das öffentliche Quis-Netz einfließen ließ. War sie allerdings zu vorsichtig, würde sie nur eine viel zu geringe Wirkung erzielen, oder vielleicht sogar gar keine.

Je länger die Sitzung dauerte, um so deutlicher wurde Kelric eine leichte Störung im Quis, die den anderen verborgen zu bleiben schien. Kelric wusste selbst nicht, wie er sie hätte beschreiben sollen. Als er an diesem Nachmittag in die Calanya zurückkehrte, zog er sich in seine Suite zurück und analysierte die Strukturen der heutigen Sitzung. Schließlich legte er seine Würfel beiseite und ging hinüber zu Orttal.

Sobald er angeklopft hatte, rief ihm der Drittgrader zu, er solle hereinkommen. Er traf Orttal im Arbeitszimmer seiner Suite an; dort stand der Drittgrader neben einem Lehnsessel. Neben diesem Sessel stand ein kleiner Schrank, dessen Türen geschlossen und verriegelt waren.

Orttal deutete auf einen weiteren Sessel. »Kann ich dir ein wenig Tanghi anbieten?«

»Nein, vielen Dank.« Kelric setzte sich, und Orttal folgte seinem Beispiel. »Ich wollte mit die über die Quis-Sitzung heute Morgen sprechen.«

»Ziemlich fesselnd, was?«

»Ja. Aber irgendwie … falsch.« Er suchte nach den richtigen Worten. »Als hätte jemand Quis mit einem Calani aus der Alten Zeit gespielt.«

Orttal lachte. »Ich hoffe, du denkst nicht, ich hätte zusammen mit einem toten Calani gespielt!«

»Nicht mit einem gespielt. Über einen gelesen.« Er nickte zu dem Schrank hinüber. »Bewahrst du da deine Bücher auf?«

Orttal versteifte sich. »Du glaubst wohl, fünf Grade geben dir das Recht, andere zu beleidigen.«

»Wenn ich mich täuschen sollte, so entschuldige ich mich.«

Orttal stand auf und ging zu einem Fenster hinüber, das vom Boden bis zur Decke reichte. Seine Silhouette hob sich dunkel vor der Wolkenlandschaft ab, während er den vorbeiziehenden Wolken zuschaute. »Dein Quis verrät mir sehr viel über dich, Sevtar.«

»Zum Beispiel?«

Orttal drehte sich um. »Zum Beispiel, dass du mich vielleicht besser verstehst als alle anderen.«

Kelric stand auf und stellte sich neben ihn. »Ich habe

in einer anderen Kultur gelebt. In mehreren sogar. Vielleicht sehe ich Muster, die jemand, der hier aufgewachsen ist, zwangsläufig übersehen muss.«

»Und dennoch gefällt es dir, Calani zu sein.«

»In mancher Beziehung.« In Miesa hatte es ihm gefallen. Hinsichtlich des Quis ging es ihm in Varz sogar noch besser. Aber ohne Savina fühlte sich das alles wie Staub an.

»Und wenn du erfahren würdest, dass ein Calani den Eid gebrochen hat?«, fragte Orttal. »Du bist ein Akasi.«

»Ich werde Avtac nichts davon erzählen, wenn du das meinst.«

Orttal sah ihn nachdenklich an. Dann ging er zu dem Schrank hinüber und schloss diesen auf, zog dann ein Buch hervor und brachte es Kelric. »Darin hatte ich gerade gelesen, als du geklopft hast.«

Kelric nahm das Buch entgegen. Der Titel, in vergoldeten Buchstaben in den Wildledereinband geprägt, lautete: *Legenden der Kej*. Die Seiten aus Pergamentpapier waren mit Goldschnitt verziert, die handgeschriebenen Hieroglyphen waren wahrhaftige Kunstwerke, vor allem die Schriftzeichen, mit denen die Seiten jeweils eingeleitet wurden: An den großen, von komplexen Zierleisten eingefassten Glyphen, die mit metallisch glänzenden Tinten gemalt waren, rankten Weinreben empor.

»Das ist wundervoll«, bestaunte Kelric die Kostbarkeit.

»Meine Frau, Naja, hat es bei ihrem letzten Besuch für mich hereingeschmuggelt. Es geht um die Regierung der letzten Königin von Kej.« Orttal legte das Buch in den Schrank zurück und verschloss ihn anschließend sorgfältig wieder. »Ich hatte gedacht, ich hätte es aus dem Quis herausgehalten. Ich hätte mir denken können, dass man vor einem Fünftgrader nur wenig geheim halten kann.«

»Unser Eid dient einem Zweck«, erklärte Kelric. »Einflüsse von *Draußen* verunreinigen das Quis.«

Orttal schnaubte verächtlich. »Vielleicht sollte es mal richtig verunreinigt werden!«

Kelric wünschte, er wüsste die richtigen Worte, um es Orttal begreiflich zu machen. Es war für ihn wichtig, dass das Quis auf der Seite von Varz stand: Solange Varz florierte, ging es auch Miesa gut. Savinas Vermächtnis. Seiner Tochter. Doch gegen Orttals geschulte sprachliche Fähigkeiten hatte Kelric keine Chance, den Drittgrader zu überzeugen.

Ihm stand jedoch ein viel wirkungsvolleres Werkzeug zur Verfügung. »Würdest du mit mir spielen?«

»Selbstverständlich!«

Kelric begann mit Strukturen des alten Kej, und Orttal reagierte mit Mustern aus seinem Buch. Sie ließen den Geist der Alten Zeit in das Spiel einfließen, betrachteten, wie Kej das Problem gelöst hätte, das sie an diesem Morgen gemeinsam mit Avtac in Angriff genommen hatten. Zunächst entwickelten sich die uralten Muster und die modernen sehr ähnlich: Varz war in seinen Einstellungen der Alten Zeit viel näher als jedes andere Anwesen, von Haka abgesehen. Dann baute Kelric die Muster weiter aus und zeigte, wie die uralten Kej-Lösungen angesichts der modernen Probleme von Varz letztendlich scheitern mussten.

Schließlich legte Orttal seine Würfel nieder. »Du brauchst nicht weiterzumachen. Ich habe verstanden, was du mir sagen willst.« Er fuhr sich mit einer Hand durch das Haar. »Ich habe nicht die Absicht, Varz zu schwächen. Aber ich *verkümmere* hier! Ich will die gesamte Literatur der ganzen Welt verschlingen, und dabei ist es mir sogar verboten, auch nur meinen eigenen Namen zu lesen!«

Langsam tauchte Kelric aus dem Quis wieder zurück in die Wirklichkeit, wieder spürte er diese Desorientierung, die er schon so oft nach einer wirklich angespannten Sitzung erlebt hatte.

»Vielleicht, wenn du darum bitten würdest, aus deinem Eid entlassen zu werden …?«

»Nur wenige Verwalterinnen entlassen auch nur einen Erstgrader.« Jetzt klang Bitterkeit in seiner Stimme mit. »Aber: Ja, ich habe darum gebeten. Avtac hat abgelehnt. Dann habe ich darum gebeten, weiterverkauft zu werden. Sie hat abgelehnt. Also habe ich mein Quis vor Modernismus nur so überquellen lassen, weil ich gehofft hatte, dass sie mich dann würde loswerden wollen. Das ist nach hinten losgegangen. Sie hat sich gerächt.«

»Gerächt? Was meinst du?«

Orttal nahm einen bernsteinfarbenen Spielstein auf, mit dem er ihre Wachen dargestellt hatte. »Nachts hat sie eine Achtergruppe zu mir geschickt. Die haben mich über das ganze Anwesen marschieren lassen, schlafen durfte ich nicht. An anderen Tagen hat sie mir untersagt, Naja zu sehen.« Er berührte die Opal-Kugel, die seine Frau repräsentierte. »Diese Besuchs-Ehe … das ist nichts für mich! Ich will mit Naja zusammenleben, will sie jeden Tag sehen, will jeden Morgen neben ihr aufwachen. Ich finde es so schlimm, wenn ich nicht bei ihr sein kann.«

»Also hast du Avtac gegenüber nachgegeben?«

»Ja«, antwortete Orttal. »Ich habe nachgegeben.«

»Deine Modernismus-Muster mögen jetzt viel feiner sein, aber sie sind immer noch da.«

»Wir alle stecken unsere Persönlichkeit, unser ganzes Selbst, in die Würfel.« Er sah Kelric fest an. »Je machtvoller der Calani, desto mehr geschieht das.«

34

Gestürzter Verschachtelter Turm

Der Winter bedeckte Varz mit meterhohem Schnee. Hayl blickte auf Schneewehen hinaus, die ihm bis zur Hüfte reichen würden, und fragte sich, ob es Revi wohl in der Wüste gefiel. Wenigstens stand ihm selbst hier Sevtar zur Seite. Ein genialer Spieler, stark, zuverlässig, von allen Calani respektiert: Es gab hier niemanden, der dem Fünftgrader ebenbürtig gewesen wäre. Hayl hatte schon befürchtet, sobald Sevtar sich in die Varz-Calanya eingefunden hätte, würde es ihn stören, dass ständig ein Junge hinter ihm herlief – würde stattdessen lieber die intellektuell anspruchsvollere Gesellschaft von Orttal und den anderen suchen. Doch trotz seiner neu geschlossenen Freundschaften vernachlässigte Sevtar auch die alten nicht.

Die Gartenanlagen waren überfroren. Hayls Atmen erzeugte kleine Nebelwölkchen, als er sich neben Sevtar auf eine Bank setzte und die beiden sich die weichen Schuhe zuschnürten, die sie zum Laufen anzogen. Als Sevtar sein Hosenbein hochschob, sah Hayl, dass rings um Sevtars Fußbänder die Haut aufgeschürft war.

»Das solltest du mal Avtac zeigen«, schlug Hayl vor. »Sie kann dafür sorgen, dass deine Bänder unterfüttert werden.«

Sevtar zuckte mit den Schultern. »Ist doch nichts Wildes.«

Hayl schnürte sich den anderen Schuh zu. »Als ich in Miesa war, hat mein erstes Paar Handgelenkbänder nicht gepasst. Da hat Savina sie sofort richten lassen.«

In der morgendlichen Stille war es überlaut, ein peitschender Knall: Als Hayl aufschaute, um zu sehen, was da die Stille durchbrochen hatte, bemerkte er, dass Sevtar einen zerrissenen Schnürsenkel in der Hand hielt. Der Fünfgrader stieß einen Fluch aus, schnürte sich dann mit dem Rest des Schnürsenkels behelfsmäßig den Schuh, so gut es eben ging, und stand auf. »Los geht's!«

Hayl biss sich auf die Unterlippe. Einen Moment lang hatte er vergessen, dass Savina tot war.

Obwohl der Pflegertrupp den Schnee vom Weg geräumt hatte, auf dem die beiden jeden Morgen zu laufen pflegten, lag doch noch Eis auf den Steinplatten. Sevtar legte ein halsbrecherisches Tempo vor, und bald schon war Hayl ermüdet und ließ den Fünfgrader alleine einen Hügel hinaufsprinten. Oben angekommen, rutschte Sevtar auf dem Eis aus. Er kippte nach hinten und purzelte einen Hügel hinab, rollte in Purzelbäumen durch den Schnee, bis sein Sturz in einem Eistannenhain unsanft zum Stillstand gebracht wurde.

Hayl pflügte sich einen Weg den Hügel hinauf, durch ganze Wogen pulverigen Schnees. Er fand Sevtar, halb unter einer Schneewehe verschüttet; sein Atem ging schwer und stoßweise, als bekäme er nicht genügend Luft. Als Hayl sich neben ihn kniete, hörte er hinter sich Schritte auf dem Schnee knirschen. Als er aufblickte, sah er, dass die Kammerdiener sich um sie versammelten; alle trugen sie stabile Netze unter ihren Stiefeln, mit denen sie auf dem Schnee entlanggehen konnten, statt einzusinken.

Netak wandte sich an die anderen. »Holt ein Beatmungsgerät!« Als die anderen sich auf den Weg machten, kauerte sich Netak zusammen und grub Sevtar aus dem Schnee aus. Sevtar versuchte, sich aufrecht hinzusetzen, fiel dann aber wieder zurück und rang erneut nach Luft.

Nur wenige Momente später erschien eine Kommandantin der Wache, kam auf sie zugelaufen, in der Hand ein Beatmungsgerät. Als sie näher kam, erkannte Hayl, dass es Zecha war, die Kommandantin des Jägertrupps von Varz. Dass sie in der Calanya war, behagte ihm nicht. Drei Mal war sie inzwischen hierher gekommen, jedes Mal um ausdrücklich *ihn* zu sehen, und beim letzten Mal hatte Avtac ihr das Sprecherinnen-Privileg gewährt.

Zecha ging zu Netak hinüber und deutete mit dem Kinn auf die Calani, die sich am Fuße des Hügels versammelten. »Haltet sie uns vom Leib! Aber lasst Doktor Shyl durch, sobald sie eintrifft!« Dann blickte sie zu Hayl, und ihre Miene wurde sanfter. »Ihr wartet bei den anderen!«

Er konnte nicht einfach gehen, nicht, bis er nicht wusste, ob es Sevtar gut ging. Er zog sich ein wenig zurück, blieb aber stehen, sobald er wusste, dass Zecha ihn nicht mehr sehen konnte. Er sah, wie sie Kelric die Maske auf das Gesicht legte, doch sie schaltete das Beatmungsgerät nicht ein. Obwohl Hayl gedacht hatte, er sei schon außer Hörweite, verstand er jedes ihre Worte.

»Du willst Luft?«, murmelte sie. »Dann bitte darum, Schnulzensänger!«

Sevtar stieß einen Fluch aus und griff nach dem Beatmungsgerät, seine Fingernägel kratzten über das Metall. Entsetzt rannte Hayl den Hügel hinauf, und als er sich zwischen den Eistannen hindurchzwängte, brachen mit lautem Knacken Nadeln und dünne Äste ab.

Zecha wirbelte herum. »Hab' ich Nicht gesagt, du sollst wegbleiben?!« Sie schaltete das Beatmungsgerät so unauffällig ein, dass, hätte er nicht gewusst, dass es vorher ausgeschaltet gewesen war, er niemals bemerkt hätte, dass sie es erst jetzt einschaltete.

Plötzlich ging mit großen Schritten Doktor Shyl an ihm vorbei. Als sie sich neben Sevtar auf den Boden kniete, lehnte dieser sich zurück und sog gierig Luft aus dem Beatmungsgerät in seine Lungen.

Zecha ging zu Hayl hinüber und sagte mit viel sanfterer Stimme: »Es tut mir Leid, dass ich Euch angebrüllt habe.« Sie blickte auf ihn hinab und fuhr ihm mit den Fingerspitzen über die Wange. »Ihr solltet mich nicht so erschrecken.«

Hayl sah sie voller Unbehagen an, dann trat er ein paar Schritte zurück, um zuzuschauen, wie die Mediziner Sevtar wieder auf die Beine halfen. Er wünschte sich, Zecha würde ihn in Ruhe lassen.

Sobald Avtac die Nachricht erhalten hatte, ging sie mit großen Schritten zur Calanya. Sie fand Sevtar in seiner Suite vor, dort saß er auf dem Bett, benutzte immer noch das Beatmungsgerät, doch ansonsten schien wieder alles in Ordnung zu sein. In der Nähe drückte sich Hayl herum, am Fußende des Bettes stand Doktor Shyl und unterhielt sich mit der Sprecherin.

Avtac nahm die Ärztin beiseite. »Warum fällt ihm das Atmen schwer?«

»Mit ihm ist alles in Ordnung«, antwortete Shyl. »Er hat der Sprecherin irgendetwas darüber erzählt, dass die Luft da oben zu ›dünn‹ sei.«

»›Dünne Luft‹?«, fragte Avtac. »Und was soll dann das Gegenteil sein? ›Fette Luft‹?«

Shyl musste lächeln. »Ich habe nicht nachgefragt. Ich habe ihm einen Schlaftrunk verabreicht. Der sollte ihn beruhigen.«

Avtac nickte. Sevtars Lider sanken jetzt schon herab. Sie wartete, bis er sich ganz hingelegt hatte, dann entließ sie alle Anwesenden aus der Suite. Als sie mit Sevtar allein war, setzte sie sich auf das Bett und sah ihrem Akasi beim Schlafen zu. Was war nur in ihn gefahren, dass er einfach über das Eis gerannt war, ohne Bedacht, ohne jegliche Vorsichtsmaßnahmen? Und warum hatte er ihr nichts von seinen Problemen mit den Calanya-Bändern erzählt? Gut, dass Shyl das aufgefallen war. Hätte Kelric noch länger nichts unternommen, hätten sich die Schürfwunden entzünden können.

Sie seufzte. Bei diesen Calani wusste man doch nie. Völlig unlogisches Verhalten schien einfach in ihrer Natur zu liegen. Sie berührte seine Lippen. So warm. Sein Geruch zog sie an; sie sehnte sich danach, Sevtar in die Arme zu schließen, seinen Kopf in ihrem Schoß zu wiegen, sich seiner männlichen Wärme hingeben.

Nein. Avtac stand auf. Sie würde niemals zulassen, dass er sie so schwach machte. Niemals würde sie zulassen, dass er ihr das antat, was er Savina angetan hatte.

Der Schneesturm tobte die ganze Nacht wie ein aufgebrachter Zauberer. Hayl warf sich unruhig in seinem Bett hin und her, an Schlaf war nicht zu denken. Sonderbare Bruchstücke eines Albtraums schossen ihm immer wieder durch den Kopf: Wüstenlandschaften, ein Steinbruch, Zecha in der Uniform einer Aufseherin. *Draußen* heulte der Wind und hämmerte Graupeln gegen die Fenster, gefolgt von einem Donnern, das laut genug war, ganz Varz aus den Bergen herauszusprengen. Hayl zog sich die Decke über den Kopf.

»Hayl?«, fragte eine Stimme.

Fast wäre er aus dem Bett gesprungen. Dann begriff er, dass es nur Sevtar war, der dort im Dunkeln stand. »Ha! Wo kommst du denn her?«

»Es tut mir Leid mit den Albträumen«, meinte Sevtar. »Ich wollte dich nicht am Schlafen hindern.«

Ihn am Schlafen hindern? Seine Träume waren doch nicht Sevtars Schuld. »Ich kann bei diesem Lärm da sowieso nicht schlafen.« Hayl schaltete die Lampe auf seinem Nachttisch ein. »Bleib doch hier!«

»Na gut«, war Sevtar einverstanden. »Ich komme sofort wieder.«

Es überraschte Hayl, dass Sevtar nicht schlief. Der Fünftgrader wurde jetzt schneller müde als früher; warum, wusste Hayl nicht. Beim Unfall heute war es auch nicht das erste Mal gewesen, dass Hayl gesehen hatte, wie Sevtar nach Luft rang.

Sevtar kehrte zurück, in der Hand eine Karaffe mit Baiz, und setzte sich in einen Sessel neben dem Bett. Er gab ihnen beiden etwas zu trinken: Baiz für sich selbst, Tanghi mit einem Schuss Baiz und etwas Taw-Milch für Hayl. Während *Draußen* der Wind brauste, saßen sie beisammen, tranken und unterhielten sich und schnitten dabei alle möglichen Themen an: vom Schnee über Politik und Quis bis zu Raumschiffen. Als Hayl seinen Becher geleert hatte, war der Sturm völlig vergessen.

»Hmmm …« Er schaute in seinen Becher hinein. »Davon schwebt man ja weg! Ich wünschte, das könnte man mit Zecha machen.«

»Geht mir genauso.«

»Sie hat Avtac darum gebeten, mich ihr zu geben.«

»Dich ihr zu geben?« Sevtar sah ihn verständnislos an. »Was meinst du damit?«

»Als Kasi.« Hayl lehnte sich zurück, lag jetzt flach auf dem Rücken. »Die haben die Zeremonie für meinen fünfzehnten Geburtstag angesetzt.«

»*Allmächtige* Heilige, Hayl!« Sevtar riss sich zusammen. »Es sei denn … das ist das, was du willst.«

Hayl verzog das Gesicht. »Wenn ich daran denke, mit ihr den roten Würfel rollen zu lassen, möchte ich sofort ein Bad nehmen.«

»Den roten Würfel rollen lassen?«

»Mox Lieblingsthema. Sex.«

Sevtar lachte. »Ach so!« Dann erlosch sein Lachen wieder. »Ich nehme an, das bedeutet: Nein, du möchtest sie nicht heiraten.«

»Lieber würde ich auf einem zugefrorenen See im Eis einbrechen!«

»Sag Avtac, wie du darüber denkst!«

»Hab' ich versucht. Aber die hört doch nie zu.« Hayl zögerte. »Könntest du … Ich meine, du bist doch ihr Akasi, und …«

»Ja. Ich werde mit ihr darüber reden.«

Erleichterung brandete wie eine Woge über Hayl hinweg. »Danke!« Er stützte sich auf einen Ellbogen. »Warum ist Zecha so wütend auf dich? Warum hat sie das Beatmungsgerät nicht eingeschaltet?«

Überraschung zeichnete sich auf Sevtars Gesicht ab. »Woher weißt du das?«

»Ich hab' sie gehört.«

»Du warst viel zu weit weg!«

»Ich weiß. Hab' sie trotzdem gehört.«

Sevtar sah ihn nachdenklich an. »Ich denke schon seit einer Weile darüber nach, dass du Anzeichen eines Kyle-Empfängers zeigst.«

»Was ist denn das?«

»Das bedeutet, dass ein paar Kyle-Gene bei dir paarig auftreten.« Er machte eine Pause, als suche er nach den richtigen Worten. »Du bist wie ein Funkempfänger. Du kannst ein wenig von dem auffangen, was andere fühlen, vor allem, wenn sie sprechen oder träumen. Sie müssen allerdings Empathen sein, damit ihr Signal stark genug ist, damit du es empfangen kannst.« Er neigte den Kopf schräg. »Ich wette, Revi ist ein Empath. Wahrscheinlich steht ihr euch deswegen so nah. Kyle-Gene scheinen bei den Miesanern häufiger zu sein.«

Hayl setzte sich aufrecht. »Heißt das, Zecha ist eine Empathin?«

»Wohl kaum.«

»Du hast gesagt, ich könnte hören, was Empathen denken. Und ich habe sie gehört. Also muss sie eine sein.«

Sevtar starrte ihn an. »Alle Götter! Du hast Recht!«

Kastora öffnete die Tür der Schenke und trat gemeinsam mit Ixpar ins Innere. Es war schon zu vorgerückter Stunde, und der Jüngling, der normalerweise auf der Bühne stand und sang, war schon nach Hause gegangen. Ixpar deutete auf eine Sitzgruppe in der Ecke. Nachdem der Kellner ihre Bestellung aufgenommen hatte, fragte sie: »Hast du etwas gefunden?«

Kastora legte ihre Unterarme auf die hölzerne Tischplatte. »Ich habe alle Aufzeichnungen über Fünftgrader herausgesucht. Abgesehen von Sevtar Varz hat es im ganzen Modernen Zeitalter nur zwei gegeben.«

Der Keller erschien mit ihren Krügen voller Ale. Ixpar wartete, bis er wieder gegangen war, dann fuhr sie fort: »Wie haben ihre Verträge gelautet?«

»Nachdem das Erdbeben im Jahr Zweihundertzweiunddreißig das Hahvna-Anwesen völlig zerstört hat, sind die Überlebenden nach Ahkah gegangen. Also wurde der Viertgrader von Hahvna ein Ahkah-Fünftgrader.« Kastora nahm einen Schluck von ihrem Ale. »Und im Jahr Fünfhundertsieben hat sich Verwalterin Bahvla in einen Varz-Viertgrader verliebt und ihn als

Fünftgrader nach Bahvla geholt. Der Preis für seinen Vertrag war die gesamte Bahvla-Calanya.«

Ixpar zog die Augenbrauen hoch. »*Dem* haben die zugestimmt?«

»Und sogar noch mehr. Varz hat ein Jahrhundert lang die gesamten Profite aus dem Holzhandel von Bahvla eingestrichen.«

Ixpar stieß einen Pfiff aus. »Und was war in der Alten Zeit?«

»Während der Wüstenkriege hat Kej einen Drittgrader gefangen genommen und ihn als Viertgrader in Kriegsgefangenschaft gehalten. Er konnte entkommen und hat in Dahl als Fünftgrader Asyl erhalten.« Kastora setzte ihr Ale wieder ab. »Ein paar Jahrhunderte später hat eine Ahkah-Verwalterin einen Viasa-Viertgrader entführt und zu ihrem Akasi gemacht.«

Ixpar lächelte. »Ja, ich denke, ich könnte es immer noch mit einer Entführung versuchen!«

»Denkst du wirklich an einen Fünftgrader?«

»Wir müssen etwas unternehmen! Varz ist jetzt viel zu mächtig.«

»Der einzige Viertgrader ist Mentar«, betonte Kastora. »Der gehört schon zu deiner Calanya. Du müsstest dafür sorgen, dass ein Drittgrader zu einem anderen Anwesen wechselt, dort lange genug bleibt, um alles über das dortige Quis zu lernen, und dann wieder zurückkommt. Und selbst das würde nichts bringen. Der Preis für einen Fünftgrader würde Karn völlig zerstören.«

»Varz zerstört uns jetzt gerade schon.« Ixpar legte die geballte Faust auf den Tisch. »Das ist ungerecht! Sevtar hat den höchsten Grad erreicht, den ein Calani erreichen kann, ist zur lebenden Legende geworden, über ihn werden Lieder geschrieben, und doch verweigert man ihm sein Glück!«

»Seine Frau ist gestorben. Natürlich ist er unglücklich!«

»Es geht noch um etwas anderes.«

»Woher weißt du das?«

»Es steht im Quis.«

»Du bist die Einzige, die das sieht.«

»Aber es steht dort.«

Verschwörerisch beugte sich Kastora vor. »Weißt du, was du wirklich brauchst?«

»Was?«

»Einen Akasi. Irgendjemanden, der deine Gedanken von Avtacs Ehemännern abbringt.« Kastora dachte an den Sänger, der sonst in dieser Schenke auftrat. Seine Stimme bewegte ihr Herz, und sein schlanker Körper weckte in ihr das Bedürfnis, ihren ganzen Körper zu bewegen – zusammen mit ihm. »Ein warmer Kerl, an den man sich in der Nacht kuscheln kann. Das beruhigt jede Frau.«

Ixpar lachte. »Du solltest mal dein Gesicht sehen. Du wirbst gerade um jemanden, was?«

»Natürlich nicht!« Tatsächlich hatte sie bisher noch nicht den Mut aufgebracht, ihr Interesse dem Sänger mitzuteilen. »Eine Ministerin sollte auf jeden Fall einen Akasi haben.«

Ixpar zuckte mit den Schultern. »Es gibt keinen Calani, den ich würde heiraten wollen.«

Das Dilemma aus uralter Zeit, dachte Kastora. Das Gesetz fordert, dass Verwalterinnen nur Calani heiraten, je höher im Grad, desto besser, vor allem für die Ministerin. Die meisten Ministerinnen wählten einen Zwei- oder Drittgrader aus einem anderen Anwesen; oft wurde die Hochzeit schon arrangiert, wenn sie den Mann nur zwei- oder dreimal gesehen hatte.

»Jahlt hat vermutlich genauso gedacht«, meinte

Kastora. »Aber jetzt schau doch mal, wie gut sie sich mit Mentar arrangiert hat.«

»Ich bin noch nicht bereit, einen Akasi zu nehmen. Ich bin erst siebenundzwanzig, im Namen des Windes!«

Kastora stürzte den Rest ihres Ales hinunter. »Na ja, eines Tages.«

»Eines Tages«, bekräftigte Ixpar.

Kelric stand in den schneebedeckten Gartenanlagen unter einer Eistanne und betrachtete Garith. Der Zweitgrader saß in etwa zwanzig Metern Entfernung auf einer Gartenbank mit hoher Lehne, die Augen geschlossen; mit zurückgelehntem Kopf streckte er das Gesicht der herrlich warmen Wintersonne entgegen. Garith war ein hoch gewachsener Mann, doch nicht ganz so groß wie Avtac, und seine Gesichtszüge entsprachen einer klassischen Schönheit, blaue Augen und blondes Haar, wie es in den nördlichen Anwesen so selten und so geschätzt war. Obwohl Kelric wusste, dass er viel jünger aussah als Garith, waren die beiden doch fast gleichaltrig, beide Ende Vierzig.

Kelric ging zu ihm hinüber. »Darf ich mich zu dir setzen?«

Garith öffnete die Augen. »Nein.«

Obwohl Kelric innerlich zusammenzuckte, machte er weiter, als sei nichts geschehen. »Garith, wir müssen miteinander reden. Das alles wirkt sich auf das Quis aus.«

»Worüber reden?« Garith stand auf. »Ich habe nie etwas über die Jungen gesagt, die sie in der Stadt hat. Was würde das denn auch bringen? Als sie diesen Erstgrader hierher geholt hat, habe ich nichts gesagt. Irgendwann wurde sie seiner überdrüssig und hat ihn nach

Shazorla verkauft. Und jetzt bist du hier, und *du* wirst nicht wieder weggehen. Was erwartest du denn von mir? Soll es mir nach all diesen Jahren etwa recht sein, einfach wie ein alter Würfelbeutel abgelegt zu werden?« Er schüttelte den Kopf. »Ich habe nicht das Bedürfnis, mit dir zu reden.«

Alle Götter!, dachte Kelric. So viel zum Thema ›Diplomatie‹.

Er ging in seine Suite zurück, stellte sich im Schlafzimmer vor eines der Fenster, die vom Boden bis zur Decke reichten, und betrachtete die Wolken, die das Glas zu streifen schienen. Das dicke Fenster war in eine Felsklippe eingelassen, von der aus es schnurgerade hinabging, immer weiter, bis die Felswand tief unter ihm in den Bergen verschwand. Wenn er nur dort hinaus gehen könnte …

Hör auf, herrschte Kelric sich selbst an. Was würde Roca denn ohne ihren Vater machen? Sie würde ihn erst morgen wieder besuchen kommen, und wenn sie nicht da war, fühlte er sich leer und einsam.

Kelric setzte sich in seinen Lieblingssessel und döste ein wenig, wachte immer wieder auf und schaute dann auf die große Standuhr mit ihrem schwingenden Pendel, die auf der anderen Seite des Raumes stand. Der Nachmittag verging in stumpfer Eintönigkeit.

Gegen Abend hörte er, dass jemand den Vorhang vor seiner Suite zur Seite schob. Dann erschien Hayl im Türbogen vor Kelrics Schlafzimmer.

»Ja?«, fragte Kelric.

»Ich hab' mir Sorgen gemacht, weil du nicht zum Abendessen gekommen bist.«

Schlaff blieb Kelric in seinem Sessel liegen. »Ich hatte keinen Hunger.«

Als das Schweigen länger wurde, blickte Hayl sich

um, als suche er nach etwas, das Kelric aufmuntern könnte. Als er dann seine Stiefel neben dem Fenster sah, lächelte er. »Ich habe 'rausgekriegt, wie man diese Fenster vor der Felsklippe öffnen kann. Bei manchen sind Muster-Schlösser in die Schnitzerein im Rahmen eingearbeitet.«

Kelric richtete sich in seinem Sessel auf. »Hayl, das ist viel zu gefährlich!« Irgendwie hatte der Junge sein eigenes Interesse an den Fenstern aufgefangen. Einige Räume des Anwesens waren unmittelbar in die Felswand geschnitten und dann mit einem Basrelief verziert worden. Es war vorstellbar, dass ein Mensch auf ein Sims hinauskletterte und dann, immer an der Wand entlang, bis zur Stadt hinüberkletterte und an Vorsprüngen und dergleichen Halt fand. Natürlich war es auch vorstellbar, dass dieser Mensch abstürzte – mehr als einen Kilometer in die Tiefe.

Im Bereich der Calanya jedoch gab es keine Verzierung der blanken Felswand, die in den Wolken verschwand. Kelric war sich sicher, dass es einst historische Gründe dafür gegeben hatte – in der Alten Zeit, als Calani oft noch gegen ihren Willen festgehalten wurden. Und noch heute erfüllte das Gebäude seinen Zweck: Es hielt ihn hier gefangen.

»Ich möchte nicht, dass du die Fenster öffnest!«, sagte er.

»Nicht mal die in meiner Suite?«, fragte Hayl nach. »Unter denen liegen doch bloß die Gärten.«

»Die hast du auch aufgekriegt?«

»Die waren einfach.«

Dass Hayl solch ein Talent besaß, was Schlösser betraf, erstaunte Kelric. Die Verschlüsse, von denen gesprochen wurde, bestanden aus winzigen Riegeln und Knäufen, die man drücken, ziehen und drehen musste, und das in einer Reihenfolge, die Kelric völlig wahllos erschien. Irgendeine Eigenart von Hayls Gehirn ermöglichte es ihm jedes Mal, ein derartiges Rätsel zu lösen.

»Sei aber vorsichtig!«, ermahnte ihn Kelric. Hayls Fenster lagen nur wenige Meter über den Gartenanlagen, aber selbst bei einem Sturz aus dieser Höhe konnte man sich ernstlich verletzen. »Häng dich nicht zu weit 'raus!«

»Mach' ich nicht!«, versprach Hayl.

Nachdem der Junge gegangen war, starrte Kelric die Decke an. Es war schon einige Tage her, dass er mit Avtac über Hayls bevorstehende Kasi-Zeremonie gesprochen hatte. Er musste es wenigstens noch ein letztes Mal versuchen.

Er stand auf und machte sich auf die Suche nach den Taks.

Avtac wartete, bis die Taks sich aus dem Arbeitszimmer ihrer Suite zurückgezogen hatten. Dann sagte sie: »Ich hoffe, das hier ist jetzt wirklich wichtig, Sevtar. Ich habe sehr viel zu tun!«

Kelric verabscheute es, mit ihr Wortgefechte auszutragen, doch er hatte es Hayl versprochen, und er hatte die Absicht, sein Versprechen auch einzulösen. Er stand ihr gegenüber, auf der anderen Seite ihres breiten Schreibtisches, hinter dem sie in einem großen Sessel saß.

»Es geht um Hayl«, begann er.

»Ich hoffe, es geht nicht schon wieder um seine Kasi-Zeremonie. Die ganze Sache geht dich nicht das Geringste an!«

Er beugte sich vor, die Hände auf die Tischplatte gestützt. »Begreifst du denn nicht, wie er sich dabei fühlt? Du wirst sein ganzes Leben ruinieren!«

Avtac nahm ihre Lesebrille ab. »Ich bin diese persönliche Hetzkampagne, die du gegen Kommandantin Zecha führst, allmählich Leid! In Wirklichkeit bist du doch nur eifersüchtig, stimmt's? Im Augenblick bist du der wichtigste Mensch im Leben dieses Jungen. Du willst ihn bloß nicht an Zecha verlieren!«

»Mit Zecha und mir hat das überhaupt nichts zu tun. Hayl liebt sie nicht! Er mag sie noch nicht einmal! Und er ist noch ein Kind, im Namen des Windes! Er ist noch zu jung, um der Kasi von *irgendeiner* Frau zu sein!«

In Avtacs Stimme klang Verärgerung mit. »Wenn es nicht so viele ›moderne‹ Männer gäbe, müssten die Frauen sich vielleicht nicht immer mehr halbwüchsige Jünglinge auswählen, um einen unbefleckten Gefährten zu finden.« Sie sah ihn nachdenklich an. »Aber damit sage ich dir ja nichts Neues.«

»Was soll denn das heißen?«

Sie setzte ihre Brille wieder auf. »Das müsstest du doch wissen! Du warst mit der Hälfte aller Verwalterinnen von Coba zusammen!«

Er blickte sie finster an. »Dann such' dir einen ›reineren‹ Akasi und lass mich in Ruhe!«

»Du solltest dankbar sein, dass ich bereit bin, deine Vergangenheit zu vergessen!« Sie stand auf, trat um den Tisch herum und stellte sich vor ihn. »Das hier ist nicht Miesa. Savina hat dir vielleicht gestattet, sich in die Leitung ihres Anwesens einzumischen, aber ich werde das hier in keiner Weise dulden!«

Kelric fühlte sich, als habe man ihm in den Magen getreten. »Lass Savina aus dem Spiel!«

Mit sanfterer Stimme meinte Avtac: »Ich wollte dich nicht verletzen.« Sie legte ihm eine Hand auf den Arm. »Ich weiß, dass du nichts dafür kannst, dass du so bist wie du bist.«

Das war zu viel. Kelric ließ seinen Arm hochschnellen, um ihre Hand abzuschütteln. Ohne Vorwarnung, ohne Grund, wurde die biomechanisch verstärkte Körperkraft aktiviert, und er schleuderte sie gegen ein Bücherregal. Als die Regale umzukippen drohten, sprang sie gerade rechtzeitig zur Seite und schlug mit der Handfläche gegen den einen Knopf der Gegensprechanlage, die dort an die Wand montiert war.

Alle Götter, nein!, dachte Kelric. Er trat einen Schritt auf sie zu. »Avtac, ich wollte nicht …«

Sie hob eine Strebe des zusammengebrochenen Bücherregal auf. »Bleib weg!«

Auf Kampf-Modus umgeschaltet, dachte Bolt.

Was sollte denn das? *Deaktivieren!*, dachte er.

Er hörte schnelle Schritte, wirbelte herum und sah seine Kammerdiener und die Calanya-Eskorte. Netak zog seinen Betäuber, und Kelric schlug ihm die Waffe aus der Hand, die Geschwindigkeit wieder gesteigert – dank Bolt, der eindeutig eine Fehlfunktion hatte: Aus irgendeinem bizarren Grund hatte er einen normalen ›Ehekrach‹ als Kampfsituation interpretiert. Konnte er aufgrund seiner Lage in Varz tatsächlich so traumatisiert sein? Seine neurologische Schädigung und dazu der Stress mussten sein ohnehin schon unberechenbares biomechanisches System noch weiter durcheinander gebracht haben.

Die Eskorte versuchte, Kelric zu betäuben, doch trotz der Schäden an seinen Systemen hielt ihn seine Hydraulik in Bewegung, und sein biomechanisches Netzwerk synthetisierte zeitgleich ein Gegenmittel gegen den Wirkstoff der Betäuber. Schließlich gelang es den Taks, ihn gegen die Wand zu pressen. Noch während Kelric sich wehrte, erschien Qahotra, in der Hand eine Zwangsjacke. Sie wickelten sie um seinen Oberkörper, dann gelang es ihnen, ihn ganz hineinzuzwängen und ihm die Arme quer über der Brust zu verschnüren.

»Bringt ihn ins Schlafzimmer!«, befahl Avtac. »Aber seid vorsichtig! Ich will nicht, dass er verletzt wird.«

Kampf-Modus deaktiviert, dachte Bolt.

Nein!, dachte Kelric. *Wieder umschalten!* Jetzt, wo er Bolts Hilfe brauchte, ließ der ihn im Stich!

Halb trugen die Taks ihn in das Schlafzimmer hinüber, halb zerrten sie ihn hinter sich her. Als sie ihn auf das Bett legten und dort festhielten, versuchte ein Pfleger, ihm dazu zu zwingen, eine Tablette herunterzuwürgen. Als Kelric sie daraufhin ausspuckte, beugte sich Doktor Shyl über ihn, eine Injektionsspritze einsatzbereit.

Avtac hielt den Arm der Doktorin fest. »Was ist das?«

Shyl zeigte ihr die Spitze. »Das injiziert das Medikament in sein Blut. Das wirkt viel schneller als ein Arzneitrank!«

»Ich werde nicht zulassen, dass Ihr an ihm Experimente durchführt!«

»Das ist absolut sicher«, versicherte Shyl ihr.

Während die Taks Kelric zurückhielten, verabreichte Shyl ihm die Spritze. Innerhalb weniger Augenblicke wurden seine Muskeln schlaff, und ale Stimmen um ihn herum nahm er nur noch gedämpft wahr, als hielte er seinen Kopf unter Wasser.

Avtac beugte sich über ihn. »Jetzt ist er ruhiger.«

Das Gesicht von Doktor Shyl kam in sein Blickfeld. »Was hat die Aggressionen ausgelöst?«

»Er war schon die ganze Zeit sehr reizbar«, sagte Avtac. Der Rest ihrer Antwort versank in Finsternis.

Als Kelric wieder erwachte, erschöpft und völlig orientierungslos, herrschte Zwielicht in dem Raum. Eine verschwommene Gestalt saß auf dem Bett; sie sprach mit Avtacs Stimme. »Kann ich etwas für dich tun?«

Er fuhr sich mit einer papiertrockenen Zunge über die Lippen. »Wasser.«

Sie hielt ihm den Kopf hoch und legte ihm ein Glas Wasser an die Lippen. »Alles wird gut«, murmelte sie. »Die Medizin wird dir helfen.«

»Bin nicht krank«, entgegnete er undeutlich. Dann verlor er wieder das Bewusstsein

Als er das nächst Mal erwachte, fiel helles Sonnenlicht durch die Fenster. Irgendjemand hatte ihm die Zwangsjacke ausgezogen und ihn gebadet. Als er sich umschaute, sah er einen Krankenpflegerin in einem Stuhl neben dem Bett sitzen.

Sie schaute von ihrem Buch auf und lächelte ihn an. »Geht es Euch besser? Ich werde Verwalterin Varz rufen.«

Bevor Kelric protestieren konnte, hatte die Pflegerin schon die Gegensprechanlage aktivierte und sprach mit Avtac. Wenige Minuten später erschien die Verwalterin und entließ die Pflegerin, dann setzte sie sich auf das Bett und lächelte Kelric an. »Es freut mich, dass du dich wieder erholt hast!«

Erholt? Von ihrer emotionalen Misshandlung? Doch wie er auch über Avtac denken mochte, er hatte nicht die Absicht gehabt, sie anzugreifen. »Bist du in Ordnung?»

Sie nickte. »Sprechen wir nicht mehr davon.«

Warum denn nicht, verdammt?, dachte er. Doch er sagte nichts. Schweigen war sein einziger Schutz vor Worten, die ihn tiefer und schwerer verletzten als Stahl. Zorn flammte in ihm auf, vermischte sich mit den Quis-Mustern, die ihm durch den Kopf gingen. Er versuchte, ihn zu unterdrücken, damit daraus nicht eine Wut wurde, die sein Quis verdorren ließ – und damit Varz, Miesa und die Zwölf Anwesen.

Es war nur ein kurzer Blick, ein Aufblitzen blonden Haares über dem vereisten Windbrecher. Beinahe hätte Kelric Savinas Namen gerufen – doch die Person in der Ferne war nur eine seiner Wachen. Er ging durch die tief verschneiten Gärten, ihm war ganz egal, wohin.

»… in Ordnung?«, fragte eine Stimme. »Sevtar, was ist denn los?«

Kelric blieb stehen. Vor ihm stand Orttal, seine Silhouette zeichnete sich vor dem bedeckten Himmel ab. Der Drittgrader wollte gerade etwas sagen, dann hielt er inne und schaute an Kelric vorbei. Als Kelric sich umdrehte, sah er Mox, den Jongleur, auf Qahotra zulaufen, die ihm Garten nebenan stand. Rutschend kam er vor der Kommandantin der Calanya zum Stehen und sprach auf sie ein, hektische Handbewegungen begleiteten seine Worte. Die Kommandantin hörte ihm zu, dann lief sie in die Richtung los, aus der er gekommen war.

Kelric und Orttal gingen zum Jongleur hinüber. »Was ist denn los?«, fragte Orttal.

»Es geht um Hayl«, sagte Mox, vom Laufen ganz außer Atem. »Ich hab' nicht 'mal gemerkt, dass er daran 'rumgespielt hat … und dann lehnt er sich 'raus … um nach 'nem Vogel oder so was zu schauen … ich weiß nicht wonach!«

Nicht schon wieder, dachte Kelric. Hayl hatte unablässig an den Fenstern seiner Suite herumgespielt. Doch selbst wenn Hayl gefallen sein sollte, konnte er nicht allzu schwer verletzt sein. Hätte der Junge Schmerzen gehabt, dann hätte Kelric das gespürt.

»Ich hab' ihm gesagt, er soll wieder 'reinkommen«, sagte Mox. *»Ich hab's ihm gesagt!«*

»Mox, ganz ruhig!«, redete Orttal auf ihn ein. »Was ist passiert?«

»Er ist 'rausgefallen. Rausgefallen!«

»Geht es ihm gut?«, fragte Kelric.

»In meiner Suite … er hat's irgendwie 'rausgekriegt … ich weiß nicht wie. Ich wusste nicht einmal, dass man diese Klippenfenster aufmachen kann.«

Kelrics innere Ruhe zerbarst. »*Was* für Fenster?!«

»Die Klippenfenster.« Mox' Stimme brach. »Er ist über die Klippen gestürzt.«

Nein. Das konnte nicht wahr sein. Wenn Hayl gestorben wäre, hatte Kelric das *gewusst!* Kelric lief auf die Calanya zu, vor seinem geistigen Auge entsetzliche Bilder von Hayl, der die Klippen hinunterstürzte, und er fühlte sich, als sähe er seinen eigenen Sohn in den Tod stürzen.

Als er in Mox' Suite angekommen war, drängte er sich durch die Menschenmenge, die vor dem Türbogen stand. Avtac stand bereits im Schlafzimmer, Zecha war zu dem Fenster hinübergegangen, das vom Boden bis zur Decke reichte und wie eine Glastür geöffnet war. Kühler Wind strich flüsternd hindurch, eine Wolke schwebte langsam in das Zimmer und flocht dünne Wolkenfäden um den Fensterrahmen.

Kelric ging auf das Fenster zu, sogar noch an Zecha vorbei. In der Öffnung blieb er stehen und schaute auf die Felsklippe hinab, die vor seinen Füßen in den Abgrund abfiel. *Hayl*, dachte er. *Komm zurück!* Vor seinem geistigen Auge tauchten ungewollt Bilder auf: Hayl, der über die Klippe rutscht, Hayl, wie er zwischen den Bäumen hindurch stürzt, Hayl, der sich in einem Wurzelgeflecht verfängt.

Mit leiser Stimme sagte Zecha: »Er hat mir gestern noch erzählt, dass er dich beeindrucken wolle.« Unglaublicherweise liefen ihr Tränen über die Wangen. »Und jetzt ist er tot!« Sie ergriff seinen Arm, um Kelric wieder in den Raum zurückzuziehen, doch im gleichen Augenblick, in dem er den Arm zurückziehen wollte, ließ sie ihre Hand sinken, als sei es ihr egal, ob er fiele oder nicht. Das Ergebnis war, dass er seinen Arm mit mehr Schwung zurückzog als notwendig gewesen wäre. Er verlor das Gleichgewicht – und stolperte aus dem Fenster.

»Nein!«, schrie Avtac. »Haltet ihn fest!«

Der Himmel schien an ihm vorbeizurasen, als Kelric in diesen luftigen Abgrund stürzte. Selbsttätig aktivierte sich sein biomechanisches Netzwerk. Während er schon an der Fensterschwelle vorbeifiel, griff seine Hand danach, und mit einer Wucht, die ihm fast den Arm ausgekugelt hätte, blieb er dort an der Wand hängen. Mit hydraulikverstärkter Kraft zog er sich wieder in den Raum zurück.

Wie benommen hörte er die anderen schreien, spürte er, wie sie ihn vom Fenster fortzogen. Der Schock, dass Hayl tot sei, und dazu dieser Adrenalinschub, den ihm sein biomechanisches Netzwerk verpasst hatte, waren einfach zu viel für ihn. Mit geballten Fäusten schlug er um sich, traf eine Wache, dann eine weitere, dann Zecha. Seine Eskorte feuerte immer wieder ihre Betäuber auf ihn ab, bis er auf die Knie stürzte.

Als die Wirkung des Adrenalins nachließ und er sich beruhigte, deaktivierte Bolt den Kampf-Modus. Als Kelric aufschaute, sah er Gefolgsfrauen und Calani, die ihn ungläubig anstarrten. Er starrte zurück; seine eigene Reaktion hatte ihn zu sehr überrascht, als dass er sich auch nur hätte bewegen können.

Avtacs Arbeitszimmer lag im Dunkel der Nacht. Allein stand die Verwalterin in der Dunkelheit und starrte aus einem der hohen Fenster zu den funkelnden Sternen hinauf.

Wie konnte das passieren? Nur wenige Klippen-Fenster ließen sich überhaupt öffnen, und die, die man tatsächlich öffnen konnte, waren mit einem äußerst komplizierten Mechanismus verriegelt. Nur ein erfahrener Schlosser, der die Kombination kannte, vermochte sie zu öffnen. Hayl wäre niemals fähig gewesen, ein Rätsel zu lösen, an dem selbst sie, Verwalterin Varz, gescheitert wäre. Irgendwie musste er durch Zufall an die Kombination gekommen sein, ein Zufall, der ihn das Leben gekostet hatte, und Sevtars beinahe auch noch dazu.

Warum war Sevtar gesprungen? Warum hatte er es sich dann doch anders überlegt? Warum war er durchgedreht? Sie fühlte immer noch das Entsetzen, das sie empfunden hatte, als er in den sicheren Tod gestürzt war, fühlte immer noch diesen furchtbaren Verlust, diese Leere, die in ihr geherrscht hatte, als sie dachte, er sei fort. Als er dann wieder in den Raum zurückgeklettert war, hätte sie vor Erleichterung aufschluchzen mögen.

Langsam entglitt ihr die Kontrolle.

Das war untragbar! Hatte Zecha Recht, dass Sevtar alles zerstörte, dem er sich auch nur näherte? Oder hatte Doktor Shyl Recht, dass er an irgendeinem traumatischen Stress litt, einer nervösen Erschöpfung, die durch Trauer und Einsamkeit noch verschlimmert wurden? Was für ein Trauma? Er lebte doch im Luxus! Er zeigte keinerlei Anzeichen von Trauer. Und wie sollte er denn einsam sein? Sie verbrachte doch fast jede Nacht mit ihm!

Die Gegensprechanlage auf ihrem Schreibtisch summte. Avtac legte den Schalter um. »Ja?«

»Kommandantin Zecha ist hier, Ma'am«, meldete eine von der Gefolgschaft.

Avtac schaltete das Licht ein, jetzt durchflutete grelles Licht ihr Arbeitszimmer. »Schick sie herein!«

Zecha betrat den Raum und verneigte sich vor Ihr, sie wirkte bedrückt. »Ich grüße Euch.«

»Wie geht es Euch?«, fragte Avtac.

»Ich würde gerne den Dienst wieder aufnehmen.«

Avtac wusste, bei der Arbeit würde es Zecha schneller wieder besser gehen, als wenn man sie im Med-Haus einsperrte. »Also gut.«

Die Kommandantin zögerte. »Die Suchermannschaften … hat man …«

Avtac wünschte, sie fände Worte, um die Kommandantin über den Verlust hinwegtrösten zu können. »Sie haben seine Leiche noch nicht gefunden. Aber sie werden weitersuchen, selbst bei diesem Sturm.«

Zecha nickte. »Und Sevtar?«

Avtac ging zum Fenster hinüber und starrte in die Nacht hinaus. »Ist noch im Med-Haus. Shyl hält es für das Beste, ihn unter Beruhigungsmitteln zu halten, bis wir wissen, wie wir ihn behandeln können.«

Mit leiser, gehässiger Stimme fragte Zecha: »Ist es das wert, ihn zu haben, Avtac? Sind seine Fünf Grade all die Trauer wert, die er Euch gebracht hat?«

Avtac starrte weiter aus dem Fenster. Sie war niemandem gegenüber Rechenschaft schuldig, und das galt auch für die Kommandantin ihres Jägertrupps. War Sevtar es wert, dafür Savina und Hayl zu verlieren? Nur sie allein konnte die Antwort auf diese Frage finden.

Ja. Er war es wert. Nichts würde sie dazu bringen, ihn gehen zu lassen.

Nichts!

In der eiskalten Finsternis umwirbelten dicke Schnee-
flocken einen knorrigen alten Baumstamm, der sich an
der Felswand festgekrallt hatte; seine Wurzeln ragten
gekrümmt aus den Rissen in der Felswand heraus und
bildeten dort ein korbartiges Geflecht. Im Inneren dieses
Korbes lag zusammengekauert Hayl; er schmiegte sich
in die unsichere, zweifelhafte Umarmung dieses Gebil-
des und zitterte am ganzen Leib. Sein Zittern löste einige
kleine Steinchen, die von dort aus fielen und fielen und
immer weiter fielen, ihr Klirren, wenn sie gegen einen
Felsen prallten, verhallte im Heulen des Sturmes. Hayl
lauschte dem Wind, er wusste, jeden Moment konnte
sein Gewicht die Wurzeln aus der Felswand reißen.

Die Suchtrupps würden am Fuße der Felswand nach
ihm suchen. Hier nicht. Er hatte nichts zu essen. Nichts
zu trinken. Keinen Schutz. Keine Hoffnung auf Rettung.

Er konnte nur darauf warten zu sterben.

35

Königinnen-Wagnis

Jevrin Karn, anderen Orts auch Jevrin Varz genannt, flog seinen Reiter in diesem Sturm nur nach Instrumenten. Seine Route von Varz aus führte ihn gefährlich nahe an der Felswand vorbei, die ihn vor den Blicken aller anderen Reiter schützte, die ebenfalls unterwegs waren.

Die Äste eines Baumes tauchten plötzlich auf, und Jevrin schaffte es gerade noch rechtzeitig, das Steuer herum zu reißen, um auszuweichen. Als der Baum nur wenige Zentimeter an seiner Frontscheibe vorbeiraste, sah er, dass sich unglaublicherweise ein Junge an den Wurzeln des Baumes festzuhalten schien.

Natürlich war das unmöglich. Doch das Bild des Jungen mit seinem angstverzerrten Gesicht ging ihm nicht aus dem Kopf, bis er schließlich den Reiter herumschwenkte und zurückflog. Indem er die Schwingen-Lamellen des Reiters zusammenfaltete, gelang es ihm, noch näher an den Baum heranzufliegen – und diesmal sah er ganz deutlich eine Gestalt, die sich in den Wurzeln des Baumes zusammenkauerte.

Jevrin stieß einen Fluch aus. Wie zur Hölle der Würfelbetrüger kam denn ein Junge hierher? Und was noch viel wichtiger war: Wie sollte er ihn dort nun wieder herausholen? Obwohl der Reiter zusätzliche Tragfläche besaß, die bei großen Windstärken zur Stabilisierung eingesetzt wurden, wäre es reiner Wahnsinn gewesen, ihn mitten in einem Sturm auf Autopilot zu stellen. Doch wenn er jetzt nach Varz zurückflog, um einen ordentlich ausgerüsteten Rettungstrupp zu rufen, würde man ihn dabei erwischen, dass er einen Reiter flog, den zu fliegen er kein Recht hatte, und mit dem er Dinge transportierte, die zu transportieren er kein Recht hatte. Er konnte es bis nach Karn schaffen, aber bis er mit Hilfe würde zurückkehren können, hätte der Sturm den Jungen vermutlich längst von der Klippe gefegt.

Mit einem an die Götter des Windes gerichteten Stoßgebet aktivierte Jevrin den Autopiloten, sprang aus seinem Sessel und lief zum hinteren Teil der Kabine. Während er einen Lasthaken und ein Seil aus dem Spind nahm, taumelte der Reiter wie ein Trinker aus Lasa. Er schaffte es gerade rechtzeitig zurück in den Pilotensitz, um das Fluggerät abzufangen. Dann knotete er das eine Ende des Seiles an seinem Sitz fest, das andere an den Haken, und lenkte dann seinen Reiter wieder zu dem Baum zurück.

Als Jevrin den Jungen wieder erkennen konnte, aktivierte er erneut den Autopiloten, ging zur Luke und legte das Seil so, dass es zwischen dem Pilotensitz und seinen Händen die ganze Zeit über straff blieb. Als er dann die Luke aufstemmte, schlug ihm der Wind entgegen und drohte ihn zu Fall zu bringen. Mit einer Hand hielt er das Seil fest und schleuderte den Haken in die Nacht hinaus.

Der Wurf misslang vollends, ging nicht einmal in die Nähe des Jungen. Jevrin holte das Seil mit dem Haken wieder ein und rannte dann, so schnell er konnte, zurück zum Pilotensitz, um den rollenden, schwankenden Reiter wieder zu stabilisieren. Als er erneut wendete, um einen zweiten Versuch zu unternehmen, veränderte er die Wölbung der Tragflächen und die Krümmung der Schwingen-Lamellen, um den Windreiter besser unter Kontrolle zu halten.

Als er diesmal den Haken auswarf, verfing dieser sich

trotz des Sturmes wie gewollt in den Wurzeln des Baumes. Der Junge griff danach …

Und der ganze Baum löste sich von der Felswand.

Ein Schrei gellte durch die Nacht. Im gleichen Augenblick schaukelte der Reiter, und Jevrin musste zurück zum Pilotensitz springen; ihm blieb keine Zeit mehr nachzusehen, ob der Junge sich immer noch an das Seil klammerte, das straff gespannt aus der Luke hing. Sobald er das Luftfahrzeug wieder unter Kontrolle gebracht hatte, wirbelte er herum und holte das Seil ein.

Wie durch ein Wunder tauchte bald eine zerzauste Lockenmähne in der Öffnung der Luke auf – und verschwand wieder. Jevrin stieß einen Fluch aus und zerrte stärker an dem Seil, fast verzweifelt. Niemand konnte sich lange festhalten, wenn der Reiter vom Sturm so hin und her geschleudert wurde.

Er zog immer weiter, versuchte angestrengt, doch vergeblich, den Jungen an Bord zu ziehen. Mit einem Keuchen der Verzweiflung riss er noch einmal, besonders heftig, an dem Seil – und zog jemanden in das Kabineninnere. Der Junge legte sich ausgestreckt auf den Boden und atmete tief durch, und immer wieder ging die Atmung in ein Schluchzen über. Als Jevrin gerade wieder zu den Instrumenten herumwirbelte, sah er, was an den Armen des Jungen glänzte.

Calanya-Bänder.

Während Jevrin sich abmühte, den Reiter ruhig zu halten, hörte er, wie die Luke zugeschlagen wurde. Plötzlich herrschte Stille. Als er dann über die Schulter in die Kabine des Windreiters blickte, sah er den Calani, der sich gegen die Schotts des Reiters lehnte. Tränen strömten ihm über die Wangen, und lautlos formten seine Lippen das Wort *Danke*.

Peinlich berührt nickte Jevrin; er fragte sich, ob sein

Passagier auch noch so dankbar sein würde, wenn er erst einmal erfahren hatte, in welcher Situation er sich gerade befand. Er konnte den Calani nicht nach Varz bringen: Die Umstände würden ihn belasten, Spionage betrieben zu haben. Er hatte keine andere Wahl als den jugendlichen Calani mitzunehmen, und dadurch wurde aus einer Rettung eine Entführung.

Als Jevrin eine auffordernde Handbewegung gemacht hatte, kam der Junge zu ihm und setzte sich in den Sessel des Copiloten. Erneut schaute Jevrin die Armbänder an. »Hayl?«

Der Calani nickte.

»Wie seid Ihr dorthin gekommen, Hayl?«

Pantomimisch deutete Hayl an, dass er gefallen sei, und Jevrin begriff, dass das der Calani sein musste, über den das Gerücht kursierte, er sei am Morgen die Klippe hinabgestürzt. Er war erleichtert. Niemand würde vermuten, dass Hayl entführt worden war; alle anderen nahmen an, der Junge sei tot.

Hayl deutete auf den Höhenmesser, auf dem abzulesen war, dass der Windreiter immer weiter sank, dann sah er Jevrin verwirrt an und deutete nach oben.

»Wir fliegen nicht nach Varz«, erklärte Jevrin.

Der Junge berührte das Wappen von Varz auf seinem Handgelenkband.

»Ja, ich weiß«, entgegnete Jevrin. »Es tut mir Leid, Hayl. Aber Ihr geht nicht wieder zurück.«

Durch steil aufragende Felsspitzen vor der Entdeckung geschützt, stand ein Reiter in einem aufgelassenen Steinbruch unter dem Sternenhimmel. Der Schatten eines zweiten Luftfahrzeugs glitt lautlos durch die Nacht und senkte sich neben ihm ab wie ein riesenhafter Vogel. Die

Luke wurde geöffnet, dann stieg Jevrin aus. Nun öffnete sich die Luke des anderen Reiters, und die Herrscherin von Coba trat in den Wind hinaus.

Jevrin verneigte sich vor ihr. »Ministerin Karn.«

Ixpar nickte, seine Verspätung hatte sie beunruhigt. »Hattest du Schwierigkeiten, hierher zu kommen?«

Er berichtete ihr von dem Calani, den er gerettet hatte. »Ich habe ihn mitgebracht?«

Gemeinsam stiegen sie in das Innere der abgedunkelten Kabine seines Reiters; Jevrin legte einen Sichtschutz hinter die Frontscheibe, dann schaltete er das Licht ein. Der Calani saß im Sessel des Copiloten und schaute sie an. Er war schlank und wirkte zugleich durchtrainiert und sehnig; mit seinen großen Augen erinnerte er Ixpar an ein Hazellen-Fohlen.

Jevrin stellte sie dem Jungen vor, ganz nach den alten Sitten, denen zufolge einem Calani ein höherer Sozialstatus zukam als selbst einer Ministerin.

Hayl starrte sie an, dann warf er seinem Retter einen verwirrten Blick zu.

»Ich bin aus Karn«, erklärte Jevrin.

Hayl deutete auf das Varz-Abzeichen an Jevrins Uniform.

»Ich weiß«, seufzte dieser. »Aber ich arbeite nun einmal für Karn.«

Der Junge warf ihm einen Blick zu, der ganz deutlich sagte: *Verräter.* Er wandte sich ab und starrte geradeaus, seine Hände umklammerten die Armlehnen des Sessels.

Ixpar legte Jevrin eine Hand auf die Schulter und deutete mit dem Kinn auf die Luke des Reiters. Der Pilot schaltete das Licht ab, dann traten sie wieder in den Wind hinaus, wo sie sich ungestört unterhalten konnten.

»Du bringst Neuigkeiten?«, fragte Ixpar.

Jevrin streckte die Hand durch die immer noch

geöffnete Luke und ergriff einen Gegenstand, den er zuvor an einem Schott befestigt hatte. Ixpar erkannte seine Ladung sofort: Auch ihre eigene, neu gegründete Waffen-Gilde stellte Gewehre her.

Sie testete, wo bei der Waffe der Schwerpunkt lag. »Hat man dir gesagt, welchem Zweck sie dienen?«

»Für die Jagd«, antwortete er. »Das könnte stimmen. Der Winter in diesem Jahr war noch schlimmer als sonst. Es ist kaum Wild zum Jagen da, und das treibt die großen Katzen zur Verzweiflung. Die kommen sogar bis in die Stadt hinein.«

Ixpar hörte seiner Stimme die Belastung an. »Ist Varz in Gefahr?«

»Nein. Das glaube ich nicht.«

Sie betrachtete sein angespanntes Gesicht. »Was ist dann los?«

»Es hat Ärger gegeben. Irgendetwas, was den Fünftgrader betrifft.«

Ixpar verspannte sich. »Sprich weiter!«

»Ich weiß nicht genau, was passiert ist, aber er ist im Med-Haus.« Jevrin schüttelte den Kopf. »Ixpar, es hat immer Gerüchte gegeben, seit er nach Varz gekommen ist. Es sieht nicht gut aus. Und derzeit heißt es, sie würden ihn mit Elektroschocks ›behandeln‹.«

Aha. Dann stimmte es also, stimmten die feinen, kaum merklichen Anzeichen, die sie im Quis gefunden hatte, und von denen ihre Ratgeberinnen behaupteten, sie würde sich das nur einbilden. »Dazu hat Avtac kein Recht!«

»Sevtar ist ihr Akasi. Sie hat jegliches Recht.«

Ixpar wusste: Kein Anwesen würde sie unterstützen, wenn sie das Gesetz des Akasi-Besitzes anfocht, das schon vor langer Zeit in die Geschichts-Schriftrollen hätte verbannt werden sollen. Die Verwalterinnen würden niemals eine derart weitreichende Einmischung in ihr Privatleben dulden.

Ixpar spannte das Gewehr und legte es an, den Kolben an der Schulter.

»Wenn Ihr deswegen die Waffen gegen Varz erhebt«, gab Jevrin zu bedenken, »wird jedes einzelne Anwesen auf ganz Coba gegen Euch sein.«

Ixpar zielte auf einen Felsen. »Varz hat das Gewehr erfunden. Nicht Karn.«

»Wenn Ihr Sevtar entführt, wird der Rat Euch jagen, bis Ihr gefunden werdet. Ihr werdet einen Krieg auslösen!«

Ixpar fasste das Gewehr fester. Wie konnte sie, deren Aufgabe es doch eigentlich war, eine ganze Welt zu regieren, auch nur daran denken, einen Frieden zu zerstören, der eintausend Jahre gewährt hatte?

Sie ließ das Gewehr wieder sinken. »Niemand auf Coba wird mich unterstützen, wenn ich Avtac deswegen entgegentrete. Es gibt nichts, was man gegen einen Sechstgrader eintauschend könnte. Wenn ich ihn mir mit Gewalt hole, dann löse ich damit einen Krieg aus, den ich nicht gewinnen kann.«

»Ich habe versucht, eine Lösung zu finden.« Jevrin spreizte die Finger. »Ich habe keine gefunden.«

»Kennst du den dritten Lehrsatz von Roaz?«

»Da geht es irgendwie um Tugenden, oder?«

»›Ich suche drei Tugenden‹«, rezitierte Ixpar. »›Die Stärke, mich meinen Feinden zu stellen, den Mut, mich meinen Ängsten zu stellen, und die Weisheit, mich meinen Fehlern zu stellen.‹«

»Und nach welcher sucht Ihr nun?«

Sie gab ihm das Gewehr zurück. »Die, die Roaz vergessen hat: den Verstand, eine Antwort zu finden.«

Stahna Varz, Nachfolgerin der Verwalterin von Varz, legte den Brief auf Avtacs Schreibtisch. »Das kam heute aus Karn.«

Avtac blickte von ihren Papieren auf. So dünn, wie der Brief war, sah er aus wie die übliche Bitte um Bestätigung, dass Varz der nächsten Ratssitzung beiwohnen werde. »Du hast doch die Befugnis, Schreiben des Ministeriums zu beantworten.«

Leise sagte Stahna: »Dieses nicht.«

Avtac nahm den Brief an sich. »Was ist das?«

»Ein Angebot für Sevtars Vertrag.«

»Erlaubst du dir da einen Scherz, Stahna?«

»Nein.«

»Dann macht sich Ixpar Karn einen Scherz. Aber einen sehr kindischen!« Avtac schob ihr den Brief über den Tisch hinweg entgegen. »Wirf das weg!«

»Vielleicht solltet Ihr ihn doch erst lesen.«

Avtac sah sie nachdenklich an. Dann öffnete sie den Brief. Die Nachricht bestand aus einem einzigen Satz.

Sie las ihn.

Und las ihn erneut.

Avtac nahm Feder und Papier zur Hand. Das Schreiben, das sie verfasste, war nur kurz. Sie rollte es zusammen, schnürte es mit einer Lederschnur zu, versiegelte es mit Wachs und reichte es Stahna.

»Schick das nach Karn!«, sagte sie nur.

Ganz Karn beobachtete, wie der Windreiter-Schwarm landete. Die Leute spähten aus Türmen, kletterten auf die Dächer ihrer Häuser, erklommen jede Wand eines jeden Gebäudes in allen Teilen der Stadt. Wie der auf den Dächern wuchernde Wein in einer Überfülle des Lebens die Blätter hervorbringt, an denen schwer die

Trauben hängen, drängten sich die Menschen, um zuzuschauen. Nach dem heutigen Tag würde Coba für alle Zeiten verändert sein.

Ein Sechstgrader kam nach Karn.

Ixpar wartete in der Teotec-Halle; aus einem Fenster oberhalb des Flugplatzes beobachtete sie, wie die Karn-Eskorte aus dem mittleren der Reiter stieg. Dann verließ eine hoch gewachsene Gestalt, in einem schwarzen Gewand mit schwarzer Kapuze, das Luftfahrzeug, und durchquerte, von der Eskorte über das Rollfeld geleitet, die Gärten außerhalb des Anwesens. Als die Gestalt aus dem Blickfeld verschwunden waren, trat Ixpar vom Fenster zurück und drehte sich zu der großen Doppelflügeltür der Halle um.

Augenblicke später wurden die Türen geöffnet, und die Eskorte trat ein, gefolgt von einer Doppelreihe von Gefolgsleuten. Als Nächstes kam die Calanya-Eskorte, den Mann mit der Kapuze in ihrer Mitte.

Plötzlich schien es Ixpar, als würde der Saal vor lauter Leuten bersten müssen. Mit einer knappen Bewegung ihrer erhobenen Hand entließ sie alle Anwesenden: Gefolge, Bedienstete, Wachen. Sie sahen sie bestürzt an; doch als sie nur schweigend zurückschaute, gingen sie.

Dann stand sie allein dort, auf der Estrade im großen Saal, in dem zwei Jahrtausende lang der Rat zusammengetreten war. Vom Ende des Saales aus beobachtete sie die Gestalt im Gewand. Als er dann seine Kapuze zurückschob, schien auf einmal alles still zu stehen: Kein Wind wehte mehr, kein Würfel wurde mehr gerollt, und ihr Herz hörte auf zu schlagen.

Es war unglaublich, doch auf den ersten Blick schien er keinen Tag älter als an jenem Tage, als sein Schiff brennend auf die Berge oberhalb von Dahl niedergestürzt war. Dann sah sie das Grau in seinen Haaren, den matter gewordenen Glanz seiner Haut.

Doch es war Kelric.

Er durchquerte den Saal, sein Gewand bauschte sich hinter ihm. Als er näher kam, sog sie seinen Anblick auf, der ihr immer noch so vertraut war, nach all den Jahren. Er stieg auf die Estrade hinauf und näherte sich dem Kreis, ohne ein Lächeln, ohne jemals den Blick von ihrem Gesicht abzuwenden. Als er dann in die Vertiefung des Kreises trat, waren seine Augen auf gleicher Höhe mit den ihren. Der Eid wartete darauf, dass ihrer beiden Stimmen ihm Leben einhauchten, ihm Macht zu verleihen, mehr Macht, als jemals zuvor jemand gekannt hatte.

Ixpar ergriff das Wort. »Für Karn und für Coba, tretet Ihr in den Kreis, um Euren Eid abzulegen?«

»Ja.« Noch immer klang sein Akzent rau.

Ein Schauer lief ihr über den Rücken. »Schwört Ihr, auf ewig die Disziplin der Calanya zu wahren? Mein Anwesen über alle anderen zu stellen, da Ihr in Euren Händen die Zukunft von Karn haltet und sie mit Euren Gedanken formt?«

»Ja.«

»Schwört Ihr, dass Eure Treue Karn gilt, ausschließlich Karn und zur Gänze Karn, auf dass Euer Leben verwirkt ist, wenn Ihr diese Treue brecht?«

»Ja.«

»Als Gegenleistung für Euren Eid gelobe ich, dass man für Euch für den Rest Eures Lebens sorgen wird, wie es einem Calani gebührt.« Wortlos fügte sie hinzu: Niemand wird dir je wieder Leid zufügen. Das schwöre ich bei meinem Leben.

Schließlich, endlich, stellte sie die Frage, die stellen zu können sie die Hälfte ihres Lebens gewartet hatte. »Werdet Ihr die Armreifen eines Akasi annehmen?«

Als er nichts sagte, sie nur anblickte, starb Ixpar innerlich. Ungeschickt griff sie in ihre Tasche und suchte nach den anderen Armreifen, die ohne die Akasi-Inschriften.

»Ja«, gab Kelric ihr in diesem Moment seine Antwort.

Es war nur ein Wort, ein einziger Laut, und doch besaß es die Macht, eine ganze Welt zu verändern. Sie schluckte, dann legte sie die falschen Armreifen zurück und entnahm ihrer Tasche die anderen. Die Akasi-Armreifen. Sie schob sie ihm auf den Arm, jetzt das sechste Paar, das er trug.

»Kelric Sevtar Karn«, sagte sie. »Ihr seid nun ein Calani sechsten Grades von Karn.«

Lange Zeit sah er sie nur an. Dann sagte er mit heiserer Stimme. »Was ist der Preis für einen Sechstgrader?«

Die Stille schien im Saal widerzuhallen. Ihre Worte fielen darin wie Steine.

»Die Herrschaft über eine Welt.«

VI

Karn

36

Verweigerung der SonnenHimmels-Brücke

Ixpar trommelte mit den Fingerspitzen auf ihren Schreibtisch und fragte sich, welche Wahnsinnige in alter Zeit sich den Brauch ausgedacht haben mochte, dass eine Verwalterin die Hälfte ihrer Hochzeitsnacht abwarten müsse, bevor sie zu ihrem Akasi gehen durfte. Brauchte Kelric wirklich so viel Zeit, sich vorzubereiten? Es erschien ihr wahrscheinlicher, dass er sich irgendwann langweilen und zu Bett gehen würde.

Sie stand auf und ging unruhig in ihrem Arbeitszimmer auf und ab, bis sie vor dem Spiegel stehen blieb. Sie erkannte ihr Spiegelbild kaum wieder: Die ungewohnte Spitzenbluse und die Samthose waren ihr völlig fremd, so ganz anders als die einfache Hose und das schlichte Hemd, die sie sonst zu tragen pflegte. Sie hatte ihr geflochtenes Haar gelöst, jetzt fiel es ihr bis zur Taille. Ein paar Locken umspielten ihre Wangen.

Würde er sie überhaupt für attraktiv halten? War sie das denn auch? Sie sah im Spiegel immer wieder nur Ixpar. Sie wusste nicht, ob ihr Anblick anderen gefiel. Sie war vorher noch nie auf die Idee gekommen, darüber auch nur nachzudenken. Schönheit war nicht gerade eine der wichtigsten Qualifikationsmerkmale einer Ministerin.

Nein, nicht Ministerin. Verwalterin. Ihr ganzes Leben lang hatte sie es für selbstverständlich gehalten, dass sie eines Tages über Coba herrschen würde. Jetzt hatte sie den Titel verloren, sie und alle zukünftigen Generationen von Karn. Würde die Geschichte sie einst dafür verurteilen, was sie Varz da überlassen hatte? Wenn sie und Kelric erst einmal begraben wären, wäre es dann noch von Bedeutung, dass es einmal einen Sechstgrader gegeben hatte?

Doch, es *ist* von Bedeutung, dachte Ixpar.

Sie hatte lange nachgedacht, bis sie die Entscheidung gefällt hatte. Wer regierte Coba wirklich: die Ministerin oder das Quis? In der Vergangenheit waren diese beiden Möglichkeiten in Wirklichkeit eins gewesen. Jetzt waren die Muster in Aufruhr, formten sich neu, und niemand verstand bisher, in welcher Art und Weise. Das Quis eines Sechstgraders, verbunden mit den verborgenen Erinnerungen von Karn: Gemeinsam stellte das eine Macht dar, wie sie bisher niemand auf Coba erlebt hatte. Kelrics Vermächtnis würde Jahrtausende überdauern. Aber würde das ausreichen, sogar die Macht eines Varz-Ministeriums zu brechen?

Auf diese Frage wusste sie keine Antwort. Angesichts dieser Ungewissheit, angesichts der Situation, in der sich Kelric in Varz wiedergefunden hatte, und angesichts der Gefahr, die sein wachsender Zorn für das Quis darstellte, hatte sie die beste Entscheidung getroffen, die sie hatte treffen können. Erst die nachfolgenden Generationen würde darüber urteilen können, ob es die richtige Entscheidung gewesen war.

Ixpar nahm eine kleine Kiste aus Bernsteinholz von ihrem Schreibtisch und öffnete den hochglanzpolierten Deckel. Im Inneren lag eine kleine Statuette, ein Höhenfalke aus Schwingen-Elfenbein. Vor zehn Tagen hatte Ixpar den angesehensten Bildhauer Karns beauftragt, sie anzufertigen, sofort, nachdem sie erfahren hatte, dass Kelric zu ihrem Anwesen aufbrechen würde.

Die Wanduhr schlug die volle Stunde. Ixpar zuckte zusammen, die Ankündigung, dass die Mittstunde der Nacht angebrochen war, erschreckte sie. Dann, ihr

Geschenk in der Hand, verließ sie ihr Arbeitszimmer und ging zu ihrem Bräutigam.

Die Akasi-Suite lag im Dunkel. Kelrics Abendessen stand unberührt im Speisezimmer, das Bett war leer. Ixpar fragte ich, ob der Eskorte absurderweise vielleicht der Fehler unterlaufen sein könnte, ihn in die falsche Suite gebracht zu haben. Dann sah sie ein schwaches Licht in einem der anderen Räume. Sie ging darauf zu und fand ihn in einem nur matt beleuchteten Alkoven sitzen.

»Kelric?«, fragte sie.

Er blickte sie nicht einmal an, stand nur auf und ging an ihr vorbei in das Schlafzimmer. Kaum dass er auf dem Bett saß, löste er schon die Schnüre seines Hemdes.

Sie blieb im Bogengang stehen und betrachtete ihn. »Du bist so still.«

Er schaute zu ihr auf. »Ich hatte nicht den Eindruck, dass es dir darum ging zu *reden*.«

Nein. So hatte sie sich das nicht vorgestellt. »Wärst du lieber allein?«

»Ja«, antwortete er.

Plötzlich kam sie sich lächerlich vor: eine Ex-Ministerin in alberner Kleidung. »Ich werde eine Eskorte rufen. Man wird dich zu deiner Calanya-Suite führen.«

Zum ersten Mal war in seinem Gesicht eine Reaktion zu lesen. Erleichterung.

»Bevor du gehst … « Sie musste schlucken. »Würdest du mir eine Frage beantworten?«

Er sagte nichts, wartete nur, und das machte es ihr noch viel schwerer. Aber sie musste es wissen. »Warum hast du meine Akasi-Armreifen angenommen?«

Seine Stimme war ausdruckslos. »Du hast einen hohen Preis für mich bezahlt. Offensichtlich hast du als Gegenleistung erwartet, mehr als nur Quis zu erhalten.«

Innerlich hatte Ixpar das Gefühl, zu taumeln. Doch was hatte sie denn erwartet? Warum glaubte sie, dass er nach allem, was er durchgemacht hatte, sich gerne einer Frau hingeben würde, die ihm praktisch wildfremd war? Warum sollte er denn auch? Einzig und allein *sie* hatte ihr halbes Leben lang ihre Liebe vor ihm und aller Welt verborgen!

Nachdem er gegangen war, setzte sie sich auf das Bett und schlug die Händen vor das Gesicht.

Hayl setzte seinen Oktaeder neben Bahrs Kubus. »Gewonnen.«

»Pah!«, grollte die Quis-Zauberin. »Hättest du nicht schon längst bei der Eskorte sein sollen?«

»Ach! Die hab' ich ja ganz vergessen!« Hayl sammelte seine Würfel ein und eilte zum Eingang seiner Suite, gefolgt von Bahr. Deren Wachen standen *Draußen* und sprachen mit der Eskorte der Karn-Calanya.

Eb, die Kommandantin der Eskorte, verneigte sich vor Hayl. »Wollen wir gehen?«

Hayl nickte, er fühlte sich unbehaglich und machte sich voller böser Vorahnungen auf den Weg; er wusste nicht, wohin sie gingen. Seine eigene Eskorte geleitete Bahr zu deren abgeschieden gelegener Suite zurück. Auch wenn Bahr selbstverständlich nicht in der Calanya leben konnte, fürchtete Hayl, Ixpar könne beabsichtigen, ihn in ihre Calanya zu stecken, als Einleitung dafür, ihm einen Karn-Eid abzunötigen.

Als er sich zunächst geweigert hatte, in Karn Quis zu spielen, schien Verwalterin Karn das zu verstehen. Er hatte Varz gegenüber einen Treue-Eid abgelegt. Doch schon bald wurde er unruhig, bis er sich schließlich bereiterklärt hatte, sich zusammen mit Bahr dem

Außenseiter-Quis hinzugeben. Die Spielerin schien einfach kein echter Calani zu sein. Inzwischen fragte Hayl sich, ob seine Spiele mit Bahr dazu gedient hatten, sanft seinen Widerstand zu brechen.

Er bemühte sich, seine Entführer in jeder Hinsicht abzulehnen; aber je mehr Zeit verstich, um so schwerer fiel es ihm. Er hatte niemals jemanden wie Ixpar Karn kennen gelernt, die ebenso mächtig war wie Avtac und dabei menschlich wie Savina. Sollte Avtac jemals erfahren, dass er hier war, war es ihr gutes Recht, ein Rats-Tribunal einzuberufen. Dann würde man ihn ›retten‹ und Karn bestrafen, wahrscheinlich mit Bußgeldern, Strafzöllen und Embargos. Schlimmer noch, Karn würde im Quis an Einfluss verlieren. Trotz seines Eides, der Varz galt, wollte Hayl nicht, dass Karn ein Leid geschah. Außerdem: Solange er ›tot‹ war, konnte Zecha ihm nichts tun.

Die Eskorte führte ihn durch Säle, die ihm völlig fremd waren. Als sie schließlich vor einem großen Doppelportal mit goldenen Türgriffen stehen blieben, wusste er, dass sie die Calanya erreicht hatten. Sobald Eb die Tür geöffnet hatte, sträubte er sich, auch nur einen Schritt weiter zu gehen.

»Das hat schon seine Richtigkeit«, beruhigte die Kommandantin ihn. »Wir sind doch nur zu Besuch hier.«

Hayl blieb trotzdem stehen. Doch er konnte nicht widerstehen, wenigstens einen Blick ins Innere zu werfen. Licht fiel durch bunte Glasfenster, ließ farbige Muster auf dem Boden erscheinen. Die Ruhe, die von diesem Ort ausging, zog ihn an. Als Eb dann die Türen ein wenig weiter aufstieß, wagte er sich einige Schritte weiter, und die Eskorte folgte ihm, hinein in den Gemeinschaftsraum. Einige der Calani schauten auf und nickten ihm zu, dann wandten sie sich wieder ihren Würfeln zu.

Aus irgendeinem Grund schien Eb ihn zu einem Bogengang zu lotsen, dann klopfte sie dort gegen den Vorhang. Einen Augenblick später zog ein Mann den Vorhang zur Seite – und Hayl blieb mit offenem Mund wie angewurzelt stehen.

Der Mann lächelte ihn an und lud ihm mit einer Handbewegung ein, seine Suite zu betreten. Sobald die beiden allein waren, stieß Hayl hervor: »Sevtar! Was machst du denn hier? Bei allen Winden, du hast ja sechs Armreifen! Sechs!« Er schloss den Mund wieder, als ihm aufging, was das wirklich bedeutete.

Sechs Grade.

»Dann stimmt es also.« Sevtar schaute ihn mit sanfter Miene an. »Du lebst noch.

»Ich bin an einem Baum hängen geblieben.«

»Alle Götter, Hayl!« Sevtars Stimme brach fast, als sie einander umarmten. »Es ist schön, dich zu sehen.« Dann ließ er Hayl wieder los und lächelte, es musste ein Wassertropfen sein, der da in seinen Augenwinkeln glitzerte. Dann deutete Sevtar auf den Quis-Tisch. »Willst du mit mir spielen?«

Sevtar so plötzlich wiederzusehen, machte Hayl fast schwindlig. Er nahm seinen Würfelbeutel vom Gürtel.

Erst sehr viel später wurde ihm klar, wie gründlich er seinen Eid gebrochen hatte.

37

Die Brücke von Olonton

Der Sommer dauerte in Karn länger als in den höheren Lagen der Berge. Im August kamen die ersten kühleren Brisen, doch der Schnee des Winters kam nur langsam und wurde sanft vom Himmel herabgeweht. Der Frühling entfaltete sich in einer Vielzahl lavendelfarbener, purpurner und blauer Blüten an den Pflaumenbeerranken. Kelric beobachtete den Wechsel der Jahreszeiten aus seiner Suite, in der das Spiel von Sonnenlicht und Schatten die Räume voller Anmut zu verzaubern schien; das sagte viel über die Architekten aus, die dieses Anwesen errichtet hatten – das erste aller Anwesen auf Coba.

Eines Morgens, in den ersten Frühlingstagen, spazierte er durch die Gartenanlagen zu einem etwas abgelegenen See, recht weit von der Calanya entfernt. Dort setzte er sich auf eine kleine Anhöhe, von der aus er weit über das Wasser schauen konnte, dann senkte er den Kopf. Die Tränen kamen langsam, strömten ihm über die Wangen, durchbrachen lautlos das Gefängnis, das er in Varz um sein Herz gebaut hatte: Die Mauern dieses selbst errichteten Gefängnisses waren nur langsam niedergerissen worden, während in Karn die Jahreszeiten vergingen. Er gab keinen Laut von sich, saß nur dort an diesem See und weinte, bis an diesem goldenen Nachmittag seine Trauer aufgebraucht war.

Ixpar saß am Fenster ihres Studierzimmers, von einem wärmenden Sonnenstrahl beschienen. Während sie ihr Mittagsmahl einnahm, ging sie erneut die letzten Ministeriums-Dokumente durch, die sich noch immer in Karn befanden; sie sortierte sie, um sie dann nach Varz schicken zu lassen. Es hatte mehr als ein Jahr gebraucht, den Sitz des Ministeriums zu verlegen, doch bald würde die Übergangszeit vorbei sein.

Sie nahm ein Schriftstück vom Stapel vor ihr. Dies war der Abschluss, das letzte Dokument, das sie in ihrer Eigenschaft als Ministerin unterzeichnet hatte. Es war nichts Weltbewegendes, nur die Begnadigung eines jungen Mannes im Haka-Gefängnis, einem Buchhalter in Lager Zwei. Ched Viasa. Sie fragte sich, wie er sich wohl fühlen würde, wenn er wüsste, dass er die letzte Person war, die von Entscheidungen der Karn-Regierung noch unmittelbar betroffen gewesen war.

Eine Gefolgsfrau klopfte gegen den Türbogen. »Ma'am? Kommandantin Eb würde Euch gerne sprechen.«

»Schick sie herein!« Die Störung verblüffte Ixpar. Sie hatte für den heutigen Tag keine Quis-Sitzungen angesetzt; sie hatte das Gefühl, sie müsse allein sein, wenn sie ihre letzten Amtsgeschäfte als Ministerin tätigte.

Eb trat ein und verneigte sich. »Sevtar wünscht, Euch zu sehen, Ma'am.«

Eine Kitzelfliege flatterte in Ixpars Bauch hin und her. »Also gut.«

Während Eb sich auf den Weg machte, ihn zu holen, ging Ixpar ein wenig auf und ab, blieb dann vor einem Fenster stehen und schaute Kindern zu, die in einem Hof unterhalb des Fensters ihrer Suite spielten. Warum heute? Kelric hatte nie zuvor ihre Gesellschaft gesucht. Er hatte sich mit ihr zusammen dem Quis hingegeben und ein erstaunliches Quis gespielt, unvergleichbar mit dem Quis jeder anderen Person, mit der sie sich jemals dem Quis hingegeben hatte. Das war allerdings auch der einzige Kontakt zwischen ihnen gewesen. Sie fühlte sich ihm kein Stück näher als an dem Tag, an dem er den Karn-Eid abgelegt hatte.

»Ixpar?«

Erschrocken drehte sie sich um. Dort stand er im Türbogen, schimmerte im Sonnenlicht wie sein Namensvetter auf Coba, der Gott der Morgendämmerung. Ihre Stimmbänder schienen sich zu einem Knoten zusammenzuballen und machten sie sprachlos. Sie betrachtete ihn, und wieder fühlte sie dieses Schuldgefühl, dass sie jedes Mal überkam, wenn sie sich daran erinnerte, wie wenig Erfolg sie bisher damit gehabt hatte, dafür zu sorgen, dass Varz ihm das Sorgerecht für seine Tochter zusprach.

Kelric ging zu ihr hinüber. »Ich wollte es dir nur sagen.«

»Sagen?«

Er zögerte. »Was diese Nacht angeht …«

»Nacht?« Jetzt, wo sie ihm so nahe war, entdeckte sie, dass sie unfähig war, intelligente Reaktionen zu zeigen.

»In der Akasi-Suite.«

»Der Akasi-Suite.«

»Was das … du weißt schon, was … ach Ixpar, ich weiß nicht, wie ich das ausdrücken soll. Worte sind nicht gerade meine Stärke!«

Sie dachte an ihre geistreichen Antworten der letzten Minute. »Im Moment meine wohl auch nicht.«

Er grinste. »Die gefürchtete Rhetorikerin von Karn ist sprachlos?«

Sein Gesichtsausdruck traf sie völlig unvorbereitet. Es war ein echtes, breites Lächeln, nicht nur seine üblichen leicht hochgezogenen Mundwinkel. Seine weißen Zähne blitzten und schienen sein ganzes Gesicht zu erhellen. Das machte es ihr nur noch schwerer, das zu sagen, was gesagt werden musste. »Es war falsch von mir, dir die Akasi-Armreifen aufzuzwingen. Wenn du nur ein Calani sein willst, werde ich dich von deinem Akasi-Gelübde entbinden.«

»Ixpar, nein. Das habe ich nicht gemeint.« Er nahm ihre Hand in die seine. »Du warst so wunderschön in dieser Nacht, eine Kriegerkönigin in Samt und Spitze.«

Plötzlich fühlte sie sich sonderbar, als schwebe sie hoch über ihrem Körper und schaute auf ihn und sich selbst hinab, wie die Strahlen der Sonne, und dieser so intime Moment war wie von Bernstein umschlossen, für alle Zeiten darin eingefangen. Sie trat einen Schritt auf Kelric zu, und er schloss sie in die Arme.

An diesem Nachmittag wurden sie miteinander eins, in Ixpars eigenen, schlichten Räumlichkeiten, statt im Reichtum einer Akasi-Suite. Danach lagen sie im Schein der untergehenden Sonne, die nur noch ein schwaches Leuchten in den Raum zauberte. Ein Hauch feurigen Lichtes strich über Ixpars Gesicht, als sie einschlief.

38

Mannigfaltige Phalangen

»Karn hat Varz betrogen!« Gemeinsam mit ihrer Nachfolgerin ging Avtac durch die Gartenanlagen des Anwesens. »Ixpar hat gelogen.«

»Sie hat die Papiere unterzeichnet«, widersprach Stahna. »Ihr seid jetzt Ministerin!«

Avtac öffnete die geballte Faust, ihr Karn-Oktaeder kam zum Vorschein, ein Diamant, der gebrochenes Sonnenlicht auf ihre Handfläche fallen ließ. »Niemand kann sie im Quis schlagen! Niemand ist auch nur annähernd so stark!« Sie ließ den Würfel fallen, mit einem dumpfen Laut prallte er auf den unbefestigten Weg. »Mit ihrem Sechstgrader hat sie Coba fester im Griff, als wenn sie noch Ministerin wäre!«

»Ist das von Bedeutung?« Stahna hob den Diamanten für sie auf. »Ixpar und Sevtar werden nicht ewig leben. Varz schon. Und mit ihm auch das Ministerium.«

Sevtar. Innerhalb des Zehntags, bevor er nach Karn aufgebrochen war, hatte Avtac ihn ständig gewollt, weil sie wusste, dass er bald fort sein würde. Sie sah immer noch seinen goldenen Körper, wie er ausgestreckt auf ihrem Bett lag, einen Hunger in ihr weckte, den sie niemals zu stillen in der Lage sein würde. Sie hatte gedacht, ihn fortzuschicken, würde ihre Leidenschaft absterben lassen, würde sie wieder die Kontrolle zurückgewinnen lassen, doch stattdessen wurde ihre Sehnsucht nur immer heftiger. Sie hasste sich selbst für diese Schwäche, versuchte sich in Arbeit zu vergraben, mit Quis, mit Garith, mit einem neuen Jüngling aus der Stadt. Nichts half.

Sevtar gehörte ihr. Er gehörte Varz.

Mit finsterer Miene saß Henta Bahvla an ihrem Schreibtisch. Jede von ihrer Gefolgschaft, die sich in ihr Arbeitszimmer hineinwagte, wurde so lange kalt angestarrt, bis sie sich wieder zurückzog.

»Warum schickt sie nicht einfach nur Abschriften?«, fragte Henta das leere Zimmer. »Warum macht sie sich jedes Mal wieder die Mühe, einen neuen Brief zu verfassen?« Wenn man die formale Sprache ignorierte, stand in jedem von Avtacs Briefen das Gleiche: Miesa gehörte jetzt zu Varz, und das schloss das Miesa-Plateau mit ein.

Nur in der Hölle der Würfelbetrüger!, dachte Henta. Nichts davon kam ihr gut gerollt vor. Ixpar war eine gute Ministerin gewesen. Mehr als gut, sogar. Brillant. Avtac war einfach nur eisenhart. Die unnachgiebige Macht von Varz ließ auf nichts als Schwierigkeiten schließen.

»Sie wird das Plateau nicht bekommen!«, erklärte Henta. »Nicht, wenn ich es verhindern kann!«

Rashiva hatte es immer genossen, zusammen mit Jimorla das Abendessen einzunehmen. An diesem Abend feierten sie. Die Nachricht war am Morgen gekommen: Der zehnjährige Jimorla hatte in den Abschlussprüfungen gut abgeschlossen und war zum Lehrhaus zugelassen worden.

Er wuchs so schnell, ihr Sohn, wie Turmgras, und seine Haut war so dunkel-cremefarben wie bei Hakas Kindern. Genau wie bei Raaj. Nur wenn die Sonne in einem bestimmten Winkel auf die Haut traf, konnte man den viel sagenden goldenen Schimmer erkennen.

Jimorla sah sie über den Tisch hinweg an. »Warum bist du heute so still?«

»Ich habe an Raaj gedacht. Er ist sehr stolz auf dich.«

Sein Gesicht hellte sich auf. »Vater möchte zur Zeremonie ins Lehrhaus kommen. Meinst du, das geht?«

»Aber natürlich!«

Es freute Rashiva, dass Raaj und Jimorla einander so nahe standen. Um diese Bindung nicht durch das Gewicht einer Legende zu zerstören, hatte sie ihren Sohn nie gesagt, dass sein Vater der Sechstgrader aus Karn war.

Yezi Lasa, Transporteurin für Sonderfrachten – so bezeichnete sie sich zumindest selbst –, sprang aus ihrem Reiter auf den Flugplatz von Karn und sah mit großen Augen den jungen Mann an, der die Lieferscheine in den Händen hielt. Die Welt wurde immer sonderbarer: Jetzt ließen die hier die Pilotinnen schon von *Jungen* begrüßen.

»Na, schau mal an!«, meinte Yezi trocken. »Hat Verwalterin Karn dich 'rausgeschickt, um uns Pilotinnen glücklich zu manchen?«

Er reichte ihr das Klemmbrett. »Unterschreibt hier für Eure Fracht. Eine Schauermannschaft wird das Beladen übernehmen.«

Yezi warf einen Blick auf das Klemmbrett, suchte nach seinem Namen. »Hey, Anthoni.« Sie sah schräg zu ihm hinauf. »Was machst du denn an den Lagerhallen, Anthoni? Suchst du vielleicht Gesellschaft, hmmm?«

»Ich gehöre zur Anwesens-Gefolgschaft«, gab er zur Antwort.

»Bei allen himmlischen Winden!« Yezi unterzeichnete auf dem Klemmbrett und gab es ihm dann zurück. »Zur Anwesens-Gefolgschaft!«

»Eure Mannschaft wartet vor Lagerhalle 6«, erklärte Anthoni.

»Alles klar.« Yezi fragte sich, ob der Junge immer so mürrisch war. Er hätte ja wenigstens einmal ein Lächeln springen lassen können, um eine müde Pilotin aufzumuntern.

Während Anthoni zum nächsten Reiter hinüberging, rief eine Stimme hinter Yezi: »Du da!«

Yezi drehte sich um und erkannte eine stämmige Pilotin, die auch die Varz/Karn-Route flog. »Hey, Ada.«

Ada deutete mit dem Kinn auf Anthoni. »Hübsch.«

Yezi verzog das Gesicht. »Ich glaub', das is'n Modernist!«

Ada zog eine Tas-Dose hervor und rollte die Blätter in ein Papier. »Modernisten bei den Lagerhallen ist noch gar nichts im Vergleich zu dem, was ich in letzter Zeit so gehört habe.« Sie zündete sich ihr Tas-Stäbchen an. »Man hört da so Dinge über einen toten Calani, der gar nicht tot ist.«

»Na klar doch, Ada.«

»Is' wahr!« Langsam ließ Ada den Rauch hervorquellen. »'N Varz-Calani. Der Junge ist von 'ner Klippe gefallen, und Ixpar Karn gleich in den Schoß geplumpst!«

»Woher willst du denn wissen, was bei den Hochgradigen los ist?«

»Wenn du's überprüfen willst, dann würfel doch einfach!« Ada paffte ihren Tas. »Steht im Quis, wenn man weiß, wie man's lesen muss.«

Yezi schnaubte verächtlich. Doch in Wahrheit interessierte sie die Geschichte. Das war wenigstens 'mal wieder eine richtig gute Geschichte, wie in der Alten Zeit. Ja, *das* waren Zeiten gewesen! Damals man hätte leben müssen! Damals gab es noch keine modernen Männer. Sie lächelte und stellte sich vor, wie alle Zuhörerinnen an ihren Lippen hängen würden. Die Geschichte musste sie unbedingt in Varz erzählen.

Chankah Dahl stand in Dabbivs Laboratorium, ringsum von seinen sonderbaren Geräten und Schriftrollen umgeben. »Ihr seid zum *Raumhafen* gegangen? Und niemand hat Euch aufgehalten?«

»Da war niemand«, entgegnete Dabbiv. »Ein Roboter hat mich aufgefordert zu gehen, aber er hat mir nichts getan.« Er zuckte mit den Schultern. »Wahrscheinlich, weil alle Gebäude verschlossen sind. Ich konnte bloß durch die Straßen gehen.« Er warf ihr einen schuldbewussten Blick zu. »Allerdings habe ich ein paar kaputte Schlösser gefunden. Also bin ich 'reingegangen und, äh …«

Chankah kannte diesen Blick. »Ja?«

»Ich hab' ein paar Bücher mitgehen lassen.« Sein Gesichtsausdruck änderte sich, erhellte sich schnell wie der Wind. »Die sind einfach unglaublich! Man kann die Glyphen in jeder Art und Weise darstellen lassen, die man will, und die Bücher erzeugen dreidimensionale Abbildungen! Die *sprechen* sogar mit einem!«

Sie starrte ihn an. »Habt Ihr den Verstand verloren? Wenn man Euch erwischt, wird das IRK Euch sofort von hier fortholen und in ein Gefängnis stecken!«

»Soll ich vielleicht so tun, als wäre das alles nicht da? Überlegt doch, was wir alles *lernen* könnten!«

Chankah konnte sich vorstellen, wie frustrierend es für einen Wissenschaftler mit seinem Weitblick sein musste, zu wissen, dass eine derartige Menge an Wissen so nah war – und doch unerreichbar. »Waren die Bücher interessant?«

Er grinste. »Das darf ich Euch nicht erzählen.

Zugangsberechtigungen sind gesperrt!« Als sie ihn finster anblickte, lachte er, dann entriegelte er eine Schublade seines Schreibtisches und zog einen Band mit metallisch glänzendem Umschlag hervor.

Sie schaute sich den Titel genauer an. »Könnt Ihr das lesen?«

»Ich habe mir Skolianisch selbst beigebracht.«

»Und was steht da?«

»›Bericht zur sechsundachtzigsten Konferenz über die Fortschritte der Erforschung von Kreislauferkrankungen‹. Eine Sammlung verschiedener Vorträge, die bei einer Tagung von Ärzten des Imperialats gehalten wurden.«

»Und versteht Ihr auch, was da steht?«

»Noch nicht«, gab er zu. »Aber ich lerne schnell.«

Gemächlich ging Hayl zum Eingang seiner Suite und versuchte, ganz lässig auszusehen, während er seiner Eskorte zusah, die *Draußen* um Geld würfelte. Nesina, die jüngste Wache, schaute zu ihm auf und lächelte. Sie war dreiundzwanzig, acht Jahre älter als er, mit dunklen Augen und schwarzem Haar.

Irgendwo in seiner Suite hörte er ein Geräusch: ein Keramiktopf, der gegen Glas schlug. Hayl folgte dem Geräusch bis in seinen Sonnenraum, wo ein leichter Wind durch das offene Fenster hereinwehte, mit seinem Haar spielte und eine Hängepflanze neben dem Vorhang zum Schwingen brachte.

Wieso war das Fenster offen?

Erst als eine Wand ihm den Blick auf das Fenster nahm, begriff er, dass er sich rückwärts aus dem Zimmer zurückgezogen hatte. Er zwang sich stehen zu bleiben, erinnerte sich daran, dass er aus dem Fenster herausklettern und mit seinen Füßen den Boden berühren konnte, wenn er rittlings auf dem Fensterbrett saß.

Als Ixpar ihn gerade erst nach Karn gebracht hatte, war es viel schlimmer gewesen als jetzt. Man hatte ihn dort eingesperrt, wo man logischerweise einen Gefangenen einzusperren pflegt: ganz oben in einem Turm. Er ließ sich seine Angst nicht anmerken, erzählte nie von den Albträumen, die seine Nächte in winzige Fragmente zersplittern ließen, aber irgendwie hatte Ixpar es doch erraten. Schon bald hatte sie ihn in diese Suite verlegen lassen, zu ebener Erde, in der er nirgends tiefer fallen konnte als seine eigene Körperlänge betrug.

Hayl nahm sich zusammen, ging zum Fenster und streckte die Hand aus, um es zu schließen.

Hände griffen so schnell nach ihm, dass er kaum bemerkte, was geschehen war, bis er auf der Wand aufschlug, gegen die er gestoßen worden war. Als er herumwirbelte, sah er gerade noch jemanden, groß und kräftig, der gerade über das Fensterbrett sprang. Er hechtete zum Fenster, doch bis er hinausschaute, war der Hof *Draußen* leer.

Hayls Gesicht verreit seinen Ärger und seine Angst. Er kehrte zum Eingang seiner Suite zurück. Als die Kommandantin seiner Eskorte aufblickte, deutete er in Richtung seines Sonnenraums und erklärte pantomimisch, wie eine Person durch ein Fenster stieg. Während die anderen Wachen loszogen, um den Zwischenfall zu untersuchen, kam Nesina zu ihm herüber.

»Ihr seht aufgeregt aus«, meinte sie.

Er zuckte mit den Schultern. Im Vergleich zu einem Sturz von den Klippen war ein Spanner, der in seine Suite eingedrungen war, nichts, worüber man sich sonderlich aufregen musste.

Sie nahm ihn am Arm. »Ihr solltet Euch hinlegen.«

Ihm war nicht danach, sich hinzulegen. Doch sie zog ihn in Richtung seines Schlafzimmers, also ging er mit ihr mit. Dort angekommen, blieb sie vor dem Spiegel stehen, der über seiner Kommode befestigt war. Sie stand hinter ihm, etwas größer als er, und sah sich über seine Schulter hinweg ihr gemeinsames Spiegelbild an. Dann fuhr sie ihm mit der Hand durch das Haar. »Du hast wunderschöne Locken.«

Hayl errötete. Keine Frau hatte ihn jemals in so intimer Weise berührt.

Nesina schob ihn sanft zu dem Bett hinüber. »Du legst dich hin. Ich hole dir etwas, um deine Nerven zu beruhigen.«

Seinen Nerven ging es wunderbar! Doch er legte sich trotzdem hin, viel zu neugierig, um jetzt zu protestieren. Nesina verschwand und kehrte kurz darauf mit einer Karaffe voller Wein zurück.

Als sie den Wein ausgetrunken hatten, fühlte er sich bemerkenswert ruhig. Tatsächlich fühlte er sich so ruhig, dass er sich kaum erinnern konnte, warum er in einem abgeschlossenen Raum auf dem Bett lag und eine Wache neben ihm saß. Und Nesina *hatte* die Tür abgeschlossen. Selbst von hier aus, von der anderen Seite des Raumes, konnte er sehen, dass der Riegel vorgeschoben worden war.

»Du bist blass«, erklärte Nesina, und ihre Stimme klang ein wenig undeutlich. »Wir sollten es dir ein wenig bequem machen.« Sie löste die Schnüre seines Hemdes und zog es ihm über die Schultern.

Hayl versuchte, sich aufzusetzen, und sie stieß ihn sanft wieder zurück. »Entspann dich!«, meinte sie. »Versuch zu vergessen, was passiert ist.«

Nichts war passiert! Tatsächlich war das Einzige, was ›passiert‹ war, das, was hier *gerade* ›passierte‹, genau in dem Augenblick nämlich, in dem Nesina ihre Hand über sein Bein gleiten ließ. Er versuchte sich auf die Seite zu drehen, damit sie seine Erektion nicht sah, doch sie hielt ihn fest.

»Ich erzähl's keinem, Hayl«, sagte sie mit ruhiger Stimme. »Du bist bereit dafür, du bist jetzt ein Mann. Ich werde morgen früh nicht anders über dich denken als jetzt.«

Während er mit diesem Gedanken rang, rang Nesina mit den Schnallen an seinen Hosenbeinen. Er versuchte, seine Gedanken zu ordnen und Argumente dafür zu finden, warum sie aufhören solle, doch eigentlich war es viel interessanter, zu spüren, wie sie ihm die Kleider auszog. Danach zog sie sich selbst aus, und das gab dem Wort ›interessant‹ eine ganz neue Bedeutung! Als sie sich über ihm ausstreckte, schlang er seine Arme um ihre Taille und wusste nicht so recht, wie es nun weiterzugehen hatte.

Nesina küsste ihn, erst sanft, dann leidenschaftlicher. Sie führte ihn mit seiner eigenen Hand, und was er dann fühlte, erregte ihn so sehr, dass er, kaum dass er in ihr war, auch schon den Höhepunkt erreichte. Als seine Atmung sich dann ein wenig beruhigt hatte, begriff er, dass sie gerade erst angefangen hatte und er schon fertig war.

Hayl errötete. »Tut mir Leid.«

»Muss es nicht.« Nesina hob den Kopf. »Deine Stimme ist wunderschön.«

Bei allen Winden! Was war den bloß los mit ihm: Er betrank sich, er schlief mit seiner Wache und er brach seinen Eid? Er sollte entsetzt über sich selbst sein! Allerdings war er eigentlich eher ziemlich zufrieden.

Nesina glitt sanft von ihm herunter und legte sich neben ihn. Nachdem sie eine Zeit lang eng umschlungen gedöst hatte, machte er sich daran, ihren Körper zu erforschen. Als sie die Augen öffnete, sagte er: »Diesmal halte ich länger durch.«

Sie lächelte, dann rollte sie ihn auf den Rücken, rollte dabei aber mit ihm mit. Dann stützte sie sich auf die Ellbogen und schaute auf ihn hinunter. »Das war dein erstes Mal, ja?«

Er nickte.

»Ich bin froh, dass du es mit mir geteilt hast, Hayl.«

Er zog sie zu sich hinunter. »Ich auch.«

Sieben Frauen und ein dunkelhaariger Mann gehörten zu dieser Achtergruppe von Varz. Sie standen Seite an Seite, alle ein Gewehr über der Schulter. Während Avtac die Reihe abschritt, bellte Zecha Befehle, und die Wachen gehorchten in absolutem Einklang: Waffe rechts, die Waffe links, präsentiert das Gewehr, legt an, Gewehr absetzen.

Vor dem Mann blieb Avtac stehen. »Wie heißt du?«

»Jevrin Miesa Varz, Ma'am.«

»Meinst du, du könntest eine Klauenkatze schießen, Jevrin?«

»Das habe ich, auf Patrouille letzten Winter.«

Avtac warf Zecha einen skeptischen Blick zu, doch die Kommandantin nickte bestätigend.

Nachdem Zecha die Wachen hatte wegtreten lassen, sah Avtac sie stirnrunzelnd an. »In einem Trupp mit Elite-Jägern ist kein Platz für einen Mann.«

»Er ist ein guter Schütze«, gab Zecha zu bedenken.

»Ich erinnere mich da an einen Jungen in der Genossenschaft von Miesa, der hieß Jevrin. Er müsste jetzt in etwa im Alter dieses Mannes sein.« Avtac machte eine Pause. »Der war aber blond.«

»Ich kann das noch einmal überprüfen lassen«, meinte Zecha.

»Tu das!« Die Ministerin ging zu einem Gewehrständer an der Wand hinüber und nahm eine der Waffen heraus. »Ich will keine undichte Stelle. Sollten sich irgendwelche undichten Stellen aufgetan haben, dann sorg dafür, dass sie wieder dicht halten.« Sie schaute den Lauf des Gewehren entlang. »Permanent.«

»Wir haben das ganze Anwesen abgesucht.« Erste Gefolgsfrau Kastora ging gemeinsam mit Ixpar die Kopfsteinstraße entlang, die sich zwischen zwei Gebäuden hindurchwand. »Wer auch immer in Hayls Suite eingedrungen war, ist entkommen.«

»Wurde irgendetwas gestohlen?«, fragte Ixpar.

Kastora schüttelte den Kopf. »Seine Wachen denken, es war eine Spannerin, die unbedingt 'mal einen Calani sehen wollte.«

»Ich hoffe, das es wirklich nur das war!« Ixpar verzog das Gesicht. »Wenn sie aus Varz war, stecken wir in Schwierigkeiten.«

Sie bogen in eine Gasse ein, die vor einem Gebäude endete, das noch aus der Alten Zeit stammte; seine Türme und Türmchen zeichneten sich vor dem blauen Himmel ab, an dem nur vereinzelt Wölkchen waren. Auf dem Schild vor dem Gebäude stand DAS KARN-INSTITUT.

Sie fanden Ekina in ihrem Laboratorium, über ein Wirrwarr verschiedenster Geräte gebeugt. »Ministerin Karn! Ich hatte Euch nicht erwartet!«

»Verwalterin Karn«, korrigierte Ixpar sie.

Ekina errötete. »Ich bitte um Verzeihung, Ma'am.«

Ixpar nickte und fragte sich im Stillen, ob sich der Titel

›Verwalterin‹ jemals richtig für sie anfühlen würde. »Bahr ist neugierig. Sie möchte erfahren, wie die Arbeit an ihrem Licht-Saaler voranschreitet.«

»Nicht so gut.« Ekina deutete mit dem Kinn auf ein Gerät auf dem Tisch, eine spiralförmige Röhre, die um einen roten Stein gewunden war. »Ich benutze einen Rubin-Kristall. Ich habe es zwar geschafft, einen Licht-Impuls zu erhalten, aber wenn ich versuche, einen gleichbleibenden Lichtstrahl herauszupumpen, über-hitze ich den Rubin.« Sie schüttelte den Kopf. »Immer wenn ich ein Problem löse, stoße ich auf ein neues!«

»Und wenn ich meine Calanya darauf ansetze?«, fragte Ixpar. »Meine Calani sind ganz erstaunlich, wenn es um diese Art von Bahrs Muster-Spielen geht. Viel-leicht können sie herausfinden, was Ihr hier braucht.«

Ekina sah sie an, als hätte Ixpar ihr vorgeschlagen, sie solle sich auf den Kopf stellen und Quis-Würfel essen. »Calani, die mir mit den Geräten helfen?«

»Lass uns doch 'mal sehen, was sie damit anstellen«, schlug Ixpar vor.

Die Eskorte ließ Bahr allein im Korallen-Gemach zurück. Sie setzte sich an den Quis-Tisch und erinnerte sich immer wieder daran, dass sie in Wirklichkeit gar nicht nervös war. *Sie war nicht nervös!* Jedes Mal, wenn sie ein Geräusch hörte, zuckte sie zusammen wie eine Scheulerche.

Dann wurde die Tür geöffnet, und ein Mann betrat den Raum.

Bahr fiel beinahe vom Stuhl. »Bei allen himmlischen Winden!«

Sevtar lächelte und setzte sich ihr gegenüber an den Tisch; er schimmerte wie reines Gold. »Ich grüße Euch.«

Ach! Was für eine Stimme. Er war der Prinz aller Calani, das stand völlig außer Frage. Tagelang hatte sie sich auf diese erste Sitzung mit dem Sechstgrader vorbereitet, und jetzt würde sie sich vollends zum Narren machen.

Sobald sie jedoch begonnen hatten, vergaß Bahr alles, von den Würfeln abgesehen. Sevtar *wusste alles*. Er verstand ihre Muster. Sein Quis war belebend, herausfordernd, war ein wahrhaftiger intellektueller Schlagabtausch. Sie merkte kaum, dass eine Wache lautlos den Raum betrat und die falkenförmigen Lampen entzündete.

Schließlich rückte Sevtar seinen Stuhl vom Tisch zurück. »Vielleicht sollten wir eine Pause machen.«

Sie schaute ihn verblüfft an. »Was?«

»Eine Pause. Wir sind schon den ganzen Tag beschäftigt.«

Bahr warf einen Blick aus dem Fenster. »Na, da will ich doch ein Pog auf einem Poller sein!« Draußen war es bereits dunkel. Als Bahr die Beine ausstreckte, stellte sie fest, das ihre Füße, die sie für diesen besonderen Anlass in ihre besonders edlen roten Schuhe gezwängt hatte, eingeschlafen waren. Sie stand auf und humpelte durch den Raum, und während die Durchblutung langsam wieder einsetzte, grummelte sie vor sich hin.

Als Sevtar lachte, warf sie ihm einen schrägen Blick zu. »Was findet Ihr so komisch?«

»Ihr seid einfach nicht so, wie ich mir die führende theoretische Physikerin von Coba vorgestellt habe.«

»Physikerin? Ich bin Quis-Zauberin!«

»Oh ja, das seid Ihr! Euer Quis ist brillant.«

Bahr lächelte. »Ha! Na ja. Euers auch.«

Als sie an diesem Abend in ihre Suite zurückgekehrt war, setzte sie sich hin und ging im Geiste noch einmal ihre Sitzung mit Sevtar durch. Er verstand ihr neues Muster, das Muster, das sie ›Heißlicht-Saaler‹ genannt hatte.

»Quis-Zauberin?«, fragte eine Stimme.

Bahr zuckte zusammen. Eine Wache stand im Türbogen. Beinahe hätte sie die Frau angeherrscht, sie solle gefälligst gehen, doch gerade rechtzeitig erinnerte sie sich an ihren Eid.

»Ihr habt Besuch«, sagte die Wache. »Soll ich ihn hereinführen?«

Ihn? Vielleicht war es Rhab. Bahr nickte und erhob sich.

Die Wache kehrte zurück, in Begleitung von Töpfer Rhab. Sie erklärte: »Verwalterin Karn gewährt diesem Besucher das Verehrer-Privileg«, dann schloss sie die Tür, und Bahr war mit Rhab allein.

»*Verehrer-Privileg*«, stammelte Bahr.

»Das bedeutet, dass ich mit dir reden darf«, erklärte Rhab.

»Die redest doch *immer* mit mir.«

»Dann war ich wohl schon immer dein Verehrer.«

»Aber klar doch!«

»Es stimmt! Verwalterin Karn hat mir heute Abend gesagt, dass das Verehrerinnen-Privileg die einzige Möglichkeit ist für eine Frau, wäre sie in meiner Lage, mit einem Mann, einem Calani, so umzugehen, wie du und ich es zu tun pflegen.«

»Mir hat sie das nie erzählt!«

Rhab ging zu ihr hinüber. »Sie hat damit gewartet, weil sie gedacht hat, wir bräuchten eine Zeit lang, um uns an die … äh … ungewöhnlichen Umstände zu gewöhnen.«

Bahr sah ihn mit zusammengekniffenen Augen an. Natürlich hatte sie ihre Tagträume darüber gehabt, wie es wohl wäre, wenn ein so scharfer Typ wie Rhab einfach den Spieß umdrehen und ihr nachstellen würde. Aber im echten Leben war ihr dann doch nicht ganz wohl bei der Sache gewesen. Wenn hier irgendwer irgendjemandem den Hof machte, dann war das doch wohl ihre Aufgabe. Wie sie das allerdings anstellen sollte, war ihr völlig schleierhaft. Sie durfte ja ohne eine Eskorte noch nicht einmal ihr Zimmer verlassen.

Misstrauisch sah sie den Modernisten an. »Bist du hierher gekommen, um tatsächlich um mich zu werben, Rhab?«

»Das weiß ich nicht.« Er grinste. »Wäre das denn eine gute Idee?«

»Wahrscheinlich nicht.«

Er ergriff ihre Hände. »Ich bin bereit, das Risiko einzugehen.«

Seine unverfrorene Art brachte Bahr ganz aus der Fassung. Sie versuchte, irgendetwas Intelligentes zu sagen. »Ich habe heute mit dem Sechstgrader gespielt.«

Rhab schien angemessen beeindruckt. »Und wie war das so?«

»Rhab, das war, als würde man *fliegen!* Er hat mir bei einer Idee weitergeholfen, die ich zu meinem Licht-Saaler hatte! Ich wette, wir könnten einen bauen, der genug Energie abgibt, um damit ein Loch in Holz zu brennen.«

»Warum sollte man so etwas tun wollen?«

Bahr schaute ihn verwirrt an. Darüber hatte sie noch gar nicht nachgedacht. »Man könnte damit ein Lagerfeuer anmachen.«

»Da wäre es ja wohl einfacher, einen Anzünder zu nehmen.«

»Ja, wahrscheinlich«, gab sie zu. »Aber ich werd' Ixpar trotzdem davon erzählen.«

Es war spät, als Ixpar endlich ihr Arbeitszimmer verließ, die Zahlen verschiedenster Frachtlisten schwirrten ihr immer noch im Kopf herum. Sie nahm den langen Weg zu ihrer Suite, durch das Atrium, eigentlich einen langen Saal, zwei Stockwerke hoch und üppig mit Pflanzen bewachsen; Wände und Kuppeldach bestanden aus Buntglas. Eine Treppe schwang sich vom Boden zum Balkon auf der Innenseite des Saales hinauf. Auf halber Höhe der Treppe blieb Ixpar stehen, beobachtete, wie ein winterlicher Sturm das Glas peitschte, und wusste, dass ein leeres Bett auf sie wartete. Kelric hatte am frühen Morgen eine Quis-Sitzung und schlief in der Calanya.

Als sie dann ihre Suite erreichte, sah sie unter ihrer Tür einen Lichtschein. Im Schlafzimmer leuchtete auf dem Nachttisch eine Lampe, auf dem Bett schlief ein vollständig bekleideter Sechstgrader.

Sie setzte sich neben ihn. »Kelric?«

Er rührte sich. »Hmmm …«

»Ich dachte, du würdest heute in der Calanya schlafen.«

»Achse«, murmelte er schlaftrunken.

»Weißt du, wo du bist?«

»Auf der z-Achse.«

Ixpar lächelte. Sie zog ihn aus, dann sich, dann schlüpfte sie zu ihm ins Bett. Als sie nach dem Lichtschalter griff, fuhr er sanft mit den Fingerspitzen, an ihrem Arm beginnend, über ihren gestreckten Körper. »Hast du 'was zu Abend gegessen?«

»Gegessen?« Sie dämpfte das Licht, dann ließ sie sich von ihm in die Arme nehmen. »Ist schon lange her.«

»Wie spät haben wir denn?«

»Die Zweite Morgenstunde.«

»Die Zweite? Ich muss eingeschlafen sein.« Er deutete auf eine sonderbare Würfel-Struktur, die auf dem

Nachttisch aufgebaut war. »Ich habe für Bahr an einer Gleichung gearbeitet. Bin wohl darüber eingeschlafen.«

Ixpar brauchte einen Augenblick, bis ihr klar wurde, was ihr an seiner Antwort sonderbar vorkam. Er hatte sich wiederholt. Nicht, dass es an sich ungewöhnlich war, wenn man sich gelegentlich wiederholte, aber Kelric tat das sonst nie. »Du klingst müde.«

Schläfrig lächelte er. »So müde nun auch wieder nicht.« Das schlang er die Arme um sie.

Er verpasste seine erste Quis-Sitzung des Morgens, weil Ixpar ihn einfach nicht wach bekam. Beinahe hätte sie schon eine Ärztin gerufen, doch als er schließlich doch wach wurde, schien alles mit ihn in Ordnung zu sein.

Vor Aufregung stürmte Zecha ohne jede Ankündigung in Avtacs Bibliothek. Die Ministerin stand vor einem Bücherregal, vertieft in das Buch in ihrer Hand.

»Die Gerüchte stimmen!«, stieß Zecha hervor. »Meine Agentin hat alles mit eigenen Augen gesehen. Hayl ist in Karn! Er war die ganzen zwei Jahre da, seit er verschwunden ist. Jevrin hat ihn entführt.«

Angesichts der Störung hob Avtac die Augenbrauen. »Und hast du Jevrin gefunden?«

»Noch nicht.« Der Karn-Spion war in der Nacht eben jenes Tages verschwunden, an dem Avtac den Jägertrupp inspiziert hatte, nur wenige Stunden, bevor Zechas Mannschaft ihn enttarnt hatte. Doch selbst die Tatsache, dass sie Avtacs Missfallen erregt hatte, dämpfte ihre Begeisterung nicht im Mindesten. Hayl *lebte!* Und außerdem wusste sie, was Avtac an Jevrin am meisten störte: Er war klug genug gewesen, selbst festzustellen, dass die Verwalterin ihn für verdächtig hielt.

»Was ist mit den anderen Jägern?«, fragte Avtac.

»Ich habe alles zweimal überprüft«, antwortet Zecha. »Es sind keine weiteren Spione darunter.«

»Das will ich doch wohl hoffen.« Avtac klappte das Buch zu. »Aha. Jetzt muss also auch noch Calani-Diebstahl in Ixpar Karns Sündenregister aufgenommen werden!«

»Und was werdet Ihr jetzt unternehmen?«

»Das ist eine gute Frage.«

Zecha wartete; sie wusste, dass Avtac antworten würden, sobald sie eine Entscheidung gefällt hatte. Eine Tatsache war ganz offensichtlich: Je länger Hayl in Karn blieb, desto größer war die Chance, dass Sevtar das Quis des Jungen verunreinigte. Die beiden schlossen sie, Zecha, aus, in ihrer Art und Weise, ihre Besonderheit miteinander zu teilen, diese *Gleichartigkeit*, was das Denken und Fühlen betraf.

Nein. Sie biss die Zähne zusammen. Sie hatten nichts gemeinsam. Hayl mit Sevtar zu vergleichen war, als würde man ein frisches Leinentuch mit alter, schmutziger Wäsche vergleichen. Und doch: diese Unschuld, die Sevtar fehlte, und die Hayl besaß – war das mehr als bloße sexuelle Unschuld? Wann immer Sevtar sie angesehen hatte, sowohl hier, als auch damals in Haka, immer schien er zu sagen: *Ich kenne dich.*

Avtac stellte das Buch zurück in das Regal, und Zecha konnte den Titel des Werkes lesen: *Strategische Muster-Spiele der Alten Zeit.* Dann drehte sich die Ministerin zu Zecha um. »Ixpar Karn hat mich zwar um einen Fünftgrader betrogen, aber sie hat es so geschickt mit Dokumenten verschleiert, dass es so aussieht, als sei alles rechtlich einwandfrei abgelaufen.« Mit trügerisch sanfter Stimme fuhr sie fort: »Jetzt hat sie mir eine Rechtfertigung geliefert, etwas zu unternehmen.«

Als Kelric erwachte, fühlte er sich sonderbar träge. Er war in einem der Sessel am Fensterplatz seiner Suite eingeschlafen. Breite Strahlen der Nachmittagssonne fielen auf seinen Körper, und Kelric spukten die Überreste eines Traumes durch den Kopf: Es hatte irgendetwas mit Zecha zu tun und war wie ein saurer Nachgeschmack hängen geblieben.

Jetzt, im Nachhinein, verstand er sie auch. Wie es bei vielen Empathen der Fall war, hatten die Gene, die Zecha die Kyle-Fähigkeiten verliehen, ihr wahrscheinlich in anderer Hinsicht geschadet. Das war der Hauptgrund dafür, dass Kyles so selten waren: Die meisten Mutationen, die diese Gene hervorriefen, waren schädlich. Nur in den seltensten Fällen, etwa in Kelrics Familie, waren die Menschen mit Kyle-Genen tatsächlich lebensfähig.

Zechas Problem war zwar nicht augenfällig, aber doch verheerend. Kelric vermutete, ihr Gehirn produziere in nicht hinreichender Menge Kylatin, einen Botenstoff, der die Rezeptoren eben der Neural-Strukturen blockiert, die für die Verarbeitung aller Signale zuständig sind, die man von anderen Personen empfängt. Anders ausgedrückt: Zecha konnte keine Emotionen blockieren. Die meisten Empathen lernten, Kylatin als Blocker bei Bedarf auszuschütten, auch wenn es meist unterbewusst geschah, und Jagernauts konnte sogar ihre biomechanischen Netzwerke anweisen, den Stoff zu synthetisieren.

Durch Gentherapie konnten defekte Kylatin-Gene repariert werden, doch dieser Eingriff verminderte auch die Kyle-Fähigkeiten des betreffenden Empathen. Die meisten Betroffenen ließen sich entweder behandeln, oder sie vermieden jeglichen zwischenmenschlichen Kontakt. Zecha waren beide Möglichkeiten verwehrt. Was noch schlimmer war: Als Aufseherin im einzigen

Gefängnis von ganz Coba hatte sie Tag für Tag mit Menschen zu tun gehabt, die allesamt die schlimmsten Seiten der menschlichen Natur an den Tag gelegt hatten – das Schlimmste, was Zechas Heimatwelt ihr hatte bieten können. Ohne jeglichen Schutz vor diesen beständigen emotionalen Angriffen war es nicht verwunderlich, dass ihr Denken und Fühlen sich so, wie es an Zecha zu beobachten war, entwickelt hatten.

Und es war auch nicht verwunderlich, dass sie Hayl liebte. Er war ihr Gegenstück, war sein ganzes Leben vor dieser dunklen Seite der menschlichen Natur geschützt gewesen. Er musste ihren Schmerz gelindert haben, so wie Wasser den Schmerz der Wüste lindert.

Avtac hingegen war wieder etwas ganz anderes. Kelric bezweifelte, dass sie auch nur vorstellen könnte, was Empathie überhaupt sein mochte. Es gab keine Worte, in keiner Sprache, mit denen man hätte beschreiben können, wie seine letzten Tage in Varz ausgesehen hatten. Avtac hatte ihm nie erzählt, warum seine Ärztinnen mit der Elektroschock-Therapie aufgehört hatten, die ihn angeblich hatten ›heilen‹ sollen. Stattdessen ließ sie ihn in dem Glauben, dass er nur so lange davor verschont bleiben würde, wie er ihr in jeder Hinsicht zu Diensten war. Bis zu dem Augenblick, da er das Anwesen verließ, wusste er nicht, dass er nach Karn gehen würde.

Er hoffte, sie würde in der Hölle der Würfelbetrüger verrotten!

Du hältst dich viel zu sehr mit der Vergangenheit auf, dachte er. Er suchte nach einer schöneren Erinnerung und schließlich fand er auch eine: die edelsteinbesetzte Welt seiner Kindheit. Sie schimmerte und glitzerte wie eine Seifenblase, die allein in einer sich immer mehr ausbreitenden Finsternis trieb.

39

Falkenklaue

An einem Frühlingsmorgen des neuen Jahres traf Ixpar auf einem der Außenbalkons, die das Observatorium umgaben, auf Kastora. Der milde Wind wehte die Haare der Ersten Gefolgsfrau zurück, während sie nachdenklich die polierte Kiste betrachtete, die sie in den Händen hielt; eine Kiste, in der zwei juwelenbesetzte Würfel lagen.

»Die sehen aus wie Verehrerinnen-Würfel«, meinte Ixpar.

Kastora blickte erschreckt auf. »Wie kommt Ihr auf diese Idee?«

Ixpar kicherte. »Hat er denn auch einen Namen?«

Die Erste Gefolgsfrau errötete und lächelte zugleich. »Ihr kennt doch den Sänger in dieser Schenke, die wir manchmal besuchen …« Sie machte eine Pause und blickte zum Himmel hinauf. »Sehr Euch das an!«

Ixpar schaute auf und sah ein Paar Windreiter über den Bergen im Norden. Als sie näher kamen, konnte sie die schwarze Klauenkatze von Varz auf ihren Schwingen erkennen. »Die werden am Flugplatz vorbeifliegen!«

»Da, wo die hinfliegen, gibt es nichts, wo man landen könnte!«, ergänzte Kastora.

»Doch, gibt es.« Ixpars Gesichtsausdruck war finster und zornig. »Die Gartenanlagen der Calanya!« Sie wirbelte herum und lief mit großen Schritten zur Treppe, blickte sich dann aber noch einmal zu Kastora um. »Schick zwei Achtergruppen in die Calanya! Und bleib über die GSA erreichbar!« Dann eilte sie los.

In der Calanya sah Ixpar, dass die meisten ihrer Calani in eine Quis-Sitzung vertieft waren. Der Viertgrader Mentar stand vom Tisch auf und kam zu ihr herüber. Mit seinen grauen Haaren und seinen grauen Augen erinnerte er sie an den Schreiber, an ihren Vater.

»Ihr seht besorgt aus«, meinte er.

»Varz-Reiter halten auf die Gärten zu!«, erklärte sie.

»Warum?«

»Wenn ich das nur wüsste. Wo ist Sevtar?«

»In seiner Suite. Er schläft.«

Das überraschte Ixpar. »Ist er krank?«

»Ich glaube nicht. Bloß müde.«

Eb, die Kommandantin der Calanya-Eskorte, erschien zu Ixpars Linken. »Zwei Achtergruppen der StadtWache stehen *Draußen*.«

»Postiert eine in Sevtars Suite«, wies Ixpar an. »Mit der anderen werden wir die Reiter empfangen.«

Die beiden Luftfahrzeuge standen in einem Skulpturen-Garten, den sie bei ihrer Landung völlig zerstört hatten. Drei Varz-Wachen stiegen aus und verneigten sich vor Ixpar. »Verwalterin Karn«, stellte sich eine hagere Frau vor, »ich bin Ahva Varz.«

Ixpar runzelte die Stirn. »Unbefugtes Betreten des Bodens einer Calanya ist gesetzwidrig, Ahva Varz.«

»Ich bitte um Entschuldigung, Ma'am. Aber wir bringen eine Nachricht der Ministerin.«

»Wenn Avtac mir etwas mitzuteilen hat, kann sie das auch tun, ohne gegen das Gesetz zu verstoßen.«

»Es scheint, als gebe es Schwierigkeiten.« Ahva ließ sich von einer der anderen Wachen eine Schriftrolle geben und reichte sie dann Ixpar. »Ich nehme an, das wird das Problem erläutern.«

Die Nachricht hatte keinerlei Sinn: In der Fachsprache der Rechtsgelehrten handelte es sich, anders formuliert, nur noch einmal um den Vertrag, den sie und Avtac unterzeichnet hatten, dem zufolge Karn das Ministerium abgetreten hatte.

Ich werde diese Leute ins Gefängnis werfen lassen, dachte Ixpar. Hatte Avtac wirklich geglaubt, sie werde ein derartiges Eindringen dulden? Natürlich musste sie ihre Calanya schützen.

Ixpar erstarrte. Natürlich. *Natürlich!* Sie drückte Kommandantin Eb die Schriftrolle in die Hand. »Sperrt diese Leute ein!« Dann durchquerte sie eilig die Gartenanlage.

Als sie eine der Gegensprechanlagen erreichte, die *Draußen* vor der Calanya angebracht waren, schlug sie mit der flachen Hand auf die Sprechtaste. »Kastora!«

Sofort erklang ihre Stimme aus dem Lautsprecher. »Kastora hier.«

»Bring so viele Achtergruppen wie möglich zu Hayls Suite!«, wies Ixpar sie an. »Und hol ihn da 'raus!« Dann rannte sie weiter.

Ixpar erreichte die Gärten, die Hayls Suite umgaben, gerade rechtzeitig, um zu sehen, dass drei Varz-Reiter landeten. Das Grollen ihrer Triebwerke verwandelte sich in ein Brüllen, als sie auf dem Rasen landeten, die Grasnabe aufrissen und Springbrunnen zerstörten. Während Ixpar auf Hayls Veranda zulief, stürmten Varz-Wachen aus den Luftfahrzeugen – allesamt mit Gewehren bewaffnet.

Irgendwelche Hände brachten Ixpar zum Stehen. Als sie sich umwandte, sah sie Borj vor sich, eine riesenhafte Kommandantin der StadtWache. Sie musste schreien, um über all dem Lärm hinweg überhaupt gehört zu werden. »Lass mich los!«

Das Grollen der Triebwerke übertönte Borjs Antwort, doch ihr Griff lockerte sich nicht. Einen Augenblick lang versuchte Ixpar, gegen die massige Kommandantin anzukämpfen, gab dann auf, wand sich in Borjs Armen und konnte gerade noch beobachten, wie der Rest der Achtergruppe der Kommandantin sich den Eindringlingen auf Hayls Veranda näherten. Selbst über das Donnern der Reiter-Motoren hinweg waren die knallenden Gewehrschüsse zu hören. Gegen Kugeln völlig ungeschützt, stürzten überall Karn-Wachen zu Boden.

Dann erblickte eine Varz-Kommandantin Ixpar – und feuerte. Borj schleuderte ihre Verwalterin zur Seite, und das Geschoss verfehlte ihre Brust, traf stattdessen ihre Schulter, ein dumpfer Schlag. Ihr Zorn verlieh Ixpar fast übermenschliche Kräfte, sie wand sich aus Borjs Griff und rannte auf Hayls Suite zu, bereit, die Eindringlinge mit bloßen Händen anzugreifen. Als sie gerade an einem Glastisch vorbei lief, zerbarst dieser, von einer Gewehrkugel getroffen, in tausend Stücke.

Hinter ihr hörte sie den Tritt schwerer Stiefel – »Verwalterin Karn!«, brüllte Borj. »*Runter!*« Die Kommandantin stürzte sich auf sie und riss sie über eine Stützwand hinüber in Deckung. Ixpar kämpfte wild gegen sie an und hätte sich trotz der Schussverletzung beinahe losreißen können. Sie spürte überhaupt keinen Schmerz.

Borj brüllte um Hilfe, und eine weitere Wache sprang über die kleine Mauer hinweg. Sie bekam Ixpars Beine zu fassen, und zusammen mit Borj gelang es ihr, Ixpar am Boden zu halten. Hilflos musste Ixpar mit ansehen, was die Eindringlinge aus Varz taten.

Sie zertrümmerten die Buntglastür vor Hayls Veranda und betraten im Sturmschritt das Innere der Calanya. Gewehrschüsse waren zu hören, dann tauchten die Varz-Wachen wieder auf, zerrten Hayl hinter sich her. Der Junge kämpfte gegen sie an, schlug mit den Fäusten auf sie ein, trat nach ihnen, biss und kratzte sie, während die Achtergruppe weiterrannte, ihn auf dem Weg zu den Reitern halb hinter sich herzerrten, halb trugen.

Ein Trupp Karn-Wachen stürmte aus Hayls Suite, eröffnete mit ihren Betäubern das Feuer, und einige der Eindringlinge stolperten und sanken in die Knie. Die Varz-Wachen erwiderten das Feuer mit ihren Gewehren, und der Karn-Trupp sprang in Deckung.

Aus dem Augenwinkel sah Ixpar eine Bewegung. Als sie sich umdrehte, sah sie Kastora, die mit großen Schritten einen der Gärten durchquerte. Die Zeit schien langsamer zu vergehen, als die Erste Gefolgsfrau den Betäuber einer gefallenen Wachen aufnahm. Noch während Ixpar ihr zuschrie, sie solle in Deckung gehen, visierte Kastora die Wachen an, die Hayl trugen. Im gleichen Moment, in dem sie abdrückte, krachte eine Gewehrladung wie ein Donnerschlag – und Kastora brach zusammen; aus ihrem Oberkörper spritzte Blut.

Dann hatten die Eindringlinge ihr Luftfahrzeug erreicht. Sie hoben Hayl ins Innere des Reiters, und innerhalb weniger Sekunden hatten sie abgehoben.

Plötzliche Stille senkte sich über die Gärten. Als Borj und die anderen Wachen sich wieder aus der Deckung wagten, stieß Ixpar sie zur Seite , dann sprang sie über die Stützmauer und rannte auf die Erste Gefolgsfrau zu.

»Kastora!« Sie kniete sich neben sie, dann hob sie das Handgelenk, suchte nach dem Puls. »Warum bist du denn da stehen geblieben, einfach so ohne Deckung?« Ihre Stimme brach. »Kastora, antworte mir doch!«

Die Erste Gefolgsfrau starrte mit blicklosen Augen gen Himmel. Aus der Wunde in ihren Brustkorb strömte jetzt kein Blut mehr.

Borj tastete nach Kastoras Puls, dann zog sie ihr die Lider zurück, um die Pupillen zu betrachten. Nach einer Zeit, die Ixpar wie eine Ewigkeit vorkam, wandte sich Borj wieder ihr zu. »Es tut mir Leid, Verwalterin Karn. Wir können nichts mehr für sie tun.«

»Nein!« Ixpar beugte sich über den Leichnam ihrer Freundin, presste ihre Hand auf die Wunde, als könne das alles wieder heilen. Als sie Kastora den Betäuber aus der Hand nahm, fiel diese schlaff zu Boden. Kastoras andere Hand war um irgendetwas verkrampft. Als Ixpar die Hand mit ein wenig Gewalt öffnete, sah sie darin die Schachtel mit den Verehrerinnen-Würfeln.

Fort. Kastora war fort. Ihre Freundschaft, ihre Weisheit, ihre Träume. Alles fort.

Ixpar erhob sich und betrachtete das Blutbad in den Gärten. Ein uralter Instinkt schien sich in ihrem Inneren zu erheben, er brannte so heiß, dass ein roter Schleier sich vor ihre Augen legte, ein blutiger Nebel.

Eine Hand berührte ihre Schulter. Ixpar wirbelte herum und hätte beinahe einer Krankenpflegerin einen Schlag gegen den Unterkiefer versetzt.

Die Frau wurde bleich. »Ich ... ich dachte nur ... na ja, *das* da.«

Ixpar ließ die Faust sinken und schaute dorthin, wohin die Krankenpflegerin deutete. Aus einem Loch in ihrer Schulter quoll Blut hervor, wurde immer weiter hervorgepumpt. Erstaunt kniff Ixpar die Augen zusammen, und die Krankenpflegerin machte sich daran, die Wunde zu säubern. Ixpar wusste, dass sie eigentlich Schmerzen hätte spüren müssen, doch ihr Zorn war das Einzige, was ihr im Moment wirklich, echt, real vorkam.

Jemand aus ihrer Gefolgschaft erschien neben ihr: Anthoni, der Junge, den sie kürzlich befördert hatte. Er gehörte jetzt zum höchstrangigen Personal ihres Anwesens, und damit war er der erste Mann in der Geschichte von Karn, der ein derart hohes Amt bekleidete.

»Ich komme gerade aus Hayls Suite«, erklärte er. »Die Krankenpflegerinnen behandeln gerade seine Wachen.«

»Wie geht es ihnen?«, fragte Ixpar.

»Sie leben. Aber sie werde eine Zeit lang im Med-Haus bleiben müssen. Nesina hat es am schlimmsten erwischt.« Er schüttelte den Kopf. »Sie ist völlig durchgedreht, als die anderen sich Hayl geschnappt haben. Hat nicht mal aufgehört, nachdem die aus Varz sie schon angeschossen hatten.«

Ixpar musste schlucken. Auf den Kampf mit Betäubern trainierte Wachen kämpften oft noch eine Zeit lang weiter, nachdem sie schon getroffen worden waren: Sie versuchten dann, möglichst viel Schaden anzurichten, bevor sie bewusstlos wurden. Kastora und sie hatten genau in der gleichen Art und Weise reagiert. Gegen Gewehre war diese Strategie reiner Selbstmord.

Älteste Solan näherte sich ihnen, ihr Gesicht bleich und voller Sorgenfalten. »Ich kann einfach nicht glauben, was hier passiert ist. Wir müssen ein Rats-Tribunal gegen Varz einberufen!«

Ixpar entwand der Krankenpflegerin ihren Arm und hob nur befehlend eine Hand, als die Frau protestieren wollte. Dann nahm sie Solan zur Seite. »Varz wird sich weigern, ein Tribunal zusammenzurufen.«

»Das kann sie nicht!« Solan deutete mit einer weiten Handbewegung auf die Gartenanlagen. »Diese Ungeheuerlichkeit war nicht nur ein Verbrechen, sie war auch noch dumm!«

»Avtac macht niemals etwas Dummes.«

»Kein Anwesen wird sie jetzt noch unterstützen!«

»Nein?« Ixpar schaute die Älteste an. »Was auf einem Anwesen würdest du mit deinem Leben verteidigen? Für was würdest du, um sie zu verteidigen, notfalls bis zum Tode kämpfen?«

»Für die Calanya, natürlich.«

»Die Calanya. Solan, ich habe Hayl *entführt*. Ich habe ihn dazu gezwungen, mit Karn-Calani Quis zu spielen.

Und dazu gehörte auch noch eine weibliche Calani, im Namen des Windes! Avtacs Verbündete werden ihre Gewaltanwendung vermutlich für berechtigt halten!«

»Wieso berechtigt?« Solan schaute zu, wie eine Gefolgsfrau Kastoras Leichnam mit einer Decke verhüllte. »Varz hätte doch nur ein Tribunal gegen Euch verlangen müssen.«

Während die Sanitäterinnen Kastora auf eine Trage hoben, sprach Ixpar mit gedämpfter Stimme weiter. »Das passt doch alles perfekt zusammen! Hayl wollte nicht zurück nach Varz. Dafür gab es wohl vielerlei Gründe, nicht zuletzt der, dass er weiß, was Avtac Kelric angetan hat. Hätte man ihm mit einer Sprecherin vor ein Tribunal berufen ... die Winde allein wissen, was er dann alles ausgesagt hätte. Avtac brauchte einen Anlass, der einen Angriff auf Karn rechtfertigte, und den habe ich ihr gegeben.«

»Ihr glaubt, dieser Angriff hatte mehr als nur ein Ziel.« Solan ließ es wie eine Aussage klingen, nicht wie eine Frage.

»Weißt du, was die Reiter, die in der Calanya gelandet sind, mir gegeben haben? Eine Abschrift von Sevtars Calanya-Vertrag.« Ixpar atmete hörbar aus. »Es gibt einen Grund, einen einzigen Grund, weswegen Varz noch nicht ganz Coba beherrscht. Kelric. Avtac beabsichtigt, ihn wiederzubekommen, und das wird ihr nur mit Gewalt gelingen.«

»Dann hat sie mit dieser Aktion nicht nur einen Calani gerettet.« Solan machte eine Pause, während die Pflegerinnen Kastoras Leiche an ihnen vorbeitrugen. »Sie hat einen Krieg begonnen.«

Der Himmelspfad von Karn wand sich weit in die Teo-tecs hinauf und endete, hoch in den Bergen, vor einer Hohlkugel aus gefärbtem Glas. Durch die polarisierten Scheiben der Kugel fiel diffuses Licht und vergoldete das Innere des Gemaches. Als Ixpar näher kam, sah sie, dass Kelric vor einer der geschwungenen Wände stand und in den Himmel hinausschaute; er sah aus wie eine metallene Statue, umflutet von bernsteinfarbenem Licht.

Als er ihre Schritte hörte, drehte er sich um. Dann fiel sein Blick auf den Arm, den sie in einer Schlinge trug. »Was ist passiert?«

Sie blieb im Eingang des Gemaches stehen. »Ich habe einer Kugel im Weg gestanden.«

Er schüttelte den Kopf. »Ich dachte, die einzigen Schusswaffen, die ihr hättet, seien Betäuber.«

»Manche Dinge … ändern sich.«

»Und Hayl?«

»Ist nach Varz zurückgegangen.«

Eine Wolke trieb an dem Gemach vorbei und ließ einen Schatten auf das Innere der Kugel fallen. »Ich habe euch Krieg gebracht«, seufzte Kelric.

»Den hatten wir immer«, kommentierte sie nüchtern. »Wir haben während der Alten Zeit nichts anderes getan, als Krieg zu führen.«

Kelric legte die Hände so aneinander, das zwischen seinen Handflächen ein Hohlraum entstand. »Denk an den Eid: ›Du hältst die Zukunft von Coba in deinen Händen und formst sie mit deinen Gedanken.‹ Eure ganze Welt ist eine Calanya, und die Sperrzone um diese Welt ist euer Eid.« Er ließ die Arme sinken. »Als ich hier abgestürzt bin, wurde dieser Eid gebrochen.«

»Du hast nicht unsere Aggressionen erschaffen.«

»Ich habe niemals ein Volk erlebt, dass sich so schnell verändert hat wie deines.« Er schüttelte den Kopf.

»Coba hat gerade erst angefangen, sich das Wissen zu erschließen, das im Quis verborgen ist. Dieses Wissen wird hervorbrechen wie Wasser durch einen geborstenen Damm, und mein Einfluss wird den Strom dieses Wissens von seinem richtigen Weg abbringen. Du musst mich aus der Calanya nehmen! Hol mich aus dem Quis-Netz 'raus!«

»Ich brauche dich jetzt mehr denn je!«, erwiderte Ixpar.

»Ich will nicht für die Zerstörung einer ganzen Welt verantwortlich sein!«

Sie ging zu ihm hinüber. »Wir sind für uns selbst verantwortlich, Kelric. Dass wir unsere gewalttätigen Tendenzen unterdrückt haben, heißt doch nicht, dass sie deswegen verschwunden wären! Es wird Zeit, dass wir dieser Tatsache ins Auge sehen. Dass wir uns damit auseinander setzen.«

Sanft berührte er den Arm, den sie in der Schlinge trug. »Ich sehe selbst, was ich dir gebracht habe.«

Ruhig sagte sie: »Du hättest das Leben von Deha Dahl vernichten können. Hast du aber nicht. Du hättest Rashiva Haka mit Gewalt entgegentreten können. Hast du aber nicht. Du hättest Varz vernichten können. Hast du aber nicht. Selbst jetzt ist es noch so: Wenn du mit mir daran arbeitest, Karn einen Vorteil gegenüber Varz erringen zu lassen, dann setzt du deine Würfel so ein, dass sie günstig sind für Karn, und nicht so, dass sie Varz schaden.«

»Ich weiß nicht, worauf du hinaus willst. Warum sollte ich Deha oder Rashiva etwas tun? Sie haben mir niemals Leid zufügen wollen. Und warum sollte ich zehntausende von Leuten in Varz dafür leiden lassen, dass ihre Verwalterin ihre Akasi misshandelt? Das ist doch nicht deren Schuld!«

Ixpar betrachtete sein Gesicht. »In all diesen Jahren hättest du von Coba fliehen können. Du hast deine Freiheit geopfert, fast sogar dein Leben, nur damit die Eskorte von Dahl überleben konnte.« Wieder wurde ihre Stimme sanfter. »Ja, du hast dich selbst in das Quis eingebracht. All deinen Anstand, deine Charakterstärke, deinen Mut. Deine Fähigkeit zu lieben.«

Kelrics Miene wurde sanfter, die Fältchen um seine Augen kräuselten sich. Er nahm ihre Hand, und eine Zeit lang betrachteten sie nur den Himmel, der sich vor ihnen in alle Richtungen erstreckte wie ein gewaltiger blauer Ozean.

Weit im Norden war über den Bergen ein schwarzer Punkt zu erkennen, der langsam näher kam – ein Reiter.

»Nicht noch einer!« Ixpar ging zu der Gegensprechanlage hinüber, die dort angebracht war, wo der Himmelspfad das Gemach traf. Doch dann hielt sie inne, ihre Hand schon nach einem Knopf ausgestreckt. Irgendetwas an diesem Reiter kam ihr sonderbar vor …

Das Luftfahrzeug kam näher.

Näher.

Noch näher.

Mit seinen Schwingen vollführte er schwerelos einen unmöglich weiten Bogen.

Ein Schauer lief Ixpar über den Rücken. »Das ist doch nicht möglich!«

Kelric schaute zu ihr. »Glaubst du, dass der von Varz kommt?«

»Nicht von Varz!« Sie atmete tief ein. »Von viel höher aus den Bergen.«

»Es gibt kein Anwesen, das höher liegt als Varz.«

»Ich weiß.« Leise, fast andächtig, sagte sie: »Das ist ein Höhenfalke, Kelric. Ein riesiger Höhenfalke!«

Der Vogel schwebte näher heran, bis sie ihn deutlich

erkennen konnten, ein riesiges Tier mit gewaltigen Schwingen, prächtigen Schwingen, die Spannweite überragte die eines Windreiters. Leuchtend rote Federn säumten die schwarzen Schwingen wie feurige Zungen, und das goldenen Gefieder des restlichen Körpers glänzte im strahlenden Sonnenlicht. Ixpar konnte fast die Windstöße spüren, die jede einzelne Bewegung dieser mächtigen Schwingen erzeugte. Die geschwungenen Krallen an den Füßen waren jeweils so lang wie der Arm eines ausgewachsenen Mannes.

»Alle Götter!«, flüsterte Kelric. »Er ist wunderschön!«

»Wir dachten, die seien ausgestorben. Das ist der Erste, der seit tausend Jahren aus den Bergen herunterkommt.«

»Vielleicht ist er der Letzte seiner Art. Und jetzt sucht er ein Weibchen.«

Nach so langer Zeit?, fragte sie sich. Hatte die Einsamkeit diesen herrlichen Falken fortgetrieben, ihn auf die Suche nach einem Gefährten geschickt, den er niemals finden würde?

Kelric tippte Ixpar an die Schulter und zeigte auf die Stadt hinunter. Winzige Gestalten liefen durch die Straßen, winkten einander zu, winkten dem Falken zu. Auf dem Flugplatz trafen zwei Reiter die letzten Startvorbereitungen.

Ixpar schaltete die Gegensprechanlage ein, und eine aufgeregte Stimme durchbrach die Stille. »Tal hier!«

»Tal, hier spricht Verwalterin Karn. Gib den Windreitern Startverbot!«

»Aber da oben ist ein Höhenfalke! Ein echter! Sie werden ihn einfangen!«

»Sag ihnen, sie sollen ihn ziehen lassen!«

Tal machte eine Pause. »Ma'am?«

»Sie werden ihn nicht einfangen!«, wiederholte Ixpar.

»Ich werde jeden, der das versucht, ins Gefängnis werfen lassen!«

Die Stimme der Gefolgsfrau verriet deutlich ihre Enttäuschung. »Jai, Ma'am.«

Kelric beobachtet sie, während sie die Gegensprechanlage abschaltete. »Du wirst ihn vermutlich niemals wiedersehen.«

»Ich weiß.« Sie ging zu ihm hinüber und stellte sich neben ihn. »Aber in Gefangenschaft würde er sterben.«

Der Vogel segelte immer näher heran, bis sein Schatten die ganze Kugel ausfüllte. Einen Augenblick lang richtete er seinen Blick genau auf sie beide, diesen Blick aus uralten Zeiten, die goldenen Augen tief im Schädel und unergründlich; er war ihnen jetzt so nah, dass, hätten sie ihre Arme durch das Glas strecken können, sie seine Federn berührt hätten.

Dann schwebte er über den Himmelspfad davon, schwenkte ab in die Freiheit eines tiefblauen Himmels.

40

Jahallas Widerstand

Die ganze Nacht über trommelte der Regen gegen die Fenster von Hayls Suite. Immer wieder gingen ihm die Bilder seiner ›Rettung‹ durch den Kopf. Sie hatten Nesina erschossen. *Erschossen!* Sie hatten sie mit heißen Metallwürfeln durchlöchert!

Alle in Varz waren so nett gewesen. So fürsorglich. Ihm wurde ganz schlecht davon. Zecha hielt ihn im Arm, während er weinte und die Ärzte Avtac leise etwas über das mutmaßliche Trauma erzählten, das seine Erlebnisse ausgelöst haben mussten. Er bezweifelte, dass sie auch dann noch so verständnisvoll sein würden, wenn sie wüssten, dass er weinte, weil er hatte mit ansehen müssen, wie sie seine Geliebte erschossen hatten!

Avtac verweigerte ihm den Trost, seine Freunde zu sehen. Er hörte immer noch ihre Stimme: *Du kannst jetzt noch nicht in die Calanya gehen. Wir müssen Verunreinigungen des Quis' verhindern.* Nicht, dass sie das davon abgehalten hätte, jedes bisschen Karn-Quis, das er in sich aufgenommen hatte, aus ihm herauszuholen.

Eine Tür knarrte. Hayl schaute auf und sah, dass Zecha im Bogengang des Alkovens stand. Sie kam auf ihn zu und setze sich dann neben ihm; sie war fast einen ganzen Kopf größer als er.

»Ich konnte auch nicht schlafen«, sagte sie dann.

Hayl schwieg, er wusste ganz genau, dass niemand ihr das Verehrerinnen-Privileg gewährt hatte. Dass sie dieses Privileg so selten erbat, gab ihm immer das Gefühl, er hätte einen unsichtbarem Knebel im Mund.

Mit einem Finger spielte Zecha mit seinen Locken. »Ich hätte niemals gedacht, dass ich jemals einen Jungen mit blonden Haaren zu meinem Kasi machen würde.« Sie seufzte. »Das liegt an Haka, weißt du? Wenn in der Wüste ein Mann eine Frau anlächelte, gilt das als Einladung in sein Bett. Aber ihr blonden Jungs aus dem Norden, ihr lächelte so schnell. Das bringt eine Frau auf falsche Gedanken.«

Ich sollte ihr von Nesina erzählen, dachte Hayl. Vielleicht würde sie mich dann ja in Ruhe lassen.

Zecha fasste nach seinem Kinn und drehte sein Gesicht dem ihren zu. Dann küsste sie ihn.

Hayl erstarrte und versuchte, sich von ihr loszureißen. Als sie ihn nicht losließ, strengte er sich mehr an, doch mit ihren kräftigeren, muskulösen Armen hielt sie ihn mühelos fest.

»So sittsam«, murmelte sie. »Oder ist das nur vorgespielte Unschuld der Jugend?« Auf einmal klang ihre Stimme deutlich härter. »Ich nehme dich, was auch immer in Karn geschehen ist!« Sie machte sich an den Schnüren seines Hemdes zu schaffen und löste sie sicher und geschickt.

Hayl versuchte, sich ihr zu entwinden, doch er war in der Ecke gefangen. Als Zecha ihm dann das Hemd auszog und seine Brust betastete, hätte er fast gewürgt. Trotz der engen Umarmung, in der sie ihn gefangen hielt, schaffte er es, seine Arme langsam nach oben zu arbeiten, dann hämmerte er mit den Fäusten immer und immer wieder gegen ihre Schultern. Sie fing seine Handgelenke ab, hielt sie dann mit einer Hand fest, während sie ihm mit der anderen seinen ganzen Körper betastete. Er wehrte sich weiter, versuchte zu entkommen, doch ohne Erfolg.

Nach einiger Zeit hielt die Kommandantin inne und

sah ihn nachdenklich an. »Vielleicht bist du doch nicht so weltlich, wie es immer über dich heißt.« Wieder strich sie ihm über die Locken. »Du darfst andere Frauen nicht anlächeln, Hayl! Das hinterlässt einen falschen Eindruck.« Endlich ließ sie ihn los und stand auf. »Versuch jetzt zu schlafen! Du musst dich ausruhen.«

Kaum war Zecha gegangen, da rannte Hayl schon in sein Bad, schälte sich aus der Kleidung und tauchte in das Schwimmbecken. Er seifte den ganzen Körper ab, wusch peinlich genau jede Stelle, an der sie ihn berührt hatte. Danach zog er die wärmsten Kleidungsstücke an, die er finden konnte, und ging wieder in den Alkoven zurück.

Es wurde Zeit, Pläne zu schmieden.

Avtac glaubte, jetzt sei er sicher untergebracht. Diese Gäste-Suite ragte aus einer Ecke des Anwesens hervor, und zwei Fensterseiten lagen oberhalb der senkrechten Felswände, die Varz zu einer derart abgelegenen – und zugleich Furcht einflößenden – Festung machten. Sein Eskorte bewachte die beiden anderen Seiten der Suite. Eines der Klippen-Fenster war mit einem Schloss gesichert, doch selbst wenn irgendjemand auf die verrückte Idee gekommen wäre, Hayl könne auch nur im Traum daran denken, es zu öffnen, würde Avtac sofort behaupten, es müsse ein Zufallstreffer gewesen sein, dass er ein derartiges Schloss beim letzten Mal hatte öffnen können.

Sein Plan war ganz einfach: das Fenster öffnen, hinausklettern, und dann auf dem Fenstersims in die Freiheit kriechen. Um diese Zeit schlief fast ganz Varz, und der Regen würde dafür sorgen, dass die anderen in ihren Häusern blieben. Niemand würde ihn sehen, wenn er zum Flugplatz lief. Und wenn er erst einmal dort war, würde er schon eine Möglichkeit finden, den

Flug zu einem anderen Anwesen zu bezahlen. Er konnte darum spielen. Es war ihm völlig egal, dass er keine Ahnung hatte, wie er *Draußen* überleben sollte. Lieber würde er den Rest seines Lebens als Bettler verbringen, als in Varz zu bleiben.

Also blieb nur noch ein Problem: Er musste aus diesem Fenster klettern.

Also blieb er im Alkoven sitzen, viel effizienter durch seine eigene panische Angst eingesperrt als durch die Wachen, die *Draußen* vor seiner Suite standen.

Als er hörte, wie eine Uhr die Dritte Morgenstunde schlug, wusste er, dass ihm die Zeit davonlief. Er atmete tief durch, dann ging er zu dem Fenster hinüber und machte sich an die Arbeit. Jedes Mal, wenn er hörte, wie ein Brett knarrte, erstarrte er und fürchtete, eine der Wachen könne hereinkommen und nach ihm schauen.

Endlich klickte der letzte Sicherungsstift.

Hayl blieb wie angewurzelt stehen, die Handflächen gegen die Glastür gelegt. Dann, mit zitternden Händen, öffnete er sie. Der Wind brauste herein, besprizte ihn mit Regen – er würde fallen, fallen, fallen, *eisige Luft schien ihn zu zerschneiden, während er fiel, schneller und schneller …*

Keuchend riss sich Hayl aus der Erinnerung zurück. Er musste sich zwingen, sich zu seiner ganzen, nicht gerade beeindruckenden Körpergröße aufzurichten und holte tief Luft. Dann kletterte er, vorsichtig, über die Fensterbank, hinaus, drehte sich so, dass sein Gesicht der Felswand zugewandt war; sein Atem ging ängstlich, stoßweise. Als er sich dann in die Nacht herabsinken ließ, spürte er, wie der Wind an seinem Körper zerrte. Er hing an dem Fensterbrett, die Angst lähmte ihn, er war unfähig, sich zu bewegen.

Schließlich zwang er seinen Zeh, in dem Basrelief an

der Wand nach etwas zu tasten, wo er Halt finden konnte. Unerträglich langsam und vorsichtig kletterte er weiter hinunter. Der Regen machte die Steine rutschig, und der Wind trieb grausame Spielchen mit Hayls Gleichgewicht. Einmal konnte er sich nicht festhalten und rutschte eine Armlänge tief, bis er wieder etwas fand, was ihm Halt gab. Er musste sich auf die Innenseite seiner Wangen beißen, um nicht laut aufzuschreien.

Er kletterte weiter.

Äonen später erreichte er den Sims. Es diente nur zur Dekoration und war zu schmal für den Fuß eines Jungen. Hayl glitt mit seinen Zehen daran entlang und nutzte Vorsprünge in der Wand dazu, sich daran fest zu halten. Stück für Stück, Stückchen für Stückchen, bewegte er sich vorwärts, betete darum, nicht an einen Punkt zu kommen, wo es nichts gab, woran er sich festhalten konnte, oder wo der Sims aufhörte, oder geborsten war, oder …

Sein Fuß glitt ins Leere.

Beinahe wäre Hayl in Panik verfallen. Er hatte das Ende der Wand erreicht, und eine Lücke, die zu breit war, dass er einen Schritt hinüber hätte machen können, trennte ihn vom Windbrecher, der die Stadt umgab. Es gelang ihm, den Kopf zu wenden; er betrachtete den schweren Weg, den er hinter sich gebracht hatte. Er war zu starr vor Kälte und Furcht, den gleichen Weg wieder zurückzugehen. Würgend schnappte er nach Luft, drehte dann den Kopf wieder und starrte den Windbrecher an. Er konnte nicht zurück, er konnte nicht nach vorne, und bald würden seine Finger zu starr sein, um sich noch länger an der Wand festhalten zu können.

Also sprang er.

Er hatte die Entfernung zu groß abgeschätzt und krachte lautstark gegen den Windbrecher. Er wedelte mit den Armen, um etwas zu finden, woran er sich festhalten konnte, rutschte am Windbrecher entlang, bis er mit dem Fuß auf einen Wasserspeier stieß, sich die Richtung änderte, in der er den Windbrecher rasend schnell entlangrutschte, und gerade noch rechtzeitig nach der Statue greifen konnte. Er bekam ein Horn zu fassen, und mit einem plötzlichen Ruck war seine rasende Fahrt hinunter beendet; mit beinahe ausgekugelten Schultern hing er in der Luft, sein Körper schaukelte in der Dunkelheit, die nur vom schwachen Lichtschein der Stadt durchbrochen wurde.

Er zwang sich zur Ruhe und suchte mit dem Fuß nach etwas, was ihm Halt bieten konnte. Er fand etwas, noch etwas – und begann dann mit dem Aufstieg. Er nutzte kleine Bohrlöcher in der Wand und grinsende Statuen als Hilfen, umklammerte den nassen Stein, betete darum, dass er nicht abrutschte, und kletterte die Wand hinauf.

Oben angekommen, legte er sich bäuchlings auf die breite Steinmauer und zog sich hinüber, er versuchte nicht einmal, sich auf die Mauer zu stellen. Während er dann die Innenseite der Wand hinunterglitt, begann er zu lachen; als er das letzte Stück zum Boden mit einem kleinen Sprung zurücklegte, lachte er völlig hemmungslos. Er kauerte sich an der Wand zusammen, immer wieder brach das Gelächter aus ihm hervor, bis es schließlich in Schluchzen überging.

Schließlich verebbte auch das Schluchzen. Noch einmal holte er keuchend Luft, dann stand er auf und schaute sich um. Die gepflasterte Straße war menschenleer. Niemand hatte ihn gehört.

Er zog seine Ärmel herunter, um die Handgelenkbänder zu verbergen, und machte sich auf den Weg zum Flugplatz.

Ixpar umrundete den Reiter, studierte ihn im hellen Tageslicht genau. Die Geschütztürme und die Kanonen ließen ihn irgendwie zornig erschienen, wie einen verärgerten Falken. Kommandantin Borj stand in der Einstiegsluke, ihr kräftig gebauter Körper füllte sie fast gänzlich aus.

»Wie sind die Testflüge verlaufen?«, fragte Ixpar.

»Sie haben eine gute Geschwindigkeit und eine gute Beschleunigung. Aber sie kommen nicht gut mit Beschleunigungsbelastungen klar.« Borj sprang auf das Rollfeld hinunter. »Habt Ihr wirklich vor, diese Reiter einzusetzen?«

»Wenn ich dazu gezwungen werde.«

Anthoni kam um das Luftfahrzeug herum. »Wir haben gerade eine Nachricht vom Kontrollturm erhalten, Ixpar. Ein Varz-Reiter erbittet Landeerlaubnis.«

Endlich, dachte Ixpar. Obwohl ihr klar gewesen war, dass Avtac ihr Gesuch nach einem Tribunal ablehnen würde, hatte sie es trotzdem eingefordert, weil sie wusste, dass sie auf diese Weise wichtige Informationen erhalten würde. In einem Rats-Tribunal saßen die Verwalterinnen auf der Richterinnenbank. Der Quis-Rat wählte sechs Richterinnen aus, jeweils zwei waren für Anklage, Verteidigung und Neutralitätswahrung zuständig. Also gab jede Verwalterin als Antwort auf Ixpars Forderung, ein Tribunal einzuberufen, einen Vorschlag für das Richteramt ab. Das bedeutete gleichzeitig, jede Verwalterin würde zu erkennen geben, auf welcher Seite sie bei den Auseinandersetzungen zwischen Varz und Karn stand.

Seit Ixpar vor einem Zehntag ihre Forderung gestellt hatte, waren von allen Anwesen außer Varz Antworten gekommen. Sowohl Dahl als auch Bahvla sicherten ihre Unterstützung gegen Karn zu. Viasa entschied sich für eine neutrale Haltung, ebenso auch Viasas Sekundär-

Anwesen Tehnsa. Beunruhigender hingegen war, dass Shazorla, normalerweise eine Verbündete Karns, ebenfalls Neutralität erklärte, gefolgt von dessen Sekundär Eviza. Ahkah und Lasa bestätigten ihre engen Bande zu Varz und sagten dem Ministerium jegliche Unterstützung zu.

Die größte Überraschung jedoch lag in der Antwort von Haka. Die getreueste Verbündete von Varz wählte die Neutralität.

Ixpar und Anthoni gingen zum Kontrollturm hinüber und beobachteten dann von der Zentrale aus den Landeanflug des Varz-Reiters. Sobald er aufgesetzt hatte, wurde er von einer Karn-Achtergruppe umringt, die Gewehre im Anschlag. Die Pilotin öffnete die Ausstiegsluke und sprach mit den Wachen, dann übereichte sie der Kommandantin eine Schriftrolle, in gold gefärbtes Wildleder eingeschlagen und mit einer schwarzen Schnur verschlossen.

Als der Reiter wieder abhob, brachte die Kommandantin Ixpar die Schriftrolle. In das Wildleder war ein Bild eingeprägt: Die zähnefletschende schwarze Klauenkatze von Varz kauerte neben den Insignien des Ministeriums; diese Insignien-Kombination erschreckte Ixpar auch diesmal wieder ebenso sehr wie damals, als sie diese zum ersten Mal gesehen hatte.

Ixpar sandte Anthoni aus, um Älteste Solan zu holen, dann ging sie alleine zum Anwesen zurück. In ihrem Arbeitszimmer angekommen, stellte sie sich vor ihren Schreibtisch und begann, die Schriftrolle zu lesen.

Vom Türdurchgang aus meldete Anthoni ihr: »Älteste Solan ist hier.«

Ixpar blickte auf. »Schick sie herein!«

Solan trat ein und schloss die Tür hinter sich. »Anthoni hat gesagt, Ihr hättet eine Antwort von Varz erhalten?«

»Avtac weigert sich, ein Tribunal zusammenzurufen«, gab Ixpar bekannt.

Solan schien nicht überrascht. »Dass der Forderung einer Verwalterin nach einem Rats-Tribunal abgelehnt wurde, ist so noch nie da gewesen und ist gewiss eine nicht gern gesehene Entscheidung. Es dürfte der Glaubwürdigkeit von Varz schaden.«

»Ich weiß nicht, wie ich darüber denken soll.« Ixpar reichte ihr das Schreiben. »Sagt mir, ob Ihr daraus schlau werdet!«

Während Solan die Schriftrolle las, legte sich ihre Stirn immer mehr in Falten. »Soll das ein Scherz sein?«

»Ich habe keine Ahnung!«

Die Älteste blickte zu Ixpar auf. »Wie kommt Avtac Varz auf die abwegige Idee, Ihr hättet Hayl ein zweites Mal entführt? Diese Anschuldigung ist doch völlig absurd!«

»Es gibt Gerüchte, die besagen, er habe sich umgebracht.«

»Bei allen Winden, das will ich doch nicht hoffen!«

»Geht mir genauso.« Ixpar machte eine Pause. »Das klingt jetzt wahrscheinlich ziemlich sonderbar, Solan – aber ich glaube, ich habe im Quis eine Spur von ihm gefunden, eine allerdings sehr, sehr schwach Spur. Vielleicht jage ich auch nur einem Phantom nach.«

»Und wo befindet sich dieses Phantom jetzt?«

»In Viasa.«

Erneut runzelte Solan die Stirn. »Warum sollte Avtac Hayl dorthin schicken?«

»Vielleicht hat sie Khal Viasa gebeten, ihn dort zu verstecken, solange sie mir eine erneute Entführung vorwirft. Das liefert ihr einen triftigen Grund, meine Forderung nach einem Tribunal abzulehnen.«

»Falls Verwalterin Viasa sich dazu entschlossen hat,

Varz zu unterstützen«, meinte Solan, »sind wir in ernst zu nehmenden Schwierigkeiten.«

»Ich weiß.« Ixpar deutete auf das Schreiben. »Bringt dies zu den anderen Ältesten. Wir treffen uns in der Abendstunde, um das alles zu besprechen.«

Nachdem Solan gegangen war, setzte sich Ixpar an Ihren Schreibtisch und stützte ihre Stirn in die Hände. Sie hätte so gerne mit Kastora gesprochen, hätte so gerne ihren Rat gehört. Dann ging ihr ein anderes Bild durch den Kopf: ihre Mutter, die längst verstorbene Atlena Karn, eine hoch gewachsene Frau mit leuchtend roten Haaren, die dem größten Gemeinschaftshaus der Stadt vorgestanden hatte. Ixpar konnte immer noch ihre Stimme hören: *Schau in das Quis, mein Kind! Enthülle seine Geheimnisse!*

Ixpar verließ ihr Arbeitszimmer und ging zum blauen Alkoven ihrer Suite, stieg von dort aus in *Das Gedächtnis von Karn* hinab. Diese kühlen Säle zu durchschreiten war, als würde man in die Vergangenheit reisen. Die Identität eines ganzen Volkes war hier unten verborgen, genau so, wie sie im Quis verborgen war.

Doch an diesem Abend fand sie keine Antworten in der Geschichte, nur die Aufzeichnungen eines Volkes, geplagt von seiner eigenen gewalttätigen Natur.

Rev Miesa Haka ging am Windbrecher der Calanya entlang, er nutzte dessen Schatten als Schutz vor dem gleißenden Sonnenlicht. Nach drei Jahren verabscheute er Haka immer noch. Hier gab es keinen einzigen grünen Hügel, bloß Hitze. Und Sand. Der Sand rieselte durch die Löcher, die in die Wände eingearbeitet waren, umhergeweht vom heulenden Wind dort *Draußen*, diesem ewig heulenden Wind, sodass Rev schon fast glaubte, im schaurigen Gesang des Windes Stimmen zu vernehmen.

Rev blieb stehen. Das war *wirklich* eine Stimme! Sie hatte seinen Namen gerufen.

Er schaute durch eine Öffnung im Windbrecher. Zuerst sah er nur wirbelnde Sandwolken, wie ein feiner Schleier aus Rubin- oder Topas-Staub. Dann sah er die Frau: In ihrer derben Hose und ihrer derben Jacke, die Kapuze zum Schutz vor dem Sturm hochgezogen, sah sie aus wie eine Frachttransporterin von den Lagerhallen.

Er trat von der Mauer zurück, fühlte sich beleidigt. Doch als die Transporterin erneut seinen Namen rief, hielt er inne. Woher wusste sie seinen Namen? Wieder schaute er durch die Öffnung hindurch.

Die Frau kam näher. »Revi?«

Er sah sie nachdenklich an.

»Erkennst du mich nicht?«, fragte sie.

Er schüttelte den Kopf.

Sie zog ihre Kapuze ab – keine Frau: ein Mann!

»Hayl?«, fragte er. »Bist du das wirklich?«

»Seit einer halben Jahreszeit komme ich jeden Tag hierher, weil ich hoffe, dich zu sehen.«

»Bei allen Winden, Hayl! Ich kann das gar nicht glauben!« Revi grinste. »Komm, kletter 'rüber. Komm 'rein!«

»Man könnte mich sehen!«

»Ist doch niemand in der Nähe! Komm schon!«

Hayl kletterte die Wand hinauf, auf der anderen Seite der Mauer war es dann halb ein Klettern, halb ein Rutschen, bis er wieder festen Boden unter den Füßen hatte. Im gleichen Augenblick, als er das letzte Stückchen sprang, schlang Revi schon die Arme um ihn.

»Bei allen himmlischen Winden!« Das Gesicht gegen Revis Schulter gepresst, klang Hayls Stimme sehr gedämpft. »Du bist aber *wirklich* groß geworden!«

Gemeinsam setzten sie sich an den Rand eines kleinen Jahalla-Hains, und Revi lauschte aufmerksam, als Hayl ihm erzählte, was er alles erlebt hatte, seit die beiden durch Avtac getrennt worden waren. »Also habe ich mir einen Flug nach Viasa erkauft, in dem ich die ganze Zeit über für die Mannschaft eines Handels-Reiters Lyderharfe gespielt habe«, schloss Hayl seinen Bericht. »In Viasa habe ich dann auf dem Markt um Geld gespielt. Das ist einfach. Außenseiter-Quis ist nicht mal die Spucke wert, darüber zu reden! Das Geld, das ich da verdient habe, habe ich dazu benutzt, meinen Flug hierher zu bezahlen.«

»Und davon lebst du jetzt? Du spielst um Geld?«

Hayl schüttelte den Kopf. »Männern ist es auf dem Markt von Haka nicht erlaubt, um Geld zu spielen. Und selbst wenn das nicht so wäre, würde ich das nicht riskieren. Irgendwer würde 'rauskriegen, dass ich ein Calani bin. Ich hätte schon das in Viasa nicht machen sollen.«

Mit seinen sechzehn Jahren kam Hayl Revi fast ebenso verletzlich vor wie damals, als er ihn das erste Mal gesehen hatte; damals war er fünf gewesen, und Hayl war noch ein Kleinkind, das sich in seinem Bettchen zusammenrollte. »Und wo lebst du jetzt?«

»Eines der Häuser der Männer hat mich aufgenommen«, gab Hayl zur Antwort. »Die geben mir was zu Essen und ein Zimmer – als Gegenleistung übernehme ich dafür Aufgaben.«

»Und wenn mal irgendjemand deine Calanya-Bänder sieht?«

Hayl streifte die Ärmel hoch, und Revi sah, dass er seine Unterarme bandagiert hatte, sodass die Bänder nicht zu sehen waren. »Ich sage immer, ich hätte mich verbrannt. Ich weiß, dass ich mir überlegen muss, wie ich diese Bänder abkriege. Aber wenn die einmal ab sind ... dann ist das für immer.« Er ließ die Hände sinken, als schmerze es ihn, daran erinnert zu werden, was seine Handgelenke umschloss. »Ich hasse es *Draußen* ... vor allem hier! Die Leute behandeln mich, als wäre ich Stangen-Dung, bloß weil ich blonde Haare habe. Eine Kinsa-Chefin will, dass ich für sie arbeite, und die lässt mich einfach nicht in Ruhe. Früher war ich ein Calani Zweiten Grades, und jetzt bin ich gar nichts mehr!«

»Dann bitte Rashiva doch um Asyl.«

»Verwalterin Haka?« Schroff lachte Hayl. »Die würde mich doch schneller wieder zu Avtac schicken als du deine Würfel rollen lassen kannst!«

»Nicht wenn du ihr das erzählst, was du mir erzählt hast.«

»Vergiss es!«

»Hayl, ich meine das ernst!«

»Vertraust du ihr so sehr?« Als Revi nickte, atmete Hayl hörbar aus. »Ich hoffe, du hast Recht.«

Der Reiter stieg hoch über die Teotec-Berge auf, am Steuer saß Aka Karn, eine Händlerin, die ihre Fracht, verschiedene Gewürze, nach Bahvla brachte. Auf der Steuerbord-Seite sah sie eine Achtergruppe Reiter im Formationsflug. Ihr stand der Sinn nach einem Plausch, also schaltete sie auf Kanal Zwei ihrer Gegensprechanlage. »Hier spricht die *Grüner Vogel* von Karn, ich rufe die Achtergruppe im Nordosten. Herrlicher Tag, was?«

Aus der Gegensprechanlage knackte es. »Hier spricht die *Nachtreiter* von Varz. Ihr verletzt unseren Luftraum, *Grüner Vogel*.«

Ihren Luftraum verletzen? Was sollte das denn heißen? »Ich bin auf dem Weg nach Bahvla.«

»Alle Routen nach Bahvla sind gesperrt«, beharrte die *Nachtreiter*. »Dreht ab, *Grüner Vogel!*«

»Cuaz und Khozaar«, murmelte Aka. Sie lenkte ihren Reiter in einen weiten Bogen, der sie von der Achtergruppe fortführte. Vielleicht sollte sie lieber versuchen, Bahvla über eine andere Route anzufliegen.

Die Gegensprechanlage spuckte Rauschen aus. »Dreht ab, *Grüner Vogel!* Dies ist die letzte Warnung!«

»Abdrehen? Ich drehe doch schon ab! Wohin *soll* ich denn abdrehen?«

Mit wachsender Beunruhigung begriff Aka, dass die Reiter sich ihr näherten. Irgendwie setzte die *Nachtreiter* einen metallenen Falken frei, der zuvor unter ihrem Bauch angebracht gewesen war. Als offensichtlich wurde, dass dieser Vogel Selbstmord begehen und in sie hineinfliegen wollte, versuchte Aka den Kurs zu ändern. Dem Falken gelang es trotzdem, einen ihrer Schwingen zu streifen – und eine Explosion erschütterte ihr Luftfahrzeug.

»*Nachtreiter*, bist du verrückt geworden?«, brüllte sie in die Gegensprechanlage und bemühte sich nach Kräften, die *Grüner Vogel* unter Kontrolle zu halten.

Als Antwort schickte die *Nachtreiter* einen weiteren nachgemachten Falken auf den Weg, und Aka konnte ihren Reiter gerade rechtzeitig hochziehen, um ihm auszuweichen.

Dann schlug sie einen neuen Kurs ein und flüchtete zurück nach Karn.

Unruhig ging Rashiva Haka in ihrem Arbeitszimmer auf und ab. »Es wird von Tag zu Tag schlimmer. Entführungen, Anschuldigungen, und jetzt das hier!«

Ihre Erste Gefolgsfrau stand vor dem Kamin. »Ich

würde davon abraten, Hayl Asyl zu gewähren. Er hat seinen Eid gebrochen. Bei allen Winden, er hat ihn förmlich in winzige Stückchen zermalmt! Avtac ist diejenige, die sich um ihn kümmern sollte.«

Rashiva blieb genau vor ihr stehen. »Ich kann ihn nicht nach Varz zurückschicken! Nicht nach allem, was er durchgemacht hat.«

»Wenn Ihr ihn hier behaltet, werdet Ihr die Ministerin gegen euch aufbringen!«

»Und wenn ich ihn nach Varz zurück schicke, werde ich mein Gewissen gegen mich aufbringen!« Mit einer Hand stützte Rashiva sich am Kaminsims ab und starrte in die Flammen, die knisternd im Kamin flackerten. »Es gibt Momente, da wünschte ich mir, es wäre Ixpar, die Varz regierte, und Avtac, die Karn verwaltete. Das würde diese Bündnisspielchen sehr viel erträglicher machen.«

Mit leiser Stimme sagte die Erste Gefolgsfrau: »Seid vorsichtig, Rashiva! Ihr wisst nie, wer Euch vielleicht hört!«

Die Verwalterin schaute sie an. »Avtac gehört meine Treue, nicht meine Seele.« Sie richtete sich auf. »Hayl bleibt hier.«

Zusammen mit Kommandantin Borj trat Ixpar aus dem Hangar hinaus. »Wer war die Pilotin?«

»Eine Händlerin namens Aka Karn.« Borj löste die Haken, die ihre Fliegerjacke geschlossen hielten. »Sie hatte Karn bereits verlassen, als wir von der Blockade erfuhren. Die *Grüner Vogel* hat es kaum in einem Stück hierher zurück geschafft.«

Ixpar verzog verdrießlich das Gesicht. »Ich möchte, dass bewaffnete Reiter-Patrouillen sämtliche Luftraumgrenzen von Karn absichern.«

»Ich werde es sofort in die Wege leiten!«

Grübelnd machte sich Ixpar auf den Weg zurück in ihr Anwesen. Aha. Varz blockierte also sämtliche Flugwege nach Bahvla. Damit schnitt sie Karn von einem entscheidenden Verbündeten ab. Was noch schlimmer war: der Krach, den Avtac wegen dieser angeblichen neuerlichen Entführung geschlagen hatte, war ausreichend gewesen, um Shazorla, normalerweise eine Verbündete Karns, dazu zu bringen, dem Ministerium von Varz Unterstützung zuzusichern. Das bedeutete, dass Ahkah, Lasa, Shazorla und Eviza gleichermaßen hinter Varz standen. Und wie auch immer Rashivas persönliche Gefühle für Avtac sein mochten, Ixpar wusste, dass Verwalterin Haka großen Wert auf ›Treue‹ legte. Im Falle einer Konfrontation würde sie Varz unterstützen.

Viasa und sein Sekundär Tehnsa erklärten immer noch ihre Neutralität. Doch die Jahrhunderte alte Fehde zwischen Bahvla und Viasa ließ für Karn nichts Gutes ahnen. Sollte Verwalterin Viasa sich gegen die Neutralität entscheiden, war es sehr unwahrscheinlich, dass sie die gleiche Seite wählte wie eine Verbündete von Bahvla.

Alles zusammen ergab das eine Ausgangssituation, die sehr an ein Glücksspiel gemahnte, und die Gewinnchancen bei diesem Spiel gefielen Ixpar ganz und gar nicht.

Voller Stolz steuerte Kommandantin Tazza Varz ihr Luftfahrzeug, ließ es hoch in den Himmel aufsteigen. Sie gehörten zusammen, Gemeinschaftshaus, sie und ihre *Nachtreiter,* waren eins, und kein anderer Reiter konnte sie übertreffen.

Ein Summen kam aus ihrer Gegensprechanlage – von Kanal Sechs, der den Reitern ihres eigenen Trupps vorbehalten war. »*Sonne von Varz* hier, Kommandantin Tazza. Zwei Reiter nähern sich von Backbord. Sieht aus, als kämen die aus Bahvla.«

»Hab' sie auf dem Schirm«, bestätigte Tazza.

Diesmal knackte Kanal Zwei der Gegensprechanlage, dem Kanal, der allen Reitern in Reichweite der Gegensprechanlagen offen stand. »Hier spricht die Bahvla-*Wolkentänzerin*. Ihr blockiert unsere Reiserouten, *Nachtreiter*.«

»Diese Reiserouten unterliegen der Amtsgewalt von Varz«, erklärte Tazza. »Fliegt zurück nach Bahvla!«

Die Pilotin der *Wolkentänzerin* stieß einen Fluch aus. »Ihr habt nicht das Recht, ein ganzes Anwesen gefangen zu nehmen!«

Versuch doch, an uns vorbei zu kommen!, dachte Tazza. Doch die Reiter aus Bahvla drehten bei und jagten auf ihr Anwesen zu wie Pelzerwelpen, denen ihr Muttertier einen Schlag versetzt hatte.

Am gleichen Abend, während der Sonnenuntergang den Himmel in Flammen zu verwandeln schien, erspähte Tazza an der Luftraumgrenze zwischen Bahvla und Karn eine Achtergruppe aus Karn.

Die Stimme eines Mannes wurde über Kanal Zwei übertragen. »Hier spricht Jevrin Karn am Steuer des *Silberfalken*. Bitte bestätigen, *Nachtreiter*!«

Tazza lachte. Ixpar Karn musste wirklich verzweifelt sein, wenn sie jetzt schon Jungen ausschickte, echte Frauenarbeit zu machen. »Ihr habt euch in den Luftraum von Varz verirrt, *Silberfalke*. Dreht ab!«

»Wir sind auf dem Weg nach Bahvla«, fuhr Jevrin fort. »Schlage vor, dass ihr selber abdreht, Kommandantin!«

Tazzas Gesicht verfinsterte sich; der Ton dieses Jüngelchens gefiel ihr ganz und gar nicht!

Dann war eine Frauenstimme auf Kanal Zwei zu

hören. »Kommandantin Borj hier, *Nachtreiter*. Wir erkennen eure Amtsgewalt, diese Route zu blockieren, nicht an.«

Kanal Sechs von Tazzas Gegensprechanlage summte, eine abgesicherte Nachricht von einem ihrer eigenen Reiter. »Kommandantin, hier spricht die *Sonne von Varz*. Sollen wir sie 'runterholen?«

»Erst auf meinen Befehl hin!« Tazza schaltete wieder auf Kanal Zwei um. »Borj, dies ist die letzte Warnung! Dreht ab!«

Zur Antwort gingen alle Karn-Reiter gemeinsam kurz in den Sinkflug und traten dann in den Luftraum von Varz ein.

»Also gut!«, entschied Tazza über Kanal Sechs. »Los geht's!«

Ihre Reiter hielten auf die Achtergruppe aus Karn zu. Tazza selbst sah den *Silberfalken* – jetzt den Reiter ruhig halten! – da! Er versuchte noch auszuweichen, doch ihr Geschützfeuer riss große Stücke aus einem seiner Schwingen. Nur noch ein Schuss, und …

Ein heftiger Schlag erschütterte die *Nachtreiter*. Diese Karn-Vögel waren bewaffnet! Ihr Reiter kippte ab und ging in einen unkontrollierten Sturzflug über, verlor erschreckend schnell an Höhe. Angestrengt kämpfte Tazza mit den Flügeln, probierte alle möglichen Lamellen-Einstellungen, bis der Wind den Reiter endlich ergriffen hatte und mit einem Ruck aus dem Sturzflug riss. Sie fuhr das Fahrgestell aus und visierte einen kahlen Hügel inmitten eines Waldes als Landeplatz an.

Die *Nachtreiter* setzte mit einer solchen Wucht auf, dass Tazza in ihren Sicherheitsgurt hineingeschleudert wurde. Das Kreischen misshandelten Metalls zerriss die Stille der Luft, während das Schiff über den Boden raste, bis es sich schließlich überschlug und ruckelnd zum

Stehen kam; als ihr Reiter schließlich still lag, hing Tazza kopfüber aus ihrem Sitz. Sie löste die Sicherheitsgurte und fiel auf das Schott unter ihr – die Deckenplatte, die jetzt zum ›Fußboden‹ geworden war. Während der Reiter vor und zurück schaukelte, kämpfte sie sich zur Einstiegsluke durch.

Dann stieß Tazza sie auf – und sah Flammen über den Rumpf des Windreiters lecken. Sie vergaß jegliche Vorsichtsmaßnahme, sprang zu Boden und rannte sofort los. Gerade als sie die Kuppe des Hügels erreicht hatte, zerriss hinter ihr eine gewaltige Explosion die Stille im Wald. Eine Sekunde später schleuderte die Druckwelle Tazza durch die Luft wie ein Blatt im Wind. Sie schlug auf dem Waldboden auf, stürzte die andere Seite des Hügels hinunter, bis sie mit Schwung in einen Erdhaufen krachte.

Dann lag Tazza nur dort und versuchte, ihre Gedanken zu ordnen. Sie versuchte sich zu bewegen, doch ihr Körper reagierte nicht. Sie konnte nichts anderes tun als zuhören, wie die Flammen ihre *Nachtreiter* verzehrten. Eine weitere, kleinere Explosion war vom Wrack aus zu hören, und irgendetwas dröhnte ihr in den Ohren. Erst als sie die *Sonne von Varz* über sich hinwegfliegen sah, war sie in der Lage, das Dröhnen einem Motor zuzuordnen.

Nachdem dann die *Sonne von Varz* holprig ein Stück weiter den Hang hinunter gelandet war, sprang ihre Pilotin heraus und sprintete den Hügel hinauf. Sie kniete sich neben Tazza. »Kommandantin? Den Winden sei Dank!«

»Habt ihr die Karn-Reiter erwischt?«, fragte Tazza.

»Sechs, vielleicht sieben.« Die Pilotin schob ihr einen Arm unter die Schultern. »Einer ist uns entkommen, hat aber mehrere Treffer abbekommen. Ein anderer ist nach Karn zurückgeflogen.«

Tazza rappelte sich mühsam auf. »Und wir?«

Mit gedämpfter Stimme antwortete die Pilotin: »Wir haben zwei verloren.« Sie half Tazza, zur *Sonne von Varz* hinüberzuhumpeln. »Die *Sternenvogel* ist zurückgeflogen, um Leute zu holen, die den Waldbrand löschen sollen.«

Bisher war es für Tazza eigentlich kaum mehr als ein Spiel gewesen, Reiter von Bahvla fern zu halten. Jetzt nicht mehr. Plötzlich wurde das alles zu ernst, zur bitteren Realität – die Verluste des heutigen Tages führten ihr das über deutlich vor Augen.

Als die *Sonne von Varz* wieder in der Luft war, schaute Tazza hinunter auf die Glut, das Ende ihrer *Nachtreiter*. Kommandantin Tazza würde wieder aufsteigen. Die Pilotinnen ihrer Staffel sollten nicht umsonst gestorben sein.

»Nein!« Henta Bahvla starrte Jevrin von ihrem Platz hinter ihrem Schreibtisch aus an wie ein Kämpfer, der sich in kürzester Zeit in Angriffsposition im Ring begeben musste. »Haben wir nicht schon genug Schwierigkeiten? Ich kriege keinen einzigen Reiter aus Bahvla heraus, und du bist der Einzige, der es hier hinein geschafft hat, seit diese Blockade verhängt wurde. Hast du eigentlich eine Vorstellung davon, was das bedeutet? Wir haben hier oben keine Farmen. Wir haben nur Bäume, Bäume und nochmals Bäume! Draußen in den Lagerhallen verrottet mir ein Vermögen an Bauholz, während in meiner Stadt die Leute verhungern!«

»Dann *müsst* Ihr mir diese Reiter zur Verfügung stellen!«, beharrte Jevrin. »Ich kann Euren Gilden zeigen, wie man Schusswaffen und Geschosse baut. Wir können diese Blockade durchbrechen!«

»Und zu welchem Preis? Wie viele Leben soll uns das

kosten? Mit einem einzigen Reiter hast du dich hierher geschleppt, und in Karn bist du mit acht Reitern aufgebrochen!«

Ein Schatten legte sich über sein Gesicht. »Sie sind für Euer Anwesen gestorben, Verwalterin Bahvla.«

Ihre Stimme wurde sanfter. »Und Bahvla hält ihr Andenken in Ehren. Aber wie viele werden noch sterben, wenn ich dir gebe, was du verlangst? Vielleicht würdest du es nicht so ausdrücken, aber was du verlangst, sind Luftstreitkräfte. Bahvla ist seit eintausend Jahren nicht mehr in den Krieg geflogen!«

»Vielleicht bleibt Euch gar keine Wahl. Zumindest nicht, wenn Ihr euch nicht von Karn lossagt und euch Varz beugt.«

Stoßartig atmete Henta aus. »Ich werde dich morgen meine Antwort wissen lassen.«

Nachdem Jevrin gegangen war, ließ sich Henta in ihren Sessel sinken und erwog sorgsam alle einzelnen Gedanken:

Ich werde nicht in einen Krieg ziehen.

Ich werde nicht zulassen, dass Bahvla verhungert.

Ich werde mich nicht Varz beugen.

Aber was sollte sie denn nun tun?

Was?

Nachdem die Sonne schon lange untergegangen war, saß sie immer noch dort und grübelte. Sie dachte an Sevtar, wie sie ihn einst, vor langer Zeit, gesehen hatte: eine einsame Gestalt, die auf dem Windbrecher einer Calanya stand und zu den Teotecs hinüberschaute, während der Wind sein Haar zerzauste. Nun stand eine ganze Welt kurz vor dem Krieg um diese lebende Legende, die doch nichts anderes wollte, als nur in Ruhe gelassen zu werden.

41

Der Erstarkende Turm: Aufstieg der Seelen

Nachdem Borj sich in ihrem Reiter mit letzter Kraft nach Karn zurückgeschleppt hatte, die einzige Überlebende ihrer Achtergruppe, hatte Ixpar zu trauern begonnen – sowohl um die verlorenen Pilotinnen als auch um einen Frieden, der ein Jahrtausend gewährt hatte. In dem Jahr, das seit Kastoras Tod vergangen war, hatte Ixpar all die Gewalt erkannt, die in ihr aufzuwallen vermochte, ein Raubtier, das nur durch die hauchdünne Fassade vorgeblicher Zivilisiertheit im Zaum gehalten wurde. Nun erkannte sie diesen Zorn auch in Borj wieder, die hatte miterleben müssen, wie sechs, vielleicht sogar sieben ihrer Reiter als lodernde Feuerbälle abgestürzt waren.

Nach diesem Tag hatte sich die Kommandantin unerbittlich selbst angetrieben, hatte fieberhaft mit der Waffengilde zusammengearbeitet. Jetzt, eine Jahreszeit später, stand sie zusammen mit Ixpar in einem Lagerhaus und legte ihr den Tragegurt einer Waffe um. Dann reichte sie der Verwalterin eine Schusswaffe, größer und schwerer als ein Gewehr. »Solange Ihr den Abzug gedrückt haltet, werden immer weiter Patronen zugeführt.«

Ixpar nickte. Am anderen Ende des Lagerhauses stellte Anthoni eine Reihe leerer Treibstoffkanister auf, etwas näher bei ihr stand Tal, ein Klemmbrett in der Hand.

»Alles fertig!«, rief Anthoni.

Ixpar wartete, bis er sich in Sicherheit gebracht hatte, dann hob sie die Waffe. Sie zielte, über den Lauf der Schusswaffe hinweg, dann zog sie den Abzug durch –

und donnernd brach Schuss um Schuss hervor; das dröhnende Echo ließ das Lagerhaus erzittern wie Donnerhall. Die Kanister wurde in die Luft geschleudert, von Kugeln völlig durchlöchert. Trotz des Rückschlags der Waffe, von dem Ixpar die Zähne klapperten, feuerte Verwalterin Karn weiter, bis kein einziger Behälter mehr unbeschädigt war.

Die dann einsetzende Stille wurde nur vom Geräusch zweier gegeneinander rollender Kanister durchbrochen.

»Cuaz im Himmel!«, brachte Tal hervor.

Ixpar schaute Borj an. »Funktioniert.«

Borj warf ihr einen düsteren, harten Blick zu. »Ja, das tut es.«

Nachdem alle Tests abgeschlossen waren, ging Ixpar gemeinsam mit Tal und Anthoni zurück zum Anwesen; ihre Waffe trug sie an einem Riemen über der Schulter. Gerade in Zeiten wie diesen vermisste sie Kastoras Ratschläge. Obwohl Solan ihr sowohl als Erste Gefolgsfrau als auch als Älteste gute Dienste leistete, war ihr doch klar, dass das nur vorübergehend so sein konnte. Es wurde Zeit, dass sie sich eine neue Erste Gefolgsfrau heranzog.

Während sie einen Innenhof des Anwesens durchquerten, warf Ixpar verstohlene Blicke auf die beiden Bediensteten, die sie begleiteten. Tal vielleicht? Sie hatte Tal schon als mögliche Nachfolgerin für sich in Erwägung gezogen, doch sie war zum Ergebnis gekommen, dass es ihr an den erforderlichen Führungsqualitäten mangelte. Als Erste Gefolgsfrau wäre sie jedoch vermutlich gut geeignet.

Anthoni ist qualifizierter, dachte sie dann.

Ixpar blieb stehen, sie ließ sich durch den Kopf gehen, was für Reaktionen es wohl hervorrufen würde, den wichtigsten Posten in ihrer Gefolgschaft einem Mann zu geben. Sie hatte das Ministerium gegen einen Akasi eingetauscht, und zahllose Barden schrieben peinliche Lieder, die ihre angeblich so leidenschaftliche Seele priesen. Doch falls sie eine wirklich vernünftige Entscheidung fällen würde, wie etwa Anthoni zu ihrem Ersten Gefolgsmann zu machen, dann wäre ganz Coba zutiefst empört.

»Was soll's!«, meinte Ixpar.

»Verwalterin Karn?«, fragte Tal. Sie und Anthoni hatten wartend neben Ixpar gestanden, während sie in Gedanken versunken gewesen war.

Ixpar reichte Tal die Waffe und den Tragegurt. »Schließ das in meinem Safe ein und richte der Waffengilde aus, sie mögen ihre Produktion so umstellen, wie wir es besprochen hatten!« Dann blickte sie zu Anthoni. »Ich möchte dich morgen zur Zweiten Morgenstunde in meinem Arbeitszimmer sehen!«

»Jai, Ma'am«, erwiderte er.

Die Gefolgschaft ging zum Anwesen, und Ixpar machte sich auf den Weg zum Karn-Institut. Als sie in Ekinas Labor kam, lag dieses dunkel da, und einen Augenblick dachte Ixpar schon, die Physikerin sei nicht da. Dann sah sie ein schwaches rotes Licht, das von einem der Tische kam. Als sich ihre Augen an das Halbdunkel gewöhnt hatten, konnte sie erkennen, dass Ekina vor diesem Tisch stand, umgeben von einer Gruppe ihrer Studentinnen.

Als Ixpar dann an der Tür klopfte, schaute die Physikerin sich um. »Verwalterin Karn!« Sie winkte sie zu sich. »Ich hatte gehofft, dass Ihr heute kommen würdet!«

Ixpar trat an den Tisch heran. »Anthoni hat mir Eure Nachricht überbracht.«

»Wartet ab, bis Ihr es gesehen habt!«, versprach Ekina ihr gut gelaunt.

Die Studentinnen traten einen Schritt zurück, und

Ixpar konnte eine Glasröhre zwischen zwei Spiegeln erkennen, von denen einer nur zum Teil versilbert war. Licht kam aus der Röhre, trat durch den teildurchlässigen Spiegel hindurch und erzeugte einen dünnen roten Strahl, der nur dann erkennbar war, wenn er auf Staubteilchen in der Luft traf. Der Strahl selbst endete als winziger roter Punkt auf einem Schirm, nicht allzu weit von diesem Halbspiegel entfernt.

»Äh … was ist das?«, fragte Ixpar.

Ekina warf ihr einen so zufriedenen Blick zu, dass Ixpar unwillkürlich an ein Klauenkatzen-Junges denken musste, das gerade richtig ausgiebig gespeist hatte. »Das, Verwalterin Karn, ist ein Helium-Neon-Gas-Laser.«

»Laser?«

»Das, was Quis-Zauberin Bahr einen ›Licht-Saaler‹ genannt hatte. Wir dachte, *Laser* klingt ein wenig nüchterner – und trifft auch den Kern der Sache besser.«

»Na, da soll mich doch der Wind verwehen!«, meinte Ixpar, was eine Welle der Heiterkeit unter den Studentinnen auslöste. »Wie habt Ihr ihn zum Laufen bekommen?«

»Mit dem Helium.« Ekina tippte vorsichtig gegen die Röhre. »Als wir als Gas nur Neon verwendet haben, konnten wir nicht genügend Atome auf hinreichend hohe Energieniveaus anregen. Helium lässt sich leichter anregen. Also regen wir das Helium an, und das regt dann das Neon an.«

»Das wird Bahr unbedingt sehen wollen. Ich werde ihre Eskorte anweisen, sie unverzüglich hierher bringen zu lassen.«

»Ich bin sehr gespannt darauf, sie endlich kennen zu lernen«, sagte Ekina. »Ihr würdet nicht glauben, mit was für Ideen sie manchmal die Sprecherin hierher schickt!«

»Probiert's doch mal aus!«, erwiderte Ixpar.

»Habt Ihr jemals von Metallwandlern gehört?«

»Die waren doch in der Alten Zeit ziemlich beliebt, oder?«

»Ganz genau. Haben damals behauptet, sie könnten aus Eisen Gold machen.«

Ixpar musste lachen. »Bei allen Winden, Ekina, ich hoffe, Bahr hat Euch nicht auf so 'was angesetzt!«

»Sie glaubt, das sei wirklich machbar. Sie nennt es ›Atom-Brechen‹.«

Atom-Brechen? Das klang wirklich nach Bahr. »Und wie soll das funktionieren?«

»Man ändert die Anzahl der Neutronen und Protonen in einem Atom, indem man den Atomkern spaltet. Ihn sozusagen durchbricht. Bahr behauptet, wenn ein Atomkern aus mehr als Zweihundertneun Kern-Würfeln besteht, dann zerbricht er von ganz allein. Heute Morgen erst hat sie mir das Quis-Muster für das Brechen von Uran Zweihundertachtunddreißig geschickt.«

»Warum sollte man Uran brechen wollen?« Ixpar wusste nicht einmal genau, was Uran überhaupt war, sie erinnerte sich bloß, dass Bahrs Muster behaupteten, es gebe so etwas.

»Dabei könnte Energie frei werden«, erklärte Ekina. »Sehr viel Energie!«

»Und glaubt Ihr, dass es funktionieren könnte?«

Ekina zuckte mit den Schultern. »Ich weiß noch nicht einmal genau, wie man das überhaupt überprüfen soll!«

Ixpar nahm die Physikerin zur Seite, entfernte sich ein paar Schritte von den Studentinnen. »Was ist mit ihrer Idee, damit ein Lagerfeuer anzumachen? Könntet Ihr mir tragbare Laser bauen, mit denen man Dinge verbrennen kann?« Sie machte eine Pause. »Gebäude, zum Beispiel?«

Ekina verging das Lächeln. »Seid Ihr sicher, dass Ihr das wirklich wollt?«

»Ja.«

Es dauerte einen Augenblick, bis Ekina antwortete. »Ich werde sehen, was sich machen lässt.«

Nachdem Ixpar das Labor wieder verlassen hatte, ging sie zur Calanya hinüber, spazierte dort mit Mentar durch die Gartenanlagen und berichtete ihm von dem Laser.

»Das solltet Ihr Sevtar erzählen«, schlug Mentar vor. »Vielleicht bessert das seine Stimmung.«

»Ist er verärgert?«

»Ich weiß nicht genau. Heute Morgen hat er an einem der Fenster im Gemeinschaftsraum gestanden. Dann hat er laut geflucht und ist in seine Suite gegangen. Seitdem ist er nicht wieder herausgekommen.« Mentar spreizte die Finger, eine Geste der Ahnungslosigkeit. »Bei ihm weiß man nie.«

Als Ixpar dann an Kelrics Suite anklopfte, erhielt sie keine Antwort. Erst als sie schon im Begriff stand, wieder zu gehen, schob er seinen Vorhang zur Seite. Er schaute sie nur an, ließ den Schirm zur Seite geschoben und ging wieder in sein Wohnzimmer zurück, hinüber zu seiner Hausbar. Während Ixpar ihm folgte und den Vorhang hinter sich schloss schenkte er sich ein Glas Baiz ein.

»Wenn du Quis spielen willst«, sagte Kelric, »wirst du ein andermal wiederkommen müssen.«

»Mentar glaubt, du seiest verärgert.«

»Warum sollte ich verärgert sein?« Er drehte sich zu ihr um und hielt seinen Baiz so, als wolle er das Glas irgendwohinschleudern. »Ich bin beeindruckt. Erstaunt. Es ist bemerkenswert, wie schnell dein Volk lernt. Ich habe etwas Derartiges noch nie gesehen! Von Messern zu Maschinengewehren in einer einzigen Generation!« Er leerte sein Glas in einem Zug. »Und was kommt als Nächstes? Nuklearsprengköpfe?«

Plötzlich begriff sie. »Du hast zugesehen, als wir heute im Innenhof die Gewehre getestet haben.«

Er stellte sein Glas ab und ging zu ihr hinüber. »Es gefällt mir ganz und gar nicht, dass ich der Grund für all das hier bin!«

Sie schloss ihn in die Arme. »Ach, Kelric! Das ist doch nicht deine Schuld!«

Während sie einander in den Armen hielten, im Licht der untergehenden Sonne, wusste sie, dass es hier in der Calanya keinen Trost für sie beide gab, weder für Kelric noch für sie selbst.

Lautstark wurde die Tür zu Ixpars Arbeitszimmer aufgerissen, und Anthoni stürmte in den Raum. »Zwei Varz-Reiter … über dem Flugplatz … die feuern!« Er schnappte nach Luft. »Der Kontrollturm ist blind, und alle Verbindungen der Stadt-GSA sind tot!«

Ixpar war aufgesprungen, noch bevor er geendet hatte. »Geh an die Anwesens-GSA!« Sie ging zu ihrem Safe und nahm das Maschinengewehr heraus. »Gib Alarm und sorg dafür, dass unsere Abwehr schwerer bewaffnet wird!«

Anthoni ergriff ihren Arm. »Ihr könnt nicht da 'rausgehen! Man könnte Euch töten!«

»Lass mich los!«

»Ixpar, im Namen des Windes …«

»*Geh an die GSA!*« Sie riss sich los, dann hängte sie sich das Gewehr über die Schulter und rannte aus ihrem Arbeitszimmer.

Es dauerte nur wenige Minuten, bis sie die Stadt

durchquert hatte. Sie hörte schon das Abwehrfeuer der Kanonen, während sie über das Fabrikgelände in der Nähe des Flugplatzes rannte. Das ganze Gebiet um sie herum lag in Schutt und Asche: Rauch stieg in dicken Wolken auf, Feuer loderten überall, im Straßenpflaster klafften tiefe Risse. Zwei Varz-Reiter schwebten in ihr Blickfeld, beschossen im Tiefflug das Gelände; ihr erbitterter Angriff ließ in einem nahe gelegenen Lagerhaus irgendetwas explodieren.

Dann erschien Karns *Schneefalke*, der Stolz von Ixpars Luftstreitkräften, stieg hoch über den dichten Qualm auf. Er stürzte sich auf die Varz-Reiter wie ein Höhenfalke, der sein Revier verteidigt. Als die Luftfahrzeuge ihren Kampf begannen, rannte Ixpar so schnell sie konnte unter eine noch unbeschädigte Markise: kaum eine gute Deckung.

Eines der Geschosse der *Schneefalke* traf einen der Angreifer genau in der Mitte und ließ ihn wie eine Brandbombe explodieren. Während noch Trümmer vom Himmel herabregneten, feuerte der zweite Varz-Reiter. Die *Schneefalke* versuchte abzudrehen, doch das Geschoss erwischte eine der Schwingen und beschädigte die Lamellen. In einer völlig erratischen Bewegung raste die *Schneefalke* auf ein Lagerhaus zu, verfing sich mit den zerfetzten Überresten seines Flügels in einem aufragenden Gerüst aus Holz, wurde herumgewirbelt wie ein Spielzeug an einer langen Schnur, krachte gegen eine in Flammen stehende Wand – und explodierte in einer orange-schwarzen Flammensäule.

Ixpar fletschte die Zähne. Als der Varz-Reiter, der das Gefecht überstanden hatte, im Tiefflug auf die Markise zuhielt, unter der sie Deckung gesucht hatte, trat sie vor und nahm das Maschinengewehr von der Schulter. Breitbeinig stand sie da, legte die Waffe an und feuerte auf die Unterseite des Luftfahrzeugs. Die Kugeln zerfetzten den Motor, rackatack-rackatack-rackatack; der Lärm war ohrenbetäubend laut, trotz all des Chaos, das in dem brennenden Fabrikgelände herrschte. Der Varz-Reiter schlingerte auf ein Dach zu und fand den Tod in einem brausenden Feuerball.

Dann war nur noch das Knistern der Flammen zu hören.

Ixpar stand dort, angespannt, erwartete fast, dass jeden Moment ein weiterer Reiter aus dem Nichts auftauchen werde. Als der Adrenalinstoß abebbte, begriff sie erst, wie verwegen und riskant das war, was sie gerade getan hatte.

Aus dem Schutz nahe gelegener Gebäude traten Leute, starrten sie an, als sei sie eine Reinkarnation aus der Alten Zeit. Sie blickte schweigend zurück, in ihrem Inneren tobte ein Kampf, von dem niemand anderes jemals erfahren würde: Sie erschauderte bei dem Gedanken, dass sie gerade wieder einen Menschen getötet hatte.

Doch tief in ihrem Inneren regte sich das Raubtier, der Zorn gerade erst richtig angestachelt, das Verlangen nach Rache noch immer ungestillt.

Ein Viertgrader und ein Sechstgrader; sie spielten Quis, wie es Coba noch nie zuvor erlebt hatte.

Mentar setzte einen Onyx-Stab in eine ›Säule der Zeit‹, eine Struktur, die Karn verkörperte. Kelric legte einen Saphir-Stab auf die Spitze der Säule. Die Struktur bestand hartnäckig darauf, sich zu einem Karn-Ministerium zu entwickeln, obwohl die gesamte Sitzung über berücksichtigt worden war, dass das Ministerium jetzt seinen Sitz in Varz hatte, nicht mehr in Karn.

Mentar betrachtete nachdenklich die Strukturen. »Du

spielst eher wie ein Mann meines Alters als deines eigenen.«

Kelric blickte auf, Mentars Stimme hatte ihn aus seinen Gedanken gerissen. »Wir sind fast gleichaltrig.«

Der Viertgrader lächelte. »Du schmeichelst mir. Letzte Jahreszeit bin ich fünfundsechzig geworden.«

Und ich?, dachte Kelric. Er war vierunddreißig gewesen, als er auf Coba abgestürzt war, und das war … vor vierzehn Jahren gewesen? Nein, das kam nicht hin. Er war seit mehr als drei Jahren in Karn, also lebte er schon sechzehn Jahre auf Coba. Sechzehn Jahre! Er war fast einundfünfzig.

Die Türen nach *Draußen* wurden aufgerissen, und Ixpar kam mit großen Schritten herein; ihr feuriges Haar umwehte ihr Gesicht, ihre Kleidung war mit Asche verschmiert, quer über der Brust gekreuzt trug sie einen Patronengurt, und in ihrer verkrampften Hand hielt sie einen massigen Gegenstand.

Taktvoll wie immer verließ Mentar schweigend den Alkoven. Als Kelric aufstand, blieb Ixpar vor ihm stehen und sagte ohne Einleitung: »Sollte es Varz jemals gelingen, in das Anwesen einzudringen, werden sie als Allererstes hierher kommen und nach dir suchen. Ich werde alle hier fortschaffen, aber ich möchte, dass du in meiner eigenen Suite bleibst.«

»Dann gibt mir das Maschinengewehr«, entgegnete er.

Sie starrte ihn an, als sei sie mit einem Panzer plötzlich gegen eine Mauer gefahren. »Was?!«

»Gib mir das Maschinengewehr! Damit ich mich verteidigen kann.«

»Das kann ich nicht machen! Du bist ein Calani!«

»Verpuggt noch mal, Ixpar! Ich war 'mal ein Jagernaut!«

»Wir haben nur dieses eine hier!«

»Dann gib mir ein Gewehr! Meinetwegen auch ein Schwert oder was auch immer, verdammt!«

Ixpar brauchte einen Augenblick, um sich an diesen Gedanken – ein bewaffneter Calani! – zu gewöhnen. Dann meinte sie: »Ein Gewehr. Ja.«

Er nickte. »Warum willst du, dass ich in deiner Suite bleibe?«

»Von dort aus kommt man in unterirdische Hallen, die selbst dann noch sicher wären, wenn Karn völlig geschliffen würde. Mir ist sehr wohl klar, dass du vielleicht einverstanden bist, mit mir zusammen in den selben Räumen zu leben. Dass du etwas fühlst … nicht fühlst …« Sie sah aus, als hätte sie am liebsten sofort mit ihrer Erklärung aufgehört, sich aber dachte, das sei nun nicht der richtige Zeitpunkt, Zurückhaltung zu üben. »Ich weiß, dass ich Savina niemals werde ersetzen können. Wenn es dir lieber ist, werde ich in eine andere Suite ziehen, solange du in meiner bist. Ich versteh' das!«

»Nein, zieh nicht um! Aber ich bin nur unter einer Bedingung einverstanden.« Er strich über ihren Arm, betastete vorsichtig das Blut, dass rings um eine klaffende Wunde bereits angetrocknet war. »Was meinst du wohl, was mit einer Armee passiert, deren Führungsspitze an der Front kämpft?«

»Du bist ja genauso schlimm wie Anthoni.«

»Karn braucht deine Führung! Karn braucht *dich*, Ixpar! Nicht die Ältesten oder deine Gefolgschaft oder deine Luftstreitkräfte. Karn braucht *dich!* Du bist unersetzbar.«

Ixpars finstere Miene hätte der wildesten Kriegerkönigin von Kej zur Ehre gereicht. »Du verlangst, dass ich mich verstecke, während Varz meine Stadt angreift?«

»Ja.«

Ixpar wollte gerade etwas erwidern, dann hielt sie

inne und sah ihn mit einem sonderbaren Gesichtsausdruck an. »Wenn ich eine Nachfolgerin hätte, dann würdest du mir doch raten, sie ebenfalls zu schützen, ja?«

»Ja. Natürlich!«

»Warum hat dann Imperator Skolia – dein *Bruder!* – dich an vorderster Front kämpfen lassen?«

Diese Frage brachte Kelric völlig aus dem Konzept. »Er hatte seine Gründe dafür.«

»Er hat auf diese Weise seinen Nachfolger verloren!«

All die Jahre auf Coba hatten es Kelric ermöglicht, das tödliche Intrigenspiel der Politik zu vergessen, das am imperialen Hof gespielt wurde. »Mein Halbbruder hat drei Nachfolger ausgewählt: einen meiner Brüder, eine meiner Schwestern und mich. Nur eine Person kann seine Nachfolge antreten.«

Leise sagte Ixpar: »Der, der überlebt.«

»Ja.«

»Er ist ein Narr.«

»Man kann ihm sicherlich vielerlei Dinge vorwerfen. Aber dass er ein Narr sei, ganz gewiss nicht. Er wollte, dass der Stärkste, der Beste von uns sein Nachfolger wird.«

»Nur ein Narr hetzt seine Verwandten gegeneinander auf und vergeudet auf diese Weise einen Mann wie dich.«

Kindheitserinnerungen kehrten zurück: Seine Mutter stand auf einem Balkon, winkte ihm strahlend zu, neben ihr ragte sein Halbbruder Kurj auf, der hartgesottene Diktator, der einst, es war kaum vorstellbar, als Baby in ihren Armen gelegen hatte. Erst hier, auf Coba, hatte Kelric endlich begriffen, dass Kurj ihn zu zerstören versuchte, weil er fürchtete, Kelric könne ihn eines Tages überflügeln. Es wäre Kurj niemals in den Sinn gekommen, dass Kelric weder das Bedürfnis noch die Absicht hatte, seinem Halbbruder auf den gewalttätigen Pfad der Macht zu folgen.

Älteste Solan, die Erste unter den Sieben Ältesten von Karn, beugte sich in ihrem Sessel am Konferenztisch zu Ixpar vor. »Eure Entscheidung, Anthoni zur Ersten Gefolgsfrau, äh Gefolgsmann zu machen, ist unakzeptabel!«

»Nachgerade grotesk!«, pflichtete die Vierte Älteste ihr bei.

Auch das Murmeln der anderen klang zustimmend. Dann ergriff die Zweite Älteste mit ihrer sonoren Stimme das Wort. »Ich begreife einfach nicht, Ixpar, warum Eure Wahl nicht auf eine andere Person fällt, die besser qualifiziert ist als ein Junge.«

»Im Namen des Windes!«, machte Ixpar ihrem Herzen Luft. »Er ist nicht ein ›Junge‹! Er ist älter als ich. Und es gibt keine andere Person, die besser qualifiziert wäre.«

Die Vierte Älteste paffte an ihrer Pfeife. »Ihr verfügt in der Tat über einen ganzen Stab durchaus perzeptiver Gefolgsfrauen. Ihr werdet doch gewiss eine angemessenere Wahl treffen können!«

Perzeptiv? Ixpar fragte sich, ob die Vierte Älteste wohl jemals wie ein normaler Mensch sprechen würde.

»Er ist unzuverlässig«, fügte Solan hinzu.

»Ich konnte mich immer auf ihn verlassen«, widersprach Ixpar.

»Er ist zu freundlich«, gab die Sechste Älteste zu bedenken. »Es fehlt ihm am notwendigen Durchsetzungsvermögen.«

»Und zugleich sind Defizite in seiner Diplomatie offensichtlich«, warf die Vierte Älteste ein. »Das könnte Anlass für Dispute geben.«

Ixpar schnaubte verächtlich. »Er ist gleichzeitig zu nett und nicht nett genug? Das muss man auch erst 'mal hinbekommen!«

»Denkt doch darüber nach, wie Eure Mitarbeiter darauf reagieren werden!«, trug die Sechste Älteste ihr an. »Wir er mit ihnen umgehen würde. Das ist entscheidend! Ebenso wichtig wie seine Kompetenz. Wenn man seinem Urteilsvermögen misstraut, wird das seine Autorität schwächen. Und das schwächt das ganze Anwesen.«

Ixpar verschränkte die Arme vor der Brust. »Gebt ihm eine Chance, sich zu bewähren, bevor ihr alle schon den Untergang Karns betrauert!«

»Und was dann?«, verlangte Solan zu wissen. »Habt Ihr vielleicht auch an einen Jungen als Nachfolger Karn gedacht?«

»Ich habe diesbezüglich noch an niemanden gedacht«, antwortet Ixpar. »Ich habe bisher keine geeignete Kandidatin gefunden – und auch keinen geeigneten Kandidaten, falls ihr das befürchtet solltet.«

Die Dritte Älteste ergriff das Wort. »Es gibt noch etwas anderes, was mir mehr Kopfzerbrechen bereitet. Euer Vorschlag, in der Stadt Boden-Artillerie aufzustellen, beunruhigt mich.«

»Wir müssen etwas tun«, gab Ixpar zu bedenken. »Sollte Varz noch einmal unsere Abwehr durchbrechen, gehen sie vielleicht beim nächsten Mal gezielt gegen Menschen vor statt gegen Fabriken.«

Die Vierte Älteste zündete erneut ihre Pfeife an. »Es scheint mir, die umsichtigste Handlungsweise würde darin bestehen, die Anzahl der Reiter, die ständig auf Patrouille sind, zu erhöhen und auf diese Weise zu verhindern, dass Truppen von Varz Karn überhaupt erreichen.«

»Dafür haben wir nicht genügend Reiter«, kommentierte Ixpar den Vorschlag.

Solan runzelte die Stirn. »Wir haben ebenso viele wie Varz.«

»Es geht ja nicht nur um Varz«, bemerkte Ixpar. »Ahkah und Shazorla müssen in allen Erwägungen bedacht werden.«

»Shazorla sollte sich gegen Karn wenden?«, grollte die Zweite Älteste. »Niemals.«

»Da wäre dieses Problem, dass Hayl Varz fortwährend zu verschwinden scheint«, seufzte die Vierte Älteste. »Verwalterin Shazorla scheint der Ansicht zu sein, er halte sich hier auf.«

Die Fünfte Älteste schnaubte verächtlich. »Ich lasse jeden Würfel darauf rollen, dass Avtac genau weiß, wo er steckt!«

»Das müssen wir beweisen«, gab die Sechste Älteste zu bedenken. »Wir müssen beweisen, dass sie ihn versteckt. Dann können wir vielleicht Shazorla wieder von Varz abbringen und auf die Seite Karns ziehen.«

»Und was ist mit Rashiva Haka?«, fragte die Siebte Älteste. »Sie hat sich für Neutrali…«

»Bedeutungslos«, grollte die Zweite Älteste. »Wenn es hart auf hart kommt, wird Haka ihrer alten Verbündeten Varz die Treue halten.«

Die Fünfte Älteste beugte sich vor. »Wir haben andere Verbündete. Dahl. Bahvla.«

»Chankah Dahl hat uns ein Reiter-Geschwader zugesichert«, erklärte Ixpar. »Von Bahvla haben wir immer noch nichts gehört.«

»Es ist schon ein Jahr her, dass Borjs Einheit abgeschossen wurde«, sinnierte die Dritte Älteste. »Wenn irgendjemand es nach Bahvla geschafft hätte, dann hätten wir inzwischen davon gehört.«

»Wie denn?«, wollte die Zweite Älteste wissen. »Alle Boten müssten zu Fuß unterwegs sein. Die Winde allein wissen, ob man das überhaupt schaffen kann!«

Die Vierte Älteste legte ihre Pfeife ab. »Die Situation scheint sich uns so darzustellen: Derzeit haben wir nur eine einzige wirkliche Verbündete, wohingegen Varz zumindest über drei Verbündete verfügt, über fünf, falls man auch die Sekundär-Anwesen mitzählt, gegebenenfalls sogar über sieben, sollten sich die Tendenzen von Viasa und Tehnsa real manifestieren.«

»Mit anderen Worten«, fasste Ixpar zusammen, »wir stecken in Schwierigkeiten.«

42

Goldener Verschachtelter Turm

Rohka Miesa Varz lugte an der großen Standuhr vorbei, die im Eingang der Kinder-Genossenschaft stand. Keine Vormunde in Sicht. Sie tapste zur Tür, stieß sie vorsichtig auf – und sie war draußen, frei, trottete über den großen Platz, der jetzt nur von Sternenlicht erhellt war.

Heute Abend würde sie die Magie finden. Die Magie war an einem Ort, der ›Sturmläufer-Schenke‹ hieß und in der › Jongleusen-Gasse‹ lag. Rohka wusste nicht genau, was ›Schenke‹ bedeutete, doch sie wusste, dass es dort Magie geben musste, wusste es, weil sie sah, wie Vormund Jasina jedes Mal strahlte, wenn irgendjemand einen Sänger namens Tomi erwähnte. Dieses Strahlen kam aus Jasinas Inneren: eine Wärme, die von ihrem Denken und Fühlen ausging, sich bis zu Rohka ausbreitete und sie dann ebenfalls von innen heraus strahlen ließ.

Während vor ihrem geistigen Auge Bilder von Jongleusen auftauchten, die über die Pflastersteine sprangen, zuckelte Rohka weiter durch Miesa / Varz bis zur Jongleusen-Gasse. Doch als sie dort ankam, sah sie nirgends Jongleusen oder Jongleure. Alle Geschäfte lagen im Dunkeln, von einem Haus am Ende der Straße abgesehen; dort fiel buntes Licht auf die Straße, und Musik war zu hören.

Nachdem Rohka ein wenig nachgedacht hatte, trottete sie auf das Gebäude mit den bunten Lichtern zu. Als sie näher kam, sah sie zwei grimmige, stämmige Frauen, die bedrohlich vor dem Eingang aufragten wie Türme.

Rohka zögerte. Sie hatte nicht damit gerechnet, dass die Magie von Riesinnen bewacht sein würde.

»Also, da will ich mich doch in einen Quis-Kubus verwandeln!« Eine der Riesinnen kniete nieder, um Rohka genauer betrachten zu können. »Wo kommst du denn her?«

Rohka schaute sie erstaunt an, auf einmal ganz schüchtern.

Die Frau lächelte sie an. »Was machst du denn so spät noch hier?«

»Ich wollte Tomi singen hören«, erklärte Rohka.

Die andere Riesin lachte. »Sie mag ja jung sein, aber sie weiß wahre Kunst zu schätzen!«

»Komm mit nach hinten in die Küche!«, sagte die erste Frau. »Da holen wir dir ein Glas Taw-Milch.«

»Kann ich da Tomi sehen?«, wollte Rohka wissen.

»Die Köchin wird schon nichts dagegen haben, wenn du mal einen Blick auf die Bühne wirfst.« Sie stand auf und sprach dann leise mit der anderen Riesin. Diese nickte und machte sich dann Richtung Miesa-Platz auf den Weg.

»Geht sie nach Hause?«, fragte Rohka.

Die Frau nahm sie bei der Hand. »Nein. Ich hab' sie nur auf einen Botengang geschickt.« Sie führte Rohka am Gebäude vorbei zum Hintereingang der Schenke. »Hast du auch einen Namen?«

»Rohka.«

Die Riesin lächelte sie an. »Ich bin Chal.«

Warme Luft und gute Düfte erfüllten die Küche. Über dem Kamin blubberte es in Töpfen. In der glänzenden Tür eines großen Kühlschranks sah Rohka ihr eigenes Spiegelbild: ein kleines Mädchen mit wuscheligen blonden Haaren und einem Schmutzfleck auf der Wange. Mit der Hand versuchte sie, ihn wegzuwischen.

Eine dralle Frau mit Schürze kam geschäftig auf sie zu. »Was machst du denn hier hinten, Chal, he? Sind heute keine Klauenkatzen da, die dir Ärger machen?«

Chal grinste. »Ich hab' 'n Klauenkatzen-Junges gefangen!« Sie stieß Rohka ein winziges Stück vorwärts. »Aber ich hab' gedacht, statt die 'rauszuschmeißen, bring' ich die doch mal nach hier hinten, damit sie 'ne Taw-Milch kriegt!«

»Na, schau doch mal an!« Die Köchin beugte sich über Rohka. »Was für eine Schönheit! Und jetzt sieh dir mal diese Augen an. Hab noch nie goldene Augen gesehen!«

Rohka schaute die Frau mit großen Augen an. »Ich grüße Euch, Ma'am.«

Die Köchin lachte glucksend. »Ich grüße dich, kleines Klauenkatzen-Junges.«

Während die Köchin die Taw-Milch holte, führte Chal Rohka zu einer halbhohen Schwingtür, hob sie dann hoch und setzte sie auf einen Hocker. Von dort aus konnte Rohka über die Tür hinweg in einen Raum hineinspähen, der voller Leute und Tische war. Auf der Bühne sang ein Mann.

Die Köchin brachte Rohka ein Glas warmer Taw-Milch. »So!« Sie senkte ihr massiges Gewicht auf einen Hocker neben dem ihrer kleinen Besucherin. »Und, was meinst du, kleine Dame? Sieht Tomi nicht wirklich richtig lecker aus?«

»Schätze schon.« Rohkas Interesse an der Magie ließ rapide nach. Hier gab es keine Jongleusen oder Magierinnen, nur einen verräucherten Raum und einen Mann, der Lieder sang, die sie nicht verstand. Sie wollte nach Hause. Aber das war noch so weit bis dahin. Vielleicht würde man sie ja heute Nacht hier schlafen lassen.

Rohka legte ihre Hände um das Glas und trank ihre Taw-Milch. Als sie dann gähnte, hob die Köchin sie auf und setzte sie in ihren ausladenden Schoß, der ihr weit mehr als genug Platz bot; dann summte sie ein Schlaflied und wiegte die Kleine vor und zurück. Rohka schloss die Augen und kuschelte sich in die Arme der Frau.

Ein wahrer Tumult weckte sie. Sie spähte über den Ellbogen der Köchin und sah, dass Vormund Jasina hereingestürmt kam, neben ihr die Riesin, die auf diesen Botengang geschickt worden war.

»Bei allen himmlischen Winden, Kind!« Jasina kam hektisch auf sie zugeeilt. »Weißt du eigentlich, wie viel Sorgen wir uns gemacht haben? Was machst du denn hier?«

»Tomi sehen«, antwortete Rohka schläfrig.

Die Köchin gluckste. »Sie ist gekommen, um deinem Zukünftigen den Hof zu machen.«

Der Vormund hob Rohka hoch und nahm sie auf den Arm. »Das letzte Mal, als sie auf Erkundungsreise gegangen ist, haben wir sie dabei gefunden, wie sie gerade versucht hat, als blinder Passagier auf einem Reiter nach Dahl mitzureisen.«

»Dahl?«, fragte die Köchin. »Warum *das* denn?«

»Irgendjemand hat ihr erzählt, dass Sonnenbäume als Früchte echte Sonnen tragen.« Jasina lächelte. »Das wollte sie selbst sehen.«

»Sonnige Bäume«, murmelte Rohka. Sie konnte Jasinas Liebe für diesen Sänger spüren. Die Magie war wieder da, und jetzt wusste sie auch, wo sie herkam. Die kam von Jasina und Tomi gemeinsam. Ihre Wärme breitete sich überallhin aus, gab ihr das Gefühl, ganz sicher zu sein …

Ein kühler Windstoß weckte Rohka. Sie stellte fest, dass sie durch die Straßen von Miesa getragen wurde. Jetzt hielt Chal sie, Jasina ging neben ihnen her.

»… ungewöhnlich für ein Kind in ihrem Alter, so gut einen Weg durch die Stadt finden zu können«, bemerkte Chal gerade.

»Sie ist auffallend gescheit«, gab Jasina zu. »Aber sie hat ein paar wirklich komische Ideen.«

»Wieso komisch?«

»Na ja, sie hat mich zum Beispiel mal gefragt, warum Leute eine Sache denken und eine andere sagen.«

Chal rückte Rohka auf ihrem Arm ein wenig zurecht. »Scheint mir 'ne ziemlich gute Frage.«

Rohka erinnerte sich, wie sie versucht hatte, keine Gedanken mehr zu hören, nachdem ihr alle anderen gesagt hatten, dass das nicht ginge. Doch sie hörte sie immer noch, wie neulich zum Beispiel, als Jon sich den Zeh gebrochen hatte und sein Schreien ihr durch den Kopf gegangen war, als hätte er direkt neben ihr gestanden, statt auf der anderen Seite von ganz Miesa zu sein.

Ein Grollen über ihnen wurde lauter und lauter. Als Chal dann stehen blieb und zum Himmel schaute, blickte auch Rohka auf, und sie sah diese drei Reiter, die auf den Flugplatz zuhielten. Einen Augenblick später war von der anderen Seite der Stadt lautes Krachen zu hören, und ein Lichtblitz flammte auf. Dann kam noch mehr dröhnender Lärm, und das Licht wurde heller.

»Cuaz im Himmel!«, raunte Chal. »Die schießen mit *Granaten!*«

»Warum geht die Sonne da drüben auf?«, fragte Rohka. »Das ist doch nicht richtig, wenn die da aufgeht!«

»Das ist nicht die Sonne, Schätzchen«, erklärte Jasina. »Der Flugplatz brennt.«

»Warum?«

Jasina stellte sich unter die Markise eines Geschäftes. »Erklär ich dir später, Rohka.«

»Müssen wir uns verstecken?«, wollte Rohka wissen.

»Nur bis sie wieder weg sind«, antwortete Jasina.

»Schau!« Rohka deutete auf die Berge und bewegte sich in Chals Armen, als wolle sie unbedingt herunter. »Da kommen noch mehr!«

Die neu ankommenden Reiter jagten über die Stadt hinweg, gefolgt von den anderen, die so viel Lärm und Licht gemacht hatten. Jasina wartete noch lange, nachdem sie schon aus dem Blickfeld verschwunden waren, bevor sie wieder auf die Straße hinaustrat.

Auf dem Rest des Weges zurück zur Genossenschaft sprach keiner ein Wort. Undeutlich fing Rohka einen Gedankenfetzen auf – irgendjemand meinte, die Reiter seien aus Karn gekommen. Das verwirrte sie. Die Erwachsenen sagten immer, in Karn lebten die bösen Leute und in Varz die guten Leute, aber das dachten die auch nicht immer. Sie hatten vor irgendjemandem namens ›Avtac‹ Angst, und Avtac kam aus Varz.

Rohka wusste, dass Karn wichtig war. Ihr Vater lebte dort. Sie wünschte, er wäre in Miesa. Sie verstand nicht, warum die bösen Leute aus Karn ihn weggeholt hatten oder warum alle sagten, ihre Mutter sei auf eine lange Reise gegangen, wenn sie doch alle dachten, dass Savina Miesa gestorben sei.

Manchmal erzeugte Rohka vor ihrem geistigen Auge ein Bild der Sonnengöttin Savina, die sie zu einer magischen Wolke hinauftrug, auf der der Akasi Sevtar lebte. An den Bäumen wuchsen Sonnen, und Jongleusen liefen lachend durch die Wolkenstraßen. Das war ein Ort, wo einen das Essen nie krank machte, wo goldene Augen normal waren und wo niemand einem sagte, dass es falsch sei, Gedanken zu hören.

Im Halbdunkel kurz vor der Morgendämmerung ging Kommandantin Borj zusammen mit Ixpar über den Flugplatz von Karn. Sie nahm ihren Helm ab, eine bronzefarbene Kopfbedeckung, geformt wie der Schädel einer Klauenkatze. »Die Abwehr von Varz war zu stark. Wir konnte den Flughafen nur einmal unter Beschuss nehmen, dann mussten wir fliehen.«

»Verluste?«, wollte Ixpar wissen.

»Keine.« Borj machte eine Pause. »Wir haben auch in Miesa keine Reiter verloren.«

»Miesa? Was habt ihr denn *da* gemacht?«

»Nachdem wir den Angriff gegen Varz geflogen hatten, haben die zur Verstärkung Leute vom Plateau abgezogen. Also haben wir uns klammheimlich nach Miesa geschlichen, während deren gesamte Abwehr in Varz war.« Borj zog ihre Handschuhe aus. »Wir haben ihren Flugplatz einsatzunfähig gemacht. Miesa wird jetzt für längere Zeit keine Unterstützung mehr nach Varz senden können.«

Obwohl Ixpar wusste, dass dieser Zug taktisch gesehen klug war, verstörte er sie dennoch. Miesa hatte kaum genug Reiter, um für sich selbst sorgen zu können, geschweige denn noch jemand anderen zu unterstützen.

Den restlichen Morgen saß Ixpar in ihrem Arbeitszimmer und schaute die Berichte ihrer Kommandantinnen durch. Zur Mittagsstunde ging sie in ihre Suite hinauf, um mit Kelric eine Quis-Sitzung abzuhalten. Als sie sah, dass er im Schlafzimmer lag und fest schlief, schaute sie zu, wie sich seine Brust hob und senkte, und ein unangenehmes Gefühl machte sich in ihr breit.

Sie ging zu Eingang der Suite zurück und wandte sich an Eb, die Kommandantin seiner Calanya-Eskorte. »Schläft Sevtar immer so viel?«

»Meistens«, antwortete Eb.

»Warum? Was macht ihn denn so müde?«

»Kann nicht behaupten, dass ich das wüsste, Ma'am. Meistens spielt er Quis.«

Ixpar runzelte die Stirn, dann verließ sie die Suite und ging hinunter zur Krankenstation. Sie fand ihre Erste Ärztin in der medizinischen Bibliothek, in Lektüre vertieft.

»Aha«, begrüßte Shallina sie. »Seid Ihr endlich wegen der Untersuchung hier, die ich schon vor so langer Zeit angeordnet hatte?«

»Es geht um Sevtar«, erwiderte Ixpar. »Er schläft zu viel.«

»Schlaf ist nichts Schlimmes«, erwiderte Shallina trocken. »Ihr solltet das auch 'mal ausprobieren!«

»Nicht so viel. Das ist nicht mehr normal!«

Die Ärztin schloss ihr Buch. »Ich werde ihn mir ansehen.«

Es war schon Abend, als Shallina in Ixpars Arbeitszimmer kam. »Er ist völlig erschöpft«, erklärte die Ärztin. »Aber ich weiß nicht warum. Ich habe nichts Ungewöhnliches gefunden.« Sie zögerte. »Um ehrlich zu sein, weiß ich nicht genau, was bei einem Skolianer ungewöhnlich ist und was nicht.«

Ixpar legte ihren Federkiel beiseite. »Was schlagt Ihr vor?«

Shallina räusperte sich. »Ich denke, Ihr solltet ... äh ... Doktor Dabbiv hierher bitten.«

Das traf Ixpar wie ein Quis-Würfel, der gegen eine Wand gerollt wurde. Shallinas äußerst konservative Herangehensweise an jegliche Fragen der Medizin ließ sie normalerweise sämtliche Arbeiten von Dabbiv von vorneherein ablehnen. »Warum?«

»Versteht mich bitte nicht falsch«, versuchte Shallina eine Erklärung. »Ich bin keine Anhängerin seiner Ideen ohne Muster. Aber er ist der einzige Arzt auf ganz Coba, der bereits Erfahrungen mit Außenweltlern gesammelt hat.«

Noch in der gleichen Nacht sandte Ixpar eine Achtergruppe Reiter nach Dahl.

Drei Tage darauf brachte Anthoni Ixpar eine Nachricht, während sie in der Teotec-Halle dem Disput ihrer Ratgeberinnen zuhörte. Unauffällig verließ sie die Sitzung und eilte gemeinsam mit ihm zum Flugplatz; sie kamen gerade rechtzeitig an, um die Landung der Karn-Reiter zu beobachten; danach setzte ein Luftfahrzeug aus Dahl auf.

Ein untersetzter Mann, dessen ersten Haarsträhnen zu ergrauen begannen, sprang aus dem Dahl-Reiter auf das Rollfeld hinab. Zuerst kam er Ixpar fremd vor, doch als er lächelte, erkannte sie ihn wieder.

»Dabbiv!« Sie erwiderte sein Lächeln. »Ich begrüße Euch in meinem Anwesen.«

Der Doktor verneigte sich. »Ihr seht gut aus, Verwalterin Karn.«

»Hattet Ihr einen angenehmen Flug?«

»Größtenteils. Gegen Ende gab es einige unbedeutende Zwischenfälle.« Dabbiv rückte seine Brille zurecht. »Aus irgendeinem Grund war eine Ahkah-Patrouille der Ansicht, wir seien ihr im Weg.«

»Was ist passiert?«

»Nicht viel. Sie haben uns ein bisschen durchgeschüttelt, dann hat Eure Kommandantin Borj die ein wenig durchgeschüttelt, und das war's dann auch schon.«

Ixpar legte ihm die Hand auf den Arm. »Ich weiß, welches Risiko Ihr eingegangen seid, hierher zu kommen. Ich bin Euch zutiefst dankbar.«

»Es ehrt mich, dass Ihr denkt, ich könne helfen.«

Gemeinsam mit Anthoni gingen sie zum Anwesen

hinüber, gefolgt von einem Trupp Wachen. Während Anthoni Dabbiv zu seinem Zimmer geleitete, kehrte Ixpar in die Teotec-Halle zurück. Ihre Ratgeberinnen stritten sich noch immer, hatten sich inzwischen jedoch vom Opal-Tisch erhoben und waren zu der Wandkarte hinübergegangen. Farblich gekennzeichnete Nadeln übersäten die Karte: Rot stand für ›feindlich‹, blau für ›verbündet‹, grau für ›neutral‹. Rot dominierte das Bild: Im Osten fand es sich in Ahkah und Lasa, im Nordosten in Varz und Miesa, im Westen in Shazorla und Eviza. Karn war ein blauer Fleck genau in der Mitte, dazu kamen Bahvla im Norden und Dahl im Süden. Grau waren nur Haka im Südwesten und Viasa und Tehnsa im Nordwesten. Luftrouten überzogen die Karte mit einem Netz aus blauen, roten und grauen Fäden.

Ixpar ging zu der Karte hinüber und steckte eine neue Nadel an, mit der sie das Scharmützel zwischen Dabbivs Eskorte und der Patrouille aus Ahkah kennzeichnete. Die rote Markierung befand sich genau auf der blauen Linie, die für die Flugroute Karn/Dahl stand.

Älteste Solan runzelte die Stirn. »Wenn es so weiter geht, wird Rot Karn bald eingeschlossen haben.«

Ixpar zog die rotmarkierte Nadel aus Shazorla heraus und steckte stattdessen eine blaue hinein.

»Wunschdenken«, kommentierte Solan.

»Wird bald Realität sein.« Ixpar warf der Ältesten einen bedeutungsvollen Blick zu. »Ob das Shazorla nun passt oder nicht.«

Kelric saß im Blauen Alkoven und sinnierte über das Quis. In einem anderen Teil seiner Suite wurde eine Tür geöffnet. Kelric schaute auf, er rechnete damit, dass es Ixpar sein würde, doch statt dessen sah er die Sprecherin der Calanya und einen ihm fremden Mann. Nachdem ihm der Mann als ›Dabbiv Dahl‹ vorgestellt worden war, zog sich die Sprecherin wieder zurück.

Dabbiv verneigte sich. »Ich grüße Euch.«

Kelric wunderte sich, warum Ixpar gestattete, dass ein Fremder in seine Privatsphäre vordrang.

»Kelric?«, fragte der Mann. »Erkennt Ihr mich nicht mehr? Dabbiv! Ich war Euer Arzt, damals in Dahl.«

Kelric konnte sich an einen jungen, sehr eifrigen Arzt dort erinnern. Dieser Mann wirkte viel zu alt, als dass er der Arzt von damals hätte sein können.

Nach einem Augenblick fragte Dabbiv: »Wäre es Euch lieber, wenn ich später wiederkäme?«

Kelric hatte nicht gerade große Lust dazu, dass sich noch mehr Ärzte um ihn herumschwirrten. Doch Ixpar musste recht große Mühen auf sich genommen haben, um Dabbiv hierher zu bringen. Ihr zuliebe würde er einer weiteren Untersuchung zustimmen.

Ixpar fand die Person, nach der sie suchte, in dem Arbeitszimmer, das sie ihm zur Verfügung gestellt hatte; dort saß er, über das Mikroskop gebeugt, das er selbst erfunden hatte.

»Dabbiv?«, fragte sie.

Er sprang auf, dann griff er eiligst nach einigen Akten und warf sie vor sich auf den Tisch.

»Kommandantin Eb hat mir berichtet, dass Ihr mit Kelrics Untersuchung fertig seid.« Ixpar ging zu ihm hinüber und schob die Akten zur Seite; darunter fand sie mehrere Bücher, deren Titel allesamt in skolianischer Sprache abgefasst waren. Eines davon nahm sie in die Hand. »*Kardiopulmonale Anomalien der Gamma-Physiologie.*«

»Äh …« Er erbleichte. »Ja.«

»Was bedeutet das?«

»*Gamma* bezieht sich auf den Menschen-Art, zu der Kelric gehört. *Kardiopulmonal* bedeutet ›Herz und Lunge‹.«

»Herz und Lunge des Imperialats.«

»Ja.«

Ixpar legte das Buch wieder ab und bedeckte es mit den Akten. »Ihr solltet Euer Arbeitszimmer ein wenig aufräumen. Man weiß ja nie, wer hereinkommen könnte.«

Die Farbe kehrte in Dabbivs Gesicht zurück. »Ich werde mich sofort daran machen!«

»Wie geht es Kelric?«

»Ich muss noch weitere Tests durchführen«, antwortete er. »Das wird einige Tage in Anspruch nehmen. Ich habe derartige Tests noch nie durchgeführt, deswegen muss ich besonders darauf achten, alles richtig zu machen.«

Ixpar spannte sich an. »Ihr wollt an meinem Akasi Experimente durchführen?«

»Diese Tests haben nichts mit Experimenten zu tun. Die Skolianer führen sie routinemäßig durch.«

»Ihr seid kein Skolianer.«

Er sah sie fest an. »Wenn ich nicht herausfinde, was mit Kelric nicht in Ordnung ist – und glaubt mir, irgendetwas *ist* mit ihm nicht in Ordnung –, dann wird ihm, was immer es ist, viel mehr schaden als ich mit meinen Tests an Schaden jemals würde anrichten können!«

Seine Worte nahmen Ixpar das letzte Quäntchen Hoffnung, ihre Sorge könne doch unberechtigt sein. »Also gut. Aber seid vorsichtig!«

Vier Tage vergingen, bis Dabbiv seine Tests abgeschlossen hatte. Am Abend des fünften Tages fand

Ixpar ihn in ihrem Arbeitszimmer vor; er saß dort an einem Tisch, die Fingerspitzen aneinander gelegt.

Sie setzte sich ihm gegenüber. »Was habt Ihr herausgefunden?«

»Kelric unterscheidet sich von uns noch viel mehr, als man vom Äußerlichen vermuten würde.«

»Wir treffen jede mögliche Vorsichtsmaßnahme für ihn: besondere Ernährung, gereinigtes Wasser – Ihr habt gesehen, was wir alles unternehmen.«

»Ihr könnt nicht das Ökosystem eines ganzen Planeten verändern.« Er ließ die Hände sinken. »Coba hat ihn Tag für Tag vergiftet, Jahr für Jahr, hat sein Herz geschwächt, seinen Verdauungstrakt, seine Lunge, seine Leber – alles! Diese Welt ist für ihn noch viel lebensfeindlicher, als wir gedacht hatten. Aber er hat in seinem Körper winzige Biochemie-Labors, sogenannte NanoMeds. In Zusammenarbeit mit noch etwas anderem – irgendetwas, was ›biomechanisches Netzwerk‹ genannt wird – haben die ihn am Leben gehalten. Bloß haben diese Systeme nicht richtig funktioniert, schon seit Jahren nicht mehr. Vielleicht schon, seit er hier abgestürzt ist. Es ist im Laufe der Zeit immer schlimmer geworden, und inzwischen sind die NanoMeds für seine Vergiftungserscheinungen mitverantwortlich.«

Ixpar sah ihm ins Gesicht. »Und was müsste man machen, um ihn zu heilen?«

Einen langen Augenblick schaute er sie nur an. Schließlich sagte er: »Wenn uns alle Möglichkeiten einer vollständig ausgerüsteten medizinischen Einrichtung des IRK zur Verfügung stünde, dann könnte, so glaube ich zumindest, ein Großteil des Schadens wieder behoben werden.«

Plötzlich kam Ixpar das Zimmer viel zu still vor. »Es gibt auf ganz Coba nichts, was auch nur annähernd einer vollständig ausgerüsteten medizinischen Einrichtung des IRK *ähnelt*.«

»Ich weiß. Ich … Ixpar … Es tut mir Leid.«

»Nein.« Ihr Verstand weigerte sich, das zu akzeptieren. »Nein!«

»Ich werde alles tun, was ich kann.« Leise fügte er hinzu: »Aber es ist, als würde man versuchen, mit einer Tasse in der Hand eine Flutwelle aufhalten zu wollen.«

Nein. Das konnte einfach nicht wahr sein. Das war *völlig unmöglich!*

»Ich habe es ihm noch nicht erzählt«, meinte Dabbiv jetzt. »Ich glaube, es wäre besser, wenn er es von Euch erfahren würde.«

»Wie lange bleibt ihm noch?«

»Genau ist das schwer zu sagen, gerade angesichts …«

»*Wie lange noch?*«

Mit ruhiger Stimme sagte er: »Ich bezweifle, dass er den kommenden Winter überstehen wird.«

Und obwohl er noch weitersprach, hörte Ixpar nichts mehr davon.

Zwei Jahreszeiten.

Zwei Jahreszeiten war alles, was der Legende blieb, die diese Welt hier von Grund auf verändert hatte.

In dieser Nacht, als ganz Karn schlief, ging Ixpar durch die Stadt, achtete nicht darauf, wohin sie ging, es war ihr völlig egal. Erst tief in den stillen Stunden vor Sonnenaufgang kehrte sie auf das Anwesen zurück.

Im Wohnzimmer ihrer Suite fand sie eine schauerliche Quis-Struktur, die quer über den Tisch aufgebaut war. Je länger sie diese Struktur anstarrte, desto mehr erkannte sie Muster, die einem ersten Blick verborgen blieben, zahlreiche Stränge, die in so komplizierter Weise miteinander verwoben waren, dass es fast unmöglich war, ihnen zu folgen; die einzelnen Motive wanden sich in beklemmender Symmetrie, die etwas Prophetisches an sich zu haben schien. Sie verfolgte einen Strang, das Muster eines langen, langsamen Todes, und ein kalter Hauch ließ ihr Schauer den Rücken hinunterlaufen.

»Du siehst müde aus«, hörte sie Kelric sagen.

Ixpar blickte auf und sah, dass er im Bogengang zum Schlafzimmer stand, in ein Gewand gehüllt. »Habe ich dich geweckt?«

»Ich bin froh darüber.« Er kam zu ihr hinüber. »Manchmal, wenn ich einschlafe, fühle ich mich ganz … sonderbar.«

Ihre Augen brannten vor unvergossenen Tränen. »Was meinst du mit ›sonderbar‹?«

Er streichelte ihr Haar, sah es an, als sei es ein wertvolles Gut, an dem er sehr hing, das ihm sehr wichtig war. »Ich frage mich dann, ob ich jemals wieder aufwachen werde.«

Ixpar versagte die Stimme. »Wenn du einen Wunsch erfüllt bekommen könntest, ganz egal, was für einen, was würdest du dir dann wünschen?«

»Egal was?«

»Ja. Egal was.« Sie rechnete damit, dass er sich das eine wünschen würde, was sie ihm nicht würde geben können: seine Freiheit.

»Ich würde gerne meine Kinder sehen«, erklärte er.

Später, als Kelric schon schlief, befreite sich Ixpar vorsichtig aus seiner Umarmung und ging zur Gegensprechanlage im Blauen Alkoven hinüber. Sie weckte Kommandantin Borj und erklärte ihr, was zu unternehmen sei.

Dann stieg Ixpar in *Das Gedächtnis* hinab. Während sie es durchschritt, ließ sie ihren Tränen endlich freien Lauf; die Tränen rieselten wie feiner Sand zu Boden, ermöglichten Ixpar, Wahrheiten hinter sich zu lassen, die sie zu lange bestritten hatte: Sie konnte für Kelric die Herrschaft über eine ganze Welt aufgeben, konnte für ihn den ersten Krieg führen, den Coba seit einem Jahrtausend erlebt hatte, doch sie konnte ihn ebenso wenig dazu bringen, sie zu lieben, wie sie die Lebenskraft eines wilden Falken bändigen konnte.

43

Doppelter Verschachtelter Turm

Mit ihrem Gefolges ging Rashiva durch Haka. Ein gerade erst eingetroffener Brief lag in ihrer Tasche, und was in diesem Brief stand, war ihr frisch im Gedächtnis. Eine neue Ministerin, ein Sechstgrader, ein Krieg zwischen den Anwesen, und Ixpar Karn hat keine anderen Sorgen als ein Gebot für den Calanya-Vertrag eines Jungen – eines *Haka*-Jungen! – abzugeben, der noch viel zu jung war, um schon das Lehrhaus zu verlassen.

Sevtar wollte seinen Sohn sehen, dessen war sich Rashiva sicher. Von Ixpars Standpunkt aus wäre es viel einfacher gewesen, darum zu bitten, dass Jimorla seinen Vater besuchen käme. Obwohl das Lehrhaus Außenseitern den Kontakt mit seinen Zöglingen verbot, hätte sicherlich niemand diese Bitte abgelehnt, wenn sie von einem Sechstgrader geäußert worden wäre. Oder Ixpar hätte Krieger schicken können, die Jimorla dann entführt hätten. Wenn man bedachte, was in letzter Zeit alles geschehen war, hätte das Rashiva nicht im Mindesten überrascht. Stattdessen hatte diese Königin von Karn den ehrenvollen Weg gewählt und ein Angebot für Jimorlas Calanya-Vertrag abgegeben.

Rashivas Erste Gefolgsfrau ging neben ihr die Straße hinab. Sie berührte Rashiva am Arm, als sie eine Straße erreichten, die zum Flugplatz führte. In der Ferne stand ein übel zugerichteter Reiter in einem Instandsetzungs-Hangar.

»Der ist von Shazorla gekommen«, erläuterte die Erste Gefolgsfrau.

Rashiva nickte. »Gestern haben sich auch schon einige hierher geschleppt.«

»Miesa lahm zu legen, reicht Ixpar Karn wohl nicht, was?« Die Stimme der Gefolgsfrau wurde härter. »Jetzt kommt auch noch Shazorla dazu.«

Obwohl Rashiva das niemals laut zugegeben hätte, fand sie Ixpars Taktik äußerst einfallsreich. Shazorla war von je her eine Verbündete Karns gewesen – eine Stadt und ein Volk, die Ixpar gut kannte. Sie hatte wunderschön subtile Muster in das Quis eingewoben, die dazu führten, dass die ohnehin schon unentschlossene Bevölkerung von Shazorla eher Karn positiv gegenüberstand als diesen beunruhigenden neuen Varz-Verbündeten. Und deswegen hatten zum entscheidenden Zeitpunkt die entscheidenden Leute in Shazorla eben weggeschaut. Bis Rashiva endlich begriffen hatte, was dort vor sich ging, war es schon zu spät gewesen: Agenten von Karn hatten jeden einzelnen Instandsetzungs-Hangar sabotiert, jeden Treibstofftank, jede Ölraffinerie und jede einzelne Fabrik in Shazorla, die irgendetwas mit Reitern zu tun hatte. Ohne dass auch nur eine einzige Person ihr Leben gelassen hatte, waren die Luftstreitkräfte von Shazorla vollends zunichte gemacht worden.

»Karn wird von Tag zu Tag dreister«, bemerkte ihre Erste Gefolgsfrau. »Wie lange wollt Ihr noch warten, bis Ihr Varz Unterstützung schickt?«

»Bis Varz sie wirklich braucht«, entgegnete Rashiva knapp. »Im Moment kommt Avtac sehr gut ohne meine Hilfe aus.«

»Sie hat Shazorla verloren.«

»Und Karn hat Bahvla verloren.«

»Niemand hat Bahvla angegriffen.«

Rashiva verzog das Gesicht. »Wie würdest du denn eine Blockade nennen, die ein ganzes Anwesen mehr als ein Jahr lang von jeglichem Nahrungsmittel-Nachschub abschneidet? Eine ganze Stadt verhungern zu lassen! Der Gedanke widert mich an!«

»Miesa und Shazorla …«

»Haben ihre Flugplätze verloren. In Shazorla gibt es Farmen. Miesa hat Varz. In Bahvla gibt es Bauholz! Mit Holz kann man niemanden satt machen!«

Die Erste Gefolgsfrau verfiel in Schweigen, als sie sich dem Lehrhaus näherten. Der Älteste Mentor wartete vor dem Bogeneingang, in ein Gewand gehüllt, den Kopf unter einer Kapuze verborgen, der Rest des Gesichtes von einem Fransenkopftuch verdeckt. Er verneigte sich vor Rashiva und ging dann vor ihr in das Innere des Hauses; Rashivas Gefolge wartete *Draußen*. Sie gingen durch uralte Flure und Säle; flüsternd strich das Gewand des Mentors über den kalten Steinboden.

Vor dem Besuchszimmer blieb der Mentor stehen und ließ Rashiva alleine eintreten. Im Inneren stand ein dreizehnjähriger Junge, der gerade ein Mobile aus Metallkugeln anstieß, das über dem Kaminsims hing. Er war ungewöhnlich hoch gewachsen für sein Alter, seine Körperhaltung war die eines durchtrainierten Sportlers. Schwarze Locken hingen ihm bis in seine violetten Augen hinab.

Rashiva schloss die Tür hinter sich. »Jimorla!«

Ihr Sohn blickte auf, sein Gesicht strahlte zur Begrüßung. Als er dann zu ihr hinüberging und sie umarmte, lächelte Rashiva. »Du wächst so schnell! Bald wirst du durch die Decke brechen!«

»Möchtest du Tee? Ich bin jetzt ein Eingeweihter, deswegen darf ich einen Novizen beauftragen, welchen zu holen.«

»Tanghi wäre nett.«

Jimorla öffnete eine Seitentür und sagte etwas zu

einem etwas jüngeren Schüler dieses Lehrhauses. Als der Novize sich dann auf den Weg machte, um Tee zu holen, setzte sich Rashiva zusammen mit ihrem Sohn auf das Sofa, und sie unterhielten sich darüber, wie es war, in einem Lehrhaus zu leben.

»Mein Mentor glaubt, in sechs oder sieben Jahren könnte ich so weit sein, mich für die Calanya zu bewerben«, sagte Jimorla gerade, als der Novize zurückkehrte.

Rashiva wartete, bis der Junge ihre Becher gefüllt hatte und wieder den Raum verließ. Dann sagte sie: »Stell dir mal vor, jemand hätte jetzt schon auf deinen Calanya-Vertrag geboten.«

»Ach, Mutter!«, entgegnete Jimorla.

»Ich meine das ernst.«

»Warum im Namen aller windlosen Wüsten sollte jemand das tun?«

Rashiva bemühte sich, nicht über diesen eigentümliche Redewendung zu lächeln. »So 'was kommt vor.« Sie nahm einen Schluck Tee. »Angenommen, Karn hätte ein Angebot gemacht.«

Jimorla lachte. »Ich würd' mir ein Schwert nehmen und gegen sie kämpfen!«

»Jimi, ich meine das ernst. Was würdest du tun?«

»Ich würde niemals nach Karn gehen!«

»Warum nicht?«

»Darum! Das ist *Karn!* Außerdem hat Verwalterin Karn Varz betrogen. Sie hat Tricks angewendet, um das Quis zu kontrollieren.«

Rashiva schnaubte verächtlich. »Ich bezweifle, dass Sevtars Vertrag es Ixpar Karn verbietet, mit den Würfel besser zu sein als Varz.«

Jimorla sah sie nachdenklich an. »Manchmal glaube ich, du magst Ministerin Varz nicht besonders.«

»Anwesens-Politik basiert auf gegenseitiger Abhängigkeit. Eine Verwalterin muss immer Objektivität wahren.«

»Das machst du immer!«

»Was denn?«

»Du klingst, als ob du einen Gesetzestext vorliest, wenn ich irgendetwas ausspreche, was du nicht hören willst. Und du weißt, dass Verwalterin Karn schlimmer ist als eine Würfelbetrügerin. Sie hat Hayl Varz gestohlen. *Zweimal!*«

»Hat sie das?«

»Na ja, er ist nicht in Varz.«

»Warst du da? Hast du das selbst überprüft?«

»Es steht im Quis«, beharrte Jimorla. »Irgendjemand hat ihn gestohlen.«

»Ja, das stimmt. Das war ich.«

Er starrte sie mit offenem Mund an. »Du?!«

»Hayl ist aus Varz fortgelaufen. Er hat mich um Asyl gebeten, und ich habe es ihm gewährt.«

»Er ist in *Haka?*«

Rashiva nickte.

»Und warum beschuldigt Ministerin Varz dann Karn? Wie sollte sie einem *Kind* erklären, was in Avtac vorging? »Das ist kompliziert.«

»Wirst du jetzt wieder wie ein Gesetzestext klingen?«

»Jimi, Verwalterin Karn ist vielleicht nicht unsere Verbündete, aber sie ist eine ehrenhafte Frau.«

»Warum willst du unbedingt, dass ich sie mag?«

»Weil sie ein Gebot auf deinen Calanya-Vertrag abgegeben hat.«

Er stieß ein unbehagliches Lachen aus. »Das ist doch ein Scherz, oder?«

»Nein. Sie bietet dir eine Stellung an, nach der viele Calani trachten, die über ein Vielfaches deiner Erfahrung und deiner Lebensweisheit verfügen.«

»Dann ist das Ganze eine Falle.«

»Ich bin mir sicher, dass es ein ehrlich gemeintes Gebot ist.«

»Das kann ich nicht glauben. Warum sollte Verwalterin Karn an mir interessiert sein?«

Rashiva stand auf und ging zum Kamin hinüber, über dem die Kugeln des Mobiles sich immer noch sanft im Kreise drehten. Das hier war sogar noch schwieriger, als sie erwartet hatte.

»Mutter?«, fragte Jimorla.

Sie drehte sich zu ihm um. »Verwalterin Karn möchte, dass du in ihr Anwesen kommst, damit du deinen Vater siehst.«

»Aber der ist doch hier!«

»Nein, Jimi. Das ist er nicht.«

»Ich habe ihn doch gestern erst getroffen. Und er hat mir nicht erzählt, dass er irgendwohin weggehen würde.«

»Raaj ist nicht …« Sie hielt inne, die Worte blieben ihr im Halse stecken.

»*Was* ist er nicht?«, fragte Jimorla nach.

Sie zwang sich, die Worte hervorzustoßen. »Raaj ist nicht dein leiblicher Vater.«

Erst zeigte Jimorla keinerlei Reaktion. Dann lächelte er sie an, sichtlich unangenehm berührt. »Heute sind deine Scherze aber wirklich komisch.«

»Das ist kein Scherz.«

»Du hast Recht. Das ist auch gar nicht komisch. Und Vater würde das wohl auch kaum komisch finden.«

»Raaj weiß es.«

»Du erfindest das doch alles nur, oder?« Er warf ihr einen herzzerreißend flehenden Blick zu, als wolle er sie bitten zuzugeben, dass all das nur eine wilde Geschichte sei, nicht mehr. »Die Mentoren haben dich gebeten, mir das zu erzählen. Das gehört alles zu irgendeiner Prüfung.«

Sehr sanft widersprach sie ihm. »Deine Haut, deine Gesichtszüge, selbst dein Gang – genau wie bei ihm.«

»Ihm?«

»Sevtar. Dem Sechstgrader.« Sie holte tief Luft. »Deinem Vater.«

Jimorla stand auf, die Hände zu Fäusten geballt. »Das ist nicht *wahr!* Warum sagst du so was?«

»Bei wem sonst schimmert denn die Haut so metallisch wie bei dir?« Sie ging zu ihm hinüber. »Bei Raaj jedenfalls nicht.«

»Vater ist mein Vater. Ich will nichts mehr hören!«

»Ach, Jimi.« Rashiva streckte die Hand nach ihm aus. »Ich wollte dich doch nicht verletzen.«

»Wirst du mich jetzt zwingen, in Karn zu leben?«

»Nicht, wenn du das nicht selbst willst.«

»Ich will nicht!«

»Vielleicht können wir für dich erst einmal einen Besuch bei ihm arrangieren.«

»Damit ich ihn kennen lerne?« Trotz seines Zorns klangen deutlich Neugier und Spannung in seiner Stimme mit. »Den Sechstgrader?«

»Ja. Den Sechstgrader.«

»Und dann kann ich wieder nach Hause kommen?«

Eine Welle der Erleichterung brandete über Rashiva hinweg. »Ja. Dann kannst du wieder nach Hause kommen.«

Tumult weckte Rohka. Überall herrschte Durcheinander. In der Dunkelheit schrien Leute, und ein gewaltiges, grollendes Dröhnen ließ die Genossenschaft erzittern. Rohka krabbelte aus ihrem Bett und lief aus ihrer Suite hinaus; auf dem Gang prallte sie in eine ganze Schar kleiner Mädchen in wollenen Nachthemden, die genau so verängstigt aussahen wie Rohka sich fühlte.

Dann strömte eine ganze Horde Ungeheuer in den Flur.

Sie sahen schrecklich aus: überall Leder und Bronze, mit Gesichtern aus Metall, die aussahen wie wilde Tiere. Während diese Ungeheuer noch mit den Erwachsenen rangen, füllte sich die Luft mit Geschrei. Bei dem ganzen Durcheinander stellte Rohka plötzlich fest, dass sie in einer Ecke gedrängt worden war. Sie presste sich an die Wand, machte sich so flach, wie sie nur konnte, und betete, dass keines der Ungeheuer sie bemerkte.

Irgendjemand schrie, und Rohka sah, wie eines der Ungeheuer ein blondes Mädchen hochhob.

»Überprüft die Augen!«, rief irgendjemand. »Die müssen golden sein!«

Rohkas Verwirrung verwandelte sich in blindes Entsetzen. Hier gab es nur ein Mädchen, das goldene Augen hatte! Sie rannte den Flur entlang und versuchte verzweifelt, dem Tumult zu entrinnen.

Plötzlich schloss sich eine Hand um ihren Unterarm. Eines der Ungeheuer brüllte: »Ich hab' sie gefunden!«, hob sie auf seine kräftigen Arme und bahnte sich einen Weg durch das Gefecht, das um sie herum unvermindert anhielt.

Kühle Luft schlug Rohka ins Gesicht, als sie in die Nacht getragen wurde. Auf der anderen Seite des Platzes schwebten zwei Windreiter in Kopfhöhe, wie Raubvögel, jederzeit bereit hinabzustürzen.

»Lass mich los!«, gellte Rohka. Das Gesicht dieses Ungeheuers sah jetzt wie ein Helm aus, ein Helm, der den Kopf einer Frau bedeckte. Rohka schlug mit den Fäusten auf die Metallmaske ein. »Avtac Varz wird euch fertig machen! *Fertig, fertig, fertig!*«

»Du bist aber 'n freches Kätzchen«, murmelte das Ungeheuer. Sie erreichte den ersten Reiter und reichte mit einer schwungvollen Bewegung Rohka zu einer

Frau hinauf, die breitbeinig in der Einstiegsluke stand. Die Frau packte Rohka in einen der Sitze, während das Ungeheuer hereinsprang und die Luke zuschlug.

Aus der Gegensprechanlage drang eine Stimme. »*Himmelspfeil*, hier spricht die *Windstern*! Laut Schirm sind zwei Achtergruppen von Varz auf dem Weg hierher. Wir müssen los!«

»Kein Problem, *Windstern*«, meldete die Pilotin. »Wir haben, was wir wollten.«

Die Reiter schwangen sich in den Himmel auf. Voller Entsetzen sah Rohka, wie ihr Zuhause, Miesa, immer kleiner wurde, bis es nur noch eine Ansammlung winziger Lichter hoch oben in den Bergen war.

Als Kelric am nächsten Morgen erwachte, fand er auf seinem Nachttisch eine dampfende Tasse Tanghi vor. Er streifte sein Gewand über und ging mit der Tasse in der Hand in einen Alkoven hinüber, von dem aus er in die Gärten blicken konnte. Während er dort saß und seinen Tee trank, entwickelten sich in seinen Gedanken neue Quis-Muster.

Ein neues Muster taucht auf, eines, das in den letzten drei Jahren immer mehr Form angenommen hatte; es verflocht sich mit den anderen Strukturen und Formen seines Lebens. Er betrachtete das unerwartete Muster und empfand es als so klar und so durchsichtig wie einen Bergquell. Sobald er Ixpar das nächste Mal sah, musste er ihr davon erzählen. Ob das für sie irgendeinen Unterschied machte, wusste er nicht. Und dennoch dachte er, er sollte seiner Ehefrau erzählen, dass er sie liebte.

Der schwere Fußtritt von Soldatinnen, die vor seinem Fenster vorbeimarschierten, ließ seine Gedanken zersplittern. Der Trupp durchquerte einen Garten, eine

Soldatin trug ein kleines Mädchen in ihren Armen; das Mädchen schlief, dichte goldene Locken fielen ihr bis weit den Rücken hinab. Als er das Mädchen genauer betrachtete, fühlte er eine nicht näher bestimmbare Vertrautheit, obwohl er nicht hätte sagen können, warum. Ihr Anblick blieb ihm im Gedächtnis, verflocht sich mit seinen unablässigen Quis-Gedanken.

Später zog ein weiterer Tumult Kelrics Aufmerksamkeit auf sich. Ein Calanya-Gefolge ging unter seinem Fenster entlang, in Begleitung einer Gestalt, die in Gewand und Talha eines Haka-Calani gekleidet war. Das musste am Licht liegen, eine optische Täuschung sein: Derzeit hielt sich ganz gewiss kein Haka-Calani in Karn auf. Er war so hoch gewachsen wie ein durchschnittlicher Mann auf Coba, dabei aber schlank wie ein Junge.

Eine Junge?

Kelric erstarrte, plötzlich begriff er, warum er auf das Mädchen so reagiert hatte. *Gleich zu gleich gesellt sich gern.* Selbst ein Kyle-Operator, dessen Hirn so geschädigt war wie sein eigenes, erkannte sofort die Blüten, die aus seiner eigenen Saat aufgegangen waren.

Seine Kinder. Ixpar hatte seine Kinder nach Karn geholt.

Jetzt drängte es Kelric: Er hatte das Gefühl, wenn er nicht jetzt sofort zu Ixpar ginge und es ihr sagte, würde er niemals die Gelegenheit haben, ihr zu sagen, wie viel ihm das bedeutete, und was er für sie empfand. Er ging zur Tür nach *Draußen* und ließ seine Eskorte wissen, was er wollte.

Kommandantin Eb wandte sich an eine seiner Wachen. »Du wartest hier. Falls Verwalterin Karn kommt, berichte ihr, das wir zu viert mit Sevtar auf die Suche nach ihr gegangen seien.«

44

Königs-Flug

Ixpar saß in der Ladeluke ihres Reiters und schaute zu den Gartenanlagen der Calanya hinüber. Alles Überflüssige war aus ihrem Luftfahrzeug ausgebaut worden; zurückgeblieben war ein Blockadebrecher, extra auf Geschwindigkeit ausgelegt. Er konnte problemlos den Raumhafen mit einer einzigen Tankfüllung erreichen.

Wenn Kelric auf Coba blieb, dann würde er sterben. Wenn er Coba verließ, würde er weiterleben.

Kastora, was würdest du mir jetzt raten?, dachte Ixpar. Kelric war nicht mehr derselbe Mann, der damals, vor siebzehn Jahren, beabsichtigt hatte, ihnen das IRK auf den Hals zu hetzen. Was würde geschehen, wenn sie ihn würde gehen lassen? Konnte sie ihn davon überzeugen, dass es richtig sei, das Geheimnis von Coba für sich zu behalten, die Anonymität dieser Welt zu bewahren? Von dieser Entscheidung hing die Zukunft ihrer ganzen Heimatwelt ab.

Schaudernd wandte Ixpar ihr Gesicht der Sonne zu. Weit im Norden sah sie einen Vogelschwarm, der schnurgerade auf Karn zuhielt. Es war ungewöhnlich, dass sie im Sommer fortzogen, normalerweise kamen sie erst im Herbst.

Sehr sonderbar.

Sie sprang vom Reiter hinab, blickte nach Osten – und sah dort eine weitere dunkle Wolke, die auf ihr Anwesen zuhielt.

Ixpar stieß einen Fluch aus, dann rannte sie quer durch den Garten. Als sie das Anwesen erreicht hatte, schlug sie mit der flachen Hand auf die Sprechtaste der erstbesten Gegensprechanlage.

Eine Stimme erklang. »Tal hier …«

»Tal, hier spricht Verwalterin Karn! Karn sofort in Gefechtsbereitschaft versetzen! Das ist keine Übung! Hast du das verstanden? *Sofortige Gefechtsbereitschaft!*«

Knackend drang Tals Stimme aus der Gegensprechanlage. »Sofort!«

»Hol mir Oberkommandantin Borj, Anthoni, Kommandantin Eb und Älteste Solan an die GSA! Nimm Kontakt mit Ekina im Institut auf und sag ihr, sie soll unverzüglich zu meinem Arbeitszimmer kommen – und den Karabiner mitbringen! Sie wird wissen, was gemeint ist!«

»Sehr wohl.« Nach nur wenigen Sekunden meldete Tal: »Oberkommandantin Borj auf Kanal Drei.«

»Ich wechsle auf den anderen Kanal.« Sie schaltete auf Kanal Drei. »Borj, von Norden und Osten halten Flotten auf uns zu! Geh 'runter in die Kommandozentrale und leite Code Vier ein!«

»Bin unterwegs!«, erwiderte Borj.

»Gut. Ende.« Ixpar wechselte zu Kanal Eins. »Tal, hast du Anthoni schon erreicht?«

»Auf Kanal Zwei.«

Kanalwechsel. »Anthoni, du musst die Evakuierung von Karn einleiten. Du übernimmst die Koordinierung!«

»Verstanden!«, bestätigte Anthoni.

»Ende.« Ixpar schaltete auf Kanal Eins. »Tal, auf welchem Kanal ist Kommandantin Eb?«

»Ich bin noch nicht zu Eurer Suite durchgekommen. Aber ich habe Älteste Solan auf der Vier.«

Kanalwechsel. »Solan, hier spricht Ixpar. Im Blauen Alkoven meiner Suite findet Ihr eine Wandinschrift, die zu dem Schloss-Kode passt, den ich Euch beigebracht habe. Die Tür, die Ihr damit öffnet, führt zu einem unterirdischen Saal. Führt die Calanya und Bahr dort hinunter!«

»Verstanden«, antwortete Solan.

»Ich schalte jetzt ab.« Ixpar schaltete zu Kanal Eins hinüber. »Tal, hast du Eb erreicht?«

»Vor Eurer Suite steht nur eine einzelne Wache. Sie sagt, die anderen seien mit Sevtar auf die Suche nach Euch gegangen!«

Ixpar stieß einen Fluch aus. »Dann häng dich an jeden Kanal, sprich mit jeder Wache, die dir über den Weg läuft, tu was immer notwendig ist – *aber finde ihn!*«

»Ja, Ma'am! Wie sollen wir mit Jimorla Haka verfahren?«

Bei allen himmlischen Winden! »Der Sohn von Verwalterin Haka ist hier? Jetzt schon?«

»Er ist früher eingetroffen als erwartet. Ich hatte gerade eine aus meiner Gefolgschaft losgeschickt, um Euch davon zu unterrichten.«

Rashiva konnte von den Varz-Angriffsplänen erst erfahren haben, *nachdem* der Junge Haka verlassen hatte? Wenn Jimorla irgendetwas zustieße, würde nichts, gar nichts, Rashivas Zorn besänftigen können. Doch der einzige sichere Ort in Karn war *Das Gedächtnis*, in das sie ihre Calanya geschickt hatte. Sollte sie etwa dem Sohn einer feindlichen Verwalterin ein Geheimnis enthüllen, das die Ministerinnen von Karn mehr als zwei Jahrtausende bewahrt hatten?

Aber der Junge war schließlich ein Calani. *Fast* ein Calani, zumindest. Außerdem war er eine Geisel, die ihr Gewicht in Juwel-Würfeln wert war. »Jimorla soll sich der Calanya anschließen. Sagt allen, die Halle sei nur ein Lagerraum, und stellt Jimorla unter Bewachung. Ich möchte nicht, dass er allein dort unten herumstreift.«

»Und was ist mit Rohka Miesa?«, fragte Tal.

»Allmächtige Heilige, Tal! Ist sie etwa auch schon hier?«

»Jai, Ma'am.«

»Sie soll mit Jimorla mitgehen.«

»Wird erledigt«, bestätigte Tal. »Ich habe Älteste Solan auf Kanal Sechs.«

»Ende.« Kanalwechsel. »Solan, was geht da vor?«

»Ich bin in Eurer Suite«, berichtete Solan. »Wir haben die Räume gefunden und die Calanya hinunter-geschickt. Jetzt warten wir noch auf Sevtar.«

»Weiß man schon, wo er ist?«

»Bisher nicht. Ich werde weitere Wachen ausschicken, die nach ihm suchen sollen.«

»Sagt mir Bescheid, sobald Ihr ihn gefunden habt. Ende.« Wechsel zu Kanal Eins. »Tal, hast du Ober-kommandantin Borj erreicht?«

»Auf Kanal Drei.«

Kanalwechsel. »Lagebericht, Borj!«

»Die Flotte aus dem Norden gehört zu Varz«, meldete Borj. »Aus dem Osten kommt Ahkah, unterstützt von Lasa. Gemeinsam sind sie etwa zwei zu eins in der Überzahl.«

Ixpar verzog das Gesicht. »Wo hat Avtac bloß so viele Reiter herbekommen?«

»Ich würde vermuten, dass sie ihre Achtergruppen von der Blockade abgezogen hat.«

»Gibt's schon etwas aus Bahvla?«

»Nichts.«

»Wie sieht's mit Dahl aus?«

»Alle hier stationierten Streitkräfte von Dahl sind zusammen mit unseren Reitern in der Luft«, berichtete Borj. »Ich habe schon einen Blockadebrecher losgeschickt, der Unterstützung anfordern soll, wenn Verwalterin Dahl noch irgendetwas entbehren kann, aber ich bezweifle, dass er Dahl vor Einbruch der Nacht erreichen wird.«

»Schon Anzeichen, dass die Haka-Flotte auf dem Weg hierher ist?«

»Bisher nichts.«

»Haltet mich auf dem Laufenden! Ende.« Ixpar schaltete um auf Kanal Eins. »Tal, hat man Sevtar schon gefunden?«

»Noch nicht«, antwortete Tal. »Aber Ekina wartet vor Eurem Arbeitszimmer. Sie sagt, sie hätte, was Ihr angefordert hattet.«

Wo ist Kelric? »Also gut. Geh in die Kommandozentrale und bleib an der GSA! Ich komme, sobald ich kann. Ende.«

Vor ihrem Arbeitszimmer traf Ixpar auf Ekina, die ein riesenhaftes Gewehr in den Händen hielt; der Lauf war mit Kühlschlangen umwickelt, der Schaft der Waffe schien aus massivem Metall zu sein. Vor Ekinas Füßen lag eine Energiezelle.

»Ist das Visier korrekt eingestellt?«

»Visier?! Wir haben bisher kaum testen können, ob das Ding überhaupt *funktioniert!* Ich hatte niemals damit gerechnet, dass dieses Monstrum überhaupt jemals aus dem Stadium eines Quis-Musters herauskommen würde!«

Ixpar nahm den Laser-Karabiner an sich, wog die massige Waffe in der Hand. »Wie bedient man das Ding?«

Ekina legte Ixpar die Energiezelle um die Hüften und zeigte dann auf einem Kopf am Lauf der Waffe. »Drückt darauf, dann feuert es.«

Ixpar legte sich den Tragegurt der Waffe über die Schulter. »Ihr solltet jetzt lieber in die Kommandozentrale 'rübergehen. Dort seid Ihr in Sicherheit.«

»Ihr kommt doch mit, oder?«

»Sobald ich mir ein Bild der Lage gemacht habe.« Bevor Ekina protestieren konnte, lief Ixpar schon wieder los.

Sie ging auf die Galerie, die die Außenseite der Observatoriumskuppel ringförmig umgab. Sowohl im Norden als auch im Osten sah sie, dass der Himmel schwarz vor Windreitern war: Varz und Karn, Ahkah und Dahl, alle waren sie in Kampfhandlungen verwickelt. Nirgends konnte Ixpar das Haka-Emblem der aufgehenden Sonne erkennen. Im Westen zog ein Menschenstrom in die Teotecs hinauf: Karn wurde evakuiert.

Ein Schatten fiel über die zahlreichen Türme und Türmchen ihrer Stadt, ein einsamer Varz-Reiter, der auf das Anwesen zuhielt: der erste, der die Abwehr durchbrochen hatte. Ixpar fletschte die Zähne, hob ihre Waffe, legte auf das Luftfahrzeug an – und feuerte.

Der grelle Lichtstrahl, den dieser Karabiner erzeugte, hatte keinerlei Ähnlichkeit mehr mit dem harmlosen roten Strahl, den sie im vergangenen Jahr in Ekinas Laboratorium gesehen hatte. Dieser Lichtimpuls schoss auf den Reiter zu und vernichtete das Luftfahrzeug in einer Explosion aus strahlend weißem Licht. Einen Augenblick später wurde Ixpar von der Druckwelle der Explosion fast umgerissen.

»Mögen die Götter uns beistehen!«, flüsterte sie, während geschmolzenes Metall auf die menschenleeren Straßen hinabregnete.

Gedämpftes Sonnenlicht fiel in das Atrium, tauchte Kelric und seine Eskorte in warmes Licht, während sie an den Pflanzen und den künstlichen Wasserfällen vorbeigingen. Die Ruhe, die dieser Ort ausstrahlte, wirkte sonderbar zerbrechlich, wie mundgeblasenes Glas.

Eine Wache kam in den Saal gestürmt. »Kommandantin Eb! Varz-Flotte – im Angriff – Ihr müsst sofort zur Suite von Verwalterin Karn!«

Sofort drehte auch Kelric sich um und rannte gemeinsam mit seinen Wachen auf die Treppe zu, die vom Atrium aus nach oben führte. Im Norden sah er einen ganzen Reiter-Schwarm, der auf Karn zuhielt.

Zwei Kriegsreiter tauchten plötzlich hinter einem nahe stehenden Turm auf und jagten im Tiefflug über das Atrium hinweg; die Druckwelle, die ihre hohe Geschwindigkeit erzeugte, ließ die Glasscheiben des Atriums zerbersten. Eine Explosion erschütterte den Balkon über ihnen und zerstörte den oberen Teil der Treppe. Kelric und seine Wachen wirbelten herum und rannten die Stufen wieder hinunter, in das Atrium zurück. Am Fuße der Treppe angekommen, liefen sie, so schnell sie konnten, auf ein Treppenhaus zu, von dem aus man in ein besser geschütztes Stockwerk des Anwesens kam.

Als das Heulen fallender Bomben die Luft durchschnitt, erkannte nur Kelric das Geräusch. Sein Warnruf wurde von einer Explosion übertönt, und der Boden unter ihren Füßen schwankte. Als Kelric zu Boden stürzte, blieb einer seiner Armreifen am Treppengeländer hängen und stoppte seinen Sturz so ruckartig, dass es ihm fast die Schulter ausgekugelt hätte.

Dann, unvermittelt, brach der Armreif, und während er noch klirrend zu Boden fiel, stolperte Kelric die Treppe hinunter. Geländer, Boden, Decke, all das sah er wie in Momentaufnahmen, während er immer weiter hinuntertaumelte. Als dann eine weitere Explosion die Treppe über ihm erzittern ließ, krachte Kelric auf den Boden, rollte sich zur Seite und rang keuchend nach Luft.

Er kam gerade rechtzeitig wieder auf die Beine, um zu

sehen, wie eine Flammenwand durch das Treppenhaus fegte. In ihrer Mitte und dahinter konnte er die hektischen, zuckenden Bewegungen seiner Wachen erkennen, die verzweifelt versuchten, ihre brennende Kleidung zu löschen und dem Inferno zu entkommen.

»Sevtar!«, schrie Kommandantin Eb. »*Macht, dass Ihr wegkommt!*«

Kelric hatte nicht die Absicht, seine Eskorte hier sterben zu lassen. Er schlug auf die Flammen ein, schützte sein Gesicht mit dem Arm, während er versuchte, die Wachen zu erreichen. Mit ohrenbetäubendem Krachen brach der Treppenabsatz über ihm zusammen, als Nächstes die Stufen, eine nach der anderen; der ganze Treppenabschnitt löste sich auf in einem dröhnenden Getöse zusammenbrechender Wände. Trümmerstücke wirbelten durch die Luft, vermengten sich mit ganzen Wolken aus Mörtel und Putz. Kelric stolperte, er musste husten, die Augen tränten ihm, seine Haut fühlte sich an, als ob sie Blasen werfen würde; die sengende Hitze trieb ihn zurück, bis er rückwärts den Türbogen hinter sich durchquert hatte.

Auf dem marmornen Flur vor dem Treppenhaus war es kühler. Kelric lehnte sich gegen eine Mauer und sank dann in die Knie; er musste erst einmal tief Luft holen. Dann hörte er ein Grollen hinter sich, das stetig lauter wurde. Er wandte sich um und sah, dass die Wände des Flurs nach innen einbrachen; es sah aus wie die Bewegung einer Flüssigkeit durch ein Rohr.

Taumelnd kam Kelric wieder auf die Beine, er rannte los, rannte an einem brennenden Bogengang nach dem anderen vorbei, versuchte, schneller zu laufen als die Zerstörung ihm folgen konnte. Als er ein Treppenhaus fand, in dem das Feuer noch nicht gewütet hatte, rannte er hinauf, nahm immer drei Stufen auf einmal. Oben angekommen riss er die Tür auf, und ein Sturm schlug ihm vor die Brust wie eine riesenhafte Hand. Er lehnte sich gegen den Wind, kämpfte sich auf den Balkon vor – und blickte auf einen Albtraum hinab.

Karn stand in Flammen.

Der Himmel, der sich im Sonnenuntergang immer weiter verfinsterte, kochte nur so vor Reitern und toste im Chaos der Schlacht. Asche wirbelte durch die Luft, die Winde peitschten die Asche in einem Staubregen umher. Rauch quoll aus Fenstern, zog über die Rasenflächen, stieg in dicken, öligen Säulen auf, die ein graues Leichentuch knisternder Rußpartikel über der Stadt ausbreiteten.

Kelric umklammerte das Geländer des Balkons und starrte auf die Szenerie hinab. »Nein«, flüsterte er. »Ich will nicht für all das hier verantwortlich sein.« Er hob den Kopf und schrie es den Reitern entgegen, die hoch über ihm am Himmel kämpften. »Hört ihr mich? *Ich will nicht für all das verantwortlich sein!*«

Das Geländer ging in Flammen auf, Flammenzungen verzehrten das Holz. Innerhalb weniger Sekunden stand der ganze Balkon in Flammen. Wieder versuchte Kelric, schneller zu sein als die Flammen, wich zurück und rannte die Treppenstufen hinunter, wieder hinaus in den Marmorflur. Er lief weiter, an Torbögen vorbei, hinter denen er nur noch Trümmer erkennen konnte, bis es schließlich nur noch glatte Marmorwände gab, die sich ewig hinzuziehen schienen, als müsse er für alle Ewigkeiten diesen Marmorflur hinunterlaufen, während Karn in Flammen stand.

Dann kam er in ein Foyer, das er wiedererkannte: Er war in der Nähe der alten Calanya. Er lief weiter, diesmal durch vertraute Flure und Säle.

Im Inneren der Calanya fand er umgestürzte Tische

und zerfetzte Vorhänge vor. Alle Räume waren leer, doch als er sich dem Ausgang zum Park näherte, hörte er Stimmen. Er schlüpfte hinaus, verbarg sich hinter einer Hecke. Auf der anderen Seite des Gartens stand eine Achtergruppe Kriegerinnen aus Varz vor ihren Reitern, hoch aufragende Frauen in Rüstungen aus bronzebesetztem Leder, auf den Köpfen Helme in der Form von Tierschädeln.

Näher bei ihm stand auf einem Rasenstück ein leerer Karn-Reiter. Er wirkte schnittig, alles Überflüssige war ausgebaut worden, sodass er nun die stromlinienförmige Anmut eines Blockadebrecher hatte, der auf höchste Geschwindigkeiten ausgelegt war.

Immer noch von der Hecke verborgen, schlich Kelric auf den Blockadebrecher zu. Als er das Ende der Hecke erreicht hatte, wartete er zunächst ab. Dann sprintete er ins Freie.

Hinter ihm waren Rufe zu hören, eine Kugel schwirrte nah an seinem Arm vorbei und wirbelte kurz vor ihm Sand auf.

»Nicht schießen, du Idiot!«, rief irgendjemand. »Das ist ein Calani!«

»*Sechs* Armbänder!«, gellte eine weitere Stimme. »*Das ist er!*«

Ein Schuss aus einem Betäuber traf Kelrics Arm, betäubte den Schmerz der Brandwunden, ein weitere Treffer erwischte sein Knie. Kelric konnte nur noch mühsam atmen, doch er wurde keinen Schritt langsamer. Lieber wollte er an Herzversagen sterben, als jemals wieder zurück nach Varz zu gehen.

Die offene Luke des Windreiters kam in sein Sichtfeld. Als Kelric dann in das Innere der Kabine sprang, hörte er hinter sich schwere Schritte. Er wirbelte herum, stellte der Kriegerin, die gerade nach ihm griff, den Fuß auf die ledergepanzerte Brust und trat zu. Während sie noch fiel, schlug er schon die Einstiegsluke zu.

Die Bewaffnung des Reiters war primitiv, aber sofort erkennbar: Zwei Bordkanonen mit einem Kaliber von etwa 20 Millimetern, dazu zwei Maschinengewehre Kaliber 12 oder 13 Millimeter; genau konnte er das nicht erkennen, denn so vertraut war er mit den teotecanischen Einheiten nicht. Obwohl als Nutzlast für diesen Blockadebrecher eine Bombe vorgesehen war, war der Bombenschacht leer – ein weiterer Hinweis darauf, dass man bei diesem Reiter auf Geschwindigkeit bedacht gewesen war.

Er steuerte das Luftfahrzeug über die Rasenfläche, ließ es holpernd über den unebenen Boden rollen, bis er endlich schnell genug war, um abheben zu können. Während er sich in die Lüfte aufschwang, schaute er nach unten und sah, dass die Kriegerinnen ihm hinterherstarrten, ihre Gesichter, halb verborgen unter den Helmen, wurden immer undeutlicher, bis sie schließlich nur noch kleine Punkte am Boden waren. Diese Kriegerinnen konnten sich vermutlich ebenso wenig vorstellen, dass ein Calani einen Reiter fliegen könnte, wie sie in der Lage wären, sich ein Leben ohne Quis vorzustellen.

Erst als er im Tiefflug über die Gartenanlagen hinwegflog und immer wieder die Bordwaffen einsetzte, rannten sie in Deckung – versteckten sich hinter Wänden und liefen in das Innere der Calanya. Er wendete erneut und durchsiebte ihre Reiter, bis sie unbrauchbar waren.

Dann vergeudete er kostbare Momente, nach dem Neutrino-Transmitter des Reiters zu suchen, bis ihm klar wurde, dass die Cobaner diese Technik erst noch entwickeln mussten. Doch er begriff, was der Bildschirm mit den bewegten Quis-Würfeln zu bedeuten hatte: Das war das Coba-Äquivalent des Radars.

Diese Erkenntnis rettete ihm das Leben. Im gleichen Augenblick, in dem er das Quis-Muster interpretiert hatte, zeigte es einen Varz-Reiter, der sich ihm von hinten näherte. Kelric riss seinen Reiter in eine Rolle, dann eine weit geschwungene Wendung, ein verzweifelter Versuch, dem Geschützfeuer des näher kommenden Luftfahrzeugs auszuweichen. Dann zwang er seinen Reiter in einen steilen Steigflug.

In kaum mehr als hundert Metern Entfernung jagten die beiden Luftfahrzeuge aneinander vorbei – das jedoch in einem Winkel, der keinem von beiden freies Schussfeld bot. Auf der Außenhaut des gegnerischen Reiters war die Klauenkatze von Varz zu erkennen, dazu der Name: *Nachtreiter*, gefolgt von einem Quis-Symbol, das für Auferstehung stand. *Auferstandener Nachtreiter.*

Kelric stieg weiter auf, nutzte den Vorteil der größeren Geschwindigkeit seines Reiters. Bei niedriger Flughöhe hatte die *Nachtreiter* so behäbig gewendet, dass Kelric sich fragte, ob das Luftfahrzeug beschädigt sei, doch jetzt, im Steigflug, begann die *Nachtreiter*, ihn einzuholen.

Sobald Kelric begriff, dass er es mit einem Kampfflieger zu tun hatte, der auf größere Höhen ausgelegt war, ließ er seinen Blockadebrecher erneut eine Rolle beschreiben; Himmel und Horizont rasten vor seiner Windschutzscheibe dahin, bis sein Luftfahrzeug kopfüber am Himmel stand. Dann riss er den Steuerknüppel herum, sein Windreiter schoss in einer engen Schleife durch die Luft, auf den Boden zu, und die Beschleunigung ließ Flecken vor Kelrics Augen tanzen.

Dieser halbe Looping brachte ihn hinter seinen Verfolger. Doch Kelric war erst ein einziges Mal mit einem Windreiter geflogen, hatte seit sechzehn Jahren kein Luftfahrzeug mehr gesteuert, und er hatte noch nie mit einem Luftfahrzeug zu tun gehabt, dass ohne Computer gesteuert wurde. Er verschätzte sich, beendete seine Kurve backbordseitig der *Nachtreiter,* und sein Geschützfeuer durchsiebte nur die Flügel des gegnerischen Reiters. Die *Nachtreiter* spreizte die Flügel-Lamellen, als seien es gewaltige mechanische Federn, und der größte Teil des Geschützfeuers jagte harmlos durch die Zwischenräume, statt auf festes Material zu treffen.

Sie waren jetzt sehr weit hinausgeflogen, hoch über die Teotecs. Wieder kam die *Nachtreiter* auf ihn zu, vollführte ebenfalls einen halben Looping, um seinen Kurs umzukehren. Kelric war immer noch oberhalb des Varz-Reiters, wenn auch nur ein winziges Stück, und auch er lenkte seinen Reiter in einen halben Looping. Oben angekommen, ließ er sein Luftfahrzeug eine halbe Drehung um die Längsachse vollführen und stieg in einen zweiten halben Looping auf. Von der Beschleunigung wurde Kelric beinahe bewusstlos, doch sein biomechanisches Netzwerk übernahm die Kontrolle, bewegte seine Hände weiter und ließ den Reiter, am Scheitelpunkt des Halbkreises angekommen, nach rechts schwenken.

Das Luftfahrzeug aus Varz folgte dem ersten halben Looping, doch als es versuchte, den Kurs zu ändern und Kelric in den zweiten halben Looping zu folgen, stockte der Motor. Während die Maschine ins Trudeln kam und immer mehr an Geschwindigkeit verlor, ging Kelric in einen Sinkflug über und setzte sich unmittelbar hinter den gegnerischen Reiter. Sein Ziel genau vor sich, feuerte er mit allem, was ihm zur Verfügung stand – die *Nachtreiter* explodierte in einem schwarz-orangefarbenen Flammenball überhitzter Gase und Treibstoffs.

Kelric starrte den Überresten der *Nachtreiter* hinterher, wie sie vom Himmel herabregneten. Dann, das Adrenalin raste immer noch durch seine Adern, lenkte er seinen Reiter Richtung Süden, weit über die Teotecs hinaus.

Langsam, während Karn in den Bergen hinter ihm verschwand, ließ das Hämmern seines Herzens nach, wurde gleichmäßiger, beruhigte sich vollends. Schließlich begriff er, was geschehen war.

Er war frei.

45

Königinnen-Feuer

Die Ruinen des Atriums lagen unter freien Himmel. Ixpar stand davor, betrachtete entsetzt das Ausmaß der Zerstörung, den Laser-Karabiner achtlos in ihren Händen. Die Varz-Reiter, die die Kommandozentrale unterhalb des Atriums zerstört hatten, waren viel zu zielstrebig vorgegangen und hatten viel zu effizient vernichtet, als dass es ein Glückstreffer hätte gewesen sein können; sie mussten gewusst haben, wo genau sich die Kommandozentrale befand.

»Ixpar.« Borj winkte sie aus einem Seitenraum herbei. »Ich habe eine Gegensprechanlage gefunden, die noch funktioniert.«

Ixpar ging zu dem Gerät hinüber. »Ixpar hier!«

»Verwalterin Karn!«, rief Tal. »Ihr lebt!«

»Wo bist du?«, fragte Ixpar.

Jetzt sprach Tal mit ruhigerer Stimme weiter. »In den Unteren Stockwerken, in Generator-Raum Sechs. Wir haben uns hier eingerichtet, so gut wir konnten. Die meisten aus der Kommandozentrale haben es hier 'runter geschafft. Aber wir können Borj nicht finden!«

»Die ist hier bei mir! Lagebericht?«

»Die Varz-Einheiten ziehen sich zurück.«

Wenn man bedachte, wie sehr Varz Karn schon in Schutt und Asche gelegt hatte, hatten die feindlichen Truppen eigentlich keinerlei Grund, sich zurückzuziehen. »Gibt es Berichte über den Einsatz von Bodentruppen?«

»Überall. Die ganze Stadt wimmelt nur so von denen.«

Ixpar verzog das Gesicht. Aha. Varz rückte jetzt also vor, um Karn zu besetzen. Funktionsfähig, überlebensfähig, war das Anwesen sehr viel wertvoller, als wenn es zuvor in einen Schutthaufen verwandelt würde. »Tal, lass Posten auf dem Grenzgebiet des Anwesens aufstellen! Ich schicke dir Borj, sie soll das koordinieren. Wir müssen das Anwesen halten!«

»Verstanden, Ma'am!«

Als Ixpar in den Generator-Raum kam, gingen bei Tal gerade alle möglichen Meldungen ein: Verlustlisten, Schadensberichte, Meldungen über Varz-Truppen auf Karn-Gebiet. Über Älteste Solan fiel kein Wort, aber das musste nichts heißen: In *Dem Gedächtnis* gab es keine Gegensprechanlage. Ixpar musste einfach glauben, dass ›Stille‹ hier mit ›Sicherheit‹ gleichbedeutend war.

»Verwalterin Karn«, sagte Tal. »Eine Nachricht von Oberkommandantin Borj.«

Ixpar beugte sich über die Gegensprechanlage. »Ixpar hier!«

Borjs Stimme klang tonlos. »Die Haka-Flotte ist hier. Und sie ist riesig.«

Ixpar ließ sich in den Sessel hinter ihr sinken. Karns letzte Hoffnung war gerade vergangen wie trockenes Stroh unter einer Brandbombe. »Werden Truppen abgesetzt?«

»Nein.« Borj machte eine Pause. »Es ist sonderbar.«

»Inwiefern ›sonderbar‹?«

»Ihre Luftstreitkräfte stehen reglos über den Bergen. Nein, wartet! Ein Reiter hat sich gerade aus dem Verband gelöst. Er hält auf das Anwesen zu!«

Ixpar warf Tal einen Blick zu. »Lasst den Reiter von einer Eskorte bis zu den Calanya-Gärten geleiten.«

»Das könnte eine Falle sein«, gab Borj über die Gegensprechanlage zu bedenken.

»Hier muss ich meinen Instinkten trauen, Borj.« Ixpar wandte sich wieder Tal zu. »Sorgt dafür, dass in den Calanya-Gärten zwei Achtergruppen für mich bereitstehen.«

Ihre Gefolgsfrau starrte sie an. »Ihr könnt doch nicht da 'rausgehen!«

»Das kann nur ich allein übernehmen.«

Als Ixpar die Calanya-Gärten betrat, sah sie eine Dreiergruppe Karn-Kampfflieger über der Stadt kreisen. Auf dem Rasen vor ihr umringten Karn-Soldatinnen einen Haka-Reiter. Ixpar lief auf sie zu, an den Wrackteilen mehrerer Reiter vorbei, ganz in der Nähe der Stelle, an der sie ihren Blockadebrecher abgestellt hatte. Wer auch immer die Varz-Kriegsreiter zerstört hatte, musste wohl ihren Blockadebrecher gleich mit erwischt haben.

Als Ixpar dann vor dem Haka-Reiter stehen blieb, wurde die Luke geöffnet, und eine Haka-Gefolgsfrau sprang zu Boden. »Verwalterin Karn. « Sie verneigte sich tief. »Wir erbitten ein Muster der Waffenruhe.«

Das war eine traditionelle Bitte, sie stammte noch aus der Alten Zeit. Das Muster der Waffenruhe: eine zeitlich befristete Aussetzung aller Kriegshandlungen, die lange genug sein sollte, um den Kriegsparteien Friedensverhandlungen zu ermöglichen.

»Muster gewährt«, entgegnete Ixpar. Sie zweifelte nicht daran, dass sich an Bord des Reiter ein Diplomat befand, der über die Freilassung von Jimorla Haka verhandeln sollte. Aber dann hatten sie ihre Zeit verschwendet. Ixpar hatte nicht die Absicht, den Jungen herauszugeben. Er war das Einzige, was zwischen Karn und der totalen Niederlage stand.

Da trat Rashiva Haka in die Einstiegsluke.

Ixpar starrte die Verwalterin an. Hatte sie den Verstand

verloren, mitten während einer Schlacht Feindesland zu betreten?

Die Wüstenkönigin sprang zu Boden. »Verwalterin Karn.«

Ixpar nickte. »Verwalterin Haka.«

Rashiva hielt sich nicht mit Formalitäten auf. »Mein Sohn?«

»Ist in Sicherheit.«

»Nehmt mich als Eure Geisel!«, meinte Rashiva. »Lasst Jimorla gehen!«

Das war ein mehr als angemessener Austausch. Doch Ixpar konnte nicht das Risiko eingehen, die Existenz *Des Gedächtnisses* mitten während einer Schlacht zu enthüllen. »Das kann ich nicht tun.«

Rashiva versteifte sich. »Ich habe meine Flotte instruiert: Wenn Jimorla nicht innerhalb einer Stunde freigelassen wird, sollen meine Reiter sich der Flotte von Varz anschließen. Ihr wisst, dass Karn dann kein Chance mehr hat! Lasst ihn gehen!«

»Ihr solltet Euren Leuten lieber neue Anweisungen erteilen«, gab Ixpar zu bedenken. »Weil weder Ihr noch Jimorla irgendwohin gehen werden.«

Einen langen Augenblick starrte Ixpar sie an. Dann sagte sie: »Um den Angriff zu verhindern, muss ich mit ihnen sprechen.«

»Das könnt Ihr vom Anwesen aus tun.« Das musste doch eine Falle sein! Rashiva würde niemals zulassen, so leicht in Gefangenschaft zu geraten. Ixpar wandte sich an eine der Karn-Kommandantinnen. »Sorgt dafür, dass dieser Reiter aus der Gartenanlage entfernt wird.« Dann deutete sie mit dem Kinn auf die Haka-Gefolgsfrau. »Sie wird beim Luftfahrzeug bliebien.«

Die Gefolgsfrau sagte nichts. Ixpar hatte die fast blinde Treue von Rashivas Bediensteten ihrer Verwalterin gegenüber erlebt. Wenn diese Gefolgsfrau hier so einfach zuließ, dass Rashiva gefangen genommen wurde, dann musste ihr das im Vorfeld aufgetragen worden sein. Aber warum?

Ixpar sah Rashiva nachdenklich an. Dann machte sie eine Handbewegung, als wolle sie die Verwalterin zu ihrem Platz im Rat geleiten, nicht, als sei sie gerade eben zu einer Kriegsgefangenen gemacht worden.

Rashiva folgte ihr schweigend. Von Karn-Kriegerinnen umgeben, durchquerten sie und Ixpar die Gärten vor dem Anwesen. Am Eingang zu den Unteren Stockwerken hielt Rashiva inne. Dort stand sie, dunkel und stolz, und sah die Verwalterin, die sie gefangen genommen hatte, mit einem unergründlichen Gesichtsausdruck an. »Ixpar.«

»Ja?«

»Jimorlas Vater …?« Rashiva stockte, ihr Schweigen nur von Artilleriefeuer in der Ferne durchbrochen.

Dann begriff Ixpar. Ein Versprechen band Rashiva, ein Versprechen, das ebenso stark war wie ihre Treue zu Varz. *Als Gegenleistung für deinen Eid.* Mit diesen Worten hatte Rashiva Kelric gegenüber ein Gelübde abgelegt, das sie immer noch für gültig erachtete. So unglaublich es auch erschienen mochte: Rashiva glaubte anscheinend, dass zu ihrer Aufgabe, Kelric zu schützen, auch gehörte, Avtac von ihm fern zu halten. Verwalterin Haka hatte sich selbst in Gefangenschaft begeben, damit ihre Flotte ohne jeden Ehrverlust ihre Unterstützung bei den noch anstehenden Kampfhandlungen verweigern konnte.

»Sevtar ist bei seinem Sohn Jimorla«, erklärte Ixpar.

Rashiva nickte. »Ich danke Euch.«

Nachdem eine Achtergruppe Rashiva in die Unteren Stockwerke befördert hatte, aktivierte Ixpar eine Gegensprechanlage, die an der Wand befestigt war.

»Tal hier«, meldete eine Stimme.

»Hier spricht Verwalterin Karn. Eine Achtergruppe bringt jetzt Verwalterin Haka zu dir hinunter. Alle Einheiten warnen! Niemand feuert auf sie!«

»Dann ist es also wahr? Verwalterin Haka ist tatsächlich unsere Gefangene?«

Ixpar war erstaunt. »Das weißt du schon?«

»Wir haben ein Signal zwischen Haka und Varz abgefangen«, berichtete Tal. »Varz wollte wissen, was da vor sich ginge. Haka hat gemeldet, sie könnten nichts unternehmen, weil wir ihre Verwalterin hätten.«

Sollte Avtac diese Nuss erst einmal knacken. »Ich komme jetzt zurück …«

Ixpar kam nicht dazu, den Satz zu beenden. Ein Schlag ließ die Halle erschüttern, schleuderte Ixpar auf die Knie, und der Zugang zu den Unteren Stockwerken brach ein. Mit einem Arm schützte sie ihr Gesicht, spähte durch die dicken Staubwolken und sah eine Ahkah-Achtergruppe mit großen Schritten auf sich zumarschieren. Die Gesichter der meisten Soldatinnen waren unter Helmen verborgen, doch auf den Gesichtern der wenigen, die keine Helme trugen, stand Triumph zu lesen – wie bei Jägern, die das reizvollste aller möglichen Tiere eingefangen hatten.

»Wir brauchen sie lebend«, betonte jemand.

Ich weigere mich, einfach so Avtacs Beute zu werden, dachte Ixpar. Dann hob sie ihren Laser-Karabiner und feuerte.

In der Enge des kleinen Raumes war der Lichtblitz unerträglich blendend, die Hitze entsetzlich. Als Ixpar wieder etwas erkennen konnte, sah sie nur noch verschmolzene Steinreste, wo sich wenige Augenblicke zuvor noch ein Flur voller Soldatinnen befunden hatte. Wie betäubt machte sie sich wieder auf den Weg. Als sie schwere Schritte hörte, eindeutig Kampfstiefel, und dazu Stimmen mit dem unverkennbaren Ahkah-Akzent, hängte sie sich den Karabiner wieder über die Schulter und verfiel ihn einen humpelnden Laufschritt; die Verbrennungen an den Beinen machten jede Bewegung zur Qual, und sie zuckte bei jedem Schritt zusammen.

Ixpar hängte die Soldatinnen in einem Ganglabyrinth ab, das sie so gut kannte wie ein wohl vertrautes Quis-Muster. Rauch füllte die Gänge. Wie die meisten Anwesen war auch Karn hauptsächlich aus Stein erbaut, und das bedeutete, die Flammen mussten vom Mobiliar stammen, von Wandbehängen und Holztäfelungen; die Flammen weideten ihr Heim regelrecht aus.

Es war Varz gelungen, die Abwehr des Anwesens zu durchbrechen. Wenn man bedachte, das die Streitkräfte von Karn mit Gewehren ausgestattet waren, zum Teil sogar mit Maschinengewehren, mussten die Varz-Truppen entweder besser ausgebildet sein als die ihren, oder aber in der Überzahl. Nach allem, was Jevrin und ihre Quis-Spione über Varz und ihre Verbündeten erfahren hatten, war Karn, was militärische Strategien anging, eindeutig im Vorteil – und das bedeutete, dass Varz seine Stärke vor allem aus einer deutlichen Übermacht bezog.

Sie fand eindeutige Kampfspuren: zerschossenen Wände, in denen noch Kugelreste steckten, zerschlagene Plastiken und Statuen, geborstene Fensterscheiben. Noch ernüchternder waren die Leichen, zwei Kriegerinnen ihrer eigenen Truppen, eine aus Varz. Sie kniete sich neben sie, schwieg, eine Ehrbezeugung dafür, dass sie ihr Leben für das Anwesen geopfert hatten.

Dann lief sie weiter, suchte nach einem freien Zugang zu den Unteren Stockwerken. Schließlich fand sie wenigstens eine funktionierende Gegensprechanlage. Sie schlug auf den Sprechknopf. »Tal?«

Die Stimme von Oberkommandantin Borj drang ihr entgegen. »Bei allen Winden, Ixpar, wo seid Ihr?«

»In der Nähe der Teotec-Halle. Wie sieht die aktuelle Lage aus?«

»Anthoni hat eine Nachricht durchgekriegt«, meldete Borj. »Die Evakuierung konnte abgeschlossen werden, bevor Varz unsere Abwehr durchbrochen hat. Die Leute sind in Sicherheit. In der Stadt hat es den Flugplatz, die Fabriken und die Lagerhäuser der Gilde am schlimmsten erwischt.«

»Was ist mit Haka?«

»Sind immer noch über den Bergen.«

»Gibt es Neues aus der Calanya?«

»Nichts … was?« Borj machte eine Pause. »Tal erhält gerade eine Meldung von der Varz-Flotte.«

Rauch sickerte in den Alkoven hinein und umwirbelte Ixpars Beine. »Was für eine Nachricht?«

Tal antwortete ihr. »Sie ist für Euch. Sie lautet: ›Wenn Ihr Euch sofort ergebt und Verwalterin Haka frei lasst, werden wir Karn verschonen. Weigert Euch, und wir werden Eure Stadt dem Erdboden gleich machen! Seid vernünftig, Ixpar! Ihr habt verloren! Avtac Varz.‹«

Ixpar schnitt eine Grimasse. »Borj, wie lange können wir noch durchhalten?«

»Unsere Streitkräfte wurden mehr und mehr zurückgedrängt. In die Unteren Stockwerke sind sie bisher noch nicht vorgedrungen, aber auch das wird nicht mehr lange dauern. Unsere gesamte restliche Abwehr ist zusammengebrochen. Die Truppen von Varz sind ziemlich zusammengeschmolzen, unsere eigenen aber noch viel mehr.« Borj stieß einen frustrierten Laut aus. »Wenn wir nur frische Truppen und Reiter hätten, dann könnten wir sie zurückschlagen.«

»Dann sucht frische Truppen und Reiter!«

»Die haben wir nicht!«

Ixpar ballte die Fäuste. »Avtac darf Karn nicht einnehmen!«

»Sie muss jeden einzelnen Reiter eingesetzt haben, den sie hatte«, vermutete Borj. »Hat sie von der Blockade abgezogen, von Ahkah, wahrscheinlich sogar von Varz. Sie hat sich auf ein Glücksspiel eingelassen – hat ihre Flanken ungeschützt gelassen und uns alles entgegengeschickt, was sie hatte. Und sie hat gewonnen.«

»Noch hat sie nicht gewonnen!«

»Ixpar, wir haben keine andere Wahl! Wir müssen kapitulieren!«

»Solange ich lebe«, entgegnete Ixpar, »werde ich mich niemals Varz unterwerfen!«

»Dann verurteilt Ihr Karn zur völligen Zerstörung! Wir habe nicht einmal mehr genug Reiter, um die Evakuierten zu beschützen!«

Nein. Ixpar hätte das Wort herausschreien mögen. Doch wenn sie sich weigerte, jetzt zu kapitulieren, würde innerhalb eines einzigen Tages ein Volk und eine Stadt mit einer zweitausendjährigen Geschichte ausgelöscht werden.

Es schien ihr, als verginge eine Ewigkeit, bis sie antwortete, obwohl sie wusste, dass es nur Sekunden gedauert haben konnte. »Also gut. Fragt nach den Kapitulationsbedingungen!«

»Jai, Ma'am.« Tals Stimme klang niedergeschlagen.

Leise fuhr sie fort: »Weigere dich, ihnen zu sagen, was aus mir geworden ist. Wenn sie dich unter Druck setzen, dann ›gib nach‹ und verrate ihnen, dass ich aus dem Anwesen geflohen bin.«

»Wir werden es glaubwürdig klingen lassen.« Leise fügte Borj hinzu: »Und Ihr solltet das auch so schnell wie möglich wahr werden lassen! Eilt Euch!«

»Ja.« Ixpar atmete tief ein. »Ende.«

Sie schaltete die Gegensprechanlage ab und humpelte durch die verräucherte Halle. Borj hatte recht: Sie musste das Anwesen verlassen. Obwohl Avtac offensichtlich den Befehl erteilt hatte, sie gefangen zu nehmen, bezweifelte Ixpar nicht, dass die Ministerin beabsichtigte, sie hinrichten zu lassen, ganz öffentlich, vor den Augen aller.

In der Nähe hörte sie Schritte schwerer Stiefel. Ixpar schlüpfte in einen Alkoven, gerade noch rechtzeitig, bevor eine Achtergruppe aus Varz den Gang betrat. Nun begann ein lebensgefährliches Versteckspiel: Ixpar versuchte, allen Truppen auszuweichen, die eingetroffen waren, um das Anwesen einzunehmen. Einmal stand sie hinter einer Tür, unfähig sich zu bewegen, nur eine Handbreite von einer Varz-Kommandantin entfernt, die gerade die Gegensprechanlage benutzte. Was sie hörte, ließ sie mit den Zähnen knirschen: Karn war gefallen. Anwesen, Stadt und alle Bürger waren nun eingenommen beziehungsweise festgenommen. Bald musste die siegreiche Ministerin eintreffen, um ihre Beute in Augenschein zu nehmen.

Nachdem die Kommandantin den Alkoven verlassen hatte, glitt Ixpar dort hinein und kratzte mit ihren Fingern über eine Fuge zwischen Wand und Fußboden. Schnell fand sie die kleine Lücke, nach der sie gesucht hatte, und legte den dahinter verborgenen Schalter um. Eine Reihe winziger Haltebolzen klickten, so wie sie das immer getan hatten, damals, vor vielen Jahren, als sie als Kind alle Geheimgänge des Anwesens aufgesucht hatte; niemals hatte sie damit gerechnet, dass ihr dieses Spiel eines Tages das Leben retten würde.

Du hast noch nicht gewonnen, sagte sie lautlos zu Avtac, dachte es immer wieder. Solange ich frei bin, wirst du niemals Ruhe finden. Ich werde eine neue Armee aufstellen und dich zerstören.

Ohne Fackel musste Ixpar sich ihren Weg durch das Dunkel ertasten. Am Ende des Tunnels stieß sie vorsichtig die Tür auf und vergewisserte sich, dass dahinter niemand war. Dann trat sie auf einen Balkon hinaus, auf dem zahlreiche Stühle aus Bernsteinholz standen. Die Teotec-Halle lag unter ihr, bisher völlig unbeschädigt.

Eine Hitzewelle schlug ihr in den Nacken. Als sie herumwirbelte, sah sie Flammen über den hölzernen Balkon auf sie zurasen. Was zur Hölle der Würfelbetrüger ging hier vor? Nach dem, was sie von der Varz-Kommandantin gehört hatte, war das Anwesen für die nun anstehende Besatzung abgesichert worden, alle Brände gelöscht.

Während die Flammen weiter vorrückten, wich Ixpar bis zum Geländer des Balkons zurück. Hinter ihr hörte sie, wie die große Doppeltür des Saales geöffnet wurde. Sie wirbelte herum und sah, dass eine Achtergruppe aus Varz mit großen Schritten durch das Portal trat. Ihr erster Gedanke war, dass sie jetzt gefangen sei; jetzt konnte sie weder in die Halle hinunter, noch konnte sie durch die Flammen fliehen.

Dann sah sie, wer dort, von den Wachen umringt, den Saal betrat. Avtac.

In dem Moment wusste Ixpar ohne jeden Zweifel, dass irgendetwas in Avtacs Plan schief gelaufen sein musste. Avtac hätte niemals einen Saal betreten, von dem sie wusste, dass er in Flammen stand, ja, sie hätte noch nicht einmal ein *Anwesen* betreten, wenn sie vermutete, dass ihr von dort Gefahr drohte, sei es durch Flammen, sei es durch eine feindliche Kriegerkönigin.

Ixpar hob ihren Karabiner und feuerte auf die Regentin von Coba.

Im gleichen Moment, in dem sie sich bewegte, hatte die Achtergruppe sie wahrgenommen und warf sich vor Avtac. Der grelle Blitz des Karabiners blendete Ixpar, und als sie wieder etwas erkennen konnte, sah sie, dass Flammen durch die Teotec-Halle tosten, Wandteppiche verzehrten, Möbelstücke, und die hochglanzpolierten Holzplatten, mit denen die Steinwände getäfelt waren. Auch einige Balken, die den Balkon stützten, standen in Flammen, sie gerieten ins Schwanken -

Und dann brach der ganze Balkon aus der Wand.

Ixpar stürzte, und im Fallen sah sie den gespenstischen Flammenschein, der sie von allen Seiten umgab. Einen Augenblick lang war es, als schwebe sie. Dann krachte sie auf den Opal-Tisch, und mit dem lauten Seufzen brennenden Holzes brach dieser in der Mitte entzwei. Dann rollte Ixpar unter kaum erträgliche Schmerzen weiter, zu Boden; brennender Schmerz in den Armen, in ihrem Rücken, in den Beinen, vor allem am Oberschenkel, den sie sich an einer glühendheißen Glasscherbe klaffend weit aufgerissen hatte. Ixpar rang nach Atem, schaffte es irgendwie, auf die Beine zu kommen und taumelte auf die Calanya-Estrade zu. Sie bestand aus kahlem Stein und war fast das Einzige im ganzen Saal, das nicht brannte.

»Halt!«, befahl eine Stimme.

Ixpar erstarrte. Vor ihr, auf der Estrade, stand Zecha Varz, von dicken Rauchwolken umgeben, und ihr Gewehr war genau auf Ixpars Kopf gerichtet.

Ixpar sprang auf die Estrade zu, mitten während des Sprunges drehte sie sich um die eigene Achse. Der Knall eines Gewehrschusses war ganz nah, sie spürte, wie die Kugel ihren Unterarm streifte. Dann krachte Verwalterin Karn in Zecha hinein, und gemeinsam stürzten sie zu Boden, rangen um das Gewehr, rollten sich quer über die ganze Estrade; Zecha war unter ihr, dann auf ihr, wieder unten, wieder oben. Jetzt hatten sie beide das Gewehr gepackt, beide umklammerten den Schaft, kämpften um die Waffe, die zwischen ihren Körpern eingeklemmt war.

Während beide die Waffe zu drehen versuchten, gelang es Ixpar, mit einem Finger den Abzug zu erreichen. Sie zog ihn durch, und das Gewehr bellte auf; der Rückstoß rammte ihr den Kolben gegen die Hüfte.

Zecha stieß einen Fluch aus und umklammerte ihr Knie. Dann riss sie Ixpar mit einem gewaltigen Ruck das Gewehr aus den Händen. Die Kommandantin schaffte es, wieder auf die Beine zu kommen. Doch als sie versuchte, einen Schritt nach vorne zu machen, knickte mit einem Geräusch, bei dem einem schlecht werden konnte, ihr Knie weg, und sie taumelte vorwärts, schwankte an der Kante der Estrade.

Und dann fiel sie.

Wie ein umgestürzter Pfahl rutschte Zecha die Stufen hinunter und rollte in das Flammeninferno, das noch vor kurzem der Opal-Tisch gewesen war. Von Flammen eingehüllt schlug sie schreiend um sich, als ihre Kleidung zu brennen begann. Als Ixpar bis zur Kante der Estrade vortrat, schlug die Hitze ihr in Wellen entgegen. Auch Ixpar konnte sich mit ihrem verletzten Bein nicht mehr aufrecht halten und sank in die Knie; der Schweiß rann ihr in Strömen über das Gesicht, ringsumher tosten die Flammen.

Zecha rollte sich über den Boden, aus den Flammen heraus zur anderen Seite des Saales, auf eine Stelle, an der der Boden gefliest war, sodass die Flammen sie dort nicht erreichen konnten. Ihre Bewegungen hatten die Flammen erstickt, doch nun lag sie reglos dort, schweigend und zusammengesunken – ein verstörender Gegensatz zu ihren geradezu rasend schnellen Bewegungen zuvor.

»Also kommt jetzt auch noch ›Mord‹ auf die Liste Eurer Verbrechen«, sagte eine Stimme.

Ixpar wirbelte erschreckt herum – und starrte in die Mündung ihres eigenen Laser-Karabiners. Vom anderen Ende des Laufes aus sah Avtac sie an, eine eiserne Statue, die zum Leben erweckt worden war.

Heiser sagte Ixpar: »Wenn Ihr mich tötet, dann seid *Ihr* die Mörderin!«

»Euch töten? Und Euch so zur Märtyrerin machen? Das wohl doch nicht!« Blutrotes Licht ließ Avtacs hageres Gesicht noch härter erscheinen. »Wenn mein Tribunal mit dir fertig ist, wird die ›goldene Kriegs-Göttin‹ zerstört sein! Und dann kommst du unter das Fallbeil!« Sie stieß Ixpar mit dem Karabiner an. »Steh auf!«

Ixpar erhob sich, eine Strähne fiel ihr ins Gesicht.

»Wo ist Sevtar?«, fragte Avtac.

»Wo du ihn niemals finden wirst.«

»Stell dich nicht stur, kleines Mädchen! Es wird weniger schmerzhaft für dich sein, wenn meine Suche schnell geht.«

Ixpar biss die Zähne zusammen. »Verrotte doch in einem Lasa-Bordell!«

Ein Muskel unter Avtacs Auge zuckte. Dann schwang sie den Karabiner und rammte den Lauf in Ixpars Wunde am Oberschenkel. Keuchend taumelte Ixpar rückwärts, bis zur Kante der Estrade. Die Stufen brachen unter ihr zusammen, und sie stolperte auf den Opal-Tisch zu, fiel, stürzte fast in die prasselnden Flammen.

Avtac ging zu ihr hinüber und stellte sich über sie, die Beine zu beiden Seiten von Ixpars Hüften gestellt. Dann hob sie den Laser, hielt ihn wie eine Keule. »Und jetzt: Wo ist Sevtar?«

Aus dem Augenwinkel sah Ixpar, dass die Flammen ein freiliegendes Trümmerstück aus Holz erreicht hatten und es entzündeten. »Also gut.« Während sie sprach, hörte sie ein Grollen in der Ferne. »Ich werd' dir sagen, wo er ist.« Sie griff nach dem Holzstück und schleuderte es Avtac ins Gesicht.

Geschmeidig wich die Ministerin dem Wurfgeschoss aus, doch ihre Bewegung brachte den Karabiner ins Rutschen, und Avtacs Daumen berührte den Feuerknopf. Krampfhaft schloss Ixpar die Augen, und als sie sie wieder öffnete, sah sie geschmolzenes Gestein, das von einem gezackten Loch im Kuppeldach des Saales herabregnete. Avtac war von dem unerwarteten Blitz immer noch geblendet, Ixpar sprang auf und humpelte, so schnell sie konnte, auf die Calanya-Estrade zu.

Das Grollen, das sie gehört hatte, wurde jetzt lauter, wie ein Donner erfüllte es den Saal. *Was geht hier vor?* Avtac wäre niemals in das Anwesen gekommen, wenn ihre Truppen ihr nicht zuvor gemeldet hatten, dass alles abgesichert sei, und dennoch klang es so, als würde die Zerstörung jetzt erneut einsetzen. Trotz des Lärms, der im Saal herrschte, konnte Ixpar das unverkennbare Dröhnen von Windreitern erkennen. Im Luftkampf. *Im Luftkampf?* Es war völlig unmöglich, und doch passierte es, gerade in diesem Augenblick.

Das Grollen über dem Anwesen wurde immer lauter, bis es sogar die Windreiter übertönte. Die ganze Teotec-Halle erzitterte. Putz rieselte von den Wänden, Fenster barsten. Während Ixpar im Kreis der Calanya-Estrade stand, breitbeinig, um ihr Gleichgewicht halten zu können, knickte die gegenüberliegende Wand des Saales ein. In einem Zeitlupen-Albtraum brach sie zusammen, wogte heran wie eine riesige Flutwelle.

Säulen brachen zusammen, eine nach der anderen,

massive Steinsäulen, die in Wolken aus Staub und Trümmerstücken zerbarsten. Avtac stand inmitten dieses Chaos, starrte nach oben, während um sie herum die Teotec-Halle mit geradezu majestätischer Erhabenheit donnernd zusammenbrach.

Im Inneren des Kreises auf der Estrade ließ Ixpar sich fallen und schützte ihren Kopf mit den Armen. Vom Geländer über ihr prallten kleinere Trümmerstücke ab, Staub umwirbelte ihren Körper, Asche und Steinsplitter, während die zusammenstürzende Halle dröhnte wie eine zürnende Gottheit.

Nach und nach verebbte der Donner. Wurde zu einem Grollen. Einem Klappern. Einem Rieseln.

Inmitten umherwirbelnder Staubwolken erhob sich Ixpar. Um sie herum standen nur noch Ruinen. In der ganzen Halle war nur die Calanya-Estrade noch unbeschädigt.

Immer noch hörte sie die Reiter. Sie füllten den ganzen Himmel aus, es waren viel mehr, als sie erwartet hatte. Weder Karn noch Varz konnten noch so viele Reiter übrig haben. Obwohl sie angestrengt zum Himmel aufblickte, konnte sie mit all dem Staub und all den Tränen in den Augen nicht erkennen, welche Symbole die Luftfahrzeuge trugen. Sie konnte nicht sagen, welche Reiter zu welchem Anwesen gehörten.

Doch schmälerte dies das Wunder nicht im Geringsten.

Die Reiter vollführten Kreise, Loopings, Rollen, Sturzflüge, andere Luftkampfmanöver. Und doch kämpften sie nicht gegeneinander.

Sie spielten Quis.

Ixpar fand Avtacs Leichnam unter einem Schutthaufen begraben. Sie kniete neben der toten Ministerin nieder, den Kopf gesenkt, und lauschte dem Dröhnen des Würfelspiels hoch über ihrem Kopf. Warum die Schlacht wieder begonnen hatte oder wie es den einzelnen Streitkräften gelungen war, sich wieder zu formieren, wusste Ixpar nicht. Nur eine Tatsache brannte in ihrem Innersten: Sie waren vom spontanen Töten zur spielerischen Taktik übergegangen.

Die Muster waren ganz eindeutig: Jeder Windreiter identifizierte sich als ein bestimmter Quis-Stein. Wahrscheinlich konnten alle Teilnehmer überblicken, wer nun was darstellen sollte, indem sie einen gemeinsamen, für alle offenen Kanal benutzten. Gefährlich nahe beieinander vollführten die Reiter die gleichen Bewegungen, die sie sonst eingesetzt hatten, um sich gegenseitig vom Himmel zu holen, doch statt aufeinander zu feuern, ließen sie jetzt ihre Manöver Strukturen darstellen. Selbst ohne ihre Funksprüche zu hören, konnte Ixpar einige der Muster erkennen. Sie konnte sich kaum vorstellen, wie viele Funksprüche hier hin und her geschickt werden mussten, während die Boden- und die Luftstreitkräfte diese Sitzung koordinierten.

Aus dem Nachmittag wurde Abend, und die Schlacht dauerte immer noch an. Erst als die Dämmerung langsam in die Nacht überging, machten die gegnerischen Parteien ein Ende, und das taten sie mit dem gleichen Ehrfurcht gebietenden aeronautischen Geschick, das die ganze Sitzung ausgezeichnet hatte.

Immer noch hielt Ixpar ihre Totenwache neben Avtacs Leichnam, verborgen in der voranrückenden Nacht, die ihr Anwesen jetzt umfing. Ein staubiger Nebel senkte sich auf die Ruine der Halle und ließ die Konturen, das Ausmaß der Zerstörung gnädiger erscheinen.

Irgendwann später hörte Ixpar Schritte: Jemand näherte sich. Sie hob den Kopf und sah, dass ein Gespenst aus dem Nebel und den Schatten heraustrat, eine Gestalt, die in Schleier aus Staub gehüllt war.

»Verwalterin Karn?«, fragte Anthoni.

Wie betäubt fragte Ixpar: »Warum bist du nicht bei den Evakuierten?«

»Ihr seid es *wirklich!*« Anthoni kam näher, kletterte über die Trümmer. »Wir haben Euch überall gesucht! Verwalterin Viasa hat sogar …«

»Verwalterin Wer?!«, fragte Ixpar.

»Verwalterin Viasa. Und Jevrin.

»Jevrin?«

»Er war in Bahvla. Er hat die Bahvla/Viasa-Flotte geholt.«

»Eine Viasa/Bahvla-Flotte?« Langsam begann Ixpars Gehirn wieder zu funktionieren. »Ich habe nie davon gehört, dass Bahvla und Viasa in *irgendeiner* Form jemals zusammengearbeitet hätten.«

»Ist auch das erste Mal.« Anthoni hatte sie fast erreicht, rutschte auf Trümmern aus, stolperte über Gesteinsbrocken. »Offensichtlich war Verwalterin Viasa der Ansicht, eine ganze Stadt verhungern zu lassen, selbst wenn es dabei um Bahvla ging, sei wahrhaft eine Ungeheuerlichkeit. Sie ließ von Bergsteigern Lebensmittel einschmuggeln, und Jevrin hat beiden Anwesen geholfen, ihre Reiter zu bewaffnen und ihre Pilotinnen auszubilden. Als Varz dann die Blockade aufgehoben hatte, ließen Viasa und Bahvla sofort ihre Luftstreitkräfte starten.«

»Waren das die Reiter, die ich habe kämpfen hören?«

»Ja.« Er machte eine Pause. »Die Streitkräfte von Varz wurden drastisch geschwächt. Mit diesen Verstärkungstruppen haben wir dann einen Vorteil errungen. Varz wusste, dass sie verloren hatten.«

Sie hörte das Zögern in seiner Antwort. »Aber?«

»Wir waren zahlenmäßig ziemlich ausgeglichen. *Zu* ausgeglichen.«

»Und das heißt?«

»Um zu gewinnen, hätten wir sie vermutlich ausradieren müssen, und dabei hätten wir wahrscheinlich einen Großteil unserer eigenen Streitkräfte verloren. Das wäre zu einem beidseitigen Massaker geworden.«

»Also haben sie Quis gespielt. Am Himmel.«

»Ja. Karn hat Varz haushoch geschlagen.«

Ixpar nickte. Auf diese Weise hatte Varz nicht das Gesicht verloren, konnte, ohne dass es einer Demütigung gleichgekommen wäre, die Truppen zurückziehen – aus einer Schlacht, von der alle Beteiligten wussten, dass sie in einem gegenseitigen Gemetzel hätte enden müssen. »Ein würdiger Kampf.«

Leise berichtete Anthoni weiter. »Einer Meldung zufolge ist Ministerin Varz nach Karn gekommen, kurz bevor ihre Flotte die Nachricht unserer Verstärkung erreicht hatte. Aber wir haben keine Spur von ihr gefunden.«

»Du kannst aufhören zu suchen. Sie ist hier.«

»Hier?«

Die Worte fühlten sich wie Staub in Ixpars Mund an. »Ja. Hier. Begraben. Tot.«

Anthonis Stimme klang gedämpft. »Varz ist erledigt, Ixpar. Wir haben gewonnen.«

Ixpar blickte sich in den Trümmern der Halle um, von der aus sie einst ganz Coba regiert hatte. »Haben wir das wirklich?«

46

Der Turm von Olonton

Als die erste Stimme knackend aus der Gegensprechanlage drang, war sie fast unverständlich. Fast zwei Jahrzehnte waren vergangen, seit Kelric zum letzten Mal seine Muttersprache gehört hatte. Die Nachricht wurde immer und immer wiederholt, distanziert, teilnahmslos, unnahbar.

»… identifizieren Sie sich. Dies ist ein Sperrgebiet. Eingeborenen dieses Planeten ist das Betreten des Raumhafengeländes untersagt. Bitte identifizieren …«

»Ich bin Bürger des Imperialats«, erklärte Kelric. »Verstehen Sie?«

Die Aufnahme wurde weiter wiederholt, eine automatisierte Ansage auf einem automatisierten Raumhafen. Ungehindert schoss Kelrics Reiter durch die Abenddämmerung, nichts stellte sich ihm entgegen, von dieser mechanischen Stimme abgesehen.

Türme ragten aus der Wüste auf wie Obelisken. Keinerlei erkennbare Verteidigungsanlagen umgaben sie, nur eine niedrige Mauer. Kelric setzte mit seinem Windreiter auf einer Felsbrocken auf, der halb aus dem Sand herausragte, und sprang aus dem Luftfahrzeug; der warme Wind zerzauste sein Haar.

Dann machte Kelric sich zu Fuß auf den Weg in den Raumhafen.

Es gab nicht einmal ein Eingangstor, nur eine breite Lücke in der Mauer. Kurz vor dieser Öffnung blieb er stehen und starrte auf die sandbedeckte Straße, die sich jenseits der Mauer dahinzog. Der Wind trocknete den

Schweiß auf seiner Stirn und zog flüsternd über die Wüste dahin.

Kelric drehte sich um und schaute zu den Bergen zurück. Dort oben, verborgen zwischen den Gipfeln, war ein Anwesen in Flammen aufgegangen – seinetwegen. Er konnte niemals wieder gutmachen, was er dort zerstört hatte. Doch er konnte Coba ein Versprechen geben.

Schutz.

Er würde nichts sagen, was das IRK dazu bringen mochte, sich mit dieser Welt zu beschäftigen. Solange er lebte, wollte er sein Schweigen bewahren: In Taten, Worten und Gedanken.

Er schützte damit mehr als nur Coba: Er schützte zugleich seine Kinder. Kelric hatte eine Entscheidung treffen müssen: sie Ixpar anvertrauen oder sie von hier fortnehmen, in die Welt voller Intrigen auf Leben und Tod, in der die imperiale Dynastie lebte. Er würde niemals den Schaden ungeschehen machen können, die dieser Tanz der interstellaren Politik in seinem Leben angerichtet hatte, und er wusste auch nicht, was geschehen würde, wenn er nun zurückkehrte – nach fast zwei Jahrzehnten von den Toten auferstanden. Er musste wieder seinem Halbbruder gegenüber treten, einem Mann, der den eigenen Vater getötet hatte, um über ein Imperialat zu herrschen, und er würde auch dafür sorgen, dass Kelric sterben würde, wenn er ihn – oder seine Kinder – als Bedrohung empfände.

Kelric hatte Jimorla nie gesehen und auch nur einen einzigen Winter mit Roca verbracht, und doch bestand ein so enges Band zwischen ihnen, dass er sie selbst hier, tief in der Wüste, noch fühlen konnte: Sie waren in Karn, sie lebten, sie waren in Sicherheit. Ein Teil Kelrics wollte zu ihnen, wollte nach Karn zurückkehren, obwohl das bedeutet hätte, sein eigenes Leben aufzugeben. Ein anderer Teil seiner selbst wollte Coba verlassen und mit Verstärkung wiederkehren, egal, wie sehr dadurch das imperiale Augenmerk auf Coba gezogen werden würde. Und es *würde* auf Coba gezogen werden: Nachdem er nun so lange fort gewesen war, würden seine Familie und die Versammlung jeden einzelnen aller seiner Schritte beobachten – wenn es die Familie und die Versammlung überhaupt noch gab! Und das war in keiner Weise ein abwegiger Gedanken, wenn man bedachte, wie unbeständig die interstellaren Lage sich dargestellt hatte, als Kelric verschollen war.

Bis Kelric selbst erfahren haben würde, was ihn in seiner eigenen Zukunft erwartete, waren Roca und Jimorla hier, in der Anonymität, sicherer. Doch auch das Wissen, dass es zu ihrem Besten war, wenn sie hier blieben, machte es nicht einfacher, sich von ihnen zu trennen. Vielleicht kam ja eines Tages der Zeitpunkt, an dem er zurückkehren konnte – mit einem Titel, mit dem sich ihm niemand mehr widersetzen würde. Imperator.

Doch egal, was mit ihm selbst geschah, eines Tages *würde* Coba sich dem Imperialat stellen müssen. Wenn Kelrics Einschätzung von Coba richtig war, würden Roca und Jimorla zu starken, selbstbewussten Persönlichkeiten heranwachsen, die bereit sein würden, sich ihrem Erbe zu stellen, statt davon abgeschreckt zu werden: zwei Wunder, die im Verborgenen lebten, wo niemand ihrer Feinde sie auch nur vermuten würde. Sollte das Imperialat jemals Coba erreichen, konnte Roca ihr Recht in der Erbfolge der Rhon in Anspruch nehmen; in ihrer DNA gab es unwiderlegbare Beweise dafür, dass sie das war, was sie zu sein behauptete.

Bis dahin konnte er nur das tun, wovon ihm sein Herz sagte, dass es das Beste für diese Wunder sei, diese Wunder, die aus seiner eigenen Saat hervorgegangen waren.

»Ixpar, beschütze sie! Mach sie stark für den Tag, an dem sie ihr Erbe einfordern werden!« Der Wind trug seine Worte davon, und eine Träne rollte Kelric über das Gesicht. »Nimm dich ihrer an – für mich!«

Dann überquerte er die unsichtbare Grenze, die Coba vom Imperialat trennte.

Anthoni fand Ixpar, als sie sich gerade das *Gemach der Morgenröte* betreten wollte. Schweigend, grimmig, reichte er ihr einen Metallreifen. Als Ixpar ihn in den Händen drehte, sah sie die Inschrift. *Für Kommandantin Eb Karn, für ihre treuen Dienste im Ministerium.*

Ixpar mühte sich, den Kloß hinunterzuschlucken, der ihr plötzlich im Hals steckte. »Wo ist das gefunden worden?«

»In den Ruinen nahe dem Atrium.«

Ixpar ballte die Faust um den Ring. »Und Sevtar?«

Anthoni zog einen Calani-Armreifen aus der Tasche. Noch während Ixpar ihm den teilweise geschmolzenen Reif abnahm, konnte sie den Namen schon lesen.

Sevtar.

In ihren Ohren rauschte es. »Da hätte mehr Gold sein müssen als nur das hier.«

»War es auch.« Anthoni mühte sich, ruhig zu sprechen, doch seine Stimme versagte ihm fast den Dienst. »Alles geschmolzen.«

Sie starrte ihn an. »Das könnte doch von allem möglichen sein. Von einer Vase. Von einer Verzierung. Vom Treppengeländer.«

»Ixpar, ich … Es tut mir Leid.«

Das Rauschen verklang und ließ Ixpar in tödlicher Stille zurück. Wie betäubt drehte sie sich um und humpelte in das *Gemach der Morgenröte* hinein.

Alle waren sie dort, alle Verwalterinnen von Coba; sie hatten sich um einen behelfsmäßigen Opal-Tisch versammelt: Dahl, Haka, Shazorla, Eviza, Ahkah, Lasa, Bahvla, Viasa, Tehnsa. Nur der Stuhl des Ministeriums blieb unbesetzt.

Ixpar ging zum Karn-Stuhl hinüber. Als sie dort angekommen war, wurde eine Tür auf der anderen Seite des Gemachs geöffnet, und Stahna Varz trat ein, eine hoch gewachsene Gestalt, gekleidet in den blauen Mantel der Trauer. Sie nahm ihren Platz vor dem Stuhl des Ministeriums ein und ließ den Blick über die versammelten Verwalterinnen schweifen.

»Wir sind hier zusammengekommen«, begann Stahna, »um diesen Krieg der Anwesen zu beenden. Wir beginnen mit einem Vertrauensvotum. Mit einem Elfenbein-Kubus wird für ein Varz-Ministerium gestimmt, mit einem Ebenholz-Kubus für ein Karn-Ministerium.«

Ein Vertrauensvotum? »Darüber wurde ich nicht informiert«, warf Ixpar ein.

»Das mag sein«, entgegnete Stahna. »Wie dem auch sei, das Gesetz verbietet Euch und mir, an der Abstimmung teilzunehmen. Wollt Ihr dagegen Einwände erheben?«

»Nein.« Es war bedeutungslos. Selbst wenn die Abstimmung zu ihren Gunsten verlaufen sollte, würde Varz, das wusste Ixpar, niemals das Ministerium abtreten.

Stahna leitete die Abstimmung ein. »Dahl?«

Chankah legte einen schwarzen Kubus auf den Tisch. »Dahl unterstützt Karn.«

Ein Anwesen nach dem anderen wurde von Stahna aufgerufen, und eine nach der anderen spielten die Verwalterinnen ihre Würfel aus: schwarz von Bahvla, Viasa, Tehnsa, Shazorla und Eviza. Haka und Ahkah spielten weiße Kuben aus, doch in einem beispiellosen Zug stimmte Verwalterin Lasa anders ab als die Verwalterin ihres Primär-Anwesens und legte einen Kristall-Ring der Neutralität auf den Tisch.

Ixpar hörte die Stimmen, sah die Würfel. Nichts davon drang zu ihr durch. Ihr Innerstes war taub.

Als die Abstimmung beendet war, ergriff Chankah Dahl das Wort. »Die Abstimmung ist zugunsten von Karn verlaufen.«

Stahna Varz betrachtete die versammelten Verwalterinnen mit dem gleichen eisernen Blick, für den schon ihre Vorgängerin berüchtigt gewesen war. »Varz ist in gutem Glauben einen Handel eingegangen. Ein Sechstgrader für das Ministerium. Also: Sevtar ist in Karn. Das Ministerium bleibt in Varz.«

Ruhig sagte Ixpar: »Es gibt keinen Sechstgrader in Karn.« Sie zog das Armband aus der Tasche und legte es auf den Tisch. »Er ist tot.«

Das Schweigen, das nun folgte, wurde nur vom Ticken der Standuhr neben dem Eingang unterbrochen.

Schließlich sagte Henta: »Ixpar … Es tut mir Leid.«

Chankah stieß einen leisen Fluch aus. Dann wandte sie sich Stahna zu. »Hat es nicht schon genug Konflikt gegeben? Lasst es enden! Lasst das Ministerium nach Karn zurückkehren!«

»Ich werde auf den Titel verzichten«, sagte Stahna. »Unter einer Bedingung.«

Das überraschte Ixpar. Sie hätte niemals damit gerechnet, dass Varz auf etwas verzichten würde, was zu erringen so viele Opfer gekostet hatte. »Und wie lautet diese Bedingung?«

»Dass Ihr als Eure Nachfolgerin ein Mädchen auswählt«, erklärte Stahna, »das in Varz geboren, aufgewachsen und ausgebildet wurde.«

»Das ist absurd!«, kommentierte Henta Bahvla.

»Ihr könntet genauso gut verlangen, dass nach einer

Generation das Ministerium wieder an Varz fällt«, analysierte Chankah die Lage.

»Schlimmer noch«, bemerkte Khal Viasa. »Eine derartige Übereinkunft würde nach einer Generation Varz auch noch die Kontrolle über Karn geben.«

Nun meldete Rashiva sich zu Wort. »Dann lasst es eben! Varz hat das Ministerium in einem ehrlichen Handel erworben, einem Handel, der auf Betreiben von *Karn* vollzogen worden ist. Der Titel gehört dorthin, wo er jetzt ist.«

Chankah beugte sich vor. »Ein Varz-Ministerium wird in keiner Weise unterstützt.«

»Meine Bedingung steht fest«, betonte Stahna.

Henta schnaubte verächtlich. »Glaubt Ihr allen Ernstes, wird würden eine derartige Bedingung zulassen?«

Verwalterin Ahkah erhob sich. »Und glaubt Ihr allen Ernstes, dieser Rat könne Varz seines rechtmäßigen Titels berauben?«

»Diese Bedingung ist eine Beleidigung!«

»Eine Ungeheuerlichkeit!«, schloss sich Henta an.

»Lachhaft!«, warf Verwalterin Shazorla ein.

Ixpar hörte ihrem Streit zu. Als die Debatte dann abzuebben begann, sagte sie: »Ich akzeptiere diese Bedingung.«

Schweigen.

Dann sprachen alle auf einmal, ihre Stimmen türmten sich geradezu übereinander. Dann wütete die Debatte weiter, doch Ixpar geriet nicht ins Schwanken, und sie erklärte ihre Entscheidung auch nicht. Später in der Nacht, mit dem gesamten Rat als Zeugen, unterzeichnete sie die notwendigen Dokumente und wurde wieder Ministerin.

Als Ixpar dann das Gemach verließ, folgte Rashiva ihr. Gemeinsam gingen sie durch die vernarbten Säle von Karn.

Es war Rashiva, die schließlich das Schweigen brach. »Viele werden um Sevtar trauern.«

Ixpar musste schlucken. Den Rest ihres Lebens würde sie sich fragen, warum er ausgerechnet an diesem Tag beschlossen hatte, ihre Suite zu verlassen. »Ich werde Jimorla wieder zu Euch bringen lassen.«

Rashivas Schultern entspannten sich. Nach einem Augenblick des Schweigens sagte sie: »Dieser Junge, Hayl, ist in meiner Calanya. Ein Viertgrader, wenn Ihr bereit seid, ihm einen Karn-Eid zu gewähren – für das eine Jahr, das er hier verbracht hat.«

Aha. Es stimmte also, es war also etwa an den Gerüchten, die sie gehört hatte: Hayl war also in Haka gewesen. Doch selbst, wenn man all das vorher gewusst hätte, wäre der Krieg doch nicht zu verhindern gewesen: Hayl hatte nur eine Ausrede für Avtac dargestellt, und sie hätte diese Ausrede notfalls zurechtgebogen, wie auch immer Karn plädiert hätte. Hätte Rashiva die Absicht gehabt, Avtacs Strategie zunichte zu machen, so hätte sie das längst tun können.

Auf jeden Fall war es nicht Hayls Schuld, dass er zu einer Figur auf einem riesigen Spielbrett geworden war. »Ja«, sagte Ixpar. »Ich werde ihm den Karn-Eid gewähren.« Achtzehn Jahre alt, und Hayl war, nach Mentar, der höchstrangige Calani aller Zwölf Anwesen.

Eine Zeit lang gingen sie schweigend nebeneinander her. Schließlich sagte Ixpar: »Kommandantin Zecha hat überlebt. Mein Tribunal hat sie zu einer Gefängnisstrafe verurteilt.«

Rashiva hob die Augenbrauen. »Varz wird ihre Freiheit verlangen.«

Auf einmal fühlte Ixpar sich unendlich müde. »Und Karn wird sich Varz entgegenstellen.« Sie bezweifelte, dass Rashiva die Ironie der ganzen Situation entging:

dass Zecha, solange der Rat über das Schicksal der Kommandantin diskutierte, in dem Gefängnis eingesperrt sein würde, das sie einst selbst kontrolliert hatte.

Sie verabschiedeten sich vor der Gäste-Suite von Haka; Rashiva ging hinein, um die Rückkehr ihres Sohnes abzuwarten, während Ixpar alleine in den Nordturm ging. Sie stieg die Wendeltreppe hinauf, blieb dann, oben angekommen, stehen, war sich der Wachen, die sie beobachteten, genauestens bewusst. Dann öffnete sie die Tür zu ihrem Turmzimmer.

Im Inneren des Gemachs saß ein Kind Hakas am Fensterplatz und starrte auf Karn hinab. Sobald Ixpar ihn sah, machte ihr Herz einen kleinen Sprung: der Glanz seiner Haut, sein Gesichtszüge, die Art und Weise, wie er seine Ellbogen auf die Knie stützte – es war ihr so unendlich vertraut, dass die Tränen, die sie den ganzen Tag über zurückgehalten hatte, jetzt erneut aufbrandeten.

Der Junge drehte sich erschreckt um, dann stand er auf. Er war groß für sein Alter, schon so groß wie ein erwachsener Mann. Emotionen waren auf seinem hübschen Gesicht zu lesen: Neugier, Besorgnis, Scheu. Wie es in der Wüste üblich war, lächelte er sie nicht an. Ixpar sah an ihm schon diese geheimnisvolle Aura aller Haka-Männer, diese Aura, die Frauen aller Zwölf Anwesen gleichermaßen anzog.

»Jimorla.« Ixpar verneigte sich. »Die Eskorte deiner Mutter erwartet dich.«

Die Erleichterung stand in seinem Gesicht zu lesen. Als er den Raum auf sie zu durchquerte, streckte sie die Hand aus, um die Tür zu öffnen. Doch als ihre Hand den Türgriff berührte, erstarrte sie mitten in der Bewegung. Sie brachte es nicht über sich, diesen letzten Schritt zu tun, diesen Schritt, der ihre letzte Verbindung zu Kelric für immer lösen würde.

Der Junge zögerte. »Verwalterin Karn? Ist alles in Ordnung?«

Obwohl Jimorla den Eid erst noch ablegen musste, überraschte Ixpar diese Frage zutiefst. Auch Eingeweihte sprachen nur selten mit Außenseitern, und das galt erst recht für die Verwalterin eines feindlichen Anwesens. Als sie ihn hörte, mit diesem vertrauten Tonfall, war es endgültig zu viel für sie. Ihre Stimme versagte fast. »Du siehst ihm so ähnlich.« Sie streckte die Hand aus, wollte seine Wange streicheln, doch sie beherrschte sich rechtzeitig und konnte gerade noch verhindern, dass ihre Hand sein Gesicht berührte. »Jimorla, mein Gebot für deinen Vertrag steht nach wie vor. Ich würde mich freuen, wenn du hierher kämst. Als mein ... mein ... Calani.«

»Aber ich habe meine Studien noch nicht abgeschlossen.«

»Ich kann warten.«

»Ich muss mit meinen Eltern reden. Und mit meinem Mentor.«

Ixpar nickte. »Ich werde ihnen schreiben.« Dann zwang sie sich endlich, ihm die Tür zu öffnen. Sobald Jimorla nach *Draußen* trat, umringte seine Eskorte ihn, ein unüberwindbares Bollwerk; er sah sie aus dem Schutz dieser Festung heraus an, als hielt er sie für ein ansprechendes Rätsel. Seine Wachen trugen ihn mit sich fort. Kurz bevor er verschwand, die Treppen hinunterging, blickte er sich noch einmal um – und sein Lächeln blitzte auf wie ein Versprechen.

Dann war er fort.

Ixpar atmete hörbar aus. Ein Besuch stand noch an, bevor sie sich in ihre Suite zurückziehen konnte, um dort allein, ungestört, trauern zu können. Sie ging die Treppe hinunter, mehrere Gänge entlang, dann betrat sie eine andere Suite. Noch während sie die Tür schloss, kam ein kleines Mädchen mit prächtigem goldblondem Haar in das Wohnzimmer getapst. Sie blieb stehen und sah Ixpar mit ihren großen Augen an, die wie flüssiges Gold schimmerten.

»Wer seid Ihr?«, fragte Roca.

»Verwalterin Karn.«

Das Mädchen biss sich auf die Lippe. Dann ging sie zu einem Alkoven hinüber. Dort kletterte sie auf eine Bank und schaute auf den Boden; die Beine ließ sie baumeln.

Ixpar setzte sich neben sie. »Roca? Was hast du?«

Das Kind blinzelte, als Tränen sich in ihren Augen sammelten.

»Bist du böse auf mich, weil ich dich aus Miesa geholt habe?«

Das Mädchen musste noch mehr blinzeln.

»Ach.« Ixpar kam sich vor wie ein Ungeheuer. »Ich werde dir nichts tun.«

»Ministerin Varz hat jemand 'was getan.« Roca blickte zu ihr auf. »Sie ist tot.«

Woher konnte dieses Kind das wissen? »Das Kämpfen ist jetzt vorbei.«

»Aber was ist mit meinem Vater? Warum ist er fortgegangen?«

»Ich … ich wünschte, ich wüsste es selbst.« Ich werde mich um dich kümmern und dich lieben, als wärst du mein eigenes Kind, dachte Ixpar. Darauf gebe ich dir meinen Eid.

Roca entspannte sich in ihren Armen, fast als hätte sie diesen Schwur gehört und würde Ixpar genügend vertrauen, um das beruhigend zu finden. Zwei große Tränen kullerten ihr die Wangen hinab. »Mein Vater hatte die Magie mit Euch, Ministerin Karn. Mit Euch und mir und dem Jungen.«

»Die Magie? Was ist das?«

»Wie bei Jasina und Tomi. Die Magie, die es einem ganz warm macht.«

»Ich verstehe nicht, was du meinst, Roca.«

»Ich habe sie überall gespürt. Bevor er fort war. Seine Gedanken haben die ganze Welt ausgefüllt.«

Seine Gedanken? Was meinte sie bloß?

Dann erst begriff Ixpar, dass Roca sie gerade eben ›Ministerin Karn‹ genannt hatte. Nicht ›Verwalterin‹, sondern ›Ministerin‹! Aber das Kind hatte sie nie als ›Ministerin‹ kennen gelernt, und nur der Rat wusste bis jetzt davon, dass der Titel wieder an Karn zurückgefallen war.

Ixpar musste schlucken. »Wenn man Gedanken hören kann – ist *das* die Magie?«

»Nein.«

»Kannst du sie mir erklären?«

»Die Magie ist das, was die Leute dazu bringt, zu jemand anderem ›Ich liebe dich‹ sagen zu wollen.«

Ixpars Augen fühlten sich ganz heiß an. »Und du glaubst, dein Vater hatte das mit mir zusammen?«

»Das habe ich gefühlt.« Sie breitete ihre Arme aus, als wolle sie die ganze Welt umfassen. »Überall.«

Ixpar wiegte das Kind in den Armen, wünschte sich von ganzem Herzen, ihr glauben zu können. Konnte es wahr sein, was Kelric ihr erzählt hatte? Dass seine Tochter eine Telepathin war? ›Rhon-Kind‹ hatte er sie genannt. Rhon. Ein Kind des Hauses, das ein interstellares Imperium regierte.

Mit seiner Tochter hatte Kelric ihnen ein unschätzbares Erbe vermacht. Ixpar hatte es in dem Augenblick begriffen, als Stahna Varz ihre Bedingung ausgesprochen hatte, unter der sie das Ministerium aufzugeben bereit sein würde. Im gleichen Augenblick hatte Ixpar ihre Nachfolgerin ausgewählt.

Stahna glaubte immer noch, Varz habe den Sieg davongetragen, doch in Wirklichkeit hatte ganz Coba gewonnen. Die Sperrzone über Coba würde nicht von Dauer sein. Eines Tages würde das Imperialat kommen. Doch bis dahin wäre Coba bereit. Die Eroberer würden feststellen, dass diese Welt von einer goldäugigen Frau regiert würde, die das Recht hatte, ihren Platz unter den Rhon einzunehmen.

Denn die Frau, die eines Tages mein Volk führen wird, dachte Ixpar, ist Erbin der Sterne.

Anhang I

Die Anwesen

Quis-Rang

Erste Stufe:	Karn, Varz
Zweite Stufe:	Haka, Dahl
Dritte Stufe:	Ahkah, Bahvla, Viasa
Vierte Stufe:	Miesa, Shazorla
Fünfte Stufe:	Eviza, Tehnsa, Lasa.

Die Anwesen der ersten Stufe verfügen über das stärkste Quis und somit über den größten Einfluss, die größte Macht. Auch die Anwesen der zweiten Stufe sind Kräfte, die man nicht unterschätzen sollte. Die Anwesen der dritten Stufe besitzen weniger Macht, aber immer noch beachtlichen Einfluss. Die Anwesen vierter Stufe verfügen über ein zwar angesehenes Quis, dessen Einfluss jedoch eher bescheiden ist. Anwesen der fünften Stufe sind als schwach anzusehen. Hahvna gehörte zur dritten Stufe, bevor es zerstört wurde, Kej wurde zerstört, bevor dem Quis die heutige Bedeutung beikam.

Primär-Anwesen, geordnet nach ihrem Einfluss: (Kej), Karn, Varz, Haka, Dahl, Viasa, Bahvla, Ahkah, (Hahvna), Shazorla, Miesa. Was die Reihenfolge von Haka/Dahl auf der einen und Viasa/Bahvla auf der anderen Seite angeht, so liegen diese jeweiligen Paare sehr nahe beieinander und die Rangfolge untereinander ist heiß umkämpft.

Sekundär-Anwesen, geordnet nach ihrem Einfluss:
(das jeweilige Primär-Anwesen ist in Klammern angegeben):
  Eviza (Shazorla), Tehnsa (Viasa), Lasa (Ahkah).

Symbole der einzelnen Anwesen:

AHKAH: Ein Seidenkorn-Halm, gekreuzt von einer Nadel, in die ein blauer Seidenkorn-Faden eingefädelt ist.

BAHVLA: Ein Rosenholz-Baum: schwarze Rinde mit rosenrotem Schimmer, smaragdgrünes Laub.

DAHL: Ein Sonnenbaum: goldene Rinde, zartgrünes Laub, goldene Früchte.

EVIZA: Ein Jahalla-Baum, prall von Wasser: gelbe Rinde, graugrünes Laub, rote und gelbe Blüten.

HAHVNA: Zwei Kinder, die einander an der Hand halten, ein Junge und ein Mädchen, beide in blaue Hosen, weiße Hemden und graue Stiefel gekleidet.

HAKA: Eine große rotgoldene Sonne, die über einer roten Wüste aufgeht.

KARN: Ein gewaltiger Höhenfalke im Fluge, die schwarzen Flügel haben roten Spitzen, darauf sind goldene Augen zu erkennen.

KEJ: Ein Kriegerinnen-Speer mit einem Schaft aus Jahalla-Holz und einer steinernen Spitze.

LASA: Ein Luftkäfer.

MIESA: Die Sonnengöttin Savina auf ihrem blauen Höhenfalken, die den goldenen Streitwagen zieht, auf dem die Sonne liegt.

SHAZORLA: Eine goldbesetzte Kristall-Karaffe voller Rosenwein.

TEHNSA: Eine aus Graufels errichtete Burg, hoch in den Bergen, von Nebelschwaden umwabert.

VARZ: Eine Klauenkatze auf einer Felsklippe, als Silhouette vor dem Himmel erkennbar.

VIASA: Die Graufels-Kaskaden, eine besonders beeindruckende Gruppe von Wasserfällen.

Die Anwesen

Ahkah: ein ausgedehntes Anwesen mit vielen Einwohnern. Ihre Verwalterinnen waren schon immer für ihren Geschäftssinn berüchtigt. Wenngleich Ahkah in erster Linie von der Landwirtschaft lebt, ist es doch auch für seine Bekleidungsindustrie und sein angenehmes Klima bekannt. Pflegt Bündnisse mit Varz einzugehen.

Bahvla: ein kleines Anwesen im Norden, in einem dichten Waldgebiet gelegen. Der weitaus größte Teil der Einnahmen des Anwesens wird durch die Holzindustrie erwirtschaftet, insbesondere durch den Verkauf von Rosenholz. Bahvla und Viasa sind die einzigen Haupt-Anwesen, die in Sichtweite zueinander liegen; zwischen beiden besteht seit vielen Jahren eine Fehde, obwohl sich niemand mehr erinnern kann, was Auslöser beziehungsweise Ursache dafür gewesen ist. Bahvla ist ein starker Verbündeter von Karn.

Dahl: ein landschaftlich ansprechendes Anwesen auf etwa halber Strecke zwischen Shazorla und Ahkah. Dahl ist für sein angenehmes Klima bekannt, daher haben sich in Dahl eine ganze Reihe von Unternehmenszweigen etablieren können, darunter Obstbau, Holzverarbeitung und Holzhandwerk sowie Fremdenverkehrswesen. Dahl ist ein einflussreiches Anwesen, Haka etwa gleichgestellt, und war lange Zeit der wichtigste Verbündete von Karn.

Eviza: ein kleines, hauptsächlich von der Landwirtschaft abhängiges Anwesen in der Nähe von Shazorla; die Bevölkerung ähnelt der von Haka, ist jedoch weniger konservativ.

Hahvna: ursprünglich nordwestlich von Dahl gelegen, wurde jedoch im Jahre 422 des Modernen Zeitalters bei einem Erdbeben zerstört. Die meisten Überlebenden flohen damals nach Dahl, einige wenige nach Bahvla. Bis zu seinem Untergang war Hahvna der wichtigste Exporteur von Keramikerzeugnissen sowie aller Waren, die in den Kinder-Genossenschaften benötigt wurden. Üblicherweise wurden Bündnisse mit Karn geschlossen.

Haka: ein Gebiet in der Wüste, in gleichem Maße legendär geworden für die Wildheit ihrer Kriegerköniginnen in der Alten Zeit wie für die geheimnisvolle Aura der Männer dieses Anwesens. Die wichtigste Handelsware Hakas ist Silikatgestein, außerdem ist Haka für erlesene Buntglasarbeiten bekannt. Haka ist das konservativste aller Anwesen; hier werden immer noch Gesetze aus der

Alten Zeit durchgesetzt. ›Kinder Hakas‹, d. h. Bewohner Hakas mit langem Stammbaum, stehen ganz oben in der Hierarchie der Gesellschaft. Dunkle Augen, so dunkel, dass sie fast schwarz erscheinen, glänzend schwarzes Haar und dunkle Haut, wie sie für die Kinder Hakas typisch sind, sind eines der Schönheitsideale auf Coba (das andere entspricht dem Ideal von Miesa).

Haka ist ein sehr mächtiges, einflussreiches Anwesen, Dahl ebenbürtig. In der Alten Zeit war Haka ein getreuer Verbündeter von Kej. Nachdem Karn Kej zerstört hatte, schwor Haka seine Treue Varz, das damals erst am Beginn seines geradezu kometenhaften Aufstiegs zur Macht stand – und damit auch erst am Anfang des ein Jahrtausend währenden Konflikts mit Karn.

Karn: ein großes, weltoffenes Anwesen, das gemeinhin als das Zentrum der Zivilisation angesehen wird. Es wird für seine Gelehrten und seine Quis-Spiel geschätzt; die meisten Maschinen, die in den verschiedenen Anwesen eingesetzt werden, stammen aus Karn; zugleich ist Karn auch eine Attraktion für Reisende. Im Herbst zeigt das Laub der Bäume geradezu atemberaubend schöne Farben, und im Frühjahr verwandeln die Pflaumenbeerranken die Stadt in ein einziges Blütenmeer.

Mit dem Bau von Karn im Jahr Eins der Alten Zeit beginnt diese Zeitrechnung. Die Verwalterin von Karn fungiert zugleich als Ministerin und ist als solche die Regentin aller Anwesen. Die gesamte Geschichte hindurch lagen Karn und Varz stets in erbitterter Feindschaft.

Kej: ein Gebiet im Süden von Haka, einst ein Anwesen – das Einzige, das jemals vollständig in der Wüste errichtet wurde. Auf dem Höhepunkt seiner Kultur übertraf Kej alle anderen Anwesen an Macht und Einfluss. Kej befand sich nahezu permanent im Kriegszustand und bekämpfte Karn in einer Folge einzelner, unbarmherzig geführter Schlachten, die als die ›Wüstenkriege‹ in die Geschichte eingegangen sind. Die Wüstenkriege endeten im Jahr 632 der Alten Zeit, als Königin Odana Kej einen Karn-Akasi entführte und zu ihrem Akasi machte. Als Vergeltungsmaßnahme stellte die Königin Karns eine der größten Armeen auf, die alle Anwesen jemals gesehen hatten, und fackelte Kej bis auf die Grundmauern ab.

Lasa: kleines Gebiet in der Nähe von Ahkah. Berüchtigt für heruntergekommene Spielhöllen und korruptes Quis; das am wenigsten geachtete aller Anwesen.

Miesa: kleines Anwesen im Norden. Miesa gehört zu den ältesten Anwesen; es stammt aus den ersten Tagen der Alten Zeit. Miesaner neigen eher zu kleinem Wuchs und sind ansonsten für ihre atemberaubende Schönheit bekannt: exotisch blondes Haar und blaue oder graue Augen. Während der Alten Zeit sind oft Kriegerinnen von Varz in Miesa eingefallen und haben dort Männer geraubt – wobei die meisten Gefangenen üblicherweise nach wenigen Tagen freigelassen wurden. Diese Raubüberfälle wurde bis weit in das Moderne Zeitalter hinein fortgesetzt, bis sich Miesa schließlich an den Quis-Rat wandte. Nach Erlassen des Einverständniserklärungs-Gesetzes, das diese Raubüberfälle für rechtswidrig erklärte, ging diese Art der Belästigung der Männer Miesas durch die Frauen von Varz weitgehend zurück.

Miesa ist die Schirmherrin des Miesa-Plateaus, auf dem sich die Ebene der Jatec-Mineralien befindet: für alle Anwesen gleichermaßen eine der Hauptquellen für Mineralien und anorganische Chemikalien. In der Alten Zeit kontrollierte Miesa die Fördermengen des Plateaus und erwarb so beträchtlichen Reichtum; in jüngerer Zeit hat nach und nach Varz die Kontrolle über die Mineralienförderung übernommen. Miesa gehört zu den Verbündeten von Varz.

Shazorla: ein großes Gebiet, berühmt für seine Weinberge und vor allem den Rosenwein. Obwohl die meisten Geografen Shazorla als ›Wüsten-Anwesen‹ klassifizieren, liegt es in Wirklichkeit in den Shaza-Ausläufern der Teotecs. Üblicherweise geht Shazorla Bündnisse mit Karn ein, seltener mit Haka.

Tehnsa: ein kleines Gebiet oberhalb von Viasa; bekannt für prächtige Steinskulpturen und übermüdete Verwalterinnen.

Varz: eine Festung im Norden, fast auf dem Gipfel des ›Himmelspfads‹ gelegen; liegt höher in den Bergen als alle anderen Anwesen. In der Alten Zeit gefürchtet wegen seiner Armee, ist Varz noch heute für seine Jägertrupps bekannt. Strenge Einwanderungsgesetze und ein Klima, das dafür sorgt, dass es in Varz im Sommer kälter ist als in den meisten Anwesen im Winter, sorgen für eine weitestgehend konstante Bevölkerungszahl. Die Bewohnerinnen und Bewohner von Varz haben meist recht helle Haut und sind selbst für cobanische Verhältnisse hoch gewachsen: Frauen wie Männer werden durchschnittlich größer als 1,80 m. In der Alten Zeit waren sie noch größer und ähnelten vom Erscheinungsbild mehr den Kindern Hakas, doch nach Jahrhunderten der Entführung von Miesa-Männern setzten sich immer mehr Miesa-Merkmale in der Bevölkerung durch.

Varz treibt mit allerlei Waren Handel: Betäuber, Messer, geschliffene Disken und Speere ebenso wie Felle von Schneetigern, Klauenkatzen und Silber-Talopen; auch Eistannenholz gehört zu den Exportgütern. Varz steht vom Einfluss nur Karn nach, lange Zeit hat es Karn den Anspruch auf das Ministerium streitig gemacht. Nach dem Fall Kejs fanden die gewalttätigsten Schlachten stets zwischen Karn und Varz statt.

Viasa: ein Gebiet im Norden, oberhalb der spektakulären Graufels-Kaskaden; Viasa liegt in einem dichten Wald, der für seinen niemals abziehenden Nebel bekannt ist. Als Schirmherrin des Viasa-Tehnsa-Dammes ist Viasa das einzige Anwesen, dem das Recht zusteht, Elektrizität zu verkaufen, weswegen es trotz seiner geringen Größe zu den reichsten Anwesen gehört. Viasa besitzt keine sonderlich ausgeprägten politischen Bindungen, schließt sich jedoch meisten der Seite von Varz an. Wenn sich der Nebel ein wenig lichtet, kann man von Viasa aus im Südosten den alten Fehden-Partner, das Bahvla-Anwesen, liegen sehen.

Anhang II

Glossar

Soweit nicht anders verzeichnet, entstammen alle Wörter dem Teòtecanischen. Eine Unterstreichung weist darauf hin, dass das betreffende Wort ebenfalls in diesem Glossar zu finden ist. Feststehende Redewendungen sind unter dem betreffenden, kursiv gesetzten Stichwort einsortiert.

Abkürzungen:
veralt. – veraltet
Io. – Iotisch
Lysh. – Lyshrioli
Mythol. – Mythologie
AS. – Alte Schrift
pl. – Plural
Qs. – Quis
Sk. – Skolianisch
Uc. – Ucatanisch
Ugs. – umgangssprachlich

Erläuterungen zu den jeweiligen Sprachen wurden in das Glossar aufgenommen.

abbauen *Qs.* Die Struktur einer anderen Spielerin so schlagen, dass sie gezwungen ist, sie vom Spielfeld zu entfernen.

Abstieg *Qs.* Situation, in der eine Spielerin sich aus dem Spiel zurückzieht, sei es, indem sie den Quis-Tisch verlässt, oder sei es durch Spielzüge, die sich nicht auf die wichtigen Strukturen auswirken.

Achter *Ugs.* Wache. Auf Coba werden Wachen fast immer in Achtergruppen eingesetzt.

Ältester Mentor Mann, der einem Lehrhaus vorsteht.

Akasi *AS.*, pl. **Akasi** Calani, der zugleich der Ehemann einer Verwalterin ist.

Alchimisten-Wagnis *Qs.* Riskanter Zug mit der Absicht, eine Struktur in eine andere zu überführen.

Alte Schrift Hieroglyphen-Schrift, die in der <u>Alten Zeit</u> verwendet wurde.

Alte Zeit, Die Das Jahrtausend, in dem die Anwesen entstanden sind. Diese Zeit, die sich durch stetige Kriegsführung ausgezeichnet hat, endete mit der Unterzeichnung des <u>Eides von Olonton</u>.

Atom-Brechen Kernspaltung, Fission.

Aufstieg *Qs.* Spielsituation, in der eine Spielerin einen <u>Vorteil</u> erreicht.

Avtac *Mythol.* Göttin des Eisens.

Barren-Linie *Qs.* Aus Barren ausgelegte <u>Linie</u>. Dabei werden die Barren sowohl nach ihrer zunehmenden Länge als auch nach ihrem zunehmenden <u>Grad</u> ausgelegt.

Baumauster Molluskenart, die auf den Bäumen im Seengebiet um Viasa lebt. Geschätzt als Delikatesse.

Bernsteinholz Schweres goldfarbenes Holz der <u>Sonnenbäume</u> von Dahl.

Borj *Mythol.* Alte Rasse von Riesen, von der es heißt, sie lebe in der Wüste. Ein Borj war so groß wie zwölf Frauen, die einander auf den Schultern standen.

Brücke *Qs.* Würfel-Struktur, die zwei andere Strukturen miteinander verbindet. Die Spielerin, die die höchstrangige Struktur kontrolliert, gewinnt auf diese Weise alle drei Strukturen.

Brücke von Olonton *Qs.* <u>Eine SonnenHimmelsBrücke</u>, die ausgelegt wird, um einer anderen Spielerin Zuflucht zu gewähren.

Calanya *AS.,* pl. **Calanya**

1. zurückgezogen lebende Gruppe von Calani.
2. Gebäude und Parkanlagen, in denen Calani leben.
3. *veralt.* in der <u>Alten Zeit</u> ein männlicher Harem.

Carn-Abi *AS.* Jemand, der etwas bewacht oder etwas abwehrt. Auch ›Abi-carn‹ oder ›Abi-karn‹. Eventuell abgeleitet vom Ucatanischen Wort ›chabi‹: etwas pflegen, beschützen, bewachen.

Chabiat k'in *Uc.* ›Der Tag ist bewacht‹ oder ›der Tag ist behütet‹.

1. Etwas Spirituelles, ein Lebensschutz.
2. Das Leben, das eine Kriegerin im Kampf hingibt, indem sie ihr eigenes Leben opfert und ein ein anderes rettet.

Chankah *Mythol.* Göttin und Vorbotin des Wandels.

Coba Mythol. Göttin der Ewigkeit. Mutter von <u>Jahlt</u>, <u>Mox</u>, <u>Avtac</u> und <u>Hayl</u>.

Cuaz *Mythol.* Windgott, bekannt für seine Launenhaftigkeit. Vgl. <u>Savina</u>.

Deha *Mythol.* Göttin der Luft und des Sturms. Die schlaueste aller Gottheiten. Mutter von <u>Cuaz</u> und <u>Khozaar</u>, beide gezeugt von <u>Mox</u>.

Dimension *Qs.* Eigenschaft der Spielsteine. Stäbe werden als eindimensional gezählt, flache Steine als zweidimensional. Alle anderen Steine gelten als dreidimensional. Je mehr Dimensionen ein Stein besitzt, um so höher ist sein <u>Rang</u>.

DoppelRing *Qs*. <u>Ring</u>, den eine Spielerin auslegt, um zu verhindern, dass eine zweite Spielerin die Steine einer dritten Spielerin mit einem Ring einschließt.

Eid von Olonton Dokument, in dem die Anwesen sich verpflichten, alle politischen Konflikte durch Quis auszutragen.

Eingeweihter Junge in einem <u>Lehrhaus</u>, der sich qualifiziert hat, das <u>Calanya</u>-Quis zu studieren. Vgl. <u>Novize</u>.

Eistanne Nadelholzart, in Höhenlagen anzutreffen. Die Nadeln an den Ästen wirken ein wenig wie gefrorener Spitzenstoff. Der Name rührt auch daher, dass sie Eis und Schnee gut überstehen können.

Elfenbeinfasan Großer Vogel mit elfenbeinfarbenem Gefieder; die goldenen Tupfen, die das Gefieder überziehen, ähneln Augen. Für sein zartes Fleisch geschätzt.

Erste Nachtstunde Eine Stunde nach Sonnenuntergang. Vgl. <u>Temporal-Kalender</u>.

Erweitertes Spektrum siehe Spektrum, erweitertes.

Falkenfeuer *Qs*. <u>Falkenklaue</u>, mit der ein Turm geschlagen wird. Die Spielerin, die den Turm schlägt, kann ihn entweder stürzen, ihn die Gegnerin <u>abbauen</u> lassen oder brechen; sie kann den Turm auch intakt lassen. Vgl. <u>Gebrochener Turm</u> und <u>Gestürzte Linie</u>.

Falkenflug *Qs*. Halber Bogen. Besitzt einen hohen Rang, weil es schwierig ist, einen stabilen Bogen zu errichten, der nur auf einer Seite gestützt wird. Verleiht einen <u>Vorteil</u> über alle darunter befindlichen Strukturen.

Falkenklaue *Qs*. Klauenförmige Struktur. Der Spielerin, der die geschlossene Klaue gehört, gehören automatisch alle darin eingeschlossenen Strukturen.

Falkenzorn *Qs*. Ein <u>Falkenfeuer</u>, mit dem ein Turm gebrochen wird.

Farbe *Qs*. Eigenschaft eines Würfels. Die Farbe bestimmt den <u>Rang</u> gemäß dem optischen Spektrum, wobei Rot der niedrigste Rang zukommt, Violett der höchste.

Felskaskade *Qs*. Rechteckiger <u>Felsschacht</u>. Obwohl wegen seiner stabilen Architektur schwer zu schlagen, besitzt diese Struktur nur einen niedrigen Rang, da Spielerinnen Steine, die im Inneren dieser Struktur eingeschlossen wurden, weiterhin bewegen können, was sogar so weit führen kann, dass sie auf diese Weise deren ›Freilassung‹ erreichen können.

Felsschacht *Qs*. Hohlzylinder, der aus Stein-Spielsteinen ausgelegt wird.

Flachstapel *Qs*. <u>Stapel</u> aus planaren Spielsteinen, die alle die gleiche Form aufweisen müssen.

Geborstener Stern siehe: <u>Stern, Geborstener</u>

Gebrochener Turm siehe: <u>Turm, Gebrochener</u>

Gestürzte Linie siehe: <u>Linie, Gestürzte</u>

Gestürzte Kaskade siehe: <u>Kaskade, Gestürzte</u>

Gestürztes Spektrum siehe: <u>Spektrum, Gestürztes</u>

Grad *Qs*. Anzahl der Seiten eines Quis-Steins (Quis-Würfels). Je höher der Grad, desto höher der <u>Rang</u>.

Graufels

1. besonders harte Gesteinsart auf Coba.

2. ein Fluss im Westen des Landes, berühmt für die Graufels-Kaskaden, eine landschaftlich äußerst reizvolle Reihe von Wasserfällen, etwa zwischen den Anwesen Tehnsa und Bahvla gelegen.

Grimmkäfer

1. Käfer mit verlängerten Mandibeln

2. *Ugs.* zornige Person

Großes Spektrum *Qs*. <u>Spektrum</u> mit mehr als zehn Würfeln.

GSA *Abk.* Gegensprechanlage

Halbzehner Der fünfte Tages des Zehntages-Zyklus (<u>Zehntag</u>), in dem auf Coba die Tage gemessen werden.

Hayl *Mythol.* Gott der Heimstatt. Sohn von <u>Coba</u> und <u>Sevtar.</u>

Hazelle *AS.*, *pl.* Hazellen
1. langbeiniges Säugetier mit goldenem Geweih und weißen Hufen. Inbegriff der Schnelligkeit und der Schönheit. Hazellen leben in den mittleren bis höheren Lagen der <u>Teotecs</u> und sind die bevorzugten Beutetiere von <u>Klauenkatzen</u>.
2. attraktiver Mann.

Hazellen-Fohlen
1. Junge <u>Hazelle</u>.
2. attraktiver Jüngling.

Heißlicht-Saaler Laser-Karabiner.

Henta *AS.* Kupplerin.

Herrin des Todes, Die *Mythol.* Geist, der die Lebenden durch die Membran trägt, die das Reich der Lebenden vom Reich der Toten trennt.

Himmelspfad
1. einer der höchsten Berge in den <u>Teotecs</u>, dem höchsten Gebirgszug auf Coba.
2. *(allg.)* ein Pfad, der in die Berge hinaufführt.

Hoch-Quis siehe: <u>Rats-Quis</u>

Höhenfalke Riesenhaft große Vogelart. Höhenfalken wurden in vergangenen Zeiten von den Bewohnern Cobas als Reittiere genutzt; sie galten lange als ausgestorben.

Hölle der Würfelbetrüger *Mythol.* Unterirdische Höhle, in die nach ihrem Tod alle diejenigen kommen, die beim Quis betrügen. Sie werden zu menschlichen Würfeln umgeformt, die die Nebelgeister als Spielsteine beim Quis-Spiel benutzen.

Hülsenbeutel Ausgetrockneter <u>Luftsack</u>.

Hyella Blassblaue Riedgras-Art, die in der Nähe von Wüstenoasen wächst. Über der Spitze einer aus-

gewachsenen Hyella thront eine irisierende Blüten-
kugel.

Invertierter Turm siehe: Turm, Invertierter.

Iotisch *Io.* Alte Sprache des Rubin-Reiches, wird heutzutage nur noch von Gelehrten und dem imperialen
Adel gesprochen.

Ixpar *Mythol.* Göttin des Krieges. Im Gegensatz zu den
meisten anderen Mythen Cobas, die aus der Alten Zeit
stammen, liegen die Wurzeln der Berichte über die Göttin des Krieges in prähistorischer Zeit.

Jahalla Seltener, schlanker Baum mit gelber Rinde.
Wird er gewässert, dehnen sich Blätter und Äste im Pro-
zess der Feuchtigkeitsspeicherung aus und alle Blüten
blühen zugleich auf. Aus dem Samenstand, den Java-
Bohnen, wird Java-Rahm hergestellt.

Jahallas Widerstand *Qs.* Struktur, mit der die Muster
der dominierenden Teilnehmer eines Spiel herausgefor-
dert werden.

Jahlt *Mythol.* Göttin der Stille.

Jai *AS.* Formale für ›Ja‹, in der Regel genutzt, um
Respekt auszudrücken.

Java-Rahm Dunkler Rahm, weich und vollmundig.
Wird aus Java-Bohnen hergestellt, den Samen des
Jahalla-Baumes.

Jip *Ugs.* Salopp für ›Ja‹.

Kasi *AS., pl.* **Kasi** Ehemann. Abgeleitet von Akasi.

Kaskade Quis-Struktur, bei der die einzelnen Steine
diagonal angeordnet werden.

Kaskade, Gestürzte *Qs.* Kaskade, die in einem gegnerischen Zug umgestürzt wurde, sodass sie horizontal
statt diagonal verläuft (und somit einen geringeren Rang
besitzt).

Kelric *Lysh.* Gott der Jugend und der Hoffnung.

Khal *Mythol.* Geisterwesen der Wasserlöcher und des

Nebels. Tochter von <u>Avtac</u> und Edarque von Kej, einem sterblichen Mann, der berühmt für seine Stärke und seinen Verstand war.

Kind Hakas Person, die auf einen langen Stammbaum in Haka zurückblicken kann.

Kinsa Stricher.

Kinsakind Jemand, dessen Vater ein <u>Kinsa</u> ist; häufig als Schimpfwort gebraucht.

Kinsa-Chefin Zuhälterin.

Kitzelfliege Grün schillerndes Insekt, das seine Flügel außerordentlich schnell bewegt.

Khozaar *Mythol.* Windgott, bekannt für seine Schönheit. Vgl. <u>Savina.</u>

Klauenkatze
1. riesige Bergkatze, gefürchtet wegen ihrer Wildheit.
2. Kriegerin.
3. Frau mit ausgeprägt weiblichen Eigenschaften.

Klauensänger *Ugs.* Chauvinistin. Eine Kombination aus <u>Klauenkatze</u> und <u>Schnulzensänger</u>.

Knochen *Ugs.* Vorliebe (für etwas).
Einen Knochen für Schlitter-Schlangen haben: ›gerne andere Leute ausspionieren‹.

kochen *Ugs.* Verärgern, erzürnen; auch: Unruhe stiften.

Königinnen-Feuer *Qs.* <u>Falkenfeuer</u>, das im <u>Königinnen-Spektrum</u> ausgelegt wird.

Königinnen-Handstreich *Qs.* Jede Strategie, die so lange verborgen bleibt, bis sie vollständig zum Tragen kommt, sofern sie dadurch ihrer Spielerin einen bedeutenden <u>Vorteil</u> verschafft.

Königinnen-Spektral-Turm *Qs.* Vertikales <u>Königinnen-Spektrum</u>. Schlägt alle horizontalen Strukturen, an die es heranreicht, etwa einen <u>Geborstenen Stern</u> oder ein <u>Spektrum</u>.

Königinnen-Spektrum *Qs.* Spektrum, das aus fünf oder mehr Polyedern aufgebaut ist, die nach der Anzahl ihrer Seiten angeordnet werden, wie in einer <u>Linie</u>.

Königinnen-Wagnis *Qs.* Das größtmögliche <u>Schmuggler-Wagnis</u>. Die meisten Königinnen-Wagnisse sind im <u>Rang</u> hoch genug, um sogar <u>Mehrfach-Türme</u> zu schlagen.

Kontinuitäts-Regel *Qs.*

1. Gilt, wenn eine Spielerin ein Spiel mit einem einzigen Zug verliert, weil sie einen Stein mit der falschen <u>Farbe</u>, der falschen <u>Dimension</u> oder dem falschen <u>Grad</u> ausgespielt hat. Wenn die Gegenspielerin das nächste Spiel mit dem gleichen Stein beginnt, mit dem das letzte entschieden wurde, muss sie ihren letzten Zug dadurch ausgleichen, dass sie einen Stein ausspielt, der (a) die gleichen Eigenschaften aufweist wie der zuletzt zu Unrecht ausgespielte und (b) einen höheren <u>Rang</u> besitzt als der Stein ihres Gegners.

2. *Ugs.* Unlösbares Dilemma.

kya *Sk.* Titel, der ›geboren im Hause von‹ bedeutet; wird vom imperialen Adel getragen. ›Kelricson Garlin Valdoria kya Skolia, Im'Rhon der Rhon der Skolias‹ bedeutet wörtlich übersetzt ›Sohn des <u>Kelric</u>, benannt zu Ehren von Garlin, Nachfahre der Erben von Valdor, geboren im Hause von <u>Skolia</u>, Erbe des Imperators‹.

Lehrhaus Elitäres Internat, das Jungen für die <u>Calanya</u> ausbildet. Vgl. <u>Eingeweihter</u>, <u>Novize</u>.

Licht-Saaler Laser.

Linie *Qs.* Ein undurchbrochener Bogen aus Polyedern der gleichen Farbe, angeordnet entsprechend dem <u>Grad</u>.

Linie, Gestürzte *Qs.* <u>Turm</u>, der durch einen Gegner umgeworfen, also gestürzt wurde und somit eine Linie ergibt (die einen niedrigeren Rang besitzt als ein Turm).

Luftkäfer Kleines Insekt mit blauen Flügeln.

Luftpflanze Sich bei Tag entfaltende Pflanze der

Bergregionen, an deren Spitze sich ein blauer <u>Luftsack</u> befindet.

Luftsack Hohlraum einer <u>Luftpflanze</u>. Bei Tag füllt sich dieser Hohlraum mit Luft, sodass die Blüte der Pflanze der Sonne entgegengehoben wird, bei Nacht verliert der Hohlraum diese Luft wieder, und die Pflanze lässt den Kopf hängen.

Lyshriol *Lysh.* Heimatplanet des Valdoria-Zweiges der Rhon. *Lyshrioli:* Die Bewohner von *Lyshriol,* ebenso die Sprache, die auf diesem Planeten gesprochen wird.

Mehrfach-Linie *Qs.* Struktur, die aus mehreren <u>Linien</u> besteht, wird in Zusammenarbeit mehrerer Spielerinnen ausgelegt.

Metallwandler Alchimist.

Mittstunde (der Nacht) Die Stunde, die zeitlich genau mittig zwischen Sonnenuntergang und Sonnenaufgang liegt.

Mox *Mythol.* Gott der Gewürze und der Liebe, Vater von <u>Dehas</u> Kindern <u>Cuaz</u> und <u>Khozaar</u>. Bekannt dafür, Unheil anzurichten.
Sie ist von Mox verzaubert: ›sie ist verliebt‹.

Mundgeblasener Quis-Würfel siehe: <u>Quis-Würfel</u>, <u>Mundgeblasener</u>.

Muster der Waffenruhe
1. Qs. Pause während einer Sitzung, die es den Gegnerinnen ermöglicht, Verhandlungen zu führen.
2. Veralt. Pause während einer Schlacht, damit die Widersacher in Verhandlungen treten können.

Muster-Spiele *Qs.* Quis, das dazu genutzt wird, Gleichungen zu lösen.

Novize Junge in einem <u>Lehrhaus</u>, der noch kein <u>Eingeweihter</u> ist. Ein Novize, der seine Eingeweihten-Prüfungen nicht besteht, verlässt gewöhnlich anschließend das Haus.

Oberes Stockwerk siehe: <u>Stockwerk, Oberes</u>.

Olonton *Uc.*

1. Frieden, speziell der Friede, der einkehrte, als Quis die Kriegsführung ersetzte. Vgl. <u>Alte Zeit, Die</u>.

2. *veralt.* Herz.

Phalanx *Qs.* Aus Keilen ausgelegte Struktur; mit ihr kann die Verteidigung eines Gegners durchbrochen werden.

Pog Kleine Amphibienart mit grün, purpurn oder blau gesprenkelter Haut. Lebt in den Bergen in großer Höhe.
Da will ich doch ein Pog auf einem Poller sein: ›Ich bin verblüfft‹.

Post-Quis-Dekonstruktivismus Wissenschaftliche Hypothese einer der Schulen der Modernismus-Vertreter; dieser Schule zufolge wird das Quis dazu genutzt, die männliche Aggressivität und Sexualität in das Würfel-Netzwerk zu sublimieren. Die Mitglieder des <u>Quis-Rates</u> sehen diese Theorie als ›staatsgefährdend‹ an. Dennoch löst diese Hypothese weniger Kontroversen aus als anzunehmen gewesen wäre, hauptsächlich, weil so gut wie niemand sich vorstellen kann, was zum Henker ›Post-Quis-Dekonstruktivismus‹ eigentlich heißen soll.

Primär-Anwesen Autarkes Anwesen mit einer unabhängigen Stimme im <u>Quis-Rat</u>.

Pug *Sk.* Skolianisches Schimpfwort.

Quis-Netz Netzwerk, das alle Würfelspielerinnen und -spieler auf Coba umfasst. <u>Teilnehmer</u> greifen auf dieses Netzwerk zu, indem sie Quis spielen.

Quis-Rat Verwaltungskörper von Coba, bestehend aus der Ministerin und den Verwalterinnen der Anwesen; tritt im Anwesen der Ministerin zusammen.

Quis-Tisch Kleine, runde Tischplatte, die auf einem

gerillten Sockel ruht. Die Kanten des Tisches sind gelegentlich durch Schnitzereien oder Mosaike verziert, das eigentliche Spielbrett ist jedoch immer völlig schmucklos.

Sie besitzt keinen Quis-Tisch: ›Sie ist exzentrisch‹.

Quis-Würfel, Mundgeblasener *Ugs.* Gebrechliche Person, auch zerbrechlicher Gegenstand.

Raaj *Mythol.* Gott des Erdreichs und Herr über alles Wachsende.

Ralkon *Mythol.* Göttin der Weisheit.

Rang *Qs.* Stellenwert einer Struktur. Strukturen von höherem Rang schlagen niedere Strukturen.

Rashiva *Mythol.* Göttin des Feuers.

Rats-Quis, auch: **Hoch-Quis** Quis-Sitzungen von Verwalterinnen und der Ministerin während des Quis-Rates. Wird als die höchste Form des Quis angesehen. Einige Gelehrte sind der Ansicht, das Quis sehr hochgradiger Calani sei dem Hoch-Quis ebenbürtig; diese Behauptung kann jedoch nicht verifiziert werden, da Calani vom Rest der Welt abgeschieden leben.

Raylicon *Io.* Planet. Geburtsstätte des Rubin-Reiches und des Imperialats.

Rhon *Sk.* Abkömmling des Rubin-Dynastie, der einen vollständigen Satz paarweise vorliegender Kyle-Gene trägt.

Ring *Qs.* Ein Kreis aus Spielsteinen, der eine Struktur schlägt, indem er sie einschließt.

Roaz *AS.* Philosophin der Alten Zeit, deren Schriften als Quelle der Weisheit angesehen werden.

(die Würfel) rollen (lassen) *Qs.* die Würfel für ein Quis-Spiel hervorholen.

Gut oder (*ugs.*) *Echt scharf gerollt:* ›sieht gut aus, ist gut‹.

Den roten Würfel rollen lassen: ›Sex haben‹.

Darauf würde ich meine Würfel nicht rollen lassen – ›darauf würde ich nicht wetten‹ im Sinne von: ›da wäre ich nicht so sicher‹.

Rosenholz vgl. Schwarzholz.

Rubin-Dynastie Die Regenten des Rubin-Reiches.

Rubin-Reich *Sk.* Auseinander gebrochenes interstellares Kaiserreich, das, regiert von der Rubin-Dynastie, fünf Jahrtausende vor dem Skolianischen Imperialat bestanden hat.

Säule der Zeit *Qs.* Zylindrische Struktur, die den Strom der Zeit darstellt. Die flache Basis der Struktur stellt die Vergangenheit dar, der Zylinder selbst steht für das Fortschreiten der Zeit von der Vergangenheit bis zur Zukunft.

Savina *Mythol.* Sonnengöttin. Savina reitet auf einem blauen Höhenfalken, der die Sonne in einem goldenen Streitwagen über das Firmament zieht. Sie hat zwei Akasi, die Windgötter Cuaz und Khozaar. Vgl. auch Sevtar.

Scheulerche Kleiner Vogel, dessen Gefieder etwa die Farbe der Haut eines errötenden Menschen aufweist.

Schlammratte Kleines Nagetier mit grünlichem Fell, lebt in Abwasserkanälen.

schlittern *Ugs.* Jemandem hinterherspionieren.

Schmuggler-Wagnis *Qs.* Jede Struktur, die mit großem Risiko erbaut wird, weil sie einen beträchtlichen Gewinn verspricht.

Schmuggler-Torheit: ›ein missglücktes Wagnis‹.

schmusen *Ugs.* gefallen.

das schmust Haka purpur: ›das gefällt Haka sehr gut‹.

Schneefichte Baum mit weißer Rinde und blaugrünen Nadeln, nur in großer Höhe zu finden.

Schnulzensänger *Ugs.* Verrückter, der Geschichten erzählt, die nicht der Wahrheit entsprechen; meist Bezeichnung für einen Sträfling.

Schreiberin, Schreiber
1. Gelehrte, selten auch Gelehrter, von der oder dem alle Anwesens-Angelegenheiten verzeichnet werden.
2. Historikerin (oder seltener: Historiker).

Schwarzholz schwarz glänzendes Holz mit rotem Schimmer, wird aus dem Dunkelrosen-Baum gewonnen. Wird auch als <u>Rosenholz</u> bezeichnet.

Schwingen-Elfenbein Aus den Knochen eines kleinen <u>Höhenfalken</u> hergestelltest Elfenbein.

Sekundär-Anwesen Untergeordnetes Anwesen ohne eigene, unabhängige Stimme im Rat. Muss sich bei Abstimmungen dem <u>Primär-Anwesen</u> anschließen oder sich enthalten. Vgl. Anhang I.

Sevtar *Mythol.* Gott der Morgendämmerung; Riese, dessen Haut aus Sonnenlicht besteht. Er schreitet über den Himmel und schiebt die Nacht davon, damit <u>Savina</u> die Sonne bringen kann.

Skolia *Sk.*
1. Familienname der Rhon
2. Das Imperialat.

Skolianer *Sk.* Bürger des Imperialats.

Skolianisch *Sk.* Die Sprache des Imperialats, die als interstellarer Standard dient.

Sonnenbaum Laubbaum mit goldfarbener Rinde, in der Dahl-Region anzutreffen. Trägt goldene Früchte, die für ihren süßen Geschmack geschätzt werden.

SonnenHimmels-Brücke *Qs.* Eine <u>Brücke</u> aus gelben, goldenen und blauen Steinen. Wird eingesetzt, wenn eine Spielerin einer anderen ein gemeinsames Unternehmen vorschlagen will.

SphärenRing *Qs.* <u>Ring</u>, der eine Kugel schlägt, indem er sie umschließt.

Spektral-Turm *Qs.* Vertikales Spektrum.

Spektrum AS. Fünf oder mehr Steine der gleichen

Form, die in einem ununterbrochenen Bogen gemäß der Farben des Regenbogens ausgelegt sind.

Spektrum, Erweitertes Qs. Spektrum bei dem auch weiße, graue und schwarze Würfel eingesetzt werden.

Spektrum, Gestürztes Qs. gestürzter Spektral-Turm.

Spiel-Königin

1. Verwalterin eines Anwesens.

2. ausgezeichnete Spielerin; eine Meisterin des Spiels.

Spirale Qs. Struktur, in der die Steine in einer geschlängelten Reihe ausgelegt werden; sobald die Ende dieser Schlange sich berühren, ist die Spiral-Struktur vollendet.

Sprecherinnen-Privileg Wird durch die Verwalterin gewährt und gestattet der betreffenden Person, mit einem Calani zu sprechen. Wird normalerweise nur direkten Verwandten eingeräumt.

Stäubchen-Anstoß-Strahler Laser.

Stangen-Dung Exkremente einer Schlammratte.

Stapel Qs. Quis-Struktur übereinander gelegter Würfel.

Stern, Geborstener Qs. Sternförmige Struktur, die einen Ring aufbricht. Die ›Strahlen‹ des Sterns ragen bis in den Ring hinein und lassen ihn ›bersten‹.

Stockwerk, Oberes Ugs. das Hirn.

Ein bisschen langsam im oberen Stockwerk: ›dumm‹.

Talope Robustes hirschartiges Tier mit silbernem Fell.

Tarnung Qs. Jede Würfel-Struktur, die durch Strukturen oder Oberflächen ähnlichen Erscheinungsbildes verdeckt wird.

Tas AS. Blattpflanze, die in der Gegend um Shazorla wächst.

Tas-Stäbchen: Zigarette, für die Tas-Blätter in buntes Papier gerollt werden.

Taw Hoch wachsende Pflanze mit sehr saftigen Stängeln

Taw-Milch Süße Milch, die aus Taw-Stängeln gewonnen wird.

Teilnehmer Würfelspielerinnen und -spieler, die (durch das Spiel) auf das <u>Quis-Netz</u> zugreifen.

Temporal-Kalender Kalender, der zu jeder Tages- und Jahreszeit die exakte Zeit angibt. Wird von den Bewohnern Cobas verwendet, die ihre Stunden relativ zu Sonnenauf- und -untergang messen.

Teotecanisch *Uc.* Moderne Sprache, die auf den Anwesen gesprochen wird.

Teotecs *Uc.* Gebirgszug, in dem die meisten Anwesen liegen.

Tozil *Uc.* Einige Gelehrte sind der Ansicht, dies sei der korrekte Name für <u>Ucatanisch</u>. Der Ursprung beider Worte ging im Chaos, das der <u>Alten Zeit</u> voranging, verloren.

Trommelkäfer
1. Langsam fliegender Käfer mit rundem, flachem Körper. Erzeugt in der Abenddämmerung donnernde Geräusche.
2. *Ugs.* Begriffsstutzige Person.

Turm *Qs.* Vertikale <u>Linie</u>. Die Steine sind nach absteigendem <u>Grad</u> angeordnet, wobei sich der Stein mit höchstem Grad an der Basis befindet.

Turm der Seelen *Qs.* <u>Turm</u> aus schwarzen Würfeln. Baut jede andere Struktur in einer Entfernung von weniger als einem Dodekaeder ab.

Turm, Gebrochener *Qs.* <u>Turm</u>, der dadurch, dass er geschlagen wurde, beschädigt wurde, aber immer noch als Turm gespielt wird, statt in eine andere Struktur umgewandelt zu werden. Dieser Zug gilt als grausam, er bietet keinen <u>Vorteil</u> gegenüber sanfteren Zügen, etwa den Turm intakt zu halten, ihn zu stürzen oder ihn <u>abzubauen</u>.

Turm, Invertierter *Qs.* Ein <u>Turm</u> mit umgekehrter Reihenfolge der Spielsteine: der Stein mit niedrigstem <u>Rang</u> bildet das Fundament, an der Spitze der Stein mit dem höchsten Rang.

Turm, Verschachtelter *Qs.* Ein <u>Turm</u>, der sich im Inneren eines weiteren Turmes befindet und daher abgeschirmt ist. Der größere Turm beschützt den kleineren, ungeachtet, in wessen Besitz er ist. Ein Verschachtelter Turm kann geschlagen werden, indem man die umgebende Struktur stürzt oder indem man eine <u>Brücke</u> in den schützenden Turm hineinbaut.

Turm von Odana *Qs.* <u>Turm</u> aus roten Würfeln, der eine Verführung einleiten soll; oft von einer Frau für einen Mann ausgelegt.

Turm von Olonton *Qs.* Struktur, die alle anderen innerhalb einer Sitzung übertrifft, und dabei dennoch keinen Schaden anrichtet. Wird als die Struktur angesehen, die am schwersten von allen auszulegen ist; selbst im hochgradigen Calanya-Quis nur selten.

Ucatanisch *Uc.* In Hieroglyphen geschriebene Sprache, die in der Zeit vor der <u>Alten Schrift</u> genutzt wurde.

Valdoria *Lysh.* Familienname der <u>Lyshriol</u>-Zweiges der <u>Rhon</u>. Valdor bedeutet ›Barde‹ oder ›Sänger‹.

Verehrerinnen-Privileg Gewährt die Verwalterin dieses Privileg, darf eine Frau um einen Calani werben. Damit beschneidet eine Verwalterin ihre eigenen Rechte, denn sie kann sich ihre <u>Akasi</u> nur unter den Calani in der Calanya wählen.

Verehrerinnen-Würfel Juwelenbesetzte Spielsteine, die eine Frau einem Mann gibt, um offiziell ihr Werben um ihn einzuleiten.

Verschachtelter Turm siehe: <u>Turm, verschachtelter</u>.

Viana *Lysh.* Göttin der Fruchtbarkeit, der Schönheit und der Liebe. Ihr Haar ist der Nachthimmel.

Vorteil *Qs.* Der Besitz der höchstrangigen Steine einer Struktur. Die Spielerin, die den Vorteil errungen hat, übernimmt die Struktur.

Wechsel *Qs.* Jeder Zug, der eine Spielerin während eines Spiel in eine neue Phase des Spiels bringt.

Wiederaufnahme *Qs.* Ein Spiel fortführen, dass unterbrochen wurde.

Wüsten-Turm *Qs.* <u>Turm</u>, der in ›Wüsten‹-Farben ausgelegt wurde: rubinrot, topasfarben und golden. Obwohl von niedrigerem <u>Rang</u> als ein Turm, der aus mehr Farben besteht, wird er als höherrangig betrachtet, wenn es darum geht, einen <u>Vorteil</u> über andere Wüsten-Strukturen zu erringen.

Zäh-Sirup Süßer Sirup, wird aus Sonnenbaum-Harz gewonnen.

Zehntag Der Zehntages-Zyklus, in dem auf Coba die Tage gezählt werden.

Zweite Jahreszeit Winter.

Anhang III

Zeitliche Übersicht über das Skolianische Imperialat

Alle Angaben erfolgen in der auf der Erde üblichen Zeitrechnung (v. Chr./n. Chr.), um den Vergleich mit der Erdgeschichte zu vereinfachen. **Der Imperiale Kalender**, der im Imperialat verwendet wird, legt das Jahr der Gründen des Imperialats als Jahr Eins fest (1904 n. Chr.). Ein sehr viel älteres Zeitsystem, der Iotische Kalender, beginnt mit der Ankunft der Menschen auf Raylicon. Es bestehen jedoch unterschiedliche Ansichten bei der exakten Datierung der ersten raylicanischen Siedlung.

circa 4000 v. Chr.	einige Menschen werden von der Erde nach Raylicon gebracht
circa 3600 v. Chr.	Beginn der Rubin-Dynastie
circa 3100 v. Chr.	die Raylicaner unternehmen die ersten Interstellar-Flüge; Aufstieg des Rubin-Reiches
circa 2900 v. Chr.	Beginn des Niederganges des Rubin-Reiches
circa 2800 v. Chr.	die letzten Interstellar-Flüge; Zusammenbruch des Rubin-Reiches
.	
.	
.	
circa 1300 n. Chr.	die Raylicaner unternehmen erste Versuche, verlorenes Wissen und verlorene Kolonien zurückzugewinnen

1843 n. Chr.	die Raylicaner entwickeln erneut den Interstellar-Flug
1866	Rhons Genprojekt beginnt
1869	Schaffung der Aristos
1871	Aristos gründen die Eubianische Harmonie (alias Händler-Imperium)
1881	Geburt von Lahaylia Selei
1904	Lahaylia Selei gründet das Skolianische Imperialat und nimmt den Namen Skolia an
2005	Geburt von Jarac
2111	Lahaylia Selei heiratet Jarac
2119	Geburt von Dyhianna Selei
2098	Erden-Menschen entwickeln den Interstellar-Flug
2121	Erden-Menschen gründen den Planetenverband der Erde
2144	Geburt von Roca
2169	Geburt von Kurj
2204	Tod von Jarac; Kurj wird Imperator; Tod von Lahaylia; Geburt von Eldrin Jarac Valdoria
2205	Roca heiratet Eldrinson Althor Valdoria
2206	Geburt von Althor Valdoria
2210	Geburt von Sauscony (Soz) Valdoria
2219	Geburt von Kelricson (Kelric) Valdoria
2237	Geburt von Jaibriol Qox II
2258	Kelric stürzt auf Coba ab (Anfang von *Der letzte Falke*)
2259	Soz begegnet Jaibriol II (Anfang von *Der PSI-Faktor*)
2274	Beginn des Domino-Krieges

Anhang IV

Die Rubin-Dynastie

Namen in Fettdruck kennzeichnen Mitglieder der Rhon.
Der Name ›Selei‹ bezeichnet eine Abstammung in direkter
Linie vom Rubin-Pharao.
Alle Kinder von Roca und Eldrin Althor Valdoria führen
›Valdoria‹ als dritten Namen.
Alle Mitglieder der Rhon, und ausschließlich Mitglieder der Rhon,
haben das Recht, ›Skolia‹ als Nachnamen zu führen.
= Eheschließung   + Nachfahren von

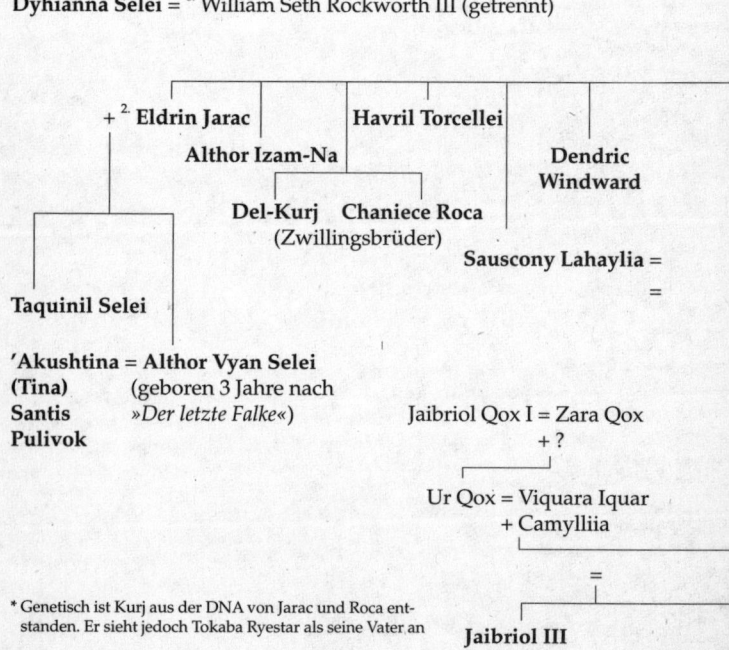

Lahaylia Selei = Jarac

Dyhianna Selei = [1.] William Seth Rockworth III (getrennt)

+ [2.] **Eldrin Jarac**   **Havril Torcellei**

Althor Izam-Na

**Dendric
Windward**

Del-Kurj   **Chaniece Roca**
(Zwillingsbrüder)

Sauscony Lahaylia =
=

Taquinil Selei

'Akushtina = **Althor Vyan Selei**
(Tina)   (geboren 3 Jahre nach
Santis   »Der letzte Falke«)
Pulivok

Jaibriol Qox I = Zara Qox
+ ?

Ur Qox = Viquara Iquar
+ Camylliia

=

Jaibriol III

* Genetisch ist Kurj aus der DNA von Jarac und Roca entstanden. Er sieht jedoch Tokaba Ryestar als seine Vater an

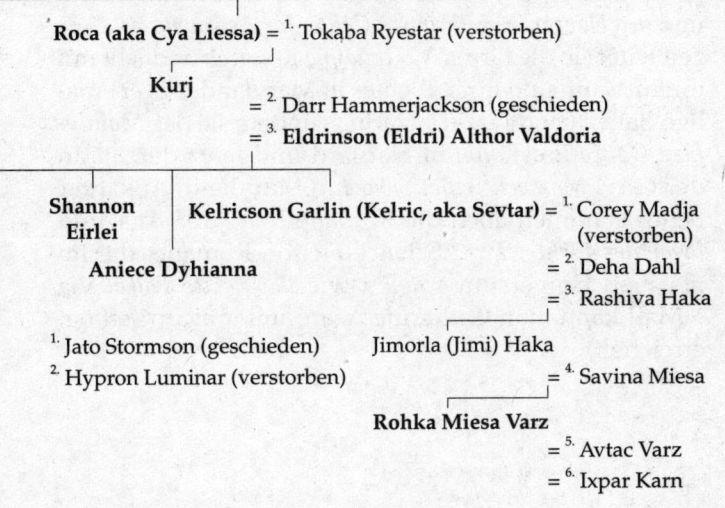

Roca (aka Cya Liessa) = [1.] Tokaba Ryestar (verstorben)

Kurj

= [2.] Darr Hammerjackson (geschieden)

= [3.] **Eldrinson (Eldri) Althor Valdoria**

Shannon Eirlei   **Kelricson Garlin (Kelric, aka Sevtar)** = [1.] Corey Madja (verstorben)

Aniece Dyhianna   = [2.] Deha Dahl

= [3.] Rashiva Haka

[1.] Jato Stormson (geschieden)   Jimorla (Jimi) Haka

[2.] Hypron Luminar (verstorben)   = [4.] Savina Miesa

Rohka Miesa Varz

= [5.] Avtac Varz

= [6.] Ixpar Karn

[3.] **Jaibriol Qox II**

Rocalisa   **Vitar**   **del-Kelric**

Über die Autorin

Catherine Asaro wuchs in der Nähe von Berkeley, Kalifornien, auf. Sie erwarb einen Magistertitel in Physik und einen Doktortitel in chemischer Physik, beides in Harvard, sowie einen Bachelor mit höchster Auszeichnung in Chemie an der UCLA. Sie hat unter anderem an der *University of Toronto* geforscht, am Max-Plank-Institut für Astrophysik in der Bundesrepublik Deutschland und am *Harvard-Smithsonian Center for Astrophysics*. Derzeit leitet sie die Firma *Molecudyne Research* und lebt mit ihrem Mann und ihrer Tochter in Maryland. Als ehemalige Ballett- und Jazz-Tänzerin gründete sie das *Mainly-Jazz-Dance-Programm* in Harvard und lehrt derzeit an der *Caryl Maxwell Ballet School* in Maryland. Aus ihrer Feder stammen auch die Romane *Der PSI-Faktor* und *Jäger des Lichts*, zwei Science-Fiction-Romane, die im gleichen Universum spielen wie *Der letzte Falke*. Via e-Mail kann man Catherine Asaro unter asaro@sff.net erreichen